부흥 문화론

일본적 창조의 계보

후쿠시마 료타 지음
안지영·차은정 옮김

차례

서장

역사의 웅덩이

1 역사의 웅덩이

일본 문화는 대체 언제 창조성으로 넘쳐 나는가? 이 책의 관심은 이 소박한 질문으로 집약될 수 있다. 일본인론 혹은 일본 문화론은 예전부터 성황이었으나 이런 질문은 의외로 찾아보기 어렵다. 우리는 정치적으로 구획된 각 시대의 성격을 두고 이러저러하게 논평하지만, 창조의 환경이 어느 시기에 크게 자극받는지에는 그다지 주의를 기울이지 않는다. 나는 그것이 늘 유감이었다.

본디 역사는 결코 평평하고 단조로운 평면이 아니라 요철이나 틈새, 단층이 많은 함몰 지대다. 그러한 요철을 억지로 평평하게 만드는 것이 아니라 오히려 함몰이나 기복의 다채로움을 잃지 않게끔 역사를 측량하려면 어떻게 해야 할까? 이 책 표제로 제시한 '부흥 문화'란 바로 그러한 측량을 위한 하나의 지표다. 간단히 말해 부흥기 혹은 〈전후〉戰後라는 것은 일종의 옛이야기와 같은 — 짧고 조금은 현실과 유리되어 있으나 때로는 듣도 보도 못한 기적이 일어나는 — '자유'의 시간대며, 이 때문에 동란기에도 안정기에도 볼 수 없는 특성이 나타난다. 거대한 파괴 후 다공질의 지반 위에 새로운 현상을 어느새 빗물처럼 모아들이는 역사의 웅덩이, 그것이 부흥기라고 말할 수 있다.

보통 부흥이라고 하면 전쟁의 환란이나 재액 등과 비교해 드라마로서 밋밋하고 세계관이나 인간관을 갱신할 기회로 삼기에는 부족한 것처럼 느껴진다. 그런 탓일까, 부흥기를 긍정적으로 다룬 철학이나 평론은 그리 많지 않다. 워낙 오늘날의 작가나 예술가, 비평가는 대개 동란기를 좋아한다. 왜냐하면 예외적인 카오스가 출현하는 때야말로 일상의 사회가 감추어 두었던 것—인간의 폭력성, 질서의 기만 혹은 정신의 기적적인 아름다움 등등—이 선명하게 드러나며 평상시에 당연스레 여겨지던 것들의 비자명성이 사람들에게 재인식되기 때문이다. 분명 문화나 예술의 중요한 사명은 사회에 경보를 올리기 위해 '예외 상태'를 시뮬레이션하는 것이라 할 수 있다.

그러나 본래 문화나 예술에는 경보기라는 사명만이 아니라 부상당한 사회를 일으켜 세우는 중요한 기능도 있지 않을까? 이것이 이 책의 기저에 있는 질문이다. 애초에 부흥 문화란 정의상 거대한 사건(전란이나 재액)의 순간에는 존재하지 않고 오히려 사건 후에—혹은 그 흔적으로[1]—작동하는 문화다. 그때 전쟁이나 재해 전의 기준선까지 완전히 회복하는 것만이 관건은 아니다. 사건 후=흔적에 새로운 소재나 방법론을 끌어들여 시스템에 다시 활기를 불어넣는 것, 그것이 일본 부흥 문화의 본뜻이다. 반대로 옛 질서가 불사조처럼 화려하게 부활하는 이야기 전개는 일본 문화에서 선호되지 않았던 것 같다.

물론 파괴나 재액은 종종 돌이킬 수 없을 만큼 거대한 변화를 문화에 가져온다. 그러나 불가역적인 변화를 겪으면서도 파국을 향해 일직선으로 무너져 내리는 것이 아니라, 부흥기

---

1 [옮긴이] 後와 적跡의 독음이 모두 '아토'ぁと로 같은 것을 이용한 수사다.

혹은 <전후>라는 웅덩이 속에서 자신의 문화적 재산을 뒤섞고 거기에 새로운 생명을 불어넣는 안식과 창조의 시간대가 일본 문화에 존재했던 것은 분명하다. 나는 이 시간대에서 선대의 비평가 하나다 기요테루[2]가 말한 "부흥기 정신"의 빛을 발견한다.

2 두 종류의 부흥

확실히 해 두자면 '부흥 문화론'이라는 구상 자체가 내 고유의 것은 아니다. 예를 들어 비평가 야마자키 마사카즈[3]는 7세기에 벌어진 하쿠스키노에白村江 전투[4]의 <전후>에 입각해 다음과 같이 지적했다.

이 아름다운 문화의 시대[하쿠호白鳳 시대[5]―인용자]가 실은 하쿠스키노에 전투의 패전과 함께 시작되었다는 사실이 흥미롭다. 663년 일본은 당의 수군에게 결정타를 맞았고 덴지天智 천황은 조선 경영을 단념해 내정으로 전향한다. 실은 이때

---

2 [옮긴이] 하나다 기요테루花田清輝, 1909~1974. 작가이자 비평가. 일본 아방가르드 예술론의 선구자로 꼽힌다.
3 [옮긴이] 야마자키 마사카즈山崎正和, 1934~. 일본의 평론가이자 극작가. 교토에서 태어나 만주국에서 성장했다. 다수의 평론과 희곡 외에 『태평기』太平記 등 일본 고전을 번역하고 일본 문화론인 『극적인 일본인』劇的なる日本人, 1972, 『부드러운 개인주의의 탄생』柔らかい個人主義の誕生, 1984 등을 집필했다.
4 [옮긴이] 663년 백제와 일본 연합군과 신라와 당 연합군이 벌인 전투. 한국에서는 일반적으로 백마강 전투라고 부른다.
5 [옮긴이] 일본의 문화사, 특히 미술사의 시대 구분 중 하나다. 아스카飛鳥 시대와 덴표天平 시대 사이인 7세기 후반부터 8세기 초반까지를 가리킨다.

섬나라 일본의 운명이 결정되었다. 생각해 보면 일본 최초의 문화는 하쿠스키노에의 전후 문화였던 것이다.……근대에 이르기까지 일본 문화는 언제나 부흥 문화로 발전해 왔는데, 그 원형이 저 옛 7세기에서 비롯했다는 사실이 매우 흥미롭다.[6]

저 늠름한 하쿠호 문화의 기저에는 확실히 '부흥'이라는 동기가 있었다. 덴지 천황의 조선 경영이 하쿠스키노에 패전으로 좌절되고, 엎친 데 덮친 격으로 10년 후 진신壬申의 난[7]이 뒤따라 일어난 후, 거듭된 피해로부터 회복하듯이 아스카노키요미가하라노미야飛鳥浄御原宮 및 후지와라쿄藤原京를 중심으로 하는 문화가 등장했다.[8] 일본사를 돌아보면 확실히 이러한 종류의 〈전후〉 시공간에서 결정적인 변천이 거듭 발생해 왔음을 알 수 있다. 구체적으로는 다음과 같은 사례를 떠올려 보라.

하쿠스키노에 전투, 진신의 난(7세기 후반) → 하쿠호 문화
겐페이源平 전쟁[9](12세기 후반) → 가마쿠라 불교, 『헤이케 이

---

6   하야시야 다쓰사부로林屋辰三郎 · 우메사오 다다오梅棹忠夫 · 야마자키 마사카즈山崎正和 엮음, 『일본사의 구조』日本史のしくみ, 中公文庫, 1976, 53쪽(강조는 추가).

7   [옮긴이] 672년 덴지 천황의 후계자를 둘러싸고 벌어진 내란을 말한다. 덴지 천황은 황위 계승자로 아들인 오토모를 내세웠으나, 덴지 천황 사후에 동생인 오아마와 오토모 사이에 전투가 벌어졌고 이 전투에서 승리한 오아마가 덴무天武 천황이 된다.

8   [옮긴이] 아스카노키요미가하라노미야는 7세기 후반 덴무 천황과 지토持統 천황 재위기의 궁이고 후지와라쿄는 지토 천황이 조성한 아스카 시대 말기(694~710)의 도읍이다.

9   [옮긴이] 1180~1185년에 일본 전역에서 벌어진 내전을 말한다. 12세기 중후반 헤이시平氏의 다이라노 기요모리平清盛는 연이은 내전을

야기』平家物語

남북조 시대(14세기)[10] → 노가쿠能楽,[11] 『태평기』

오닌応仁의 난(15세기 후반)[12] → 히가시야마 문화東山文化[13]

러일전쟁(20세기 초두) → 자연주의 문학

___

거치며 무가로서는 처음으로 실권을 잡고 압정을 펼친다. 이에 불만을 품은 겐지源氏의 미나모토노 요리토모源頼朝가 관동 지방의 무사들을 규합해 전쟁을 일으켰고, 그 결과 헤이시 일족이 패해 멸족을 당하게 된다. 헤이시 정권의 대두와 멸망, 그에 따른 가마쿠라鎌倉 막부 수립까지의 역사는 『헤이케 이야기』로 문학화되기도 했다.

10　[옮긴이] 정치적 실권을 장악한 막부와 그를 따르지 않는 지방 무사들을 규합해 정치적 실권을 되찾으려 한 천황 세력 간에 치러진 오랜 내전기를 말한다. 1333년 아시카가 다카우지足利尊氏, 1305~1358가 고다이고後醍醐 천황 편에서 가마쿠라 막부를 멸망시키지만, 무가武家 정치의 관습을 무시하는 고다이고 천황에 반발해 새로운 천황을 내세우고 교토에서 막부를 다시 세운다. 이에 요시노(나라현奈良縣)로 물러난 고다이고 천황의 남조와 교토 막부의 북조로 나뉘게 되고, 전국의 무사들도 두 개의 세력으로 양분되어 아시카가 다카우지의 3대 손인 아시카가 요시미쓰足利義満가 1392년 남북조를 통일하기 전까지 내전이 계속되었다.

11　[옮긴이] 노能, 교겐狂言, 시키산반式三番을 구성 요소로 하는 일본 전통 예능을 통칭한다.

12　[옮긴이] 무로마치室町 막부 시대에 이르러 쇼군의 지배권을 능가하는 슈고守護(지방의 군사나 치안을 담당하는 직책)가 나타났고, 이렇게 힘을 키운 슈고 다이묘가 막부에 대항해 오닌 원년인 1467년 난을 일으켰다. 난은 11년 만에 종결되지만 전장이 된 교토는 초토화라고 표현해도 될 만큼 막대한 피해를 입었다. 이후 귀족과 사원·신사 세력이 약화되고 아시가루足輕라고 불린 보병 집단이 주요한 전력으로 부상해, 이로부터 약 100년간 전국 시대가 이어졌다.

13　[옮긴이] 교토에 무로마치 막부가 설치된 이래로 공가公家(94쪽 주 2 참조)와 무가의 문화가 합쳐져 새로운 건축 양식이 탄생했다. 대표적으로는 15세기 후반 8대 쇼군인 아시카가 요시마사足利義政, 1449~1473가 히가시야마에 세운 서원인 은각銀閣을 들 수 있다. 이 은각은 에도 시대 무가 주택의 기본을 이루며 무가 문화를 대표하게 되었다.

제2차 세계대전(20세기 중반) → 서브컬처

이 책에서는 이러한 부흥기 혹은 〈전후〉의 사례에 더해 중국의 동란에 대한 일본의 반응도 다룬다. 중국의 국가적 위기 및 멸망 체험은 종종 바다 건너의 일본 문화에도 중대한 변천을 일으켰다. 적잖이 기묘하게도 자국의 현실적real 〈전후〉뿐 아니라 타국의 가상적virtual 〈전후〉까지 일본 부흥 문화의 토양이 된 것이다. 이런 원격 조작이 일어난 것도 역시 극동의 섬나라다운 현상이라고 말할 수 있을 것이다.

나아가 일본사가인 하야시야 다쓰사부로[14]도 야마자키와는 다른 각도에서 일본 부흥 문화의 의의를 논했다.

역사의 변혁기에 항상 고대가 부활한다는 사실을 구체적으로 생각할 때, 복고주의와 상고尙古 사상 모두 현실에 대한 부정을 깊숙이 품은 혁신의 일본적 표상이기도 했다.…… 엔기延喜와 덴랴쿠天曆 시기[15]는 새롭게 장원을 기초로 하는 귀족 정치가 열린 전환기였으며, 일본 문화에 대한 자각과 함께 율령 국가가 깊이 되새겨져 『만엽집』万葉集[16] 속편의 의미를 담

14 [옮긴이] 하야시야 다쓰사부로林屋辰三郎, 1914~1998. 일본의 역사학가이자 문화사. 특히 중세사 연구자로 명성이 높다.
15 [옮긴이] 엔기는 902~922년 다이고醍醐 천황 재위기, 덴랴쿠는 947~956년 무라카미村上 천황 재위기를 가리키는 원호元号다.
16 [옮긴이] 7세기 후반부터 8세기 후반에 편집된 일본에서 가장 오래된 와카和歌 모음집으로 4,516수를 수록하고 있다. 이 중 5세기 중엽에 지어진 것으로 추정되는 두 수를 제외하고는 629년부터 758년까지 약 130년 사이에 지어졌으며 759년부터 780년에 걸쳐 기록되었다. 약 2,100수가 작자 미상이며, 그 외의 작자는 천황, 귀족, 관료, 군인, 농민, 예능인 등 다양한 신분에 분포되어 있다. 내용상 『만엽집』의 시가는 대략 연회나 여행을 노래하는 '잡가'雜歌, 남녀의 사랑을 노

아 새롭게 『고금와카집』古今和歌集[17]이 만들어졌고, 『일본기』日本紀의 속편 내지 후속작으로서 『실록』実録이 편찬되는 등 노래와 이야기 모음집이 앞다투어 꽃피우듯 창작됨과 동시에 새로운 고전이 창조되었다. 이는 분명 고전 부흥에 의한 고전의 창조였다. 고중세의 변혁기에는 또 엔기와 덴랴쿠를 고전적 세계로 삼아 와카에서는 『신고금와카집』新古今和歌集, 회화에서는 야마토에大和絵의 에마키絵巻[18] 등이 창조되었다. 가마쿠라 조각으로 말하자면 일약 덴표天平[19]의 정신을 계승하는 것이기도 했다.[20]

하야시야는 옛것에서 혁신성을 이끌어 낸 일본의 정치 및 문화 경향을 예리하게 짚고 있다. 예를 들어 메이지 정부는 천황 친정親政 및 행정 단위인 쇼省를 채용했는데, 이는 고대 율령 국가의 리메이크였다. 새로운 중앙 집권 국가를 건설하고자 했던 메이지인의 의도는 오히려 고대 국가의 틀을 형식적으로 '부흥'함으로써 완수되었다. 메이지 유신은 어디까지

래하는 '상문가'相聞歌, 가까운 사람의 죽음을 슬퍼하는 '만가'挽歌라는 세 장르로 나뉜다.

17 [옮긴이] 다이고 천황의 칙명으로 당대의 가인이었던 기노 도모노리紀友則, 기노 쓰라유키紀貫之, 오시코치노 미쓰네凡河内躬恒, 미부노 다다미네壬生忠岑가 편찬했다. 「서문」에서 와카의 개념을 정리한 것으로도 잘 알려져 있다.

18 [옮긴이] '야마토에'는 헤이안기 일본에서 중국 회화에 대립해 발달한 회화 형식을 의미하며, '에마키'는 종이나 견직물로 만든 두루마리에 그림을 그리고 글로 설명을 곁들인 것을 가리킨다.

19 [옮긴이] 나라 시대 쇼무聖武 천황 재위기(729~748)의 원호다. 이 시기 일본은 불교를 중심으로 유입된 국제적 문물에 기초해 예술의 전성기를 구가했다.

20 하야시야 다쓰사부로, 『고전 문화의 창조』古典文化の創造, 東京大学出版会, 1964, 17~18쪽.

나 왕정 복고restoration였지 시민 혁명revolution이 아니었음을 상기할 필요가 있다(나아가 서양의 르네상스가 이슬람을 경유해 전승된 고대 그리스 및 로마의 정신을 부흥시켰다는 식으로 복잡하게 꼬여 있는 것과 달리, 일본의 '고전 부흥'은 어디까지나 자국에 남아 있던 자산을 되살리는 것에 지나지 않았다는 사실에도 주의해야 한다).

무엇보다 이러한 복고＝혁신의 사상은 일본사에 한정되지 않고 중국사에서도 관찰된다. 3장에서 살펴보겠지만 중국이 이 사상의 선진이었다고 할 수 있다(따라서 나는 하야시야와 같이 복고＝혁신을 일본의 사례에 한정하는 데 반대한다). 동아시아의 시간은 꼭 직선적으로 나아가지 않는다. '옛'古은 단순한 과거 유물이 아니며 오히려 '지금' 속에 잠재되어 신흥 세력이 스스로의 주장을 합법화하고자 할 때 재이용된다. 이러한 '왕복'의 시간 감각 속에서 동아시아의 정치와 문화는 서양과 달리 초월적인 신을 매개로 하지 않고 자신의 행위에 정의正義의 보증을 부여할 수 있었다. 일신교적인 초월자가 존재하지 않는 세계에서는 정통성의 원천으로서 '옛'을 불러내는 것이 가장 실천적인 정치 수단의 하나였다.

아무튼 야마자키와 하야시야의 견해를 전제로 대략 두 종류의 부흥을 상정할 수 있다. 하나는 전쟁이나 재액 후의 부흥이며, 또 하나는 고대의 문화, 예술, 정치 시스템의 부흥＝르네상스다. 이 책은 굳이 말하자면 전자에 무게를 두지만 그렇다고 후자의 문제를 무시하는 것은 아니다. 양자의 견해는 결코 대립하지 않고, 양자 모두 문화의 재생 의료로서 부흥 revival의 중요성을 말하는 것이니 말이다.

부흥 문화가 일본을 해명하는 하나의 열쇠를 쥐고 있다면, 그 것은 과연 오늘날 일본 사회에도 새삼 적용해 볼 만한 가치를 가질까? 나는 주저하지 않고 '그렇다'고 답하겠다. 왜일까? 우 리가 살고 있는 사회가 끊임없이 부상에 시달리고 있고, 그런 까닭에 탄력성이 풍부한 시스템을 채워 넣을 필요성도 증가 하기 때문이다. 조금 에두르는 것이긴 하지만 이 점을 간단히 설명해 보자.

일반적으로 냉전 종식 후 자본주의와 자유주의가 글로벌 패권을 장악했다고 말한다. 그러나 이러한 세계 자본주의의 전면화는 소비 주기를 점점 가속화해 온갖 사물을 찰나에 유 통될 뿐인 상품으로 변화시키는, 말하자면 유체역학적 상태를 초래한다. 이에 따라 종래 인간을 보호해 왔던 가치관에도 강 한 타격이 가해진다.

'사랑'과 같은 숭고한 가치관도 예외가 아니다. 본래 서양의 '사랑' 개념은 절대적인 유한성에 갇힌 인간을 정신적인 무한 성/영속성으로 해방시키는 것이다. 불면 날아갈 것 같은 유 약한 개체는 사랑의 작용에 의해 특별한 존재가 되어 이 세계 에 단단히 매인다…… 그렇지만 자본주의화가 진행된 지금 무한의 사랑을 말하는 것은 매우 고통스러운 행위가 되었고, 그 대신 유한하고 상품화된 '에로스'를 전전하는 것이 대대적 으로 허용되기 시작했다.[21] 정체성과 존엄성의 기반은 불가

21　유한의 에로스가 무한의 사랑에서 분리되어 자립하는 지점에 관해서는 지그문트 바우만Zygmunt Bauman, 『방황하는 개인들의 사 회』個人化社会, 사와이 아쓰시澤井敦 외 옮김, 靑弓社, 2008[홍지수 옮김, 봄아필, 2013] 17장 참조. 그러나 사회가 온갖 다양한 에로스를 다 허

능한 사랑이 아니라 그때그때의 유체적 에로스 속에서 찾아진다. 물론 에로스는 타자를 상품으로 바꾸어 버리지만, 옮기기 쉬운 상품으로서의 에로스가 매개가 되기 때문에 사람들은 다종다양한 타자와의 소통에 한 걸음씩 내딛을 수 있다. 에로스는 타자를 부정하면서도 타자와의 만남을 주선한다는 점에서 양의적이다. 이러한 유한의 에로스가 행사하는 전제 專制 곁에서 사랑은 이제 기껏해야 에로스의 대해에 가끔 기적처럼 출현하는 암초에 불과해진다. 그럼에도 여전히 무한의 사랑과 영원의 행복을 꿈꾸는 시대 착오적 로맨스는, 현대 프랑스 작가 미셸 우엘벡의 주인공이 그러하듯, 극한까지 포화된 에로스의 거품이 꺼진 후의 온갖 인간적 감정이 증발된 백치적인 미래에 영원히 갇혀 버리리라…… 우엘벡의 『어느 섬의 가능성』에서 불가능한 사랑을 희구하는 것은 결국 인간

용해 주는 것은 아니다. 에로스의 자유에는 '개인의 인격적 독립성을 침해하지 않는 한'이라는 단서가 암묵적으로 따라붙는다. 바우만이 지적하듯 요즘 들어 괴롭힘 범죄나 가정 폭력에 매우 강한 경계심을 갖게 된 것이 그 한 예다. 예컨대 이제는 가정 내의 부부 간 섹스도 경우에 따라서는 강간 내지 괴롭힘 범죄로 고발당한다. 혹은 아버지가 어린 딸과 함께 욕실에 들어가는 것도 성적 학대 혐의를 받을 수 있다…… 과거에는 어린이의 미숙한 성이 위태로웠는데 이제는 오히려 부모의 성적 욕망 쪽이 위험하게 여겨진다. 이렇게 일터, 학교, 가정 등 개인 간의 '비대칭성'을 포함하는 모든 장이 잠재적인 범죄 공간으로 변모하고 있다. 오늘날 사회는 개인의 인격적 독립성을 위협하는 것에 지나칠 정도로 공포를 품기 시작했다. 쉽게 말하자면 동성애자에게는 관용적이면서 소아성애자나 성희롱을 일삼는 윗사람에게는 한층 더 엄격해지는 것이 자유화의 귀결이다. 그런데 이러한 '개인의 성역화'가 결과적으로 소심하기 짝이 없는 소시민으로 가득한 갑갑한 세계를 낳는 것이라면? 표현자는 바로 이러한 개개의 영역＝닫힌 구역을 돌파해야만 한다. 개인 및 세대를 종으로 관통하는 '부흥 문화'의 계보를 고찰하는 것은 그러한 돌파를 위한 하나의 '연습'이기도 하다.

적이지 않은 무언가로의 변모를 초래하는 일이 된다.

과거 어느 때보다 다양한 욕망의 언어가 오늘날 사회를 넘치도록 채우고 있지만, 원래 에로스는 크든 작든 반사회적인 것이기도 하다. 에로스는 때로 가정—즉 재생산=생식의 장—을 위협하며(불륜이나 동성애) 많은 사람의 미간을 찌푸리는 속악한 이미지를 사회에 흩뿌린다. 그러나 그렇다고 사람들의 정체성 기반에 깊이 침투한 다종다양한 에로스의 에너지를 말소시키려 하는 것은 이제 인간 존엄성을 위협하는 것이나 마찬가지다. 따라서 에로스의 영역에 정치 권력이 간섭하려 하면 그때마다 자주 격한 반발에 마주하게 될 것이다(서브컬처의 표현 규제를 둘러싼 작금의 혼란에도 이러한 정체성 정치에 대한 정치가의 이해 부족이 깊이 연관되어 있다).

이렇게 유한한 에로스가 무한한 사랑을 대신해 정체성의 주역 자리를 차지한다. 그러나 에로스가 흘러넘치는 이 유체역학적 환경에서, 무한한 사랑에 보호받지 못하게 된 우리는 자각할 수 없는 미세한 '상처'에 점점 침식당하고 있다. 무언가를 손에 넣는 것과 무언가를 잃는 것을 분간하기가 점점 더 어려워진다. 게다가 이러한 유체화를 한층 더 가속하는 형태로 오늘날 정보 환경도 신진대사 속도를 높이고 있다. 너무나 방대한 정보가 존재하는 인터넷상에서는 낡은 기호=정보를 점점 도태시켜 정보 과부하에 대처할 수밖에 없다. 그 고속 순환 속에서 개별 기호의 수명은 한없이 짧아져 간다.

따라서 오늘날 사회에서는 미시적 상실이 상례화한다. 자본주의의 유체역학적 운동은 결손을 일상적으로 발생시키며, 그 무수한 작은 손상이 인간의 의식과 무의식에 축적된다. 그리고 우리의 불안정한 개個를 안도시키고 인정하고 수용해 줄 공동체는 이미 여력을 다했기 때문에, 만성적인 상처가 완치되는 일 없이 우리는 방황하는 네덜란드인(플라잉 더치맨)처럼 에로스의 대해원을 표류할 수밖에 없다. 그 한편으로 인간의 예측을 넘어서는 거시적 상실도 세계 전체에서 단속적으로 반복되고 있다. 아무리 인류 사회의 문명화가 진행되어도, 아니 문명화가 진행될수록 우발적인 사고가 초래하는 상실과 피해가 공포스러울 만큼 심대하다는 것은 오늘날 일본인에게 상식이다. 이러한 크고 작은 여러 상처에서 인간을 완전하게 보호하기란 불가능하다.

게다가 더 큰 문제는 이러한 유체적인 세계에서는 어떤 무엇이 굴욕감의 원인인지도 알 수 없다는 것이다. 타인의 행동이나 발언이 어떤 박자에 따라 굴욕감을 부채질하고, 그 굴욕의 이유를 자신밖에 (혹은 자신조차?) 알 수 없는 상황에 빠지는 것은 이제 드문 일이 아니다. 더 이상 '영원의 사랑'을 꿈꾸는 것이 불가능한 채 죽음에 이를 때까지 크고 작은 여러 상처와 굴욕감을 이고 가는 것―이것이야말로 오늘날 우리의 숙명적 상황 아닐까?

4 '다시 일어서기'의 철학

전쟁과 재해라는 거시적 상실이든 고도 자본주의 사회의 미시적 상실이든, 인간의 지적 능력을 초월하는 셀 수 없는 상처가 개인에게 축적될 때, 당사자에게도 자각되지 않는 비밀 영역이 늘어 간다. 그 상처=비밀이 일정한 양을 넘어서면 그때까지 친밀하던 인간과도 소원해지며 서로를 이해할 수도 없게 된다. 실제로 어떻게 해도 타인에게 전달될 수 없는 상처=비밀이 원만한 소통을 불가능하게 만든다는 모티프는 오늘날 서구의 표현 양식에서도 두드러진다.

그런데 뒤집어 말하면 누구라도 무언가 상처나 굴욕감을 가지고 있다는 그 하나의 사실이 오늘날 우리의 거의 유일한 존재론적 공통항이다. 그렇기 때문에 상처를 짊어진 존재끼리 새로운 동료로서 서로를 발견하는 것도 충분히 가능하다. 상처=비밀의 축적이 단지 기존의 인간 관계나 공동체를 파괴하기만 하는 것은 아니다. 에로스가 타자를 부정하면서도 타자와의 만남을 주선하는 것처럼 상처는 소통을 단절하면서도 미지의 소통을 생성한다. 상실이나 실패가 분명 몸이 갈기갈기 찢기는 체험일지라도 거기에는 또 인간들이 새로이 결합하고 공명할 가능성이 잠재해 있다. 간단히 말해 상처는 연대의 조건이기도 한 것이다.

따라서 셀 수 없는 상처=비밀을 짊어진 현재의 문명에서는 그 상처들에서 출발해 무엇을 건설할 것이냐는 질문이 더욱 중요해진다. 달리 말하면 어디에도 상처 없는 존재는 없고 인간에게도 사회에도 오류나 실패가 상례화되었다는 바로 그 이유 때문에, 그로부터 어떻게 다시 일어설지가 문명론적인 과제로 떠오른다. 그때 우리는 상처를 미학적으로 관상觀賞할 것이 아니라 새로운 실천적 철학을 길러 내야만 한다. 그리고 나는 이 '다시 일어서기' 철학의 단서가 일본 부흥 문화의 역사 속에 충분히 들어 있다고 생각한다. 반복하면 일본의 부흥기란 단순한 치료 요법이나 치유의 시간대 혹은 원래의 기준선으로 돌아가고자 덮어놓고 달려드는 시간대가 아니라 전례를 찾아보기 어려운 기적이 일어나는 시간대다. 우리 선조는 폭풍이 지나간 후=흔적의 시공간을 다양한 사색과 표현을 발효시키는 특별한 웅덩이로 변화시켜 왔다. 이러한 웅덩이의 문화 체험 자체를 하나의 가치로 파악하고 우리 생존의 지침으로 삼는 것, 이 책은 그것을 겨냥한다.

물론 어느 시대가 부흥기인지는 나중에 돌아보지 않는 한 알 수 없다. 정말 심각한 사태는 오히려 앞으로 일어날지도 모를 일이니까. 따라서 온갖 '부흥'은 반신반의로 행해진다. 특히 셀 수 없는 미시적·거시적 상실로 가득한 오늘날 사회에서는 지금이 사건 '후'인지 '전'인지 혹은 '한가운데'인지를 판별하기가 점점 어려워진다(예를 들어 2013년의 일본은 재해 '후'인가 '전'인가?). 그런데 그렇다고 해서 '부흥'이라는 개념이 무의미해지지는 않는다. 우리가 끊임없이 무언가의 상실을 거듭한다는 그 사실 때문에 다시 일어서는 힘(탄력성)을 문명에 심어 넣는 역사 기술記述이 제안되어야 한다. 거기서는 국민을 억지로 통합하려는 공식적이고 납작한 역사 기술이 아니라 생기 넘치는 에너지를 생산하는 거점으로서의 전통이 높이 평가될 것이다.

원래 문화란 단순한 골동품이 아니라 세계가 산출하는 새로운 과제에 응해 끊임없이 평가를 고쳐 써야만 하는 것이다. 예를 들어 '와비사비'侘び寂び[22]나 '무상관'無常觀 같은 손때 묻은 일본적 미학을 염불처럼 되뇌는 것으로는 더 이상 오늘날의 복잡하고 가혹한 세계에 대응할 수 없다. 때문에 나는 오늘날 세계의 상황을 전제하면서 일본이 오랜 세월 가다듬은 부흥 문화를 하나의 가치 체계로 부흥하려 한다. 물론 이 시도가 성공적인지는 책을 끝까지 읽은 독자들이 자유롭게 판단할 문제다.

마지막으로 이 책의 구성을 간단하게 설명해 두겠다. 어느 장부터 읽어도 상관없지만 나로서는 1장과 2장, 3장과 4장, 5

---

22 [옮긴이] 투박하거나 쓸쓸하게 느껴질 정도의 간소함이나 조용함의 상태에서 아름다움을 발견하는 미학적 태도를 가리킨다.

장과 6장이 함께 묶이도록 전체를 구성했다. 구체적으로 말하면 첫 부분에서는 일본의 고대 문학을, 다음 부분에서는 근세 중국 및 일본을, 마지막 부분에서는 근현대 일본의 문학과 서브컬처를 주요하게 다루었다. 따라서 두 장씩 한 단위로 읽으면 내용을 이해하기가 보다 쉽지 않을까 생각한다.

　서설이 길었다. 자, 이제 어서 시작해 보자.

1장

부흥기의 '천재'
가키노모토노 히토마로와 그 외부

결실할 수 있는 것만이 참되다[1]
괴테

고대 일본 부흥기에 출현한 '천재'를 이야기하면서 시작해 보
자. 천재란 대체 어떤 사람일까? 통념과는 반대로 천재는 재
기발랄한 수완가가 아니다. 낭만주의적인 정의에 따르면 한
나라 혹은 전 인류 문화의 먼 미래를 앞서 밝히는 등불과 같은
존재야말로 천재다.[2] 그러니까 미래의 현실이 될 만한 씨앗을
미리 한 아름 지닌 사람만이 '천재'라 불릴 수 있다. 헤이안 시
대 여방女房 문학[3] 이전의 고대 문학사에서 이러한 의미의 천

---

1 [옮긴이] 요한 볼프강 폰 괴테, 「유언」, 『괴테 시 전집』, 전영애 옮
김, 민음사, 2009, 671쪽.
2 미하일 바흐친Mikhail Bakhtin, 『프랑수아 라블레의 작품과 중세
및 르네상스의 민중 문화』フランソワ·ラブレーの作品と中世·ルネッサンスの
民衆文化, 가와바타 가오리川端香男里 옮김, せりか書房, 1995, 156쪽[이
덕형·최건영 옮김, 아카넷, 2001, 196~197쪽]. 바흐친이 말한 것처럼 계
몽주의자는 부풀려진 현실을 싫어해 몇몇 본질적인 패턴에 이르도록
세계를 정연하게 손질하는 것을 목표로 한다. 반대로 낭만주의자는
불가능한 것, 환각적인 것까지 포함한 세계의 다산성을 사랑한다(낭
만주의자가 종종 예리한 미디어론적 감성을 가지고 있는 것도 이 때문이
다. 미디어는 감각을 증폭시켜 발산시키는 장치기 때문이다). 이런 의미
에서 천재란 다산성을 향한 사랑이 만들어 낸 형상에 다름 아니다.
3 [옮긴이] 헤이안 시대는 794년 간무桓武 천황이 헤이안쿄平安京
(현재의 교토)로 천도한 이후 가마쿠라 막부가 세워지기까지 약 390
년간의 시기를 말한다. 그리고 이 시대에 학식과 교양을 갖추었던 궁
중 시녀나 귀족 여성의 가정 교사를 '여방', 그들이 남긴 일기, 수필, 모

재라 할 만한 이는 아마도 다음 두 사람에 한정될 것이다. 한 사람은 가키노모토노 히토마로柿本人麻呂고, 또 한 사람은 구카이空海다.

히토마로는 야마베노 아카히토山部赤人와 함께 고대인이 우러른 가인歌人의 거봉이었다. 예를 들어 『만엽집』의 편집자로 알려진 오토모노 야카모치大伴家持는 젊은 시절 "산시山柿[히토마로와 아카히토―인용자]의 문하"에서 배우지 못한 자신을 반성했고, 기노 쓰라유키 또한 히토마로를 "가성"歌聖으로 칭송하는 한편 아카히토도 히토마로에 비견되는 가인이라며 높이 평가했다(「가나 서문」仮名序, 『고금와카집』[4]). 히토마로와 아카히토는 후세의 지도자적인 문학가들에 의해 일본의 시가詩歌를 질적으로 비약시킨 신성한 존재로 받들어졌으며, 현재까지도 이러한 '천재론'이 계속되고 있다(예를 들어 문예비평가 야마모토 겐키치에 따르면 히토마로를 읽는 것은 "일본에서 시가 탄생한 장에 초대받는" 것과 같다[5]). 물론 고대 일본에 '천재'genius와 같은 단어는 없었다. 그렇지만 특정 인물이 시가의 성스러운 기원genesis이 된다는 관념은 오랫동안 지속되어 왔다. 나는 일본 문학사에서 무엇보다도 이 천재 염원의 조숙함이 놀랍다.

구카이 또한 이러한 고대적인 천재 염원의 결실이다. 진언밀교眞言密教[6]의 교구를 후세에 전했고, 고도의 학문 작품을 남

노가타리 등을 '여방 문학'이라고 부른다. 헤이안 시대에는 왕족 및 귀족 여성의 교양을 장려한 까닭에 다른 시대에 비해 여성 작가의 활동이 두드러졌다.

4　[옮긴이] 흔히 『고금와카집』(고킨와카슈)을 약칭해 『고금집』(고킨슈)이라고 부르는데, 이 책에서도 앞으로 이 약칭을 사용한다.

5　야마모토 겐키치山本健吉, 『가키노모토노 히토마로』柿本人麻呂, 河出文庫, 1990, 49쪽.

긴 데다가, 일본 각지에 사원을 건립하거나 여타 토목 공사를 진행했으며, 나아가 '이로하우타'いろは唄[7]를 남기기도 한 구카이만큼 문명 설립자의 영예를 한껏 누린 인간은 전대에도 후대에도 존재하지 않는다. 물론 그의 일화에 허구가 가미되었다는 것은 누구나 알고 있지만, 고대 일본인이 문물을 갈고 닦고자 했을 때 구카이를 기원으로 삼았다는 사실은 부정할 수 없다. 지금의 '현실'이 이 전대 미문의 천재를 경유해 만들어진 이상 그 속에는 분명 후대 세계의 모습을 전조로서 알려주는 영묘한 힘이 깃들어 있을 것이다―이런 관념이 없었다면 구카이와 연이 닿은 문물이 이토록 풍부히 남겨질 일도 없었을 것이다. 아니, 이는 고대인에게만 해당하지 않는다. 예를 들어 구카이가 당나라에서 돌아올 때 무로지室生寺[8]로 가져온 여의보주는 일본의 본래 운명을 봉인한 불가사의한 보석으로서 지금까지도 '진호국가'鎭護國家의 책무를 다하고 있다!

그리하여 히토마로와 구카이가 리얼리티의 씨앗을 잔뜩 머금은 다산의 '천재'라고 한다면, 이번 장의 기획은 이들을 부흥기라는 시간대와 연관시키는 것이다. 일본 문명의 존재

6 [옮긴이] 구카이가 9세기 초엽 당에서 대승 불교를 들여와 세운 불교의 일파를 말한다. 구카이는 산중 수행과 학문을 강조했으며, 또 병을 낫게 하고 재앙을 피하는 주술을 구사해 귀족들에게 널리 자신의 불교를 전파했다. 주술적 요소의 강조와 이를 통한 비의의 전수라는 의미에서 이러한 명칭을 가지게 되었다.

7 [옮긴이] 가타카나의 마흔일곱 개 글자를 한 번씩 사용해 만든 노래를 말한다. 히라가나와 가타카나의 글자 체계가 구카이의 시대 이후에 확립되었고 문헌상으로 가장 오래된 이로하우타가 1079년 이후 등장했기 때문에 구카이를 창시자로 여기는 것은 잘못이라는 의견도 많다.

8 [옮긴이] 진언밀교의 분파인 무로지파의 대본산 사원으로서 나라현 우다시宇陀市에 위치해 있다.

방식을 예고한 존재인 이 천재들은 문화의 부흥 사업과 어떤 연관이 있을까? 이 장에서는 이 질문에 답하기 위해 히토마로의 (혹은 히토마로와 관련된) 다채로운 작품군에서 앞으로 개화할 씨앗을 가려내고 아울러 히토마로적인 것의 맹점을 마무른 문학으로서 구카이의 시문을 훑어보겠다(왜냐하면 내가 보기에 이 두 사람은 어떤 의미에서는 거의 정반대일 수밖에 없는 '천재'기 때문이다). 이를 통해 우리는 일본 부흥 문화의 일단을 해명할 단서를 얻게 될 것이다.

A 히토마로적인 것

1 부흥기의 가인

주지하다시피 가키노모토노 히토마로는 『만엽집』을 대표하는 가인이다. 동시에 그는 '와카[9]의 위기' 때마다 후세인에게 호출되는 신비로운 성인聖人이기도 하다. 예를 들어 무로마치 시대의 가인 쇼테쓰에 따르면 "히토마로에게는 무슨 연유가 있는 것일까? 와카가 끊어지려 할 때면 반드시 인간에게 돌아와 그 길을 다시 이어 준다. 신으로 나타나는 일도 종종 있다"(『쇼테쓰 이야기』正徹物語, 7).[10] 와카가 절멸의 위기에 봉착했을 때 그 길을 부흥하기 위해 재림하는 노래의 신. 앞으로 보겠지만 히토마로는 분명 이러한 부흥자의 이미지에 정확히 어울리는 가인이다.

우선 주의할 점은 지토 천황을 섬긴 히토마로는 '진신의 난'의 〈전후〉에 뿌리를 둔 작가였다는 것이다. 진신의 난에서 패한 오미近江[11] 측 오토모大友 황자는 덴지 천황의 아들에 해당하는데, 지토 천황은 덴지 천황의 딸인 동시에 승자인 요시노

9　[옮긴이] 5구절 31음절(5·7·5·7·7)로 이루어진 단가短歌 형식의 고전 시가를 말한다. 넓은 의미로는 『만엽집』에 수록된 시가 전체를 가리킨다. 반면 메이지 시대에 활약한 와카 계승자들이 되살린 단가도 '와카'의 형식을 띠지만 와카라고 부르지는 않는다.

10　[옮긴이] 쇼테쓰正徹, 1381~1459. 무로마치 중기에 활동한 임제종의 가승. 고전학자로도 높이 평가받아 아시카가 요시마사에게 『겐지 이야기』를 강의했다고도 알려져 있다. 『쇼테쓰 이야기』는 그의 와카 연구를 집대성한 가론집이다.

吉野[12] 즉 덴무 천황의 아내라는 점에서 두 대립적인 황통 '사이'에 선 여제라 할 수 있다. 이 여제 곁에 있었던 히토마로는 아마도 진신의 난이라는 거대한 내전이 끝난 후의 융화와 진혼을 일임받았던 것 같다. 특히 그의 장가長歌「오미의 황도를 지날 때 가키노모토노 히토마로가 지은 노래」近江の荒れたる都を過ぎし時、柿本朝臣人麿の作れる歌는 진신의 난으로 폐허가 된 오쓰노미야大津宮[오쓰 궁]를 노래한 것으로 명성이 높다.

다마다스키[13] 우네비畝傍 산기슭의 가시하라橿原에 사셨던 왕 때부터 이 땅에 나신 신의 자손들마다 쓰가노키노 대대손손 이어져 세상 천하를 다스려 왔건마는 소라니미쓰 야마토大和를 두고서 푸른 흙 나는 나라奈良산을 넘어서 도대체 어떤 생각 가지셨기에 멀리 떨어진 시골이긴 하지만 이와바시루 아후미 이 나라의 잔잔한 물결 오쓰의 궁궐에서 세상 천하를 다스렸다고 하는 천황의 신령한 대궁이 여기라 들었건만 계시던 궁전이 여기라고 하건만 봄의 풀들이 무성하게 자라 있네

---

11 [옮긴이] 현재 시가현滋賀県에 해당하는 지방의 옛 이름으로, 일본 고대 율령제律令制의 율령국 중 하나인 오미노쿠니近江国 일대를 가리킨다. '오미'라는 이름은 이 지역에 있는 일본 최대의 호수 비와코琵琶湖의 옛 이름인 '아후미'淡海에서 유래했다고 한다.

12 [옮긴이] 나라현 남부 일대를 지칭한다. 나라 시대에는 지방 행정 구분으로서 율령국의 하나인 야마토노쿠니大和国 남부 일대를 가리켰다.

13 [옮긴이] 다스키欅는 일본 전통 의상의 옷소매를 걷어 매는 끈을 말하며, '다마다스키'玉欅는 '다스키'를 미화한 표현이다. 와카에는 이러한 미사여구가 종종 삽입되어 있는데 특별한 뜻이 있다기보다는 구절을 맞추기 위한 의도로 보인다. 따라서 『만엽집』 시가를 한국어로 번역할 때는 이러한 미사여구의 뜻을 번역하지 않고 일본어 독음대로 표기하겠다.

아지랑이로 봄날이 아른한가 여름풀들이 우거졌다는 건가
모모노시키 대궁이 있던 곳 보자니 슬퍼지누나 (『만엽집』1
권, 29)[14]

진무神武 천황이 우네비산의 가시하라에 거처를 정한 이후
도읍은 내내 화합을 이루었고 천하는 훌륭히 통치되었다. 그
아름다운 나라산을 넘어 "어떤 생각"에서인지, 덴지 천황은
오쓰의 궁궐로 천도한다. 그러나 예부터 천황이 머물렀던 대
궁大宮도 대전大殿도 이제는 봄의 잡초가 무성히 자라 있고 안
개가 서린 봄볕에 가려져 있다. 이를 보면 아무래도 슬퍼지지
않는가……

에도 중기 국학자인 게이추契沖가 『만엽대장기』万葉代匠紀[15]
에서 제시한 해석에 따르면 이 웅대한 장가를 이해하기 위한
열쇠는 "도대체 어떤 생각 가지셨기에"라는 구절에 있다. 아
름다운 나라에서 오쓰 천도를 단행한 천황에게 히토마로가
"비난을 아뢰는" 마음이 있지 않았는지 게이추는 되묻는다.
게이추에 의하면 이 노래에는 '수도를 자주 옮기면 백성의 원
망을 사게 된다'는 고대 사회의 공통 인식이 배경으로 깔려
있다. 구체적으로는 천도를 둘러싼 환란에 대한 『일본서기』日
本書紀의 기술(「고토쿠기」孝德紀 및 「덴지기」天智紀), 그리고 "반
경盤庚[중국 은나라의 19대 왕]이 천도하고자 할 때 은나라 백
성이 모두 슬퍼하며 옮기고 싶어 하지 않았다"는 『사기』은본
기殷本紀의 기술이 방증으로 제시된다. 거듭되는 천도가 인심

---

14 [옮긴이] 이하 『만엽집』 인용문 번역은 『한국어역 만엽집』 1~14,
이연숙 옮김, 박이정, 2012~2017을 바탕으로 했다.

15 [옮긴이] 에도 시대의 국학자인 게이추가 1683년부터 1690년에
걸쳐 저술한 『만엽집』 주석서이자 연구서다.

천도가 인심

을 갉아먹고 국토를 황폐화시킨 당시의 보편적인 역사 패턴
이 히토마로의 장가에 담긴 인식에도 작용했을 수 있다고 게
이추는 생각했다.

물론 야마모토 겐키치가 말한 대로 히토마로가 덴지 천황
을 "비난할" 마음까지 가지고 있었는지에는 의문이 여지가
있다. 본래 역대 천황 및 수도의 역사적 계보를 장황하게 늘
어놓는 것은 종속된 백성이 아뢰는 예능적인[16] 요고토寿詞(장
수를 염원하는 말)의 패턴이며 이 오미 황도의 노래는 그러한
요고토 중에서도 망자의 혼을 위무慰撫하는 '애도'誄의 일종
이라 할 수 있는데, 이 노래는 히토마로 개인의 비판적 의도
를 결코 표출하지 않는다.[17] 다만 "도대체 어떤 생각 가지셨기
에"라는 구절이 태평성대의 아름다운 수도를 떠나는 이례적
인 사건 때문에 정치가 정도에서 벗어나고 말았다는 뉘앙스
를 풍기고 있는 것은 분명하다. 인민의 축복을 받지 못한 천
도는 결과적으로 고대 사회의 최대 재난이었던 진신의 난을
막을 수 없었다. 히토마로는 우네비산을 떠나는 도행道行의
시문을 포개면서 그 이례적인 역사를 회고하고, 다음 두 반가
를 통해 버려진 오쓰 국토의 정령을 달래기 위한 '다마후리'魂
振り[18]를 시도한다.

16　[옮긴이] 일본에서 '예능'은 몸으로 습득하거나 몸에 배어 구사
할 수 있는 기술이나 기예를 말한다. 중세에는 귀족이 갖춰야 할 교양
으로 함양되었고 농민 등의 평민 사이에서는 풍요를 기원하며 신에
게 바치는 연행으로 전승되어 왔다. 그 외에 예능을 전문적으로 담당
하는 예능인이 존재했으며 현재는 연예계까지 포괄하는 용어로 쓰이
고 있다.

17　야마모토 겐키치, 『가키노모토노 히토마로』, 60쪽.

18　[옮긴이] 신도神道 의식의 하나로 신체神體 따위를 흔들어 신령
을 활성화하는 것을 말한다.

잔잔한 물결 시가志賀의 가라사키辛崎는 변함없지만 문무대관의 배는 오지를 않네 (1권, 30)

잔잔한 물결 시가의 바닷물은 그대로지만 옛날 사람들과 또 만날 순 없겠지 (1권, 31)

히토마로는 노래를 통해 "시가의 가라사키"나 "시가의 바닷물"에서 표류하고 있는 "문무대관"과 "옛날 사람들"의 정령을 불러낸다. 장가가 그때까지의 역사를 회고하는 웅대한 사장詞章(시문)으로서 공식적인 뉘앙스를 풍기는 반면 반가反歌[19]는 다시는 만날 수 없는 "옛날"의 고귀한 망자들을 상기시키고 토지와의 관계성을 회복하고자 한다. 이처럼 히토마로는 전후 문학가로서 이제는 폐허가 되어 버린 '고도'古都에서 불행한 정령들과 접속을 시도한다.

애당초 덴지 천황이 진좌鎮坐했던 오쓰노미야는 이미 이국적 분위기를 풍기고 있었던 것 같다. 하쿠스키노에 전투 <전후>에 일본은 부득이 내정으로 전환할 수밖에 없었다. 다른 한편으로 3,000명이 넘는 백제 유민=망명자가 일본으로 유입되었고 오미노쿠니는 우수한 학술 및 기술을 겸비한 이들 백제 유민의 주거지가 되었으며(지금도 시가현에는 백제와 관련된 지역이 곳곳에 남아 있다) 수많은 한시가 만들어졌다.[20] 그에 비해 이후 덴무 천황 통치기에는 유교적인 '하늘'이 아닌

---

19 [옮긴이] 와카에서 바로 앞에 나온 장가의 내용을 요약하는 시가를 뜻한다.
20 무라이 야스히코村井康彦, 『율령제의 허실』律令制の虚実, 講談社学術文庫, 2005, 65쪽. 이웃 나라의 유민=망명자가 일본 문화를 이국화異國化하는 현상은 4장에서 다시 논할 것이다.

아마테라스오미카미天照大御神[21]로 상징되는 '태양' 신앙이 성행한 탓에 일본사 연구자인 요시다 다카시는 만약 진신의 난에서 오미 쪽이 이겼더라면 '일본'이 국명이 되지 않았을 수도 있다고 지적했다.[22] 이 추론에 대한 동의 여부와는 별개로 덴무 천황 통치기에 국가의 예악禮樂과 오니에노마쓰리大嘗祭[천황의 즉위식]가 새롭게 제도화되었다는 것이 확실한 이상, 진신의 난은 말하자면 '일본' 그 자체를 명료하게 틀 짓는 계기가 된, 일본사의 분기점이라 부를 만한 중대한 내전이었다고 할 수 있다.

그런데 가인으로서 히토마로는 그 획기적인 사건을 역사가의 입장에서 다루지 않는다. 망명자(오아마 황자) 정권이 본가인 오미 왕조 문명을 파괴하고 호반에 꽃피운 그 이국적인 '수도'를 폐허로 만든, 일본에서는 이례적이라 할 사태를 거친 후=흔적 위에서 그는 정치적 패배자의 혼이 머무는 땅을 향해 진혼의 기획을 내포한 주술적 언어를 바친다.

이 오미 황도의 노래를 진신의 난에 대한 『일본서기』의 서술과 대비해 읽어 보면, 율령 국가의 '정사'正史로 우뚝 솟은 승자의 기념비적인 역사서=『일본서기』에서는 말할 수 없는 바로 그것이 『만엽집』이 말해 주는 '역사'였음이 명확해질 것이다. 『일본서기』의 지은이는 진신의 난 장면에서 긴박한 어조로 일분일초 급변하는 전황을 상세하게 기술한다(오아마

---

21 [옮긴이] 일본 황족의 선조신으로 태초의 신인 이자나기노미코토伊邪那岐命와 이자나미노미코토伊邪那美命 사이에서 태어나 천상을 다스렸다고 전해진다('오미카미', '노미코토' 등의 경칭은 생략하기도 한다). 일본 창세 신화에 대해서는 150쪽 주 116도 참조하라.

22 요시다 다카시吉田孝志, 『일본의 탄생』日本の誕生, 岩波新書, 1997, 118쪽.

황자를 가까이서 시중한 도네리舍人[23]의 일기를 소재로 해 서술된 이 장면은 진실성과 생기를 띠고 있다). 이 기술에는 양쪽 진영의 생사를 가르는 모략과 전투가 난무해 인간 역사의 역동성을 느끼게 한다. 반면 『만엽집』은 이러한 <전중>의 질풍노도를 받아들이지 않는다. 반대로 <전후>의 폐허에 응어리지고 정체된 정령들을 웅대하고 너른 품의 언어로 해방시키는 것이 히토마로 장가의 사명이었다. 일본 최초의 천재적 시인이 <전중>의 긴장이 아니라 <전후>의 회고에 입각했다는 사실은, 일본 문학의 총체적 작업에 비추었을 때 매우 예견적인 문제를 내포한다.

그런데 땅속 깊이 내려가 정령과 접속하는 '다마후리' 의례는 히토마로의 다른 노래에서도 관찰된다. 「가루 황자가 아키 들녘에 묵을 때 가키노모토노 히토마로가 지은 노래」軽皇子が安騎の野に宿られたとき、柿本人麻呂の作った歌라는 제목의 유명한 노래를 살펴보자.

야스미시시 우리 대군은 높이 빛나는 해의 아들 신이시면서 신답게 하신다고 군림을 하던 도읍을 뒤로하고 코모리쿠노 하쓰세泊瀬의 산속에 숲 울창한 무척 험한 산길을 바위부리 나무가 길 막아도 아침 언덕을 새처럼 넘으시고 황혼 무렵의 저녁이 되고 나면 눈발 날리는 아키 넓은 들에서 이삭 난 억

---

23 [옮긴이] 본래 천황과 가까운 귀족을 가리키는 용어였으나, 율령제 도입 후 천황을 측근에서 호위하는 하급 관료를 가리키게 되었다. 직무는 궁의 경비나 천황의 잡일을 도맡는 것이었다. 도네리가 제도로 도입 초기에는 귀족의 자제들 중에서 도네리를 선출하다가, 귀족층에 대한 지배력을 유지하기 위한 정치적 도구로 활용되면서 점차 퇴락한 탓에 헤이안 시대 이후 귀족 지원자가 줄어 백성 중에서 도네리가 선출되었다.

새 조릿대 눌러 깔고 풀베개 베고 나그넷길 잠자네 그 옛날
그리시며 (1권, 45)

단가 短歌
아키 들녘에 잠을 자는 나그네 바로 누워서 잠이 들 수 있을
까 옛날 생각 나느라 (46)
초막 엮은 풀 베는 들판이지만 낙엽과 같이 사라져 간 주군의
자취 찾아왔다네 (47)
동편 들녘에 동트는 새벽빛이 비쳐 나기에 돌아서 바라보니
서편에 달 기우네 (48)
히나미시日竝의 우리 황자께옵서 말을 모시며 사냥하러 떠났
던 그 시각이 되었네 (49)

가루輕 황자(훗날의 몬무文武 천황)의 겨울 사냥(일설에 따
르면 693년이라고 전해진다)을 수행한 히토마로의 이 일련의
노래를, 중문학자 시라카와 시즈카는 가루 황자의 부친 구사
카베草壁 황자를 진혼하기 위한 주술적 의례로 이해한다.[24] 즉
위를 코앞에 두고 급서急逝한 구사카베 황자를 위해 가루 황
자 일행은 아버지와 인연이 있는 지역인 하쓰세에서 아키 들
녘[아키노阿騎野]으로 향하며 영의 소재지를 찾다가 겨울 사
냥 여행지에서 '노숙'함으로써 마침내 아버지 구사카베의 영

---

24   [옮긴이] 구사카베 황자는 덴무 천황의 차남으로 686년 덴무 천
황이 병사한 후 다음 천황이 될 예정이었다. 그런데 이복형인 오쓰大
津 황자의 모반과 처형 등 혼란 탓에 즉위가 미뤄지다가 그도 689년
스물여덟의 젊은 나이에 급사한다. 이에 덴무 천황의 황후가 황위를
이어 지토 천황이 되고, 어린 가루 황자가 성장하기를 기다렸다가 697
년에 양위했다고 전해진다.

과 일체화하기에 이른다. 시라카와에 따르면 히토마로의 장가 및 단가는 그 '계체수령'継體受靈 과정의 실황을 중계한 것이다. "겨울 사냥은 온전히 가루 황자가 천황의 영을 보유한 자의 자격을 지닌 채 매장된 구사카베 황자 생전의 가장 약동하는 생명태에 가까이 다가가 그와 합일하기 위해, 즉 계체수령을 위해 행해진 것이다."[25] 본래 히토마로는 구사카베 황자의 아라키노미야殯宮[26]를 지낼 때도 장가를 헌상한 전력이 있어(1권, 167) 구사카베 황자의 영과 관계가 깊은 가인이었다.

그리고 이 초혼은 생전의 구사카베 황자에 대한 한밤의 사념思念으로 완수된다. 시라카와에 따르면 여기서 '여숙'은 여행지에서 숙박하는 것만을 가리키지 않는다. 오히려 그 자체가 초혼 의례의 불가결한 일부였다. 히토마로의 단가 네 편은 그러한 여숙의 시간성, 즉 밤부터 새벽까지 걸친 제식祭式의 시간 경과를 표시한다. 아키노의 여행자들이 밤새 뜬눈으로 "옛날"을 생각하는 동안 동쪽 들녘에 서광이 비치고 서쪽 하늘로 달이 기운다—이 박명의 무대에서 말 위에 앉아 지금이라도 사냥에 나서려는 듯한 구사카베 황자의 영이 어린 아들인 가루 황자에 겹쳐지듯 떠오르는 것이다. 아지랑이나 안개 같은 단어를 자유자재로 구사하는 모던한 자질의 소유자 히토마로는 명암의 경계에서 몽환적인 초혼의 드라마를 훌륭히 엮어 냈다.[27]

25 시라카와 시즈카白川靜, 『초기 만엽집』初期万葉集, 中公文庫, 2002, 111쪽.

26 [옮긴이] 천황이 죽은 후 매장되기 전까지 사체를 안치하고 지내는 제사 혹은 그 빈소를 말한다.

27 고지마 노리유키小島憲之, 『상대 일본 문학과 중국 문학』上代日本文学と中国文学 중권, 塙書房, 1964에서 지적하듯(807쪽 이하) 히토마로는 '페이웨이'霏霺라는 한문 유래의 말—그러나 육조 이래 갓 사용되

여기서 야나기타 구니오[28]의 『일본의 마쓰리』를 연상할 수 있다. 야나기타는 '마쓰루'マツル라는 말이 '마쓰로우'マツロウ와 뜻이 통한다[29]는 점에 착안해 한밤에 사람들이 한데 모여 식사하면서 날이 밝기를 기다리는 각지의 풍습을 기술했다. 마쓰리의 원초적인 모습은 저녁부터 다음 날 아침까지 집 안에서 밤을 지새며 한마음으로 신을 받들어 모시는 데 있다. "요컨대 '틀어박히는'籠る 것이 마쓰리의 근본이었다. 다시 말해 본래 술과 음식으로 마음을 다해 신을 대접하면서 모두가 한마음으로 그 앞에 무릎을 꿇는 것이 마쓰리였다."[30] 마쓰리가 무리 지어 야단법석을 떠는 사건이 된 것은 구경꾼이 늘어나 도시의 이벤트가 되었기 때문일 뿐이다. 밤새 한 장소에 틀어박혀 신과 만나 하나가 된다는 시간 감각은 지금 일본에서는 '밤샘'에 간신히 남아 있을 뿐이지만, 히토마로가 노래한 아키노의 초혼가처럼 옛 문학 속에서 가끔은 이 원초적인 '마쓰리'와 유사한 시간성을 인식할 수 있다.

게다가 히토마로의 아키노 장가 및 단가에는 망자에 대한

기 시작한 비교적 새로운 말―을 애호해 '가스미다나비쿠'霞靆[안개가 길게 뻗친 모습을 나타낸 표현]라는 독특한 표현을 발명했다. 이는 히토마로 혹은 히토마로 가집의 모던한 감각을 보여 주는 좋은 사례다.

28 [옮긴이] 야나기타 구니오柳田國男, 1875~1962. 일본의 민속학자이자 관료. 1910년 발표한 설화집 『도노 이야기』는 지금까지도 일본 민속학의 기초를 닦은 저서로 평가받고 있으며 다양한 저술 활동을 통해 일본 전통의 의미를 연구했다.

29 [옮긴이] '마쓰루'는 현재는 '도시 축제'로 통하는 '마쓰리'의 동사형이며, '마쓰로우'는 밤새 공식共食하며 영을 기리는 풍습을 나타내는 표현이었다.

30 야나기타 구니오柳田國男, 『일본의 마쓰리』日本の祭, 角川文庫, 1956, 87쪽.

사념이 집중되는 가장 긴요한 '밤' 장면이 묘사되지 않은 채로, 말하자면 빈칸으로 남아 있다. 다른 히토마로 혹은 히토마로 가집의 노래를 보더라도 아침이나 저녁의 몽환적인 시간대가 극히 인상적으로 그려진 것에 비해─『고금집』[31]에 수록된 "희미하게 밝아 오는 아카시明石 포구는 아침 안개에 싸여 있지만, 당장이라도 섬 그늘에 숨을 듯한 한 척 작은 배를 나는 바라보고 있네"가 후에 히토마로의 대표작이 되었다는 사실을 떠올려 보자─'밤'은 어떻게 보면 수수한 시간대에 속한다. 예를 들어 히토마로 가집의 노래로 말하자면,『만엽집』의 "칠흙과 같은 밤 오시면 마키무쿠卷向의 강물 소리 높아지고 폭풍우도 빨라지네"(7권, 1101)든 유게 황자[32]에게 바친 "한밤중과 밤을 깊이 적시는 기러기 울음소리 들리는 하늘이여 달을 보네"(9권, 1701)든, 밤을 노래하는 음조는 청명할지언정 팽팽한 긴장감은 그다지 느껴지지 않는다. 엄청난 무엇이 도래할 것이라는 예감으로 가득한 아키노의 '햇살'(서광)이나 어딘가 우주적인cosmique 인상을 주는 아카시의 "아침 안개"를 읊은 노래에 비하면 **히토마로적인 밤**은 영적인 드라마에 미치지 못하고 그의 문학적 능력이 있는 그대로 발휘되지 못한 시간대라고 할 수 있을 듯하다.

이와 관련해 시사적인 것은『백인일수』百人一首에서 히토마로가 쓴 것으로 인구에 회자되는 "길게 늘어진 산새의 꼬리처

---

31 [옮긴이] 이하『고금집』인용문 번역은『고킨와카슈』, 구정호 옮김, 소명출판, 2010을 바탕으로 했으며,『고금와카집』, 최충희 옮김, 지만지, 2011도 참조했다.「가나 서문」번역은『기노 쓰라유키 산문집』, 강용자 옮김, 2010도 참조했다.

32 [옮긴이] 유게 황자弓削皇子, ?~673. 만엽 가인으로 덴무 천황의 여섯째 아들이었다.

럼 기나긴 밤 사랑하는 님을 그리며 나 홀로 잠이 드네"라는 유명한 노래에서도 밤의 내용 없음이 두드러진다는 점이다. 뜻만 헤아리면 이 노래는 '긴 밤 홀로 외롭게 잠들 것인가?'라고 물을 뿐이며 사실상 무엇도 말하지 않는다. 그러나 오리구치 시노부[33]에 따르면 이 내용 없음에서 고대인이 누리던 행복감의 한 전형을 인식할 수 있다. 노래의 평범한 내용을 걸어 낸 후 "남는 것은 옛 우리의 생활이 실로 유유자적하고 한가로운 것이었음을 연상시키는 생활 기분을 내용으로 하는 공허 그 자체뿐입니다".[34]

"산새의" 노래가 정말 히토마로의 작품인지는 제쳐 두더라도, 적어도 여기에는 히토마로적인 것과 밤의 관계가 암시되어 있다. 이 작가는 사념이 깊어지는 밤 시간대를 특별한 음조를 사용하지 않고 한가로운 "공허" 그 자체로 놓아둔다. 이것이 아마도 히토마로적인 '밤'의 성격일 것이며, 또한 밤의 영성을 청각적인 수준에서 예리하게 통찰한 야마베노 아카히토의 노래 "칠흑과 같은 밤 점점 깊어 가니 예덕나무 자라는 청류 흐르는 강에 온갖 새 울어댄다"(6권, 925)와의 큰 차이점일 것이다.[35] 한편 천황이 될 기회를 놓친 불운한 구사카베 황자

33　[옮긴이] 오리구치 시노부折口信夫, 1887~1953. 야나기타 구니오와 더불어 일본 민속학을 대표하는 민속학자이자 국문학자. 일본 문화의 기원에 관심을 가지고 주로 신화와 설화를 연구했다.

34　[옮긴이] 오리구치 시노부折口信夫, 「하이쿠와 근대 시」俳句と近代詩, 『오리구치 시노부 전집』折口信夫全集 27권, 中公文庫, 1976, 230쪽.

35　오리구치는 "야마베노 아카히토 등의 노래에는 일종의 자잘한 으름장이 나온다. 그것은 노래의 역사가 밤을 통해 나왔기 때문이다"라고 빼어나게 표현했다. 오리구치 시노부, 「만엽집의 민족학적 연구」万葉集の民族学的研究, 『오리구치 시노부 전집』 9권, 中公文庫, 1976, 550쪽.

의 '다마후리'는 어디까지나 밤부터 아침까지라는 특수한 시간성 속에서 집행되었고 히토마로도 그에 참여했다. 진신의 난 〈전후〉 혹은 귀인의 사후 시간대에 속한 히토마로는 "아지랑이로 봄날이 아른한" 오쓰노미야의 폐허, 세월에 떠내려가는 박명의 아키노와 마주했을 때 『만엽집』에서도 보기 드문 장대하고 영적인 예감으로 충만한 노래를 읊었던 것이다.

이 작품들만큼의 박력은 느껴지지 않으나 주술적인 음조가 가장 공식적으로 나타나는 히토마로의 노래로는 지토 천황이 요시노미야吉野宮에 행차했을 때 그녀에게 헌정한 장가를 들 수 있다.

야스미시시 우리 임금님께서 통치하시는 온천하 세상에도 나라들도요 많이 있지만서도 산도 강들도 맑은 가후치河內라고 미코코로오 요시노의 나라奈良의 하나치라후 아키쓰秋津의 들녘에 궁전 기둥도 굵게 군립하시니 모모시키노 문무대관 관료들 배 나란히 해 아침에 강 건너고 다투어 저어 저녁 강을 건너네 이 강물처럼 끊어지는 일 없이 이 산과 같이 더욱 높이 다스릴 물살이 급한 폭포의 도읍瀧の都은 봐도 질리지 않네 (1권, 36)

반가
봐도 질리잖는 요시노 그 강물이 늘 흐르듯이 끊임이 없이 항상 계속해서 또 보자 (37)

이 장가는 지토 천황의 요시노 행차를 수행하는 "문무대관"이 아침부터 저녁까지 뱃놀이하는 모습을 노래하고 있다. "폭포의 도읍"으로 불리는 요시노는 덴무 천황이 거병한 땅인데,

히토마로는 유서 깊은 이곳의 산천을 노래함으로써 국토의 영원한 안녕을 축원한다. 이때 히토마로는 결코 근대의 자연주의 작가처럼 '사생'하지 않는다. 있는 그대로의 자연을 묘사하는 것이 아니라 문무대관의 '뱃놀이' 정경을 매개 삼아 의례의 무대가 된 풍경을 "이 강물처럼 끊어지는 일 없이 이 산과 같이 더욱 높이 다스릴"이라며 축복하는 것, 즉 자연의natural 풍경이 아니라 의식의ritual 풍경을 스케치하고 아울러 그 땅의 번영을 염원하는 것, 이것이 히토마로의 직무였다.[36]

실제로 여기서 노래하는 뱃놀이는 단순한 배 경주를 뜻하는 것이 아니다. 게이추는 "뱃놀이는 요즘 풍습인 배 경주를 말한다. 우리는 경주하며 마음을 다툰다"라고 서술하면서 그것이 중국에서도 민간 행사로 존재한다고 지적한다. 흥미롭게도 중국 배 경주의 기원에 대해『오월춘추』吳越春秋에서는 오나라 왕 부차夫差를 멸망시킨 월나라 왕 구천句踐이 오자서伍子胥의 충忠을 가엾이 여겨 창시한 것이라고 기록했고『형초세시기』荊楚歲時記에서도 굴원屈原이나 오자서와 연관 짓는데, 어느 쪽이든 뱃놀이가 어떤 제식祭式의 맥락을 수반하고 있음을 말해 준다.

---

36 있는 그대로의 자연을 사생하는가 아니면 미화된 자연을 재현하는가. 이 대립은 다른 장르에서도 관찰된다. 예를 들어 영화에 있어서도 뤼미에르 형제가 역에 들어오는 열차의 모습을 촬영하고 데이비드 W. 그리피스, 세르게이 예이젠시테인, 프리츠 랑 등이 군상의 실상을 다룬 것과 대조되는, 미조구치 겐지에서 페데리코 펠리니 혹은 데이비드 크로넨버그 등에 이르기까지 '표상=상연된 것'(예능, 무대 예술에서 비디오까지)을 재촬영하는 전략이 존재한다. 전혀 가공되지 않은 날것의 사물을 보고 싶다는 욕망과 다양한 매개물에 의해 미화된 대상을 보고 싶다는 욕망 간의 맞대결이 인류의 표상 문화를 깊이 규정해 온 것이다.

의례의 뉘앙스를 풍기는 물가의 뱃놀이를 읊은 히토마로의 노래는 요시노를 축복받은 영지靈地로 칭송한다. 이때 "봐도 질리잖는"이라는 정형화된 표현이 사용된 것을 두고 시라카와 시즈카는 다음과 같이 탁월한 분석을 제시한다.

"봐도 질리잖는" 혹은 이와 비슷한 표현의 글귀는 『만엽집』에 거의 50차례 등장한다. 이것은 단순히 "그 강처럼 끊이지 않고 이 산처럼 드높게 군림하소서, 물보라를 일으키며 흘러내리는 이 폭포의 궁은 아무리 봐도 싫증 나지 않는구나"(오모다카 번역[37])라고 번역하고 끝낼 일은 아니다. "봐도 질리잖는"은 그 상태가 영원히 지속되기를 바라는 주술의 말이다. 이 노래는 그 영원성을 찬양함으로써 다마후리로 기능하게 된다.[38]

시라카와의 생각에 "봐도 질리잖는"이란 단순한 자연 경관이 아니라 지령地靈에 작용해 산천에 영원성을 부여하고자 하는 주술적 행위를 가리킨다. 이 노래는 단순히 요시노의 아름다운 자연을 묘사한 것이 아니라 오히려 "늘 흐르듯이"常滑라는 표현을 통해 신성화된 요시노의 풍경을 거듭 '바라봄'으로써 그 영원의 생명력을 칭송한 것이다. 따라서 있는 그대로의 풍경을 사생한다는 근대 자연주의 리얼리즘의 관념에 되는 대로 끼워 맞추면 이 노래를 이해하기가 막연해진다.

정리하면 히토마로의 오미 황도 노래는 아름다운 나라奈良의 우네비산에서 오쓰노미야의 폐허에 이르는 '천도' 과정을

---

37 [옮긴이] 오모다카 히사타카澤瀉久孝, 1890~1968. 일본의 『만엽집』 연구자. 1951년 설립된 만엽학회의 초대 대표를 역임했다.

38 시라카와 시즈카, 『초기 만엽집』, 153쪽.

노래하면서 오미에 응어리진 지령을 위로했다. 다른 한편 지토 천황의 행차를 수행한 히토마로는 요시노라는 성지를 주술적으로 '바라봄'으로써 토지의 풍부한 생명력을 일깨우고 그것이 영속하기를 간절히 바랐다. 하쿠스키노에 전투의 패배로 조선 경영에서 철수하고 진신의 난으로 오미의 이국풍 수도가 황폐해진 이후, 아스카로부터 멀리 떨어진 요시노=폭포의 도읍에서 국가의 영원한 번영을 구가하는 것, 히토마로는 이러한 〈전후〉의 의례적 문학에 깊이 관여했다.

2 고도의 문학

오미에서 다마후리(진혼)를 하든 하쓰세에서 여숙을 하든 혹은 요시노에서 뱃놀이를 하든 히토마로는 의례의 기록자로 참가했다. 흥미로운 것은 히토마로가 지닌 주술성이 이후 일본 문학의 방향성을 예고한다는 점이다. 확실히 장가라는 장르 자체는 히토마로에서 정점을 찍은 후 하향세로 접어드나, 진혼 문학 자체는 또 다른 스타일로 지속된다. 특히 『헤이케 이야기』와 『태평기』부터 제아미[39]의 복식몽환능複式夢幻能,[40] 나아가 '메이지의 정신'을 추도한 나쓰메 소세키의 『마음』에 이르기까지 일본 문학은 종종 패자에게 바치는 주술적=예능적 언어로 기능해 왔다. 이러한 〈전후〉 문학의 계보를 상정할

---

39 [옮긴이] 제아미世阿弥, 1363~1443. 노의 완성자로 평가받는 예능인. 인기 예능인이었던 간아미観阿彌, 1333~1384의 장남으로 태어났으며 이시키기 요시미쓰의 후원하에 극단 간세자観世座를 이끌었다. 말년에 요시미쓰의 아들 요시노리에게 신임을 잃고 귀양살이를 하다가 사망한다.

40 [옮긴이] 가면을 쓰고 빙의와 변신을 시도해 극을 전개하는 노를 말한다.

때 히토마로가 틔운 역동적이고 무성한 장가의 그늘 아래 일본 문학의 열매가 이미 가지가 휠 정도로 열려 있었음을 우리는 알 수 있다(이 책에서 나는 그 열매의 속살을 차례차례 점검한다). 나는 히토마로가 이처럼 풍성한 리얼리티를 선취했다는 점에서 그의 '천재성'을 찾고자 한다.

그와 더불어 앞서 본 오미 황도의 노래가 고도古都의 문학이라는 성격을 갖고 있었다는 점도 유념해 두자. 문학을 고도와 엮어 내는 것은 히토마로와 만엽 가인들의 주요한 작업이었으며, 일본 문학의 감수성 구조에도 중대한 영향을 미쳤다.

본래 히토마로가 섬긴 지토 천황 시대는 일본에서 최초의 본격적 궁성을 갖춘 후지와라쿄藤原京로의 천도(694)가 단행된 시점이다. 그 전까지 뿔뿔이 흩어져 있던 호족들을 한곳에 모아 농업 생산과 유리된 도시 거주민으로 재등록하고, 율령 국가를 지탱하는 관료제를 그에 뿌리내리게 하는 것이 후지와라쿄의 기본 계획이었다.[41] 덴무 왕조와 지토 왕조를 경계로 중국식 율령제의 도입이 진행된 가운데 일본에서 수도의 기능 또한 큰 변화를 맞이했다고 할 수 있다. 그런데 그 속에서 히토마로는 오히려 명실공히 '고도'로 자리매김한 토지의 정령과 친밀하게 접촉한다.

이때 율령 국가 체제 자체가 극히 '모던'한 제도였다는 사실도 고려해야 한다. '본가'인 중국에서 종래의 호족이나 귀족 중심 정치를 대신해 과거제와 관료제에 바탕을 둔 법치 국가=율령 국가 시스템이 건설된 것은 6세기 후반 수나라 시대 이후의 일이다. 일본은 그로부터 100년도 채 되지 않아 중국과 같은 숙성기도 거치지 않고 율령 국가 도입을 추진했다.

---

41 무라이 야스히코, 『율령제의 허실』, 81쪽 이하.

그러나 바로 그렇기 때문에 율령 국가의 여백 또한 컸다고 말해야 한다(게다가 수나라가 30년 만에 멸망한 만큼 율령제가 진정 우수한 통치술이라는 보증도 없었다). 히토마로가 남긴 고도의 문학은 바로 그 여백에 잠입한다. 아니, 히토마로에 그치지 않고 『만엽집』 자체가 '고도의 가집'이라는 성격을 띤다고 말할 수 있다.

잘 알려진 것처럼 『만엽집』의 권두는 "하쓰세노아사쿠라노미야의 천황이 다스릴 때", 즉 유랴쿠雄略 천황의 초적가草摘歌[42]("바구니 바구니 들고 호미 들고 호미 들고서")로 시작하고, 그 뒤에 "다카이치노오카모토노미야의 천황이 다스릴 때", 즉 조메이舒明 천황의 국견가国見歌[43]인 "야마토에는 산도 많고 많지만 특별히 멋진 하늘 가구야마香具山에 올라가 서서 온 나라를 내려다보니 육지에서는 연기 피어오르고 바다에서는 갈매기 떼 나네 아! 좋은 나라 풍요의 나라도다 야마토 이 나라는"이 이어진다. 이 노래들이 정말 천황의 어제가御製歌[44]인지는 차치하고, "하쓰세노아사쿠라노미야"든 "다카이치노오카모토노미야"든 이 황거들이 『만엽집』 편찬 당시에 이미 요원한 옛 '수도'였다는 점이 중요하다. 아니, 근대화된 수도인 후지와라쿄나 헤이조쿄平城京 주민의 관점에서 그것들은 이제 '수도'라고 부르기 어려운 장소, 문자 그대로 고도로 느껴졌을 것임에 틀림없다. 『만엽집』의 편집자는 이 고도

42　[옮긴이] '초적'은 이른 봄 들판에서 나물을 캐거나 꽃을 따는 일종의 소풍을 뜻한다. '초적가'는 이를 소재로 지은 시가다.

43　[옮긴이] '국견'(구니미)은 천황이 영토를 축복하는 의례를 말하며 이를 노래로 지은 시가를 '국견가'라 한다.

44　[옮긴이] '어제'는 천황이나 황족이 손수 쓰거나 지은 글, 시가, 그림 등을 가리킨다. 보통 역대 천황의 와카를 '어제가'라 부른다.

들을 다스린 천황의 노래를 책의 서두에 배치해 이 가집의 성격을 선명히 했다.

유랴쿠 천황의 초적가와 조메이 천황의 국견가는 농경 사회의 풍양의례豊穰儀禮를 강하게 환기한다. 이 두 수를 시작으로 『만엽집』의 노래에는 종종 모종의 농본주의적 요소가 첨가된다. 진신의 난 〈전후〉에 군림해 신격화된 덴무 천황도 『만엽집』에서는 농촌적 이미지에 포섭된다. 예를 들어 "진신의 난 평정 후 지은 노래 두 수"壬申年之亂平定以後歌二首라고 설명된 "임금은 신이시다 아키고마 늪지 밭을 수도로 만드시네"(19권, 4260) 및 "임금은 신이어라 물새 많은 늪지 수도로 만드시네"(19권, 4261)에서 덴무 천황은 밭과 늪지 위에 세워진 '수도'의 '신'으로 예찬된다. 이 노래들이 가리키는 것은 국제적 색채가 짙은 덴지 천황 시대의 수도와는 다른, 완만한 산줄기에 둘러싸여 보호받는 나라奈良의 수도에서 볼 수 있는 제왕의 모습이다.

이러한 농촌적 '고도'의 이미지를 필두로 『만엽집』에는 일본의 역대 수도에 대한 깊은 감회가 서려 있다. 예를 들어 『만엽집』에서는 누카타노 오키미[45]가 "가을 들판의 참억새 지붕 덮고 나그네 잠잔 우지에 있는 행궁 임시 거처 생각나네"(1권, 7)와 같이 우지宇治의 행궁行宮을 읊은 노래, 앞서 다룬 히토마로의 오미 황도의 노래, 그리고 다케치노 구로히토高市黑人[46]의 "지난 시대 사람인 것인가 나는 사사나미樂浪의 옛 도읍지를 보면 마음 아프네"(1권, 32)를 비롯한 오미의 옛 수도를 읊

45　[옮긴이] 누카타노 오키미額田王, 630~690. 7세기 말엽 아스카 시대의 시인.

46　[옮긴이] 아스카 시대 지토 천황과 몬무 천황 재위기에 활동한 가인이자 관리로 추정되나 구체적인 이력은 알려져 있지 않다.

은 노래, 그리고 헤이조쿄로 천도할 때 아스카의 '고향'을 그리워하며 만든 "도부토리노 아스카明日香의 마을을 뒤로하고 가면 그대 있는 주변을 볼 수 없게 될 것인가"(1권, 78. 지토 천황이 지었다는 설이 있다) 등을 열거할 수 있다. 정치적으로 방치된 오미와 아스카의 수도가 노래의 힘에 의해 그리운 고도=고향으로 부흥되었다. 천도할 때마다 필연적으로 발생하는 고도는 가인들에 의해 망각의 심연에서 구출되어 문학적 정념을 환기시키는 대상으로 탈바꿈한다. 간단히 말해 수도를 만든 것은 정치의 힘이었지만 고도를 만든 것은 문학의 힘이었다.

나아가 『만엽집』의 편집자로 알려진 오토모노 야카모치의 생애가 천도와 깊이 관련되어 있었다는 사실도 간과할 수 없다. 천도는 많은 노력과 비용을 수반하는 사업이었고, 야카모치가 모신 쇼무聖武 천황이 행한 여러 번의 천도 사이사이에 화재와 지진 등의 이변이 끊이지 않았음이 기록되어 있다 (『속일본기』續日本紀). 재난을 불러들이는 천도는 고대인에게 결코 두 손 들어 환영할 만한 일이 아니었다. 야카모치 자신도 쇼무 천황이 축조한 신도시, 즉 구니쿄恭仁京를 찬미하는 노래를 남기기는 했지만, 『만엽집』의 편집자로서는 나라 분지奈良盆地[나라 시대 정치·문화의 중심지]의 고도를 깊이 사랑했던 것 같다. 그리고 그러한 애착 탓에 야카모치는 훗날 천도 사업에 의해 운명을 농락당한다. 사와라 친왕[47]의 춘궁

47　[옮긴이] 사와라 친왕早良親王, 750~785. 어머니 쪽이 하급 귀족 출신이라는 이유로 태자로 책봉되지 못하고 출가했다가 781년에 형인 간무 천황의 즉위와 함께 환속해 태자로 책봉된 인물이다. 그러나 785년 어느 유력한 무사의 암살 사건에 연루되어 폐사廢嗣되고, 이에 억울함을 호소하다가 유배 도중 사망했다. 이후 황실에 병사가 끊이

대부春宮大夫[48]로 말년을 보낸 야카모치는 헤이조쿄에서 나가
오카쿄長岡京로의 천도를 추진한 후지와라노 다네쓰구藤原種
繼에 반발하다가 785년에 사망하는데, 그 직후 일어난 다네쓰
구 암살 사건에 연루되어 사후에 명예가 실추된다. 나가오카
쿄 천도에 대한 냉담함 그리고 나라를 향한 깊은 애착이 야카
모치의 정치적 지위에도 타격을 입혔던 것이다.

그리고 야카모치의 노래가 수록된『만엽집』6권은 고대 일
본 수도의 모델 하우스 같은 양상을 보인다. 우선 가사노 가
나무라笠金村와 야마베노 아카히토의 요시노노미야와 나니
와노미야難波宮를 읊은 노래가 열거된 후, 쇼무 천황이 헤이조
쿄에서 구니쿄, 나니와, 시가라키紫香樂로의 천도를 단행했을
때의 노래가 이어진다. 이때 우도네리[49]였던 야카모치는 완
성 직후의 구니쿄를 기리는 노래를 읊는다. "새롭게 짓는 구
니久邇의 도읍지는 산이랑 강이 깨끗한 것 보면은 도읍 세움
당연해"(6권, 1037). 그러나 이 구니쿄 천도로 인해 옛 수도인
헤이조쿄는 폐허화되며, 이 변화가 가인들에게 '무상관'無常觀
을 환기시키고 나아가 "푸른 흙 좋은 나라 도읍"을 재생할 희
망을 이야기하게 한다. "붉은 색깔에 깊게 물들어 버린 마음
인가 봐 나라寧樂[50] 도읍지에서 해를 보내야 하나"(6권, 1044).

지 않고 나라 안팎으로 재난이 일자 당시 천황은 사와라 친왕의 원혼
때문이라며 음양사나 승려로 하여금 그의 원혼을 달래는 의식을 거
행하게 했다.

48　[옮긴이] 춘궁방春宮坊의 대신을 뜻한다. 춘궁방은 일본 율령제
시기에 존재했던 기관이다.

49　[옮긴이] 주로 궁 안의 직무를 맡는 도네리는 우도네리內舍人, 궁
밖과 관련된 직무를 맡는 도네리는 오토네리大舍人라고 불렸다.

50　[옮긴이] 몬무 천황 통치기인 710년 헤이조쿄(현재의 나라시奈良
市)로 수도를 옮긴 이후 이 지역은 '那羅', '奈良', '平城', '寧楽' 등으로

"이 세상살이 무상한 것이라고 지금 알았네 나라平城 도읍지가 변하는 것 보면은"(6권, 1045). "이하쓰나노 다시 젊어져서는 아오니요시 나라의 도읍지를 다시 볼 수 있을까"(6권, 1046). 이처럼 가인들이 '영락寧樂의 고향'에 노래를 바친 것은 버려진 고도를 자기 고향Heimat으로 등록하는 것을 의미했다. 그러나 역설적이게도 머잖아 구니쿄마저 폐도廢都가 되어 "미카三香 들판 구니의 도읍지는 황폐해졌네 궁중 관료들이 옮겨 떠나 버려서"(6권, 1060)라고 읊었듯 순식간에 황폐해진다…… 이리하여 구니쿄 천도로 헤이조쿄가 맞았던 '고도'의 운명을 구니쿄 또한 충실히 재현하게 된다. 『만엽집』에서 수도의 흥망성쇠는 거의 생태학적 패턴처럼 반복된다.

게다가 『만엽집』과 천도에 얽힌 에피소드는 여기에서 그치지 않는다. 훗날 『만엽집』 복권에 관여했다는 설이 있는 헤이제이平城 상황은 간무 천황이 구축한 헤이안쿄에서 다시금 나라로 수도를 옮기고자 했으나 뜻을 이루지 못했다(구스코의 변[51]). 그러나 이 정변 또한 문학적 환상과 연관이 없지 않다. 왜냐하면 오리구치 시노부가 말한 것처럼 야카모치와 마찬가지로 헤이제이 상황도 "나라 수도 그리는 마음"에서 헤어 나오지 못했으며 그 일이 나라의 상황과 교토의 사가嵯峨 천황 간의 알력을 일으킨 요인이 되었기 때문이다.[52] '고도'의 환

다양하게 표기되었으며 이 모든 표기를 '나라'로 읽는다. 특히 문학 작품에서는 종종 평화와 안녕을 바라는 뜻에서 '寧楽'를 사용하곤 했다.

51   [옮긴이] 810년 신병으로 천황을 양위한 헤이제이 상황이 복권을 노리고 애첩이었던 후지와라노 구스코藤原薬子와 그녀의 오빠 후지와라노 나카나리藤原仲成와 함께 천도를 주장하며 군사를 일으켰다가 사가 천황에 의해 진압된 사건을 말한다.

52   "그 정도의 사건[다네쓰구 암살 사건을 둘러싼 소동—인용자]이 된 이유는 야마토 왕조 시대에 누차 반복된 옛 도읍으로의 회복열

상에 깊이 침윤된『만엽집』관계자들은 이윽고 자기 자신을 정치적 패배자의 길로 이끈다. 이것은 '고도'라는 문학적으로 의미화된 장소(토포스)가 때로 율령 국가의 정치 질서와 맞지 않는 위험 요인이 되었음을 암시한다.

이와 같이 하쓰세의 작은 도읍에 진좌한 유랴쿠 천황의 노래로 시작하는『만엽집』에는 천도를 따라 흐르는 감정의 기복이 세심히 새겨져 있다.『만엽집』이 그려 낸 '고도'의 이미지는 율령 국가의 제도적 중심지라기보다 오히려 가인들의 감정적 중심지였다고 말할 수 있다. 이 점에서 특이한 문예 비평가인 야스다 요주로[53]가 "고도신경古都新京이 잇따르는 황폐의 견문은 덴표 시대『만엽집』의 정신과 시정詩情을 동요시켜 역사의 회상을 고전의 정신으로 이끌었다"고 지적한 것은 과연 혜안이다.[54] 정말이지 거듭되는 천도가 없었다면, 그리고 그에 의해 수많은 '고도'가 만들어지지 않았다면『만엽

이 나라의 옛집을 그리워하는 사람들의 마음을 부채질했기 때문이다.……나라의 수도를 그리워하는 마음은 호족 오토모大伴 씨족의 멸망을 눈앞에 두고도 사그라질 줄 몰랐다. 나아가 헤이제이 상황의 아들인 다카오카高丘 태자까지도 아궁이에 장작을 더 집어넣었다"(「만엽인의 생활」万葉びとの生活,『오리구치 시노부 전집』9권, 中公文庫, 1976, 27쪽). 그리고 훗날 우에다 아키나리上田秋成가 만년에 쓴『하루사메 이야기』春雨物語 권두에서 헤이제이 상황의 이야기를 다룬 것도 나라로의 천도=복도 그 자체가 일종의 문학적 행위였음을 암시하는 것일지도 모른다(4장 참조).

53 [옮긴이] 야스다 요주로保田與重郎, 1910~1981. 일본 낭만파의 중심 인물로, 활동 초기에는 일본의 전통미를 찬미하는 입장이었다가 중일전쟁 시기에 국수주의적 경향이 강해지면서 전후에 많은 비난을 받았다. 태평양전쟁을 정당화하고 전선의 확대를 선동했으며 1948년 공직에서 추방되었다.

54 야스다 요주로保田與重郎,『만엽집의 정신』万葉集の精神, 新学社, 2002, 304쪽.

집』이라는 가집의 '고전 정신' 자체가 성립되지 않았을 것이다. 만엽 가인들에게 자기 문명이 무엇을 얻고 무엇을 잃었는지를 보여 주는 중요한 지표sign는『고사기』古事記나『일본서기』 같은 공식 역사가 아닌 수도의 "잇따르는 황폐의 견문"에 저장되어 있었다. 고도의 중력이 있었기에 일본 고대 문학은 스스로 문명 고유의 고귀한 역사를 조직할 수 있었던 것이다.

흥미로운 것은 지난날 번영했던 고도에 대한 중층적인 기억을 회상하고 그것을 사람들에게 가르치는 것이 일본 문학사에서 중요한 '감정 교육'이기도 했다는 점이다. 실제로 수도의 수난에 대한『만엽집』의 예민함은, 다음 장에서 살펴보겠지만 헤이안쿄의 붕괴를 그린『헤이케 이야기』, 구마노熊野라는 '중력의 도시'에 구애된 나카가미 겐지, 그리고 가와바타 야스나리의『고도』에 이르기까지 면면히 계승되었다. 일본은 유사 이래 지금까지 국가 전체의 멸망을 경험한 적이 없다. 대신 수도의 흥망에는 문학적 언어를 아낌없이 투자해 하이테크적(=문명적) 수도에서 데드테크적(=폐허적) 고도로의 추이를 중대한 문학적 사건으로 자리매김시켰다. 그리고 오미 황도를 노래한 진신의 난의 전후 작가 히토마로가 바로 이러한 '고도의 문학'의 선구자였다.

3 기려가와 익명성

다시 반복하자. 히토마로가 부흥기의 '천재'인 까닭은 그의 노래가 먼 훗날 일본 문학의 '현실'이 되는 씨앗 — 즉 <전후>의 진혼 문학 혹은 고도를 '부흥'하는 문학 — 을 품고 있었기 때문이다. 미증유의 내전=진신의 난에서 가까스로 빠져나온 뒤, 히토마로 이후의 노래를 통해 정령과 수도에 대한 감도感

度가 한층 깊어져 마침내 그 감수성이 일본 문학의 한 틀을 형성한다. 우리는 부흥기를 창조성으로 가득 채우는 일본 문화의 면모를 무엇보다 히토마로에게서 인식할 수 있다.

물론 「서장」에서 서술한 바와 같이 어느 시기가 부흥기인지 여부는 어느 정도 시간이 흐른 후에 돌아보아야 알 수 있다. 그렇지만 앞으로 더 힘든 고비가 얼마든지 있을 수 있다는 바로 그 이유 때문에 〈전후〉나 천도 후의 만엽 가인들은 심혈을 기울인 문명의 소산을 '노래'라는 형식으로 보존했으며(그 '형식'이 단지 진지하기만 했던 것은 아니고 오리구치가 말한 "다수의 유희 분자"를 포함했다는 사실도 덧붙여야겠다[55]), 나는 거기서 늠름한 문화 의지를 발견한다. 무엇보다 보존이란 결코 소극적인 행위가 아니다. 오히려 그 자체가 번듯한 창조나 다름없다. 실제로 『만엽집』이 보존한 정령과 고도는 율령 국가의 정통적인 문서에서는 결코 묘사될 수 없었던 '역사'를 창출했다. 현실적 타격의 후=흔적을 문학적으로 보존하고 거기에 다양한 감정의 형태를 저장하는 일이 갖는 의미를 고대 일본인은 깊이 인식하고 있었다.

그때 이들이 전원도 대지도 산천도 아닌 '고도'를 고향Heimat으로 받아들인 것에는 매우 중요한 의미가 있다. 만엽 가인들은 어디까지나 미개의 자연이 아닌 문명을 출발점으로 삼아 자화상을 그려 냈다(따라서 『만엽집』을 '소박'하고 원초적인 가집이라고 생각하는 아라라기파적[56] 견해에는 도저히 동

---

55 오리구치 시노부, 「만엽집 사론」万葉集私論, 『오리구치 시노부 전집』 9권, 中公文庫, 1976, 6쪽.

56 [옮긴이] 마사오카 시키正岡子規의 가론을 이어받은 이토 사치오 伊藤左千夫가 1908년 잡지 『아라라기』アララギ를 창간했다. 이 지면을 무대로 활동한 가인으로 시마키 아카히코島木赤彦, 사이토 모키치齊藤

의할 수 없다). 더군다나 이들의 '고향'은 이미 인간의 거처가 될 수 없는 잡초와 안개로 뒤덮인 폐허로밖에 표현되지 않는다. 이는 독일 철학자 마르틴 하이데거가 프리드리히 횔덜린의 찬가를 단서로 "집 아궁이 가까이에 사는" 것에서 근원=고향으로의 회귀를 발견한 것과 대조적이다.[57] 하이데거에 따르면 집의 "아궁이"는 작업장이자 빛=불이 분출하는 원점이기 때문에 그곳으로 돌아가려는 것은 "존재의 진리"에 속한다. 그에 반해 『만엽집』의 고향=고도는 이제 폐허가 되었고 그렇기에 거기에 '사는' 것도 상정할 수 없다. 2장에서 다시 검토하겠지만 일본 문학의 고향Heimat은 오감을 작동시켜 '바라보는' 것 혹은 그 '향기'를 향유하는 것이었지 손을 쓰는 작업장일 수 없었다(감각의 우위!). 히토마로를 필두로 한 고대 일본의 만엽 가인들은 독일의 횔덜린=하이데거와 달리 집으로서의 고향에 '사는' 것이 아니라 고도로서의 고향을 '느끼는' 것 혹은 예부터 익숙한 토지에 '여숙하는' 것을 택했다. 일본 고대 문학에서 사는 것의 철학은 좋고 나쁘고를 떠나 극히 희박하다.

물론 지금까지 나는 히토마로의 한 측면만을 다루었을 뿐이다. 시야를 넓혀 히토마로의 다른 계통 작품을 살펴보면 그로부터 또 다른 별종의, 부흥기로 이어질 시대의 문학을 예고하는 '천재성'이 나타난다. 그것은 구체적으로 '기려가'羈旅歌(여

茂吉, 나카무라 겐키치中村憲吉, 쓰치야 분메土屋文明 등이 있는데 이들을 아라라기파라 부른다.

57 마르틴 하이데거Martin Heidegger, 『횔덜린 시의 해명』ヘルダーリンの詩の解明, 데즈카 도미오手塚富雄 외 옮김, 理想社, 1962, 32쪽 이하 [신상희 옮김, 아카넷, 2009, 43쪽 이하].

행에 관한 노래)와 비슷한 것인데, 훗날『고금집』의「가나 서문」은 오히려 이러한 유형의 문학을 높이 평가했다. 이 점에 대해서도 간단하게 다루어 보려 한다.

앞서 서술한 것처럼 기노 쓰라유키는「가나 서문」에서 히토마로와 아카히토를 열거하고 그 속에서 노래의 성스러운 성격을 찾아냈다. 해당 부분의 고주古注(나중에 덧붙여진 헤이안기의 주석)에서 예시된 것이 히토마로의 "이래서는 어느 것이 매화꽃인지 구분하기 어렵다. 하늘 어둡게 눈이 안개처럼 한가득 내리고 있어서"[『고금집』6권, 334]와 "희미하게 밝아 오는 아카시 포구는 아침 안개에 싸여 있지만, 당장이라도 섬 그늘에 숨을 듯한 한 척 작은 배를 나는 바라보고 있네"[『고금집』9권, 409], 그리고 아카히토의 "봄 들판으로 제비꽃 따러 온 나였는데 들판에 마음 빼앗겨 하룻밤을 묵었다"[『만엽집』8권, 1424]와 "와카노우라和歌の浦로 조수가 밀려오면 갯벌 없어 학이 갈대 있는 기슭 주변으로 울면서 건너간다"[『만엽집』6권, 919]라는 네 편의 노래였다는 것이 주목할 만하다.

이 가운데 '매화의 노래'는『만엽집』에 실릴 노래로는 보이지 않고, 굳이 말하면 오히려 아카히토의 명가 "나의 님에게 보이려고 생각을 한 매화꽃은요 어딘지 알 수 없네 눈이 내렸으므로"(『만엽집』8권, 1426)를 생각나게 한다. 더욱이 "희미하게 밝아 오는"은『고금집』에서 '제목 미상, 작자 미상'의 노래로 보았고(9권, 409), 그 좌주左注[58]에는 "누군가 말하기를 이 노래는 가키노모토노 히토마로가 노래한 것"이라고 덧붙여져 있어, 히토마로라는 고유 인격의 작품이라기보다는 작

---

58 [옮긴이]『만엽집』이나『고금집』에서 와카의 바로 원편에 달린 주석을 말한다. 와카의 내용을 보충 설명하거나 해석에 대한 이견 또는 작자에 대한 일설 등을 다룬다.

자 미상과 같은 익명성을 띤다(더불어 '아카시'에 얽힌 히토마로 가집의 작품으로는『만엽집』3권에 수록된 기려가 "도모시비노 아카시 해협에 들어가는 날에는 저어 이별하는가 집 근처를 보지 않고"[254]와 "아마자카루 시골의 먼 길 계속 그리며 오니 아카시 해협에서 야마토가 보이네"[255]가 알려져 있으나 이것들은「가나 서문」에서 언급되지 않는다. 물론 히토마로 가집의 노래 가운데 히토마로 본인의 작품이 얼마나 되는지는 매우 모호하다). 다소 기묘한 것은「가나 서문」의 고주가『만엽집』의 히토마로가 지은 노래 대신 오히려 야마베노 아카히토의 노래나 작자 미상에 가까운 것들을 바로 히토마로의 작품으로 위치시킨다는 점이다. 그 때문에「가나 서문」에 나타나는 히토마로의 상은『만엽집』1권과 2권에서 보여 주는 웅혼한 장가 작가로서 히토마로상과는 거리가 멀어 보인다. 그로부터는 히토마로의 부흥기 특유의 정념을 읽어 내기가 어렵다.

다른 각도에서 말하면 이는 야마베노 아카히土적인 가키노모토노 히토마로가 '가성'歌聖으로 인지되었다는 뜻이기도 하다. 진신의 난 <전후> 가인이었던 히토마로와 달리 아카히토는 쇼무 천황의 시대에 활약한, 이를테면 포스트전후 작가였다. 수도는 일단 헤이조쿄로 고정되었고, 와도和銅 연간부터 요로養老 연간[59]에 걸쳐 율령 국가의 메커니즘이 이미 본격적으로 작동하기 시작했으며,『고사기』,『일본서기』,『풍토기』등을 통해 역사·지리 인식이 체계적으로 정리되었다. 게다가 훗날 오토모노 야카모치의 시대가 맞닥뜨린 천도의 혼란도 아직은 오지 않았다. 이러한 상황들이 아카히토라는 가인을

59　[옮긴이] 나라 시대의 원호로 와도 연간은 708~715년, 요로 연간은 717~724년을 가리킨다.

둘러싼 환경으로 작용했다. 야스다 요주로의 표현을 빌리면 "히토마로는 진신의 난에 생애가 결정된 시인이다. 아카히토 는 몬무 천황 왕조 이래의 태평성대를 산 시인이다".[60]

에도기의 가모노 마부치[61] 이래 『만엽집』이라고 하면 소박 하고 남성적인 '대범하고 대장부다운 시풍'의 가집이라는 인 식이 종종 언급되는데, 그러한 이해는 대표적인 만엽 가인인 아카히토와는 맞지 않다. 왜냐하면 오리구치가 말한 것처럼 아카히토는 오히려 "이른바 대범하고 대장부다운 것과 거리가 먼 나긋나긋하고 여성스러운 것"을 발생시킨 가인이며, 섬세하 고 우미優美한 헤이안 왕조 문학의 선구자로 파악될 수도 있 기 때문이다.[62] 아마 히토마로와 아카히토의 기려가를 채택 한 쓰라유키에게도 『만엽집』은 "대범하고 대장부다운 것"의 소박함과는 무관했을 것이다. 고대의 가인은 마부치와 같은 만엽관을 가지고 있지 않았던 것 같다.

덧붙여 「가나 서문」이 히토마로의 '아카시'나 아카히토의 '와카노우라'같이 수도에서 멀리 떨어진 경승지를 여행하면 서 부른 기려가를 일부러 인용했다는 점에 주의해야 한다. 이 노래들에서는 정치적 패자의 영이 서려 있는 고도=고향과는 완전히 이질적인 공간이 펼쳐진다. 예를 들어 『만엽집』에는 아카히토의 작품은 아니지만 와카노우라의 다마쓰시마玉津島 를 읊은 작자 미상의 노래가 수록되어 있다.

60　야스다 요주로, 『만엽집의 정신』, 180쪽.

61　[옮긴이] 가모노 마부치賀茂眞淵, 1679~1769. 에도 시대 중기의 국 학자이자 가인.

62　오리구치 시노부, 「서경시의 발생」叙景詩の發生, 『오리구치 시노 부 전집』 1권, 中公文庫, 1976(강조는 추가).

다마쓰시마 잘 보고 가시지요 푸른 흙 좋은 헤이조平城의 사람이 묻는다면 어쩔래요 (7권, 1215)

다마쓰시마 본 것이 좋은 것도 내겐 아니네 도읍으로 돌아가서 그릴 것을 생각하면 (1217)

다마쓰시마 보아도 질리잖네 어떻게 해서 싸 가지고 가야 하나 못 본 사람 위하여 (1222)

이들 모두 다마쓰시마와 수도의 관계를 노래하고 있다. 예를 들어 둘째 수는 도읍으로 돌아가도 이 경승지를 그리워할 것이라는 감개를 읊고 있고, 셋째 수는 "보아도 질리잖네"라는 상투적인 다마후리에 덧붙여 그것을 볼 수 없는 수도(헤이조) 사람들을 위해 다마쓰시마의 멋진 풍경을 싸 가지고 돌아가고 싶다는 소망을 드러내고 있다. 이 무명의 가인들에게 근대적인 '관광객'tourist의 이미지를 투영하는 것은 시대 착오겠으나 그렇다고 오늘날의 관광 산업과 전혀 무관하다고 할 것도 아니다. 왜냐하면 먼 지역의 영을 가져와 수도 사람들에게 나눠 주려는 고대 일본인의 주술적 소망이 지방 특산품을 지인들에게 '선물'하고 싶어 하는 오늘날의 관광객에게도 짙게 남아 있기 때문이다.

다마쓰시마는 와카의 신으로 추앙받는 소토오리衣通 공주[63]

---

63 [옮긴이] 『고사기』에 따르면 19대 천황인 인교允恭 천황의 황녀로 남매인 가루 황자와 정을 통한 비극의 주인공이다. 한편 『일본서기』에서는 인교 천황 황후의 동생이자 천황의 총애를 받는 비로 그려진다. '소토오리'는 아름다움이 옷을 뚫고 나올 정도라는 뜻에서 붙여진 이름이다. 와카의 3대 신 중 한 명으로 꼽힌다.

를 모신 문학적 영지이기도 하며, 우메하라 다케시[64]는 분명 야마베노 아카히토가 그것을 강하게 의식했으리라고 추측했다. 이 견해를 따른다면 「가나 서문」 고주에 인용된 "와카노 우라로 조수가 밀려오면 갯벌 없어 학이 갈대 있는 기슭 주변으로 울면서 건너간다"라는 아카히토 노래 속 학의 울음소리에 소토오리 공주의 소리 없는 목소리가 배어 있다고 생각해 볼 수도 있다.[65] 그렇지만 여기서 우선 당시 사람들이 이 영지를 직접 눈으로 볼 기회 역시 한정적이었으리라는 점을 고려해야 한다. 아니, 다마쓰시마만이 아니다. 히토마로의 아카시, 혹은 아카히토의 "다고田子 포구를 나와 바라보면 새하얗게도 후지 높은 봉 위에 눈 내리고 있었네"(『만엽집』 3권, 318)라는 노래로 명성 자자한 후지산까지 아울러, 이 지역들은 문명의 가장자리에 해당하는 장소, 때로는 노래를 통해서만 그 존재를 드러내는 장소였기에, 수도 사람들의 호기심을 강하게 자극해 순수하고 청신淸新한 인상을 불러일으켰을 터이다.

본래 다마쓰시마의 소재지인 '와카노우라'라는 지명은 진키神龜 원년(724) 10월 쇼무 천황의 다마쓰시마 행차 때 '유람'에 알맞은 풍광명미風光明媚한 땅이라는 이유로 '와카노하마'弱浜를 '아카노우라'明光浦로 개칭한 데서 유래한다(『속일본기』). 즉 와카노우라는 나라 분지의 고도처럼 인간의 복잡한 역사가 축적된 토지가 아니라 자연이 만들어 낸 순수한 스

---

64   [옮긴이] 우메하라 다케시梅原猛, 1925~2019. 일본의 철학자로 교토 시립 예술대학 학장 등을 역임했다. 1980년대에는 국제일본문화센터 창설 준비실 실장으로도 활동했으며, 일본학에 대한 기여로 문화훈장을 받은 바 있다.
65   우메하라 다케시梅原猛, 『떠도는 가집: 아카히토의 세계』さまよえる歌集: 赤人の世界, 集英社, 1974, 321쪽 이하.

펙터클(미관)로 공식화된 장소였다. 수도에서 찾아온 관객들을 매료시키는 환하고 영적인 경승지. 아카히토는 그 풍경을 매우 인상적으로 노래했고, 그것이 「가나 서문」의 고주에서 아카히토의 대표작으로 선양되었던 것이다(게다가 거기서 아카히토의 '와카노우라=아카노우라'와 히토마로의 '아카시 포구'가 병치된 것은 지명 및 지방 풍습에 관한 연상이 작동된 것이리라).

반복하자면 히토마로의 장가는 오미와 아키노에 응어리진 불운한 정령들을 축복하는 것이었다. 그에 반해 히토마로와 아카히토의 기려가는 그러한 인간 역사에 오염되지 않은 청신한 영지를 발견해 낸다. 더구나 쓰라유키의 「가나 서문」은 다름 아닌 관객이라는 존재 양식 안에서 '군'君과 '인'人(군주와 신하)을 통합하고자 했다는 점이 흥미롭다.

노래는 이상과 같이 고대부터 전해져 왔지만, 이것을 특히 보급한 것은 나라 시대부터다. 헤이제이 천황 시대에는 노래의 본질을 잘 이해하고 있었다. 임금과 신하가 노래를 통해 일체가 되었다는 것일 테다. 가을 저녁 다쓰타가와龍田川에 흐르는 단풍을 임금의 눈은 비단으로 보고, 봄 아침 요시노산에 피는 벚꽃을 히토마로의 마음은 구름인가 생각했던 것이다. 또 야마베노 아카히토라는 사람도 있었다. 노래에 신묘했다. 히토마로는 아카히토 위에 서는 일이 어렵고, 아카히토는 히토마로 밑에 서는 일이 어려웠다.

「가나 서문」에서는 히토마로 및 아카히토와 군신일체君臣一體 관계에 있는 인물로 '나라의 제왕'——누구를 가리키는지가 예부터 중요한 문제였으나 여기서는 헤이제이 천황을 가리킨다고 본다─을 지목하고, 그 어제가로서 "다쓰타가와에는 한 면 가득 단풍이 흐드러져 흐르고 있네. 강 건너려 발 넣어 밟으면 물속 비단은 한가운데에서 찢어져 버리겠지"(『고금집』5권, 283)라는 노래를 들고 있다. 무엇보다 『고금집』에서는 이 회화적인 노래에도 "이 노래는 어떤 사람이 나라 어느 제왕의 어가로 아뢰었다"고 주석을 달아 천황의 작품이라는 것은 풍문이라고 기재해, 히토마로의 "희미하게 밝아 오는 아카시 포구"와 마찬가지로 이 노래 또한 '작자 미상'적인 익명성을 내포하고 있다. '다쓰타가와'라는 『고금집』 특유의 화사한 풍경을 눈앞에 두고 헤이제이 천황 혹은 무명의 가인은 어딘가 아이스러운 호기심─이 새빨간 강을 건너면 단풍잎의 비단이 도중에 끊어져 버리지는 않을까?─이 깃든 공상을 이야기한다. 나는 여기서 싱그러운 풍경에 민감하게 반응하는 관객의 즐거움을 느끼지 않을 수 없다.

이처럼 「가나 서문」의 고주는 일부러 고유명성과 익명성을 분간하기 어려운 노래를 예시로 뽑아내고, 그로부터 군신 간에 이루어진 영혼의 친밀한 교류를 찾아낸다. '아카시'와 '다마쓰시마'를 보는 시선은 '다쓰타가와'를 보는 시선과 마찬가지로 '작자 미상'의 익명성에 침식당하고 있다. 쓰라유키에게도 단풍잎을 비단으로, 벚나무를 구름으로 보는 관객적인 '시선'과 '마음'이야말로 중요한 것이며, 신분과 인격의 차이는 아무 의미를 갖지 않는다. 새로운 경승지를 앞에 두고서 유명의 작가는 무명의 관객과 잇닿게 된다.

이 점에서 야마모토 겐키치가 오리구치 시노부의 히토마로론을 계승하면서 "[히토마로의─인용자] 기려가가 만들어 낸 '장'場, 혹은 이 작품들을 존재하게 하기 위한 '틀'이라 해도 좋을 텐데, 여기에 '작자 미상'적인 것을 이끌어 내는 요인이 배태되어 있는 듯하다. 개인의 작품이면서도 개개를 초월한 드넓은 장소로 연결되는 것이, 사이토 모키치[66]와는 또 다른 의미에서 이러한 작품에 '혼돈'이라고 말할 수밖에 없는 요소를 초래하는 듯하다"고 서술한 것은 매우 탁월한 견해다.[67] 요컨대 장가에서는 히토마로라는 고유명을 가진 '궁정 시인'의 상이 느껴지는 데 반해, 기려가에서는 반대로 히토마로라는 개성으로는 담을 수 없는 '작자 미상'적인 익명성의 '장=틀'이 급부상한다. 그리고 개인을 넘어선 익명적인 시선이란 아카시, 다마쓰시마, 다쓰타가와의 풍경에 놀라움을 금치 못하는 관객의 시선 그 자체다.

4 관객적 존재 양식과 리얼리즘

히토마로와 아카히토의 기려가는 익명의 관객과 맞닿아 있다. 이 기려가들에는 부흥기의 농밀한 주술성이 없는 대신 청신한 경승지에 놀라는 관객적 '시선'이 있다. 히토마로 안에는 젊어 진신의 난을 체험한 이른바 '전후'의 '화상火傷 세대' 장가 작가라는 측면과 '작자 미상'적인 장에 근거한 기려가 작가라는 측면이 동거하고 있으며, 어떤 것이 히토마로의 본성인지는 결정 불가능하다(따라서 히토마로의 생애와 관련해서도 황족을 모신 한 명의 도네리였다는 설과 오리구치가 제기한 것처럼 '가키노모토 씨'라는 방랑자=유랑 시인 집단 같은 이미지였

---

66 [옮긴이] 사이토 모키치齋藤茂吉, 1882~1953. 일본의 가인이자 정신과 의사. 스스로는 의사 일이 주업이라 했지만 문인으로서도 높은 평가를 받았고 히토마로에 대한 연구서를 펴내기도 했다.

67 야마모토 겐키치山本健吉, 『시 자각의 역사』詩の自覚の歴史, ちくま学芸文庫, 1992, 22쪽.

다는 설이 공존할 수 있다). 그러나 바로 이러한 양의성이 히토마로의 이름과 연관된 문학을 다양하고 풍부하게 만든다.

그런데 재밌게도 중국 문학에서도 여행이 관객적인 '시선'을 만들어 낸 사례를 확인할 수 있다. 여기서 육조 시대 강남의 망명 정권이었던 동진東晉, 그리고 뒤이은 송나라를 섬긴 중국의 '산수시인' 사령운謝靈運을 떠올리지 않을 수 없다. 히토마로와 아카히토보다 대략 300년 정도 앞선 사령운은 새로운 산수=풍경을 발견해『문선』文選과 같은 선집anthology에서도 수많은 시를 채용한, 육조 시대 중국의 가장 중요한 시인 중 한 사람이다.

사령운 이전 남조 문인들은 고향인 북방이 이민족에게 지배당하고 있음을 한탄했다. 거기에는 이른바 <전후>적인 감성이 짙게 배어 있다. 그러나 사령운이 활약한 5세기가 되면 망명지인 남방의 풍경이 새로운 고향으로 인식된다. 특히 사령운은 작은 배를 타고 하천 연안을 탐험하고 위험한 산악을 답파하면서 여행하는 모험적인 산수시인의 지위를 확립하고 시를 통해 남방의 풍경을 사람들에게 설파한다. "[은거한 사령운의—인용자] 시가 도읍까지 퍼질 때마다 귀천을 가리지 않고 누구나 앞다투어 받아 적어 가려 해 삽시간에 일반 서민에게 유포되었고 멀리서든 가까이서든 그를 경모한 나머지 그의 이름이 온 수도에 떨쳤다"(『송서』宋書,[68] 67권, 열전 27)라고 역사서에 기록되어 있듯 그는 유행 작가로서 귀천을 불문하고 수용되었으며 산악과 하천을 바라보는 새로운 관점을 제공했다. 나라 도읍에서 적당히 떨어진 경승지가 관객적 시

---

68 [옮긴이] 중국 남조 송나라의 역사서. 488년에 편찬한 것으로 송나라 60여 년(420~478)의 역사를 담고 있다.

선을 만들어 냈듯 사령운의 산수시 또한 새로운 '감상의 시선'을 갖춘 관객을 길러 낸 것이다.

게다가 사령운은 매우 활동적인 작가였다. 4세기의 왕희지가 산경의 조망을 즐긴 데 반해, 5세기의 사령운은 자연을 자신의 발밑에 정복하는 것에서 즐거움을 찾았다. 예를 들어 절강浙江의 고봉인 석문산石門山에 원정했을 때는 다음과 같은 시를 남겼다.

험한 산에 올라 유거를 짓고
구름을 헤치듯 솟아 석문산에 눕는다
이끼 미끄러우니 누가 잘 걸을 수 있고
칡이 약하니 어찌 매달리리

사령운은 인적 드문 석문산에 새로운 거처를 마련해 구름을 헤치고 산중에 살면서 이끼 낀 미끄러운 길을 걷는가 하면 연약한 칡에 의지해 험준한 산길을 지나다닌다. 이는 등산을 스릴 있는 '모험'으로 다루는 것이다. 사령운은 등반가로서 강남의 산악과 산천을 상세히 기술해 시의 긴장감을 높였다. 훗날 당나라의 백거이白居易는 "대범하기로는 천해天海마저 감싸 안고 세세하기로는 초목조차 놓치지 않는다"며 사령운의 산수시를 예찬했는데, 이 평가는 사령운의 시가 거시적이면서도 미시적인 리얼리즘 시점을 갖추었음을 탁월하게 표현한 것이다.

모험적인 시인이었던 사령운이 항상 풍경의 '새로움'을 추구한 것도 그리 기이하게 여길 일이 아니다. "강남을 두루 살피니 싫증이 나서 / 강북을 모두 돌며 구경하려 하는데 / 새로운 것 보려 하면 길은 멀고 / 이상한 것 찾아가도 해는 기다려 주지 않네"(「강중의 고서에 오르다」登江中孤嶼) ─ 강남을 싫증 나도록 유람하고 강북도 샅샅이 돌았다, 새로운 것과 별난 것을 찾아 여행을 계속했다 ─ 라는 식으로 그는 탐험에 대한 애호를 감추지 않았다. 그의 시는 남방 산수의 풍경을 경탄 속에서 바라보는 법식을 사람들에게 알려 주었다. 특히 산수에 발 들일 기회가 적은 수도 사람들에게는 새로운 풍경의 탐색에 끊임없이 도전한 사령운의 시가 매우 신선하게 다가왔을 것이다. 정확히 장-자크 루소가 알프스를 등산했을 때 "완전히 새로운 대상, 낯선 새와 기묘한 미지의 식물"(『신엘로이즈』, 1부 서간 23)을 앞에 두고 탈자脫自=황홀의 지경에 이르렀고 그 감동이 독자에게도 전염된 것처럼, 사령운의 모험심 넘치는 산수시 또한 수도의 독자에게 즐거움을 선사했다.[69]

히토마로 및 아카히토의 기려시와 사령운의 산수시는 작풍이 달라도 그 위상에 비슷한 구석이 있다. 이민족에 의해 남방으로 쫓겨난 유민(망국의 백성)으로서의 의식이 희박해졌을 때 귀천을 불문하고 누구라도 맛볼 수 있는 사령운의 리얼리즘이 부상했듯, 아카히토의 기려가도 이른바 포스트<전후>적 안정기 속에서 와카노우라의 '학'처럼 청신한 대상을 발견하고 마침내는 군신일체의 비전과 연결시켰다. 새로운 풍경을 파악하고자 한 리얼리즘 기획은 신분 고하를 막론하고 새로운 유형의 관객을 만들어 내기도 했다. 물론 사령운이 최종적으로는 주살誅殺당했으며 「가나 서문」에 서술된 '군신일체'의 환상이 중국에서 이루어지지 못한 것은 사실이다(중국의 시인은 고대부터 항상 정치 권력과 긴장 관계에 놓여 있었

---

69 사령운의 위상은 육조 시가에 대한 예리한 지견으로 가득한 연구서인 쑨캉이孫康宜, Kang-i Sun Chang, 『서정과 묘사』抒情与描寫, 上海三聯書店, 2006, 2장에 의거했다.

다). 그럼에도 우리는 중국과 일본 리얼리즘의 공통성에 주의를 기울여야 한다.

여러 번 반복하지만 히토마로의 장가나 기려가도 서양의 자연주의적 리얼리즘='사생'寫生과 비슷하면서 다르다(쓰라유키가 적절하게 서술했듯이 가인의 시선은 단풍잎을 비단으로, 벚나무를 구름으로 바꾸어 버리기 때문이다!). 오히려 자연의 미를 선택적으로 추출하는 관객 시점의 리얼리즘, 그것이 사령운의 산수시와 마찬가지로 히토마로와 아카히토 기려가의 배경에 깔려 있었던 것이 아닐까? 게다가 흥미로운 것은 이러한 종류의 리얼리즘이 후세의 일본 문학에서도 종종 반복적으로 다루어졌다는 점이다. 5장에서 다시 논하겠지만 예컨대 가와바타 야스나리와 에도가와 란포 등은 극장 도시의 '관객'을 출발점으로 삼아 문학적 미의 새로운 길을 보여 주었다. 만엽의 세기부터 근대에 이르기까지 일본 문학에서 리얼리즘의 갱신은 종종 관객의 발명과 짝을 이루어 왔다. 나는 이 전통의 지속성에 놀라움을 금할 수가 없다.

B 히토마로적인 것의 외부

이처럼 진신의 난 〈전후〉의 시공에 뿌리내린 히토마로에게는 일본 문학의 수많은 특성이 담겨 있다. 이 부흥기(하쿠호 시대)의 가인은 실의에 깊이 잠기는 대신 오히려 문화적 창조성을 전에 없이 고양시켰다. 나아가 '히토마로적인 것'은 고도와 정령에 바쳐졌을 뿐만 아니라 몬무 왕조의 '태평'에 길들여진 아카히토와도 통하는 기려가의 리얼리즘까지 아울렀다. 히토마로의 수준 높은 문학적 달성은 동시대 중국(초당初唐[70])의 문학과 비교해도 결코 깎아내릴 만한 것이 아니다. 오리구치가 "히토마로만큼 정도를 걸은 사람이 있었나 싶을 정도로 수준이 높고 완결적인 노래뿐"이라고 평했듯이[71] 히토마로라는 존재는 일본 고대 문학에서 일종의 기적이라고 말할 수 있다. 물론 우메하라 다케시가 요시노 행차의 노래를 예로 들어 히토마로가 당시 "꽤 인기 있는 가요 작가"에 불과했다고 한 것도 맞는 말이리라.[72] 그러나 이 "가요 작가"의 작품이 『만엽집』이라는 칙찬勅撰[칙명으로 편찬된 책]인지 아닌지도 불확

---

70 [옮긴이] 중국 당대의 문학사를 4분기로 나눈 첫 시기를 말한다. 당이 들어선 618년부터 현종 즉위 전인 712년까지 약 100년에 걸쳐 있다. 이 시기에는 남조의 영향이 남아 있으면서도 율시律詩의 정형이 완성되었다.

71 오리구치 시노부, 「단가 본질의 성립」短歌本質の成立, 『오리구치 시노부 전집』 10권, 中公文庫, 1976, 211쪽.

72 우메하라 다케시梅原猛, 『물 밑의 노래』水底の歌 하권, 新潮文庫, 1983, 100쪽.

실한 수수께끼 같은 가집 덕분에 간신히 살아남았다는 사실까지 포함해 매우 이례적인 사건임은 분명하다. 후세에 히토마로가 신격화된 것도 그럴 만한 일이다.

그러나 〈전후〉를 살았던 히토마로의 다채로운 작품군에는 그와 동시에 커다란 결함이 있음을 덧붙여 두어야 한다. 히토마로는 확실히 "일본에서 시의 탄생"(야마모토 겐키치)을 고지했을지 모르지만, 이는 동시에 그가 일본 문학이 지닌 약점의 기원이기도 하다는 것을 의미한다. 그러므로 이어질 서술에서는 히토마로로부터 거리를 두고 오히려 히토마로적인 것이 가진 **구조상의 맹점**을 마무르려 한다. 그 단서로 일본 문학의 또 다른 '부흥기의 천재' 구카이를 소환해 보자.

1 패자의 목소리

히토마로적인 것의 맹점이란 무엇인가? 지금까지 서술한 것처럼 부흥기의 히토마로 장가에는 오미 왕조의 망자나 요절한 구사카베 황자에 대한 영적인 호출이 포함되어 있다. 그런데 살아남은 측이 패자의 목소리를 듣는다는 구조에서는 패자 자신이 자발적으로 자기 육성을 1인칭으로 말할 기회를 빼앗긴다는 문제가 있다.

이는 필시 히토마로 자신에게도 해당하는 말이다. 예를 들어 우메하라는 『물 밑의 노래』에서 히토마로가 후지와라 씨와 대립해 가모야마鴨山에서 형을 받아 죽었다는 매력적이고도 논쟁적인 가설을 제시했다. 고대 일본은 결코 목가적인 사회가 아니었고, 가인 또한 말려들 수밖에 없는 처절한 권력 투쟁의 장이었다는 우메하라의 관점에 나는 충분히 공감한다. 그러나 문제는 설령 히토마로의 생애가 비극적이었다고 해도 그의 노래 자체는 결코 원망을 드러내지 않는다는 데 있다. 히토마로의 불운한 '영' 같은 것이 있다 해도 그 육성은 한없이 희미해져서 역사의 내면 깊은 곳에 은닉되고 만다. 실제로 다케치高市 황자에 대한 만가挽歌[73]나 구사카베 황자의 아라키노미야 노래를 위시해 망자에게 탁월한 노래를 바쳤던 히토마로는 임박한 죽음 앞에서 『만엽집』에 이례적인 '자상가'自傷歌[자신의 죽음을 슬퍼하는 노래]를 남겼을 따름이다.

이 의미를 생각하기 위해 중국 문학과 비교해 보자. 일본 문학 최초의 위대한 시인이자 가모야마에서 "익사"해 나중에 신이 된 우메하라 버전 히토마로의 대응물을 중국에서 찾는다면 그것은 역시 『초사』楚辭의 작자로 알려진 굴원일 것이다. 초나라 궁정에서 추방되어 결국 멱라수汨羅水에 몸을 던져 생을 마감한 시인이자 정치가인 굴원은 자신의 불우한 처지를 초나라의 샤머니즘적 세계에 근거한 비가悲歌로 노래했다. 그렇지만 그것은 결코 쓸데없이 음울하고 감상적이지 않았다. 오히려 굴원이라는 정치적 패자의 끝 모를 울분을 통해 남방적이고 화려한 꽃의 이미지를 상감象嵌한다는 데 『초사』의 특색이 있다. 『초사』는 일면 굴원을 주인공으로 하는 1인칭적 '언지'言志의 문학[자신의 뜻을 표현하는 시]이지만, 다른 면에서 그러한 인물의 말은 가지를 뻗어 나가는 식물 같은 언어에 완전히 뒤덮여 장식적인 외견을 얻게 된다.

『초사』는 굴원으로 추정되는 영균靈均의 입을 통해 정치적 패배자의 '뜻'志을 당당히 밝히고, 그를 수도=문명 밖으로 이끈다. 흥미롭게도 『초사』의 이소편離騷篇은 다음과 같이 끝맺

73　[옮긴이] 만엽 가요의 분류 중 하나로 죽은 사람을 그리워하고 그 죽음을 슬퍼하는 노래를 말한다. 애상가哀傷歌라고도 한다.

고 있다.

　나라에 사람 없고 나를 알아주지 않는데
　어찌 고향을 그리워하리오
　이미 함께 좋은 정치를 할 수 없다면
　나는 장차 팽함彭咸이 있는 곳으로 가리라

　나라에 자신을 이해해 주는 자도 없고 선정善政의 가능성도 사라졌으니 도읍에 대한 일말의 미련도 남기지 않고 전설적인 현자 팽함의 곁으로 가겠다는 것이다. 헝가리의 마르크스주의자 페렌츠 퇴케이가 강조했듯 굴원은 본래 "진보와 반동 간의 전쟁터"인 '수도'의 정치가였다.[74] 그렇기 때문에 수도를 떠나는 판돈도 커지고 그 내적 긴장이 『초사』의 정감을 일거에 클라이맥스로 끌어올린다. 이는 이미 폐허가 된 '고도'를 불러내는 히토마로의 노래와 대조적이다.
　『만엽집』은 정치적 패자에게 생생한 목소리를 부여하지 않으며 굴원과 같은 정치가의 울분도 잘 그리지 않는다. 따라서 만가는 있어도 언지의 문학은 눈에 띄지 않는다(다자이후太宰府에 부임한 오토모노 다비토[75]를 가리켜 "시를 언지로서 자각한 일본 최초의 가인"이라고도 하지만[76] 그 내적 긴장의 정도는 『초사』에 비할 바가 아니다). 정령을 불러내는 히토마로의 〈전후〉 장가가 매력적일수록 정치가의 강인한 1인칭 문학에서는 점

　74　페렌츠 퇴케이Ferenc Tökei, 『중국의 비가 전통』中国の悲歌の伝統, 風濤社, 1972, 171쪽.
　75　[옮긴이] 오토모노 다비토大伴旅人, 665~731. 나라 시대의 시인이자 야카모치의 아버지다.
　76　야마모토 겐키치, 『시 자각의 역사』, 190쪽.

점 멀어진다. 단적으로 말해 진혼의 언어는 정치적 패자의 육성을 소멸시키는 것이며, 나아가 이러한 문학적 경향이 지금까지도 면면히 흐르고 있다(나는 다음 장에서 그것을 '2인칭의 우위'로 위치 지을 것이다).

다른 각도에서 말하면 일본의 시가는 중국의 그것에 비해 예능적 요소가 강한 만큼 자전적 요소가 빈약하다는 것이다. 굴원으로 보이는 주인공의 1인칭적 말하기로 우주적 공간의 여행을 그리는 『초사』에 이르기까지 중국 시는 종종 자전적 요소를 가져왔고 그것이 세속을 돌파하는 웅혼한 힘의 원천이었다. 그 힘은 중국의 다양한 텍스트에서 활용되어 왔다.

대표적인 사례로 사마천의 『사기』를 들 수 있다. 예를 들어 "힘은 산을 뽑고 기개는 세상을 덮건만 / 시운이 불리하니 준마가 달리지 못한다 / 준마가 달리지 못하니 이를 어찌하나! / 우희여, 우희여! 그대를 어찌할까!"라는 항우의 「해하가」垓下歌와 "큰 바람 일어나니 구름 높이 날아가고 / 온 천하에 위세를 떨치고 고향으로 돌아간다 / 어찌하여 용맹한 장사를 얻어 사방을 지킬까!"라는 유방의 「대풍가」大風歌는 그들 인생의 가장 극적인 순간을 일목요연하게 그려 낸다.[77] 중국 고전의 영어 번역자로 잘 알려진 버튼 왓슨이 탁월한 『사기』론에서 지적하듯이 "각각의 노래는 각각의 편에서 결정적인 순간, 즉 클라이맥스 전후의 한순간에 나타나 인생의 본질, 이야기의 핵심을 집약적으로 서술한다".[78] 항우는 '사면초가'의 위기 순간에, 유방은 천하통일 후 고향의 축하연에서 각각 최대로 고양된 감정을 피력한다. 굴원도 그랬지만 이들은 어디

77　[옮긴이] 송용준 주해, 『중국 한시: 漢代부터 淸代까지』, 서울대학교출판문화원, 2014, 68~69쪽.

78　버튼 왓슨Burton Watson, 『사마천』司馬遷, 筑摩書房, 1965, 221쪽.

까지나 정치가였지 전업 가인이 아니었다. 그런데 중국에서는 이들과 같은 문학적 아마추어의 직설적인 표현에 오히려 높은 평가를 매겨 왔다. 항우와 유방이 어떤 인생을 걸어왔는지, 또 어떤 인격의 소유자인지 일일이 설명하지 않아도 이들 인생의 클라이맥스를 표현한 시에 가장 명백히 드러나기 때문이다.

항우와 유방의 낭송부터 진시황 암살을 시도한 형가荊軻의 노래에 이르기까지 사마천은 드라마틱한 가창을 『사기』안에 실로 적절하게 배치했다. 3인칭적 = 객관적인 역사 기술 속에 등장 인물의 1인칭적 = 주관적인 가창이 삽입될 때 『사기』의 문장은 매우 풍부한 색채를 띠게 된다. 사마천은 '바로 여기다' 싶은 장면에서는 무대 뒤에 숨고 인물 자신에게 목소리의 주도권을 양도한다. 그 덕분에 독자는 역사의 클라이맥스를 마치 당사자가 직접 이야기하는 한 장면인 것처럼 유사 체험할 수 있다. 이러한 '문학'의 채용에서야말로 서양의 역사 기술 양식과의 큰 차이가 드러난다. "헤로도토스와 투키디데스의 모든 책에서 이들의 인용 가운데 극히 일부의 장송가와 호메로스의 단편을 제외하면 건질 만한 것이 얼마 없다. 그러나 『사기』나 『한서』 같은 중국 역사서는 수많은 시와 문학 작품을 실어 역사가 본인의 우수함 혹은 범용함에 대해 독립적 가치를 갖는, 그 시대의 문학 선집이라 할 수 있는 영역에 이르렀다."[79]

눈을 돌려 일본의 『고사기』나 『일본서기』를 보면 여기서도 신과 천황 들이 노래를 읊지만(기기 가요記紀歌謠[80]) 이는 온전

---

79 같은 책, 220쪽.
80 [옮긴이] 기기 가요는 『고사기』와 『일본서기』에 수록된 가요를 총칭하는 말이다. 그중에는 개인의 서정을 노래한 것도 있지만, 특정

히 자기 인생의 핵심을 드러내는 것이기보다는 주위를 향해 호소하거나 위로하는 혹은 전의를 고무하는 것이었다. 일본의 역사서에도 일종의 '문학 선집' 성격이 짙게 배어 있는 것은 분명하지만, 항우와 유방, 형가 등과 같은 강렬한 인격성을 표면에 드러내는 노래는 찾아볼 수 없다. 요컨대 거기에는 정치가의 '자전'自傳이 없다. 물론 헤이안기의 여방 일기 문학은 확실히 1인칭적·자전적 장르였지만, 도널드 킨이 말한 것처럼 이는 "사소설의 시조"로 불릴 수 있으며[81] 정치적 패자의 육성과는 거리가 멀다.

다만 예외적으로 한문 시집에서는 일본의 시인들도 중국인을 모방해 '정치가로서의 자기'를 형상화해 왔다. 예컨대 8세기 중반 편집된 『회풍조』懷風藻 권두를 장식한 것은 백제의 학승과 나눈 깊은 교류가 기록된 오토모 황자의 시며, 그는 둘째 수에서 '영회'詠懷[마음속 생각을 읊은 시]로 자신의 정치적 뜻을 표현하고 있다. 오미 왕조를 이끈 오토모 황자조차 『만엽집』에서는 진혼의 대상에 지나지 않으며 그 자신은 언어를 박탈당한다. 그에 반해 오미 왕조 이후의 한시문을 '부흥'한 『회풍조』에서는 오토모 황자가 불완전하나마 자기 '회한'(마음)을 서술하고 있다.[82] 또 덴무 천황의 자식으로 정쟁

장소에서 연행되는 의례, 특히 궁중 의례에서 군주에게 헌신하겠다고 하는 내용의 노래가 대부분이다.

81 도널드 킨Donald Keene, 『백대의 과객』百代の過客, 가나세키 히사오金関寿夫 옮김, 講談社学術文庫, 2011, 18쪽.

82 『회풍조』의 편자는 「서문」에서 '아후미 선제'淡海先帝(덴지 천황)가 일군 제업帝業의 훌륭함 및 문화의 화려함을 기록한 후 그러나 그 화려한 세계가 진신의 난에 의해 재와 먼지로 화한 것을 한탄한다. "다만 그때에 환란[진신의 난을 가리킨다—인용자]을 겪은 후 모든 것이 잿더미로 변했다. 인멸을 여념하고 애도하니 한이 상처로 남는구

에서 패해 자살을 강요받은 오쓰 황자의 경우도 『회풍조』의 "지는 해 서쪽 집을 비추고 / 북소리가 짧은 운명을 재촉하네 / 황천길에는 배웅하는 이 없고 / 나는 홀로 집을 떠나 길을 벗어나네"라는 유명한 임종가에서는 『만엽집』에 수록된 "모모즈타후 이하레磐余 연못에서 우는 오리를 오늘만 보고서는 죽어야 하는 걸까"(3권, 416)에 비해 죽음을 눈앞에 둔 자신의 처지를 더 의지적으로 표출하고 있다. 그렇다 해도 이러한 중국 시풍의 정치적 자기 표현이 그 후 일본 문학의 번듯한 '현실'로 성장할 수 있었느냐에는 의심의 여지가 있다. 고대 일본인에게 중국 시라는 이방의 스타일에 진정한 문학적 생명을 불어넣기란 역시 어려운 일이었을 것이다.

그런데 이러한 어려움에도 불구하고 고대 일본 문학에서 자전적인 '나'私가 전무했느냐면 꼭 그렇지도 않다. '천재' 히토마로가 퇴장한 이후 어언 100년이 지난 9세기 초두, 이번에는 한 사람의 종교가가 왕정에 당당히 등장해 일본 문학사상 전무 후무한 파격Anomalie을 선보이며 강렬한 자기 표현을 실천했기 때문이다. 그 종교가가 바로 구카이다. 우리는 구카이의 문학적 업적으로부터 '히토마로적인 것'에서 배제된 많은 것을 관찰하게 될 것이다.

2 율령 국가의 정념 처리 메커니즘

주지하다시피 구카이는 중국에서 일본으로 진언밀교를 도입한 종교가다. 구카이가 당나라에 들어간 시기는 안사의 난

나." 『회풍조』는 진신의 난으로 인한 한문학 상실을 보상하고자 한, 시간차를 두고 나타난 부흥 문학이었다.

(755~763)이 수습된 지 약 40년 후인 이른바 '중당'中唐[83] 시기에 해당한다. 구카이는 804~806년에 당에 체류했고 그곳에서 불공의 제자 혜과에게 관정灌頂을 받았다.[84]

그런데 중국에서 밀교가 성황을 이룬 배경에 <전후>의 그림자가 드리워져 있었다는 사실은 의외로 잘 알려져 있지 않다. 본래 밀교는 당 현종 치하(개원開元 연간)에서 전파되기 시작해, 안사의 난이 일어났을 때는 밀교 승려 변재辯才가 흉노 교화에 진력하고 불공이 국가 안녕을 기원하는 등 비상 사태에 빠진 당 왕조를 도왔다. 특히 현종, 강종, 대종과 그 세 황제의 스승이 된 불공은 내전과 외적(토번)의 침입에 고통받아 나라의 안녕을 바라던 체제적 요구에 부응했다. 대종의 즉위 직후 불공은 황제에 대한 관정도량灌頂道場[관정 의식을 행하는 장소 혹은 의식 자체]을 자신의 교단에서 독점해 지위를 더욱 향상시켰다.[85] 이 점에서 밀교는 당의 <전후> 부흥을 꾀한 선진적인 종교였다. 중국 밀교의 이 <전후>적 성격은 사이초最澄와 구카이가 도입한 밀교가 일본인에게 지지받은 이유를 생각해 볼 때 한층 시사적이다.

애초에 구카이 입장에서는 진신의 난이든 안사의 난이든 어떤 개별 전쟁이 결정적인 과제가 아니었을 것이다. 왜냐하

---

83 [옮긴이] 중국 당대의 문학사를 4분기로 나눈 셋째 시기를 말한다. 766년부터 835년까지 약 80년에 걸치며 둘째 시기인 성당盛唐을 잇고 넷째 시기인 만당晩唐으로 이어진다.

84 [옮긴이] 불공不空, 705~774은 중국에서 활약한 인도인 승려로 밀교 경전을 수집하고 집대성했으며, 산스크리트어와 한자어의 대응 체계를 확립했다. 구카이는 불공의 제자인 혜과惠果, 743~805를 스승으로 받들고 밀교를 전수받았다(이때 치르는 의식이 '관정'이었다).

85 가마타 시게오鎌田茂雄『중국 불교사』中国仏教史 5권, 東京大学出版會, 1994, 103~104쪽.

면 세계는 전체로서 '말세'末世(불법이 쇠퇴한 세계)에 속하며 거듭되는 혼란은 그 결과라는 것이 구카이의 전제였고, 더구나 자신의 방법론으로 불법의 힘이 재흥되리라 굳게 믿어 권력자들을 향해 캠페인을 벌이기를 주저하지 않았기 때문이다. 예를 들어 사가 천황 시대에 가뭄이 들었을 때 모든 절에서 기우제를 지낸 뒤 비가 세차게 내렸는데, 이때 구카이는 "슬프구나, 말세가 왔으니. 귀가 멀고 앞을 보지 못해 성자의 말을 알아듣지 못한다. 오랫동안 무명無明의 술에 취해 본각本覺[진정한 깨달음]의 원천을 모르는구나" 운운하며 시작되는 「희우가」喜雨歌(『성령집』性靈集 1권)를 헌상했다. 사람들이 성인의 말을 받아들이지 못하는 농고聾瞽가 되어(맹목적이 되어) 본래의 질서를 잃고 가뭄이나 기근 같은 다양한 재액이 일어나는 "말세"를 맞았지만, 그럼에도 불법의 힘은 여전히 세계에 자우慈雨를 내릴 수 있다고 구카이는 자랑스럽게 노래하고 있다. 기우 의식은 불법의 힘을 보일 절호의 시위demonstration였다.

상징적인 것은 구카이가 교토의 다카오高雄산에서 최초의 국가 진호를 위한 수법修法[86]을 행한 것이 구스코의 변 진압 직후였다는 점이다(810). 나라 고도를 그리워한 헤이제이 상황의 문학적 환상이 속절없이 무너졌을 때 마치 그것을 대체하듯이 구카이가 정치의 본무대에 등장한다. 그는 '말세'의 재액이 끊이지 않았던 율령 국가의 중심부에서 일찍이 빛을 발한 불법의 질서를 부흥시키고자 한다. 그 부흥 사업에는 유교적 이념에 기초한 율령 국가의 시스템을 당시 세계 최첨단의 종교=밀교로 단숨에 덮어쓰려는 야심이 담겨 있었다. 미국

---

86 [옮긴이] 밀교에서 국가나 개인을 위해 지내는 제의를 말한다.

의 불교학자 아베 류이치阿部龍一에 따르면 구카이의 텍스트에는 유교의 이상적 통치자 이미지에 불교적인 고대의 성왕＝전륜성왕轉輪聖王[87]을 덧씌우려는 의도가 숨어 있었다. "궁중에 대한 구카이의 문서는 천황의 지위를 다룬 헤이안 초기의 담론을 처음부터 뜯어고치려는 시도를 드러내고 있다. 그 시도란 국가의 패권적 정치 이데올로기인 유교를 불교로 치환하는 것이다."[88]

궁정에서 구카이는 불법仏法 캠페인에 여념이 없었다. 예를 들어 구카이의 주저인『밀교 만다라 십주심론』密教曼荼羅十住心論의 요약판인『비장보약』秘藏宝鑰 — 준닌淳仁 천황에게 봉헌된 책 — 에서는 '우국태자'憂國太子라는 가공 인물의 질문에 '현관법사'玄關法師가 불교자의 입장에서 국가론을 설파한다. "정법천년正法千年의 안에는 지계持戒를 득도한 자가 많고 상법천재像法千載의 밖에는 호금護禁을 수덕修德한 자가 적다. 지금의 때는 탁악濁惡[89]하며 사람은 뿌리 깊이 저열하고 둔하다." 현관법사는 정법과 상법의 시대에 말법未法의 시대가 이어진다는 불교 특유의 몰락의 역사관에 기초해 현세가 "탁악" 속에 침몰하고 있으며 인간성 또한 완전히 저열해졌다고 전제한다. 그런데 현관법사에 따르면 이는 불법을 회복하기만 하면 충분히 해결 가능한 문제다. 악덕한 승려가 제 세상인 양 설치고 다닌 탓에 당치 않은 재난이 일어나지 않았느냐고

---

87 ［옮긴이］고대 인도에서 유래한 용어로 이상적인 통치를 행하는 왕을 뜻한다.

88 아베 류이치Abe Ryuichi,『만트라의 짜임새: 구카이와 밀교적 불교 담론의 구축』The Weaving of Mantra: Kukai and Construction of Esoteric Buddhist Discourse, Columbia University Press, 1999, 343쪽.

89 ［옮긴이］불교 용어로 말세에 나타나는 다섯 가지 혼탁인 오탁五濁과 인간의 열 가지 죄악인 십악十惡을 가리킨다.

하는 우국태자에게 현관법사는 세계에 '재앙'을 일으키는 것은 '시운', '천벌', '업감'業感(악행의 응보) 세 가지며, 불법은 그것들의 원인을 근절하는 데 분명히 '이롭다'고 타이른다.

이 문답에서도 알 수 있듯 어떻게 재액을 억누르느냐는 문제가 당시 위정자의 가장 큰 관심사였다. 앞서의 기우제가 그랬던 것처럼 진언밀교는 재액으로부터 국가를 보호하는 데 최선을 다하고자 했다. 예를 들어 사와라 친왕을 비롯한 헤이안 시대의 무시무시한 '어령'御靈에 대해 진언밀교 승려들은 신천원神泉苑에서 의식을 거행해 율령 국가를 말하자면 극장 국가로 고쳐 세움으로써 사회의 혼란을 진정시키는 역할을 앞서서 떠안았다(구카이 자신도 일찍이 사와라 친왕을 유폐한 오토쿠니데라乙訓寺의 벳토別当[90]로 부임해 이미 황폐화된 이 절을 다시 부흥시켰는데 이 또한 진혼 사업의 일환이었다). 유교 이데올로기가 헤이안쿄의 망령을 진정시킬 수 없었을 때 밀교는 그 틈새를 비집고 들어가 자신의 존재 가치를 강력히 입증했다. 그것이 신분 고하를 막론하고 나라의 사람들에게 큰 안도감을 심어 주었으리라고 어렵지 않게 상상할 수 있다. 세계 최대의 율령 국가=당의 쇠퇴를 드러내는 안사의 난 <전후>에 황제들이 밀교에 귀의했다는 '전사'前史를 다시금 상기해 보자. 율령 국가가 긴급 사태에 놓여 있다는 인식이 확산된 때야말로 부흥 문화로서의 밀교가 가장 화려하게 빛난 시기였던 것이다.

앞서 서술한 것처럼 중국의 '모던'한 통치 시스템이었던 율령 국가는 일본에 그 근원이 있는 것이 아니었기에 특히 정념

---

90 [옮긴이] 율령제에서 본래 소속과는 다른 관청, 절, 집안 등에 부임해 맡는 감독직을 뜻했다.

처리 메커니즘만큼은 따로 조달해야 했다. 즉 버려진 고도의 감정적 부흥을 위해서는 때로 히토마로의 '가요'마저 동원할 필요가 있었으며, 헤이안쿄에서 도량발호跳梁跋扈[날뛰고 설치는 모습]하는 어령을 구카이가 들여온 이국적 의식으로 퇴치해야 했다. 미시마 유키오의 세련된 표현을 빌리면 불교는 "인텔리에게는 철학적 즐거움을, 민중에게는 공포와 도취를" 동시에 가져다주었고,[91] 유교는 이러한 이국적 체험을 충분히 제공할 수 없었다. 요컨대 통치 시스템의 율령 국가화— 그것을 역사가 요나하 준與那覇潤을 따라 '중국화'라고 불러도 좋다—가 정념 처리 분야는 처리할 수 없었기 때문에, 인텔리와 민중을 불문하고 쾌락과 도취를 줄 수 있는, 제도 바깥의 '천재'가 때때로 요구되었던 것이다. 이 점에서 히토마로와 구카이는 일본 율령 국가의 불완전함이 낳은 존재일지도 모른다.

다만 이 두 사람은 실제로는 하나에서 열까지 대조적인 '천재'다. 히토마로의 장가와 『만엽집』의 '고도의 문학'이 율령 국가의 여백에 숨 쉬고 있는 데 반해 구카이는 고대 일본에서 '중국화'의 기운機運이 가장 높았던 특수한 시대에 위치한다. 수준 높은 한문을 구사한 구카이는 중국적 율령 국가의 중심부에서 말법 세계의 대규모 부흥 사업을 행하고자 했다. 이것은 율령 국가와는 다른, 최신 글로벌 스탠더드로서의 밀교를 일본의 통치 시스템에 새겨 넣는다는 것을 의미한다. 이른바 '탈중국화'와 '초중국화'라는 양극단의 태도가 이 두 천재를 특징짓고 있는 것이다.

91　가와바타 야스나리川端康成·미시마 유키오三島由紀夫, 『가와바타 야스나리·미시마 유키오 왕래 서간』川端康成·三島由紀夫往復書簡, 新潮文庫, 2000, 164쪽.

3 고야산의 발견

당시의 최첨단 종교 테크놀로지를 통해 율령 국가의 한계를 뛰어넘으려 했던 구카이의 노력은 문학의 영역에도 미쳤다. 그의 문학적 텍스트를 읽다 보면 일본 문학에서 보기 드물게 '자연'과 '자기'가 각인되어 있다는 사실에 놀라지 않을 수 없다. 구카이가 일본에 진언밀교를 뿌리내리고자 한 것은 확실하지만 그 활동의 장은 결코 궁정에 한정되지 않았다. 뿐만 아니라 구카이는 궁정에서 완전히 분리된 준엄한 '자연', 즉 고야산高野山의 발견자기도 했다.

구카이 자신의 회고에 따르면 그가 고야산을 발견한 것은 산간을 유랑하던 청년 시절이었다. "구카이가 젊은 시절 즐거이 산수를 유람하며 요시노에서 더 남쪽으로 하루를 걷고 또 서쪽을 향해 이틀을 걸었을 무렵, 평원의 한적한 땅이 있었으니 이름이 고야라 했다. 대략적인 위치는 기이노쿠니 이토군 남쪽에 해당한다. 사면이 높은 봉우리에 둘러싸여 인적이 끊긴 곳이었다"(「기이노쿠니 이토군 다카노 봉우리에서 입정의 장소를 청하는 표」紀伊国伊都郡高野の率において入定の処を請け負うの表, 『성령집』 9권). 요시노보다 더 깊이 자리한 고야산은 문명이 전혀 미치지 않는 인적 끊긴 한랭한 "평원의 한적한 땅"이었고, 수도 사람들이 "깊은 산중으로 산길이 가파르고 불안해 오르기도 험난하고 내려가기도 어렵다. 산신령과 나무 요괴가 거처로 삼는"(「입산흥」入山興, 『성령집』 1권) 곳, 즉 왕래가 어렵기 때문에 산의 정령이 머물 만한 장소라고 평할 정도였다. 그런데 구카이는 굳이 그런 곳에 새로운 거점을 마련하려 했던 것이다.

천황의 절대적 신뢰를 한 몸에 받은 승려임에도 구카이 스스로 이 후미진 벽지에 자리를 잡은 것은 당시 사람들에게 거의 미친 짓으로 보였을 것이다. 재밌는 것은 구카이가 그들의 당혹마저 자기 시에 담았다는 사실이다.

> 산중에 무슨 즐거움이 있는지. 결국 그대 영영 돌아가기를 잊었네. 하나의 비경秘經과 백 벌의 누더기, 비에 젖고 구름에 흩어져 먼지와 함께 날아간다. 헛되이 굶주리고 또 헛되이 죽는다면 무슨 쓸모가 있겠는가? 무슨 스승이 그런 것을 열심히 수행하는가?

간무 천황의 황자였던 요시미네노 야스요良岑安世는 구카이에게 이 험준한 고야산 깊은 곳에 대체 어떤 즐거움이 있는지, 당신은 돌아오기를 잊은 듯하지만 비바람을 맞으며 헛되이 굶주리고 고생할 뿐 어떤 이점도 없지 않느냐고 질문한다. 이에 구카이는 "집도 없고 나라도 없고 향속[고향권속故郷眷属—인용자]도 떠났다"면서 가족과 국가, 고향과도 단절한 자기 삶의 방식을 표명하고는 산중 생활을 다음과 같이 들려준다.

> 아침에 계곡 물 한 잔으로 생명을 부지하고, 밤에는 산의 자욱한 안개를 들이마시며 신의 기운을 쐰다. 덩굴과 풀은 작은 몸을 덮기 충분하고, 가시나무 잎사귀와 삼나무 껍질은 내가 누울 곳이다. 맑은 날 뜻을 아는 하늘님은 청명한 장막을 드리우고, 용왕께서 그 위로 하얀 휘장의 비를 내리신다. 산새는 때가 왔다고 노래를 베풀고, 산 원숭이는 가볍게 뛰어오르며 자기 재주를 선보인다. 봄꽃과 가을 국화는 나를 보며 미소 짓고, 새벽달과 아침 바람은 마음의 먼지를 씻겨 준다. (「산중에 무슨 즐거움이 있는지」山中に何の楽しみが有る, 『성령집』 1권)

구카이는 초목으로 몸을 덮고 잎사귀와 나무껍질로 침상을 만들며, 산새와 원숭이에 둘러싸여 꽃과 달과 바람을 통해 속세의 먼지를 씻어 낸다. 어느덧 구카이 말고는 인간의 모습을 찾을 수 없다. 등반가이자 불교에도 관심이 많았던 사령운의 산거시山居詩와 비교해도 구카이는 거친 황야를 더 상세하게 기술하며 그 속에서 청정한 생활을 구가한다. 이만큼 깊이 있게 황야와 일체화된 삶을 보여 준 일본 문학은 손에 꼽을 정도다. 예를 들어 구카이를 존경해 도가노栂尾의 고야사高野寺에 은거한 화엄밀교 조사祖師 묘에明惠의 와카를 보더라도 황야 자체를 강하게 움켜쥐려 하지는 않는다(그러기는커녕 시라스 마사코가 지적했듯 묘에의 노래는 "마음 가는 대로 풍류의 음조"를 탄, 취향을 표현한 작품이었다[92]).

본래 일본에는 산거 생활을 실천으로 옮기는 사람 자체가 드물다. 많은 경우 도시에 은거하는 데 그쳤고 다른 사람들도 이에 만족한다(가모노 조메이[93]와 요시다 겐코[94]처럼 중세 도시의 은자가 일본 문학사에서 불가사의할 정도로 높이 평가받아 왔다는 점을 상기해 보자). 그에 비해 구카이는 **정말로** 무섭고도 불편한 산중에 살기 시작해 고야산 전체를 연꽃 모양의 태장 만다라胎藏曼茶羅로 간주하고 그 안에 수행의 거점이 되는 금강봉사金剛峰寺를 짓기로 결단했다. 그러려면 예상을 뛰어넘는 막대한 자금과 수고가 필요했을 것이다. 실제로 구카이

---

92   시라스 마사코白洲正子, 『묘에 쇼닌』明惠上人, 講談社文芸文庫, 1992, 33쪽.

93   [옮긴이] 가모노 조메이鴨長明, 1155~1216. 가마쿠라 전기의 가인이자 수필가.

94   [옮긴이] 요시다 겐코吉田兼好, 1283~1352. 가마쿠라 말기부터 남북조 시대까지 활동한 궁인이자 가인, 수필가.

는 후원자에게 못을 보내 달라는 편지를 띄우는가 하면 신도에게 돈 한 푼, 곡식 한 톨이라도 희사해 달라고 부탁하는데,[95] 이 모습은 현대 중소기업의 경영자를 방불케 한다.

진정한 종교적 공간을 그려 내고자 했던 구카이의 시는 앞서 논한『만엽집』의 기려가에 나타난 '관객적 리얼리즘'과 대조된다. 고야산은 히토마로와 아카히토 등이 칭송한 요시노의 산과도, '아카시'나 '와카노우라'처럼 도읍에서 멀리 떨어진 경승지와도 전혀 다르다. 구카이의 산거시가 그린 고야산은 일본 고대 문학의 풍경 가운데서 이례적으로 살벌한 황야였다. 거기에는 역사적 기억이 존재하지 않으며, 따라서『만엽집』적인 성지=풍경이 펼쳐질 수 없고 당연히 그것을 보는 '관객'도 없다. 고야산은 다만 구카이와 불법을 위해서만 존재하는 장이었으며 결코 감상의 대상이 아니었다. 한마디로 구카이는 풍경이 되지 않는 자연의 발견자로서 그 노골적인 자연 속에 살아가는 고유한 자기를 시를 통해 부각시켰다. 구카이의 산거시는 '작자 미상'적인 익명성과는 처음부터 끝까지 무관하다.

물론 산악을 무대로 읊은 '산거시'라는 장르 자체는 구카이가 원조가 아니며 사령운이나 당나라 왕유王維 등에게서 선례를 찾을 수 있지만, 산악 수행의 경험을 토대로 독자적인 불교적 유토피아를 그려 냈다는 측면에서 구카이의 고유 역량을 감지할 수 있다. 동아시아의 한문학으로 보아도 구카이의 산거시는 그 조밀한 공간 기술에서 다채로움을 한껏 뽐내는데, 그것은 그에게 '쓰기'가 신비한 테크놀로지였다는 것과 무

95　하케다 요시토羽毛田義人,『구카이 밀교』空海密教, 아베 류이치阿部龍一 옮김, 春秋社, 1996, 93쪽.

관치 않을 것이다. 아베 류이치가 말했듯 "구카이는 쓰는 것이 기술임을 잘 알고 있었다. 그러나 그에게 그것은 국가 제작statecraft을 위한 도구가 아니라 우주적 질서를 창조하고 유지하는 데 필요한 성스러운 기술이었다".[96] 구카이에게 율령 국가는 불법이라는 우주의 하부 조직에 불과했고, 따라서 그의 문학적 텍스트는 궁정의 의사 소통을 초과했다. 궁정 작가로서 구카이는 사치스러운 수사를 구사한 변려문騈儷文[97]으로 천황을 찬미하는 한편, 『회풍조』와 『문화수려집』文華秀麗集 등의 한문 시집에서 볼 수 있는 연회석에서 부르는 시는 거의 남기지 않았다. 구카이에게 시는 타인과의 소통=사교의 도구가 아니라 다만 "그 자신의 내면 표백을 위한 수단"이었다.[98] 몰락기=말세에 우주적 질서를 부흥하는 것은 인적이 끊긴 산악을 굳이 거점으로 택한 구카이의 강인한 자기 없이는 불가능했고, 게다가 그 자기는 한문학을 통해 겨우 매듭지을 수 있는 것이었다.

4 자기 변호와 미디어로서의 소설

나는 구카이의 문학적 업적으로부터 일본에서는 매우 특이한 '부흥 문화'의 모습을 발견한다. 말세의 세계에 질서를 되돌려 놓기 위해 구카이는 율령 국가의 약점을 의식ceremony

---

96 아베 류이치, 『만트라의 짜임새』, 310쪽.

97 [옮긴이] 네 글자 또는 여섯 글자의 대구를 사용해 짓는 문장을 말하며, 사육문四六文이라고도 한다.

98 고젠 히로시興膳宏, 「일본 한시사에서의 구카이」日本漢詩史における空海, 『중국 문학 이론의 전개』中国文学理論の展開, 清文堂, 2008, 360쪽.

을 통해 보강했고, 나중에는 고야산이라는 벽지에 은거했다. 불법의 수복은 그의 '야생의 이단자'로서의 '자기'와 강하게 묶여 있었다. 구카이는 자기 자신을 부흥 문화의 매체로 삼은 인물이라 할 수 있다.

여기서 한 가지 더 주의할 점은 당에 가기 전부터 구카이가 이미 소설을 자기 변호를 위한 미디어로 이용했다는 것이다. 구카이는 스물네 살에『농고지귀』聾瞽指歸—후에 새로운「서문」을 덧붙여『삼교지귀』三教指歸라 불리게 된다[99]—라는, 일본에 현존하는 가장 오래된 한문 소설을 썼다고 알려져 있다. 유교, 도교, 불교 각각의 대표자가 서로의 의견을 놓고 각축을 벌이다가 최종적으로 불교의 승리로 끝나는『농고지귀』의「서문」에는 구카이 자신의 편력과 집필 동기가 생생하게 적혀 있다.

그에 따르면 구카이는 상당히 이른 시기부터 율령 국가에 거리감을 가지고 있었다. 간무 천황 시대에 유교 이념을 기반으로 한 '대학'이 관료 양성 기관으로 자리 잡았고 젊은 구카이 또한 당초 그 시스템 아래 면학에 전념했으나 대학을 중퇴하고 사도승[100]으로서 산야를 유랑한 끝에 결국 이 공전의 사상 소설을 쓰기에 이른다. 작중에서 불교의 대변자로 등장하는 '가명걸아'仮名乞兒라는 기이한 인물은 구카이의 분신임에 틀림없다. 도교의 대변자인 허망은사虛亡隱士의 꾸밈없는 모

---

99 [옮긴이] 구카이가 스물넷에 출가 선언으로 썼던『농고지귀』를 훗날 개정해 조정에 헌상하면서『삼교지귀』로 제목을 고쳤다고 한다. 이하 인용문 번역에서는『삼교지귀』, 정천구 옮김, CIR, 2012를 참조했다.

100 [옮긴이] 당대에는 출가하려면 관의 허가를 받아야 했는데, 이렇게 관의 허가를 받아 출가한 승려를 관도승官度僧, 허가를 받지 않고 출가한 승려를 사도승私度僧이라고 했다.

습에 비해서도 가명걸아의 풍채는 대단히 이색적인 것으로
그려진다. "초가집 귀퉁이에서 태어나 새끼로 엮은 문 안에
서 자랐다. 시끄러운 속세를 훌쩍 초탈했고 불도를 우러러 부
지런히 수행했다. 검은 머리를 바짝 깎으니 마치 구리로 만든
동이 같았다. 화장해 곱게 꾸미는 일 전혀 없어 얼굴은 흙으
로 만든 솥인가 의심스러울 정도였다." 허름한 누옥에서 나고
자라 얼굴빛에는 윤기가 전혀 없고 구리나 흙처럼 추악하고
일그러진 용모가 되고 말았다. 그 때문에 시장에 가면 기와나
작은 돌을 맞기 일쑤였고 나루터에서는 말똥이 날아왔다.

　구카이는 가명걸아를 사회로부터 철저히 따돌림당하는 고
독한 승려로 그렸다. 묘사가 과장되기는 했으나 율령 국가의
엘리트 코스에서 낙오한 젊은 구카이의 모습을 겹쳐 볼 수 있
다. 그리고『농고지귀』에서는 이 이상한 승려야말로 유교 및
도교 대표자와의 교리 문답을 승리로 이끌어 불법의 우위를
드높이 알릴 수 있는 자다. 이로부터 주변의 기대를 배반하고
구태여 불도 수행의 길을 선택한 데 대한 구카이 나름의 '자
기 변호'를 읽어 낼 수 있다.[101] 그는 불교의 훌륭함을 설파함
으로써 율령 국가에서 출세의 길을 버린 자기 자신 또한 옹호
한다. 이 점에서『농고지귀』는 호교론Apologeticus과 자기 변
호가 혼연 일체된 기묘한 설득 소설의 겉모습을 띤다.

　더구나 구카이가 굳이 '소설'이라는 장르에 기대 이단적 자
기를 드러낸 것도 우연이 아니다. '대학'의 학생이기를 포기하
고 우바새優婆塞로 살아가기를 선택한 구카이에게는 문체 역

101　더불어 구카이의 전기 가운데 일부는 일찍부터 친족들이 구카
　　이가 불도로 나서기를 바랐다고 하는데(소위『어유고』御遺告 계통) 이
　　는 아마 후세의 서사화에 지나지 않을 것이다. 자세한 내용은 우에야
　　마 순페이上山春平,『구카이』空海, 朝日新聞, 1992 참조.

시 의식적으로 유교 정통성orthodoxy에서 배제된 것을 선택할 필연성이 있었다.『농고지귀』의「서문」일부를 보자.

당나라의 장문성張文成은 우울을 쏠어 내는 오락의 시문을 썼다. 문장은 아름다운 옥을 꿴 듯 흘렀고, 시는 봉황이 솟구치는 듯했다. 다만 음탕한 짓거리를 함부로 늘어놓아 우아한 표현이 없는 것이 한스럽다. 책을 펼치면 근엄하게 서 있는 버드나무 아래서도 탄식이 일고, 구절을 맛보다 보면 수도승도 마음이 흔들린다. 또 우리 나라의 히노오비토日の雄人가『수각기』睡覚記를 썼는데, 언변이 빼어나고 교묘하며 요설이 구름처럼 펼쳐졌다. 그리하여 멀리까지 그 이름이 알려져 무능한 벼슬아치도 박수 치며 크게 웃었고, 그 글자를 대하자마자 입이 굳게 닫힌 벙어리조차 입을 크게 벌리고 소리를 내질렀다. 두 책 모두 선인들이 남긴 명문을 대표하지만, 후세의 우리가 규범으로 삼기에는 부족하다.[102]

구카이는 근엄하고 올곧은 사람의 감각마저 뒤흔들고 우울한 독자를 재충전하는 데 픽션의 힘이 있음을 인식하고 있었다. 예를 들어 장문성의『유선굴』遊仙窟은 과거 급제가 목표인 한 젊은이가 신선의 경계를 넘나들며 이러저러한 "음탕한 짓거리"를 체험하는 에로틱한 소설이다(중국에서는 소실되었고 일본에만 있다고도 알려져 있다). 히노오비토(히노오日雄라는 이름으로 불리기도 한다)의『수각기』는 현존하지 않지만 아마도『유선굴』처럼 선정적인 문장으로 채워져 있었을 것

---

102   이 번역문은 하케다 요시토의『구카이 밀교』에서 인용했으며 원문을 참조해 어구를 약간 수정했다.

이다. 구카이는 그것들을 모범으로 삼지 않고 의식적으로 거리를 두었지만, 그러한 부인은 바꾸어 말해 그가 이런 에로틱한 문학에 촉발되어 그 자극을 자신의 소설에 담고자 했음을 짐작하게 한다.

『농고지귀』의 이 대담한 「서문」은 나중의 『삼교지귀』에서는 제외되지만 그만큼 집필 당시 구카이의 문학관을 상당히 잘 보여 준다. 『유선굴』과 같은 비공식적인 픽션에 대한 언급은 훗날 구카이가 공적=관료적인official 유교 이데올로기를 벗어나 마침내 '자기'를 미디어로 삼은 불법 부흥으로 나아가게 됨을 예고한다. "국사와 유교 고전에 대한 논문, 불교 주석서, 그 외 율령 국가의 전형적인 문서와는 대조적으로 문학 범주에 속한 소설에는 국가의 역할에 대한 주장이 단 하나도 없었다."[103] 율령 국가의 가치 기준에서 '소설'은 어떤 역할도 할 수 없는 장르에 불과했다. 그런데 이 잉여물인 '소설'의 힘을 차용해 구카이는 형편없이 야윈 승려의 강력한 자기 표현 =자기 변호를 수행할 수 있었다. 이러한 극적인 소설을 제쳐 놓고 "태초의 이야기"로서 『다케토리 이야기』竹取物語에만 주목하는 일본 문학사는 지나치게 화문和文[104]에 편중된 관점이라고 말하지 않을 수 없다.

그럼에도 불구하고 구카이의 박학 다재한 모습을 유감없이 보여 준 『농고지귀』 같은 '소설'의 갑작스러운 출현은 우리 사고의 틀을 크게 동요시킨다. 예를 들어 문예 비평가들은 하

103　아베 류이치, 『만트라의 짜임새』, 102쪽.
104　[옮긴이] 넓은 의미로는 한자로 쓰인 한문에 대응하는 일본의 문자 체계를 말한다. 히라가나와 가타카나 문자 체계가 수립된 8세기 이후 와카의 등장으로 일본어 문학 고유의 문체가 구사되기 시작했고, 한문과 구별되는 화문의 문학적 전통이 확립되었다.

나의 가능한 이론적 모델로서 종종 전근대적인pre-modern '이야기', 그 반성적 의식으로서 근대적 '소설', 그리고 소설에 대한 반성적 의식으로서 포스트모던한 <이야기>라는 변증법적 발전 단계를 그려 왔다. 전근대의 공동체가 만들어 낸 구술 전승 단계의 이야기에 대한 비평으로서 고독한 '자기'를 그리는 근대의 소설이 태어났고 이번에는 그 소설의 협소함을 넘어서기 위해 다시금 괄호 친 <소설>이 도입된다…… 이는 엉성하고 대략적이기는 해도 나름의 역할이 있는 단계론이다.

그러나 일본 문학사에도 이러한 단계론을 적용할 수 있는지는 검토가 필요하다. 구카이는 '이야기에서 소설로'라는 숙성의 프로세스를 밟은 것이 아니라 강렬한 '자기'를 내세운 사상 소설을 불쑥 써 냈다. 그리고 이 소설 후에 『다케토리 이야기』를 필두로 하는 다채로운 이야기 문학이 개화하는데, 거기서는 『농고지귀』 같은 자기 표현을 찾기 어렵다. 이러한 시간적인 생략 혹은 역전이 일어난 것은 일본이라는 극동 섬나라의 존립 조건을 잘 보여 준다. 이웃에 중국이라는 선진국이 있고 그곳에서 사상과 종교, 문학이 단속적으로 도입된 탓에 일본 문명은 원활한 진화의 역사가 아니라 비연속적 도약을 포함하는 역사를 체험해 왔다. 구카이의 한문 소설은 바로 그러한 '대약진'의 좋은 예다.

게다가 이처럼 자기 변호적이고 호교론적인 『농고지귀』에 필적할 사상적 골격을 갖춘 소설은 이후 일본에서 거의 나오지 않았다. 히토마로의 노래에 그토록 많은 유전자가 포함되어 있었던 것과는 대조적으로 구카이의 『농고지귀』 및 일련의 산거시는 지금도 일본 문학사의 고아며 어떤 후계자도 갖지 못한 것 같다. 그렇다면 종교가 구카이의 천재성과는 정반대로 문학가 구카이는 실은 씨 없는 천재였던 것이 아닐까? 아니, 반드시 그렇지는 않다. 왜냐하면 장래 구카이에 필적할 만한 자기 표현=자기 변호의 문학을 목도할 날이 오지 않으리라는 법은 없기 때문이다. 그러한 의미에서 구카이는 여전히 '미완의 천재'며, 일본 문학의 결여를 은밀히 비추다가 언젠가 시간을 구부려 현실로 귀환할 날을 기다리고 있다.

＊　＊　＊

정리하자. 고대 일본의 부흥기에 창조성은 율령 국가의 공적 담론에 안감을 덧대듯이 길러졌다. 진신의 난 〈전후〉 작가로서 히토마로는 율령 국가가 완성되기 이전의 '고도'에 진혼가를 바쳤고, 그 후 『만엽집』 성립에 관여한 것으로 추정되는 오토모노 야카모치와 헤이제이 상황의 정치적 행동은 고도의 잔상에 의해 결정되었다. 그렇다! 분명 『만엽집』은 당시 '가요곡'의 집합체였을지 모른다. 그런데 그처럼 격식 차리지 않는 가요곡이 다시없이 소중하게 여겨지는 것이 〈전후〉의 부흥기다. 그리고 그 가요곡 안에는 여행지의 청신한 풍경을 향유하는 관객의 시선도 담겨 있다.

　반면 구카이는 일본뿐 아니라 세계 전체가 몰락해 간다는 불교적 관점에서 지고한 불법의 부흥을 제기한다. 그리고 그가 율령 국가의 이데올로기를 저 멀리 뛰어넘어 법 너머의 법을 전면적으로 수용하는 강인한 '자기'를 윤곽 지으려 했을 때 한문 소설이나 산거시 같은 마이너한 장르가 결정적인 도움을 주었다. 부흥 당사자의 자기 표현을 담당한 한문학은 히토마로적 진혼 문학이 결여한 부분을 선명하게 드러냈다. 패자를 향하는 진혼의 노래는 바꾸어 말하면 패자의 자기 표현 기회를 박탈하고 모든 것을 주술화=예능화할 수밖에 없다.

그 예능적 요소로부터 우수한 일본어 문학이 무수히 양성된 것은 분명하지만 현실의 복잡한 뉘앙스를 당사자의 1인칭적 언어로 전달하는 습관은 일본 문학에서 지금까지 거의 확립되지 못했다. 그렇다, 진재震災 이후를 살아가는 오늘날 우리만 하더라도 사건의 '예능화'를 도처에서 목격하고 있지 않은가? 그렇다면 구카이가 보여 준 자기 변호＝자기 표현의 문학은 여전히 '미완의 천재'의 산물이라 할 수 있을 것이다.

아무튼 부흥기의 영광을 온몸에 두른 히토마로와 구카이라는 두 '천재'는 먼 훗날 일본 문화의 장점과 결함을 예고한다. 사실 이 장은 일본 고대 문학의 아주 일부만을 다루었을 뿐이다. 시야를 넓혀 보면 일본인은 노래나 시와 더불어 또하나의 중요한 문학적 장르로서 '이야기'를 소유하고 오랫동안 전승해 왔다. 바로 그 점을 상기해야 한다. 이제 이야기에 맡겨진 부흥기 혹은 〈전후〉의 흔적을 탐색해 보자.

2장

수도의 중력, 중력의 도시

이야기의 존재 이유

일본 문학에 있어 '이야기'[모노가타리物語][1]란 무엇이었을까? 이 장대한 질문에 거침없이 답할 능력도 그럴 만한 자격도 내게는 없지만, 일단 이 문제가 현대에도 유효하다는 점을 인식하자. 고대부터 기나긴 세월을 거쳐 21세기의 오늘날에 이르기까지 우리는 '이야기'라는 이 고리타분한 단어를 손에서 놓아 본 적이 없다. 메이지 시대 이래 서양에서 엄청나게 많은 픽션이 들어왔고, 우리는 여전히 그것들을 '이야기'라는 범주로 흡수해 이해하려 한다. 현대 일본인의 인지 패턴 속에 '이야기'는 소설, 영화, 미술 등 모든 픽션 장르를 관통하는 강력한 척도로 장착되어 있다.

1　[옮긴이] '모노가타리'는 헤이안 시대부터 번성한 이야기 문학을 총칭한다. 나라 시대의 역사서인 720년의 『일본서기』에서는 '담'談의 훈독이었고 일본의 문자 체계가 성립된 이후인 헤이안 시대에는 '옛이야기'를 뜻했다. 일본 최초의 옛이야기 모음집인 『다케토리 이야기』는 10세기 중반에 창작되었을 것으로 추정되나 원본은 없고 14세기의 사본이 남아 있다. 원본이 남아 있는 가장 오래된 '옛이야기 모음집'은 1008년의 『겐지 이야기』源氏物語다. '모노가타리'에서 '모노'物의 쓰임새에 대해서는 모토오리 노리나가本居宣長의 『겐지 이야기』 해설서인 『겐지 이야기를 읽는 요령』紫文要領을 참고할 수 있다. 그는 일본의 '이야기'에서는 '모노노아와레物の哀れ(만물의 정서)를 아는 것'이 가장 중요하며, 이는 곧 '세상을 알고 사람의 정을 아는 것'이라고 논한다. 사람이나 사물에 초점을 맞추어 그 정서를 담아 내는 일본의 이야기 전통은 근대 문학의 소설 장르에서 그대로 이어졌다. 이 책에서는 '모노가타리'가 일본 문학을 대표하면서도 보편적인 이야기 장르에 충실하다는 점에서 '이야기'로 번역했다.

이러한 강인함은 일단 일본의 이야기가 맡아 온 독자적인 문화적 역할에서 유래한다고 말해 두자. 고대 일본인은 『다케토리 이야기』, 『이세 이야기』伊勢物語, 『겐지 이야기』, 『금석 이야기』今昔物語, 『헤이케 이야기』 등 '옛' 사건을 회고적으로 retrospective 돌아보는 유형의 이야기를 애호했는데, 그 태도의 이면에는 객관적=공식적인 역사 기술에 대한 불신이 있었다. 일본의 이야기는 사서史書와는 다른 장르로서, 말하자면 역사의 여백에 거주하기를 적극적으로 선택해 왔다.

이는 허구보다 사실을 중시하고 사서 편찬에 막대한 노력을 기울여 온 중국과 비교된다. 중국의 정사正史는 문명의 존재 증명을 위한 대대적인 사업이었으며, 인간의 행위만이 아니라 그 제작물까지도 기록하고자 한 거대 프로젝트였다. 예컨대 사마천의 『사기』는 수많은 국가의 존망을 기록한 것인 동시에 장구한 세월—주나라의 성립부터 헤아리면 어언 900년!—속에서 산출된 다양한 앎과 정념, 나아가 문학 작품까지 수록한 종합적 인간학이나 마찬가지다. 인간 존재의 리얼리티를 총체적으로 파악하려는 중국인의 의지는 고대 그리스에서와 달리 철학이나 연극이 아닌 『사기』로 대표되는 역사서를 통해 구현되어 왔다.

그에 비해 일본인은 공식적인 역사를 다소 소홀히 취급하는 경향이 있었다. 예를 들어 정사인 육국사六国史 가운데 『일본후기』日本後紀는 일부만 남기고 소실되었으며, 마지막 육국사인 『일본 삼대 실록』日本三代実録에 가서는 궁중의 연중 행사 기록이 현저히 증가한다. 실록화한 사서나 왕조 시대 공가公家[2]의 일기는 중국풍의 종합적인 역사서이기를 그만두고 오히려 궁중 공사公事의 정보=선례를 집적한 실용적인 데이터베이스 같은 양상을 띠었다.[3] 생각해 보면 『고사기』와 『만엽집』부터 오늘날에 이르기까지 1,000년을 훌쩍 뛰어넘는 전통이 있음에도 일본인이 쓴 텍스트가 다른 나라에 영향을 준 적은 거의 없다(궁극의 갈라파고스!). 이는 보편적인 '종합적 인간학'으로서의 역사서를 만들어야 했던 대륙의 중국인과 달리 섬나라의 일본인은 문명의 가치를 광범위하게 선전할 필요에 쫓기지 않았다는 뜻이다. 『고사기』나 『일본서기』에서 시작된 고대 일본의 정사 편찬 사업이 용두사미로 끝나고 결국 궁중의 데이터베이스에 머무른 것도 어떤 의미에서는 당연하다.

그런데 율령 국가가 제정한 공식 역사가 빈약했던 만큼 비공식적인 '이야기'의 힘을 인정하려는 담론이 대두하기도 한다. 예를 들어 『겐지 이야기』를 "어느 천황 때였을까"라는 문구로 시작해 작품의 시간 설정을 일부러 모호하게 만든 무라사키 시키부[4]는 「반딧불」蛍 편[5권]에서 히카루 겐지의 입을 통해 그 유명한 이야기론을 전개한다. 이야기에는 '진실'이 극히 적지만 여자들은 이런 '꾸며 낸 말'(시시한 이야기)에 마음을 빼앗긴다. 히카루 겐지는 다마카즈라에게 웃으며 이렇게

2 [옮긴이] 조정의 귀족이나 관료를 총칭하는 표현이다. 특히 가마쿠라 막부 이후 무력으로 천황을 보위하며 정치에 개입한 무가와 달리 황실의 예법이나 문치에 관여한 궁정 귀족 일반을 가리킨다.

3 마쓰조노 히토시松園齊, 『왕조 일기론』王朝日記論, 法政大学出版局, 2005, 1장 참조.

4 [옮긴이] 무라사키 시키부紫式部, 978?~1016?. 헤이안 시대의 여성 작가이자 가인. 하급 관료의 딸로 태어났고 결혼 후 3년 만에 남편이 죽자 『겐지 이야기』를 쓰기 시작했다. 당시 『겐지 이야기』의 평판이 황실의 외척에까지 알려지게 되었고, 이에 무라사키 시키부는 여방女房(궁녀이자 교사)의 신분으로 입궐했다. 이후 중궁中宮(황후)에게 한문과 시문을 가르치면서 『겐지 이야기』를 완성했다. 또한 궁중의 일상을 담은 『무라사키 시키부 일기』紫式部日記를 남겼다.

말하고 다마카즈라는 정색한다. 이에 히카루 겐지는 "정사라고 하는『일본기』에도 그 일부밖에 쓰여 있지 않으니, 오히려 이야기책에 세세하게 쓰여 있는 경우도 있겠지요"라고 정정한다. 즉『일본서기』의 서술은 어차피 일면적인 것에 지나지 않으며 도리에 맞는 상세한 리얼리티는 오히려 이야기에 있다는 것이다. 후에 모토오리 노리나가[5]가『겐지 이야기를 읽는 요령』이라는 훌륭한『겐지 이야기』론에서 일언일구 꼼꼼히 주석한 것처럼 이 부분의 묘미는 "아무렇지도 않은 부드러운 필체"에 있다. "눈에 별로 띄지 않는 곳에 집필 의도를 암시해, 일부러 내세우지 않으면서도 넌지시 알게 하는 것이야말로 일본에도 중국에도 대적할 자 없는 묘수라 할 만하다."[6] 히카루 겐지＝무라사키 시키부의 이야기론은 얼핏 농담 같지만 노리나가는 그 무심함이야말로 "일본에도 중국에도 대적할 자 없는" 문학적 기술임을 인식했다. 중국풍 역사서와 달리 일본의 픽션＝이야기는 엄밀한 선악 판단을 초월한, 있는 그대로의 진실을 말하는 것임을 무라사키 시키부는 완만하고 잔잔한, 밀어붙이지 않는 문체를 통해 보였다.

더구나 흥미롭게도 그녀가 중국의 역사 기술에 무관심했던 것도 아니다. 오히려『겐지 이야기』는 일본의 그 어떤 역사서보다도 능숙하게『사기』의 기전체紀傳體[7] 스타일을 활용

---

5   [옮긴이] 모토오리 노리나가本居宣長, 1730~1801. 에도 시대에 활동한 국학자이자 문헌학자, 의사.『고사기』,『겐지 이야기』등 고전을 연구해 후세에 큰 영향을 미쳤다.

6   [옮긴이] 모토오리 노리나가,『겐지 이야기를 읽는 요령』, 정순희 옮김, 지만지고전천줄, 2009, 71쪽.

7   [옮긴이] 동아시아 역사 기술의 한 양식이다. '기전'은 중국의 역사 기술에서 황제나 왕을 둘러싸고 일어난 일을 기록하는 '본기'本紀와 관료 개개의 일생이나 이민족의 풍습을 적어 놓은 '열전'列傳에서

했다. 국어학자 오노 스스무에 따르면『겐지 이야기』의 전체 구조는 히카루 겐지가 끝 간 데 없이 부귀 영화를 누리는 과정(치부담致富譚)을 묘사한 '본기' 계열(a계)과 겐지와 관계 있는 여성들(우쓰세미, 유카오, 스에쓰무하나, 다마카즈라)에 초점을 둔 '열전' 계열(b계)의 조합으로 이해할 수 있다.[8] 현행『겐지 이야기』에서 시간이 흐르는 방식이 직선적이기보다는 곡선적이며 여성을 묘사하는 방식에도 심천深淺과 농담濃淡이 있는 것은 이 같은 계열의 이중화와 관련된다. 이름처럼 눈부시게 빛나는 히카루 겐지光源氏의 생애를 기본 줄거리 삼아, 그 실패담까지 아우르는 다채롭고 풍부한 열전 성격의 이야기가 네트워크로 조직되면서 중국적 역사 기술 방법론을 일본적으로 멋지게 승화한 것이다.

나아가 일본 문학은 역사를 이야기로 만드는 데도 부지런했다.『호겐 이야기』保元物語[9]를 위시한 군기軍記 서사부터 라이산요의『일본외사』日本外史[10]와 시바 료타로가 지은 일련의

한 글자씩 따온 것이다. 한 인물이나 나라에 관한 정보를 집중적으로 소개하는 기전체 서술은 매해 일어난 사건을 순서대로 기록한 편년체編年體 서술과 대비된다.

8   오노 스스무大野晋,『겐지 이야기』源氏物語, 岩波現代文庫, 2008, 126쪽 이하. 특히 오노가 '은/는'과 '이야말로'こそ의 출현 빈도를 분석해 a계보다 b계의 문장에 더 풍부한 '짜임새'가 있다고 서술한 몇몇 부분(144쪽 이하)에는 실로 놀라운 통찰이 담겨 있다.

9   [옮긴이] 헤이안 시대 말기에 황위에서 물러난 스토쿠 상황이 원정이라는 정치 방식을 통해 섭정을 행했는데, 12세기 말에 이르러 누가 이 원정의 배후가 될 것인지를 둘러싸고 무가들 사이에서 두 번의 내란이 일어난다. 이 가운데 1156년(호겐 원년)에 일어난 첫 내란을 '호겐의 난'保元の亂이라고 한다. 내란의 결과 스토쿠 상황이 유배되며 무가인 겐지와 헤이시가 세력을 키우게 된다. 이 역사를 배경으로 한 이야기가『호겐 이야기』며『헤이케 이야기』의 전사前史에 해당한다.

역사 소설에 이르기까지, 일본의 '국민 문학'은 종종 민간의 '야사'에 점유되어 왔다. 예컨대 18세기 후반 간세이 개혁寬政の改革[11] 때 "과거의 억제"를 꾀한 마쓰다이라 사다노부松平定信는 주자학＝정학正学을 제도적으로 가르칠 다이가쿠노카미大学頭[12]의 하야시 줏사이[13]에게 도쿠가와 막부의 정사인 『어실기』御実記(별칭 『도쿠가와 실기』德川実記) 저술을, 젊은 라이산요에게는 일반적인 읽을거리인 『일본외사』 저술을 각각 지시했는데,[14] 후세에 끼친 영향력 측면에서는 후자가 압도적이라 할 수 있다. 일본에서의 역사 기술은 엄밀한 정확성을 지향하기보다는 결국 '꾸며 낸 말'인 이야기에서 리얼리티— 지식사회학 용어로 말하면 '그럴듯함'plausibility —를 생성하는 게임에 더 가까웠음을 일본의 이야기 작가들이 몸소 보여 주고 있는 것이다. 여하간 자칫 공적＝권위적인 정사보다 사적＝이야기적인 야사 쪽이 더 영향력을 가지곤 했던 것이 일

10　[옮긴이] 에도 시대 후기의 역사가 라이산요賴山陽, 1781~1832가 지은 역사서로, 헤이안 시대 말기부터의 무가 가계를 중심으로 한 열전 형식을 취해 일종의 소설로 평가받기도 한다.

11　[옮긴이] 18세기 후반에 이르면 상업이 점차 부흥해 농촌 인구가 줄어들고 공납 수입이 감소하게 된다. 이에 당시 막부를 장악한 마쓰다이라 사다노부는 농업을 장려하는 한편 농민에게 근검 절약을 호소해 재정을 확충하는 개혁을 단행했다. 이 개혁을 '간세이 개혁'이라고 한다.

12　[옮긴이] 율령제 시행 이후 일본은 관료 육성 기관으로서 다이가쿠료大学寮를 두었다. 다이가쿠노카미는 다이가쿠료에서 가르치는 임무를 수행하는 직책을 가리킨다.

13　[옮긴이] 하야시 줏사이林述齋, 1768~1841. 에도 시대 말기의 유학자. 문서 행정의 핵심을 담당함으로써 막부 정치에 관여했다.

14　로널드 토비Ronald Toby, 『'쇄국'이라는 외교』「鎖国」という外交, 小学館, 2008, 95쪽 이하[『일본 근세의 '쇄국'이라는 외교』, 허은주 옮김, 창해, 2013, 122쪽 이하].

본의 '역사'다. 일본 문학은 정통 역사 기술로 다룰 수 없는 영역에서 그 기백을 발휘해 온 것이다.

서두가 조금 길었다. 이제부터 나는 '역사의 여백'에 자리해 온 일본의 이야기를 '부흥 문화'라는 틀과 연관 지어 보려 한다. 역사 기술의 사명을 떠맡은 이야기는 파괴적인 사건의 잔해 위에서 어떤 작업에 착수한 것일까? 이야기를 길러 낸 <전후>의 정치적 환경이란 어떤 것이었을까? 또 고대 이래 이야기 양식은 20세기 이후의 일본인 이야기 작가, 예를 들면 나카가미 겐지에게 어떻게 수용되고 계승되었을까?······ 이러한 질문들을 검증함으로써 우리는 이야기의 존재 이유가 과연 무엇인지를 따지는 까다로운 문제의 단서를 약간이나마 얻을 수 있을 것이다. 그런데 조금 돌아가는 셈이지만 그에 앞서 이야기 문학의 전제 조건이 된 왕조 시대 '문예 부흥' 프로젝트의 대략적인 윤곽을 그려 보려 한다. 왜냐하면 이야기의 핵심은 '수도'의 문명(풍아風雅[15])을 주요 성분으로 하며, 그 풍아를 결정화한 것이 기노 쓰라유키를 중심으로 한 '문예 부흥'의 기획이었기 때문이다. 따라서 우선 이 부흥 = 창조의 과정을 확인하면서 이야기에 대한 고찰을 시작해야 한다.

---

15 [옮긴이] 풍아는 고상한 멋 혹은 그러한 자태를 뜻한다. 주로 시문, 서화, 다도 등에서 아름다움의 본질을 논할 때 쓰이는 표현이다.

A 수도의 중력

1 문예 부흥과 수도의 '풍아'

일본의 고대 문학을 읽으면 누구나 수도가 매우 큰 의미를 가지고 있음을 알 수 있다. 앞 장에서 논했듯이 '고도'古都의 가집이라 불릴 만한 『만엽집』은 거듭되는 천도라는 조건하에서 풍부한 감정 양식을 길러 냈는데, 10세기 초두 일본에서는 『고금집』 편찬을 통해 『만엽집』이 닦은 와카의 길을 '부흥'revival하고자 했다. 『고금집』의 편집자였던 기노 쓰라유키는 그 서문(「가나 서문」)에서 "부실한 노래, 임기 응변적인 표현"만 유행하는 경조부박輕佻浮薄의 세상 물정을 한탄하면서 당시 다이고 천황의 생각—"옛 선왕들 시대의 와카를 잊지 않고 이를 일으키고자"—에 기반한 와카의 '복고'를 강조했다. 쓰라유키에게는 히토마로와 아카히토라는 가성을 거느린 『만엽집』의 정신을 상기시키는 것이 현 세태의 타락을 극복하는 길과 연결되었고(그래서 『고금집』은 당초 『속만엽집』이라는 명칭으로 편찬되었다), 이 복원의 결과 수도(헤이안쿄)를 중심으로 한 일본적 '우아함'(=궁정적인 것)의 문학이 화려하게 전개된다.

돌아보면 9세기부터 10세기에 걸쳐 동아시아는 일종의 르네상스(문예 부흥)와 내셔널리즘의 시대를 맞이했다. 일본만 '국풍화'国風化[16]해 풍아의 길을 걷기 시작한 것이 아니다. 그보다 앞서 중국 한유의 고문 운동古文運動[17]—그 배후에는 바깥에서 들어온 불교에 대한 반발이 있었다—처럼 자국 문화 정체성의 뿌리를 탐색하려는 움직임이 이미 9세기 전반에 존재했다. 따라서『고금집』이 제기한 와카의 복고 자체는 당시의 '국제적'인 유행 중 일부였다고 말할 수 있다.

그렇지만 가와구치 히사오가 지적한 것처럼 한유에게는 되돌아갈 자국의 문장 모델(진나라 이전의 고문古文)이 이미 있었던 데 비해, 예부터 한문학과 불교의 영향을 받은 일본인에게는 외국에 오염되지 않은 고전적 유산 같은 것이 없었다.[18] 한유가 되살리려 한 '고문'이란 고대 중국의 산문, 구체적으로는 경서經書와 제가백가 등 '사상서'(논설적인 글) 및 『춘추』나『사기』로 대표되는 '역사서'(서사적인 글)의 문체를 가리키며, 이러한 산문적 문체는 육조 이래 성행한 새로운 인공적 문체인 '병문'駢文(대구를 사용하는 정형적 리듬에 기초한 사육문[19])과 달리 작자가 가진 사상의 자유로운 흐름을 전달하는 데 잘 어울렸다. 더구나 사자구四字句로 만들어진 중국어 번역 불교 경전은 말하자면 병문적인 리듬을 갖고 있었기 때문에 병문을 멀리하고 고문=산문으로 회귀하는 것은 불교적 문체를 멀리하는 것이기도 했다. 중문학자 오가와 다마키가 말하듯이 "고문은 무엇보다 유학자의 글이었다".[20] 즉 고문의

16　[옮긴이] '국풍'이란 본래 국가나 지방마다의 습속을 의미하는데, 여기서는 특히 풍아의 문화로 이어지는 10세기 초에 시작된 일본의 문화적 경향을 가리킨다.

17　[옮긴이] 당나라의 문인 한유韓愈, 768~824가 고대 산문 기법을 계승해 일으킨 문풍文風 개혁 운동이다.

18　가와구치 히사오川口久雄,『헤이안기 한문학의 개화』平安朝漢文学の開花, 吉川弘文館, 1981, 118쪽.

19　[옮긴이] 83쪽 주 97 참조.

20　오가와 다마키小川環樹,「중국 산문의 모습들」中國散文の諸相,『오가와 다마키 저작집』小川環樹著作集 1권, 筑摩書房, 1997, 41쪽.

'부흥'은 사상을 선택하는 것과도 직결되었다.

　그에 비해 10세기 시점의 일본어에는 사상서나 역사서에 의해 형성된 두터운 산문적 전통이 존재하지 않았기 때문에 당연히 '고문 운동' 또한 일어날 수 없었다. 다만『만엽집』에 남겨진 노래만이 일본어의 풍부한 감각과 숨결을 전달할 잠재력을 갖고 있었다. 그렇다고『고금집』이『만엽집』을 고스란히 재현한 것도 아니다. 「가나 서문」에서 쓰라유키는 히토마로와 아카히토를 칭송하는 한편『고금집』본문에는 "『만엽집』에 담을 수 없는 노래" 및 편집자들의 노래만을 수록해 새로운 면모를 선보였다. 물론 엄밀히 말하면『고금집』에도 여러 수의 만엽가가 포함되어 있고 앞 장에서 서술했듯이 야마베노 아카히토의 노래에서『고금집』의 "나긋나긋하고 여성스러운" 가풍이 유래했지만 가집의 성격 차이는 부정할 수 없다.『고금집』은 고전 회귀의 자세를 취하면서『만엽집』이 구축한 일본 문학을 사실상 쇄신reform했다. 우리는 여기서 부흥에 창조가 스며드는 일본 문화 속 '거듭남'의 패턴을 보여 주는 적절한 사례를 발견할 수 있다.

　이러한 '쇄신'의 배경에는 헤이안쿄 천도 이후 이미 100년 이상의 세월이 흘렀다는 사정도 있다. 9세기 초엽에는 '구스코의 변'과 같이 도읍을 나라로 복귀시키려는 불온한 움직임이 있었던 데 비해 10세기의 헤이안쿄는 이미 수도로서의 지위가 확고했다. 천도로 인해 버려진 고도(고향)를 군이 주술적으로 불러 깨우는 낡은 유형의 가인이 나설 자리는 없었다. 일본의 문학 활동은 궁정 문명의 소재지인 상서롭고 아름다운 수도(헤이안쿄)를 중심으로 전개되었다. 그와 동시에 도시적이고 풍아한 문명의 '간주'＝시뮬레이션 기술이 지방을 향하면서 먼 훗날 '작은 교토'라 불리게 될 불가사의한 장소가 각지에 발생하게 된다.[21] '우아함'은 복제 가능한 미로서 지방에까지 문명의 이상적 경관을 이식했던 것이다.

정치 체제에서는 10세기 이후 이른바 '왕조 국가 체제'가 형성된 가운데, 그 전까지의 중국식 율령제에 기초한 중앙 집권 국가가 변질되어 지방 국사國司[22]에게 국내 지배권을 대폭 위임하는 '국사 청부'에 기초한 시대, 요즘 식으로 말하면 규제 완화와 민영화, 지방 분권 등을 취지로 하는 '작은 정부'의 시대가 개막된다.[23] 『만엽집』 이래의 칙찬 와카집은 바로 이 '작은 정부'와 시대를 함께했다. 훗날 미시마 유키오는 "『고금집』의 세계는 우리가 이른바 '현실'에 접촉하지 않도록 주의 깊게 구성된 세계다. 프레시오지테Préciosité[24]가 항상 현실과 우리 사이를 차단한다. 그것은 일본에서 구현된 로코코적 세계며 하나하나의 정념이 비단에 감싸이는 것"이라고 간단명료하게 설명했는데,[25] 이는 국가가 책임지는 '현실'의 스케일이 줄어들었다는 사실과 호응한다. 그리고 『고금집』의 "로코

21　무라이 야스히코村井康彦, 『문예의 창성과 전개』文芸の創成と展開, 思文閣出版, 1991, 21쪽 이하. 덧붙여 하나다 기요테루의 「작은 교토」小京都(『일본의 르네상스인』日本のルネッサンス人에 수록)는 오닌의 난 <전후>에 교토의 멸망을 목도한 이치조 노리후사一條教房가 도사土佐의 하타幡多로 낙향해 "설령 터무니없어 보일지라도 이 황량한 하타 본향 나카무라를 교토로 착각할 만한 마을로 만들어 보자"며 아무것도 없는 "보잘것없는 마을"을 교토로 간주하려 한 기묘한 부흥 사업을 완벽히 묘사한다.

22　[옮긴이] 조정에서 여러 지방에 파견한 지방관을 뜻한다.

23　다이라 마사유키平雅行, 『신란과 그의 시대』親鸞とその時代, 法藏館, 2001, 16쪽 이하.

24　[옮긴이] 17세기 프랑스 상류 사회에서 나타난 풍조로 언어와 예법에서 세련미를 추구했다.

25　미시마 유키오三島由紀夫, 「고금집과 신고금집」古今集と新古今集, 『미시마 유키오 문학론집』三島由紀夫文学論集, 講談社, 1970, 343쪽.

코적 세계"에 이어 겐지 일가와 헤이시 일가가 세력을 다투던 와중에 일기인 『명월기』明月記에서 "전쟁 따위는 내 알 바 아니다"라고 쓴 후지와라노 사다이에[26]가 등장한 것은 반쯤 필연이었다.

물론 와카가 현실을 미화(혹은 무화)하고 거기에 젠체(프레시오지테)의 껍데기를 씌우려면 그 어휘를 최대한 엄선해야 했다. 시인 오오카 마코토가 예리하게 지적했듯 쓰라유키가 '물'에 비친 이미지를 자주 사용한 것은 이 점에서 매우 시사적이다. 쓰라유키는 "달이건 단풍이건 화톳불이건 무언가를 보려면 그것을 직접 보는 것이 아니라 말하자면 물속이라는 '거울'을 매개로 보아야 한다는 도치적인 시야 구성"에 강하게 이끌렸다.[27] "화톳불이 비춰 주는 옥 같은 밤 강의 깊이는 물도 태우더라"와 "물 밑에 그림자 비치면 단풍잎 색깔도 더욱 깊게 빛날까?"라 했던 그의 노래에서 생생한 현실은 먼저 물의 거울에서 기려綺麗하게 갈고닦인 후에 허구적 현실, 곧 일종의 가상 현실virtual reality로 제시된 것이다. 문학에서는 보통 언어로 복잡한 현실을 탐구하고 해명하려는 산문적 지향과 너저분한 현실을 떨쳐 내고 언어를 철저히 가상적인 것으로 다루려는 시적 지향이 맞부딪친다. 쓰라유키는 후자 측에 서 있음이 분명하다.

---

26 [옮긴이] 후지와라노 사다이에藤原定家, 1162~1241. 헤이안 시대 말기부터 가마쿠라 막부 초기까지 활동한 학자이자 가인. 『신고금와카집』과 『신칙선와카집』新勅撰和歌集을 편찬했으며, 『겐지 이야기』 등의 고전에 주석을 달았다. 1180년부터 1235년까지 56년간의 자기 행적을 담은 일기인 『명월기』를 남겼다. 19세에 "전쟁 따위는 내 알 바 아니다"라는 유명한 문장을 통해 비정치적이고 예술 지상주의적인 입장을 밝힌 것으로 알려져 있다.

27 오오카 마코토大岡信, 『기노 쓰라유키』紀貫之, ちくま文庫, 1989, 73쪽.

'물'을 매개 삼아 현실을 빛내는 명확한 방법론을 확보한 쓰라유키는 노래 전문가로서 '비평'에도 손을 댔다. 귀족의 의뢰를 받아 수많은 병풍가屛風歌[28]를 남긴 이 프로페셔널한 가인＝비평가는 「가나 서문」에서 자기보다 앞선 여섯 명의 가선歌仙(헨조遍昭 승정, 아리와라노 나리히라,[29] 훈야노 야스히데文屋康秀, 기센喜撰 승려, 오노노 고마치小野小町, 오토모노 구로누시大伴黑主)의 단점을 세세히 들추고 특히 아리와라노 나리히라는 "마음만 지나치고 말이 부족하다"고 혹평한다. 뒤집어 말하면 쓰라유키는 "마음"과 "말"이 정확히 일치하는 노래를 길러 내는 데 큰 의미를 두었고, 그로 인해『고금집』이 조직한 와카의 표준 언어에 비추어 쓸데없는 노이즈를 일으키는 속어와 생활어를 포기하게 된다.『고금집』은 헤이안쿄의 사계절에 입각해 왕조적 기품으로 가득한 미학을 조직하기를 택했다. 일상 생활에 입각한 말들이 노랫말에 스며들고 또 그 안에 독자들이 '아와레'哀れ[30]을 느낄 수 있을 만한 시정詩情이 배어들기 위해서는 원정기院政期[31]의 『양진비초』梁塵秘抄[32]를

---

28 [옮긴이] 9세기 후반부터 등장한 시가의 한 유형으로, 각지의 명소와 사계절을 묘사한 병풍을 세워 두고 이 병풍의 그림을 읊는 노래를 말한다. 특히 황실의 공적인 의례에서 연행된 병풍가는 각 시기의 대표적인 화가와 서예가가 제작한 병풍을 노래했다.

29 [옮긴이] 아리와라노 나리히라在原業平, 825~880. 헤이안 시대 초기의 귀족이자 가인. 헤이제이 천황의 손자며 『이세 이야기』의 주인공으로 등장한다.

30 [옮긴이] '아와레'는 '모노노아와레'에서 따온 말로 사물에서 느끼는 정서를 통해 사물의 본질에 가닿는다는 것을 뜻한다. '모노노아와레'에 관해서는 92쪽 주 1 참조.

31 [옮긴이] '원정'은 천황이 황위를 후계자에게 양도하고 상황이 되어 정무를 다음 천황이 대신하게 하는 정치 형태를 말한다. 섭관 정치가 쇠퇴한 헤이안 시대 말기부터 무가 정치가 시작되는 가마쿠라 시대 사이에 나타났다.

기다려야만 했다.[33]

특히 쓰라유키는 전문가적인 뜻을 품으면서도 원칙적으로는 누구나 노래의 세계에 참여할 자격이 있다고 보아 '노래'의 소유자를 동물까지 확대했다. "꽃에서 우는 꾀꼬리, 물에 사는 개구리의 소리를 듣노라면 이 세상에서 살아가는 생물 중 어느 것 하나 노래하지 않는 것이 있을까"라는 「가나 서문」의 애니미즘적 사상, 즉 누구나 정동=노래를 가지고 있으며 그때 사회적 귀천은 중요하지 않다는 이 단순한 원칙은 고대 일본에서 가장 명확하게 말해진 민주주의 사상의 하나기도 했다. 연가를 노래할 때는 사랑에 빠진 한 사람의 '개인'이 출현하고, 또 노래할 능력을 갖고 있다는 점에서 누구나(동물까지 포함해!) 평등하다는 것이다. 원래 '권리', '책임', '주체', '계약' 등 밀수입된 기독교 개념에 의해 지탱되는 서양의 개인주의/민주주의는 일본인에게 오늘날까지도 여전히 익숙하지 않고 그 이해의 수준 또한 낮다. 대신 일본에서는 예부터 노래와 연계된 개인주의 및 민주주의를 찾아볼 수 있었다.[34] 철학자 헤겔

---

32 [옮긴이] 헤이안 시대 말기에 편찬된 가요집으로, 당대의 유행 가인 이마요今樣를 집성했다. 제목은 "명인의 노래는 들보에 쌓인 먼지도 움직이게 한다"라는 고사에서 유래했다. 짧은 재위 기간을 거친 뒤 곧 니조二條 천황에게 양위해 원정을 행했던 고시라카와後白河 법황이 편찬했다.

33 사이고 노부쓰나西鄕信綱, 『양진비초』梁塵秘抄, ちくま文庫, 1990, 153쪽. 더욱이 『만엽집』에는 왕희지='데시'手師[명필]라는 연상에 기초해 "義之"(정확히는 '羲之'여야 하지만)와 "大王"을 "데시"로 읽는 등의 매우 기이한 은어적 표기가 나타난다. 오카 마코노, 『고전을 읽다 만엽집』古典を読む 万葉集, 岩波現代文庫, 2007, 1장 참조. 『만엽집』에서 공존하던 미와 유희, 웅장함과 비속함은 결국 『고금집』적인 '아'雅와 『양진비초』적인 '속'俗으로 분리되고 마는데, 개인적으로 나는 일본 문화의 진정한 풍부함이 『만엽집』적인 '아속 혼교'雅俗混交에 있다 생각한다.

은 자연 종교 속에 국가 건설 이전의 인간과 자연의 관계가 보존되어 있다고 보았는데(알렉상드르 코제브의『정신현상학』해석[35]을 참조하라), 일본에서 그러한 전-국가적 관계성의 세계는 '노래'에 반영되어 있었다.

쓰라유키의 이 민주주의적 '문예 부흥'은 경직된 정치 시스템으로부터 사람들을 상상적으로 해방시키는 것이기도 했다. 본래 기 씨紀氏든 미부 씨壬生氏든 오시코치 씨凡河內氏든『고금집』편집자는 모두 하급 관료였으며, 후지와라 씨의 정치 권력을 차단하면서 일본 문학의 정화精華를 천황의 슬하에 모으고 개인의 연애 감정을 속속들이 수집하는 것을『고금집』의 명제로 삼았다. "힘들이지 않고도 천지를 움직이고"라는「가나 서문」의 구절은 추악한 정치적인 "힘"이 없어도 노래만 있다면 천지를 움직일 수 있다는 주술적 사고를 말해 주는데, 그 속에는 동시에 정치적 불평등을 문학적 평등으로

---

34 「가나 서문」의 민주주의 사상은 에도 시대 조닌町人 문화를 배경 삼아 왕조 문학을 문헌학적으로 '부흥'한 모토오리 노리나가에 의해 재활용되었다. "우선『고금집』「서문」에서 살아 있는 것은 꾀꼬리도 개구리도 저마다 노래를 읊는다고 했는데, 하물며 사람이면서 왜 노래를 읊지 않겠는가. 그 노래에 좋고 나쁜 차이가 있는 것은 당연하지만, 그것은 신분의 높고 낮음과 무관하다. 그 사람이 자신의 기량과 지혜와 실력을 힘껏 발휘해 노래에 몰입하는지에 달린 것이다"(『아시와케의 작은 배』排蘆小船). 노리나가는「가나 서문」에서 '귀천'을 불문한 일종의 능력주의를 발견했다. 후지와라 씨 중심의 씨족 사회가 하급 귀족의 출셋길을 봉쇄하고 에도 시대의 봉건 제도가 신분을 고정화했을 때 쓰라유키와 노리나가의 '문예 부흥'은 개개인의 '기량과 지혜'에 작은 복음을 전했다. 이를테면 '근대'(민주주의)의 꿈이 '봉건'적 정치에 가로막혔을 때 문학적이고 전-국가적인 민주주의가 이야기되는 것이 일본 문화에서 발견할 수 있는 하나의 패턴인 것이다.
35 [옮긴이] 알렉상드르 코제브,『역사와 현실 변증법』, 설헌영 옮김, 한벗, 1981.

치환하는 영리한 속임수가 숨어 있다.

이처럼 고대의 주술적인 사고는 쓰라유키라는 일본 문학 사상 최대의 '입법자'를 통해서 수도의 '풍아'와 혼합되어 로코코적인 미의 세계를 창출했다. 그리고 문자 그대로 수도 capital를 주요한 자본capital으로 삼는 문학 유형——수도주의 capitalism?——의 최고 걸작 중 하나가『겐지 이야기』라는 데는 의심의 여지가 없다. 모토오리 노리나가의 표현을 빌리면 "세상의 모든 좋은 것을 다 끄집어내 좋은 것만을 말한다"(『겐지 이야기 다마노오구시』源氏物語玉の小櫛[36]). 즉 행위와 마음은 물론이고 용모, 지위, 건강 등 세상의 모든 "좋은 것"을 집약하고 있는 자가 바로 히카루 겐지라는 인물이다. 궁정에서 육성된 미적 가치를 한 인간에게 쏟아부은『겐지 이야기』는 이미 문학이라기보다 문명 그 자체라고 말하는 편이 더 정확할지 모르겠다.

물론 풍아한 궁정 문명을 유지하는 것은 결코 속 편한 작업이 아니었다. 일찍이 작가 엔치 후미코가『겐지 이야기』의 서두인「기리쓰보」桐壺에 대해 쓴 것처럼 기리쓰보노 고이桐壺更衣와 제왕은 궁정 전체의 "가차 없는" 엄격한 분위기 속에서 막다른 골목에 다다른 듯 아슬아슬한 애정 관계를 맺었다. 기리쓰보는 임종할 때도 그저 제왕과 대화할 뿐 어린 겐지에 대해 모정을 드러내지 않는다.[37] 이러한 기리쓰보의 모습은 연애의 세계에서 생존 경쟁이 그만큼 가혹했음을 말해 준다. 히

36　[옮긴이] 1799년 발간된 모토오리 노리나가의『겐지 이야기』주석서로『겐지 이야기를 읽는 요령』(1763)을 포함하는 오랜 연구를 종합한 저작이다.

37　엔치 후미코円地文子,『겐지 이야기 사견』源氏物語私見, 新潮文庫, 1985, 15쪽.

카루 겐지도 궁중에서 그저 안온하게 지낸 것이 아니라, 폐가에 사는 여인에게도 뻔질나게 드나들고 때로는 원령도 만들면서 수도 및 교외 지역을 망라해 다양한 여성의 이야기와 혼을 '열전'처럼 수집해 나간다. 이러한 귀인의 순회에 의해 『겐지 이야기』는 수도(헤이안쿄)의 '풍아'를 그 가혹함마저 포괄해 다양한 각도에서 축복할 수 있었다.

무라사키 시키부를 필두로 왕조 문학을 이끈 여방은 대개 수령(지방관)의 딸이었고, 또 『무라사키 시키부 일기』가 쇼시[38]의 출산 장면으로 시작하는 데서 암시되듯이 왕조 문학은 무녀적인 "물의 여인"(오리구치 시노부)의 흔적 또한 담고 있다.[39] 이는 궁중에서 귀족의 최고 정점에 올라선 것도 아니고 그렇다고 해서 빈민의 입장에 선 것도 아닌 어떤 비평적이고도 주술적인 '중류中流 문학'이 10세기 이후 일본에 출현했음을 시사한다. 여성성과 주술성을 동반한 중간층이 세련된 시적 언어를 길러 왕조 시대 일본 문학에 강력한 수도의 중력을 발생시켰다. 쓰라유키의 '문예 부흥'은 그 마중물이었다.

2 고향에 '묵는'다는 것

위와 같이 10세기 르네상스를 거쳐 일본 문학은 헤이안쿄를 중심으로 하는 '풍아'의 미학을 양성해 갔다. 게다가 흥미롭게도 그것을 추진한 기노 쓰라유키는 『만엽집』의 고도와는 다

---

38 [옮긴이] 후지와라노 쇼시藤原彰子, 988~1074. 이치로 천황의 제2황후로 무라사키 시키부를 비롯한 당대 문인들을 여방으로 들인 인물이다.

39 무라사키 시키부와 "물의 여인"의 연관성에 대해서는 다카자키 마사히데高崎正秀, 『이야기 문학 서설』物語文学序説, 櫻楓社, 1971, 388쪽 참조.

른 새로운 '고향'의 이미지를 자신의 노래에서 제시했다.

후에 『백인일수』에도 수록된 쓰라유키의 유명한 노래인 "사람의 마음 확인할 수 없지만 묵었던 이곳 매화 향은 그 옛날 향 그대로일세"(『고금집』 1권, 42)의 묘미는 바로 '고향'을 솜씨 좋게 재구성한 데 있다. 사서詞書[40]에 의하면 쓰라유키가 하세데라長谷寺 참배 때마다 묵던 집에 오랜만에 들렀더니 집주인(남자인지 여자인지 명기되어 있지 않지만 나는 여자라고 생각한다)이 "오랫동안 오지 않았소"라고 비꼬아 말한다. 그러자 쓰라유키는 옆의 매화꽃을 꺾으며 "사람의 마음은 그렇더라도 꽃은 예전과 변함없는 향기라오"라고 읊는다. 집주인의 반쯤 빈정거리는 태도를 뒤로하고 시선을 조금 돌려 매화꽃에 초점을 맞추자 그때 "꽃"의 "향기"로 가득한 '고향'의 기억이 즉흥적으로 호출된다.

나는 이 노래에서 기노 쓰라유키라는 가인=비평가의 교활함을 발견한다. 하세데라에 가까운 꽃향기 가득한 '고향'은 이미 히토마로를 필두로 한 만엽 가인이 입회한 '고도'가 아니다. '고향'의 회상은 이제 경건하고 무거운 주술적 행위가 아니라 장난기 어린 태도로 가볍게 이루어진다(게이추가 쓴 『백인일수 개관초』白人一首改觀抄의 묘사를 빌리면 이 노래는 "즉석에서 불린 뛰어난 와카", 즉 즉흥성을 동반한 실연demonstration이었다). 쓰라유키는 거의 감정의 이론적 방정식을 만들듯 포스트-만엽적 공간으로서 '고향'의 이미지를 그려 낸다. 구체적인 지명을 사서에서 몰아내고 노래 속에서 추상적인 향기와 기억을 묶어 내기. 이러한 세련된 기술記述이 쓰라유키의 노래,

---

40 [옮긴이] 각각의 와카에 대해 작가, 시대적 배경, 만들어진 시기 등을 그 와카 바로 앞에 적어 놓은 글을 말한다.

나아가 『고금집』이라는 가집의 '로코코적' 미학을 떠받쳤다.

나는 앞 장에서 횔덜린의 시와 반대로 『만엽집』의 고향Hei-mat＝고도는 결코 '사는'wohnen 장소도 작업장도 아니며 불＝빛의 근원도 아니었다고 썼는데, 그것은 쓰라유키의 '고향'에 대해서도 맞는 말이다. 쓰라유키는 오랜만에 낯익은 집을 방문한 손님이 되어 '고향'을 꽃향기 가득한 장소로 만들어 냈다. 살아 있는 인간 존재는 후경으로 밀려나고 선명한 기억과 감각만이 단형시短形詩 안에서 순간적으로 개시된다. 이것이 일본 문학의 인상주의적인 '고향'이며, 여기에는 횔덜린·하이데거적인 '거주하기'나 '짓기'의 계기가 전혀 포함되지 않는다. "말은 존재의 집Haus"이라는 하이데거의 유명한 테제는 어디까지나 독일적인 특수한 것에 지나지 않으며 동아시아의 문학·사상과는 맞지 않는 것이었다.

하이데거의 독일인적 외곬을 해제시켜 보면 일본 문학의 '근원'이 완전히 다른 곳에 있었음을 이해할 수 있을 것이다. 왜냐하면 히토마로의 아키노 장가나 쓰라유키의 "사람의 마음" 사서에서도 알 수 있듯이 일본 문학의 존재론적 문제는 '집'에 '거주하는' 것이 아니라 오히려 여행지에 '묵는' 것 혹은 '머무는' 것과 깊이 연관되기 때문이다. 앞 장에서 서술한 대로 '여숙' 행위에는 고귀한 망자의 초혼 및 진혼의 뜻이 서려 있으며, 쓰라유키의 '숙박'은 꽃이 만발한 '고향'의 기억을 불러냈다. 어느 쪽이든 손님으로서 묵는/머무는 것이란 땅에 더 친숙해져 기억과 인상을 증폭시키는 행위다.

일본 문학의 '고향'이 여행자적·관객적·숙박객적 존재 양식과 깊게 연관된다는 것은 먼 훗날 에도 시대의 독본読本[41] 작가인 우에다 아키나리의 「잡초 속의 폐가」淺茅が宿(『우게쓰 이야기』雨月物語에 수록)에서도 찾아볼 수 있다. 무로마치 시대

'교토쿠享德의 난'[42] 무렵을 무대로 한 이 작품에서는 주인공 가쓰시로가 아내가 기다리는 '고향'— 전란 탓에 "귀신이 사는 곳"으로 변한—을 7년 만에 작심하고 찾아가는 장면이 인상적으로 그려진다.

　그런데 옛 와카로 잘 알려진 고향 마마 마을의 다리가 이제는 썩어 강물 위로 떨어져 와카에 나오는 말발굽 소리도 들려오지 않게 되었다. 오랜 전란 때문에 논과 밭도 황폐해질 대로 황폐해져 마을의 옛 자취는 보이지 않고, 전에 있던 인가들도 거의 눈에 띄지 않았다. 드문드문 여기저기 집들이 아직도 남아 있어 사람들이 살고 있는 것처럼 보이긴 했지만 마을의 옛 모습을 전혀 찾아볼 수 없었다. 전에 자신이 살던 집이 어디였는지 도무지 알 수가 없어 가쓰시로는 그 자리에 멈춰 섰다. 칠흑처럼 어두운 밤이었지만 구름 사이로 내비치는 희미한 별빛에 의지해 주의를 살펴보니 그제야 겨우 그곳에서 약 이십여 간 떨어진 곳에 벼락 맞은 소나무가 높이 서 있는 것이 보였다. "아, 저기 우리 집 입구에 서 있던 나무가 있구나" 하고 가쓰시로가 기쁜 마음으로 다가가 보니 의외로 집은 옛 모습 그대로 남아 있었다.[43]

41　[옮긴이] 에도 시대 후기, 간세이 개혁 이후에 유행한 소설 형식으로 회화문보다는 묘사문이 중심이 되어 오락성에 문학성을 겸비했다고 평가받는다.

42　[옮긴이] 무로마치 막부 말기인 1455년에 발발해 28년간 이어진 내전을 말한다. 무로마치 막부의 아시카가 쇼군 일가와 관동 지방에서 할거한 무사들 간에 벌어진 이 전쟁은 전국 각지의 다이묘들이 할거하는 전국 시대로 번졌다.

43　[옮긴이] 우에다 아키나리, 「잡초 속의 폐가」, 『우게쓰 이야기』, 이한창 옮김, 문학과지성사, 2008, 66~67쪽.

고향은 형편없이 황폐화되어 옛 모습과 전혀 딴판인 참상을 드러냈고 집으로 가는 '다리'도 '길'도 사라져 버렸지만, 가쓰시로의 집만은 무슨 연유에선지 벼락 맞은 소나무—이는 당연히 그를 '기다리는' 아내의 비극성을 암시하는 것이기도 하다—옆에 옛 모습 그대로 남아 있었다. 그런데 이 주거지에 살고 있는 것은 사실 아내의 혼령이었고, 날이 밝은 후에 보니 "벽에는 담쟁이와 칡 덩굴들이 기어오르고 마당은 잡초가 무성하게 자라 아직 여름인데도 집 안이 온통 늦가을의 들녘처럼 황폐해져 있었"[44]으며, 풀로 뒤덮인 "잡초 속의 폐가"(담쟁이와 덩굴이 무성한 주거지)가 모습을 드러냈다. 가쓰시로는 풀을 베개 삼아 '고향'에 머물렀을 뿐 그곳에 '사는' 것은 허용되지 않았고 아침이 오자 '머문 곳'도 운산무소雲散霧消하듯 깨끗이 사라진 것이다. 이 폐허에는 남편을 그리는 아내의 정념만이 혼령이 되어 서려 있을 뿐이다.

물론 아키나리적인 폐허와 쓰라유키적인 꽃은 서로 대조적인 이미지이지만 이 둘 모두 '고향'에서 '사는' 횔덜린=하이데거적 존재 양식과 무관하다는 점에서 공통적이다. 히토마로의 아키노 노래 속 "풀베개 베고 나그넷길 잠자네 그 옛날 그리시며"(『만엽집』1권, 45)가 "草枕 多日夜取世須 古昔念に"라고 표기되었듯이 '묵는 것'宿り은 '밤을 새우는 것'夜取(혹은 잠시 묵을 곳을 잡는 것屋取り)[45]이고, 이는 낮 시간대에 '집'에 '사는' 것 혹은 그곳에서 일하는 것과 결부되지 않는다. 아니, 이들뿐만이 아니다. 나쓰메 소세키의 『풀베개』와 무라카미 하

---

44 [옮긴이] 같은 책, 70쪽.
45 [옮긴이] 지은이는 宿り, 夜取り, 屋取り의 발음이 '야도리'(혹은 야토리)로 같거나 비슷하다는 것을 근거로 그 뜻 또한 같다는 논리를 펴고 있다.

루키의 『양을 쫓는 모험』 등의 근대 문학에서도 숙박이나 호텔에 '머무는'泊まる 것을 통해 자신의 뿌리를 깊이 사념하는 행위가 끊임없이 반복되어 왔다. 우리는 하이데거의 '거주' 사상에 얽매이지 않고 일본의 '고향'을 철학적으로 고찰할 단서를 탐색해야 한다.[46]

3 서정가 모델의 시학

이처럼 산문이 아닌 노래를 중심으로 한 10세기 일본의 '문예 부흥'은 『만엽집』의 복권을 촉진하는 동시에 수도의 풍아한 문학을 일본인에게 이식해 순도 높은 '고향'을 창출하고 그곳을 방문하는 객에게 풍부한 인상과 감각을 선사했다. 로코코적 미학을 명확히 내세운 쓰라유키 이래 일본 문학의 중심에는 줄곧 '서정가'가 자리해 왔다. 그 결과 다채로운 풍경을 매개로 정념과 감각을 아름다운 직물로 직조하는 고도의 기술

---

46 문예 비평가 후쿠다 가즈야福田和也는 『일본의 가향』日本の家郷, 洋泉社MC新書, 2009에서 하이데거의 논의에 입각해 일본 문화의 고향Heimat을 해가 질 때까지 시간을 보내는 '집'(가향)으로 파악한다. "'살림'을 둘러싼 언어와 사고의 교착이 와카의 본질을 형상화하고 동시에 가향으로서의 일본을 창출한다"(21쪽). 그러나 나는 이 의견에 동의할 수 없다. 후쿠다처럼 생각하면 히토마로와 쓰라유키, 아키나리의 문학은 물론이거니와 왜 소세키가 『풀베개』 같은 제목을 지었는지, 『양을 쫓는 모험』의 주인공이 왜 쓸쓸한 "이루카 호텔"에 투숙해 "1936년에 사라진 양"을 찾는지, 혹은 『태엽 감는 새 연대기』의 주인공이 왜 집이 아니라 우물을 거처로 삼는지를 이해하기 어렵다. 내 생각에 일본 문학의 근원은 일상 생활을 보내는 집이 아니라 밤을 지내기 위한 잠자리에 있으며, 존재의 목소리를 듣는 것도 이를테면 하우스의 거주자가 아닌 호텔의 숙박자다. 따라서 일본 문학이 진정 위기에 빠지는 것은 '집'(=살기)이 소멸할 때가 아니라 아마도 '잠자리'(=묵기)가 소멸할 때일 것이다.

이 완성되었다.

그런데 어떤 메시지를 문학이나 예술답게 만드는 모델(=거푸집)에 대한 고찰을 서양에서는 보통 '시학'이라 부른다.[47] 부연하면 "야마토우타는 사람의 심정을 바탕으로 해 그것을 각양각색의 말로 표현한 것"이라고 선언하며 시작하는 쓰라유키의 「가나 서문」, 이 10세기 부흥 문화의 매니페스토는 바로 서정가 모델의 시학을 일본 문학의 중심에 두겠다는 선언이었다고 할 수 있다.

이를 해외 사례와 비교해도 좋을 것이다. 예를 들어 아리스토텔레스『시학』의 이론 장치는 오로지 연극을 모델로 구성되었다.『시학』17장에서 "플롯을 구성해 적절한 언어로 표현하려면 시인은 가능한 한 그 사건을 눈앞에서 보는 것처럼 마음에 그려야 한다. 이렇게 해 시인은 마치 사건을 직접 목격한 것처럼 플롯을 생생하게 관찰할 수 있으므로 무엇이 적절한 것인지 발견할 수 있을 것이며 모순점의 간과도 최소화할 수 있을 것이다"[48]라고 쓰고 있듯, 아리스토텔레스는 미토스(줄거리나 플롯)의 완성도를 점검하려면 구체적인 연기를 염두에 두어야 한다고 생각했다. 이처럼 가상의 극장 공간을 그리면서 작품의 적절한 짜임새를 음미한 아리스토텔레스 이후의 시학은 20세기 서양의 서사론narratology, 나아가 오늘날 엔터테인먼트 산업의 콘텐츠 제작 원리에도 수용되고 있다.

47　아리스토텔레스 이래 '시학'의 대상은 꼭 협의의 '시'에 한정되지 않았다. 로만 야콥슨이『일반 언어학 이론』에서 말한 것처럼 "언어 메시지를 예술 작품답게 만드는 것은 무엇인가?"를 폭넓게 분석하는 것이 시학의 역할이다.

48　[옮긴이] 아리스토텔레스,『수사학/시학』, 천병희 옮김, 숲, 2017, 405쪽.

또 고대 중국의 시학에도 연극성이 포함되어 있었다. 예를 들어 고대 중국의 가장 기초적인 시학이자 『고금집』「한자 서문」 및 「가나 서문」에도 영향을 준 『시경』(『모시』毛詩[49]) 대서大序에는 "시라는 것은 뜻이 가는 곳이다. 마음의 있음이 뜻이 되고 말의 일어남은 시가 된다. 정은 마음의 중심에서 움직이고 말에서 나타나니, 말이 부족한 까닭으로 그것을 탄식하고, 탄식이 부족한 까닭으로 그것을 노래 부르고, 노래 부름이 부족해 손이 그것을 춤추고 발이 그것을 밟는지 알지 못한다"라고 해 마음속 정동이 탄식으로, 길게 늘어지는 노래로, 그리고 손발을 움직이는 춤으로 연속해서 이어진다. 뜻(마음)에서 일어난 시가 인간의 신체적 동작으로 파급된다는 것이 이 시학의 중심 사상이다.

그뿐만이 아니다. 사실 신체적 동작을 텍스트에 끌어들인 예는 『사기』 같은 역사서에서도 찾아볼 수 있다. 예컨대 동양 사가 미야자키 이치사다는 다음과 같이 대담하고 매력적인 가설을 제시했다.

『사기』에서 특히 극적인 장면은 「항우본기」項羽本紀 속 유명한 홍문회鴻門會[50]의 한 구절인데, 이것은 모든 구절이 몸짓을 곁들여야 하는 이야기였음에 틀림없다. 먼저 항왕, 항백, 범조, 패공, 장량 다섯 주요 인물이 각자 자리에 앉는 몸짓으로 무대가 시작된다.[51]

---

49 [옮긴이] 모형毛亨과 모장毛萇에 의한 주해 판본 『시경』을 가리키며 첫 시 「관저」關雎에 붙인 서문을 '대서'라고 부른다.

50 [옮긴이] 기원전 206년 초나라 항우와 한나라 유방이 진나라 수도 함양의 교외에서 만난 사건을 말한다. 초나라와 한나라가 벌인 전쟁의 단초가 되었다.

미야자키에 의하면『사기』의 배후에는 도시 유한 계급이 즐기는 '심심풀이 오락'으로서의 연극 문화가 자리하고 있으며 홍문회에서 다섯 등장 인물을 소개하는 방식도 그 격식을 따르고 있다. 그들이 자리에 앉는 것을 하나하나 글로 설명하자면 장황해지지만 이야기꾼이 몸짓을 곁들여 그 움직임을 재현하면 그리 힘들지 않다. 오히려 이러한 서술 덕에『사기』의 임장감臨場感(현전성)이 고양되며 몸짓과 대사가 풍부한 문학 작품으로서의 매력을 띠게 된다. 정치가의 시를 다수 포함한『사기』는 때로 정치적 사건마저 문학이나 연기로 포장했다.

그러나 후대의 중국 역사가에게『사기』의 매력을 재현하는 것은 지난한 작업이었다.『사기』이후 역사서는 대체로 연극적인 불순물을 제거해 순수한 텍스트(종이 위의 글)에 가까워진다. 미야자키의 말처럼『사기』의 연극적인 몸짓을 부흥시킨 것은 공식 역사서가 아니라 다소 역설적이게도『수호전』과『삼국지연의』처럼 허구적인 세속 문학이었다(이 문제는 4장에서 다시 다룬다). 그렇지만『시경』이나『사기』같은 중국의 정전正典이 무도적 혹은 연극적 모델을 인정한 데는 크나큰 의의가 있다. 왜냐하면 그것은 문화에 신체성을 끌어들이는 장치가 있었음을 의미하기 때문이다.

그에 비해『고금집』의「한자 서문」및「가나 서문」은『시경』대서의 사고 방식을 일부 차용했지만(예를 들어 "천지를 움직이고 눈에 보이지 않는 귀와 신조차도 감격하게 하며"라는 구절은 대서에서 차용한 것이다) '영가'永歌와 '무도'舞蹈를 다룬

---

51   미야자키 이치사다宮崎市定,『동양적 고대』東洋的古代, 中公文庫, 2000, 179~180쪽.

몇몇 부분은 생략했다.「가나 서문」은 노래의 신체적 요소를 소거하고 서정가로서 '야마토우타'를 중심으로 하는 시학을 확고히 내세웠다. 미국의 비교문학자 얼 로이 마이너는 "동아시아 문학 체계는 서정시를 기본으로 하고 서양 문학 체계는 연극을 기본으로 한다고 일단 말할 수 있다"고 요약했는데,[52] 같은 "동아시아 문학 체계"라 해도 『시경』과 비교하면 (혹은 『만엽집』과 비교해도)「가나 서문」의 시학은 극단적인 서정가 편중이라 할 수 있다. 그리고 『고금집』이 노래에서 연극적인 불순물을 제거한 덕에 그 후 상호 텍스트적 유희를 벌이기도 비교적 쉬워졌을 것이다. 예를 들어 마루야 사이이치[53]는 『신고금와카집』에 나타나는 단락 나누기와 혼카도리本歌取り[54] 표현 기법을 높이 평가하면서 유럽 모더니즘 문학과 통하는 몽타주나 패스티시[55] 기법을 발견한다.[56] 분명 『신고금와카집』의 수법은 텍스트의 중층성으로 승부하려 한 20세기의 전위 문학을 상기시킨다. 그러나 문제는 어떻게 그러한 고도의 텍스트 조작이 고대 일본에서 가능했느냐다. 나는 텍스트 조작을 방해할 만한 '연극적인 것'을 은밀히 퇴장시킨 쓰라유키

---

52   얼 로이 마이너Earl Roy Miner, 『동서 비교문학 연구』東西比較文学研究, 明治書院, 1990, 123쪽.

53   [옮긴이] 마루야 사이이치丸谷才一, 1925~2012. 일본의 소설가이자 문예 비평가. 사소설 중심의 일본 문학 풍토를 비판하고 경쾌하면서도 지적인 글쓰기를 지향했다.

54   [옮긴이] 유명한 와카에서 한두 구절을 가져오고 그에 구절을 덧붙여 완성하는 와카의 작성 기법을 뜻한다.

55   [옮긴이] '혼성 모방'이라고도 번역되는 예술 기법. 기존 작품의 모방이라는 점에서 패러디와 비슷하지만 희화화를 목적으로 하지 않는다는 점에서 구분된다.

56   마루야 사이이치丸谷才一, 『고토바 인』後鳥羽院, ちくま学芸文庫, 2013, 382쪽.

의 교활함이 그 배후에 있음을 인정하지 않을 수 없다.

물론『고금집』이래 와카의 역사 전반을 훑어보면 연극성이 전면적으로 배제되지는 않았음을 알 수 있다. 쓰라유키 이후에도 단순한 서정가 가인의 틀로 포섭되지 않는 사이교[57] 같은 가인이 있었다. 일찍이 요시모토 다카아키[58]는 일종의 시인적 직관에 기반해 사이교의 노래를 가어歌語[59]로서 독해했다. 그에 따르면 사이교의 노래에서는 흐드러지게 꽃피우려는 벚나무와 그것을 흩뜨리려는 비바람이 일종의 '무언극'을 상연한다. 그 속에서 '꽃'과 '바람'(혹은 비)과 '마음'과 '몸'이라는『고금집』의 한정된 네 단어가 이를테면 등장 인물이 되어 '몸짓과 대사' 같은 것을 부여받아 '다채로운 표현'을 만들어 낸다. 그 결과 사이교의 표현은 "『고금집』 가인들도 동시대 가인들도 미처 생각하지 못한 극화의 다채로움으로 나타났다."[60]

요시모토의 견해에 따르면 사이교는『고금집』이래 서정가 모델의 독점 속에서 연극적인 것을 회복하고자 한 가인으로 위치 지을 수 있다. 애당초 각지를 두루 여행하며 수많은 전

57　[옮긴이] 사이교西行, 1118~1190. 헤이안 시대 말기부터 가마쿠라 막부 초기까지 활약한 승려이자 가인. 256수의 와카를 남겼으며 설화와 전설을 모아『찬집초』撰集抄와『사이교 이야기』西行物語를 완성했다. 또한 일본 각지를 순회하며 갖가지 기행을 남긴 것으로 유명하다.

58　[옮긴이] 요시모토 다카아키吉本隆明, 1924~2012. 일본을 대표하는 진보주의적 사상가로 유명한 비평가. 특히 1960~1970년대 일본 사상계에서 압도적인 영향력을 행사하며 많은 비평서를 출간했다. 경력 초기에는 시인으로도 활발히 활동했다.

59　[옮긴이] 주로 와카를 낭송할 때 쓰이는 비일상적인 표현 혹은 같은 한자를 일상적 용법과 다르게 읽는 경우 등을 가리킨다.

60　요시모토 다카아키吉本隆明,『사이교론』西行論(2판), 講談社文芸文庫, 1990, 248쪽.

설로 치장되고 나중에는 『사이교 이야기』에서처럼 이야기의 주인공이 되기도 한 사이교는 쓰라유키나 사다이에 같은 수도의 전문 작가가 아니었다. 만약 「가나 서문」을 쓴 전문 가인인 쓰라유키가 사이교의 파격적인 노래를 읽었더라면 아리와라노 나리히라를 "마음만 지나치고 말이 부족하다"고 비판한 것처럼 말을 통제하지 못하는 미숙한 작가로 보았을지 모른다.[61] 그러나 올바른 규칙을 깨부수는 자유분방한 스타일 덕에 사이교의 노래에 쓰라유키가 쫓아낸 "극화의 다채로움"이 화려하게 새겨졌다고도 할 수 있다. 그리고 사이교의 이 연극적 스타일은 『사이교 이야기 에마키』西行物語繪卷[62]에 자극받아 '여자 사이교'로서 출가 행각 여행에 나선 가마쿠라 시대 『도와즈 이야기』とはずがたり의 주인공 니조,[63] 또는 자기 신체를 활발히 움직여 일본 각지의 문학적 연고지를 순회한 마쓰오 바쇼松尾芭蕉로 계승된다.

그렇지만 사이교가 품은 '연극적인 것'조차 「가나 서문」에 담긴 시학의 실루엣에 지나지 않았다고 말해야 할 것이다. 쓰라유키가 화려한 외관의 서정가 모델 시학을 내세운 이후 일본의 노래는 문명의 화려함을 본뜨고 상호 텍스트적 유희를 가능하게 해 주는 고도의 능력을 얻었으나, 몸짓과 대사(연극적 상상력)만큼은 끝까지 비주류의 영역으로 쫓아냈다. 문명의 은총을 축복하려 한 서정가의 세계에서 연극적 상상력은 역시 다루기 어려운 '이물질'이었다고 할 수 있다.

---

61   시라스 마사코白洲正子, 『사이교』西行, 新潮文庫, 1996, 89쪽.

62   [옮긴이] 사이교의 생애를 그린 그림 두루마리를 말한다. 13세기 후반에 만들어진 것으로 추정된다.

63   [옮긴이] 『도와즈 이야기』는 가마쿠라 막부 시대의 여성 고후카쿠사인노 니조後深草院二條, 1258~?가 쓴 일기 및 기행문이다.

4 봉헌물로서의 이야기

지금까지 논한 것처럼 서정가 모델 시학을 뿌리내리게 한 쓰라유키의 '문예 부흥'(르네상스)은 가늠하기 어려울 만큼 크고 또 광범위한 작용과 반작용을 가져왔다. 그러나 이 시학 바로 곁에서 연극적 상상력을 수용한 장르가 일본 문학에 배태되어 자라나고 있었다는 사실 또한 간과해서는 안 된다. 그 특수한 장르는 바로 '이야기'다.

특히 『이세 이야기』의 주인공으로 지목되는 아리와라노 나리히라는 일본 문학에서 연극적 인간의 한 전형이 되었다. 예를 들어 『이세 이야기』 114단에는 남자 주인공이 고코光孝 천황의 사냥을 수행할 때 "나이 들었다 사람들 탓하지 마소. 사냥복 차림 오늘 하루뿐이라 우는 학 목숨처럼"이라고 읊어 천황의 미움을 사는 에피소드가 나온다.[64] 나리히라는 사람들 앞에서 나이 든 자신을 타박하지 말아 달라며, 수행해 모시는 것도 오늘뿐이라서 학마저 울고 있다며 노래를 읊었다. 오리구치 시노부는 여기서 '아리와라노'를 자칭하는 '호카히비토'(예능민)가 추는 '신사연무神事演舞의 분장 연출' 가운데 하나인 '오키나마이'翁舞[65]를 발견하고자 했는데,[66] 확실히 이 단은 "사냥"이라는 상황까지 포괄해 의식적·예능적인 성격을 강하게 풍긴다. 연극과 예능으로 치장된 나리히라는 서정가

---

64 [옮긴이] 이하 『이세 이야기』 인용문 번역은 『이세 이야기』, 구정호 옮김, 인문사, 2012를 바탕으로 했다.

65 [옮긴이] 제사를 지낼 때 신에게 봉헌하는 예능인 '신사연무'에서 나이 든 노인이 백성의 안녕을 기원하며 추는 춤을 '오키나마이'라고 한다.

66 오리구치 시노부折口信夫, 「옹의 발생」翁の發生, 『오리구치 시노부 전집』折口信夫全集 2권, 中公文庫, 1975, 372쪽.

의 입법자 쓰라유키와 좋은 한 쌍을 이룬다고 해도 과언이 아닐 것이다(한편 쓰라유키를 『이세 이야기』의 작가로 보는 학설도 있는데 이는 그것대로 매우 흥미롭다).

나리히라의 연극성은 후세에도 종종 재활용되었다. 예를 들어 후지와라 데이카藤原定家가 연가를 만들면서 "우리 모두 나리히라가 되어 읊자"라고 말한 것은 나리히라의 연극적 성격을 염두했던 것이리라. 혹은 『헤이케 이야기』에서 헤이케가 낙향할 때도 나리히라의 기억이 호출된다. "멀리 돌아왔다고 생각하니 눈물이 끊임없이 눈앞을 가리는데, 파도 위로 무리 지어 날고 있는 흰 새 떼 보니 그 옛날 아리와라노 나리히라가 스미다가와에서 수도 소식을 물었다는, 그 이름도 반가운 물떼새 생각이 나 더욱 애달픈 마음을 금할 길 없었다"(7권, 「후쿠하라」福原).[67] 수도의 화려함에서 멀리 떨어져 나리히라의 동국東國이 아닌 "서해의 파도"를 향해 떠나게 된 헤이케의 불쌍한 사람들은 선상에서 흰 새 떼를 바라보며 『이세 이야기』 9단의 유명한 노래 "긴 세월 입어 길든 옷처럼 편안한 당신 멀고 먼 여행길에 그대 생각뿐이오"와 "그런 이름을 가져 물으니 붉은머리갈매기都鳥여 내 사랑하는 이 잘 있는지 어떤지"를 떠올리고는 슬픈 감정을 증폭시킨다.

세상 사람들에게 '쓸모없는 인간'이라 불리며 '수도의 중력'에서 멀리 벗어난 동국으로 부임하던 중에 볼썽사납게 눈물 흘린 나리히라 일행의 모습은 문명의 은총을 잃은 헤이케 일족의 경우와 정확히 포개진다. 『이세 이야기』든 『헤이케 이야기』든 일본의 이야기 문학에는 종종 풍아한 '수도의 중력'

---

67   [옮긴이] 이하 『헤이케 이야기』 인용문 번역은 『헤이케 이야기』, 오찬욱 옮김, 문학과지성사, 2006을 바탕으로 했다.

의 자장을 뛰어넘는 힘이 내포되어 있다. 상서롭고 아름다운 헤이안쿄를 그린 『겐지 이야기』의 세계조차 마지막 열 첩帖에서는 궁정을 벗어나 이계와 접한 교외인 우지宇治로 무대를 옮긴 것도 그 일례다(따라서 다소 있어 보이게 말하자면 『겐지 이야기』는 일본 교외 문학의 원형이기도 하다). 그리고 『고금집』 이래의 신체성을 결여한 서정이 모델만으로는 그 이야기의 힘을 형상화할 수 없었다. 바로 그렇기 때문에 『헤이케 이야기』의 지은이는 굳이 나리히라 같은 연극적 인간을 소환한 것이다.

더욱이 일본의 이야기에는 종종 폭력적인 정치적 사건의 흔적이 남아 있다. 실제로 이야기 문학의 원류로 거슬러 올라가면 정복자(승자)와 피정복자(패자) 간의 비릿한 권력 구조가 부상한다. 예를 들어 오리구치 시노부는 일본 이야기의 발생적 기원을 탐구하는 가운데, 서정시의 전승자로서 '구구쓰'くぐつ(꼭두각시 인형사)와 '호카히비토'ほかひびと(걸식자)라는 유랑 예능 집단을 상정했다. 예컨대 『만엽집』 16권에 수록된 두 편의 기묘한 '걸식자의 노래'에서는 사슴과 게로 변신한 이들이 '임금'을 향해 제 아픔을 서술한다. 이는 사슴과 게가 된 자신의 신체를 해체해 부디 도구로 사용해 달라며 혹은 음식으로 먹어 달라며 복속을 맹세하는 겸양의 노래다('호카히'란 축복하는 말을 뜻한다). 이들 '호카히비토'는 지방의 특산품(진상품)을 야마토 조정에 헌상하면서 사슴이나 게 흉내를 내는 연극적=예능적인 행동을 통해 천황을 축복했다.

이러한 봉헌물로서의 말(요고토)을 오리구치는 천황을 재난으로부터 보호하기 위한 주술로 파악한다. "요고토를 부름으로써 나라의 혼을 단단히 하는 동시에 복종을 맹세할 수 있다. 그리고 이를 통해 천황은 재난으로부터 멀어지고 수명만이 아니라 나라를 다스리는 능력까지 연장된다는 것이다."[68] 각 구니(지방)의 혼을 동반한 요고토를 봉헌함으로써 천황 신체의 안전과 장수가 국토의 행복과 긴밀히 결합된다. '호카 히비토'는 이러한 주술적인 이야기의 이야기꾼을 가리킨다.

나아가 오리구치는 '호카히비토'가 산신과 결부되어 있다고 추측하는 한편, 어업에 관계될 뿐 아니라 종교적 축언을 행하고 여러 구니를 순회한 아마베海人部[69] 출신 예능 집단인 '구구쓰'를 언급한다. 그에 따르면 '구구쓰'를 배출한 아마베의 노래와 서사시는 기기記紀에도 다수 채용되었다. 예를 들면 가루 황자와 소토오리 공주를 주인공으로 한 비련의 로맨스나 이세노쿠니의 미에노 우네메三重采女[70]가 포학한 군주로 알려진 유랴쿠 천황과 황후에게 바친 노래 「천어가」天語歌(『고사기』 수록)는 아마베들이 떠돌며 들려주던 이야기에서 유래했으리라고 오리구치는 추측한다(이때 하늘天은 바다海로 통한다[71]). 무성한 느티나무의 낙엽이 빠진 술잔을 무심코 유랴쿠 천황에게 바친 바람에 죽임을 당할 뻔한 미에노 우네메가 노래한 「천어가」는 일종의 복속 의례, 즉 유랴쿠 천황의 위신을 증명하는 의례였다.[72] 유랴쿠 천황 스스로 1인칭적으

---

68   오리구치 시노부, 「노래와 우타모노가타리」歌及び歌物語, 『오리구치 시노부 전집』10권, 中公文庫, 1976, 170쪽.

69   [옮긴이] 일본에서 율령제가 완성된 645년 이전에 바닷가에 살면서 어업에 종사하고 해산물을 조정에 진상한 사람들을 말한다.

70   [옮긴이] '우네메'는 천황이나 황후 가까이에서 식사 등의 주변 잡일을 거든 여관女官을 말한다. 헤이안 시대 이후 폐지되었고 특별한 행사 때만 관직으로 지정되었다. '미에'는 이세노쿠니 남해 지역을 가리킨다. 미에노 우네메는 원래 미에 지역 출신의 우네메를 뜻하는데, 여기서는 고유 명사화되어 역사 속 특정 인물을 가리킨다.

71   [옮긴이] '하늘'과 '바다'의 일본어 발음이 '아마'あま로 같다는 사실에 근거한 논리다.

로 권력을 과시한 것이 아니라 예능민이 바치는 말과의 '이중창'(창화唱和) 속에서 그의 정치적인 역량이 펼쳐진 것이다.

그리고 이러한 산과 바다의 생산민(호카히비토/구구쓰)이 들려준 서사시적인 이야기가 천황 일가와 깊이 결합해 마침내는 야마토 왕조 역사 기술의 자원이 되었다는 것도 충분히 생각해 볼 수 있다. 실제로 하야시야 다쓰사부로는 오리구치의 논의에서 한 걸음 더 나아가 오미노쿠니 사카타坂田 아사즈마朝妻의 쓰쿠마노 미쿠리야筑摩御廚[73]를 중심으로 한 아마베가 이른바 『요쓰기 이야기』世継物語,[74] 즉 역사 이야기의 가타리베語り部[75]가 되었을 가능성을 시사한다. 아사즈마의 마을 중에 진상품과 함께 요고토를 수도에 바치는 일을 맡은 아마베가 있었고, 그 속에서 이른바 '진구神功 황후 전설'[76]과도 관계 깊은 오미 오키나가息長 씨족의 축도祝禱 언어가 전승되어 마침내 야마토 조정 역사서에도 편성된 것 아닐까? 이것

---

72   오리구치 시노부, 『일본 문학사 노트』日本文学史ノート, 中央公論社, 1957, 93쪽 이하. 쓰치하시 유타카土橋寛, 『고대 가요론』古代歌謠論, 三一書房, 1960도 참조.

73   [옮긴이] '미쿠리야'는 신에게 음식을 조리하는 가옥을 가리키며, 나아가 음식을 조리해 신에게 바치는 신성한 땅을 의미하기도 한다. '쓰쿠마'는 아사즈마와 함께 현재 시가현의 한 지역에 해당한다.

74   [옮긴이] 헤이안 시대의 역사를 이야기로 풀어낸 『에이가모 이야기』榮花物語의 별칭이다. 1092년부터 약 200년간을 다루며 가나 편년체로 기술되었다. 작자는 미상이지만 여성일 가능성이 높다고 추정된다.

75   [옮긴이] 고대 일본에서 조정에 나가 전설, 민화, 신화 등을 외워 전하는 소임을 맡았던 씨족을 가리킨다.

76   [옮긴이] 전설에 따르면 진구 황후는 14대 천황 주아이仲哀 천황의 부인으로, 주아이 천황과 함께 한반도까지 포함해 일본 안팎의 정벌에 나섰으며, 주아이 천황 사후에는 황위를 이어받아 일본 최초의 여성 천황이 되었다고 한다.

이 역사학자로서 하야시야의 추리다(실제로 지금도 시가현 마이바라역米原驛 부근에는 '요쓰기'라는 지명이 남아 있다).[77]

예부터 음식물(생산물)을 바치는 것은 야마토 왕조, 나아가 천황 일가에 대한 복속의 증거였다. 예를 들어 인베노 히로나리齋部廣成가 헤이제이 천황에게 지어 올린 『고어습유』古語拾遺는 진무 천황과 스진崇神 천황 시대의 제사에 각지의 다양한 생산물(사냥 포획물이나 견직물, 나아가 거울이나 검 등의 왕새王璽)이 진상되었음을 기록으로 남겼다. 야스다 요주로가 썼듯 이 상세한 기록은 고대 일본인에게 '국토 평정'은 단순한 무력 침벌이 아니라 오히려 각 지방의 산업 인프라를 이용해 그로부터 산출된 물질적 풍요를 품에 모으는 것, 즉 산업의 성취가 목적이었음을 엿보게 해 준다.[78] 아사즈마의 아마베를 통해 전승되었다고 여겨지는 『요쓰기 이야기』(역사 이야기)도 아마 이러한 국토의 생산물을 봉헌하는 조직에 속한 것이었으리라.

나아가 오카다 세이시의 연구도 오리구치의 논의를 따라가면서 『고사기』의 국가 신화에 '아마베'의 개입이 있었다고 보았다. 미케쓰쿠니御饌都国(천황의 밥상에 올라갈 재료를 바치는 구니)라 불렸던 아와지시마淡路島 출신 어민海人들은 야마토 왕조의 시종으로 있으며 일상의 공물을 바쳤다. 그리고 이자나기伊邪那岐[79]에 대한 견실한 신앙을 가지고 있었던 이들은 '섬 만들기' 신화 또한 전승했고 그 이야기가 시종으로서 그들의 활약을 통해 조정에 스며들어 마침내 『고사기』에서 국

77 하야시야 다쓰사부로林屋辰三郎, 『고전 문화의 창조』古典文化の創造, 東京大学出版會, 1964, 116쪽.

78 야스다 요주로保田與重郎, 『산 주변의 길』山ノ辺の道, 新人物往來社, 1973, 132쪽.

토 창조 신화의 소재로 유용된다. 오카다의 생각에 아와지시마 어민들이 구술로 전승해 온 신화는 야마토 왕조의 국토 지배를 종교적으로 보증했다.[80] 연구의 소재는 다르지만 하야시야도 오카다도 야마토 왕조에 복속하는 바닷가 백성이 진상품과 함께 요고토(이야기)를 천황에게 봉헌한 메커니즘에서 일본 역사 이야기의 발단을 찾아내려 했다는 공통점을 가진다. 음식물과 이야기는 천황에게 바치는 주술적인 봉헌물이라는 범주에서 일치하며 그 담당자는 연극적 동작을 수반한 예능민이었다.

이처럼 오리구치 이래의 민속학적 관점에서 원초적인 이야기 문학(서사시)은 지방 백성들이 정치적 복속을 맹세함과 더불어 국토와 천황의 안녕을 기원할 때 발생하는 주술적=예능적 '봉헌물'로 다루어져 왔다. 그렇다면 일본의 이야기 문학과 역사 문학에는 야마토 왕조의 지배를 받던 예능 집단=정치적 예속자의 감정이 깊게 침전되어 있었다고 할 수 있다. 따라서 이들이 들려준 '이야기'가 어떤 동정심의 감각을 풍부히 포함하고 있었다고 해도 기이한 일은 아니다. 오리구치에 따르면 이들 예능민은 일본인 및 일본 문학에 일종의 감정 교육을 베풀었다.

일본의 호카히비토가 떠돌며 들려주었다는 노래 가운데는 불쌍한 사건을 노래한 것이 많다. 이것이 조야한 민족에 정감을 주어 모노노아와레를 알게 했고 그럼으로써 문학적인 정

79　[옮긴이] 일본 신화에 등장하는 남신으로, 동생인 이자나미伊邪那美와 결혼해 일본 열도의 삼라만상을 이루는 수많은 자식을 낳았다.
80　오카다 세이시岡田精司,『고대 왕권의 제사와 신화』古代王権の祭祀と神話, 塙書房, 1970, 211쪽.

조情操를 길러 냈다. 가루 황자와 소토오리 공주 이야기는 무녀가 떠돌며 들려주던 이야기들과 다르지 않다. 우타가키歌垣[81]가 있고 순회 연주자가 있으며, 그럼으로써 노래가 진화하고 정감을 띠며 순화되어 간다.[82]

순회 연주자를 미화하는 오리구치의 이러한 어조는 서양적인 낭만주의에 깊이 침식된 것인데(당장 여기서 오리구치는 '호카히비토'를 유랑 '집시'에 견준다), 이를 감안해도 일본 이야기의 행간을 떠다니는 정치적 예속민의 정서를 잘 파악한 것은 사실이다. 일본 문학이 야만 상태를 벗어나 표현적 세련미를 획득했을 때 지혜와 용기, 인내, 헌신 등이 아니라 연민이나 애상만이 역할을 했다는 사실은 그 후 일본 문학에서의 감정 양식 또한 강하게 규정한 것 같다. 일본의 이야기는 좋든 싫든 예능민의 "문학적 정조"에 입각해 있으며 그 속에 종종 서정가의 틀을 뛰어넘는 연극적 요소가 스며들곤 했다. 물론 앞 장에서 서술했듯 패배자가 1인칭적으로 자신의 정치적 주장을 펼치는 문학은 일본에서 찾아보기 어렵다. 가타리베도 어디까지나 정치적 지배자의 정통성을 증명하는 '봉헌물'로서 국토의 역사를 이야기한 것이다.

5 재난을 접종하다: 『헤이케 이야기』

이 책에서 나는 〈전후〉 혹은 부흥기가 일본 문화의 모태라고

81　[옮긴이] 특정일에 젊은 남녀가 모여 서로에게 구애하는 노래를 함께 부르는 주술적인 습속을 말한다.
82　오리구치 시노부, 「노래와 우타모노가타리」, 『오리구치 시노부 전집』 10권, 165쪽.

보는데 '이야기'에 대해서도 예외가 아니다. 일본의 이야기 (서사시) 문학은 과거의 정복 행위와 그 후 복속의 예능적 맹세에 결합되어 있다. 그렇다면 **봉헌물로서의 이야기** 또한 광의의 <전후> 문학에 속한다고 말할 수 있을 것이다.

그런데 이는 관점을 달리하면 일본의 이야기에 불온한 폭력의 기운이 끊임없이 행간을 떠다닌다는 뜻이기도 하다. 고대의 이야기가 불길함을 쫓아내고 문명을 축복하는 요고토였음은 분명하다. 그러나 『고사기』의 「천어가」나 『만엽집』의 '걸식자의 노래'가 아무리 천황의 위세를 찬미했다 해도, 그것은 도리어 비정복자＝정치적 예속자가 품은 불길한 슬픔을 암시하지 않았을까? 실제로 이 불온함과 불길함의 예감이 현실적인 것이 될 때, 이야기 문학은 아름다운 수도를 습격한 '재액'을 기록하는 장치의 양상을 띤다. 『고금집』 이래 서정가가 수도＝문명의 정수를 물들인 데 비해 이야기는 그 모든 것을 허상으로 바꾸어 버릴 것 같은 위기를 때로 예리하게 집어냈다. 그 실례를 겐페이 전쟁의 <전후> 문학으로서 『헤이케 이야기』에서 인식할 수 있다.

일찍이 『겐지 이야기』는 상서롭고 아름다운 수도를 형상화했는데, 고대 말기에 이르러 내전 시대가 되면 일본 문학의 '수도의 중력'은 번영의 징표가 아니게 되고 도리어 불길한 재액＝위기를 불러들여 종내에는 문명의 중추를 마비시켰다. '구구쓰' 등과 동렬의 예능민이었던 비파 법사[83]의 이야기에 기초한 『헤이케 이야기』는 <전후>의 시공간에서 이 마비 상태를 재현했다. 엄밀히 말해 『헤이케 이야기』는 질서가 아니

---

83 [옮긴이] 거리에서 비파를 연주하며 불설이나 『헤이케 이야기』 등 이야기를 들려주던 눈먼 승려들을 가리킨다. 헤이안 중기에 나타나기 시작했다고 알려져 있다.

라 재난을 부흥했다. 물론 재난을 재현하는 것은 트라우마 체험을 반복하는 것이며 결코 유쾌한 일이 아니다. 그럼에도 불구하고 『헤이케 이야기』는 직전 과거의 재난 체험을 마치 백신처럼 사람들에게 '접종'했다. 나는 이 흥미로운 현상에서 일본 전후 문화 혹은 부흥 문화의 중요한 유형 하나를 찾아내고자 한다.

겐페이 전쟁은 한 일족의 가차 없는 섬멸이라는 일본에서 희귀한 사례를 보여 주었다. "십선제왕十善帝王[안토쿠安德 천황]이 대궐에서 쫓겨나 바다 밑에 몸을 던지고, 대신과 공경 들이 대로상에서 조리돌림당하는가 하면 그 수급이 옥문에 효수되고 말았으니"(12권, 「대지진」大地震). "헤이시 가문의 직계에 대해 지난 분지文治 원년 겨울에 임부의 배를 갈라 확인하기까지 하거나 하지는 않았지만 한 살배기나 두 살배기조차 안 남기고 철저히 찾아내 죽이고 말았다"(12권, 「로쿠다이의 최후」六代被斬). 참수된 헤이케 일족의 머리가 옥문에 걸렸고 아이들조차 남김없이 살해당했다. 고대부터 집단 학살을 수차례 체험한 중국과 달리 일본에서 겐페이 전쟁처럼 잔인한 투쟁은 매우 이례적이었다. 일본 각지에 헤이케 연고지가 설립된 것은 바로 이 전대 미문의 충격이 낳은 부산물이다. "[헤이케의—인용자] 원령은 끔찍한 일"이라는 인식에 기초한 『헤이케 이야기』는 어떤 공상도 뛰어넘는 충격적인 사실을 상세히 기록했다.

　더군다나 이 섬멸전은 결코 개인의 의지만으로 실행된 것이 아니었다. 예를 들어 이치노타니—ノ谷 전투에서 포로로 생포된 다이라노 시게히라平重衡가 출가를 희망한다는 이야기를 전해 들은 미나모토노 요리토모는 "그건 당치도 않은 소

리. 나 개인의 사적인 원수라면 모를까 역적 신분인 자를 잠시 맡았을 뿐인데 절대 있을 수 없는 일"(10권, 「센주」千手前)이라고 일축한다. "사적인 원수"라면 출가를 허용하지 못할 것도 없지만 시게히라가 조정의 역적＝공적公敵인 한 절대 허용할 수 없다는 이 일갈은 그때까지의 목가적인 '무사도'를 으스러뜨리는 냉철한 '공전'公戰의 논리에 기초한다.[84] 일찍이 나치 독일 시대의 법학자 카를 슈미트는 정치란 친구와 적을 구별하고 적의 존재를 섬멸하는 것이라고 정의했는데, 고대 말기의 겐페이 전쟁에서는 바로 이러한 의미의 '정치'가 작동해 사람들을 친구와 적으로 인정사정없이 분할했다. 사적 감정을 넘어서는 냉혹한 정치적 자동성automatism＝공적 전쟁의 논리에 기초해 반대편의 적을 물리적으로 섬멸할 때까지 전쟁은 멈추지 않았고, 요리토모 또한 그로부터 벗어날 수 없었다. 이러한 이례적인 시대가 『헤이케 이야기』의 묘판이 되었다.

『헤이케 이야기』가 언제 완성되었는지는 골치 아픈 문제인데, 우선 원간본은 '조큐承久의 난'[85] 이후 성립되지 않았겠느냐고 이야기된다.[86] 헤이케가 멸망한 지 얼마 지나지 않았고

---

84 이시이 시로石井紫郎, 『일본인의 국가 생활』日本人の國家生活, 東京大学出版會, 1986, 58쪽.

85 [옮긴이] 조큐 3년(1221) 고토바後鳥羽 천황은 가마쿠라 막부를 타도하기 위해 '조큐의 난'을 일으켰으나 실패해 유배되었다. 이 사건을 계기로 일본 정치는 조정과 막부의 이두 체제에서 막부 주도 체제로 이행한다. 한편 고토바 천황은 유배 직전 출가해 법황이 되었고 사후에 고토바 인後鳥羽院이라는 시호가 내려졌다.

86 고미 후미히코五味文彦, 『헤이케 이야기, 역사와 설화』平家物語、歷史と説話, 平凡社ライブラリー, 2011. 고미의 가설에 따르면 지엔慈円이 건립한 교토 히가시야마의 다이센보인大懺法院이 헤이케 원령을 진혼하는 장이 되었고, 나아가 시나노노젠지 유키나가信濃前司行長가 『헤

이어진 막부와 조정 간 내전(조큐의 난)의 여진도 사라지지 않은 <전후>의 시공간에서『헤이케 이야기』지은이들은 방대한 역사 이야기를 만들었다. 이 같은 신속한 반응에는 강렬한 정치적 충격에서 태어난 원령에 한시라도 서둘러 언어를 부여하려는 태도가 뚜렷하게 나타난다.『헤이케 이야기』는 존재를 섬멸당한 망자를 가타리모노語り物[87] 예능 속에 위치 짓고 기록으로 남겨 추모하고자 한 장대한 문학 프로젝트이자 <전후> 진혼 문학으로서의 성격을 농후하게 띤다.

다만 '진혼 문학'이라고 해도 조용히 고개를 떨구고 망자의 명복을 비는 유형은 아니다.『헤이케 이야기』의 첫머리에는 그 유명한 '제행무상'諸行無常의 철리哲理가 이야기되지만 작품 자체는 결코 무기력하지 않다. 도리어『헤이케 이야기』의 작자는 문명의 껍질을 벗겨 냈을 때 표면에 드러나는 새로운 '사물'Sache을 흥미진진하게 바라보는 것 같다. 요시다 겐코가『도연초』徒然草에서『헤이케 이야기』의 지은이로 본 시나노 노젠지 유키나가부터가 궁정의 낙오자였다. 겐코에 의하면 유키나가는 고토바 인을 섬겼지만, 가후樂府[88]의 논의에 불려 갔을 때 "칠덕七德의 춤" 가운데 두 가지를 잊은 탓에 "오덕五德의 관자冠者[풋내기—인용자]"라는 별명이 붙어 괴로워하다가 은둔했고, 그때 지친카쇼[89] 밑에서『헤이케 이야기』를 짓고 그것을 눈먼 승려 '쇼부쓰'[90]에게 가르쳤다. 약간 불명예스

이케 이야기』를 집필하는 환경이 되었다(1장 참조).

87　[옮긴이] 구술로 전승되는 이야기에 절제된 목소리와 악기가 결합되어 예능적 성격을 갖게 된 것이 '가타리모노'다. 특히『헤이케 이야기』는 읽기 위한 독서본과 별도로 비파 법사의 평곡平曲(가타리모노의 음악 장르 혹은 그 연주 양식)에 맞춘 이야기 대본도 전승되었다.

88　[옮긴이] 중국의 전한前漢 때 민간 가요 채집을 위해 설립된 관서인 '악부'에서 유래한 일본의 관서다.

러운 체험을 한 이 은둔자적인 인간이 『헤이케 이야기』와 연관되었다는 사실은 작품의 성격을 더욱 선명하게 드러내 주는 것이리라.

겐페이 전쟁으로 일본 문학이 줄곧 칭송해 온 문명의 수도 = 자본이 치명적인 타격을 입은 것이 『헤이케 이야기』의 중대 관심사였다. 『헤이케 이야기』의 지은이에 의하면 본래 헤이안쿄는 헤이케의 선조에 해당하는 간무 천황이 "예부터 역대 임금들이 각지에 궁을 세웠지만 이만한 승지는 없었다"며 조영한 훌륭한 수도였고, 따라서 헤이케에게 헤이안쿄는 본래 "가장 소중히 해야 할 곳이었다"(5권, 「천도」都遷). 아무리 도읍을 옮겨도 진정한 평화를 이루지 못했다는 사실에서 비롯된 고대 일본인의 트라우마적 심리는 장기간에 걸친 헤이안쿄의 번영 덕분에 어느 정도 치유될 수 있었다. 그런데 다른 사람도 아닌 간무 천황의 자손인 다이라노 기요모리平清盛가 후쿠하라福原로 환도를 단행한다. 이와 함께 이야기의 긴장도 단번에 고양된다.

직계 조상인 임금이 그토록 집착을 보이던 수도를 이렇다 할 이유도 없이 다른 곳으로 옮기다니 말이 되지 않았다.……지존이요 만승의 군주라도 옮기기 어려운 것이 도성인데 기요모리 공은 신하의 몸으로 옮기고 말았으니 무도한 일이 아닐 수 없었다. (5권, 「천도」)

---

89 [옮긴이] 지친카쇼慈鎭和尙, 1155~1225. 헤이안 시대 말기부터 가마쿠라 시대 초기까지 활동한 승려.
90 [옮긴이] 쇼부쓰生仏, ?~?. 『헤이케 이야기』를 구전한 비파 법사의 시조라 불리는 인물.

나는 여기서 히토마로의 '오미 황도' 노래와 닮은 감수성을 발견한다. "푸른 흙 나는" 나라에서 오미로 환도해 마침내 고도를 황폐화한 역사를 히토마로가 영탄詠嘆한 것과 마찬가지로『헤이케 이야기』의 지은이는 기요모리가 "참으로 둘도 없이 빼어난 도성"(같은 곳)인 헤이안쿄를 내던지고 "다른 곳"(후쿠하라)으로 환도한 것을 두고 "말이 되지 않는" "무도한" 일, 즉 거의 자살 행위인 것처럼 다룬다. 일본 역사에서 가장 안정되고 수많은 문학으로 장식된 문명의 수도＝헤이안쿄가 붕괴되는 것에 대한 한탄이『헤이케 이야기』여기저기서 새어 나온다. 기요모리의 후쿠하라 환도는 정치적인 사건임과 동시에 말하자면 문학적인 충격이기도 했다.

이러한 수도의 붕괴에 대응해『헤이케 이야기』에서는 문명을 떠받치는 '왕법'과 '불법'이 함께 쇠퇴해 백성을 수호하는 능력을 잃고 일종의 면역 결핍 상태에 빠지는 모습이 그려진다. 기요모리 자신은 오히려 인구 과밀화와 전란으로 고통받는 헤이안쿄를 떠나 권문사원権門寺院[권세를 누리는 사원]의 영향력도 차단함으로써 "왕권과 무력을 일체화"한 새로운 유형의 국가를 만들겠다는 의지를 품었던 것 같지만,[91] 『헤이케 이야기』는 5권의「천도」에서 그러한 후쿠하라 환도의 건설적 의미를 잠깐 언급할 뿐 오히려 문명의 은총을 부정하는 다양한 '재난'을 기술하는 데 심혈을 기울인다. "관동과 북부 지방은 전부 돌아섰고 남해와 서해 지역 사정도 똑같았다. 서울에서는 이적夷狄 떼의 봉기 소식에 그저 놀랄 뿐이었고 환란의 전조로 보이는 사건을 알리는 보고가 줄을 이었다. 눈 깜짝할

---

91   모토키 야스오元木泰雄,『다이라노 기요모리의 전투』平清盛の闘, 角川ソフィア文庫, 2011, 256쪽.

사이에 사방에서 역도들이 들고일어나니"(6권, 「기요모리 공의 서거」入道死去).『헤이케 이야기』는 '이적'이라는 중국적인 범주를 가져와 관동과 북부의 겐지源氏를 '봉기'(6권, 「요코타 둔치 전투」横田河原合)처럼 형용함으로써 문명의 수도에 짐승 같은 야만이 들이닥치고 있다고 말한다.

그리고『헤이케 이야기』속 재난의 에너지는 단노우라壇ノ浦에서 헤이케가 멸망한 직후에 일어난 대지진(분지 지진文治地震)으로 클라이맥스에 이른다.

땅이 갈라지고 물이 솟구치는가 하면 바위가 무너져 계곡으로 굴러떨어졌고, 산이 무너져 강을 메우는가 하면 해일이 일어 해안을 덮쳤다. 바닷가를 항해하던 배들은 모두 파도에 휩쓸렸고, 땅 위를 달리던 말들은 설 곳을 잃고 넘어졌다. 이것이 만약 홍수였다면 언덕 위로 대피해 목숨을 구할 수 있었을 것이고, 불길이 무섭게 덮쳐 왔다 해도 강을 건너가면 잠시는 피할 수 있었을 텐데 지진이란 참으로 끔찍하기 짝이 없었다. (12권, 「대지진」)

땅이 갈라지고 산이 무너지며 홍수가 나고 큰불이 솟구치는 일련의 묵시록적인 광경을 통해『헤이케 이야기』는 대지진이 피하기 힘든 '재액'이라는 인상을 독자에게 깊이 남기는 동시에 그 원인으로 무시무시한 헤이케의 '원령'을 강조한다. 이때 전쟁과 천재 지변이 철저히 연속적인 것으로 파악되고 있음을 주의 깊게 살펴봐야 한다. 인공과 자연의 구분을 모호하게 만드는 고대 일본인의 태도가 오늘날에 이르기까지 일본 문화의 감수성 구조를 강하게 규정하고 있기 때문이다(물론 인간이 아닌 도시 환경을 주체로 한다면 천재와 인재는 확실히 엄밀하게 구분될 수 없다).『고금집』은 자연을 선명한 가상 현실로 제시하지만 그러한 비공격적이고 비주얼한 자연은 한번 재해가 일어나면 갑자기 흉포한 것으로 변모한다. 데라다 도라히코寺田寅彦가 에세이「일본인의 자연관」日本人の自然観에서 말한 것처럼 이러한 예측 불가능성이야말로 일본의 자연을 특징짓는다.『헤이케 이야기』는 인간의 지적 한계를 넘어서는 이 흉포한 '대지진'을 일련의 재액의 총결산으로서 기술한 것이다.

여하간『헤이케 이야기』에서는 헤이안기 궁정 문명의 소산이 차례차례 파괴된 후 말하자면 '포스트문명' 시대의 도래가 고지된다. 그렇지만『헤이케 이야기』는 서정가적인 왕조 문학 텍스트의 재산을 매우 잘 활용한 이야기이기도 하다는 점이 흥미롭다. 무엇보다 왕조 문학이 만들어 낸 '수도의 중력(풍아)'을 계승했기에 이 작품은 수도의 위기＝재액에 대해서도 매우 민감할 수 있었다. 우리는 여기서 옛것 혹은 전통적인 것이야말로 오히려 새로운 것 혹은 충격적인 것의 의미를 가장 예리하게 간파할 수 있다는 역설을 확인하게 된다.

예컨대 단노우라 전투의 서술에서는 왕조 문학이 길러 낸 장식미를 쉽게 엿볼 수 있다.

해상에는 다이라 군의 홍기나 표지가 어지럽게 흩어져 있어 흡사 단풍의 명소인 다쓰타가와를 태풍이 휩쓸고 간 것 같았고 해변에 밀려든 흰 파도는 붉게 물들어 있었다. (11권,「신경의 입경」鏡)

이 대목에서는 헤이케가 내던진 붉은 깃발과 붉은 표지가 『고금집』이래 가인들이 사랑한 '다쓰타가와의 단풍'에 비견되며 그 붉은색이 하얀 파도와 뒤섞여 "붉게 물든다"는 극히 비주얼한 세계가 펼쳐진다. 역사가인 이시모다 다다시[92]는 이러한 종류의 '회화적'인 감각이 관동 출신 무사를 묘사하는 방식에도 영향을 미쳤다고 지적한다. "관동 무사의 키, 얼굴, 근육 아무것도 알 수 없다. 윤곽 없이 색채만 그려지며 조소적이지 않고 회화적이다."[93] 확실히 『헤이케 이야기』는 비파 법사가 들려주는 예능적인 '이야기'며, 앞서 서술한 것처럼 헤이케 일족이 나리히라로 변신한다는 연극적 상상력 또한 갖추고 있다. 그러나 다른 한편 무사들을 회화적으로 장식하려면 그들의 연극적 신체성을 축소시켜야만 한다. 적어도 『사기』의 홍문회 장면에서 번쟁樊噲[진한 시대의 무장]이 보여 주는 야성미 넘치는 동작은 『헤이케 이야기』에서 찾아볼 수 없다. 이 점에서 「가나 서문」의 서정가 모델 시학은 『헤이케 이야기』에 여전히 깊이 침투해 있다(훗날 제아미가 헤이케의 유령을 승려의 꿈에 소환한 것도 이러한 신체성의 희박함과 무관하지 않다).

요컨대 〈전후〉 문학으로서 『헤이케 이야기』는 문명적(궁정적/회화적/서정가적) 언어를 활용해 문명의 위기로서 '재액'을 이야기한다. 그리고 이 전례 없는 섬멸전의 시대를 평할 때 『헤이케 이야기』의 지은이는 일종의 '운명론'을 즐겨 사용한다. 이시모다가 지적한 것처럼 이 작품에서는 운명, 천운, 숙운 등의 단어가 반복적으로 사용되며, 특히 기요모리의

---

92   [옮긴이] 이시모다 다다시石母田正, 1912~1986. 고대사 및 중세사를 전공한 역사학자. 유물론적 역사관을 바탕으로 다수의 저술을 남겨 전후 역사학에 큰 영향을 미쳤다.

93   이시모다 다다시石母田正, 『헤이케 이야기』平家物語, 岩波新書, 1957, 168쪽.

적자 다이라노 시게모리平重盛는 운명을 내다보는 예지자로
서 헤이케의 멸망을 예견하기도 했다.[94] 거듭되는 재난 때문
에 문명의 치안 기능이 완전히 멈추고 탁월한 지적 재능을 가
진 인재가 한꺼번에 낭비되었을 때, 고대 말기 사람들은 어떤
문학적 주술도 통하지 않는 운명이라는 새로운 사태Sache를 발
견했다. 헤이케 일족의 몰락과 사망이 열거되는 후반부는 거
의 기하학적인 정확함을 느끼게 하는데, 이는 인간의 지혜를
초월한 '운명'의 규칙을 남김없이 보여 준다.『헤이케 이야기』
는 복수의 주체가 각자 주장을 주고받는 사회적 소통에는 관
심을 두지 않고 헤이케를 송두리째 침몰시킨 운명의 악마적
인 에너지를 다룬다. 사회적인 '소설'보다 운명론적인 '이야
기'(서사시)가 고대 말기를 총괄했다는 사실은 일본 문학의
입장에서 매우 중대한 의미를 가질 것이다.

　『헤이케 이야기』는 운명을 노출시키기는 했으나 모든 은총
을 잃은 세계에 과연 살아갈 가치가 있느냐는 한층 진보한 철
학적 고찰로 나아가지 못했다. 이 세계에서는 결국 추상적인
사변보다 구체적인 사태 쪽이 비중을 갖는다. 관동의 '오랑캐'
에 의해 수도의 미래를 지탱할 인적 자원이 뿌리째 뽑힌 이상
지금까지처럼 문명을 유지할 수는 없다는 엄연한 사실이 모
든 것을 압도한다. 실제로 미나모토노 요시쓰네[95]가 관여한
고토바 천황 즉위식에서도 헤이케 통치기와의 격차가 두드
러진다. "이날은 판관대부 요시쓰네가 행차의 선두에 섰는데,
시골 출신인 기소 요시나카와 달리 촌스러운 구석은 없었으

94　같은 책, 1장 참조.
95　[옮긴이] 미나모토노 요시쓰네源義経, 1159~1189. 헤이안 시대 말
기의 무사이자 가마쿠라 막부의 초대 쇼군. 미나모토노 요시토모의
아홉째 아들이어서 구로九郎라는 별명으로 불리기도 했다.

나 그래도 헤이케 사람들 중에서 제일 빠지는 사람을 골라 세운 것보다도 못해 보였다"(10권, 「새 임금의 즉위」大嘗会之沙汰).

요시쓰네(구로 판관)가 기소 요시나카[96]보다는 성실하고 그럭저럭 문명적이었다고 하지만, 그 행동거지는 "헤이케 사람들 중에서 제일 빠지는 사람"(부스러기!) 이하로 수도의 문명을 짊어지기에는 능력이 변변치 못했다. 문명의 시대에서 운명의 시대로! 이 변화는 인간의 질마저 크게 변화시키고 말았다.

6 포스트문명에서 운명과 정보

나는 『헤이케 이야기』에서 문명의 분해라는 지나간 트라우마적 사건의 재현, 즉 '재액의 부흥'을 발견한다. 마치 의사가 병원체를 백신 삼아 인체에 접종해 항체를 만드는 것처럼 『헤이케 이야기』 또한 중추 신경(수도)을 덮친 재액이나 위기, 이상 현상, 즉 '화'禍를 기록해 당시 문명의 체내에 심어 넣고자 했다. 일찍이 지그문트 프로이트는 유명한 논문 「쾌락원칙을 넘어서」에서 불쾌한 재해 경험을 거듭 상기하는 재해신경증 환자의 행동거지에서 오히려 자극에 길들게 하는 마음의 방어 기능을 발견했는데, 『헤이케 이야기』도 그러한 마음의 작업과 유사하다.

그리하여 『헤이케 이야기』가 무엇으로도 보호받지 못하는 무방비한 인간을 그린 것은 주목할 만하다. 예컨대 단노우라 전투가 끝나고 오하라에 은거하던 기요모리의 딸 겐레이몬

96　[옮긴이] 기소 요시나카木曾義仲, 1154~1184. 요시쓰네의 사촌 형제. 본명은 미나모토노 요시나카다.

인建礼門院(본명은 다이라노 도쿠시平德子)은 방화벽이 해제된 일종의 무방비 상태의 인간으로 묘사된다. "모든 것이 변해 버린 이 세상에서 자비를 베풀어 주었던 옛 인연마저 모두 사라졌으니 지금은 대체 누가 자비를 베풀어 줄 것인가?"(관정 권灌頂卷,「대비의 출가」女院出家). "옛 인연"이 끊기고 어떤 문명의 은총도 받을 수 없게 된 이 고귀한 여성이 오하라를 방문한 고시라카와 인과 함께 『헤이케 이야기』의 막을 내리는 역할을 맡는다.

출가한 그녀의 처량함은 일본 이야기에서 유서 깊은 '정치적 패자의 감정 교육' 전통에 속하는 것이지만, 관정권에서 겐레이몬 인과 고시라카와 인—염치없이 살아남은 헤이케 여인과 신분을 감추고 살아온 옛 왕—의 대화는 이미 예전 예능민과 천황의 '주고받는 대화' 의례와는 거리가 멀다. 앞서 서술했듯 예능민이 역사를 이야기하는 것은 왕조의 번영을 기원하는 주술적 행위였는데, 여름날 풀이 무성히 자란 잣코인寂光院에서 겐레이몬 인이 꺼낸 헤이케 몰락의 역사로부터는 문명의 행복을 전혀 느낄 수 없다. 예속자인 예능민의 요고토를 수용해 줄 승자의 모습은 찾아볼 수 없고 연인 관계처럼 보이는 두 사람의 이미지만이 쓸쓸한 오하라 땅에 떠오를 뿐이다. 겐지 일족과 헤이시 일족 중 어느 쪽이 이겼든 수도가 파멸해 재액과 운명이 노출된 이상, 그저 문명의 패배라는 결과만 남을 뿐이다. 『헤이케 이야기』 가쿠이치본覚一本[97]의

97　[옮긴이]『헤이케 이야기』의 판본은 크게 둘로 나뉜다. 하나는 비파 법사가 전국 각지를 돌며 구술한 것이 이야기로 전승된 판본이고, 다른 하나는 독서물로 기록 보존된 판본이다. 전승 판본을 대표하는 것이 가쿠이치본인데, 특히 후일담 성격의 '관정권'을 분리해 확립한 판본으로 평가받는다.

마지막은 이 무거운 사실을 그대로 독자들에게 내밀고 있다.

나아가 『헤이케 이야기』는 오하라의 겐레이몬 인처럼 문명의 치안 기능 바깥의 인간을 그릴 뿐 아니라 처음부터 세상 무엇도 책임지지 않는 공허한 인간도 다루고 있다. 그것이 다름 아닌 미나모토노 요시쓰네와 기소 요시나카라고 하면 다소 의외일까? 그러나 일찍이 야스다 요주로도 요시쓰네와 요시나카 사이에는 세계를 가지지 않는다는 공통항이 있다고 통찰했다. 그가 말한 대로 『헤이케 이야기』 가쿠이치본은 관정권에서 고시라카와 인의 오하라 방문(「오하라 행행」大原御幸)을 인상적으로 다루지만 그에 앞선 요시쓰네의 자해는 다루지 않는다. "여원女院[겐레이몬 인—인용자]이 붕어한 겐큐建久 2년 2월보다 2년 앞선 요시쓰네의 자해를 기록하지 않았다. 제행무상의 하나로도 기록하지 않은 것이다. 요시쓰네가 세계를 가지지 않았던 것처럼 기소에게도 세계가 없었다."[98]

『헤이케 이야기』에서 요시쓰네나 요시나카가 분명 화려한 조명을 받기는 하지만, 이들은 헤이케와 달리 문명에 어떤 책임도 지지 않는다. 세계에서 보면 이들의 삶도 죽음도 아무런 '의미'를 가지지 않는다. 바로 그렇기 때문에 요시나카는 광대나 다름없는 존재가 되어 버리고, 요시쓰네도 문명적인 의례를 잘 모르는 무뢰한으로 다루어진다. 현란한 장식물로 치장했을지언정 세계를 소유하지는 않는 신인류——이러한 세계 상실자를 일종의 신화적 원형의 차원으로까지 끌어올린 데 『헤이케 이야기』의 우수한 기술이 있다. 물론 나중에 요시쓰

---

98   야스다 요주로保田與重郎, 「기소노칸쟈」木曾冠者, 『개정 일본의 다리』改版日本の橋, 新学社, 2001, 121쪽. 또한 겐레이몬 인의 사망 연도가 『헤이케 이야기』에서 말하듯이 정말로 겐큐 2년인지에 대해서는 여러 설이 있지만 여기서는 따지지 않겠다.

네를 민중적 영웅으로 우상화한『요시쓰네기』義経記가 쓰이지만 거기서의 활약상은 도리어『헤이케 이야기』판 요시쓰네가 얼마나 세계를 결여했는지를 부각하고 말았다. 뒤집어 말하면『요시쓰네기』의 지은이는 '세계 상실'에 흔들리는 얼빠진 인간을 완전히 파악할 만큼의 섬세함을 가지지 못했다.

다만 <전후> 진혼 문학으로서『헤이케 이야기』는 수도 문명의 단말마적 목소리에 귀 기울였음에도 불구하고 역설적으로 혹은 그 이유로 이후 일본 문학에 크게 공헌했다.『헤이케 이야기』의 지은이는 왕조 문학적인 미문을 구사하면서도 새로운 세계에 대한 예감 또한 놓치지 않았다.

구체적으로 말해『헤이케 이야기』는 포스트문명의 영역에 이를테면 '정보적 세계'를 심어 넣었다. 예를 들어 미나모토노 요리마사源頼政는 엔랴쿠지延暦寺(산몬山門)[99]의 승려들을 다음과 같이 설득했다. "엔랴쿠지의 이번 시위가 도리에 합당함은 두말할 필요가 없는 일이고 재가가 더딘 것은 누가 봐도 답답한 일이 아닐 수 없소. 따라서 가마를 모시고 궐내로 들어가려는 것에 대해 왈가왈부할 생각은 추호도 없소이다만 보다시피 요리마사에게는 군사가 없소. 만약 그냥 들여보내서 들어가게 되면 귀승들이 힘 없는 곳만 골라 얼씨구나 하며 들어갔다고 장안의 한량들이 입방아를 찧어댈 텐데 훗날 비난을 사지 않을지 걱정이오"(1권,「가마 시위」御輿振. 강조는 추가). 이는 엔랴쿠지 승려들이 "장안의 한량들"의 평판을 개의했으며 행동도 그 평판(정보)에 얽매여 있었음을 암시한다.

99　[옮긴이] 엔랴쿠지가 위치한 히에이산에는 두 개의 불교 계파가 있어 오랫동안 항쟁을 거듭했다. 이 가운데 엔랴쿠지 승려들을 '산몬'이라 부르고 다른 계파를 '지몬'寺門이라 불렀다.

혹은 겐페이 무사들에게는 전공戰功 및 그 정보의 전달이 이어질 논공행상에 직결되었다. '공전'의 시대가 도래함과 동시에 사무라이들은 공명을 독차지하려는 강한 욕구를 가지게 되었다. 그리하여 이들은 방심한 틈을 타 상대를 죽이는 짓도 서슴지 않았으며 전장에서는 흔히 '이름을 밝힘'으로써 자기 존재를 필사적으로 알리는 것이 일반화되었다.[100] 『헤이케 이야기』에서 수많은 이름이 연호되는 것은 무사들이 정보전을 전개했다는 분명한 증거다. 따라서 정보를 통제하지 못하는 것은 중대한 타격으로 묘사된다. 예를 들어 후지카와富士川 전투에서 도망쳐 돌아온 헤이케는 뱃길의 유녀遊女들에게 조롱당하고 낙서나 희가戯歌로 놀림감이 되는데, 이는 바로 정보전에서의 패배를 의미한다(5권,「오절무」五節之沙汰). 무사와 승려 들은 수군거리는 군중의 소문이나 낙서까지 포괄해 다양한 정보를 조작해야 했다. 『헤이케 이야기』라고 하면 '유명' 무사의 이야기라고 생각하기 쉽지만 실제로는 '무명' 집단의 정보력에 착안한 문학 작품이기도 했다.

따라서 『헤이케 이야기』에서 운명론적 세계의 도래는 사실 새로운 유형의 정보적 세계가 도래했음을 뜻하기도 한다. 아니, 『헤이케 이야기』 자체가 당시 정보 미디어와 긴밀한 관계에 있었다고 말해야 한다. 예를 들어 문화사가인 무라이 야스히코는 『헤이케 이야기』의 소재가 된 몇몇 설화가 집회 때 '잡담'을 통해 전승되었을 가능성을 지적하고 있다. 설화의 정리자로 지목되는 시나노노젠지 유키나가는 아마도 동국 지방까지 쇼부쓰를 파견해 겐페이 전쟁의 참가자를 상대로 그 이야기를 '받아 적어 오게' 했을 것이다. 그리고 그때 채집된 세

---

100 이시이 시로, 『일본인의 국가 생활』, 54쪽.

간의 말은 '미야자'宮座[101]나 '고'講[102] 같은 각종 모임의 잡담거리였을 것이다.[103] 이 의견이 맞다면『헤이케 이야기』의 설화 일부는 잡담의 화젯거리로 집약되어 정선된 것이었으리라. 재밌는 정보에 대한 민감함이나 호기심이 없었다면『헤이케 이야기』가 이만큼 광범위하게 지지받을 수 없었을 것임은 분명하다.

그렇다면 무사나 승려가 정보전에 연루되어 있었을 뿐 아니라『헤이케 이야기』의 지은이나 화자 자신도 정보와 화제 세계의 주민이었을 것이다. 문체를 보더라도『헤이케 이야기』가 전달성과 기능성을 갖춘 일본어 산문의 중요한 모델이 되었다는 것은 매우 흥미롭다.『헤이케 이야기』를 앞세운 수많은 군기 서사 덕분에 일본인은 "합리적이고 기능적인" 화한 혼효문(가나와 한자가 섞인 문장)에 익숙해졌고[104] 사고와 정서를 자유롭게 다루는 산문적인 커뮤니케이션 미디어를 손에 넣을 수 있었다. 운명을 되풀이해 이야기한『헤이케 이야기』는 그 후의 생존 경쟁에서 살아남은 문학사의 투사鬪士이기도 했다.

이렇게 본다면 수도 문명의 은총이 사라진 후의 의사 소통 공간이『헤이케 이야기』지은이들에게는 결코 하찮은 것이 아니었음을 알 수 있다. 문명의 중추 신경이 잇따른 재액에 깊은 상처를 입고 세계를 가지지 않는 인간들이 양산되었을

---

101 [옮긴이] 지역 신 혹은 씨족의 조상신을 모신 신사의 제사를 관장하는 집단이나 그 구성원을 가리킨다. 이 집단의 구성원은 신사에서 특정한 직책을 맡지는 않고 순서대로 돌아가면서 제사의 운영을 책임지는 신주神主를 맡았다.

102 [옮긴이] 종교 행사를 주관하는 집단을 통칭한다.

103 무라이 야스히코,『문예의 창성과 전개』, 149쪽 이하.

104 마루야 사이이치,『문장 독본』文章読本, 中公文庫, 1980, 106쪽.

때, 『헤이케 이야기』는 왕조적＝서정가적인 문체를 바탕으로 삼으면서도 그 안에 '포스트문명' 시대의 정보와 화제, 기록과 풍문을 요령껏 도입했다. 무자비한 '운명'이 모습을 드러내고 무서운 원령이 떠다니는 <전후> 부흥기의 시공간은 포스트문명의 여러 모습을 한데 모으기 위한 절호의 시간대기도 했다. 『헤이케 이야기』라는 '부흥 문화'가 예사롭지 않은 활력으로 가득한 것은 수도 문명의 종결과 생기 띤 현실의 시작을 동시에 기입하기 때문이다.

이만큼 종합적인 이야기 문학은 그렇게 자주 나올 수 없다. 여러 번 반복하지만 주술적인 진혼 문학으로서 『헤이케 이야기』는 어디까지나 전대 미문의 섬멸 후＝흔적에 대한 특례 조치로서 요구되었다. 본래 주술이라는 것 자체가 그러한 비상시에 필요한 것이라고 볼 수 있다. 가령 원시 사회에서도 주술과 신화는 사실 매우 특수하고 이상한 장면에서만 사용되었다(반대로 일상의 도구를 제작할 때는 경험적·과학적인 지식으로도 충분했다). 철학자 에른스트 카시러는 다음과 같이 말한다.

신화는 인간이 비상하고 위험한 상황에 처했을 때 그 충만한 힘을 발휘하게 된다.……그것은 인간이 자연적 능력으로 해결할 수 없다고 생각하는 과제에 부딪쳤을 때만 나타난다.[105]

요컨대 진정한 의미의 주술적인 '이야기'는 일상에서는 잠들어 있다. 그러나 일단 문명이 위협에 노출되어 "인간이 자

---

105 에른스트 카시러Ernst Cassirer, 『국가의 신화』国家の神話, 미야타 미쓰오宮田光雄 옮김, 創文社, 1960, 368쪽[최명관 옮김, 창, 2013, 379쪽].

연적 능력으로 해결할 수 없다고 생각하는 과제"가 부상하면
『헤이케 이야기』 같은 이야기 문학이 각성한다.『헤이케 이야기』는 일종의 거친 치료법으로서 사람들에게 재액의 기록을 접종하는 동시에 새로운 정보적 세계까지 움켜쥐었다. 그리고 이 이례적인 이야기가 다음 세대 문학의 모종을 담는 묘판이 된다.

B 중력의 도시

지금까지 논한 것처럼 일본의 이야기는 수도(천황)를 칭송하고 원령을 위로하는 예능민의 주술적인 봉헌물임과 동시에 수도를 위협하는 재액과 이상 현상을 기록하는 장치기도 했다(따라서 일본의 이야기는 서양적인 소설보다는 주술의 범주에서 보는 편이 더 이해하기 쉽다[106]). 특히 <전후>의 예능적 진혼 문학으로서 『헤이케 이야기』는 수도의 문명 자체를 마비시키는 사태Sache(재액과 운명)를 상세히 기록하면서 소문이나 잡담 같은 민중적인 정보 미디어가 만들어 낸 현상까지도 탐욕적으로 쓸어 담았다. 이 점에서 이야기 문학은 일본 문명의 '임계점'을 가리켜 온 측면이 있다.

물론 고대 일본인은 이 위험한 '이야기'를 결코 방치하지 않았고, 실은 때마다 '이야기 비평'을 실행했다. 일본 문학에서 처음으로 이야기 비평을 행한 것은 아마도 일기나 수필일 것이다. 예를 들어 『하루살이 일기』蜻蛉日記[107]나 『사라시나 일

106　일본 문학을 주술로 이해하는 최근의 작가=비평가로는 마루야 사이이치를 들 수 있다. 자세한 것은 후쿠시마 료타, 「문명과 실종: 마루야 사이이치의 양면성」文明と失踪: 丸谷才一の兩面性, 『와세다 문학』早稻田文学 6호, 2013 참조.

107　[옮긴이] 헤이안 시대에 고위 관료를 지낸 후지와라노 가네이에藤原兼家의 부인이 954년부터 974년까지 약 20년간 쓴 일기다. 남편과의 결혼 생활, 아들의 성장과 결혼, 상류층의 사교 생활, 여행, 어머니의 죽음과 고독 등의 내용을 담고 있다. 이처럼 당시 귀족층의 생활상을 묘사한 『하루살이 일기』는 『겐지 이야기』를 비롯한 후대 문학에

기』更級日記에는 이야기라는 장르를 검증하고 비평하려는 의지가 명확하게 드러난다.[108] '허풍'(픽션)을 말하는 이야기 문학에 반해 일기나 수필은 끝까지 사적 영역의 리얼리티와 일상성을 중시했고, 그것이 일본 문예 비평의 원형이 되기도 했다. 예를 들어 그로부터 한참 후인 20세기의 문예 비평가 고바야시 히데오[109]는 "비평한다는 것은 자기를 말하는 일이며 타인의 작품을 방편 삼아 자기를 말하는 일"(「아실과 새끼 거북 II」アシルと亀の子II)이라고 호언장담했는데, 이는 요컨대 문예 비평이 자기를 말하는 '일기'여도 된다고 강변하는 것이다.

그런데 일기나 수필이 아무리 이야기(픽션)를 비평해도 이야기 그 자체—혹은 이야기를 필요로 하는 일본인의 관습(에토스)—가 쉽사리 사라지지는 않는다. 현대에도 문예 비평가는 종종 '이야기 비평'이라는 제목을 내걸지만, 그것은 다만 이야기와의 연관 방식을 바꿀 뿐이다. 물론 나는 대중을 매료시키는 '이야기'가 사악한 이데올로기로 전환될 위험성을 부정하지 않으며, 그런 한에서 '이야기 비평'의 필요성을 충분히 인식하고 있다. 그러나 지금까지 논한 것처럼 일본의 이야기 문학은 서양과도 중국과도 다른 고유한 예능적 기능을 획

많은 영향을 주었다.

108   예를 들어『하루살이 일기』「서문」에서는 "세상의 허다한 옛이야기의 끝을 보면 세상에 헛소리가 허다함을 알 수 있다. 자질구레한 신상까지 써 넣는 매일의 기록에는 진귀한 일이 반드시 담겨 있을 것"이라며, "옛이야기"에는 소위 현실에 입각하지 않은 과장이나 미화가 있다고 비판적으로 서술하고 있다.『사라시나 일기』에 대해서는 5장 참조.

109   [옮긴이] 고바야시 히데오小林秀男, 1902~1983. 일본의 작가이자 문예 비평가. 일본 근대 문예 비평을 확립했다는 평가를 받는 인물일 뿐 아니라 모토오리 노리나가를 비롯한 근대 이전의 일본 문학에도 조예가 깊었다.

득해 왔다. 여기서 이야기를 전면적으로 폐기해 버리면 일본 문학은 상당히 빈약해지고 말 것이다. 그렇기 때문에 단순히 이야기를 위압적으로 비평하는 데서 끝내서는 안 된다. 더군다나 이야기가 이미 있는 패턴(설화론적 구조)의 조합으로 만들어진다는 것을 강조하는 '서사학'narratology 정도로 정리될 수도 없다. 우리는 오히려 일본의 이야기가 수행해 온 작업 내용에 입각해 그 음양의 유산을 어떻게 재이용할 것인가라는 건설적인 질문으로 나아가야 한다.

그 모델 중 하나로 나는 지금부터 '재액'을 작품에 새겨 넣은 현대의 이야기 작가인 나카가미 겐지의 작품을 분석하려 한다. 20세기의 마지막 사반세기에도 일본 문학은 나카가미라는 작가를 매개로 이야기를 재활성화하지 않을 수 없었다.

1 이야기 작가로서 나카가미 겐지

일반적으로 나카가미 겐지는 기슈紀州[110]의 토속적 세계를 무대로 삼은 순문학 작가로 알려져 있다. 그러나 이처럼 흔한 이해는 그의 문학이 오히려 '수도'에 강하게 끌리고 있었다는 긴요한 문제를 간과한다. 예를 들어 1980년 작 장편 소설 『봉선화』鳳仙花의 주인공 후사가 고자古座에서 신구 시내로 왔을 때 그녀 눈에 비친 것은 번듯한 '도시'의 모습이었다.

110　[옮긴이] 기슈는 일본 관서 지방의 난카이도南海島에 속한 지역으로, 7세기에 성립한 율령국의 하나인 기이노쿠니에서 지역명이 유래한다. 현재의 와카야마和歌山현과 미에三重현 일부 지역에 해당하며 와카야마현 신구新宮시에서 와카야마, 미에, 나라 세 개 현을 잇는 구마노가와熊野川가 발원한다. 그래서 이 강의 유역 일대를 구마노라 부르기도 한다.

하늘이 마치 피처럼 물들고 그 빛이 일렬로 늘어선 집들에 반사되는 모습을 보노라면 예부터 구마노 삼사의 중심지이자 기슈 신구번의 성 밑 큰 고을이며 구마노가와를 중심으로 사람과 물건의 왕래와 목재의 집산지였던 신구가 떠오르는 것 같다.…… 옛 모습 그대로인 고을에 묘하게 사람의 눈을 끄는 신식의 것들이 섞여 있었다.[111]

신구는 "구마노 삼사[112]의 중심지"로 번영해 왔고, 또 기슈 도쿠가와紀州德川 가문[113]이 지배한 에도 시대에는 인근 마을들이 선망하는 조카마치城下町[114]였다. 물론 이 기슈의 '도시'는 나라나 교토 같은 정치적 중심지가 아니었고 그런 수도들에 비하면 자투리 격이었다. 도시의 **중력**이 일본 왕조 문학의 원천이 되어 온 데 반해, 나카가미의 문학은 오히려 **중력의 도시**—그의 단편집 제목이다—로서 신구, 즉 목재가 집적되는 '구마노 삼사의 도시'를 들고 온다(덧붙이자면 나카가미는 젊은 시절 『문예 수도』文芸首都[115]의 동인이었다).

---

111   [옮긴이] 나카가미 겐지, 『봉선화』, 천이두 옮김, 한겨레, 1993, 76쪽.
112   [옮긴이] 구마노 삼사는 일본 구마노 지방에 있는 구마노본궁대사熊野本宮大社, 구마노하야타마대사熊野速玉大社, 구마노나치대사熊野那智大社의 세 신사를 총칭하는 말이다.
113   [옮긴이] 에도 시대에 기이노쿠니와 이세노쿠니를 다스렸던 도쿠가와 가문의 일파를 말한다.
114   [옮긴이] 일본 근세에 형성된 도시 형태 중 하나다. 근세 들어 막부는 병농 분리 정책을 시행해 무사들을 다이묘의 성 아래로 불러들였다. 무사들이 모여든 성 아랫마을에서는 상공업이 발전했고, 이에 따라 이 마을을 전란에서 보호하고자 성곽을 에둘러 쌓기 시작했다. 그리하여 조카마치는 상공업 도시의 독특한 경관과 형태를 갖추게 되었다.

이 다른 버전의 수도는 수많은 영의 거처가 되었다. 예를 들어『곶』岬과『고목탄』枯木灘에 이어 이른바 '기슈 사가'의 중심적 작품이 된『땅의 끝 지상의 때』地の果て 至上の時에서는 짐승 같은 악한 하마무라 류조가 목재의 의미를 '영'靈이라 부르고, 아들인 아키유키에게 "야마토에 처음으로 조정이 설치된 이래 수도는 오미 혹은 교토로 정해졌기 때문에, 야마토와 요시노가 등진 산들의 구마노는 황천의 나라, 영지로서 두려워할 뿐이었다. 나라가 처음 생기고 이즈모出雲[116]에서 갈라져 정복자 진무 천황이 왔을 때, 순식간에 그를 혼절시킬 정도로 힘 센 커다란 곰이 나타났다는 영지 구마노는 2,000년의 역사 속에서 누구도 돌아보지 않았다"고 말한다. 류조에 따르면 구마노 신구는 오미와 교토 혹은 야마토와 요시노의 배후에 위치한 영지, 말하자면 **수도의 배후령**背後靈이었다. "우다 법황, 가

115　[옮긴이] 1933년 1월 기자이자 소설가였던 야스타카 도구조保高德藏가 신인 육성을 목표로 창간해 1970년 1월 종간한 문예 잡지. 아쿠타가와상을 받은 한다 요시유키半田義之의『닭 소동』鷄騷動 등이 게재되었고, 1945년 이후에는 주로 신인 작가의 등용문 역할을 했다.

116　[옮긴이] 이즈모는 일본 혼슈의 서북부에 위치한 산인山陰 지방에 해당하는 신화 속 지명이다. 이곳은 일본에서 역사 시대의 시작인 '야마토'倭가 세워지기 전에 고대 왕국이 자리한 곳으로 알려져 있으며, 이에 대해서는『고사기』(712),『일본서기』(720),『이즈모 풍토기』(733)에 기록되어 있다. 이즈모에서 일어난 건국 신화의 내용은 대략 다음과 같다. 혼돈의 때에 지상 태초의 신인 이자나기노미코토와 이자나미노미코토는 우여곡절 끝에 아마테라스오미카미天照大御神, 쓰쿠요미노미코토月読命, 스사노오노미코토須佐之男命 세 신을 낳는다. 이 중 스사노오노미코토는 천상의 질서를 흩뜨린 죄로 하계로 추방당한 후 이즈모에 나라를 세운다. 그러나 천상의 신들은 이 나라를 아마테라스오미카미의 후손이 통치하는 것으로 하고 스사노오노미코토와 협상을 벌이나 번번이 실패한다. 마침내 스사노오노미코토는 자신을 모시는 이즈모 신사 건립을 약속받은 후에 아마테라스오미카미의 후손에게 자신의 나라를 양도한다.

잔 법황, 시라카와 상황, 도바 상황, 스토쿠 상황, 고시라카와 상황, 고토바 상황, 고사가 상황, 가메야마 상황"의 참배를 받은 구마노 신구는 적어도 나카가미 문학에서는 외딴 시골 마을이 아니라 오히려 '풍아'의 흔적이 담긴 '도시'의 분신인 것이다.

그러나 20세기의 이야기 작가로서 나카가미는 이야기의 유산을 그저 답습만 하지 않았다. 그는 구마노 신구라는 '중력의 도시'에서 일본 문학의 전통 그 자체에 확대경을 들이댔다. 예를 들어 『고목탄』의 주인공이자 나카가미의 분신이기도 한 다케하라 아키유키는 일본 문학 특유의 순진무구한 햇빛을 온몸에 쬔다.

해와 함께 일을 시작해 해와 더불어 흙을 상대로 몸을 움직이는 일을 멈춘다. 햇빛을 받고, 햇빛에 물들고, 계절의 경치에 물들면 아키유키는 자기의 모든 것이 사라져 자유로워지는 듯한 느낌을 받는다.[117]

아키유키는 노동을 하면서 자신이 생각할 수도 알 수도 볼 수도 말을 걸 수도 음악을 들을 수도 없는 존재가 되는 것을 느꼈다. 지금은 곡괭이에 불과했다. 단단한 곡괭이가 흙 속으로 파고들어, 일구고, 다시 파고든다. 모든 것에 애착을 느꼈다. 아키유키는 아키유키가 아니라 하늘, 하늘에 뜬 해, 햇빛을 받은 산, 여기저기 흩어진 집, 햇빛을 받은 나뭇잎, 흙, 돌, 그런 주위의 풍경 하나하나에 애착하는 마음 자체였다.[118]

---

117 [옮긴이] 나카가미 겐지, 『고목탄』, 허호 옮김, 문학동네, 2001, 31쪽.
118 [옮긴이] 같은 책, 135~136쪽.

우듬지, 풀잎, 흙 그리고 환희에 들뜬 바람—이것들이 빛의 충일함 속에서 '막노동꾼'인 아키유키를 포용한다. 아키유키의 신체로부터 어떤 저항도 받지 않고서 편안히 파고드는 이 관능적인 빛은 구름 한 점 없는 세계를 출현시킨다. 거기서는 어둠조차 빛의 일부로 삼켜지리라. "인부들의 움직이는 몸 아래 생긴 그림자는 옅은 빛에 불과하다. 빛의 농담만이 존재했다. 모든 것이 햇빛에 적나라하게 드러나 있었다." 세상의 모든 그림자를 지워 버리는 이 압도적인 햇빛 아래서, 노동이 신업神業과 결합된 고대를 재현하듯이 아키유키는 '흙'과 완전히 하나가 되어 "자기의 모든 것이 사라지는" 자유를 구가한다. 그는 그야말로 태양의 왕국 주민이었다.

유럽의 빛＝계몽이 투철한 영도零度의 인식을 드러내는 것이라면 일본 문학의 빛은 이를테면 태양의 따뜻함을 동반한다. 본래 이세의 가미지야마神路山, 기슈의 히노쿠마日ノ前, 오미의 다가多賀 등은 기나이畿內[119] 태양 숭배의 중심지였으며, 오리구치 시노부의 수제자였던 다카자키 마사히데는 그 지역들에서 이야기 가타리베 역할을 한 유랑 집단이 많이 배출되었다고 말하면서 히토마로가 속한 '가키노모토 씨족'도 그 집단의 일원이었고 나아가 『이세 이야기』도 여기서 나왔다는 가설을 주창했다.[120] 만약 이 가설이 옳다면 일본의 이야기는 수도 주변을 둘러싼 '태양신' 신앙 집단과 강하게 연결되어 있었다는 것이 된다. 나카가미가 그린 순결한 '태양의 왕국'도 단지 그 개인의 상상력이 만들어 낸 것이 아니라 아마도 일본 문학 유년기의 신앙에 대한 추억을 포함한 것이었으리라.

119　[옮긴이] 메이지 시대 이전 황거로부터 사방 500리 이내의 직할지를 뜻한다.

120　다카자키 마사히데, 『이야기 문학 서설』, 186쪽.

다만 기나이 태양 숭배의 거점 중 히노쿠마의 위치는 다소 특이하다. 예를 들어 인베노 히로나리의 『고어습유』—나카토미中臣 씨족이 조정 의례를 독점한 데 반발해 인베노 씨족의 전승을 헤이제이 천황에게 지어 바친 서책—에 의하면, 아마테라스오미카미가 하늘의 동굴에 틀어박혔을 때[121] 신들은 이시코리도메노카미石凝姥神에게 태양을 비추는 거울을 만들게 했는데, 처음 만든 것은 도저히 마음에 들지 않았고 다음 것은 "모양이 미려하다"고 할 만큼 멋진 작품이 되었다. 그리고 전자가 기이의 히노쿠마노오카미日前神가 되었고 후자가 이세오카미伊勢大神가 되었다고 한다. 흥미로운 것은 이 에피소드가 『고어습유』에만 있고 『일본서기』에는 실려 있지 않다는 사실이다. 기슈의 히노쿠마노오카미는 이세오카미(『고사기』, 『일본서기』에서 말하는 세 종류의 신기神器 중 하나인 '야타노카가미'八咫鏡)에 비해 한참 부족한 실패작이었다는 전승이 정사인 『일본서기』와는 별개로 전해지고 있는 것이다.

물론 나카가미 겐지가 『고어습유』를 의식했다고는 말할 수 없지만 『고목탄』의 순진무구한 햇빛은 확실히 『일본서기』와는 다른 각도에서 비쳐 드는 빛으로 보인다. 기슈에 새겨진 이 볼품없는 거울은 정사正史에서는 누락되고 말았다. 따라서 기슈의 '빛'은 이른바 태양의 영이라는 성격을 띠고 있다.

121　[옮긴이] 아마테라스오미카미는 동생인 스사노오노미코토가 분란을 일으키자 그에 대한 항의로 '하늘의 동굴'에 틀어박힌다. 태양을 관장하는 아마테라스오미카미가 동굴 속으로 사라져 세상은 어둠에 휩싸이고, 신들은 아마테라스오미카미를 동굴에서 빼내기 위해 큰 잔치를 벌인다. 이에 아마테라스오미카미는 소란이 궁금해 밖을 내다보다 동굴을 나오게 된다.

그렇다, 나카가미의 분신 아키유키는 물기를 듬뿍 머금은 '흙의 살'을 파헤치려 하지만, 실제로는 일본 문학의 오래된 빛, 더구나 정사에 담기지 못한 이단적인 빛을 대량으로 파헤친 것이 아니었을까? 이때 나카가미가 빛을 흙과 연결 지었다는 사실이 그의 문학적 예민함을 보여 준다. 원래 일본 문학의 태양은 중국 문학의 '하늘'과 같은 수직적 방향성을 보이지 않는다. 두보의 "바람은 세차고 하늘은 높은데 원숭이 울음소리는 슬프고"風急天高猿嘯哀(「높은 곳에 올라」登高)에서 볼 수 있는 위로 높이 솟아오른 초월적인 하늘을 일본의 풍경에서는 찾아볼 수 없었다. 일본의 태양은 오히려 지표면 구석구석까지 파고들어 사물을 부드럽게 감싸 안고 땅으로 스민다―『고목탄』은 일본 문학이 암묵적으로 받아들여 온 바로 이 편재하는 빛을 그린다. 사물 자체가 반들반들한 빛을 발하는 듯한 『고금집』의 시각적이고도 평면적인 세계가 나카가미의 이야기에서 태양과 흙과 바람의 세계로 치환된 것이다.

일찍이 히토마로를 위시한 만엽 가인들이 그랬던 것처럼 나카가미 또한 구마노 신구라는 '고도'를 문학을 통해 만들어 냈다. 그러나 그것은 정규가 아닌 이단적인 수도에 지나지 않는다. 『고목탄』이후 나카가미의 문학은 이 영적인 '중력의 도시'를 무대 삼아 왕조 문학의 유산을 대담하게 뒤섞으며 과격화해 간다. 예컨대 나카가미는 『겐지 이야기』에서 볼 수 있는 성적 난맥상을 다종다양한 섹슈얼리티로서 풀어내고(『찬가』讚歌), 예능을 관장하는 무녀＝'물의 여인'을 매춘굴로 보내 버리는가 하면(『물의 여인』水の女), 아리와라노 나리히라풍의 '쓸모없는 인간'을 주인공으로 하는 피카레스크 소설을 써 낸다(『화장』化粧). 구마노 신구라는 변환 장치를 통과할 때, 일본의 이야기는 스스로를 여느 때와 조금 다른 방식으로 조립하

고 보통은 감춰 두던 것을 과장해서 드러낸다. 나카가미의 가장 큰 공적은 바로 이러한 '중력의 도시'를 만들어 낸 데 있다.

2 상징적인 피, 물질적인 피

요즘 일본 순문학계에서는 토속적이고 거친 지방 도시의 생태를 다룬 작품군이 속 빈 활황을 맞고 있다. 그러나 지방 출신 작가가 아무리 열심히 토속적인 이야기를 쓴들 그것은 기껏해야 문학의 이권과 독자가 모이는 수도(도쿄)의 노리개가 될 뿐이다. 반복하자면 본래 일본의 이야기에는 지방이 수도에 보내는 '봉헌물'의 성격이 있었으며, 사실 이는 근대 이후에도 그리 변하지 않았다.[122] 따라서 일본 문학의 전통에 도전하려면 수도에 대항해 지방을(중심에 대항해 주변을) 가져오는 것만으로는 부족하며 오히려 수도 문학의 프로그램 자체를 고쳐 써야 한다.

이 관점에서 나카가미가 수도 문학의 이면사를 쓴 것은 주목할 만하다. 구마노 신구라는 수도의 배후령(중력의 도시)을 불러내, 마치 고고학자처럼 이야기의 지층을 점검하고 일본 이야기의 주요 신화소인 빛과 성性을 파헤쳐 그것들을 한층 과격화한 나카가미의 문학은 지방성 혹은 토속성을 상품화하는 부류의 작품과는 사실상 정반대에 위치한다. 그렇다면 그가 그린 '중력의 도시'가 『헤이케 이야기』나 『금석 이야기』처럼 이상 현상이나 재난을 끊임없이 끌어들인 것도 어떤 의

---

122 '봉헌물로서의 이야기'를 확신범적으로 재현한 이가 나카가미에 선행한 이야기 작가의 거봉 다니자키 준이치로다. 다니자키의 『여뀌 먹는 벌레』蓼食ら虫는 분라쿠文樂[전통 인형극]를 매개로 고대의 미케쓰쿠니＝아와지시마에서 다시금 이야기를 회수했다[125쪽 참조].

미에서는 당연하다고 할 수 있다.

특히 재액으로부터의 부흥이라는 『헤이케 이야기』적 전략을 가장 잘 재현한 것이 아키유키의 어머니 후사가 주인공으로 나오는 『봉선화』다. 이 소설에서 나카가미는 일본 문학에서 가장 부정不淨하고도 섬뜩한 것, 즉 '피'를 빛의 충일함 속에 녹여 작품 세계에 불길한 예감을 불러들였다. 앞서 인용한 구절에서도 "하늘이 마치 피처럼 물들고 그 빛이 일렬로 늘어선 집들에 반사되는 모습"이라고 썼듯이 『봉선화』의 빛은 태양의 따뜻함보다 피의 붉음에 의해 특징지어진다.

> 햇살을 받은 봉선화 꽃잎의 붉은 빛이 녹아서 줄기를 들고 있는 자신의 손가락을 물들일 듯한 느낌이 들었다. 후사는 그 붉은 꽃잎에 입술을 댔다. 붉은색이 피라면 녹아 흐르는 그것을 핥아 상처를 막아 주고 싶었다. 꽃잎에 입술을 대고 햇살의 분말 같은 꽃 냄새를 맡는 후사의 눈에 봉선화는 불꽃 같은 햇살을 받아 반짝이는 피처럼 생생해 보였다.[123]

"햇살의 분말 같은 꽃 냄새"가 떠다니기 시작할 때, 왕조 시대에 터부시되어 온 '피'가 봉선화의 모습을 빌려 햇빛 속에 당당히 그 모습을 드러낸다(여성인 후사가 봉선화와 연결되는 것은 당연히 생리혈의 이미지와도 연관된다). 앞서 서술했듯이 그림자조차 빛으로 바꾸어 놓은 『고목탄』은 옛 태양 숭배를 생각나게 하는 예능적인 신업으로서의 노동을 상기시킨다. 그에 반해 『봉선화』는 기슈의 아찔한 '빛'과 『고금집』 이래 일본적 미의식의 중심이 된 '꽃'으로 이루어진 관능적인 텍스트

---

123 [옮긴이] 나카가미 겐지, 『봉선화』, 124쪽.

에 굳이 부정한 '피'를 기입한다. 즉 후사가 살아가는 이 '중력의 도시'에서는 진정 왕조적인 수도에서는 일어날 수 없는 이상 현상이 일어나는 것이다.

일본 문학사에서 피를 어떻게 다룰지는 원래부터 매우 중요한 문제였다. 왕조 문학에는 상징적인 피의 전승, 즉 '출산'을 둘러싼 황실의 정치학이 은밀히 함유되어 있었다. 당시 아이를 낳는 것은 권력의 원천이었기 때문에 누구에게나 자유로운 출산이 허락되지는 않았다. 예를 들어 국문학자 기무라 사에코는 왕조 시대 궁정 여성의 신체에는 출산이 허락되는지(=낳는 신체) 허락되지 않는지(=낳지 못하는 신체)의 큰 구별이 각인되어 있었으며, 그 구별이 이야기 문학 속 등장 인물의 섹슈얼리티와 깊이 관련되어 있다고, 그리고 원정기 이야기 문학(『밤에 잠 깨다』夜の寝覚[124])에 이르러서는 '낳지 못하는 성'일 터인 호모섹슈얼리티가 권력 구조에 숨어들었다고 논한다.[125] 상징적인 피의 전승에 관련된 이러한 여성 신체의 구별은 사실 나카가미의 기슈 사가에서도 인식되고 있다. 즉 한편에 이부 형제를 대량으로 출산한 '낳는 신체'로서 후사가 있고 다른 한편에 수없이 출산을 도와 온 '낳지 못하는 신

---

124 [옮긴이] 11세기 중엽에 창작된 작자 미상의 이야기다. 『겐지 이야기』의 아류로 간주되어 주목받지 못하다가 나카무라 겐지에 의해 새롭게 조명되어 재평가되었다. 후반부는 소실되어 내용이 전해지지 않고 있다. 어느 중앙 관료(태정대신)의 차녀가 주인공인 이 이야기는 그녀의 기구한 생애를 다룬다. 그녀는 어느 좌대신의 장남을 우연히 만나 정을 통하고 임신을 하게 된다. 그러나 그는 언니의 정혼자였고 언니의 남편이 된다. 그럼에도 서로 정을 끊지 못하고 그리워하다가 언니와 남편이 죽은 후 그녀는 속세를 떠난다.

125 기무라 사에코木村朗子, 『연애 이야기의 호모섹슈얼리티: 궁정 사회와 권력』恋する物語のホモセクシュアリティ: 宮廷社会と権力, 青土社, 2008, 2장 참조.

체'(=산파)로서 오류노오바가 있으며 그녀들의 신체가 기슈 사가의 방대한 등장 인물들을 에워싸는 것이다.

황실과 끊을래야 끊을 수 없는 관계에 있는 일본의 이야기 문학은 생식과 권력에 관련되는 '상징적인 피'를 통제하는 데 힘쓰는 한편, 신체에서 흘러나오는 '물질적인 피'는 '불결'하게 여겨 왔다. 그에 비해『봉선화』는 이 두 가지 피를 뒤섞는다.『봉선화』의 재미는 상징적인 피를 위협하는 것, 즉 물질적인 피에 집요하게 빛을 비추는 데 있다. 나카가미는 후사(=낳는 신체)를 통해 상징적인 피를 기슈 사가의 몸속에 흩뿌리는 한편,『봉선화』에서는 구마노 신구의 빛과 꽃이라는 텍스트 속에 물질적인 피를 대담하게 섞어 넣는다. 그 결과 본래 왕조 문학에 존재해서는 안 되는 불길한 피가『봉선화』전편에 걸쳐 망측하게 나타난다. 이는 그야말로 이야기에 대한 '재액'에 다름 아니다.

나카가미는 피와 빛을 뒤섞음으로써(빛나는 피!)『봉선화』보다 먼저 출간된『고목탄』에 대한 일종의 자기 비평을 충실하게 수행했다고 할 수 있다. 복잡한 가계에서 태어난『고목탄』의 아키유키는 상징적인 피에 이상하리만치 신경을 곤두세운다. 그는 부친인 류조에게 강한 콤플렉스를 품고서 그에 대한 도발을 반복한다. 그러나 다른 한편 아키유키에게는 물질적인 피가 보이지 않는다. 그만큼 작중에 빛이 방자한『고목탄』이건만 아키유키가 이복 형제인 히데오를 발작적으로 살해하는 장면만은 한밤의 깊은 어둠에 뒤덮여 있다.

피가 흐르고 있었다. 하지만 검은 물과 피는 어둠 속에서 구별이 되지 않았다. 아키유키의 눈앞에 수위가 높아진 강물에 떠 있는 꽃이 보였다.[126]

아키유키는 자기 손에 묻은 이복 형제의 피를 보지 못한다. 이 순간에만 그가 사실상 '맹인'이 되었다는 사실은 정확히 다니자키 준이치로의 인상 깊은 이야기『슌킨쇼』春琴抄를 상기시킨다. 주지하다시피『슌킨쇼』의 클라이맥스에서 하인 사스케는 얼굴에 화상을 입은 여주인 슌킨을 보지 않기 위해 자기 눈을 바늘로 찌른다. 그와 마찬가지로 아키유키의 눈은 피를 인식할 수 없다. 햇빛 아래서 수려한 자연을 보고 싶은 대로 판독해 온 일본 문학의 '눈'은 물질적인 피나 상처에 직면하는 순간 허겁지겁 어둠의 장막 속으로 숨어들었던 것이다.

흥미롭게도 얼핏 다니자키나 나카가미와 완전히 다른 유형으로 보이는 무라카미 하루키의 문학에서조차 피는 일종의 터부다. 예를 들어 악과 폭력이라는 주제를 다룬『태엽 감는 새 연대기』의 주인공은 물질적인 피를 보는 일이 없다. 그가 자신을 위협하는 폭력의 정체와 대결하려 할 때 피는 어둠 속에 녹아들어 있다.

방망이의 마크 조금 위에 무슨 오라기 같은 것이 들러붙어 있다는 것을 알았다. 그것은 인간의 머리카락 같았다. 나는 손가락으로 집어 보았다. 굵기와 경도가 틀림없는 인간의 진짜 머리카락이었다. 피가 풀처럼 딱딱하게 뭉친 곳에 검은 머리카락이 몇 오라기 들러붙어 있는 것 같았다.[127]

다시 앞이 안 보이는 가운데 탐색전이 시작되었다. 우리는 신중하게 상대의 움직임을 살폈다. 숨죽이고 어둠을 노려보며

---

126   [옮긴이] 나카가미 겐지, 『고목탄』, 282쪽.
127   [옮긴이] 무라카미 하루키, 『태엽 감는 새 연대기』, 김난주 옮김, 민음사, 2018, 980쪽.

상대의 움직임을 기다렸다. 피가 내 뺨에서 주르륵 흘러 떨어졌다.[128]

이처럼 부정한 피는 '보이지 않는' 상태에서만 느낄 수 있는 대상이므로 영상으로 보여서는 안 된다. 무라카미의 문체는 기호적인 청결함을 느끼게 하는데, 이는 그가 상징적으로도 물질적으로도 피를 쫓아낸 것과 분리되지 않는다. 문체도 주제도 완전히 다르지만 무라카미의 『태엽 감는 새 연대기』는 『고목탄』이 피를 영상화하지 않은 것, 혹은 『슌킨쇼』의 사스케가 화상을 입은 주인을 결코 보려 하지 않은 것을 뜻하지 않게 반복하고 있다.

따라서 『봉선화』가 이를테면 빛을 피로 바꾸어 썼다는 사실은 중요한 의미를 가진다. 『봉선화』는 후사라는 여주인공을 통해 이야기에 대한 재액인 '물질적인 피'를 불러들인다. 정확히 『헤이케 이야기』가 왕조적인 미문으로 재액을 그린 것처럼 나카가미는 뚝뚝 떨어지는 피를 조야한 문체가 아닌 빛과 꽃으로 가득한 눈부신 텍스트 속에 숨어들게 한다. 이런 점에서 나카가미에게는 이야기의 해커라는 호칭이 알맞다.[129]

---

128   [옮긴이] 같은 책, 985~986쪽.

129   니나 코니에츠Nina Cornyetz, 「나카가미 겐지의 신체」中上健次における身体, 『비평 공간』批評空間 2기 14호, 1997도 나카가미의 내러티브 곳곳에 '물질적인 피'가 흐르고 있음에 주목한다(257쪽). 물론 그녀는 나카가미의 후기 작품인 『찬가』를 자세히 분석하면서 초기작인 『봉선화』와 『고목탄』은 어떤 이유에서인지 무시하기 때문에 '물'物로서의 피가 청결한 상징 질서를 침범한다는 흔한 이분법으로 귀착하고 있다. 그러나 오히려 수도의 수려한 빛=질서가 그대로 피로 변해버린다는 데 이야기의 해커인 나카가미의 본령이 있다고 해야 한다.

3 재난의 기록 장치

중력의 도시를 무대로 한『봉선화』는 빛과 꽃으로 이루어진 왕조 문학풍의 미적 세계에 재액을 불러들인다. 게다가 그 물질적인 피로 채색된 불길한 공간에 이윽고 무시무시한 묵시록적 상황이 출현한다. 즉『봉선화』의 구마노 신구는『헤이케 이야기』의 헤이안쿄와 완전히 똑같이 이내 전쟁과 자연 재해를 끌어들이게 된다.

『봉선화』후반부에 상세히 기록된 것처럼 기슈는 전쟁 중 미국 공습을 사이에 두고 두 차례에 걸쳐 지진과 해일의 공격을 받았다. 1944년 도난카이 지진의 여파로 밀려온 해일은 신구를 비껴갔지만 "고자에서부터 줄줄이 잇달아 해안선을 뒤덮으며 아리마, 기노모토, 오와세, 히키모토를 엄습했다". 더욱이 도난카이 지진 2년 후에—'정사'식으로 표현하면 패전 후에—에 일어난 난카이 지진[130]은 후사와 아이들의 생활에 직접적인 타격을 가했다. "아키유키가 태어난 지 넉 달째인 12월 27일 아침, 아직 어둠이 깔려 있는 시각에 모든 것을 때려 부수듯 지진이 일어났다."[131]

해일이 올지도 모른다고 후사도 생각했고 동네 사람들도 떠들어댔으나, 너무나도 지진의 강도가 컸기 때문에 산꼭대기

---

130   [옮긴이] 난카이 지진은 일본 혼슈와 시코쿠 사이의 해역에서 주기적으로 발생하는 지진을 말한다. 좁은 의미에서는 1946년에 일어난 쇼와 난카이 지진을 특정하며, 넓은 의미에서는 1854년 안세이 지진과 1707년 호에이 지진 등 난카이 해역을 진원으로 해서 이제까지 발생한 지진과 앞으로 발생할 지진 모두를 포함한다.

131   [옮긴이] 나카가미 겐지,『봉선화』, 311쪽.

로 도망간다 해도 엄습해 올 커다란 해일을 피할 수는 없으리라고 단념한 듯, 전처럼 산으로 도망치는 사람은 없었다. 후사는 언제 다시 지진이 시작될지도 모른다는 생각에 해가 비치기 시작할 때까지 감자밭에 주저앉아 있었다. 정신이 나간 듯 멍하니 앉아 있는 동네 사람들 가운데서 쓰러지지 않고 서 있는 집을 바라보았다. 적의 공습에도 무사했던 따뜻함이 서린 집이 바야흐로 시작되려는 지진으로 산산 조각이 나 버릴 거라는 생각이 들었다.[132]

"전쟁 중 미군의 공습에도 타지 않고 건재한 건물이 있던 신구 시내의 집들 대부분을 불태웠다."[133] 이 대지진은 후사에게 전쟁 이상의 재액이었다.『봉선화』와 거의 동시에 쓴 에세이에서도 나카가미는 기슈 사람에게 난카이 대지진이 갖는 중대성을 강조한다. "전후에 기슈 신구에서 태어난 내게 제2차 세계대전, 태평양전쟁은 존재하지 않았던 것이나 마찬가지다. 왜냐하면 구마노, 기슈 신구가 경험한 전쟁이란 저 대역 사건[134]뿐이기 때문이다. 지난 전쟁에서 사람들이 징병되고 굶주렸지만, 기슈 신구를 파멸 상태에 이르게 한 것은 대역 사건과 종전 직후의 난카이 대지진이다. 공습은 당하지 않았으나 지진으로 집이란 집은 모두 파괴되고 불탔다."[135]

앞서 나는『헤이케 이야기』에서 재액의 부흥을 발견했는데,

---

132 [옮긴이] 같은 책, 312~313쪽.
133 [옮긴이] 같은 책, 313쪽.
134 [옮긴이] 1910년 고토쿠 슈스이幸德秋水 등 사회주의자와 무정부주의자 들이 메이지 천황을 암살하려 했다는 이유로 대거 검거되어 1911년 처형당한 사건을 가리킨다. 이들의 근거지로 나카가미의 고향인 기슈 지역 신구시가 지목되어 심한 차별을 받고 산업 발전이 정체되었다.

이는 『봉선화』에도 들어맞는다. 더구나 『봉선화』가 그리는 두 번의 대지진은 패전 직후의 어수선함 탓에 수많은 일본인의 일반적 인지에서 사라진 환영적 재액이었다. 그러나 이 진재들은 엄연한 사실이며 나아가 난카이 해곡[136] 지진 발생이 우려되는 오늘날 다시 국민적 관심사로 부상하고 있다. '중력의 도시'로서 구마노 신구에 깊이 침잠할 때 정사는 크게 굴절되고 낯선 사건이 확대경에 포착된다. 그러나 이는 황당무계한 위사를 그리는 것이 아니라 오히려 '진짜 역사'에 다가가는 것을 의미한다.

나아가 나카가미는 교묘하게도 신구를 습격한 재난을 한 사람의 주요 인물에 중첩시킨다. 즉 사가의 중추에 자리 잡은 하마무라 류조, 나카가미의 친부를 모델로 한 이 의문투성이의 악한이 자연 재해에 비견되는 것이다. 후사에게 한때 자신의 남편이었고 아키유키의 부친이기도 한 류조는 지진과 방화의 원형이며 돌발적인 재해 자체 같은 남자다. "사쿠라는 신구의 두 번째 지진은 느닷없이 그 종잇조각을 가지고 찾아온 사내가 일으킨 것이나 다름없다고 말했다는 것이다. 후사는 미쓰가 말하는 그 사내가 류조와 아주 비슷하다고 생각했다. 미쓰의 이야기를 들으면서 자신도 알지 못하는 사이 지진까지 일으킨 사내의 농락으로 아이를 낳게 되었다고 생각했다"(강조는 추가).[137] 앞서 서술했듯이 일본 자연의 무서움은 단지 흥

135 　나카가미 겐지中上健次, 「이야기의 계보: 사토 하루오」物語の系譜: 佐藤春夫, 『나카가미 겐지 전집 4: 기슈, 이야기의 계보 외 22편』中上健次集四: 紀州, 物語の系譜, 他二十二篇, インスクリプト, 2016.

136 　[옮긴이] 일본 혼슈의 남쪽 바다 인근에 형성된 바닷속 습곡이다. 이 해곡은 '난카이 메가트러스'라고 알려진 거대 단층을 품고 있으며, 이 단층이 100~150년 주기로 발생하는 난카이 대지진의 원인이 되고 있다.

포하다는 사실에 있지 않고 언제 흉포해질지 알 수 없다는 데 있다. 류조는 그러한 예측 불가능성과 결부된다.

후사가 류조를 몇 날 몇 시에 닥칠지 알 수 없는 지진과 연결 지은 이상 류조라는 '아버지'를 가부장적 절대자로 이해할 수는 없다. 실제로 "어디서 굴러먹은 놈인지 모를" 류조는 신구에 이러저러한 혼란을 일으키고 전처인 후사와 아들 아키유키를 농락하며, 급기야 『땅의 끝 지상의 때』의 종반에는 멋대로 목을 매달아 죽어 버린다. 아키유키에게도 『땅의 끝 지상의 때』 독자에게도 류조라는 존재는 죽음에 이르도록 도무지 종잡을 수 없는 인물이다. 류조가 살아 있는 인간이라기보다는 일종의 자연 재해처럼 여겨지기 때문이다.

많은 비평가가 『고목탄』이 아키유키와 류조 간의 부자 갈등(오이디푸스 콤플렉스)을 테마로 한 근대 소설인 데 비해 『땅의 끝 지상의 때』는 그런 모던한 욕망의 좌절을 그린 포스트모던 소설이라고 간주해 왔다. 그러나 이것은 어디까지나 아키유키 관점의 견해일 뿐이다. 반대로 전처인 후사의 관점에서 류조는 정상적인 '남편' 혹은 '아버지'(가부장)가 아니라 자신의 인생을 농락한 재액 그 자체며 그 점은 처음부터 끝까지 본질적으로는 조금도 바뀌지 않는다. 『고목탄』의 아키유키는 예측하기 어렵고 막돼먹은 폭력배인 류조를 자신이 뛰어넘어야 할 '아버지'라고 제 마음대로 착각할 뿐이다. 『땅의 끝 지상의 때』는 그 착각을 풀어 가는 소설이라 볼 수 있다.

흥미롭게도 나카가미는 『땅의 끝 지상의 때』에도 재액의 기록을 기입했다. 피와 대지진의 이야기인 『봉선화』와 마찬가지로 이 긴 소설에서도 전체에 걸쳐 불길한 재액의 예감이

---

137 [옮긴이] 나카가미 겐지, 『봉선화』, 342쪽.

떠다닌다. 소설은 처음부터 아키유키의 홈그라운드인 신구 '거리'가 원자력 발전소와 고속도로의 건설로 파괴되어 가는 광경을 이야기한다.

신개지에 '몬'이라는 가게를 낸 몬은 용의주도하게 지도와 사진까지 준비해, 이 지역을 끼고 50킬로미터 이내 지점에 원자력 발전소가 셋 세워지기로 결정되었으며, 더욱이 기슈 반도를 일주하는 고속도로 건설이 시작되어 주변 지리가 완전히 바뀌었다고 설명했다. 골목 거리도 신개지도 모두 사라졌다.

현실에서는 주민 반대 운동으로 기슈 반도에 원자력 발전소가 들어서지 못했지만, 원자력 발전소 계획이나 고속도로 건설에서 비롯된 토지 개발 붐은 기슈의 풍경을 완전히 바꾸어 놓았다. 아키유키는 그것을 "2,000년 넘게 구마노 신앙의 중심으로 번영한 땅이 마치 이교도의 도래를 맞이한 것처럼 전부 뒤집어"지는 재액으로 이해한다. 바로 『헤이케 이야기』가 동국과 북국의 무사들을 '오랑캐'라 표현한 것처럼 『땅의 끝 지상의 때』는 지진부터 토지 개발 붐, 그리고 원자력 발전소 계획까지를 "구마노 신앙의 중심"을 덮친 "이교도의 도래"로 위치 짓는다. 그렇다면 『땅의 끝 지상의 때』는 『고목탄』을 뛰어넘는 포스트모던 소설이라기보다 오히려 『헤이케 이야기』적인 '재액의 기록 장치로서 이야기'를 복권시킨 작품으로 다루어져야 하지 않을까?

4 이야기를 위한 변명

물론 이야기란 무엇보다 먼저 독자(수용자)의 재산이기 때문에 당연히 각각의 시대 요구에 부응하는 스타일과 내용을 필요로 한다. 이시모다 다다시가 말한 것처럼 "무라사키 시키부만큼 재능이 있어도 호겐保元과 헤이지平治[138] 이후의 시대였다면 이야기 작가로서 아무런 성과도 거두지 못했을 것이 분명하다.……사실 자체의 거대함에 압도된 인간으로서 사실 자체를 기록하는 것 말고는 그 이야기적 요구를 충족시킬 방법이 없었다".[139] 확실히 『겐지 이야기』 같은 스타일로는 고대 말기의 황폐한 현실에 전혀 맞설 수 없었을 것이다. 반대로 『헤이케 이야기』는 새로운 정보적 세계를 받아들인 부흥 문화였기에 먼 훗날까지 '고전'으로 전승된 것이다.

이러한 관점에서는 나카가미의 '이야기'가 진부하고 시대의 요구를 채 받아들이지 못했음을 부정할 수 없다. 핵가족화가 진행되고 혈연 개념이 희박해진 일본 사회에서 나카가미처럼 굳이 농밀한 피의 이야기를 펼치는 것은 분명 시대 착오다. 대부분의 일본인은 아키유키나 후사, 류조에게서 자신과 닮은 면을 찾아내기 어려울 것이다. 가족 해체의 결과로 아노미화와 공동체의 공동화空洞化가 진행되고 인정이 결핍된 인간들의 질시와 고독이 흘러넘친다. 이것이 오늘날 일본 시민 사회의 위기며, 나카가미의 문학은 그러한 현실에 전혀 맞닿아 있지 않다.

그렇지만 이야기 작가의 책임이 시민 사회에 흐르는 시간과는 다른 시간을 기입하는 데 있다는 것도 분명한 사실이다. 일상 생활의 지평에서는 소비재로서 '스토리'만 있으면 충분

---

138 [옮긴이] 호겐과 헤이지는 일본 원호로, 호겐은 1156~1159년을, 헤이지는 1159~1160년을 가리킨다. 각각 고시라카와 천황과 니조 천황의 통치기였다.

139 이시모다 다다시, 『헤이케 이야기』, 51~52쪽.

하다. 그에 반해 주술적인 '이야기'는 카시러가 말한 "인간의 자연적 능력"을 뛰어넘는 이상 현상(재액)에 대한 특례 조치로 요구된다. 따라서 나카가미의 이야기는 원래부터 현실 시민 사회의 시간 감각과 어울리지 않는다. 그렇다고 그것이 꼭 나카가미의 불명예는 아니다. 서양처럼 초월적인 신이 있는 것도 아니고 중국처럼 정사(세계사)에 대한 의지도 가지고 있지 않은 이 극동의 섬나라에서 이야기는 위기와 위협을 검출하기 위한 귀중한 미디어로 기능해 왔다.『봉선화』와『땅의 끝 지상의 때』의 문학사적 의미는 바로 그러한 위기의 미디어로서 이야기를 일깨운 데서 찾을 수 있다.

다행인지 불행인지 오늘날 우리에게 이야기가 기록하는 재액의 시간성은 더더욱 무시할 수 없는 것이 되었다(실제로 『봉선화』의 기슈 대지진 기록은 이제 돌고 돌아 '정사' 이상의 리얼리티를 띠게 되지 않았는가?). 아무리 기술적으로 진보한 사회라 해도 재액의 가능성을 피할 수는 없다. 오히려 기술 혁신이 이루어질수록 만에 하나 닥치는 재액이 한층 더 비참해진다. 따라서 프로이트가 말한 "문명 속의 불만"이 불식되는 일은 원리적으로 있을 수 없다. 우리 사회에서 이야기의 존재 이유가 사라지지 않는 것은 오로지 문명을 위협하는 재액의 가능성이 사라지지 않기 때문이다. 그렇지만 문명에 예측 불가능한 위기가 잠재해 있더라도 일본의 이야기 문학은 의기소침해지거나 단념하라고 권하지 않는다. 악한 것(재액)으로도 선한 것(문학)을 만들 수 있다.『헤이케 이야기』부터 나카가미의 문학에 이르기까지 이야기는 이 단순한 희망을 몇 번이나 가리켜 왔으니 말이다. 뒤집어 말하면 이 세계에서 가장 선한 것, 가장 아름다운 것(풍아!)을 알고 있기에 이야기는 불합리와 오욕 속에서 더욱 빛나는 것이다.

　여기까지 나는 이야기 문학의 계보를 수도의 풍아를 구가한 일본적 미학 속에 묻혀 있던 일련의 '위기의 담론'으로 다루었다. 고대 이래 재난의 기록 및 그 후의 진혼이라는 예능적 기능을 중첩시켜 온 만큼 일본의 이야기는 단순한 '스토리'로 환원되지 않는다. 이 두터운 전통이 가진 의미는 아무리 강조해도 부족하다.

　그러나 마지막으로 덧붙이자면 일본 이야기 문학의 강인함에는 무언가 거대한 맹점이 있지 않나 하는 의문 또한 뇌리를 떠나지 않는다. 이 장 서두에 썼듯이 일본의 이야기는 중국풍 '정사'의 여백에서 직조되어 왔다. 좋든 싫든 일본인은 여러 국가가 병렬된 『사기』 같은 세계사를 필요로 하지 않았다. 이는 일본에서는 문명의 소산을 구석구석 남김없이 기술해 후세에 건네려는 의지가 희박했음을 의미한다. 재액과 운명을 미리 알아차리는 일본의 문학적 예민함은 중국풍 '종합적 인간학'의 모태가 될 수 없었다.

　무엇보다 변경 섬나라에서 태어나고 자란 일본 문학에는 '위대한'이라는 형용사가 전혀 어울리지 않는다. 『사기』처럼 혹은 다음 장에서 다룰 『수호전』처럼 국민의 다양한 모습을 망라하려는 품이 너른 문학은 언제나 동경의 대상이었지만 일본인은 그에 필적할 작품을 결국 쓰지 못했다. 정치적 예속자＝예능민을 발생원으로 하는 일본의 이야기에는 위대함보다 어떤 연약함이나 가련함이 늘 따라붙는다. 나카가미 겐지 또한 예외가 아니다. 실제로 나카가미가 한국을 각별히 아낀 한편 중국을 사실상 무시한 것은 자못 상징적이다. 나카가미는 좋든 나쁘든 '대륙적'이지 않고 '섬나라적'인 작가였다.

그리하여 다음 장에서는 일본을 일단 벗어나 중국 대륙 부흥 문화사의 윤곽을 대략적으로 그려 보려 한다. 그리고 그 가운데 '멸망이 만들어 낸 문화란 무엇인가'라는 문제를 제기할 것이다. 이는 섬나라에서 자라난 일본 문학의 '외부'를 보여 주는 것과 같다.

3장

멸망이 만들어 낸 문화
중국의 경우

모든 대륙은 각자 자신의 위대한 지령地靈을 갖고 있다.
데이비드 허버트 로런스

창조의 시간대로서 부흥기를 추적한다는 기획하에 나는 지금까지 히토마로와 쓰라유키에서 『헤이케 이야기』에 이르기까지 일본 문학의 뼈대를 만든 작가와 작품을 다루었다. 그러나 이러한 일본 문화의 부흥사에 거대한 '사각'이 있다면 어떨까? 이를 적확하게 지적한 이가 중문학자이자 작가인 다케다 다이준이다.

패전 후인 1948년 발표한 에세이 「멸망에 대하여」에서 다케다는 일본에서의 멸망과 중국에서의 멸망을 비교한다. "일본 멸망의 역사에서 특히 인기 있는 것은 영웅의 멸망과 일족의 멸망으로 사료된다." 『헤이케 이야기』, 모리 오가이森鷗外의 『아베 일족』阿部一族, 다니자키 준이치로의 『무슈코 비화』武州公秘話와 『문서초』聞書抄가 보여 주었듯, 일본인이 체험해 온 것은 영웅과 일족의 멸망일 뿐 국가의 전면적인 멸망이 아니다. 한 일족의 멸망을 기록한 자에게는 이야기를 완성시켜 영탄할 만큼의 여유가 주어졌다. 이 점에서 일본인은 "망국의 애가를 부르는 쪽이 아니라 듣는 쪽이었다"고 해야 한다. "그들[일본인―인용자]은 멸망에 대해 지금껏 처녀였다"라는 유명한 문구를 통해 다케다는 일본의 멸망이 어디까지나 부분적인 것에 지나지 않으며 문화도 이러한 전제 조건에 기대어 있음을 예리하게 간파했다. 단적으로 말해 일본인의 문학 활동은 타인의 멸망을 곁에서 관찰해 비극이라는 '문화재'로 변형시켜 온 자들의 직무였고, 스스로가 멸망에 직면할 가능성은 괄호 쳐져 있었다.

실제로 히토마로나 제아미 혹은 오가이와 다니자키에게 "애가를 듣는" 뛰어난 능력이 있었다는 것은 명백하다. 일본 문학이 예능적·주술적 요소를 지금껏 끌고 온 것은 망자들의 목소리를 주의 깊게 귀 기울여 '듣는' 것이 문학의 중요한 과업이었다는 사정과 뗄 수 없다. 앞 장에서 나는 '봉헌물로서의 이야기'(요고토)를 논했는데, 수도(천황)의 혼을 미화하고 그 영속성을 기원하는 예능민(예속자)은 당연히 불길한 망국의 애가를 스스로 부를 기회를 가지지 못했다(후술하겠지만 이는 망국을 경고하는 노래가 실린 중국의 『시경』 등과 비교해도 큰 차이가 있다). 『헤이케 이야기』 같은 <전후>의 진혼 문학이 가능했던 것도 멸망이 결국 타인(헤이케)의 체험이었기 때문이다. 비유적으로 말해 일본 문학의 개성은 1인칭 스타일(나의 육성을 말하는 문학)이나 3인칭 스타일(신이 있는 세계의 문학)이 아니라 말하자면 2인칭 스타일(너의 애가를 듣는 문학)에서 발아한 것이며 이것이 때로 문학 작품에 독특한 신비성을 부여했다. 그렇지만 이는 일본인이 한 번도 진정한 의미에서 '멸망의 당사자'가 되지 않았던 것과 표리 일체를 이룬다.

그에 비해 멸망의 리얼리티가 가지고 있는 강렬함이라는 측면에서 중국은 일본과 비교도 되지 않는다. 중국 문화를 키운 것은 바로 무수한 멸망 체험이었다. 다케다는 그것을 다음과 같은 성적인 비유를 들어 설명한다.

이[일본─인용자]에 비해 중국은 멸망을 훨씬 전면적으로 깊이 경험했던 것 같다. 중국은 여러 번의 절연과 여러 번의 간음으로 복잡하게 성숙한 정욕을 기른 여체처럼 보인다. 중화민족의 무저항적 저항은 이 성숙한 여체의, 남자에 통달한 자신감에 뿌리를 둔다고도 말할 수 있다. 그들의 문화는 수많은 멸망이 낳은 것이자 피멸망자에 의해 고안된 것으로, 이 문화가 이른바 중국적 지혜를 얼마나 풍부하게 보유하는지 일본인은 이해할 수 없을 정도다.[1]

인류가 만들어 낸 모든 문화의 근원에는 정복-피정복 관계에 얽힌 성적 동기가 숨어 있다. 다만 중국의 경우 문화적 영위營爲 자체가 몇 차례나 폭력적으로 단절된 마조히즘적 멸망 체험을 통해 앎과 정념을 길러 왔다는 점이 특수하다 할 것이다. 전면적 멸망이라는 극한 상황에 친숙한 중국적 마조히즘은 원한 감정을 향했을 뿐 아니라 다케다에 따르면 "남자에 통달한 자신감", 즉 쓴맛이 내포된 성숙함을 문화에 들여오기도 했다. 지금부터 논하겠지만 중국에서 멸망의 당사자는 종종 문화의 중요한 발명자가 되었고 더구나 그 발명은 종종 '부흥'의 동기를 포함했다.

나아가 (이것이 다음 장의 주제기도 한데) 거듭되는 "절연"과 "간음"에 기반한 중국적 부흥 사상이 마침내는 "망국의 애가를 듣는 쪽"이었을 일본인의 "처녀적" 문화에 다대한 영향을 미쳤다는 것은 호기심을 자극하는 문제가 아닐 수 없다. 일본이 한 번도 망국을 경험하지 않았던 것은 기적의 역사임에 틀림없다. 한편 일본인은 중국의 사서나 사상서를 통해 멸망의 현실성을 일종의 문화적 정보로 받아들여 왔다. 달리 말

1 　다케다 다이준武田泰淳, 『멸망에 대하여』滅亡について, 岩波文庫, 1992, 26쪽.

해 일본인에게 멸망이란 기껏해야 가상 현실virtual reality이었고, 이 멸망의 비당사자성(＝멸망을 타인의 일로 만드는 힘)이 일본인의 정신에 얼마나 깊이 침투했을지는 쉽게 가늠할 수 없을 정도다.

그렇다면 멀고 먼 옛날부터 망국을 강제당한 중국인은 어떤 부흥 문화를 구축해 왔을까? 다케다가 말한 "피멸망자"가 고안한 "중국적 지혜"는 구체적으로 어떤 것일까? 이 문제를 고찰하는 것은 또한 일본 부흥 문화의 역사를 다른 각도에서 조명하는 작업이기도 하다. 물론 여기서 중국의 긴 역사를 총망라하는 것은 불가능하므로, 이번 장에서는 일단 고대와 근세라는 두 시대에 나타난 중국의 멸망 형식을 다루는 데 만족하겠다. 왜냐하면 고대와 근세는 각각 중국 멸망의 전형적인 사례를 보여 주며, 또한 그로부터 인간에 대한 두터운 흥미로 뒷받침된 사상과 문학이 다수 배출되었기 때문이다. 우선 고대 중국의 학문 창설자인 공자가 은나라 유민이라는 설도 있는 정치적 망명자였다는 사실에서 이야기를 시작해 보자.

A 복고와 부흥

1 유민/망명자로서의 공자

『예기』「단궁」편과『사기』「공자세가」편은 공자와 은의 관
계에 대한 에피소드로, 병상에 있던 공자가 죽기 이레 전에
제자인 자공子貢에게 들려준 꿈이 그 내용이다. 공자는 이렇
게 말한다. '일찍이 하나라 시대에는 당堂의 동계(주인의 자
리)에 관을 안치했고 은나라 시대에는 관을 당의 두 기둥 사
이(주인과 손님 사이)에 안치했으며 주나라 시대에는 관을 당
의 서계(손님의 자리)에 안치했다. 그런데 나는 지난밤 두 기
둥 사이에서 궤향饋饗을 받는 꿈을 꾸었다. 지금은 성명聖明한
임금도 없고, 천하를 둘러보아도 나를 귀한 손님으로 존경하
는 이 하나 없다. 상황이 이러한데 지난밤의 꿈이 암시하듯 은
나라 사람을 조상으로 하는 나는 이제부터 틀림없이 죽게 되
리라……'

여기서 공자는 은의 자손이라는 정체성을 꿈에서 반추하
고 아울러 자신의 임종을 감지하고 있다. 건강이 쇠약해져
"꿈에 주공 단周公旦[2]을 보지 못했다"고 탄식한 공자가 죽음
을 목전에 두고 도리어 주나라에 멸망당한 은나라를 생각했
다는 사실이 흥미롭다. 공자의 조상은 원래 은나라의 후예가
봉한 송나라 사람이었지만 훗날 노나라로 건너가며, 숙량흘

---

2 [옮긴이] 주나라 시조 무왕武王의 동생으로 주나라의 제후국인
노나라의 시조로 받들어지기도 했다.

叔梁紇 대에는 노나라의 지방인 추鄒의 관리로 일했다.『사기』
에 기록될 정도로 전설적인 일화에 따르면 그 숙량흘이 안 씨
顔氏 여인과 '야합'野合한 뒤 니산尼山에 기도드려 태어난 이가
공자다. 그러나 숙량흘은 공자가 태어난 직후 죽었고, 아버지
를 여읜 어린 공자는 제기를 차려 놓고 놀았다고 전해진다.
이러한 종교적 환경에서 자란 인물이 지난 주나라 시대를 계
속 공경하는 한편, 은나라의 자손이기도 하다는 자각을 마음
에 품고서 시서예악詩書禮樂의 가치를 설파한 것이다.

다만 은나라 사람으로서 공자의 정체성은 그의 사후에 더
없이 고귀한 것으로 각색되었다. 이런 각색을 전부 믿을 수
는 없다. 예를 들어『좌전』左傳 소공昭公 7년의 기술에는 공자
가 본래 송나라 군주가 되었어야 할 덕 있는 성인(불보하弗父
何)의 후예라 나와 있으며, 역사학적 신뢰도가 떨어지는『공
자가어』孔子家語에 따르면 그가 은나라 왕족(미자계微子啓)의
자손이라고도 하지만, 이는 공자의 혈통을 훌륭한 것으로 만
들려 한 후세의 조작에 지나지 않는다.[3] 애초에 공자의 가계
를 함부로 포장하는 것은 그의 사상에도 반한다. 왜냐하면 공
자는 정치를 농단하는 세습적 귀족 체제에 반발한 사상가였
고, 그가 중시한 시서예악의 습득은 혈통의 좋고 나쁨을 떠난
것이기 때문이다. 따라서 오히려 시라카와 시즈카가 논한 것
처럼 공자는 귀족의 가계와는 아무 관계없는 '서생의 아들'일
뿐이고 어머니(안 씨)와 함께 샤머니즘 사회에서 성장했다고
보는 것이 사실에 가까울 수 있다.[4] 시라카와의 가설에 찬반

3　H. G. 크릴H. G. Creel,『공자』孔子, 다지마 미치지田島道治 옮김, 岩
波文庫, 1961, 35쪽[이성규 옮김, 지식산업사, 1997, 39~40쪽].

4　시라카와 시즈카白川靜,『공자전』孔子伝, 中央公論新社, 2003, 1장
참조[장원철·정영실 옮김, 펄북스, 2016].

양론이 있을 수 있지만, 어려서 아버지를 잃은 '고아'인 공자가 신분도 천했을뿐더러 그 주변에 산악 신앙과 주술의 그림자가 드리워 있었다는 견해에는 충분한 설득력이 있다.

그렇지만 여기서 확인해 둘 것은 가령 현실의 공자가 비천한 출신의 인간이고 은나라 왕족과 가계가 연결되지 않는다 해도, 후세 사람들의 담론 조작에 의해 종종 그의 '은나라 유민' 정체성이 강조되었다는 점이다. 나중에 다시 설명하겠지만 근세 이후에 생겨난 중국인 유민들은 은나라 유민 공자를 자신의 '선조'로 재발견했다. 은과 주라는 지나간 국가를 '꿈'에서 본 공자는 현존하는 국가와 제대로 타협할 수 없었다. 그러한 국가 상실자로서 공자의 실존은 그와 마찬가지로 자신이 있어야 할 국가를 잃은 중국인 유민들이 마음 둘 처소가 되었던 것이다.

공자는 멸망한 국가인 은나라의 자손으로 구전되었을 뿐 아니라 실제 인생에서도 조국을 버린 정치적 망명자였다. 조국인 노나라에 있을 때 그는 삼환三桓(맹손孟孫 씨, 숙손叔孫 씨, 계손季孫 씨)이라 불리는 세습 귀족들 때문에 정치적 성공을 거두지 못했다. 왕을 대리해 권력을 휘두른 가로家老들은 공자가 보기에 '예'를 파괴하고 사회적 질서를 어지럽히는 나쁜 존재였다. 예를 들어 본래 천자의 춤으로 정해져 있는 팔일무八佾舞를 뜰에서 추게 한 계손 씨의 무례를 공자는 참을 수 없었다(『논어』, 「일무」 편). 게다가 그 계손 씨의 부신部臣에 불과한 양호陽虎(양화陽貨)가 계손 씨를 습격해 권좌에 오른 후 삼환을 몰살시키는 쿠데타를 계획했다가 좌절하는 등 당시 노나라의 정치는 번번이 혼란에 휘말렸다. H. G. 크릴의 추측처럼 양호의 실각 이후 공자의 문하생들이 정치적 지위를 얻을 수 있었던 것은 위정자가 폭력과 유혈을 원치 않았기 때문인 듯하다.[5] 그러나 공자는 관직을 떠나 있었기에 자신의 비전을 정치에 반영시킬 수 없었을 것이다. 급기야 제나라로부터 미녀를 선물로 받은 계환자季桓子가 환락에 취해 3일간 정무를 게을리하는 모습을 보고서 공자는 조국을 떠나기로 결단하고 14년간에 이르는 긴 망명 생활을 시작하게 된다.

공자가 자신의 정치 이념을 현실화하는 데 몹시 집착했다는 것은 확실하다. 하지만 기존 귀족이 정치를 좌지우지하는 한 공자의 계획이 성취될 리는 만무했다. 그렇다고 갑자기 세력을 얻어 삼환의 지배를 뒤엎으려 한 양호 같은 정치력이 공자에게 있지도 않았다. 이로부터 비롯한 울적함 탓에 공자의 마음은 때로 쿠데타 주모자에게 이끌리기도 했다. 공자는 양호의 일을 몹시 못마땅하게 여겼음에도 양호와 마찬가지로 반역자였던 비費의 공산불요公山弗擾가 초빙하자 그에 응하려 했다. 계손 씨의 재상이었던 제자 자로子路가 불쾌히 여겨 간했으나 공자는 "나를 부르는 자가 어찌 괜히 부르겠는가?"라며 끝까지 전향적인 태도를 굽히지 않았다(『논어』, 「양화」편).[6] 자신을 초빙하려 하는 것은 공산불요 정권이 현 상태의 국가 체제를 개선하고 과거의 이상적인 국가(동주東周)를 부흥할 가능성이 있기 때문이라는 것이 공자의 변명이었다. 그

---

5   크릴, 『공자』, 44쪽[46~47쪽].

6   이 특이한 에피소드가 많은 해석자를 당혹케 한 것에 대해서는 요시카와 고지로吉川幸次郎, 『논어에 대하여』論語について, 講談社学術文庫, 1976, 127쪽 이하 참조. 다만 공산불요의 경우 사리를 추구한 양호와 달리 끝까지 노나라에 충성심을 가지고 있었음을 덧붙여야 한다. 실제로 노나라를 좇아 오나라에 체재하던 공산불요는 개인의 원한으로 조국을 해쳐서는 안 된다며 동행자를 야단쳤다(『좌전』, 애공哀公 8년). 공자와 마찬가지로 조국을 떠나 망명자가 되었으나 애국자로서의 기개는 잃지 않았던 것이다.

렇게 말하면서도 결국 공산불요에 관여하지는 않았다. 그러나 이 에피소드는 뜻한 바대로 정치 개혁을 완수하지 못한 그의 갈급함을 엿보게 해 준다.

아무튼 "나는 값[살 사람―인용자]을 기다리는 자"(『논어』, 「자한」편)라는 태도로 자신의 사상을 다른 나라의 담론 시장에 팔아넘기기를 택한 공자의 운명은 결코 평탄치 않았다. 망명 중에 공자가 받은 갖가지 치욕은 고대의 중국인에게도 이야깃거리가 되었던 것 같다. 예를 들어 『사기』에는 정나라에서 제자들을 놓친 공자가 정나라 사람에게 "누추하기가 상갓집 개와 같소"라는 험담을 듣고도 그것을 흔연히 웃으며 받아들였다는 에피소드가 등장한다. 지나가는 사람이 공자를 비방하고 중상 모략하며 싫은 기색을 드러내는 일도 드물지 않았다. 장저長沮와 걸닉桀溺 같은 은자, 혹은 삼태기를 짊어진 이름 없는 노인, 나아가 초나라의 광인 은자 접여接輿가 길에서 공자와 그 제자를 우연히 만나 은근슬쩍 비판하거나 풍유적인 메시지를 보낸 것이 『논어』와 『사기』에 기록으로 남아 있다. 공자는 그들과 정면으로 부딪쳐 논쟁한 적은 없지만(상대가 말하고 싶은 것만 말하고 가 버렸기 때문이다), 그렇다고 길거리에 떠도는 자신의 평판을 무시하지도 않았고 그때마다 반성의 재료로 삼거나 분개하곤 했다.

공자라는 망명자, 즉 국가 상실자의 철학은 길거리에서 이따금 나타났다 사라지는 빈정거리는 인간들과의 비관계적 관계 속에 놓여 있다. 이 기묘한 무대 설정은 고유명을 가진 인간 동료가 상호 소통의 관습에 따라 직접 대면해 논쟁하는 고대 그리스 철학의 대화편과 비교해도 큰 차이가 있다. 폴리스의 주민인 소크라테스의 논의 방식이 논쟁 상대에게도 승인받았던 것과 대조적으로 길거리의 장저나 걸닉, 광접여는 처음부터 공자와 같은 싸움판에 서려 하지 않았다. 도시 국가에 있을 수 없게 된 정치적 망명자 공자에게 그 사상의 시험장은 대면이 보증된 폴리스적 공간이 아니라 인간끼리의 '엇갈림'이 빈번하게 일어나는 길거리였다. 고대 중국의 역사가는 이를 간과하지 않고 기록으로 남겨 두었다. 진정 사상적인 사건이 수많은 관중이 모인 국가와 궁정만이 아니라 국가에서 국가로 이동하는 길 위에서도 우발적으로 발생한다는 사실은 중국 사상의 전제 조건을 고려할 때 매우 중요한 부분이다.

중국 역사가들은 공자 외에도 불명예와 치욕을 맛본 망명자에게 강한 호기심을 보였다. 예를 들어 『사기』에 기록된 중이重耳(후의 진나라 문공)의 망명 생활은 재난으로 점철되어 있다. 늑골이 이어져 있는 희귀 체형을 가진 중이는 목욕하던 중에 잠시 들른 조나라 군주에게 나체를 들켰다. 또 그가 위나라에서 굶주린 상태로 촌부에게 먹을 것을 청했을 때는 흙으로 채운 그릇을 받았다. 뛰어난 인간이 어리석은 왕과 이름 없는 민중에게 일방적으로 존엄을 짓밟히는 바로 그 순간이 역사의 초점이 된다는 것을 고대 중국인은 예민하게 감지했던 것이다. 본디 고대(춘추전국 시대)에는 무수한 사실과 전승의 집합 중에서 무엇을 '역사'로 기록해 남길 것이며 어떤 스타일로 기록할 것인지에 대한 공통적인 인식이 아직 확립되어 있지 않았다. 다만 당시의 역사가가 유명인뿐 아니라 길거리 사람들의 행동과 발언까지도 중요한 기호sign로 인식한 것은 실로 탁견이었다. 이 아량 넓은 방법론 덕분에 중국에서 '역사적인 것'의 영역이 현격하게 풍부해졌다는 데는 의문의 여지가 없다(이러한 너른 품의 역사 기술이 '문명의 교사'로 존재한 것은 이웃 나라 일본에도 큰 행운이었다). 그리고 그 이름 없는 이들이 발신한 기호의 수신자가 바로 공자와 중이처럼 조국의 보호에서 분리된 망명자였다.

말할 것도 없이 이들 망명자 곁에는 항상 생명의 위험이 도사리고 있었다. 공자는 광야에서 곤궁해 제자들과 함께 굶주리곤 했다. 더욱이 송나라에서는 군주의 총애를 받는 신하였던 환퇴桓魋에게 살해될 뻔했고, 광匡에서는 주민의 미움을 사던 양호로 오인되어 습격도 받았다. 그때 절체 절명의 궁지에 놓인 공자가 "문왕께서 이미 돌아가셨으니 문文이 여기 있지 않겠느냐"(「자한」편)라고 단언한 일화는 잘 알려져 있다. 자신이 '문'(문명의 정수)의 정당한 계승자고, 따라서 하늘이 자신을 버릴 리 없다는 자부심을 민망하게도 막다른 곳에 몰려 드러낸 것이다.『논어』편집자는 조용하고 안정된 분위기에서 이어진 사제 간의 대화만이 아니라 공자가 불명예한 사건이나 궁지에 몰려 다급한 상황에서 한 말도 기록해 두었는데, 이것이『논어』의 마르지 않는 매력이 되었다. 실제로 "문왕께서 이미 돌아가셨으니 문이 여기 있지 않겠느냐? 하늘이 장차 이 문을 없애려 하신다면 뒤에 죽을 사람인 내가 이 문에 참여하지 못할 것이다"라는 기호의 연쇄는 낭송이나 연설, 설법이 아니라 궁지에 몰린 사상가의 언어적 긴장을 생생하게 각인한 것 아닐까? 내적 정념을 쥐어짜는 듯한 공자의 어조는 그 담론에 비할 데 없는 실질성을 부여했다. 훗날의 유학자 담론에는 이런 아슬아슬한 톤이 스며들어 있지 않다. 가령『맹자』속 자신감에 찬 낭랑한 장광설은 무엇보다 그 언어적 사실에서『논어』와 대극적이라고 말하지 않을 수 없다.

2 사상 환경

이처럼 망명자로서 국가와 국가 사이를 전전한 공자는 단속적으로 재난과 해프닝의 습격을 받았다. 공자의 사상이 구체적으로 어떤 것인지는 실은 『논어』를 읽어도 의외로 확실치 않다(『논어』는 체계적인 책이 아니라 일종의 '수상집' 같은 느낌이다). 대신 『논어』와 『사기』는 공자를 둘러싼 현실의 정황을 담고 있으며, 그 정보들은 중국의 사상 환경을 파악하는 데 매우 유익한 시사점이 될 것이다.

여기서 잠시 고대 중국과 그리스의 사상 환경을 대략적으로 비교해 보자.[7] 고대 그리스인은 소위 '시각적 인간'이었다. 그들은 새로운 사물을 눈으로 직접 보고 '놀라운 것'을 사색 일반의 원천으로 삼았다. 예를 들어 고대 그리스의 역사가 헤로도토스는 '철학하는 탐험가'로서 새로운 사물에 대한 호기심과 욕망으로 가득 차 있었다. 소아시아를 두루 돌아다니면서 눈으로 본 사물을 글로 남긴 그의 정열의 원점에는 미지의 세계를 보는 것에 대한 순수한 기쁨과 놀라움이 있었다. 헤로도토스는 어떠한 실제적인 필요성에도 얽매이지 않고 세계를 완전히 이론적으로 자유롭게 관조했고, 그로부터 역사 기술을 시작했다. 이러한 태도야말로 고대 그리스에서 가장 수준 높은 인간 존재 양식이었다.

철학자 아리스토텔레스 또한 이해 득실을 떠난 앎 그 자체에서 철학의 원점을 발견했다. 유용성의 관념이나 이해 관계에서 해방된 상태로 세계에 출현한 모든 사물을 '경이'로 솔직하게 응시하는 것, 그것이 episteme theoretikos(테오리아 theōria적 지식)로서 철학의 본질이었다. 철학에서 지식(에피스테메)은 무언가의 이익을 위한 것이 아니다. 오히려 지식을

7   이하 고대 그리스인에 대한 기술은 카를 뢰비트Karl Löwith, 『세계와 세계사』世界と世界史, 시바타 지사부로柴田治三郎 옮김, 岩波文庫, 1959, 5쪽 이하의 훌륭한 요약에 기반한다.

위한 지식욕 그 자체가 최상의 가치를 지니며 인간에게 최고의 탁월성을 보증해 준다. 아리스토텔레스가 『니코마코스 윤리학』(10권)에서 철학하기 위해서는 여유scholē가 필요하다고 생각한 것도, 닥쳐오는 결핍과 병고에 괴로워하는 인간에게는 아는 것 자체를 목적으로 하는 '테오리아'(관상觀想)—이 단어는 theory(이론)의 어원이기도 하다—가 성립될 수 없기 때문이다. 이 점에서 '테오리아'라는 개념은 노예제에 입각해 실질적인 생활을 괄호에 넣고 순수 이론에 심취할 수 있는 유한 계급의 사상이었다고 할 수 있다. 19세기 헤겔도 철학을 다양한 이해 관계에서 자유로운 '청년'의 직무라고 보았는데, 여기서도 아리스토텔레스적인 철학관의 반향을 확인할 수 있다.

헤로도토스와 아리스토텔레스가 그러했듯이 세계에 대해 솔직하게 경탄할 수 있는 인간이 고대 그리스의 앎을 조직했다. 이에 비해 고대 중국 사상가들은 명백하게 그런 종류의 '시각적 인간'이 아니었고, 생명(생활)의 안전 또한 보증받지 못했다. 예를 들어 공자 일문一門은 그 긴 망명 생활 중에도 상세한 지리학적 기록을 남기지 않았다. 조국을 떠난 방랑자였던 이들은 당연히 그때까지 본 적 없던 문물과 접촉했을 터인데, 그 미지의 시각적 정보는 그들에게 세밀한 기록으로 남길 만한 것이 아니었던 듯하다(반대로 제나라에서 소韶라는 음악을 들은 30대 중반의 공자는 "석 달간 고기 맛을 모를" 정도로 감명을 받는데 이것은 그가 '청각적 인간'이었음을 시사한다[8]). 공

---

8 또한 시각적 인간이 아니었던 공자가 피아의 풍습 사이에서 차이를 발견하는 인류학자적 혹은 사회과학자적 시점을 갖고 있지 않았던 데 주목해야 한다. 원래 공자는 어떤 나라에서든 '도'道를 실행할 수 있다고 보았다. 실제로 『논어』에 따르면 공자는 "도가 행해지지 않

자는 미지의 것을 목격하려는 호기심 왕성한 인간보다는 오히려 스쳐 지나가는 이름 없는 인간들에게 '노출되는' 일이 많은 무방비한 존재였으며, 생명의 안전을 전제로 하는 아리스토텔레스적 '테오리아'와는 거리가 멀었다.

더구나 공자가 조국에 환멸을 느끼고 생명을 건 망명 생활을 선택한 한편, 국가의 생명 또한 그 영속성을 전혀 보증받지 못했다. 노나라는 아무래도 소국이어서 양호나 공산불요 같은 이에 의한 쿠데타와 내분뿐 아니라 주변 국가의 침략 위험에도 노출되어 있었다. 공자를 비롯한 당시 정치가와 외교관의 기초 교양이었던 시 중에도 민중의 입장에서 국가적 불행을 노래한 것이 있다. 후에 쓰인 『시경』 대서大序에서 시는 '난세의 노래'와 '망국의 노래'를 포함해 일종의 경보기로 이해되었고, 정치 시와 사회 시의 기능이 높은 가치를 인정받았다. 근세가 되면 『시경』의 과도한 정치적 독해를 경계하고 연가戀歌를 어디까지나 연가로 읽으려는 학자도 나오지만, 그렇더라도 시의 정치성 자체가 부정되지는 않았다. 일본의 기기 가요와 『만엽집』에 망국亡國을 화제로 한 경고성의 노래보다는 고향을 축복하는 망국望國의 노래가 두드러진다는 사실을

아 뗏목을 타고 바다로 나간다면"(「공야장」 편)이라고 자로에게 말한 적도 있고, '구이'九夷(동방의 이민족을 가리키는 듯하다)에 가서 살겠다고 말한 적조차 있는 것 같다(「자한」 편). 공자의 눈은 민족의 이질성보다 인간의 동질성을 향하고 있었다. 또 중국 국토 전체를 횡단한 대탐험가이자 대여행가였던 사마천도 공자와 마찬가지로 과학적인 '눈'을 소유하고 있지 않았다. 에두아르 샤반Édouard Chavannes, 『사마천과 사기』司馬遷と史記, 이와무라 시노부岩村忍 옮김, 新潮選書, 1974에서 지적한 것처럼 사마천은 중국 각지의 여러 기록과 문서를 섭렵했지만 다른 한편으로 그의 저작에는 "물리적 자연에 대한 기술이 결여되어 있다".

떠올려 보면,[9] 고대 중국에서 '망국'亡國을 얼마나 강하게 의식했는지가 더욱 확실해진다.

더욱이 훗날 전국 시대의 사상에서는 국가의 취약성이 거의 자명한 전제가 되었다. 예를 들어 가신의 악독한 행위를 '팔간'八姦으로 분류하고 상벌로 가신을 조종해야 한다고 설파한 『한비자』에는 '망징'(망국의 징후)을 논한 장이 있다. 전국 말기의 뛰어난 법가 사상가였던 한비는 국가 쇠퇴의 징후를 읽어 내는 데 천재적인 재능을 갖고 있었다. 가신의 오만방자, 사치, 제사의 애호, 군주 인격의 천박함, 광대의 주제넘은 참견, 귀족의 질투, 왕후의 음란함…… 이러한 멸망 요인들을 그는 차례로 열거한다. 뒤집어 말하면 이와 같은 치밀한 패턴 인식이 가능할 정도로 전국 시대 말기에 중국은 이미 망국의 데이터를 대량으로 축적하고 있었다.[10] 특히 법가에서는 중간 귀족층의 전횡을 가장 큰 국가적 위기의 하나로 이해했다.

그렇다면 국가의 멸망 가능성이 고대 중국의 사상 환경이었다고 평해도 과언은 아니리라. 중국 문화는 '정치적'이라고 형용되는 한편 고대 그리스처럼 형이상학을 키우지는 않았다는 지적을 받는데, 이는 중국이 세계사적으로도 희귀할 만큼 수많은 망국을 반복해 왔다는 사정과 무관하지 않다. 애당초 국가가 빈번하게 무너져 버리는 사회, 다케다 다이준의 생

---

9   물론 '망국'望國(높은 산에 올라 고향을 생각하는 것)은 고대 중국에서도 민속적인 행사로 행해졌다. 상세는 쓰치하시 유타카土橋寬, 『고대 가요와 의례 연구』古代歌謠と儀礼の研究, 岩波文庫, 1965, 1장 참조.
10   국가의 멸망을 분석한 이론가라 해도 생명의 무사無事를 보증받은 것은 아니었다. 『한비자』의 「세난」편에는 변론가의 신체적 안전을 위한 방책이 기록되어 있는데, 이를 기록한 자신이 이사李斯의 사주로 살해당한 것은 얄궂은 일이다.

생한 비유를 차용하면 "남자에 통달한" 여체와 같은 사회에서 과연 '지식을 위한 지식욕' 따위의 태평한 말을 할 수 있었겠는가? 공자뿐 아니라 고대 중국인에게는 생명의 안전권에서 성립된 '테오리아'라는 개념이 별로 와닿지 않았을 것이다. 중국의 거듭된 멸망은 그리스적 철학이 성장한 전제 조건을 파괴했다. 따라서 현대 프랑스 철학자 질 들뢰즈와 펠릭스 가타리가 "동양은 철학에 앞서 있는 것이 아니라 철학의 옆에 있다. 왜냐하면 동양인은 사유를 하더라도 '존재'를 사유하지는 않기 때문이다"라고 평한 것은 일단 옳다.[11] 하지만 동양이 존재에 대한 사유를 키우지 않고 "철학의 옆"에 머문 까닭은 중국인에게 좁은 의미에서의 철학과는 별개로 더 긴요한 "사유할 것"이 있었기 때문이다. 국가와 사상가 모두 생존의 위기에 처했을 때 공자는 끝까지 일상 생활에 예禮를 심으려 했지 플라톤처럼 천상의 영원한 이데아를 갈망하지는 않았고, 아리스토텔레스의 『형이상학』처럼 존재자 그 자체의 근거들에 관해 말하지도 않았다. 생명의 안전권이 주어지지 않으면 "'존재'의 사유" 같은 것도 존재할 수 없다. 중국의 사고 양식은 이를 조명하는 것이 아닐까?

3 복고/부흥의 설계자

여하간 공자는 자신이 거주하는 국가가 최선이라고 보지 않았다. 후에 유교는 국교가 되었지만 공자가 은나라 유민으로서 조국을 떠난 정치적 망명자였다는 사실을 잊어서는 안 된

---

11 질 들뢰즈Gilles Deleuze · 펠릭스 가타리Félix Guattari, 『철학이란 무엇인가?』哲学とは何か, 자이쓰 오사무財津理 옮김, 河出文庫, 2012, 163쪽[이정임 옮김, 현대미학사, 1999, 139쪽].

다. 공자 자신의 관심도 종종 국가를 버린 인간을 향했다. 서로 군주 자리를 양보하다 끝내 나라를 떠난 백이숙제를 가리켜 인仁을 구해 인을 얻은 '옛 현인'이라고 칭송했을 때(『논어』, 「술이」 편) 공자는 이들과 자신의 모습을 겹쳐 본 것인지도 모른다.

그렇다면 공자는 어떻게 이상적인 정치 질서를 회복시키려고 한 것일까? 장기간의 망명 생활을 거쳐 노나라에 귀국했을 때부터 공자는 이미 실천적인 정치 운동에서 물러났던 듯하다. 그러나 한편으로 『사기』는 공자가 고전 문화 정리에 종사한 것을 상세히 기록하고 있다. 고대 하나라와 은나라의 예가 사라진 것을 애석하게 여긴 공자는 『서경』을 정리하고 아악과 송가頌歌의 본래 양식을 가르침으로써 조정과 종묘에 어울리는 음악을 울렸다. 나아가 그는 3,000여 편에 이르는 가요에서 305편을 골라 『시경』으로 편집하고 후세에 전했다. 인간성을 올바른 방향으로 이끄는 육예(예禮, 악樂, 사射, 어御, 서書, 수數)를 완성하고 노나라의 기록에 근거해 『춘추』를 편찬한 것도 그의 업적으로 꼽을 수 있다.

공자는 맹목적으로 전통을 숭배한 것이 아니라 어디까지나 전통을 취사 선택해 적당한 것만을 제도적으로 정착시켰다.[12] 그가 보기에 은나라는 하나라의 예를 계승하면서 그것을 폐지하거나 추가하는 등의 '손익'을 따졌고, 주나라는 은나라의 예를 계승하면서 '손익'을 따졌는데(『논어』, 「위정」 편), 이러한 발전적 계승을 거쳐 주나라는 "그 문화가 찬란하도다"(『논어』, 「팔일」 편)라고 형용되는 훌륭한 문명을 얻을 수 있었다. 그러므로 전통이라 해도 적절한 손질을 가하는 것이

---

12   크릴, 『공자』, 219쪽[186쪽].

당연하다. 그리고 유교적 담론에 포함된 이 인위성과 작위성의 논리에 가장 예민하게 반응한 사람이 에도기 유학자인 오규 소라이다. 그는 '예악' 제도란 각 왕조의 실정에 맞추어 인간의 손으로 계속 만들어 가는 것이며 '자연'적인 것은 없다고 보았다.[13] 이런 그의 생각은 공자를 따라 유교의 '제작'을 강조한 청나라 말기의 캉유웨이보다 앞선 것이기도 하다.

확인차 덧붙이면 『사기』에 기록된 편찬 사업이 모두 공자의 손을 거쳤다고 할 수는 없는 것도 분명하다(예부터 많은 논자가 지적했듯 『시경』의 최종 편집자가 공자라는 확실한 증거는 어디에도 없다). 그러나 소크라테스, 그리스도, 석가모니 등과 달리 공자가 어떤 종류의 편집자적 재능을 갖춘 인물로 '전승'된다는 사실은 꽤나 흥미를 자극한다. 공자가 바란 것은 고유한 사상을 만들어 내는 것이 아니라(저술한 것이지 창작한 것이 아니다述而不作!), 어디까지나 '선왕의 도'를 부흥하는 것이자 이를 위한 학습 환경을 정비하는 것이었다. 『논어』 권두에서 "배우고 때맞추어 익히면 또한 기쁘지 않겠는가"라고 했듯 공자 자신이 선왕의 도를 반복해 배우는 것에서 즐거움을 발견하는 유형의 인간이었고, 더구나 학습할 때 사용하는 언어에도 주의를 기울였다. 마찬가지로 『논어』에 "공자는 『시경』과 『서경』에서 아언雅言으로 말씀하셨고, 집례 역시 모두

---

13   소라이는 인위적인 아키텍처(예악)를 갖추어야만 좋은 정치가 실현된다고 생각했다는 점에서 '모던'한 설계주의자였지만, 그 '예악'으로 화폐 경제의 침투에 의해 발생하는 사회적 유동성의 확대를 억누르고 이동을 제한해 종래의 신분 제도를 고수하려 했다는 점에서는 '프리모던'한 공동체주의자였으며, 아악을 열심히 배우고 『이세 이야기』와 『겐지 이야기』 등 픽션의 가치를 인정했다는 점에서는 '포스트모던'한 감각주의자이기까지 했다. 이러한 다양성은 본래 유교적 언설 안에 내재된 것이라고 생각할 수 있다.

아언으로 말씀하셨다"(「술이」편)라고 나오듯 아언(올바른 언어)을 사용하는 것이 공자 학파의 규칙이었고, 이는 공자만 이 아니라 문하의 집례執禮(예를 가르치는 관리)에게도 침투 했다고 한다.[14]

이처럼 공자가 추상적 관념을 다루는 형이상학자이기보다 는 소통과 학습의 물질적 기반을 정리하려 한 설계자였다는 점은 충분히 주목할 만하다. 일찍이 요시카와 고지로가 서술 한 것처럼 지상의 질서를 중시하는 유교는, 나중의 주자학까 지 포함해, 감각적이고 물질적인 수준(기氣)을 방기하지 않았 다.[15] 중국을 신비한 '정신 문명'이라고 하는 견해는 속설에 지 나지 않으며 오히려 구체적 감각을 중시한 '물질 문명'이라고 형용하는 편이 실정에 부합한다고도 말할 수 있다. 유교는 근 본적으로 인간 긍정의 사상으로, 지상의 사물에 대한 긍정과 결부된 것이었다.

공자는 생전에 화려한 정치적 성공을 거두지 못했지만 그 럼에도 자신이 추천하고 권장한 선인의 도가 통치에 이바지 할 것이라는 낙천적 신념을 버리지 않았다. 공자에게는 좋은 도덕을 갖춘 인간(군자)이 좋은 사회를 만든다는 관념과 좋 은 제도적 환경이 좋은 사회를 만든다는 관념이 상호 보완적 으로 공존했는데,[16] 이는 그가 인간과 환경 쌍방의 개량 가능 성을 믿고 있었음을 말해 준다. 인간은 바람직한 세계를 만드

---

14 미야자키 이치사다宮崎市定, 『논어』論語, 岩波現代文庫, 2005, 156 쪽[박영철 옮김, 이산, 2001, 110쪽]은 '아언'이 일종의 표준어고 낙양 주변 귀족의 언어였다고 추측하고 있다. 또한 이 구절에 대해 이제까 지 여러 독법이 있어 왔지만 여기서는 소라이가 『논어징』論語徵에서 제시한 해석을 따랐다.

15 가령 니시타니 게이지西谷啓治·요시카와 고지로, 『이 영원한 것』 この永遠なるもの, 雄渾社, 1967, 49쪽 이하 참조.

는 능력을 아직 잃어버리지 않았고 더구나 그 능력은 적절한 교육 환경에 의해 향상될 수 있다고, 즉 '유교무류'有教無類[17]라고 힘주어 단언한 공자는 모든 인간을 교육 가능한 존재로 인식한 평등 사상의 소유자였다.[18] 뒤집어 말하면 이는 유교가 기본적으로 학습 능력이 없는 존재를 상정하지 않는다는 뜻이기도 하다. 유교의 보편주의와 인간주의 근저에는 만인이 배움에 열려 있다는 전제가 놓여 있는 것이다.

물론 이러한 인간주의적 복고＝부흥 사상에 반발한 사상가도 적지 않다. 예를 들어 훗날 장자는 유교에서 '옛'의 이미지를 반전시켰다. 문명의 기원에 완벽한 인간(성인)을 놓으려 했던 공자와는 대조적으로 장자는 오히려 비인간적인 카오스에서 본래적 세계를 찾았다. 특히『장자』「응제왕」편에 수록된 기괴한 '혼돈' 설화에 그의 세계관이 잘 나타나 있다. 그에 따르면 옛날 남해의 제왕과 북해의 제왕이 중앙의 제왕인 혼돈에게 융숭한 대접을 받았다. 둘은 그 덕을 갚기 위해 눈, 코, 귀, 입에 일곱 개의 구멍을 가지지 못한 혼돈에게 하루에 하

---

16   벤저민 I. 슈워츠Benjamin I. Schwartz,『중국 고대 사상의 세계』 *The World of Thought in Ancient China*, Harvard University Press, 1985, 106쪽[나성 옮김, 살림, 2004, 163~164쪽].

17   [옮긴이]『논어』「위령공」편에 나오는 말로 가르침에는 차별이 없다는 의미다. 공자는 이 말을 통해 배우고자 하는 모든 사람에게 배움의 문이 개방되어 있음을 강조했다.

18   20세기 전반에 중국을 대표한 자유주의 지식인 후스는 누구나 교육 가능한 존재라는『논어』의 '유교무류' 사상에서 중국 민주주의의 기반을 발견한다. 후스胡適,「중국 민주주의를 위한 역사적 토대」 The Historical Foundations for Democratic China,『후스 전집』胡適全集 38권, 安徽教育出版社, 2003, 183쪽. 이를 '노래'에 기반하는 기노 쓰라유키나 모토오리 노리나가의 개인주의/민주주의와 꼭 비교해 보기 바란다. 민주주의 자체는 서양의 정치 사상이지만 민주주의적 에토스는 서양뿐 아니라 동양에도 분명 존재했기 때문이다.

나씩 구멍을 냈는데, 7일째가 되자 혼돈이 죽어 버렸다……
이 약간 기묘하고 섬뜩한 우화가 보여 주듯 원초적인 혼돈=
카오스는 인간적인 '얼굴'을 가지고 있지 않다. 억지로 얼굴
을 주어 인간화하려 하면 카오스는 소멸해 버린다.[19]

　『장자』의 다른 몇몇 대목도 공자와 그 제자인 안회顔回 및
자공의 입을 빌려 얼굴과 내장의 존재를 잊고 세속의 바깥을
소요逍遙하는 것의 가치를 설파한다(「대종사」 편). 특히 안회
는 손발과 눈, 귀의 움직임을 없애는 '좌망'坐忘으로 '대통'大
通과 하나가 될 수 있다고 강변해 스승인 공자마저 설복시킨
다(재밌게도 『장자』는 안회를 자기 진영의 유력한 화자로 그렸
다). 『장자』에서는 인간적인 얼굴과 신체의 구속에서 스스로
를 해방하고 인간 아닌 것과 하나가 되는 것이 본래적인 것으
로 되돌아가는 데 필요한 방법론이다(그래서인지 『장자』 텍스
트에는 다양한 동물이 살아가고 있다). 여기에는 분명 유교의
인간 중심주의적인 부흥, 즉 복고 사상에 대한 비판이 담겨
있다.

　그렇지만 공자가 제시한 '시서예악'이든 장자(안회)가 제
시한 '좌망'이든 현실의 정치적 혼란을 해소하고 본래적 세계
를 부흥하기 위한 방법론이었다는 데는 변함이 없다. 캉유웨
이의 『공자개제고』孔子改制考에 따르면 옛것에 의탁해 정치 개
혁의 뜻을 나타내는 것은 선진제자先秦諸子의 상투적인 수단
이었다. 고대 중국에서 사상가는 종종 세습적인 귀족 제도를
억누르려는 군주의 의도에 편승해 자신의 존재를 호소했다.

19　『장자』에서 '얼굴'을 둘러싼 주제계에 대해서는 N. J. 지라르
도N. J. Girardot, 『초기 도교에서 신화와 의미: 혼돈의 주제』Myth and
Meaning in Early Daoism: The Theme of Chaos(Hundun), University of
California Press, 1983, 85쪽 이하를 참조.

공자의 기획은 삼환 같은 귀족에 대한 도전을 포함했고, 언뜻 비정치적으로 보이는 『노자』조차 훗날 『한비자』와 마찬가지로 법가의 경전이 되었다. 이들 사상은 모두 국정을 좌지우지하는 중간 세력이었던 귀족의 권력을 쳐내고, 명민한 군주 아래서 예약적 혹은 법적 질서를 통해 국가를 다스리는 것을 목표로 삼았다(이 때문에 일단 군주와의 직접적 관계가 상실된 사상가에게는 가신들의 가차 없는 보복이 기다리고 있었고, 특히 오기吳起, 상앙商鞅, 한비 등 법가 사상가는 모두 비극적인 최후를 맞았다). 따라서 중국의 사상가가 종종 귀족이 존재하지 않는 원초 세계의 '부흥'을 내건 것은 충분히 이치에 맞는 일이다.

4 사상가의 소통 양식

국가는 빈번히 멸망하고 정치는 난맥상에 빠지며 사상가는 종종 생명의 위기에 노출되고 군주의 위광은 가신에 의해 상처 입곤 한다. 이 혼미한 세계가 고대 중국의 부흥, 다시 말해 복고 사상의 묘판이 되었다는 것을 일본 문화와의 차이점으로 다시 한번 강조하고 싶다. 하지만 언뜻 몹시 가혹한 상황으로 보임에도 불구하고 고대 중국은 결코 단순한 쇠퇴의 시대가 아니었다. 오히려 이 시기는 "중국 민족 그리고 그 문화의 기초가 발전할 진지를 형성한 시대"(가이즈카 시게키)로 위치 지을 수 있는, 동양 역사상 번영을 구가한 시대다. 훗날의 진한 제국이 유럽 문명에서의 고대 로마에 대응한다면 춘추전국 시대는 고대 그리스에 유비된다.

사회경제적 맥락에서 봐도 춘추전국 시대에는 상공업이 발달했으며 일부에서는 대도시화가 진행되었다. 예를 들어 제나라의 수도였던 임치臨淄의 전성기 인구는 놀랍게도 50만이 넘었다고 한다.[20] 『사기』에는 다양한 직종이 기록되어 있는데, 이러한 사회적 분업도 당연히 이에 상응하는 수의 주민이 존재하지 않았다면 실현 불가능했을 것이다. 고대 중국의 도시 국가는 이미 문화의 다양성과 기술의 전승이 가능한 인구 규모를 갖춘 상태였다. 플라톤의 『국가』가 전쟁과 계약, 상거래, 징세가 가능한 도시 국가에 최적화된 가구 수로 "5,040"이라는 수를 되풀이해 강조했음을 상기해 보면[21] 고대 중국의 거대함을 쉽게 이해할 수 있다.

이처럼 거대한 도시 환경은 당연히 사상의 존재 방식에도 영향을 미쳤다. 특히 중국 고대 사상에 자주 속도와 힘, 전이의 비유가 나타나는 것이 주목할 만하다. 가령 『묵자』에서는 좋은 가신이 군주를 감화해 나쁜 기풍을 지워 가는(혹은 반대로 간신이 군주를 파멸시키는), 말하자면 미메시스(모방)의 사상이 이야기된다(「소염」 편). 혹은 조금 더 미증유의 에너지를 느끼게 하는 것이 『장자』다. 「소요유」 편 서두에는 몇천 리일지 가늠할 수 없을 정도로 거대한 물고기 곤鯤이 거대한 새인 붕鵬으로 변신하는 이야기가 나오는데, 더욱이 그 붕이 남쪽의 큰 바다 남명南冥으로 비상할 때 바다가 삼천리나 파도치고 회오리바람과 함께 솟구치자 구만리에 이르렀다는 실로 터무니없는 이미지가 제시된다. 장자의 철학은 더 이상 인간의 눈으로는 파악할 수 없는 엄청나게 거대한 힘을 자

---

20 가이즈카 시게키貝塚茂樹, 『중국 문명의 역사』中國文明の歷史 2권, 中公文庫, 2000, 25쪽 이하.

21 플라톤Platon, 『법률』法律 상권, 모리 신이치森進一 옮김, 岩波文庫, 1993, 303쪽[『국가』, 박종현 옮김, 서광사, 2005, 147쪽. 한국어판은 5,040명을 "그렇다면 '최소한도의 나라'는 넷 또는 다섯 사람으로 이루어지겠네"로 번역했는데 이는 오역으로 보인다]; 크릴, 『공자』, 216쪽[184쪽]도 참조.

각하는 것에서 시작된다. '정관'靜觀과 '명상'을 으뜸으로 하는 고대 그리스적인 테오리아의 태도는 전혀 찾아볼 수 없다.

더욱이 유교의 '덕'조차 종종 역동적인 것, 속도를 수반한 것으로 그려진다. 예를 들어 맹자는 제나라 사람 공손추와의 대화에서 다음과 같이 말한다.

> 또한 왕자가 출현하지 않은 시기가 이 시대처럼 오래된 적이 없고, 백성들이 포학한 정치에 시달리는 것이 이 시대보다 더 심한 때는 없었네. 굶주리는 자에게는 아무것이나 먹이기가 쉽고, 목마른 자에게는 아무것이나 마시게 하기 쉬운 법일세. 공자께서 말씀하시기를 "덕화德化가 세상에 유행하는 것은 역마驛馬를 갈아타며 명령을 전달하는 것보다도 빠르다". 지금 같은 시대에 만승萬乘의 큰 나라가 인정을 베푼다면 백성들이 기뻐하는 것이 마치 사람이 거꾸로 매달려 있다가 풀려날 때나 같을 것이네. (『맹자』, 「공손추」편)

민중이 유례없는 폭정에 시달리는 상황에서 '덕'은 굶주린 자가 먹을 것을 구하고 목마른 자가 마실 것을 구하듯이 확산된다. 그 속도는 "역마를 갈아타며" 명령을 전달하는 것보다도 빠르리라. 여기서 '덕'은 정치적인 명령 계통보다 재빨리 인심에 호소하는 것으로 파악된다. 맹자는 선진국이었던 제나라 사람 앞에서 덕의 통치술이 얼마나 우수한지를 보여주는데, 이 대화가 드러내는 덕의 동적인 성격이 흥미롭다. 유교는 분명 과거 문명의 '부흥'을 지향했지만, 그것은 특별히 전통의 골동품적 가치를 애호했기 때문이 아니라 어디까지나 그 속에서 힘과 속도를 인지했기 때문이다. 후에 『논어』와 『맹자』의 주석서를 쓴 에도기의 이토 진사이[22]가 송유宋儒[송나라 정주학파 유학자]의 '성'性 개념이 정태적이라며 비판하고 내부에서 외부로 무한히 확장하는 '인'의 역동성에 착안한 것도 고대의 유교적 담론 속에 이미 풍부한 운동성이 내포되어 있었음을 입증한다.

더욱이 사상의 소통 양식도 당시 화폐 경제의 침투 및 사회적 유동성의 고조에 대응했다. 공자는 담론의 '구매자'를 찾는 인간이었는데, 그와 마찬가지로 이동하는 사상가로서 소위 '종횡가'縱橫家(유설가遊設家)를 들 수 있다. 전국 시대 종횡가들의 기록을 대량으로 수록한 전한 시대 유향劉向의『전국책』戰國策에는 국제적인 힘 관계 안에서 살아남기 위한 여러 전략론이 제시되어 있다. 소진蘇秦, 장의張儀, 범저范雎, 노중련魯仲連 등은 사화史話를 말하면서 그로부터 뽑아 낸 역사의 패턴을 군주 눈앞에서 거침없이 늘어놓았다. 군주가 미래의 위기를 면하도록 해 준다는 의미에서 일종의 예지자기도 했던 그들은, 역사와 문학을 설득의 재료로 사용해 사서史書와는 별도의 장르로서 웅변 예술을 구축해 갔다.[23] 오가와 다마키의 표현을 빌리면 "그것[변설하는 자의 기예—인용자]은 역사적 사실을 써서 남기는 데 전념하는 기록계(사관) 직책과는 다른 목적으로 훈련된 사람들(또는 그 교사)의 상상력에서 생겨난 것이었다". 중국의 '웅변'적인 외교관과 변론가 들은 소위 역사가와는 다른 방식으로 역사를 암기하고 보존해 즉흥적으로 왕 앞에서 추려 냈던 것이다.

궁정 변론술은 중국 사상의 가장 주요한 소통 기술로 인정

---

22 [옮긴이] 이토 진사이伊藤仁斎, 1627~1705. 에도 시대 전기에 활약한 유학자. 고의학파古義学派의 창시자다.

23 오가와 다마키小川環樹, 「변론의 예술에 대하여」弁論の芸術について, 『오가와 다마키 저작집』小川環樹著作集 1권, 筑摩書房, 1997, 234쪽.

되었다. 공자조차 "축타祝鮀[위나라의 유명한 웅변가―인용자] 의 말재주"가 없다면 설령 "송조宋朝[미모로 유명한 남성―인 용자]의 아름다움"이 있다 해도 지금 세태에는 별 소용이 없 을 것이라고 썼다(『논어』, 「옹야」 편. 또 축타의 재능에 대해서 는「헌문」편에서도 언급한다). 공자 자신은 '말주변 없음'을 자 인했던 듯하고(『맹자』, 「공손추」 편) 용모도 결코 아름답다고 는 할 수 없었던 모양이지만(『순자』, 「비상」 편), 궁정에 나서 면 변론가로서 당당하게 처신했다. "공자는 향리에서는 매우 공손해 마치 말을 못 하는 사람 같았지만, 종묘와 조정에서는 유창하게 논하고 아주 신중하게 말했다"(『논어』, 「향당」 편) 는 평가는 시사하는 바가 많다. 말주변 없는 공자라 해도 조 정에서 변론술이 없으면 살아남을 수 없었고, 실제로 공자의 제자인 재아宰我와 자공은 그 '언어' 재능으로 기려졌다(『논 어』, 「선진」 편).[24] 전국 후기에는 "군자는 반드시 변론한다[군 자는 반드시 변설하는 자다―인용자]. 대개 사람은 자신이 바 람직하다고 생각하는 것을 남에게 말하고 싶어 하는데 군자 는 더욱 심하기 때문"(『순자』, 「비상」 편)이라는 말이 나올 정 도였다.

앞서 서술한 것처럼 중국의 변론 양상은 고대 그리스와 크 게 달랐다. 고대 그리스 도시 국가에서는 의회와 법정에서 '토 론' 기회가 무제한으로 주어졌고, 그 환경에서 소피스트라는 새로운 유형의 철학자가 탄생했으며, 공개적 장에서의 토론 술로서 '변증법'도 고안되었다. 공중 앞에서의 진술에 큰 의미 를 부여한 도시 국가 특유의 담론 환경은 마침내 플라톤의 대

---

24   반대로 이 '요설 문화'의 반작용으로서 변론의 장을 역설적으로 해체한 '광언'의 명수가 더러 각광을 받게 된다. 오무로 미키오大室幹 雄, 『신편 정명과 광언』新編正名と狂言, せりか書房, 1986 참조.

화편이라는 일대 성과를 낳는다. 대화편에서 한 사람이 명제를 진술하면 다른 한 사람이 반박하고 마지막에는 이 두 사람의 진술을 동시에 거부할지 아니면 모두 승인할지의 결론에 이르게 된다. 플라톤 이래로 관중이 지켜보는 가운데 모순을 해결하면서 전진하는 이러한 대화적 운동이 철학의 규격이 되었다.[25]

반대로 고대 중국인 종횡가(외교관)의 웅변술은 어디까지나 궁정에서 군주를 향해 행사하는 것이었기에 널리 공개된 장에서의 토론과 연설 문화는 육성되지 않았다. 대중을 상대로 '그럴듯함'을 연출하는 수단을 보여 주는 일종의 기술서인 아리스토텔레스의 『변증론』 같은 책은 중국에서(물론 일본에서도) 만들어지지 않았다. 20세기에 들어와서도 가령 루쉰의 동생 저우쭤런이 중국 고전 문화에는 고대 그리스 이래의 서양 수사학에 상응하는 것이 존재하지 않고 팔고문八股文(과거 시험 답안용으로 규격화된 문장)처럼 낭독자를 자기 도취시킬 뿐인 마약적인 문장이 만연해 있음을 문제시한 것처럼[26] 중국에서는 일반 청중에게 널리 메시지를 전하는 연설 기술이 발달하지 않았다.

그렇다 해도 중국의 변론 문화가 그리스에 비해 빈곤했다고는 할 수 없고 다만 그 용도가 달랐을 뿐이다. 국가가 빈번히 멸망하고 여러 도시가 화폐 경제에 휘말리는 가운데 고대 중국인은 궁정 변론이라는 형태로 함몰을 거듭하는 정치적 풍토에 개입했다. 물론 그 행동은 일본인의 입장에서 보면 상

---

25   조지 톰슨George Thomson, 『최초의 철학자들』最初の哲学者たち, 이데 다카시出隆・이케다 가오루池田薫 옮김, 岩波文庫, 1958, 386쪽.

26   저우쭤런周作人, 「논팔고문」論八股文, 「수사학서」修辭学序, 『간운집』看雲集, 開明書店, 1932.

당히 이상한 것이었는데, 가령 에도기 가이토쿠도懷德堂[27]의 유학자로 일종의 비교문화론을 전개했던 도미나가 나카모토 富永仲基가 "유교가 과도한 곳의 자는 문文으로, 불교가 과도한 곳의 자는 환幻으로"(유교는 수사가 지나치고 불교는 환상에 탐닉한다)라고 요약하며 중국은 '문사'文辭(말재주)에 너무 치우친다고 본 것도(『출출후어』出出後語 및 『옹의 문장』翁の文)[28] 결코 이상한 일이 아니다. 그렇지만 멸망에 친숙한 고대 중국인의 요설적인 물량 공세식 의사 소통이 그 자체로 풍부한 문학적 표현의 결실을 맺은 것도 분명하다. 그리고 그 언어 공간은 일본 문학에는 없는 이상한 활기를 띠었다.

이처럼 중국 문화는 멸망에 대해 두드러진 당사자성을 가지고 있었으며, 이는 의문의 여지 없이 중국 문화의 모태를 틀지어 왔다. 특히 고대 중국은 국가의 멸망에 익숙한 망명자나 변론가 들이 유달리 빛을 발한 시대였다. 또한 이들의 사상이 파멸을 두려워해 숨어 버리는 퇴영적인 것이 아니며, 혼돈에 찬 다공질의 사회를 단숨에 관통하려는 힘과 속도를 감추고 있었음은 지금까지 확인한 그대로다. "수많은 멸망이 낳고 피멸망자에 의해 고안된 그들의 문화가 이른바 중국적 지혜를 얼마나 풍부하게 머금고 있는지 일본인은 이해할 수 없을 정도다"라고 말한 다케다 다이준의 통찰은 예리하다. 전국 시대가 일단 시황제에 의해 통일된 이후로도 국가의 멸망이라는 현실은 2,000년 이상에 걸쳐 끊임없이 중국을 엄습했다. 뒤집

---

27 [옮긴이] 도시의 상공업자 계층인 조닌을 위한 교육 기관을 말한다.
28 나카무라 하지메中村元, 『일본 사상사』日本思想史, 가스가야 노부마사春日屋伸昌 옮김, 東方出版, 1988, 217쪽.

어 말하면 춘추전국 시대의 중국인은 그 후로도 오랫동안 끝없이 계속된 멸망 체험을 예습했던 것이다.

그렇다면 춘추전국 시대에 그 원형을 구축한 중국 문화는 그 뒤 어떻게 잇따라 닥쳐온 멸망에 대응했을까? 여기서 10세기 이후 근세 사회(송)의 출현과 궤를 같이해 중국의 멸망 형식 또한 새로운 단계에 접어들었다는 사실에 주의해야 한다. 다음 절에서 이 '멸망의 패러다임 전환'에 얽힌 문제들을 추적해 보기로 하자.

B 유민 내셔널리즘

1 근세 중국의 르네상스와 내셔널리즘

반복하면 춘추전국 시대의 중국이 심각한 분열 상태에 있었던 것은 분명하지만 그 속에서 발달한 도시 국가는 진작 미개 단계를 벗어나 있었다. 화폐 경제의 침투는 기득권층(세습 귀족)에 대한 반발을 낳고 사상에 역동적인 활기를 불어넣었다. 더불어 비교정치론적 관점에서 이 시기의 복잡한 국제 관계와 시황제 이래의 관료 조직이 이미 유럽의 '근세'와 유사했다는 평가는 얼마간 놀랍기도 하다.[29] 고대 중국에서 국가와 국가 사이의 '틈새'(담론 시장)를 무대로 살았던 사상가들은 일종의 '모던'한 자유를 향유하고 있었다.

따라서 중국 역사에 단순한 진화론적 도식을 적용하는 것은 잘못이다. 삼국 시대와 오호십육국 시대 같은 황폐한 중세 사회와 비교해 봐도, 각국 군주들에게 변론을 펼칠 환경이 갖추어져 있었고 그 환경에 대응해 많은 우수한 사상가가 배출된 춘추전국 시대는 결코 후진적이지 않았다. 시간의 경과와 함께 인간이 반드시 진보하고 총명해지는 것은 아님을 중국사의 행보가 훌륭히 증명해 준다.

그리고 고대적이면서도 근세적인 요소 또한 이미 포함한

---

29 빅토리아 틴-보르 후이Victoria Tin-bor Hui, 『고대 중국의 전쟁과 국가 형성 및 초기 근대의 유럽』*War and State Formation in Ancient China and Early Modern Europe*, Cambridge University Press, 2005, 6쪽.

사회가 낳은 부흥 사상으로서 유교가 현실의 근세 사회 도래와 더불어 새로운 방식으로 재건된 것은 결코 우연이 아니다. 중앙 집권과 황제 독재 메커니즘을 확립하고 중간의 세습적 귀족층을 일소한 송나라는 과거 시험을 통해 앎과 정치가 전에 없이 긴밀하게 연결된 시대였기에, 고도의 지식을 습득한 엘리트 중심의 이 주지주의적 체제를 보완하는 이데올로기로서 소위 '송학'이 발흥했다. 스콜라적이고 난삽한 주석에 뒤덮인 중세 유교에 비해, 송학은 공자와 맹자 시대의 유교로 복귀할 것을 주장했고 12세기 남송의 주희가 그 새로운 흐름을 집대성해 '오경'(『시경』, 『서경』, 『역경』, 『예기』, 『춘추』)과 더불어 '사서'(『대학』, 『중용』, 『맹자』, 『논어』)에 권위를 부여하고 이후 학문과 사상의 방향성을 결정지었다. 공자가 전통을 어떻게든 고수하려 하기보다는 시대 상황에 맞는 것을 가려내려 했듯이 송학도 새로운 시대에 상응하는 지적 교양을 새롭게 조직화했던 것이다.

미야자키 이치사다는 이러한 앎의 재편성을 '르네상스'라는 수식어로 설명한다. "그것[송학—인용자]은 고대의 가치를 전연 무시한 것이 아니라 경서의 진정한 의미를 생각해 그 진실만을 부흥시키려고 했다. 그리하여 중세의 부정, 고대로의 복귀라는 르네상스적 사상이 생겨난 것이다."[30] 원래 공자 자신이 정치적 혼란 속에서 고대 주왕조의 부흥을 꿈꾸었기 때문에 송학은 부흥 문화로서 유교를 더 새롭게 부흥한 것이라고 할 수 있다.

그렇다 해도 물론 고대와 근세는 동일하지 않다. 특히 근세

---

30   미야자키 이치사다宮崎市定, 『동양적 근세』東洋的近世, 中公文庫, 1999, 110쪽.

(송 이후)에 들어서부터 국가의 멸망 패턴이 크게 변화했다는 점을 강조해 둘 필요가 있다. 미야자키가 말한 것처럼 "송 이후 한족 왕조는 중세와 달리 찬탈이 아니라 대립하는 이민족의 국민주의에 의해 멸망했다".[31] 고대에서 중세에 걸쳐 중국은 귀족과 무인 혹은 외척과 환관이 오만 방자해져 마침내 통치자의 지위를 찬탈한다는 패턴을 일관되게 반복했다. 그에 비해 중앙 집권화와 황제 독재가 진행된 근세 이후 중국의 최대 위협은 근린의 이민족 국가였다. 물론 중국의 한족 국가들이 고대 이래 오랫동안 흉노와 선비라는 외적의 위협을 받기는 했지만 근세 이전 이민족 정권은 대체로 단명했다고 할 수 있다. 그러나 10세기 이후에는 요, 금, 원 그리고 청 등의 이민족이 장기간 중국을 지배한 경우가 두드러진다. 한족 이외의 네이션(민족)이 중국 주변에서 세력을 확장함에 따라 한족 정권도 대등한 경쟁자와의 치열한 대항 관계에 말려들게 되었다. 이러한 새로운 현실에 뒤흔들린 '동양적 근세'를 미야자키는 복수複數의 내셔널리즘이 충돌한 시대로 파악한다.

근세 내셔널리즘의 대두는 문화에도 일종의 국민 의식을 심어 주었다. 예를 들어 주희는 굴원을 '충군애국'의 시인으로 칭찬했고(『초사집주』楚辞集注), 일생 동안 거의 1만 수의 시를 남긴 남송의 시인 육유陸游는 꿈속에서 금에 대한 복수를 상상하며 애국자로서의 격정을 해방시켰다. 나아가 몽골 침입으로 남송이 멸망했을 때 문천상文天祥 같은 충신은 최후까지 몽골을 섬기기를 거부했으며, 북경에서 옥중의 문천상을 방문한 시인 왕원량汪元量은 남방으로 돌아간 이후 출가해 속세와 연을 끊었다. 이들을 시작으로 전 왕조에 충성을 맹세하고

---

31 같은 책, 22쪽.

이민족 국가인 신왕조를 섬기는 것을 거부한 사람들, 즉 '유민' 시인이 내셔널리즘의 가장 첨예한 담당자가 된다.

물론 멸망의 당사자로서 유민은 강렬한 정념과 더불어 살아간 존재였다. 이는 문천상의 유명한 시 「정기가」正氣歌를 읽어 보면 곧바로 이해할 수 있다. 문천상은 천지의 올바른 에너지(정기)가 과거 중국에 많은 충렬지사(동호董狐, 장량張良, 엄안嚴顔, 안고경顔杲卿, 제갈량……)를 낳았다고 낭랑하게 노래한 후, 바야흐로 옥중의 자기 얼굴에 그 정기의 계보(=고도古道)가 빛을 비추고 있다면서 끝맺는다.[32] 문천상에게 역사란 지적으로 구축된 것이 아니라 어디까지나 자연과 인간을 관통하는 도도한 에너지의 소산이었고, 그 강렬한 힘이 역대의 충신을 거쳐 자신의 굴하지 않는 애국심에도 미치고 있었다. 왕원량도 '시사'詩史라고 평가받는, 남송의 망국 역사를 회고한 장대한 「호주가」湖州歌를 남겼다. 이들 유민 시인은 사실적이고 무자비한 '멸망'의 터에 상징적이고 정념적인 한족 국가의 '역사'를 설립하고자 했다. 문명을 강제로 종료당한 멸망 체험의 트라우마가 그들에게 초월적인 네이션을 상상하게 했다고 말할 수 있다.

다만 유민의 계보가 한층 강하게 의식된 것은 1644년 명의 멸망 이후의 일이다. 고염무顧炎武, 왕부지王夫之, 굴대균屈大均, 방이지方以智 같은 명말 청초의 문필가들은 명의 멸망을 문명의 치명적 위기로 받아들였다. 이들의 시문에는 종종 "온 하늘이 피로 물들다", "땅이 갈라지고 하늘이 무너지다" 등과 같은 묵시록적 이미지가 느닷없이 나타나 멸망으로 인한 충격

---

32 「정기가」에 대해서는 요시카와 고지로, 『원명 시 개설』元明詩概説, 岩波文庫, 2006의 뛰어난 독해를 참조.

의 정도를 가늠케 한다.[33] 더욱이 이러한 종류의 외상적 사건을 경험한 선조들을 뒤따르려는 듯 청초에는 다양한 '유민록', 즉 『송 유민록』宋遺民錄과 『역대 유민록』歷代遺民錄 등의 카탈로그가 간행되어 지식인들 사이에서 유통되었다(다음 장에서 다룰 아사미 게이사이淺見絅齋의 17세기 후반 저서 『정헌유언』靖獻遺言 또한 이들 중국 유민록의 변주라고 할 수 있다). 이 중 다수는 현존하지 않는데, 그 「서문」들이 당시의 유력 지식인이던 고염무, 귀장歸莊, 전겸익錢謙益 등의 텍스트에 보존되었다. 이러한 유민 계보 만들기의 연장선에서 공자에 대해서도 은의 후예라는 정체성이 강조되었고, 왕부지와 굴대균은 공자가 은의 예를 결코 잊지 않았던 것을 칭송했다.[34] 이들의 담론에서는 마치 한족 왕조의 손실을 보상하듯이 유민 역사의 연속성이 가상으로 구축되고 있었다.

다시 말하지만 앎과 정치가 강하게 결합된 송은 중세의 야만을 극복한 합리주의의 시대였다. 그러나 이민족에 의해 몇 번이나 한족 왕조가 정복된 '동양적 근세'는 앎이 강제적으로 정치로부터 분리되고 그 부조리에서 유래한 원한이 지식인의 내면에 쌓여 간 시대기도 하다. 이 패배감은 유민이 애국주의적인 문학 활동을 향하게 했다. 남송 멸망 후의 문천상과 왕원량은 물론이고, 명 멸망 후 특히 강남江南을 중심으로 한 몇몇 '유민시사'遺民詩社가 결성되어 이들이 때로 반청 활동

---

33   웨이-이 리Wai-Yee Lee, 「서문」Introduction, 월트 L. 이데마Walt L. Idema, 웨이-이 리, 엘런 비드머Ellen Widmer 엮음, 『청나라 초 문학에 나타난 트라우마와 초월』*Trauma and Transcendence in Early Qing Literature*, Harvard University Press, 2006, 2쪽.

34   자오위안趙園, 『명청 시기 사대부 연구』明淸之際士大夫硏究, 北京大学出版社, 1999, 270쪽.

의 네트워크가 되기도 했다.[35] 그렇지만 이는 결국 유민들이 한족 문명의 붕괴라는 충격에 직면한 후 오갈 데 없는 정념을 시작詩作 집단의 형태로 우회시킬 수밖에 없었다는 의미기도 하다. 한족 왕조 부흥의 전망이 서지 않는 이상 이들의 정치적 불능성 역시 불식시키기 어려웠다.

여하간 학문적인 르네상스와 정념적인 내셔널리즘, 고도의 행정 관료 시스템과 묵시록적인 멸망 체험, 주지주의적인 과거 엘리트와 주의주의적인 문학가 등 동양적 근세를 살아간 중국 지식인은 양극 사이에서 동요했다. 멸망에 휘말린 '유민'들은 전자에서 후자로 기운 모습을 가장 명확하게 보여 주는 존재다.

  2 멸망이 낳은 예술

이렇게 근세(송)의 황제 독재와 관료 정치 시대에 들어와 중간 귀족층의 제압이라는 고대 이래의 정치적 난문이 일단 해소되자, 이번에는 타국(이민족)과의 적대 관계로부터 내셔널리즘이 구성되어 특히 '유민'이라는 존재 양식이 애국심을 증폭시켰다. 다음 장에서 다시 검토하겠지만, 한족 유민의 정념은 에도기 일본에도 유입되어 일신교적 정신 구조를 유학자와 민중에게 심어 넣었다. 따라서 중국과 일본의 내셔널리즘이 19세기 서구화 이후의 산물이라는 주장은 속설에 지나지 않는다. 지식인의 애국주의적 내셔널리즘은 송과 명의 멸망과 함께 정점에 달했기 때문이다.[36] 동아시아 내셔널리즘의

---

35 웨이-이 리, 「서문」, 『청나라 초 문학에 나타난 트라우마와 초월』, 15쪽.

'기원'에는 수많은 유민 문학이 아른거린다.

다만 '멸망이 만든 문화'는 결코 송과 명 유민의 시문에만 한정되지 않는다. 정치적 불행과 마주한 근세의 한족 지식인들은 멸망의 비애를 정념적으로 이야기했을 뿐 아니라 종종 그 불완전함을 시각 예술로 변환했다. 실제로 근세 사회에서는 그때까지 중국에 거의 존재하지 않았던 예술 지상주의적 '문인'이라는 예술가가 대거 출현했다.

특히 남송 멸망 후 몽골의 통치하에서 입신 출세의 가능성이 봉쇄되고 정치 참여의 길도 차단당한 '문인'들은 존재 양식에서 종래의 지식인과 크게 차이가 났다. 가령 원말 사대가의 한 명으로 이름 높은 화가이자 부호였던 예찬倪瓚은 서화와 서책을 여기저기서 사 모으며 병적일 정도로 결벽한 것으로 유명했는데,[37] 이러한 기괴한 행동거지는 정치에서 소외된 데 대한 일종의 보상 행위와 같다. 예찬의 회화는 매우 살풍경하며 그 억제된 화면은 정숙의 공간을 연출한다. 보고 있으면 화가의 기벽에 가까운 청결함을 상상하지 않을 도리가 없다. 문인 산수화는 서예적 '선'에 기초한 예술이었고, 문인들은 소위 '준법'皴法을 능숙히 이용하면서 대지의 습곡褶曲과 암석의 양감을 평면적인 화면에 재현하려 했는데,[38] 이렇듯

---

36   한편 문맹 백성까지 아울러 중국의 전 인민을 단일한 네이션으로 빈틈없이 통합한다는 과제는 현재도 완전히 달성되지는 않은 듯하다. 예를 들어 마루야마 마사오丸山眞男, 『마루야마 마사오 강의록』丸山眞男講義錄 2권, 東京大学出版會, 1999에서 "국민이라는 것은 결국에는 국민이고자 하는 존재에 지나지 않는다"(18쪽)라고 간결하게 정의하기도 하듯, 중국의 경우 이 "국민이고자 하는" 각오가 유민 지식인에게서는 확인되었어도 일반 민중에게까지 공유되었다고 생각할 수는 없다. 중국의 내셔널리즘은 결국 불균질한 것이다.

37   요시카와 고지로,『원명 시 개설』, 129쪽.

기풍이 뛰어난 풍류에는 일종의 저항 의지가 잠복해 있었다.

궁정의 직업 화가적 테크닉을 거부하고 굳이 평범한 표현의 자유를 선취하려 한 이 문인화의 계보는 동기창董其昌이라는 대화가를 거쳐 명말 청초의 화가이자 서예가인 부산傅山에 이르게 된다. 대표적인 '유민' 예술가인 부산은 청 왕조에 정치적 불복종자의 태도를 취했다. 그 자신이 얼마나 깊이 반청 운동에 헌신했는지는 불명확한 점이 많지만, 적어도 청을 섬기지 않고 오랫동안 유랑 생활을 했다는 것은 확실하다.[39] 이 반체제적 예술가는 명말 이래의 '기기괴괴'奇奇怪怪를 허용하는 미학적 풍토 안에 있었는데, 동기창이 발명한 '구성주의파'constructivist적 산수화―중국 회화사의 태두 제임스 케이힐에 따르면 "여러 조각의 단위를 겹겹이 쌓아 만든 순연한 덩어리mass의 구축"을 기본으로 하는 추상화적 산수화―를 계승하면서 산수를 추상적 형태의 조합으로 환원하고 그 거대한 덩어리 단위들을 지그재그로 배치함으로써 감상자의 시선을 화면 위쪽으로 끌어당기는 듯한 작품을 남겼다.[40] 그 속에서 산수는 생명감을 잃고 이상한 모양의 기호 덩어리로 조작되는 것이다.

물론 원나라 이전에도 관직을 내던진 육조 시대의 도연명

38　마이클 설리번Michael Sullivan, 『중국 미술사』中国美術史, 신도 다케히로新藤武弘 옮김, 新潮社, 1973, 9장[최성은·한정희 옮김, 예경, 2007].

39　부산의 경력 및 그와 '기'奇 미학의 관계에 대해서는 바이치옌션白謙愼, 『부산의 세계』傅山的世界, 生活·讀書·新知三聯書店, 2006이 자세하다.

40　제임스 케이힐James Cahill, 「중국 회화에서 기상과 환상」中國繪画における奇想と幻想 상, 신도 다케히로新藤武弘 옮김, 『국화』國華 978호, 1975, 12~13쪽.

陶淵明(도잠) 같은 문인적 은둔자가 있었다. 그에게서 볼 수 있는 것은 말하자면 '유가 은일주의'儒家隱逸主義라고나 부를 법한,[41] 다시 말해 관직에 임하는 대신 술과 산책의 즐거움을 긍정하고 농부와 아이를 벗 삼는 일종의 세속적 쾌락주의고(이 점에서 인간 세계를 회피하는 도가와 불가의 은사隱士와는 유형이 다르다), 부산 또한 도연명의 「오류선생전」五柳先生傳을 패러디해 자기 지시적인 텍스트 「여하선생전」如何先生傳을 썼다. 그렇기는 해도 부산 회화의 특색은 도연명처럼 전원의 자연과 경계를 허물기보다 오히려 산수를 양식적·기하학적·추상적인 미학으로 고쳐 쓰는 데 있었다. 국가 상실자=유민으로서 부산이 기괴한 산수화로 향한 것은 결코 단순히 우연한 선택이 아니었다. 케이힐의 말처럼 그 추상화적 산수화는 반체제적이면서 전통적이라는 양면성을 의탁하기에 안성맞춤이었기 때문이다.

회화에서 기상奇想이라고 하면 일찍이 미술사가 쓰지 노부오가 에도기 일본 회화 가운데 이토 자쿠추伊藤若冲와 소가 쇼하쿠曾我蕭白, 나가사와 로세쓰長澤芦雪 등을 추려 '기상의 계보'로 정리한 것이 떠오른다. 그리고 쓰지 자신이 "일본 근세의 괴짜eccentrics 계보와 중국 명청 시대의 괴짜 계보──광태파狂態派라 불린 말기 절파浙派 화가들과 서위徐渭, 오빈吳彬, 공현龔賢, 석도石濤, 그리고 팔대산인八大山人 혹은 양주팔괴揚州八怪라 불린 화가들 등──가 비교"되어야 한다고 썼듯[42] 근세 일본 회화와 근세 중국 회화의 기상은 본래 결코 별개일 수 없다. 16세기 후반 명말 이래 기존의 미적 조화로 소화하기 어려운

41　쑨캉이孫康宜, 『서정과 묘사』抒情與描寫, 上海三聯書店, 2006, 44쪽.

42　쓰지 노부오辻惟雄, 『기상의 계보』奇想の系譜, ちくま学芸文庫, 2004, 242~243쪽.

'기기괴괴'한 것의 가치를 인정하는 괴짜적 태도가 동아시아 일대의 문화 예술에 침투한 것이다. 일본과 중국의 기상 회화는 필시 이 거대한 양식mode 안에서 독해되어야 할 것이다.

그렇지만 자쿠추 등의 회화가 결국 '멸망 체험 없는 기상'에 지나지 않았음은 짚어 두어야 할 것이다. 감히 한마디로 잘라 말하면 에도기 기상의 화가들까지 포함해 일본의 예술은 예능의 하위 장르다. 위정자를 축복하고 생활 세계를 미화하는 장식품ornament을 제공해 온 일본의 예술가는 강렬한 반체제적 동기를 가졌던 중국의 유민 문인풍 예술 지상주의 등과는 애초부터 별다른 인연이 없었다. 오늘날에도 일본 예술은 일종의 주술적 기능을 띤 '예능'이 되지 않으면 그 가치를 충분히 인정받지 못한다. 예술이 예능과 완전히 단절된 적은 일본 미술사에서 단 한 번도 없었을 것이다(예를 들어 만화와 애니메이션 등 서브컬처가 세계를 재주술화하는 대중적 '예능'이라는 점은 두말할 나위도 없다). 일본인의 제작물은 아직도 부지불식중에 고대의 영향을 받고 있다.

반면 근세 중국의 기상 예술을 둘러싼 맥락은 일본의 그것과 완전히 다르다. 부산의 추상화적 산수화는 이민족 지배에 직면한 명 유민의 상황과 연동되어 있었고, 따라서 거기에 새로운 왕조를 주술적으로 축복하려는 의도 따위는 전혀 존재하지 않았다. 쓰지 노부오가 언급한 팔대산인(주답朱耷)과 석도, 공현 역시 모두 청초의 '유민' 예술가였고, 이들의 기상에는 청이 지배하는 현실에서 벗어나려는 개인적 꿈과 노스탤지어가 잠복해 있었다. "괴짜 계보"만 해도 거기에는 멸망에 대해 "처녀"였던 일본인과 그 반대로 지나치게 많은 멸망과 마주쳤던 중국인의 차이가 여실히 나타나 있다.

이렇게 상징적 영역(앎=정치)에서 소외된 한족 '문인'들은 부조화스러운 괴짜 이미지에 발을 들였다. 이것이 '동양적 근세'에서 하나의 문화적 경향이었다. 이와 마찬가지로 회화뿐 아니라 문학에서도 국가의 전체성을 상징적으로 회복하기보다 오히려 문명의 절멸 후＝흔적의 단편적 이미지를 주워 모아 과거를 일종의 '음화'로 복원하는 수법이 나타났다.

적절한 예로 청초 여회餘懷의 『판교잡기』板橋雜記를 들 수 있다. 명의 멸망으로 중국이 무엇을 잃었는지를 확인하기 위해 여회는 남경 진회秦淮의 거리를 물들였던 기녀들을 소재로 선택했다. 기방은 색정의 장소였을 뿐만 아니라 문인과 묵객이 모이는 문화의 중심지였으며, 여회 자신도 기녀에게 시를 보낸 문인 중 한 사람이었다. 하지만 명말의 전란으로 진회 운하가 폐쇄되고 이제 그 시절을 그릴 수 있는 '유적'조차 존재하지 않게 되었다. 여회는 "한 시대가 더불어 쇠하니, 천추의 감개를 느낀다"一代之興衰 千秋之感慨라고 적힌, 말하자면 문명의 아카이브로서 기방을 회상하면서 아름다운 기녀들이 명의 멸망과 함께 어떤 비극적 운명을 밟았는지를 기록했다. 이제 흔적도 없이 부재하는 이미지를 아로새기며 과거 문명의 광채를 금이 간 에로스의 결정結晶 안에서 환시幻視하는 것, 거기에 『판교잡기』의 의도가 있다. 한족 국가의 멸망이라는 충격적인 사건을 관능과 문학으로 꾸며진 향기 분분한 홍등가의 멸망과 중첩시킨 『판교잡기』는 기녀판 '유민록'이었다고 해도 그리 틀리지 않을 것이다.

3 『수호전』과 내셔널리즘의 시대

'정기'의 역사를 더듬은 정념적인 유민 시인, '기'의 미학에 입각한 유민 문인 화가, 그리고 비운의 기녀를 통해 과거 문명의 찬란함을 회상한 지식인. 이민족 통치기를 살았던 이들은 충격적인 멸망 체험으로부터 다양한 문학적 영감과 계시를 끌어냈고, 무서운 재액이 일으킨 문명의 기괴한 습곡 그 자체를 '작품'으로 만들어 냈다. 물론 그들의 시도는 한족 문명의 상처 없는 전체성을 되찾는 부흥 사업과는 거리가 멀었다. 그럼에도 부분적인 소재를 조합해 어떻게든 문명다운 것을 복원하는 일은 국가 멸망 후 지식인의 중요한 직무가 되었다.

다만 근세 중국 사회 최대의 문화적 성과는 이상의 사례와는 다른, 보다 민중적인 장소에서 결실을 거둔 것으로 보인다. 멸망과 항상 잇닿아 있던 근세 내셔널리즘 시대는 단순히 화가와 문인, 묵객에게 영향을 미치는 데 그치지 않고 원곡元曲[43]과 같은 새로운 문학적 분야를 개척했고, 나아가 과거에 그 예를 찾기 힘든 파천황적 소설도 만들어 냈다. 특히 네이션에 깃든 독특한 존재를 본뜨려는 작품이 신흥 문학 장르인 백화白話 소설(구어적이고 오락적인 성격을 갖춘 소설)에서 나왔다는 사실은 문학사적 전환점으로서 중요하다.

다시 확인해 두자면 내셔널리즘이란 다양한 이질적 존재를 동질적 단위＝국민으로 다듬는 장치다. 따라서 미야자키 이치사다가 말한 것처럼 근세에 모든 기존 중간 세력은 우선 단일한 네이션으로 흡수된다. "국민주의nationalism가 기성의 민족을 지반으로 하는 것은 물론이지만, 단지 기성 세력만이 결합되는 것이 아니라 중간에 존재하던 소수 세력이 희생양이 되어 그 속으로 용해되어야 했다."[44] 그러나 귀족도 평민도 없는 잡탕은 정연한 질서로 도저히 수습되지 않아 자주 착

---

43 [옮긴이] 중국 원나라 시대에 등장한 가극 형식으로, 구어를 도입하고 압운법의 틀을 벗어나는 등의 혁신을 가져왔다고 평가된다.
44 미야자키 이치사다,『동양적 근세』, 18쪽.

란적인 상상력을 분출시켜야만 했다. 그 결과 문학 작품은 때로 근세적 네이션을 뒤죽박죽으로 뒤섞인 괴짜적인 것으로 새롭게 포착했다. 네이션의 이미지를 자기 해체로 이끌지도 모를 괴물 같은 소설, 그것이 바로 당시의 전위적인 문체였던 백화로 쓰인 『수호전』이다.

이민족 국가(요와 금)에 위협당한 멸망 전야의 북송을 무대로 거친 '호걸' 108인의 활약을 그린 『수호전』은 그야말로 멸망의 시대를 모태로 한 '괴물'이라 부를 만하다. 불길한 망국의 그림자가 소리 없이 다가오는 시대에 악령의 환생인 양산박 호걸들은 사회의 법을 저 멀리 뚫고 나아가는 강렬한 에너지를 휘감고 있었다. 송과 명의 유민들이 멸망의 후=흔적을 시문과 회화를 통해 메우려 한 반면, 『수호전』은 오히려 멸망의 예감이 떠도는 불온한 사회로부터 파천황적인 '힘'을 뽑아내는 길을 택한다. 여기에 이 백화 소설의 마르지 않는 매력이 있다.

　『수호전』이 완성된 연도와 지은이를 명시한 명확한 사료는 존재하지 않지만, 여러 방증으로 유추할 때 '100회본 수호전'이 책으로 묶여 유통되기 시작한 것은 16세기 중반, 명나라 가정嘉靖 연간(1522~1566)의 일로 여겨진다. 이 '100회본'을 모델로 전호와 왕경을 정벌하는 에피소드를 추가한 '120회본'과 양산박을 중심으로 108인의 호걸이 모이는 데서 이야기를 끝낸 '70회본'(김성탄본金聖嘆本)이 만들어져, 이야기와 연극(「수호희」)의 축적을 모은 서적으로서 『수호전』이 사람들 사이에 정착하게 된다. 마침 가정 연간에 중국의 출판 상점 수가 급격하게 늘어나 관각官刻(관이 제작한 서적)을 능가하는 기세로 가각家刻(개인 출판)과 방각坊刻(서점의 상업 출판)

서적이 유통되고 회화가 삽입된 책도 드물지 않아졌으며, 더욱이『수호전』뿐 아니라『삼국지연의』,『서유기』등의 두꺼운 장편 소설도 차례차례 간행되었다(또한 이들 소설에 흔히 '독자 서비스'로 삽화와 비평이 더해진 것은 에도 시대의 구사조시草双紙[45]와 오늘날의 라이트노벨까지 이어진다).[46] 중문학자 오키 야스시가 말한 16세기 "명말의 미디어 혁명", 즉 출판 인프라의 확대와 정비를 배경으로『수호전』도 중국 사회에 침투해 갔다.

이러한 대중화와 정보화가 배경인 만큼『수호전』이 그 자체로 뛰어난 '미디어'였다고 해도 전혀 이상하지 않다. 비평가 김성탄은『수호전』의 문장을 가리켜 독보적이라고 단언했고, 20세기 중국의 '문학 혁명'을 주도한 후스는『수호전』의 자유롭고 활달한 백화 문체를 근대 중국어의 모델로 높이 평가했다.『수호전』을 정리한 집단―이들은 작가 동업자 네트워크인 '서회'書會에 속했을 것으로 짐작된다―의 예술적 역량은 발군이었고, 더구나 그들 길드가 일종의 저널리즘적 성격을 가지고 있었음을『수호전』본문에서도 읽어 낼 수 있다. 가령 작중 유부녀 반교운과 밀통하던 승려 배여해가 나체인 채로 누군가에게 칼에 찔려 살해당했을 때, 소주蘇州의 서회 구성원이 그 사건을 소재로「임강선」臨江仙 노래를 만들어 항간에 스캔들처럼 퍼뜨렸다는 대목이 나오기도 한다(46회). 예술적 감성과 저널리즘적 호기심을 겸비한 '서회' 구성원이 제작한『수호전』이 먼 훗날 중국이라는 네이션의 언어(국어라는 미

---

45 [옮긴이] 에도 시대에 유행한 그림이 들어 있는 대중적인 일본 소설을 말한다.
46 오키 야스시大木康,『중국 명말의 미디어 혁명』中國明末のメディア革命, 刀水書房, 2009.

디어)적 원점으로 인정받은 것은 매우 흥미로운 문제다.

뿐만 아니라『수호전』은 엄청난 등장 인물들에게 다양한 직종을 분담시킴으로써 특권적인 귀족 계층이 존재하지 않는 잡탕 상태의 네이션을 교묘하게 연출했다. 서리(하급 관리), 군관, 전 왕조 황족의 후예, 자산가, 산적, 재단사, 어부, 사냥꾼, 약장수, 의사, 승려, 서예가, 도둑, 심지어 요술사까지 실로 다양한 직종이『수호전』에 망라되어 있다(이 놀라운 다양성의 측면에서『수호전』에 비견할 만한 작품은 아마『사기』뿐일 것이다). 더구나 그 속에서 사회적 양식을 파괴하고 신분의 상하를 전복하려는 축제적 의지도 발견할 수 있다. 예를 들어 축국蹴鞠의 명수 고구가 고관으로 출세하는 한편, 관료 기구 말단에 속한 서리 송강이 어째서인지 양산박의 지도자로 받들어진다.『수호전』이 그리는 멸망 전야의 북송이 올바른 척도를 잃은 것은 명백하지만,『수호전』의 지은이는 인간의 본성을 포장해 숨기지 않고 세상에 드러내는 바로 그 혼돈을 진정 활기차게 묘사했다.

이와 같이 멸망 전야의 수상함과 터무니없음이 도리어 작품 전체에 폭발적인 힘을 불어넣는다(이는 끊임없는 혼란에 휩쓸리던 춘추전국 시대의 사상이 힘과 속도의 모티프를 갖추었던 것을 방불케 한다). 이제부터 이와 관련해 우선 네 가지 논점을 제시해 보겠다.

a 여성 혐오

호걸을 주역으로 한『수호전』에서는 남자끼리의 동성애적 우정이 강조되는 한편, 여성 혐오misogyny가 상당히 노골적으로 나타난다. 여성은 자주 남성을 유혹하는 요부로 그려지고, 더구나 마지막에는 몹시 잔인한 방식으로 처형된다. 예를 들어 무송의 형수 반금련은 남편을 배신하고 난봉꾼 서문경과 내통했다는 이유로 무송에게 '오장육부'가 도려내져 살해된다. 승려와 간통한 양림의 처 반교운 그리고 번두와 불륜을 저지른 노준의의 처도 반금련와 마찬가지로 배가 갈라지는 장면이 나온다. 『수호전』의 지은이들은 잔학한 취미를 마음껏 발휘해 불의에 물든 여인들에게 심한 징벌을 내린다.

『수호전』의 여성 혐오는 단지 에로틱한 젊은 여성만을 대상으로 하지 않는다. 『수호전』의 독자라면 남녀의 불륜을 주선하는 '중매쟁이 노파'를 잊지 못할 것이다. 예를 들어 송강과 자기 딸 염파석을 맺어 주는 염파 그리고 서문경과 반금련의 불륜을 맺어 주는 왕파는 몹시 음흉한 인물로 그려진다. 특히 작중의 시에서 육가陸賈와 수하隨何(둘 다 유명한 변론가다)에 견주어지는 왕파는 『수호전』에서 가장 수다스런 등장인물 중 한 사람으로, 재잘재잘 멋대로 지껄이면서 범죄 행위를 조장한다. 젊은 바람둥이가 에로틱한 유부녀를 유혹하고, 책략가이자 중개자인 노파가 이러한 부정한 관계를 한층 부채질할 때 작품 세계는 순식간에 불온한 현실로 뒤덮인다. 좋은 말이 좋은 현실을 만들지 않고 사악한 말이 사악한 현실을 만들어 낸다. 『수호전』에서는 말이 현실을 만든다는 문학가적 자신감이 다른 어떤 호걸도 아닌 이 이름 없는 저잣거리 노파에게서 확인된다.

『수호전』에서 여자는 대체로 악의 연원이고, 따라서 노파들도 마지막에 이르러 경을 친다는 점에서 음부淫婦들과 다르지 않다. 『수호전』은 남자(호걸)끼리의 동성사회적homo-social 결속이 승리하는 구도를 취하기 때문에 여자는 기본적으로 훼방꾼이다. 이런 점에서 중문학자 샤즈칭이 이규와 무송, 노지승, 석수 등 『수호전』의 대표적 호걸들이 아내를 두지 않고 성적 유혹에도 결코 넘어가지 않는다는 설정에서 "성적 청교도주의"를 발견한 것은 혜안이다.[47] 이들은 게걸스럽게 고기를 먹고 술을 들이키는 한편 여색에 대해서는 결벽증으로 일관한다. 이에 따라 호걸의 힘은 '의'와 '도'라는 올바름의 가치 안에 머물 수 있었다. 역으로 서문경 같은 호색한은 스스로 악에 물든다. 인간 의식이 여러 매개를 거쳐 더욱 이성적인 것으로 발전해 간다는 헤겔적 변증법을 그대로 뒤집듯이 『수호전』 속 인물들은 말하자면 여자라는 '나쁜 매개'의 작용으로 점점 타락해 간다.

다만 이는 달리 보면 인간의 진짜 욕망을 이끌어 내려면 욕심쟁이 노파와 음란한 여성의 도움이 필요하다는 뜻이기도 하다. 실제로 그녀들 욕망의 산파가 없다면 『수호전』의 재미도 반감되고 말 것이다. 사악한 지혜로 점철된 그녀들의 악행이 도화선이 되어 석수와 무송은 복수를 위해 악마적인 폭력을 터뜨리고 마침내 무법자의 세계에 휘말린다. 따라서 양산박 결성의 숨은 공로자는 실은 음부와 중매쟁이 노파라고 할 수 있다. 『수호전』의 지은이는 노골적으로 여성 혐오를 드러내는 한편으로 명백히 그녀들의 부정이 유발하는 소란을 즐기고 있으며, 음부와 노파에게 남자를 능가하는 지혜와 언어를 넉넉히 부여한다. 여성 혐오를 전혀 감추지 않기 때문에 오히려 동서고금 어떤 문학 작품에서도 좀처럼 찾아보기 어려울 만큼 활기차게 여성을 그려 낼 수 있었다. 이러한 역설은 성

---

47 샤즈칭Chih-Tsing Hsia, 『중국 고전 소설: 비판적 입문』The Classic Chinese Novel: A Critical Introduction, Columbia University Press, 1968, 89쪽. 20세기 들어 신감각파 작가 스저춘施蟄存의 「석수」石秀처럼 『수호전』의 호걸을 일부러 성적 인간으로 그린 소설이 나왔지만, 이는 원작의 강력한 "성적 청교도주의"에 대한 반작용이다.

차별적 표현을 기피하는 양식 있는 현대 자유주의자라면 도저히 포착할 수 없을 것이다. 여자는 '악'이지만 악이기 때문에 진심으로 재미있어 한다는 독특한 아량이 일본 문학에는 부족한 것이다.

β 카니발 문학

이처럼 『수호전』에서 현실을 만드는 것은 정치의 중심부에 있는 사대부나 『삼국지연의』에 나오는 난세의 영웅 호걸이 아니라 오히려 발칙한 욕망을 품은 수다 떠는 남녀다. 이와 동시에 앞서 잠깐 다룬 반금련과 반교운의 살해 장면을 비롯해 『수호전』은 노골적인 포학성을 보인다. 중국 지식인은 근대에도 여전히 『수호전』의 매력에 사로잡혀 있는 한편으로, 반도덕적이고 폭력적인 묘사에 대해서는 때로 경계심을 드러내 왔다. 하지만 자세히 읽어 보면 『수호전』의 "그로테스크 리얼리즘"(미하일 바흐친)이 보기 드물게 쾌활한 유머를 수반하고 있음을 이해할 수 있을 것이다. 예를 들어 노달(나중에 출가해 '노지심'으로 불린다)이 푸줏간 정 씨를 세 대 만에 때려죽이는 『수호전』 3회의 명장면을 살펴보자. 노달이 정 씨의 콧대를 정면으로 후려갈기는데,

> 피가 흩뿌려지고 코는 찌그러져 으스러지고, 마치 간장 가게라도 연 듯 짜고 시고 매운 것이 한꺼번에 쏟아져 나왔다. 푸줏간 정 씨는 안달복달하면서도 일어나지 못하고 부엌칼도 떨어뜨린 채 그저 입으로만 "잘도 쳤겠다" 소리칠 뿐이다.
> 노달은 호통친다. "이런 짐승 같으니라고. 다시 이러쿵저러쿵할 테냐?" 주먹을 휘두르며 눈 가장자리 근처를 강하게 한 대 치니, 눈가가 찢어져 눈알이 튀어나오고 이번에는 또 직물

가게를 연 듯 붉고 검고 복숭아색인 것들이 우르르 쏟아져 나온다. 길 양편의 구경꾼들은 노 제할提轄[48]이 무서워 누구도 말리려고 나서는 자가 없다. 푸줏간의 정은 결국 참지 못하고 소리 내 용서를 구걸했다.

"야, 이 깡패야. 나랑 결판을 내지 않는 한 용서할까 보냐. 네 놈이 아무리 용서해 달라고 빌어도 나는 그렇게 못 한다."

다시 또 한 대. 마침 관자놀이에 명중했기에 연고자 없는 망령을 위해 베푸는 법회가 거행되는 것처럼 경磬이, 방울이, 징이 일제히 울려 퍼진다. 노달이 보니 푸줏간 정 씨는 지면에 널브러져 있고 입에서는 그저 내뱉는 숨만 나온다. 들이마시는 숨 없이, 몸의 움직임도 없이. (고마다 신지駒田信二의 번역을 약간 수정)[49]

노달이 일격을 날릴 때마다 정 씨는 차근차근 죽음에 다가가지만, 한편으로 여기서 현란하고 소란스러운 삶의 결정結晶이 기세 좋게 분출되고 있기도 하다. 전력을 다한 노달의 구타는 생동하는 기운으로 이 음험한 푸줏간을 축제적 퍼포먼스를 만들어 내는 다산적 신체로 재탄생시킨다.

뿐만 아니라 "간장 가게라도 연 듯"이라는 비유로 시작되는 일련의 묘사는 독자에게 푸줏간 정 씨가 마치 기분 나쁜 음식물로 변해 간다는 인상조차 준다. 실제로 『수호전』의 놀라운 창의성은 인간의 신체를 식재료에 가까운 것으로 바꾸어 버린 데 있다. 카니발리즘(식인)조차 아무 주저 없이 기록

---

48 [옮긴이] 양산박에 가담하기 전 노달은 당시의 치안 담당 무관인 제할직에 있었다.

49 [옮긴이] 이하 『수호전』 인용문 번역에는 『수호지』 1~4권, 연변대학 수호지 번역조 옮김, 올재클래식스, 2015를 참고했다.

되고, 특히 여행자에게 마취약을 섞여 먹인 후 인육 만두로 만들어 버리는 위험한 선술집과 송강을 계략에 빠뜨린 벌로 살이 조금씩 도려내져 남김없이 먹히는 악당(황문병)의 모습은 독자에게 강한 충격을 준다. 『수호전』에서 인체는 종종 인간적 존엄을 모조리 빼앗기고 조리의 대상이 되고 만다.

애초에 『수호전』만큼 식사에 집착하는 소설도 드문데, 작품 여기저기에 탐식과 연회의 모티프가 나타난다. 호송 중인 무송이 거대한 수갑으로 집오리를 끌어들여 한 손으로 우적우적 먹어 치우는 장면은 그의 유별난 식욕을 보여 주고도 남으며, 그가 술을 마시면 사람 잡아먹는 호랑이도, 그 동네 불량배도 눈 깜짝할 사이에 때려눕히는 가공할 힘을 발휘한다. 무송만이 아니라 『수호전』의 호걸들은 술과 음식을 매개로 스스로의 존재를 팽창시키고 일상의 척도를 넘어서는 거친 호걸이 되어 난폭한 행동을 일삼는다. 예를 들어 4회에서 술에 취해 오대산에서 몹시 난폭하게 군 노달은 "가슴에서 불길이 일고 입에서 천둥 소리가 난다. 팔구 척 맹수의 몸을 떨치며 삼천 장丈 구름 위로 솟아오를 듯한 기상을 토한다"며 거의 신화적인 악한처럼 예찬된다. 탐식이 초래하는 화려한 축제성은 호걸에게 더없이 명확한 윤곽을 부여하며, 나중에는 바다 너머 일본 작가에게 창조적 영감을 주는 원천이 되기도 했다. 다음 장에서 살펴볼 에도기의 작가 우에다 아키나리는 『하루사메 이야기』에 실린 「한카이」樊噲에서 『수호전』풍 탐식 모티프를 어떻게든 도입하려 했다.

앞서 나는 『수호전』의 음부와 중매쟁이 노파가 남자를 반사회적 존재로 변화시키는 '나쁜 매개'가 된다고 했지만, 술과 음식물 또한 호걸들의 신체를 대지의 에너지와 더욱 깊이 결합시켜 그 존재를 부풀리는 '매개'로 기능한다(이것은 호걸의 힘을 강하게 하는 좋은 매개기도 하지만 그를 범죄 행위와 실패로 이끄는 나쁜 매개기도 하다).『수호전』의 지은이는 신체가 무언가를 섭취하는 데 무척이나 강한 관심을 갖고 있었다. 동시에『수호전』에는 신체로부터 흘러나오는 배설물과 배설 행위를 과장되게 다루는 외설 취미scatology도 내포되어 있다. 예를 들어 노달은 푸줏간 정 씨의 비곗살이 터져 끈적거릴 정도로 두들겨 패고, 황문병의 계략에 빠진 송강은 스스로 분뇨를 뒤집어쓰고 광인을 가장하며, 나진인의 법술에 의해 길가로 날려진 이규도 액을 막기 위해 분뇨를 뒤집어쓴다.『수호전』은 인체를 식재료에 끝없이 접근시킬 뿐 아니라 끈적끈적한 배설물과도 범주적으로 인접시키고 있다.

이러한 특징은 곧 러시아의 문학 이론가 미하일 바흐친이 "카니발 문학"이라고 형용한 프랑수아 라블레의 작품을 상기시킨다. 더구나 신체의 예찬자였던 라블레의 대표작이 간행된 16세기 전반기는 바로『수호전』이 서적으로 유통되기 시작한 시대기도 하다는 점에서 흥미롭게도 일치한다.

바흐친에 따르면 라블레는 웃음, 패러디, 신성 모독, 격하, 익살스러운 대관戴冠 및 탈관脫冠 등 민중적인 카니발 장치를 저 기괴하고도 거대한 소설에 집어넣었다.[50] 라블레의 걸작『가르강튀아』와『팡타그뤼엘』에서는 물질적·신체적 활동이 절대적인 우위를 구축하고, 신체들의 무차별적인 접촉이나 임신과 출산의 테마가 반복되며, 대지의 다산성이 축복된다. 이 압도적 물질성에 의해 공허한 겉치레와 엄숙한 관념은 가루가 되도록 분쇄되고 활기찬 웃음으로 가득한 진실이 북돋

---

50   [옮긴이] 카니발 기간에는 가짜 왕의 대관과 탈관이 희극적으로 연출되어 상하와 내외가 뒤집히고, 사회적 서열이 폐기·전복되는 풍자와 패러디가 이루어졌다.

아지는 것이다. 바흐친이 이러한 논의를 전개하면서 부정적인 웃음밖에 모르는 근대의 풍자와 적극적이고 긍정적인 웃음을 내포한 라블레의 카니발을 엄밀하게 구별한 것은 중요하다. 예를 들어 현대 일본에서 볼 수 있는 '축제'—특히 인터넷상의 그것—의 웃음은 울적한 감정을 투사할 표적을 찾아 매달아 놓은 부정적이고 원한적인 웃음에 지나지 않는다. 반대로 라블레의 웃음은 그러한 음습한 부정성을 지니고 있지 않다. 보다 정확히 말하면 라블레 웃음의 부정성은 항상 새로운 무언가를 탄생시키는 계기가 된다.[51]

이를 『수호전』에도 적용할 수 있으리라. 영웅적인 엄숙함은 좋은 매개와 나쁜 매개에 의해 산산 조각이 난다. 악당을 산 채로 잘라 그 인육으로 잔치를 벌이는 것은 단순한 사디즘이 아니며 새로운 동료를 환영하는 활기 넘치는 축제기도 하다. 인체는 음식물이나 배설물과의 범주적 일치를 통해 변화로 가득한 풍요로운 현실의 모체가 된다. 바흐친은 라블레가 "뒤를 닦는" 이야기를 구구절절 이어 가는 몇몇 대목에서 "온갖 사물을 형이하학적으로 만드는 동시에 가볍게 만드는, 활기찬 물질적·신체적 하부"의 작용을 확인하는데,[52] 이는 『수

---

51 미하일 바흐친Mikhail Bakhtin, 『프랑수아 라블레의 작품과 중세 및 르네상스의 민중 문화』フランソワ・ラブレーの作品と中世・ルネッサンスの民衆文化, 가와바타 가오리川端香男里 옮김, せりか書房, 1995 [이덕형 옮김, 아카넷, 2001].

52 같은 책, 487쪽 [196~197쪽]. 내친 김에 말하자면 일본인은 중국을 여러모로 '문자의 나라'(삼라만상이 한자의 상징주의에 의해 분절화된 나라)로 진단하지만 그것은 속성에 지나지 않는다. 실제로는 카니발 문학으로서의 『수호전』이나 『사기』 혹은 공자의 「예악」처럼 문자상징주의로는 도저히 수렴되지 않는 연극성과 신체성이야말로 중국 문화를 풍부하게 한 것이다.

호전』의 매력까지 표현한다.『수호전』에서 멸망 전야의 불온함은 웃음과 그로테스크, 좋은 매개와 나쁜 매개가 뒤섞여 다산적인 대지의 카니발로 그려진 것이었다.

γ 대지와 물

카니발 문학으로서『수호전』은 다수의 패러디도 포함하고 있다. 예를 들어『수호전』에는『삼국지연의』의 관우를 모방한 등장 인물로 관승과 주동 두 사람의 무인이 등장하는데 이들 모두 관우의 특색인 대추 같은 얼굴과 아름다운 수염을 갖고 있다. 이 외에도 소이광(활의 명수) 화영, 병관색(관우의 셋째 아들로 여겨지는 전설적인 인물) 양웅, 병울지(당의 무인인 위지공) 손립, 소온후(여포) 여방 혹은 북송 건국 공신이자 호연찬의 자손인 호연작 등에서 볼 수 있듯『수호전』은 과거의 영웅들을 호걸이 쓰는 가면persona으로 다룬다.『수호전』의 원류가 희곡인 만큼 이러한 연극적 성격이 노출되는 것은 결코 우연이 아니다. 한 사람 한 사람의 호걸에게 붙여진 별명은 과거의 영웅을 현재로 불러내기 위한 암호기도 했다.

더구나 패러디 감각으로 가득한 별명은 호걸들을 동물과도 인접시킨다. 표자두豹子頭(임충), 양두사兩頭蛇(해진), 쌍미갈雙尾蝎(해보), 금모호錦毛虎(연순), 통비원通臂猿(후건), 한지홀률旱地忽律(주귀, 사막의 악어라는 의미), 백일서白日鼠(백승), 고상조鼓上蚤(시천), 금모견金毛犬(단경주) 등 의태된 호걸은 헤아릴 수 없이 많다. 지도자인 송강이 원소절[음력 정월 보름]에 구경을 갔다가 병사들에게 포박당했을 때의 모습도 연약한 동물에 비유된다. "마치 검은 독수리가 자줏빛 제비를 낚아채고, 맹호가 새끼 양을 덮치려는 것 같다"(33회). 이만큼 다채로운 동물 이미지를 동원한 작품은 중국 문학사에서도 극히 드물다. 『수호전』은 인문주의적 유교 문명의 가장자리로 밀려나 있던 난폭한 '엑스트라'로서 동물적 호걸들을 주역으로 발탁했기 때문이다.

동물로 의태해 대지에 깊이 뿌리내린 호걸들 가운데서도 '철우'鐵牛를 자칭하는 흑선풍 이달은 동물에 가장 근접한 인물이다. 특히 이달이 장순과 수중에서 격투하는 38회의 명장면은 독자에게 유독 강한 인상을 준다. 낭리백도浪裏白跳라는 아름다운 별명의 의미처럼 "파도에 흔들려 물결을 일으키는 물고기 같다"(40회)고 예찬되는 살갗이 흰 장순은 물 자체와 일체화해 그로부터 싱싱한 활력을 얻으며 흉포한 '소'와 같은 이달을 마음대로 가지고 논다. 『수호전』의 지은이는 이들의 수중 격투를 새까만 소와 하얀 물고기 혹은 흑호黑虎와 백사白蛇에 빗대 나약함이라고는 찾아볼 수 없는 약동하는 문체로 그려 냈다. 그때까지 중국 문학에서 호수와 강은 오로지 시적 감상의 소재였다(송강도 심양루에 올라 아름다운 산수를 보며 감흥을 고취하고 벽에 시를 남긴다). 그에 비해 지식인다운 행동과는 거리가 먼 이달과 장순은 반쯤 동물로 변해 물과 직접 접한다. 멋진 경관을 멀리서 바라보는 것이 아니라 명승이든 어디든 신체 전체로 거리낌 없이 접촉하는 것, 이것은 과연 카니발 문학적인 연출이라 할 수 있다.

애초에 호걸들이 모인 양산박부터가 주변 800리는 거대한 '물웅덩이'고 가시나무 울타리에 해골을 거는가 하면 사람 피부로 북을 만들고 머리카락을 잘라 오랏줄을 만드는 등 그로테스크하고 무시무시한 외견을 갖추고 있다. 물질화된 인체로 둘러싸인 이 섬뜩한 요새의 땅에서 호걸들과 물의 근접성은 한층 높아진다. 대지에 근거하는 '철우' 이달이 개성 넘치게 그려지는 한편, 장순과 이규, 완가 3형제 등 거의 수서 생물水

棲生物 같은 등장 인물에게도 눈에 띄는 활약의 장이 주어진다. 대지와 물에 친밀하면 할수록 『수호전』의 호걸들은 그 에너지를 증폭시킨다.

δ 범죄적 공간

게다가 대지와 물로부터 획득된 이 축제적 에너지는 거의 중국 전토를 뒤덮는 운동성을 수반한다. 호걸들이 활동하는 장은 동쪽의 양산박을 중심으로 서쪽으로는 위주, 북쪽으로는 소주, 남쪽으로는 강주까지 실로 광대한 지역을 아우른다. 물론 양산박에서 송강과 대종을 구출하기 위해 저 멀리 남쪽 지방인 강주로 향하는 혹은 구문룡九門龍 사진을 도우려 서쪽 지방인 위지까지 원정 가는 장면은 아무래도 황당무계하다고 말하지 않을 수 없다. 그러나 『수호전』에서 치밀한 리얼리즘을 찾는 것이 오히려 우스운 일이다. 여기서는 차라리 중국 동서남북으로 거리낌 없이 촉수를 뻗어 가는 그 자유분방한 공간적 상상력에 주목해 보려 한다.

『수호전』에서 호걸들을 이동시켜 서로 만나게 하는 패턴은 크게 두 가지다. 우선 유배에 처한 호걸이 호송되는 도중 탐욕스러운 호송 관리에게 죽임을 당할 뻔하는 순간에 다른 호걸에게 구출되는 패턴이 있다. 관리의 위법 행위가 구출극을 초래해 한 지역에서 다른 지역으로의 장면 전환이 부드럽게 진행된다(그런 까닭에 앞서 말한 노파와 마찬가지로 악랄한 호송 관리는 호걸들을 만나게 하는 필요 불가결한 매개가 된다). 호송이라는 연출 덕에 『수호전』 작중 곳곳에서 어두운 범죄적 공간이 특별한 장으로 출현한다. 예를 들어 호송 관리들이 임충을 암살하려고 한 야저림野猪林은 초목이 무성하게 해를 뒤덮어 가린 어두컴컴한 삼림으로 "시든 나무와 덩굴이 층층이 쌓여 빗줄기와 같고, 큰 나뭇가지가 울울해 구름의 머리와 같"은 섬뜩한 장소였다. 여기에는 모든 법적 질서가 뒤집힌 멸망 전야의 불온함이 암시되어 있는데, 그 어두운 공간이야말로 평상시에는 결코 발생할 수 없는 관계의 보고寶庫가 되는 것이다.

또 다른 패턴은 카니발 문학으로서 『수호전』에 기입되어 있는 말 그대로의 '카니발'이다. 인간과 상품이 대량으로 모이는 카니발은 도시 최대의 오락이고 양산박 호걸들을 집합시키는 악행의 계기기도 하다. 예를 들어 송강은 신년 봄 원소절 나들이 중에 체포되고, 주공은 백중의 등롱 띄우기 날에 상사의 아기를 잃어버리며, 노준의는 풍년을 기원하는 원소절에 감옥에서 구출된다. 즉 군중이 일으키는 축제의 소란은 그대로 범죄와 사건의 장이 되어 더러 양산박과 관군의 전쟁마저 불러들인다. 『수호전』의 지은이가 이러한 **축제적 범죄** 장면을 몇 번이나 반복한 것은 필시 일종의 독자 서비스기도 했을 것이다. 『수호전』은 도시의 엔터테인먼트를 각지 독자에게 유사 체험시키는 '관광 소설' 같은 양상을 노정하고 있다.

더욱이 호걸을 벌하는 도시의 형장도 카니발적 구경거리의 일종으로 연출된다. 『수호전』 애독자라면 호걸들이 형장에 뛰어들어 처형 직전에 동료를 구출하는 장면을 기억할 것이다. 그 형장은 피를 보고 싶어 하는 구경꾼으로 들끓고 있다. 길에 잠복한 호걸들은 피비린내 나는 오락을 찾는 민중의 카니발적 소란스러움 속으로 녹아들고 그 수상한 시끌벅적함을 틈타 관군을 기습하고 동료를 구출한다(예를 들어 40회에서는 송강과 대종이 처형되는 날 1,000명 이상의 구경꾼이 모여들고, 그 소란에 편승해 걸인과 약장수로 분장한 호걸들이 마음껏 날뛴다). 도시의 카니발은 호걸과 민중을 밀착시켜 작중에서 가장 화려한 위법 행위를 불러들인다. 때로는 숲의 어두움을, 또 때로는 축제의 밝음을 동반하는 『수호전』의 범죄적 공간은 말하자면 유쾌하기 짝이 없는 지옥을 가리키고 있다.

한편으로 『수호전』에 오락을 즐기는 민중뿐 아니라 반대로 여흥에 참가하지 못해 한가함을 주체하지 못하는 도시민이 기록되어 있는 것도 간과할 수 없다. 이는 강주로 유배된 송강과 그를 함정에 빠뜨린 황문병 모두 한가한 도시 거주자로 설정된 데서 나타난다. 병석을 털고 일어난 송강은 발길 닿는 대로 어슬렁거리다가 마침 명소로 알려진 심양루에 올라 취기에 반시反詩(반역의 마음을 담은 시)를 벽에 적는다. 한편 "알랑거리며 비위를 맞추는 무리"인 황문병은 '재한통판'在閑通判, 즉 퇴직한 통판(중앙에서 파견된 감찰관)으로 집에서 어슬렁거리며 심심풀이를 찾는데, 그가 마침 심양루에서 송강의 반시를 발견한 것이 양산박의 군세가 멀리 강주까지 밀어닥치는 계기가 된다(39회). 『수호전』에서는 선악을 가리지 않고 한가함을 주체하지 못하는 인간은 변변치 않은 일을 벌인다. 한가하다는 사실이 '나쁜 매개'가 되어 새로운 범죄 행위를 유발하는 것이다.

이처럼 『수호전』은 시민 사회의 실용주의에 적합하지 않은 인간(호송 관리, 카니발 관객, 한가한 사람)을 기점으로 예기치 않은 악행을 발생시키고, 그로써 중국이라는 광대한 네이션을 일종의 '범죄적 공간'으로 결합시킨다. 역으로 이는 온건한 시민적 양식으로는 중국 국토 전체를 온통 뒤덮는 '상상된 공동체'의 에너지가 도저히 생길 수 없다는 말이기도 하다. 건전한 사회는 재밌는 매개를 조금도 만들어 내지 않는다. 사람들 사이의 거리를 좁히고 진정한 의미에서 그들을 결합시켜 풍부한 결실을 맺게 하는 매개는 오히려 범죄적 공간에 흘러

넘친다. 이로부터 우리는 카니발 문학의 걸작 『수호전』의 근간에 놓인 사상을 발견할 수 있다.

4 카니발 문학의 역사적 의미

양산박에 집결한 108인의 호걸은 그 후 '초안'招安[53]을 받아들여 조정으로 귀순하고, 요나라 토벌에 나서 공손승의 법술로 승리를 거둔다. 물론 이는 완전히 허구에 불과하지만 송과 요의 국가 간 전쟁 묘사는 『수호전』에 근세 내셔널리즘 시대에 상응하는 외양을 부여했다.[54] 실제로 명말 비평가 이탁오李卓吾의 이름을 널리 알린 『충의수호전』忠義水滸傳 「서문」은 『수호전』을 북송의 휘종과 흠종이 금에 의해 북방으로 끌려간 것에 대한 "발분發憤의 작품"으로 간주하며 그 증거를 요 토벌 장면에서 찾고 있다.

그렇지만 파천황의 카니발과 범죄로 가득한 만큼 『수호전』은 단순히 애국주의 문학으로 환원되지 않는다. 전술한 것처럼 문천상과 같은 유민 시인은 '정기'를 체현한 과거의 영웅을 상상하며 중국이라는 네이션의 정의正義를 입증했다. 그에 비해 북송에서 이민족 정권으로 이행하는 경계에 있던 시대에 대지와 물의 에너지를 빨아들이며 온갖 계층의 인간을 망라하려 한 『수호전』은 악령의 화신들이 벌이는 위법 행위로 질척하게 착종되어 끓어오르는 세계를 그린다. 요에 대항하

---

53 [옮긴이] 조정에서 백성이나 야인野人을 불러들여 난리를 꾸미지 못하게 달래거나 복종시키는 것을 말한다.

54 사다케 야스히코佐竹靖彦, 『양산박』梁山泊, 中公新書, 1992는 "상처받은 한인의 민족적 자부심"을 위로하는 요 정벌 에피소드를 특히 공손승의 존재를 중심으로 상세히 분석하고 있다(7장).

는 한족 애국심의 이면에는 모든 도덕적 판단을 무너뜨릴 듯한 다산적 신체가 충만해 있었다. 나는 여기서 잡탕으로 이루어진 네이션을 경탄할 만한 힘의 장으로 변화시키는 이형異形의 괴물성을 발견하지 않을 수 없다.

그러므로『수호전』의 강렬한 독성을 먼 후대까지 경계한 것도 무리가 아니다. 정통적 문언文言 서식도 섞여 있던『삼국지연의』와 달리『수호전』은 백화라는 문체 때문에라도 일종의 전위 소설로 여겨져 여러 혁신적인 문인에게 애호되었지만,[55] 동시에 '회도'誨盜(도둑질의 장려)의 위험이 있다는 이유로 청의 금서 목록에 오르기도 했다. 근대에 들어서도 이 위험한 소설에 대한 공포심은 풀리지 않아 이성적인 시민 사회를 구축하려 했던 20세기 지식인—차이위안페이와 저우쭤런—은 정조情操 교육에 악영향을 미친다며『수호전』에 엄격한 평가를 내렸다.『수호전』은 일종의 극약이었으며, 네이션을 구성하는 언어와 인간에게 가장 높은 수준의 활기를 부여하는 동시에 악을 교사하기까지 한다. 즉 근세 내셔널리즘의 시대에 속하면서 그 틀을 위협한 것이다.

그런데 이와 같이 특이한 형태를 지닌 백화 소설의 출현은 세계 문학사적 시야에서 고찰해야 할 문제 역시 내포하고 있다. 나는 이미『수호전』과 라블레의 동시대성을 지적했는데, 이는 16세기 동양과 서양에서 소위 '노블'(소설)과는 또 다른 문학이 존재할 수도 있었음을 시사한다. 이 점에 대해서도 간단히 짚어 두고 싶다.

일반적으로 유럽 문학 진화사의 기본 패턴을 '로망스'에서

---

55   김문경金文京,『삼국지연의의 세계』三國志演義の世界(증보판), 東方選書, 2010, 51쪽[『삼국지의 영광』, 사계절, 2002].

'노블'—비범한 기사와 영웅을 주인공으로 하는 전근대의 이야기(로망스)에서 평범한 중산 시민 계급을 주인공으로 하는 근대의 소설(노블)—로의 추이로 설명해 왔다. 이 변화의 주역 중 한 사람이 18세기의 장-자크 루소였다는 것은 잘 알려져 있다. '자연으로 돌아가자'라는 루소의 선언은 사회의 거짓을 간파해 있는 그대로의 실상에 다가가려 한다는 점에서 근대 소설에 나타난 리얼리즘의 원점이 되었다. 비범한 인간을 그리는 로망스에서는 어떤 사회학도, 어떤 심리학도 생길 수 없다. 그에 비해 "소설은 현실에 대한 부단한 탐구로 그 탐구의 분야는 언제나 사회적 세계며, 그 분석의 재료는 언제나 인간 정신의 방향을 지시하는 것으로서의 풍습이다".[56] 모든 허식을 벗고 진정한 자기 내면을 고백하고 싶다는 루소적 욕망이 '사회'와 '심리'의 진실을 폭로하려는 근대 소설의 프로그램을 구성한다. 그리고 이 정보 공개와 투명화를 끊임없이 청구하는 리얼리즘의 프로그램이 '나'의 수수께끼에 홀린 중산 시민 계급에게 환영받아 마침내는 일본까지 포함한 전 세계로 확산되기에 이른 것이다.

그에 비해 라블레와 도스토옙스키를 조명한 바흐친은 '카니발 문학'이라는 또 다른 문학 진화의 경로를 세상에 드러냈다. 라블레의 문학은 로망스가 아니지만, 그렇다고 등신대의 시민을 주인공으로 한 노블도 아니다. 라블레의 문학은 시민 사회의 '나'보다 더 깊은 곳에 자리한, 대지에 뿌리내린 괴물적 신체에 입각하기 때문이다. 루소의 리얼리즘이 거짓으로 점철된 사회에서 진정한 내면으로 향하는 반면, 라블레의 리

56　라이어널 트릴링Lionel Trilling, 『문학과 정신분석』文学と精神分析, 오타케 마사루大竹勝 옮김, 評論社, 1970, 78쪽.

얼리즘(그로테스크 리얼리즘)은 다수의 현실을 만들어 내는 다산적이고 물질적인 '대지'를 재현한다. 우리는 여기서 사회의 기만을 폭로하려는 루소적 리얼리즘과 사회 하부에 있는 물질과 신체를 발굴해 내려는 라블레적 리얼리즘의 차이를 인식할 수 있다. 이는 현실 그 자체에 육박하려 하는지 아니면 현실을 만들어 내는 현실을 포착하려 하는지의 차이라고 말할 수 있다. 문학 진화의 계보는 온통 전자에서 갈라져 나온 가지들로 덮여 있지만, 후자인 그로테스크 리얼리즘 계통이 단절된 것도 아니다. 바흐친은 그 가능성을 확대경으로 비춘 것이다.

바꾸어 말하면 중국에서도 대중적인 문학은 우선 영웅의 로망스로 결정화되었다. 예컨대 초인적인 장수와 군사 들이 활약하는 『삼국지연의』가 바로 전형적인 로망스다. 그에 비해 『수호전』은 오히려 그러한 영웅적 요소를 모두 패러디화하고 대지와 물, 숲의 범죄 공간과 도시의 카니발로 이루어진 펄펄 끓는 세계에 호걸들을 거주시켰다. '영웅'에서 '호걸'로. 이 변화의 한가운데서 중국 문학은 완전히 새로운 리얼리티를 발견한 것 같다.

다만 노지심, 무송, 이규, 장순이 분명 과장된 인격임에도 불구하고 '있는 그대로'의 모습을 조금도 감추지 않고 독자 앞에 드러내는 것처럼 느껴진다는 점은 의아하다. 『수호전』의 지은이는 호걸들이 점거한 섬뜩한 산중 소굴, 푸주한이 구타당하는 길거리, 남녀의 욕망이 망측하게 드러나는 가정 불의의 현장, 뇌물이 횡행하는 감옥, 여행객을 조리하는 위험한 선술집, 호송 관리가 호걸을 암살하려 하는 어두컴컴한 숲, 수많은 구경꾼으로 들어차 시끌벅적한 형장, 장순 등이 약동하는 호수와 강…… 이 범죄적 공간에 있는 그대로의 인간을 출현시킨다. 세계의 덮개를 거두고 대지에 뿌리내린 인간의 생생한 신체를 폭로하는 그로테스크 리얼리즘은 그야말로 카니발적 범죄의 소산이었다. 요컨대 『수호전』은 시민 사회에 대한 불신임과 대지에 대한 신임이라는 중국 문학의 새로운 프로그램을 개시한 것이고, 이 프로그램은 20세기 들어서도 루쉰의 『새로 쓴 옛날이야기』부터 모옌과 위화 등의 마술적 리얼리즘 계통 작품에 이르도록 면면히 이어지고 있다.

중국인이 『수호전』이라는 카니발 문학의 걸작을 얻은 것은 서양과의 비교에서 대단히 중요한 의미를 띤다. 멸망 전야의 북송을 그린 『수호전』에서는 '사회'의 지속성에 대한 신뢰가 거의 무너져 있고, 바로 그렇기 때문에 사회의 피막을 벗겨 냈을 때 나타나는 어떤 범죄적 공간이 리얼리즘의 무대로 선택된다. 그것은 서양적 '노블'을 키운 사회적 환경이 약체弱體였던 것과 같다. 실제로 『수호전』뿐 아니라 근세 중국의 백화 소설은 스스로를 노블과 상이한 장르로 조직하는 경향이 강했던 것은 아닐까? 법 바깥의 인간을 통해 있는 그대로의 진실을 인정하는 『수호전』을 중국 소설의 한쪽 극에 둔다면, 다른 쪽 극에는 에로스와 젠더의 유희에 골몰하는 가정 소설인 『금병매』金瓶梅와 『홍루몽』紅樓夢을 둘 수 있을 것이다. 『금병매』와 『홍루몽』은 분명 '리얼리즘 소설'이지만, 그저 사회 미만인 '가정' 속에서 진정한 욕망과 정동을 좇기 때문이다. 물론 과거제 사회의 기만을 폭로하는 『유림외사』儒林外史 같은 풍자 소설도 있지만, 중국 소설은 대체로 광대한 중국 대륙을 활주하는 대지의 카니발을 향할지 아니면 가정이라는 밀실을 무대로 섬세하고 우아한 멋이 있는 미니멀리즘을 향할지의 양극에서 본령을 발휘했던 것 같다.[57]

생각해 보면 일본의 이야기 문학만 해도 시민 사회의 소통을 그리기보다는 수도를 덮친 재액을 통해 '운명'에 대한 민감성을 기르는 데 더 많은 재능을 쏟아 왔다. 동아시아 문학은 '운명'과 '대지'를 부각하는 데는 굉장한 솜씨를 발휘했지만 '사회'에는 그만큼 정열적이지 않았다고 말할 수 있다. 하지만 그것이 꼭 결함은 아니다. 문학 진화의 계통수系統樹에 있는 노블에는 속하지 않는 생물종이 존재한다는 것, 이는 세계의 다양성을 증명하는 더없이 기쁜 사실 아니겠는가? 중국과 일본은 자기와 타자의 사회적 관계에 입각한 '노블'을 중심으로 하는 근대 유럽과 비교해 처음부터 문학의 개념이 크게 달랐다. 대규모 멸망의 시대를 배경으로 한 『수호전』이래의 근세 중국 백화 소설은 바로 그 개념 차이를 이해하기에 안성맞춤인 '교재'다.

5 '속편'의 내셔널리즘: 카니발 문학에서 시민 문학으로

네이션의 안정성을 위협하는 위험한 범죄자를 '있는 그대로' 보여 주는 근세 중국의 돌연변이 『수호전』은 그 후로도 독특한 운명을 더듬어 가게 된다. 특히 『수호전』의 대표적 '속편'인 『수호후전』水滸後傳(17세기 중반 이후 완성)이 명나라 유민 진침陳忱이 쓴 유토피아 소설 중 하나였다는 사실은 주목할 만하다.

물론 호평받은 백화 소설을 소재로 원저자와는 다른 저자

---

57 따라서 다케다 다이준이 『금병매』와 『수호전』을 구체적 예시로 들어 "음란한 여자와 호걸은 중세의 현실을 응축한 상징과 같다"고 서술한 것은 역시 탁견이었다. 이 두 상징은 시민 사회의 '인륜'을 초월한 것이다. 다케다 다이준, 『멸망에 대하여』, 108쪽(다케다가 말하는 '중세'는 이번 장의 맥락에서는 '근세'에 해당한다).

에 의해 '속편'이 간행되는 일은 17세기 이후 중국에서 드물지 않은 문화 현상이었다. 중국 백화 소설의 자기 완결성은 결코 두드러지지 않았고, 가령 『수호전』의 한 에피소드에서 『금병매』라는 새로운 작품이 파생된 것처럼, 혹은 비평가인 김성탄이 만듦새가 좋지 않은(그는 그렇게 생각했다)『수호전』후반부를 잘라 내고 108인의 호걸이 양산박에 집결하는 부분에서 이야기를 매듭지어 '70회본'을 새롭게 간행한 것처럼 소설 자체가 일종의 열린 체계open system의 성격을 갖추고 있었다. 이러한 특성 때문에 유명한 백화 소설의 '속편'이 여러 판본으로 나오는 일도 드물지 않았다.

더구나 속편을 쓴다는 것은 단순히 원작을 '리바이벌'하는 것이 아니라 원작에 대한 일종의 비평 행위, 즉 원작에 잠재되어 있던 것을 끌어내 확대경을 비추는 행위를 의미했다. 예를 들어 『수호전』의 속편인 19세기 소설 『탕구지』蕩寇志에서는 태평천국의 난으로 혼란스러운 청말의 세태를 배경으로 송강 무리를 질서를 어지럽히는 악당 패거리로 그리는 등 징벌적으로 다루는데, 이는 원작 『수호전』에 내포된 호걸들의 '악'을 과장한 것이다. 『홍루몽』 속편도 원작에서는 비극의 히로인으로 죽는 여성들을 주인공 남성 가보옥의 꿈에서 부활시켜 원만한 해피 엔딩을 맞게 한다. 이 또한 원작이 내포한 잠재적 가능성을 속편에서 해방한 것이라고 할 수 있다. 어떤 작품을 다른 맥락으로 이식해 다시 조립하는 것은 근세 중국인 특유의 정보 처리 기술이었다.

『수호후전』에 대해서도 마찬가지로 말할 수 있다. 이 소설에서는 『수호전』에 잠재되어 있는 애국주의적 내셔널리즘이 강화되기 때문이다. 원작 최종회에서 등장 인물 중 한 명인 혼강룡 이준이 나중에 시암의 왕이 된다는 일화가 나오는 데

착안한 진침은 양산박 잔당이 시암으로 탈출해 이준을 국왕으로 한 새로운 국가를 건설하는 이야기를 썼다(다만 시암이라고 해도 지금의 타이가 아닌 중국 남방에 위치한 가공의 섬나라로 설정되어 있다). 시암 왕은 한의 장군 마원馬援의 후예에 왕비도 문화적 교양을 갖춘 중국인으로 설정되었다. 진침은 누구도 알지 못하는 땅에 고대 유민이 살아남았다는 도연명의 『도화원기』桃花源記 이래의 문학적 상상력을 구사해 이준과 그 무리를 중국 문명의 풍취를 간직한 섬나라로 떠나게 한 것이다.

한편 『수호후전』에서 중국 대륙의 상황은 원작 이상으로 악화되어 있다. 송강 사후 양산박 잔당은 여러 그룹으로 갈라져 각자 반사회 분자로 활동을 재개하지만, 24회에서는 역사적 사실대로 북송이 금의 침공으로 멸망하고 휘종과 흠종이 북방으로 끌려가고 만다(정강靖康의 변). 한편 일찍이 범상치 않은 기운을 뿜던 양산박도 이제는 힘을 잃어 버리고, 이준의 참모를 맡은 수완가 악화는 때가 변해 버린 이상 양산박의 '지기'地氣도 이제 다시 부흥할 수 없다고 단언하기에 이른다(10회). 호걸들은 활기찬 축제적 범죄의 무대였던 양산박의 대지와 물로부터 결정적으로 단절되어, 이국인 시암 땅에서 이준을 국왕으로 삼아 이상향을 구축하려 한다. 양산박의 호걸들이 바야흐로 북송 유민으로서 새로운 정체성을 체화하기 시작한 것이다.

흥미로운 것은 원작과 비교해 축제성이 완전히 쇠퇴해 버린 까닭에 거칠고 촌스러웠던 호걸들이 서서히 '문명인'으로 변해 간다는 점이다. 『수호후전』에서는 원작의 노골적인 여성 혐오와 카니발리즘이 자취를 감추고 이전의 거친 호걸들이 시암의 왕국에서 기품과 우아함이 넘치는 인간으로 거듭난다. 특히 최종회(40회)에서는 호걸들의 대혼례 예식이 개최되는데, 이는 원작의 중심 인물인 호걸들이 여성을 가까이 하지 않았던 데 비하면 엄청난 가치 전환이다. 더욱이 그 예식에 이어지는 원소절 축하연에서 이준은 수준이 낮기는 하나 자신도 문필을 좋아하는 인간이라고 양해를 구하면서 "커다란 고기를 뜯고 술을 많이 마실 뿐이라면 양산박 때와 같지 않은가"라고 말하고, 모두에게 시를 통해 이 성대한 만남을 축하하자고 촉구한다. 국왕이 된 이준은 이렇게 거칠었던 양산박 시대에 이별을 고한다. 일찍이 호걸들의 신화적 폭력이 불타오르던 원소절이 이제 문인과 묵객 들이 우아하게 풍류를 읊는 장이 된 것이다. 원작의 카니발성은 여기서 완전히 불식되며 대신 한족 문명이 '부흥'된다.

이러한 줄거리에는 무엇보다도 진침의 개인적인 사정이 깊이 관련되어 있다. 고염무, 귀장과 함께 반청 운동에 가담한 진침은 『수호후전』 「서문」에서 '송유민'이라는 이름으로 청 지배에 대한 반발을 은밀하게 표명하고 있다. 명 유민이라고 공식적으로 신분을 밝히는 것은 당연히 어려웠기에 『수호전』의 시대에 맞추어 북송 유민을 가칭해 위장한 것이다. 당장 『수호후전』 말미에 고상한 한족 문명이 부흥되는 것부터 명 유민인 진침 자신의 소망 충족으로 이해할 수 있다.

여기서 원작 『수호전』이 저자 미상인 반면 2차 창작물인 『수호후전』이 도리어 작가의 입지를 노출하고 있다는 점은 매우 흥미롭다. 앞서 썼듯 속편이 일종의 비평 행위인 만큼 그 속에 작성자의 입장이 투영되는 것은 어떤 의미에서 당연한 일이다. "속편으로서의 『수호후전』이 '작가'를 현저하게 표상한 최초의 소설 작품 가운데 하나인 것은 전혀 우연이 아니다."[58] 진침과 같은 속편 작가들은 사대부에 의해 표면상

업신여겨지던 소설이라는 장르에 일부러 스스로의 주체적 입장을 새겨 넣었다. 여기서 상세히 논하지는 않겠지만 중국 소설의 '작가성'이 탄생하는 데 속편이 중요한 계기를 만든 것은 충분히 주목할 만하다. 길드적인 집단 창작의 산물인 원작을 '수단'으로 삼아 그 테두리에 개인의 정치적 정념을 덧대는, 이를테면 혼혈의 작가성을 추출한 데서 속편이라는 미디어 형식의 재미를 발견할 수 있다. 복수의 작가를 부모로 단수의 작가가 생산된 것이다.

작가성의 노출이라는 관점에서 보면 『수호후전』에서 진침이 (혹은 명 유민 일반이) 지니고 있던 망명에 대한 바람 같은 것을 발견하기도 불가능하지는 않다. 『수호후전』의 호걸들이 가공의 섬 시암으로 망명하는 것은 분명 엉뚱한 행동으로 보이지만, 거기에도 역시 근세 이후의 새로운 멸망 형식이 반영되어 있다. 국가와 국가 사이의 틈새가 벌어져 있던 고대와 달리, 근세 사회에 이르면 거대한 네이션끼리의 섬멸전이 펼쳐지고 승자가 중국 국토의 전부를 수중에 넣게 되면서 타국으로 도망가는 것 자체가 어려워졌다. 분명 명 유민 가운데는 주순수朱舜水같이 일본 나가사키를 거쳐 미토水戶번으로 건너간 망명 지식인도 있었고, 청으로 임관하지 않고 천주泉州[푸젠성 동남부의 도시]로 건너려다 태풍을 만나 의도치 않게 대만에 흘러들어 정착한 심광문沈光文처럼 불운한 인간도 있었다. 반청복명反淸復明을 내걸었던 정성공鄭成功도 국외에서 활로를 발견한 무인이었음은 말할 것도 없다(덧붙이자면 『수호

58　마틴 W. 황Martin W. Huang, 「경계와 해석」Boundaries and Inter-pretations, 마틴 W. 황 엮음, 『뱀의 다리: 속편, 연속, 다시 쓰기 그리고 중국 소설』Snakes' Legs: Sequel, Continuations, Rewritings and Chinese Fiction, University of Hawaii Press, 2004, 27쪽.

후전』속 시암의 형상에는 정성공이 머문 대만이 반영되어 있다). 그렇다 해도 담론을 타국에 팔 수 있었던 공자의 시대와 달리 대부분의 유민 지식인은 국내에 머물 수밖에 없었다.

그에 반해 진침은 현실적으로는 어려운 망명을 문학에서 상상적으로 해냈다. 더구나『수호후전』은 그 무대를 남쪽 바다로 정해 기묘한 국제 의식을 싹 틔우기도 했다. 예를 들어 이준과 그 무리는 시암을 공격해 온 '관백'關白이라 불리는 일본인─명백하게 도요토미 히데요시를 염두에 둔 설정이다─과 싸워 일본 병사를 쫓아낸 다음 고려와 우호국 협정을 맺는다. 주변 세력(북쪽 오랑캐, 남쪽 왜구)에 국력을 소모해 비참한 멸망으로 내몰린 명과 달리,『수호후전』의 시암은 국제 관계를 훌륭하게 처리해 문명의 낙원을 건설하는 데 성공한다. 근세 내셔널리즘 시대에 이민족은 한족의 트라우마적 기억을 자극하는 존재였지만, 진침이 그린 이준은 가장 위험한 이민족(관백!)을 순조롭게 격퇴한다.『수호후전』의 줄거리는 전체적으로 근세 중국이 입은 '상처'에 대한 의료 행위 같은 양상을 보인다.

하지만『수호후전』의 행복한 결말만을 읽고 진침의 바람이 전부 이루어졌다고 보는 것도 잘못이다. 미국의 중문학자 엘런 비드머의 지적처럼『수호후전』에서 예의 바름civility의 승리는 일종의 역설이며 결코 완전한 만족을 가져다주지 않았다.[59] 송유민 명의로 된「서문」은 만일 이규, 노지심, 무송, 석수 같은 거친 호걸이 살아 있었다면 송이 금에게 유린당하는 일도 없었을 것이라 말하고 있기 때문이다. 그에 따르면 원작

---

59   엘런 비드머,『유토피아의 가장자리: 수호후전과 명 왕조의 문학』The Margins of Utopia: Shui-hu-hou-chuan and the Literature of Ming Loyalism, Harvard University Press, 1987, 141쪽.

에서 마지막까지 살아남은 이들─그러니까『수호후전』의 주인공들─은 결국 송강 같은 '가짜 인의人義'의 소유자며 호걸 특유의 힘을 갖지 못했다. 온건한 문명적 시민들이 승리하는『수호후전』의 결말 이면에는 카니발적 '힘'이 쇠약해졌기 때문에 중국의 대지를 이민족에게서 지키지 못했다는 한족 내셔널리스트 진침의 쓰디쓴 인식이 덧붙어 있다. 시암 같은 변방의 땅에 문인의 이상향을 만든다 한들 망국이라는 현실은 사라지지 않는다. 따라서 언뜻 행복해 보이는『수호후전』의 결말은 어디까지나 "마지못한 승리"(비드머)인 것이다.

앞서 나는『수호전』이 대지를 활주하는 범죄자의 월등한 힘으로 중국을 통합했다고 썼다. 반대로 악에서 탈각한 유민을 주역으로 하는『수호후전』은 중국 바깥에 있는 가공의 섬에 문명 사회를 구축한다. "몇 번의 간음"을 거친 중국 대륙과 달리 어떤 역사도 축적되지 않은 전혀 새로운 왕국(시암)을 무대로 했을 때『수호후전』은 아름다운 '시민 사회'를 꿈꿀 수 있었다. 그러나 그 건전한 사회는 실은 패배의 잔해에 불과했다.『수호후전』에서 성취한 '유민 내셔널리즘'은 유민의 정치적 불능성과 등을 맞대고 있다. 우리는 여기서 '동양적 근세'에 있어 대규모 멸망 체험이 만들어 낸 복잡한 감정의 벽을 알아차릴 수 있다.『수호전』과 그 속편은 호걸과 유민, 즉 축제적 존재와 시민적 존재 사이에서 근세 사회의 인간성을 다시금 새롭게 위치 지었던 것이다.

＊　＊　＊

정리하자. 중국은 이미 춘추전국 시대부터 국가 간 전쟁의 리얼리티에 직면해 수많은 **실패작 국가**를 발판으로 삼아 다케다

다이쥔이 말한 '전면적 멸망에 대한 경험의 깊이'에 기초한 문화를 만들어 왔다. 복고=부흥을 위한 예약 제도를 구축하려 한 공자부터 시민 사회에 대한 불신임과 대지에 대한 신임을 최우선으로 삼은 카니발 문학『수호전』, 나아가 유민의 부흥 문학으로서『수호후전』에 이르기까지, 언제 무너져도 이상하지 않을 기존의 국가를 꿰뚫고 나아가는 힘이 중국의 문학과 사상을 특징지었다. 거듭된 멸망을 지층으로 한 중국에서 사회는 종종 신기루에 가까운 것이었다. 그렇기 때문에 대지에 뿌리내린 거친 카니발 문학이 매력적으로 비치는 한편 시민적 예의 바름의 가능성을 해외에서 찾는 유민 문학이 나타나기도 했다.

다만 혹시나 하는 마음에 미리 말해 두자면 '멸망이 만들어 낸 문화'를 중국인만 이해할 수 있다는 것은 아니다. 왜냐하면 문화는 복제 가능성, 반복 가능성, 전달 가능성이 말소되지 않는 한, 이를테면 동일한 맥락context이 공유되지 않는다 해도 항상 '원산지'를 벗어나 타국에 이식될 수 있기 때문이다. 그렇다면 멸망에 대해 "처녀"였던 일본인은 대륙에 깃든 문학적 지령地靈과 멸망의 외상을 어떻게 복제하고 받아들였던 것일까? 다음 장에서 이 문제를 고찰해 보자.

4장

가상 국가

근세 사회의 초월성

첫 나라는 작게 만들지니
『이즈모 풍토기』

일찍이 야스다 요주로는 일본 문학에 대해 "망명이나 멸망 혹
은 무상 같은 국제 관념을 전혀 알지 못한다"라는 예리한 평
을 남긴 바 있다. 야스다에 따르면 멸망을 이국적인 개념 안
에 가둔 것은 일본 문학이 지닌 '풍아'의 힘이었다. 인간의 추
악하고 뒤틀린 감정이 아닌 궁정의 문명과 풍광명미風光明媚
한 경승지만을 그려 온 우아한 일본 문학에서 망명과 멸망이
주요 명제가 될 수 없었던 것은 분명하다. 이러한 문명적 태
도가 일본인의 의식 형태를 강하게 규정하고 있다. "일본인은
파괴나 멸망이라는 것을 사실은 여전히 모르는 것 같다. 신제
도하 히로시마 대학의 진보주의 교원들은 원폭 돔이 '문화 유
산'이라고 말했다. 이렇게 말하는 사람들에게 평범한 문화관
을 가르치는 것은 불가능하다."[1] 일본의 "진보주의"는 전대
미문의 파괴가 남긴 흔적인 원폭 돔조차 "문화 유산"으로 바
꾸어 버렸다. 이것은 자신들이 전면적인 멸망의 당사자가 되는 일
은 결코 없다는, 오만불손하고 순진무구한 자신감을 공공연히
드러낸다.

　일본 문학의 '풍아' 애호는 문학가의 존재 양식에도 큰 영향

1　야스다 요주로保田与重郎, 『일본의 문학사』日本の文学史, 新学社,
2000, 267, 211쪽.

을 미쳤다. 예를 들어 야스다는 일본 문학의 본줄기를 '은둔 시인'—미를 '신앙'으로 섬긴 은자적 시인들—에서 찾아 사이교, 고토바 인, 마쓰오 바쇼로 이어지는 계보를 상정했다. 그에 따르면 특히 고토바 인은 "전대까지의 연상聯想 형식"을 종합한 불세출의 시인이었는데,[2] 그 위대한 시도는 고토바 인이 조큐의 난에서 패배하고 오키노시마隠岐島에 유배되어 '은둔'한 것과 떼어 놓고 생각할 수 없다. 요컨대 야스다에 따르면 고토바 인은 조큐의 난을 그때까지의 일본 문학을 집대성해 진정한 완성으로 이끌기 위한 계기로 이해했다.

이 견해는 언뜻 터무니없어 보인다. 하지만 일본사를 뒤흔든 몇 번의 부분적 멸망이 중국처럼 유민 의식을 키우기보다 때때로 새로운 문화의 '고치'를 튼 은둔자를 낳아 왔다는 사실은 분명 부정하기 어렵다. 예를 들어 훗날 오닌의 난[3]에서 '아시가루'라는 새로운 존재가 "교토 시내 외의 모든 신사와 절, 오산십찰五山十刹, 공가,[4] 황족이나 공가 출신 승려門跡 세력의 멸망"(『초담치요』樵談治要)을 초래했을 때, 당시 쇼군이던 아시카가 요시마사는 그러한 파괴 행동은 신경도 쓰지 않고, '멸망'에 대한 절과 신사의 위기감마저 제쳐 두고, 세련된 "생활 문화"(하야시야 다쓰사부로)로서 풍아한 히가시야마 문화를 창조하는 데 매진했다.[5] 여기서도 고토바 인과 유사한 '전후'의 은둔자적 위정자상을 발견할 수 있다.

15세기 후반의 <전후> 문화였던 히가시야마 문화에서 멸망의 리얼리티는 표면에 드러나지 않았고, 위정자의 중책을

---

2 야스다 요주로,『고토바 인』後島羽院, 新学社, 2000, 23쪽.

3 [옮긴이] 12쪽 주 12 참조.

4 [옮긴이] 94쪽 주 2 참조.

5 [옮긴이] 12쪽 주 13 참조.

진 요시마사 자신도 주위의 비참한 상황에 아무런 책임을 지지 않았다. 그런데 그러한 놀라운 무책임함 덕분에 일본 예술의 기본적 사상—생활의 예술화—이 확립된 이상 요시마사를 일방적으로 단죄하고 끝낼 수도 없다. 오닌의 난이 현실 생활의 많은 부분을 사람들에게서 앗아 간 것은 분명 사실이다. 하지만 〈전후〉의 혼란에서 눈을 돌려 히가시야마 산장을 짓고 돌보는 데 몰두한 요시마사가 꽃꽂이와 다도, 도코노마床の間를 비롯해 이후 일본인의 미의식과 생활 공간에 끼친 영향은 이루 헤아릴 수 없다. 정원 조경만 해도 가마쿠라 말기 이후 선종의 영향으로 헤이안 시대까지의 정토교적 세계관을 벗어나 좌선에 도움이 되도록 조성되었는데(대표적인 예가 반자연적·상징적인 가레산스이枯山水 양식이다), 요시마사가 손수 돌본 정원도 이러한 선禪의 미학을 흡수해 수많은 '자손'을 후세에 남겼다.[6] 요시마사는 전란의 상실과 맞바꾸어

---

6   도널드 킨Donald Keene, 『아시카가 요시마사와 은각사』足利義政と銀閣寺, 가쿠치 유키오角地幸男 옮김, 中央公論新社, 2008, 8장 참조. 또한 선의 법식을 흡수한 것은 '신체적 자세와 문화의 관계'라는 심오한 문제와도 직결된다. 예를 들어 서양 근대 회화에서는 캔버스가 대체로 지면에 수직으로 세워져 감상자도 기본적으로 미술관을 서서 돌아다니는 것이 전제되어 있다. 이런 '직립한 인간'(호모 에렉투스)의 전횡 탓에 20세기 후반 잭슨 폴록의 드립drip 페이팅이 수직성을 탈구축하려 시도한 것으로 비평적 가치를 인정받았다. 그것은 확실히 서양적 시각 공간의 전제 조건을 뒤흔든 강렬한 일격이었을 것이다(이브-알랭 부아Yve-Alain Bois·로절린드 크라우스Rosalind Krauss, 『비정형』アンフォルム, 가지야 겐지加治屋健司 외 옮김, 月曜社, 2011[정연심 외 옮김, 미진사, 2013] 참조). 그에 비해 동양에서는 '직립성'이 인간성을 보증한다는 사고 방식이 그리 강하지 않았고, 오히려 사상과 미술의 기본 자세는 '앉는 것'에서 나타났다. 노장 사상의 좌망坐忘이든 불교의 좌선 혹은 주자학의 정좌든 가장 깊은 사유를 가능하게 하는 자세는 마음을 가라앉히고 앉는 것이었고, 회화의 제작 및 감상 혹은 꽃꽂이

새로운 '현실'을 만들어 냈다. 여기에는 현실에 무관심했기 때문에 가장 많은 현실을 만들 수 있었다는 역설이 있다.

다만 멸망을 의식 바깥으로 추방하려 한 고토바 인이나 아시카가 요시마사 같은 은둔자적 위정자가 있었던 한편, 근세 이후 일본인의 집단 심리에는 멸망의 당사자인 '유민'에 대한 동경심이 각인되어 있기도 했다. 가령 정성공의 남경 공략이 실패한 후 일본에 망명한 명나라 유민 주순수는 도쿠가와 미쓰쿠니德川光圀의 환대를 받고 훗날 미토학水戸学(더 나아가서는 막부의 존황 사상)[7]의 기틀을 닦은 바 있다. 그뿐만이 아니다. 그보다 훨씬 나중에 관동 대지진의 이재민을 목격한 가와바타 야스나리는 그때의 인상을 1934년 에세이 「문학적 자서전」文学的自叙伝에 다음과 같이 남겼다.

긴자보다 아사쿠사가, 고급 주택가보다 빈민굴이, 여학교 하교 시간보다 담배 공장 여공 무리가 내게는 서정적이다. 불결한 아름다움에 마음이 끌린다.……나는 다분히 망국의 백성이다. 지진으로 망명길에 오른 듯한 이재민의 끝없는 행렬만큼 내 마음을 아프게 하는 인간의 모습은 없다. 도스토옙스키를 탐닉했고 톨스토이는 공감하기 어려웠다. 부모 없는 아이, 가족 없는 아이였던 탓일까? 가슴 시린 생각이 늘 머릿속을 떠다닌다. 언제나 꿈을 꾸고 어떤 꿈에도 빠져들지 않으며 꿈꾸

나 다도를 보더라도 실내(다실과 절)에서 앉아 있는 자세가 중시된다. 요시마사는 이처럼 '앉는 것'을 전제로 문화적 = 생활적 공간을 한층 다채롭고 풍성하게 만든 것이다(따라서 만일 동양의 '폴록'이 존재한다면 그는 앉는 것과 수평성을 탈구축해야 할 것이다).

7　[옮긴이] 에도 시대에 미토번을 중심으로 등장한 유학 사상으로 (이때 미토 번주가 도쿠가와 미쓰쿠니였다), 후기에는 오규 소라이의 영향도 받으며 존황 사상의 성격을 갖게 되었다.

면서 깨어 있는 나는 뒷골목 취향으로 나를 속이는 것이리라.
(강조는 추가)

이 문장에는 몇 가지 시사적인 문제가 압축되어 있다. 첫째로 지진에 의한 수도 붕괴가 말 그대로 "망국"과 연관된다. 둘째로 가와바타 자신은 "망명길에 오른 듯한 이재민"을 철저히 옆에서 '보는' 측에 서 있다. 셋째로 고아의 입장에서 "늘 머릿속을 떠다니는 가슴 시린 생각"이 도스토옙스키와 톨스토이 등의 외국 문학과 연결된다. 넷째로 이런 모든 감정이 꿈을 꾸는 상황으로 체험된다. 즉 가와바타는 "망국의 백성"을 동경하면서도 결코 자신이 그 당사자가 되지는 않았으며, 지진 이재민을 비몽사몽의 마음에 비친 이국적 판타지처럼 이야기한다(가와바타의 문학과 지진의 관계는 다음 장에서 다시 다룬다).

요컨대 처음부터 멸망에 무관심하기로 작정하고 자신의 미학에 매진하는 유형(요시마사)과 묵시록적 멸망의 광경이 이국적이면서도 문학적이기에 그에 도취되는 유형(가와바타)이 있으며, 이 둘 간의 암묵적인 쌍방 계약 속에서 일본의 미학이 창출되었다. 그렇다면 그중에서 후자, 즉 "망국의 백성"에 대한 감정은 어떤 경위로 리얼리티를 획득했을까?

내가 생각하기로는 그 리얼리티의 형성을 강력하게 후원한 것이 앞 장에서 논한 근세 중국의 '유민 내셔널리즘'이다. 물론 일본인에게는 중국이 겪었던 것과 같은 실제 역사가 부재한다. 그럼에도 불구하고 중국의 '유민' 이미지는 가상의 문학적 정보로서 근세 일본에 유입되어 내셔널리즘에 중요한 소재를 제공했다. 지금부터 나는 근세 일본의 문학 상황을 중심으로 일본사에 빙의한 이 기묘한 '가상 국가'virtual nation의 면모들을—그러니까 현실의 멸망 체험이 아닌 이국의 멸망 체험에 접속된 부흥 문화의 형태들을—밝히려 한다. 이는 일본 내셔널리즘이 지닌 이방異邦의 기원을 고찰하는 것이다.

A 가상 국가

1 근세의 세속화

대체 근세 일본은 어떤 시대였을까? 우선 당시 일본이 철저히 '세속화'의 길을 택했다는 사실을 확인해 두자. 17세기 이후 도쿠가와 막부는 오다 노부나가織田信長와 도요토미 히데요시豊臣秀吉가 일향종一向宗과 기독교를 탄압하고 종교의 힘을 제거하려고 한 연장선 위에 세워졌다. 전국 시대에 절대적인 정치적 에너지를 과시했던 종교 교단은 1638년 시마바라島原의 난[8]이 종결된 이후 사청寺請 제도[9]와 종문인별개장宗門人別改帳[10] 작성과 함께 행정 조직에 종속됨에 따라 그 위험의 싹을 뽑혔다. 즉 일본 사회의 본격적인 세속화는 17세기에 시작된 셈이다.

근세에 들어와 종교가 정치에 굴복한 것이 일본 사회에 미친 영향은 막대하다. 예를 들어 마루야마 마사오[11]는 에도 시

---

8 [옮긴이] 에도 시대 초기에 규슈 서쪽의 시마바라 반도와 아마쿠사 제도에 거주하던 주민들이 일으킨 대규모 반란이다. 막부의 기독교 탄압도 주요 원인으로 작용해 종교 전쟁의 성격도 지녔다.

9 [옮긴이] 일반 서민들을 사원에 단가檀家, 즉 신도로 등록하게 하고 사적寺籍이 곧 호적과 같은 효력을 갖게 함으로써 모든 민중을 불교에 귀의하게 했던 제도다. 에도 시대 중기에 확립되었다.

10 [옮긴이] 매년 한 번씩 작성해 해당 지역의 영주에게 제출해야 했던 문서다. 오늘날의 호적처럼 나이, 성별, 소속 사찰 등이 명기되었다.

11 [옮긴이] 마루야마 마사오丸山眞男, 1914~1996. 일본의 정치학자이자 사상사가. 특히 정치 사상사의 권위자로 이름이 높다. 전후 일본

대에 "일체의 종교와 종교 교단이 지상의 권위에 종속되어, 초월적 절대자에 대한 헌신에 기반한 공동체의 형성이 금지된" 것이 이후 일본에 "거의 결정적이었다고 할 수 있을 정도로 중대한 각인을 남겼다"고 단언한다.[12] 근세 일본의 막부 체제는 종교의 가능성을 제거하고 초월성을 해체해 오직 "지상의 권위"만을 허용하는 세속화 일변도의 사회를 수립했다. 불교 신자는 바로 그때 세속화에 자발적으로 협력했던 것이다.[13] 마루야마의 말을 빌리면 이는 사회의 "중간적 요새"가 근본부터 해체되었음을 의미한다.

문학 또한 이러한 세속화의 파도를 피하지 못했다. 예를 들어 메이지 시대에 기타무라 도코쿠[14]는 "도쿠가와 이전의 문학은 불문佛門의 손안에 있었다. 그래서 당시에 불문의 인간에서 멀어지는 것은 문학의 인간에서 멀어지는 주요한 원인이 되었다"고 지적한다(「메이지 문학 관견」明治文学管見). 에도

헌법 개정에 참여했으며 이후 전후 민주주의의 주요 이론가로 평가받았다.

12 마루야마 마사오丸山眞男, 『마루야마 마사오 강의록』丸山眞男講義錄 6권, 東京大学出版會, 2000, 128쪽.

13 가령 원래는 무사였고 후에 조동종曹洞宗에 귀의한 스즈키 쇼산鈴木正三은 좌선을 할 때와 같은 "무아의 마음"으로 자신의 분수를 지키며 철저하게 일한다는 직업 윤리를 말한다. 거의 군대 규율 훈련을 상기시키는 이러한 멸사봉공의 주장은 불교가 "지상의 권위"에 복속되었음을 무엇보다 명확하게 보여 준다. 헤르만 옴스Herman Ooms, 『도쿠가와 이데올로기』德川イデオロギー, 구로즈미 마코토黑住眞 외 옮김, ぺりかん社, 1990, 4장 참조.

14 [옮긴이] 기타무라 도코쿠北村透谷, 1868~1894. 메이지기에 활동한 일본의 시인이자 문예 평론가. 근대 일본 낭만주의 운동의 선구자로 평가된다. 자유 민권 운동에 자극을 받고 정치에 뜻을 두기 시작했으며, 시마자키 도손島崎藤村, 히라타 도쿠보쿠平田禿木 등과 함께 『문학계』文学界를 창간해 일본의 초기 낭만주의 운동을 이끌었다.

시대 이전에는 군기 이야기軍記物語[15]가 승려의 설법을 통해 확산되었고, 선승이 주요 필자였던 오산 문학五山文学[16]이 수많은 한시문을 만들어 냈으며, 주로 "여러 나라를 여행한 승려"가 '와키'ワキ[17]를 맡는, 일종의 체계성을 지닌systematic 종교 문학인 노能도 문화적 위광을 몸에 휘두르고 있었다. 이것이 바로 "불문의 손안에 있었"던 문학인데, 도코쿠에 의하면 에도 시대에 이르러 문학과 불교 공히 '인간'에서 멀어진다. 다시 말해 불교는 세속 권력에 포위된 채 형해화되어 초월적인 것을 보호하는 장으로 기능하지 않게 된다. 더욱이 막부가 불교의 토착화를 추진하면서 노에 이미지를 부여하던 여행승 또한 본연의 모습을 잃고 문학적 상상력의 공급원 역할을 멈추게 되었다.

도코쿠는 이러한 탈종교화＝세속화 끝에 "평민적 허무 사상"이 일본을 뒤덮었다고 생각했다. "엔바, 산바, 미나가와, 잇쿠 등의 저서를 읽을 때 우리는 반드시 그 안에 잠재된 일종의 평민적 허무 사상의 현絃에 닿게 된다"고 쓴 도코쿠는 에도 시대의 문학이 "인생의 영존靈存, spiritual existence을 머리부터 발끝까지 깔아뭉갠" 우테이 엔바烏亭焉馬, 시키테이 산

15　[옮긴이] 일본 중세 문학을 대표하는 문학 장르로, 무가의 전란이나 흥망을 주제로 한다. 대표적인 작품으로 『헤이지 이야기』平治物語, 『헤이케 이야기』가 있다.

16　[옮긴이] 가마쿠라 시대와 무로마치 시대를 중심으로 약 150여 년에 걸쳐 발달한 한문학을 총칭하는 용어다. 중국에서 전해진 선종은 일본 중세 문화의 형성에 지대한 영향을 미쳤다. 특히 가마쿠라와 남북조 시대에 고잔五山(가마쿠라와 교토에 각각 다섯 개씩 있었던 선종의 대형 사원)을 중심으로 선승들에 의해 창작된 선禪 문학을 '오산 문학'이라 한다.

17　[옮긴이] 일본 전통 예능인 '노'에서 사연을 가진 주인공인 '시테'シテ의 상대역으로, 시테의 이야기를 받아 주는 역할을 한다.

바式亭三馬, 짓펜샤 잇쿠十返舍一九 같은 허무주의적 희극 작가를 배출한 것을 문제시한다(「도쿠가와 시대의 평민적 이상」德川氏時代の平民的理想). 이러한 세속화가 '정신의 자유'의 폭을 현저하게 협소화시킨 탓에 그 후 일본인의 사고 양식은 '극단적인 허상파'와 '극단적인 실제파', 다시 말해 과대 망상적 로맨티스트와 옹졸한 리얼리스트의 양극으로 분화되고 말았다. 메이지 시대 사람인 도코쿠에게 이는 일본 사회의 큰 약점으로 여겨졌다. 바로 그 때문에 도코쿠와 우치무라 간조[18]는 종교적(영적) 요소의 부족을 기독교를 통해 보충하려고 했지만, 이들의 주장이 광범위한 '평민적' 지지를 얻었다고 말하기는 어렵다.

더욱이 근세 일본의 세속화 경향은 문학 인프라인 출판업(복제 기술)과의 관계를 통해서도 생각해 볼 수 있다. 이에 대해서는 역시 유럽과 비교해 보면 좋겠다. 주지하듯이 유럽에 활판 인쇄술을 퍼트린 구텐베르크 혁명은 마르틴 루터가 일으킨 종교 개혁의 모태가 되었다. 나아가 루터 이후 프로테스탄티즘이 확산되면서 『성서』의 수요가 생겨나 16세기 초엽 독일의 출판업을 한층 확장시켰다. 루터의 종교 운동에서 기존 국가 권력과 교회 권력의 방해를 차단하고 복제 기술을 행사해 출판 시장에 참가하는 것은 불가결한 일이었다(따라서 '표현의 자유'와 '출판의 자유'는 본래 '신앙의 자유'와 별개일 수 없었다).

요컨대 유럽의 복제 미디어는 종교적 패권 다툼의 장이었

---

18 [옮긴이] 우치무라 간조內村鑑三, 1861~1930. 일본 메이지 시대와 다이쇼 시대에 주로 활동한 기독교 지도자. 무교회주의를 표방하며 외국 선교사에 의존하지 말고 일본인 스스로의 손으로 전도할 것을 주장했다.

고 지금도 그 사실에는 변함이 없다. 예를 들어 사반세기 동안 로마 교황의 지위에 있던 요한 바오로 2세는 세계 각국을 순방하며 신자 및 주요 인물과 만나는 자신의 모습을 전 세계 여러 매체를 통해 대량으로 복제했다. 종교 지도자로서의 아우라를 확산시킨 그 행동은 기독교의 '영존'이 얼마나 복제 미디어와 친화성이 높은지 우리에게 알려 준다. 아니, 이는 기독교에만 한정되지 않는다. 요 근래 가장 '영적'인 종교 지도자가 알카에다의 지도자 빈 라덴이었다는 데는 의심의 여지가 없다. 그의 실재성은 오랫동안 미디어를 통해서만 감지되었는데, 그러한 의미에서 가상 현실과 조금도 다르지 않았다. 복제 기술과 종교의 관계는 오늘날 네트워크 사회에서 훨씬 더 견고하다.

시선을 동아시아로 돌리면, 앞 장에서도 다루었듯 16세기 중국 명대에 출판업이 비약적으로 발전하고 서적의 상품화가 진행되었으며 그것이 17세기 이후 근세 일본에서 출판업이 번영하는 중요한 '전사'前史로 자리 잡는다. 그러나 근세 동아시아에서 복제 기술의 향상은 결코 '동양의 루터'를 낳지 않았다. 명청 시대의 정부는 유교, 도교, 불교 그리고 기독교에까지 출판 사업의 자유를 주었는데,[19] 그랬기 때문에 복제 기술이 급진적인 '종교 개혁'의 도구로 동원되지는 않았다. 또한 17세기 일본에서도 종래의 소규모 인쇄업printing에서 영리 목적 출판업publishing으로의 엄청난 비약이 있었지만,[20] 그것

---

19   카이-윙 초우Kai-Wing Chow, 『초기 근대 중국의 출판, 문화 그리고 권력』Publishing, Culture, and Power in Early Modern China, Stanford University Press, 2004, 252쪽.

20   곤다 요조今田洋三, 『에도의 서점』江戸の本屋さん, 日本放送出版協會, 1977, 22쪽.

은 프로테스탄티즘과 같은 종교 재구축 운동이 아니라 문화의 세속화·오락화를 — 게다가 "평민적 허무 사상"을 — 후원하게 되었다. 유럽의 프로테스탄티즘은 바로 인쇄술, 즉 복제 기술을 통해 탄생한 종교였으나 중국과 일본에서는 그 등가물을 찾아볼 수 없다.

2 『태평기』의 가상 국가

종교에서 위험한 싹을 뽑아 버린 근세 일본의 '태평'泰平한 세상에서는 복제 기술과 종교 개혁이 결합할 기회조차 갖지 못했다. 이것은 시민 사회를 정념의 수준에서 떠받칠 전前 시민 사회적인 종교적 유대가 대중 문화의 융성에 비해 미약했다는 것을 의미한다. 그럼에도 불구하고 주목해야 할 것은 이러한 압도적인 세속화 경향과 더불어 일본 문학이 이를테면 종교의 대체물로서 '네이션'을 자기 내부에 도입했다는 사실이다. 특히 근세 중국에서 출현한 '유민'이라는 존재 양식은 일본 사회에 내셔널리즘을 발병케 한 원인이 되었다.

차례대로 살펴보자. 근세 내셔널리즘이 감염될 수 있는 토대를 다진 신화적 작품으로는 우선 중국풍의 군기 이야기인 『태평기』太平記[21]를 들 수 있다. 『헤이케 이야기』가 어디까지나 가문 간 내전을 다루었다면, 14세기 후반 — 이때 중국은 원에서 명으로 왕조 교체기를 맞이했다 — 에 40권본이 성립되었다고 전해지는 『태평기』는 가마쿠라 말기의 동란을 중

21　[옮긴이] 고다이고 천황의 즉위, 가마쿠라 막부의 멸망과 이후 이어진 남북조의 분열, 무로마치 시대의 개막 등 1318~1368년의 일본 역사를 배경으로 한 군기 이야기다. 성립 시기는 분명하지 않지만 1370년경에 현재의 형태(전 40권)를 갖추었을 것으로 추정된다.

국에서 볼 수 있는 국가 간 전쟁에 가깝게 그려 내고 있다.

『태평기』는 고대 중국 오나라와 월나라(부차夫差와 구천句踐)의 싸움, 한나라와 초나라(유방과 항우)의 싸움을 지겹도록 반복해 참조하며, 등장 인물들에게도 중국식으로 유형화된 성격을 부여한다. 예를 들어 "하늘은 구천의 노력을 헛되이 하지 않고, 궁지에 몰렸을 때도 꼭 범려范蠡와 같은 충신이 나와 도와주려고 한다"(4권)는 유명한 시를 읊은 고지마 다카노리,[22] 그리고 "한나라 진평陳平과 장량張良"에 필적하는 지력智力으로 찬양받으며 아들(마사쓰라正行)과 헤어지게 되었을 때 춘추 시대의 백리해百里奚에 비견된 구스노키 마사시게[23]는 중국의 국가 간 전쟁에서 활약한 현신賢臣과 중첩된다. 고다이고 천황도 "다만 유감스럽게도 제나라 환공이 행한 패도 정치나 초나라 공왕의 좁은 도량이 천황의 생각과 다소 비슷"(1권)하다며 고대 중국 패왕의 좁은 도량과 무례함에 비견된다. 『태평기』의 지은이는 일본인 주인공들에게 중국풍 의상을 입힌 것이다.

남북조 시대에 정치적 정통성을 두고 두 왕조가 경합함에 따라 일본인은 마침내 국가의 병렬 상태를 오랫동안 경험한 중국에 대응 가능한 역사를 가지게 되었다. 얼토당토않은 중

---

22 [옮긴이] 고지마 다카노리児島高徳, 1312~1382. 가마쿠라 시대 말기부터 남북조 시대에 걸쳐 활약한 무장. 남조를 대표하는 충신으로 일컬어진다.

23 [옮긴이] 구스노키 마사시게楠木正成, 1294?~1336. 가마쿠라 시대 말기부터 남북조 시대에 걸쳐 활약했고 남조에 가담해 싸우다 미나토가와 전투에서 자결한 것으로 알려진 인물. 이 전투의 전날 아들 마사쓰라와 작별을 나눈 『태평기』 속 일화가 유명하다. 한편 백리해는 중국 춘추 시대 우나라 사람으로, 이후 복잡한 인생 역정을 거치며 가족과 이별하지만 진나라에서 재회하고 재상이 된 인물이다.

국풍으로 만연한『태평기』의 지은이는 희희낙락하면서 일본사를 중국사풍으로 바꾸어 쓴 듯하다. 이러한 태도는 특히 멸망을 기술할 때 명확해진다. 예를 들어 호조北條 씨의 멸망은 안일함에 빠져 몰락한 중국의 지배자와 겹쳐진다.

이야말로 바로 그 예상霓裳의 노랫소리 속에 어양漁陽의 북이 땅을 흔들고, 가짜 봉화가 만리까지 올라 융적戎狄의 깃발이 하늘을 빼앗고 주나라 유왕幽王을 멸망시킨 광경, 당나라 현종이 나라를 쇠약하게 하여 멸망시킨 것도 이러하지 않았을까 눈물이 그치지 않을 정도로 슬픈 것이었다. (10권)[24]

『태평기』의 지은이는 가마쿠라의 멸망을 예상우의곡霓裳羽衣曲에 맞추어 춤추는 양귀비에게 넋을 잃어 안녹산의 공격을 받은 당 현종, 포사褒姒를 웃기려 가짜 봉화를 올렸다가 융적에게 침략당한 주나라 유왕의 추태에 견주고 있다. 나아가 고다이고 천황이 히에이산比叡山으로 피난한 후 다이리內裏[25]가 불타는 장면에서는 오월吳越과 한초漢楚의 전란에서 일어났던 멸망이 환시幻視된다.

맹렬한 불은 다이리에 번져 대전 앞 황후의 궁전, 관청 건물

---

24 [옮긴이] 당 현종과 양귀비의 비련을 노래한 장편 시「장한가」長恨歌(백거이白居易) 구절 일부를 차용한 부분이다. 이 시에서 백거이는 "漁陽鼙鼓動地來 / 驚破霓裳羽衣曲"(어양 땅 전쟁터에서 치는 북소리가 땅을 흔드니 / 깜짝 놀라 예상우의곡을 끝내네)이라고 노래했는데, 여기서 '어양'은 안녹산이 반란을 일으킨 지역이며, '융적'은 소수 민족 출신인 안녹산을 경멸의 의미를 담아 표현한 것이다. '예상우의곡'은 천상의 곡조를 본떴다는 곡조를 가리킨다.
25 [옮긴이] 천황이 거주하는 궁성을 일컫는다.

여덟 개, 서른여섯 개의 궁전과 열두 개의 문, 큰 건물이 순식간에 잿더미가 되었다. 월나라 왕이 오나라를 멸망시켰을 때한 줄기 연기로 불타 버린 고소성이나 항우가 진나라를 쓰러뜨렸을 때 석 달 동안 불탄 함양궁을 생각하면, 오월과 진초秦楚가 멸망당하던 시절보다 더한 참으로 비참한 세상이었다. (10권)

이처럼『태평기』속 멸망은 모두 중국의 멸망 형식을 통해 이해되고 있다. 등장 인물들도 멸망의 '선례'를 중국에서 찾아 자신의 미래를 예견하기 위해 애쓴다. 예를 들어 다이나곤大納言[26]이었던 사이온지西園寺에 맞서 모반을 꾀한 교부쇼 도키오키刑部少輔時興는 "나라의 흥망을 따지려면 다스림의 선악을 보는 것이 상책이요, 다스림의 선악을 보려면 현신賢臣의 기용을 보는 것이 상책이다"라며 은나라의 미자微子나 초나라의 범증范增과 같이 뛰어난 인물을 쫓아낸 것이 중국 고대 왕조의 멸망을 초래했다고 평하고 작금의 일본 왕조도 그러한 조짐을 보이고 있다고 서술한다(13권). 중국식 변론 수사로는 흔해 빠진 것이지만, 이렇게 장황하고 지루한 설명이 축적되어『태평기』에 기록된 정치적 행동들은 속속들이 중국풍으로 꾸며지게 된다.

이런 철저한 선례주의가『헤이케 이야기』와『태평기』의 질적 차이를 낳는다. 단노우라에서 섬멸된 헤이케 일족의 '진혼'을 취지로 저술된『헤이케 이야기』는 헤이케 일족의 멸망을 달리 대체할 수 없는 것으로 다루었다. 그 충격적인 역사를

---

26 [옮긴이] 정무 의논을 주도하고 천황의 선지 하달과 대신들의 의견을 상주하는 역할을 맡았던 관직이다.

왕조 문학 이래의 유려한 문장으로 다시 감싸 더없이 정련된 양식으로 후세에 전한 것이 『헤이케 이야기』가 보여 준 진혼의 형태였다. 물론 『헤이케 이야기』에도 중국의 선례가 상세히 소개되지만(예를 들어 5권의 「함양궁」咸陽宮 등), 그러한 기술이 헤이케의 멸망이 품은 고유의 내적 긴장을 훼손하지는 않는다. 후에 제아미도 이 이례적인 멸망을 중요시했기 때문에 헤이케의 유령을 하나하나 정중하게 무대 위로 불러들였다. 반대로 『태평기』는 일본인이 줄곧 불완전하게 체험해 온국가 멸망의 기록을 기꺼운 듯 중국사에서 불러냈다. 중국의 전쟁과 멸망이 보여 주는 패턴에 지배당한 『태평기』에서 멸망이라는 사건은 완전히 진부해지고 그 일회성이 소거된다. 때문에 『태평기』의 독자는 역사상 여러 번 일어난 멸망이 가마쿠라 시대 말기 일본에서 다시 반복되었다는 인상을 받게 될 것이다(이런 점에서 『태평기』가 『헤이케 이야기』의 전쟁 기록을 '패러디화'하고 재탕했다는 효도 히로미의 지적은 시사적이다[27]).

더구나 『태평기』가 중국사의 골조를 복제한 것은 국가의 규모를 표상하는 데서도 동요를 일으키지 않을 수 없었다. 예를 들어 호조 씨 일족 및 관동 여덟 나라가 교토 전역에 군세를 떨칠 때의 모습은 다음과 같이 묘사된다.

합해서 온 나라 일곱 도道의 군세가 앞다투어 달려 나가 교토의 시라카와白川 집들을 제외하고 다이고醍醐·오구루스小栗栖·히노日野·가주지勸修寺·사가嵯峨·닌나지仁和寺·우즈마사

---

27   효도 히로미兵藤裕己, 『태평기 '읽기'의 가능성』太平記〈よみ〉の可能性, 講談社学術文庫, 2005, 4장 참조.

太秦의 주변, 니시야마西山·기타야마北山·가모賀茂·기타노北野·고도革堂·가와사키河崎·시미즈清水·롯카쿠도六角堂의 문 아래, 종루 안까지 군세가 미치지 않는 곳이 없었다. 소국인 일본에 이렇게나 사람이 많았던가 하고 처음으로 놀랄 뿐이었다.

도자마外樣 다이묘 오천 기, 삼천 기가 나뉘어 쉬지 않고 밤낮으로 13일을 달릴 수 있다. 우리 조정이 당, 천축天竺, 태원太元, 남만南蛮도 가지지 못한 대군을 가지게 된 것을 부정하는 사람은 없을 것이다. (6권, 강조는 추가)

『태평기』에서 일본은 중국과 천축에서도 불가능할 정도로 거대한 군세를 동원할 수 있는 대국의 풍모를 갖추고 있다. 무엇보다 이러한 호들갑스러운 서술 덕분에 '소국' 일본에서는 본래 일어날 수 없었던 일이 『태평기』 안에서는 빈번히 일어난다. 등장 인물도 예외가 아니다. 저명한 중세사가 구로다 도시오가 일찍이 지적했듯 『태평기』에서는 구스노키 마사시게나 덴구天狗, 야마부시山伏[28] 같은 "악당적·반역적 인간"이 초현실적인 사건을 자주 일으킨다. 그때까지 일본의 사회적 상식으로는 받아들일 수 없었던 "악당"들의 초능력에 『태평기』의 지은이는 "대담하다" 혹은 "불가사의하다"라는 형용사를 부여했다. 남북조 시대에 발생한 대규모 내란의 실상을 그리는 것은 때로 판타지 그 자체에 가까웠던 것이다. 그리고 악당이라는 "새로운 인간 형상"에 주목한 구로다는 『태평기』를 군기 문학의 "조락"凋落으로 간주하는 일부 국문학자의 견해를 물리치고 오히려 그 속에서 "새로운 문학"의 맹아를 읽

---

28 [옮긴이] '덴구'는 민간 신앙에서 전승되는 요괴의 일종으로 수행자 차림을 하고 있다고 전해진다. '야마부시'는 산속에서 수행하는 수도자를 말한다.

어 내고자 했다.[29]

어쨌든 고전적 균형을 결여한 이 "불가사의"하고 일그러진 작품 세계는『태평기』가 역사의 새로운 무대에 발을 들였음을 암시한다. 하야시야 다쓰사부로가 말한 것처럼 이야기 승려 고지마小島에 의해 전승된『태평기』는 이전의 이야기 문학과 마찬가지로 예능민＝천민이 지배자에게 바친 봉헌물로서의 이야기와 똑같은 부류였을 것이다(2장 참조).[30] 다시 말해『태평기』는 이름 그대로 <전후>의 '태평'을 기원하는 주술적＝예능적인 부흥 문학이었으며, 그런 한에서 일본 문학의 콘셉트를 올바로 계승한 것이었다. 그러나 다른 한편으로『태평기』는 그러한 전통의 틀에 균열을 내기도 한다. 주술적＝예능적인 이야기에 중국사의 기억이 덧칠될 때, 그 속에서 종래의 일본사와 일본 문학에 출현하지 않던 "불가사의"한 인간들의 약동이 시작되기 때문이다.

3 『태평기』의 신화 생성력

돌이켜 보면 하쿠스키노에 전투와 원군의 일본 침공, 도요토미 히데요시의 조선 출병, 제2차 세계대전 등 몇몇 사례를 제외하면 일본에서 전쟁은 기본적으로 내전이었지 근본적으로 서로 다른 "윤리적 실체"(헤겔)를 가진 국가들 간의 전쟁이 아니었다. 그럼에도 불구하고『태평기』의 지은이는 주저하지 않고 일본식 내전을 중국식 국가 간 전쟁으로 각색했다.

---

29   구로다 도시오黑田俊雄,「태평기의 인간 형상」太平記の人間刑象,『왕법과 불법』王法と仏法(증보 신판), 法藏館, 2001 참조.

30   하야시야 다쓰사부로林屋辰三郎,「태평기의 주술성」太平記の壽祝性,『고전 문화의 창조』古典文化の創造, 東京大学出版會, 1964.

자주 지적되듯이 『태평기』에 주자학의 윤리 사상(대의명분론)이 반영되어 있는 것은 확실하지만, 이 작품의 진정한 의의는 유교 사상보다 중국의 역사적 환경을 복제한 데서 찾아야 한다. 『태평기』가 국가 간 전쟁 프레임을 모방했기에 그후 내셔널리즘과 주자학적 윤리 사상이라는 내용을 주입하는 것도 가능했다.

부연하면 『태평기』가 국가 간 전쟁의 '선례'로 찾아낸 것은 춘추전국 시대와 당나라 안녹산의 난이었고, 북송과 남송의 멸망은 거의 참조하지 않았다. 남송이 멸망한 지 어언 100여 년이 지났음에도 『태평기』는 근세 내셔널리즘 시대의 멸망 형식에 대해 이상하리만치 냉담했다(16권의 효고 해전 장면에서 잠깐 남송의 멸망이 상기되지만 그것도 지나가면서 건드리는 정도다). 따라서 『태평기』를 진정한 의미에서 '근세화'하기 위해서는 또 다른 조작이 필요했다.

구체적으로 그것은 구스노키 마사시게의 근세화에 의해 실현되었다. 전국 시대에 '병법의 영웅'으로 여겨졌던 마사시게는 도쿠가와 미쓰쿠니의 초빙을 받은 명나라 유민 주순수에 의해 근세적인 '충신'의 아이콘, 즉 '난코'楠公로 재발견된다. 사상사가 야마모토 시치헤이의 말을 빌리면 "주순수는 미쓰쿠니를 통해 여러 영향을 주었을 뿐 아니라 당시 학계에도 직접 영향을 주었지만, 특히 구스노키 마사시게가 재발견됨으로써 일본 민중 일반에 절대적 영향을 미쳤으며, 이로 인해 문천상과 동렬에 놓이게 된다".[31] 몽골을 섬기기를 끝끝내 거부한 남송 유민 문천상과 유비됨으로써, 마사시게는 초능력

---

31   야마모토 시치헤이山本七平, 『현인신의 창조자들』現人神の創造者たち 상권, ちくま文庫, 2007, 64쪽. 독창적인 견해로 가득한 이 책은 일본 내셔널리즘의 원류를 중국인 유민에게서 찾고 있다.

을 지닌 중세의 불가사의한 병법가에서 역경에 처한 고다이고 천황을 위해 진력하는 근세적 충신으로 거듭난다. 문천상 및 주순수라는 이방인 사제를 통해 '유민 내셔널리즘'의 세례를 받은 것이다.

최근 역사가들은 『태평기』에 나타난 마사시게의 형상이 에도기 일본 사회에 미친 영향에 대해 참신한 논점을 제시하고 있다. 예를 들어 일본사가 와카오 마사키는 중세에 영주층부터 사상가, 민중에 이르기까지 국가관을 공유하게 만든 것이 현밀불교顯密仏教였다면, 근세에는 그 역할이 '태평기 읽기' 太平記読み(『태평기』의 뜻을 알기 쉽게 풀어 설명한 사람들)에게 넘어갔다는 대담한 가설을 세우고 있다.[32] 『태평기비전이진초』太平記秘伝理盡鈔라는 대본을 통해 다이묘와 민중에게 쉽게 풀어 설명한 '태평기 읽기'들은 마사시게를 농정農政에 뛰어난 '인자한 군주'仁君로 새롭게 이미지화하는 한편, '국가'에 대한 충의를 만민의 책무로 논했다. 결국 마사시게는 고다이고 천황을 섬긴 충신이자 뛰어난 통치자였다는 기묘한 1인 2역을 떠안은 것이다. 에도 시대의 일본인은 이러한 이중성을 띤 아이콘을 통해 국가란 무엇인지에 대한 이미지를 획득했다. 그와 동시에 태평기 읽기들은 기성 현밀불교 세력을 비판하고 국가 이외의 행위자agent가 권력을 가지는 것을 부정했다. 이들에게 『태평기』는 어디까지나 막부 본체라는 '지상의 권위'를 보완하는 서적이었다.

원래 마사시게는 이를테면 『태평기』의 중요한 '발명품'으로, 『태평기』 이전 군기 이야기에 등장하는 영웅과는 명백히

---

32 와카오 마사키若尾政希, 『'태평기 읽기'의 시대』「太平記よみ」の時代, 平凡社ライブラリー, 2012, 384쪽.

이질적인 면모를 보여 준다. 예를 들어 2장에서도 살펴본『헤이케 이야기』의 미나모토노 요시쓰네와 기소 요시나카는 '세계'를 소유하지 않는다. 이들의 행동은 민중의 정서를 강하게 자극할 수는 있었어도 일본 정치철학의 기반이 될 수는 없었다. 그들이 세계 상실자라는 사실은 분명『헤이케 이야기』에 담긴 '무상관'의 리얼리티를 강화했겠지만, 그 속에 새로운 세계와 고도의 정치적 의식을 예고하는 것은 전혀 포함되어 있지 않았다. 승리자가 된 미나모토노 요리토모만 해도 왕법과 불법 모두 붕괴되어 가는 와중에도 '공전'公戰의 윤리에서 벗어나지 못하는 등 새로운 세계의 창설을 담당할 정치가로서의 고유한 역량을 갖춘 인물로는 그려지지 않는다.

이에 비해『태평기』의 구스노키 마사시게는 중국사에서 차용한 '세계'를 자기 안에 가지고 있었고, 그의 기질, 의지, 정념, 행동은 근세 이후의 정치적 모델(신화소)이 될 수 있었다. 국가의 창설 원리와 정치적 사명을 한 번도 보여 주지 못한 종래의 일본 문학과 달리『태평기』의 근세적 독해에 의해 탄생한 충신 마사시게는 무지와 악폐를 교정하고 사람들을 정치적 정의로 이끄는 교육자로서의 과제를 짊어졌다. 실제로『태평기』는 마사시게가 보여 준 충신의 의지를 일본 민중에게까지 널리 각인시켰다. 예를 들어『태평기』에 감염된 18세기 근황가勤皇家[33] 다카야마 히코쿠로高山彦九郎는 교토에 들어갈 때마다 황거로 가 배알했다는 짧은 에피소드로 지금까지 이름을 남기고 있다.『태평기』의 애독자이자 근황가였던 그의 행위는 에도 시대부터 민중의 이해를 얻었고 훗날에는 교토 산조오하시三條大橋 옆의 '우상'으로 고정화되었다. 다카

33　[옮긴이] 천황에게 충성을 맹세한 이들을 일컫는다.

야마의 소박하기 그지없는 행위에조차 '세계'(정치적 의미)
가 주어진다는 것, 이 무심한 사실을 통해 우리는 "문학서이
기 이전에 역사를 강력히 추동한 전율적인 서적"(시바 료타
로)으로서 『태평기』의 대단한 신화 생성력을 확인할 수 있다.
『태평기』라는 오퍼레이터operator[교환수]의 매개 덕분에 내
버려 두면 그저 무의미하게 흩어질 행위들이 정치적 현실로
서 응결된다. 이러한 창작자적 성격은 『헤이케 이야기』가 가
지지 못한 것이다.

　일찍이 철학자 헤겔은 예나에 입성한 나폴레옹의 모습에
서 '세계 정신'의 탄생을 발견한 바 있는데, 그에 비해 '인자한
군주'이자 '충신'이기도 한 인물로 재해석된 마사시게는 근
세 내셔널리즘의 정신＝철학을 한 몸에 체현한 인간이었다.
다만 나폴레옹이 실재한 인간이고 헤겔 또한 그를 실시간으
로 목격한 데 반해, 마사시게는 어디까지나 『태평기』라는 문
학 작품을 통해 정치적 성스러움을 획득했다는 상당한 차이
도 간과할 수 없다. 반쯤은 허구적인 인물이 어떤 정치철학에
도 눌리지 않는 강력한 신화소가 되어 근세 일본의 국가상을
윤곽 지었다는 것, 나는 여기에서 일본 내셔널리즘의 가상성
virtuality을 발견하지 않을 수 없다.

　실제로 이 가상성 탓에 『태평기』에 제시된 네이션은 그 규
모가 때때로 변한다. 앞서 서술한 것처럼 『태평기』는 중국의
국가 간 전쟁과 멸망 형식을 반복하는데, 그것이 '소국' 일본
이라는 하드웨어에 적합한 것은 아니었다. 그 때문에 훗날 이
'중국화' 프로그램에 경량화·고속화 처리가 이루어졌고, 마
침내 일본 대중 문화(서브컬처)의 대표작을 낳게 된다. 『태평
기』의 「엔야 판관의 참사」塩冶判官讒死之事를 '세계'로 한 『가나
데혼 주신구라』仮名手本忠臣藏(1748년 초연)가 바로 그것이다.

잘 알려진 대로『주신구라』와『태평기』는 중층적인 관계를 맺고 있다.『주신구라』의 작가는 자신의 책이 에도 막부에 대한 체제 비판으로 읽힐 것을 염려해 아사노 나가노리淺野長矩를『태평기』의 엔야 판관으로, 기라 요시나카吉良義央를 고노 모로나오高師直로 각각 바꾸어 놓았다.[34] 나아가 의사義士 오이시 구라노스케大石內藏助[35]가 '충신' 구스노키 마사시게의 환생이라는 관점도 에도 시대 사람들의 탄식을 자아냈으며, 마사시게 충신론을 설파한 유학자(하야시 호코林鳳岡와 무로 규소室鳩巢)가 동시에 아코 의사론[36]을 주창한 경우도 찾아볼 수 있다.[37] 마사시게와 엔야 판관, 고노 모로나오 등『태평기』의 등장 인물이 사전에 일종의 가면persona, 즉 '역사적 원형'으로 주어진 덕분에『주신구라』의 사무라이들은 자신의 직책을 훌륭하게 '연기'할 수 있었고, 관객도 그 연기의 의미를 이해할 수 있었던 것이다.[38] 물론『태평기』가 의사擬似 국가 간

34　[옮긴이] 엔야 판관은 가마쿠라 후기와 남북조 시대에 걸쳐 활약했으나 모반 혐의를 받고 자결한 무장 엔야 다카사다塩冶高貞를 뜻한다. 고노 모로나오 역시 이 시기 활약한 행정가이자 무장으로 구스노키 마사시게를 토벌한 것으로도 유명하지만 결국 암살이라는 비극적 최후를 맞았다. 이들의 이야기는『태평기』에서 극화되기도 했다. 아사노 나가노리(아코번 3대 번주)와 기라 요시나카는『주신구라』의 주요 인물이다.

35　[옮긴이] 본명은 오시이 요시오大石良雄, 1659~1703며 아코번 가신의 수장(가로家老)이었다.

36　[옮긴이] 겐로쿠 아코 사건元禄赤穂事件을 일으킨 아코번의 낭사浪士를 '의인'이라고 주장한 것을 말한다. 겐로쿠 아코 사건은 에도 시대 중엽 아코번의 낭사들이 기라 요시나카와 기라가 호위 무사들을 집단 살해한 사건이다.

37　와카오 마사키,『'태평기 읽기'의 시대』, 135쪽.

38　야마자키 마사카즈山崎正和,『생존을 위한 표현』生存のための表現, 構想社, 1978, 22쪽. 이 책에서 나는 오로지 '관객spectator의 문학' 계열

전쟁을 주제로 한 데 비해,『주신구라』에서 그려진 것은 기껏해야 가신들 간의 싸움에 지나지 않는다. 그러나 스케일을 축소한 덕에『태평기』가 이미지화한 중국식 국가가 '나라'와 '가문' 등 일본인이 다루기 적합한 크기로 줄어들 수 있었다.

물론 구스노키 마사시게와 오이시 구라노스케가 원활히 연결된 데는 천황(고다이고)과 번주(아사노 나가노리) 모두 충성의 대상이었다는 사정도 있을 것이다. '충의'라는 추상적 관념은 이미『주신구라』시대에는 일종의 소비재였다. 앞서 서술한 것처럼 17세기 말의 단계에서 마사시게는 고다이고와 주순수에 의해 '충신'의 샘플로 재발견되었고, 마사시게가 전사한 미나토가와湊川에는 이들의 문장을 새겨 "슬프다, 충신 마사시게의 묘"라는 비가 세워졌다. 더욱이『주신구라』에 앞서 1728년에 화각본和刻本[39]『충의수호전』忠義水滸伝 초집初集 (오카지마 간잔岡島冠山 제작으로 알려져 있다)이 간행된 사실도 간과할 수 없다.[40] 주순수와 화각본『충의수호전』이 먼저 동양적 근세의 충신 이미지를 일본에 기입한 덕분에『주신구라』가 '국민적'인 연극으로서 후대의 대중에게 거부감 없이 수용되었던 것이다.

에 관심을 두고 있지만,『태평기』는 오히려 '연기자actor의 문학'의 원천이 된 작품이다.『태평기』연기자들이 중국인 가면을 쓰고 나타나는 것의 의미는 아무리 강조해도 지나치지 않을 것이다.『주신구라』와『고쿠센야캇센』까지 일본에서 중국의 근세 내셔널리즘은 자주 연극적 장치를 통해 유포되었다.

39　[옮긴이] 중국과 한반도 등 한자 문화권에서 발행된 한문 서적을 일본에서 복각한 것을 일컫는다.

40　마루야 사이이치丸谷才一,『주신구라는 무엇인가』忠臣藏とは何か,講談社文芸文庫, 1988, 193쪽.

4 일본에서의 '유민 내셔널리즘'

이와 같이 종교적 기반이 약화된 에도 시대 일본에서는 이방의 기원을 가진 내셔널리즘이 오로지 문학 작품에 기생해 지식인과 민중의 정동情動을 조직했고 결국 『주신구라』같은 국민적 서브컬처의 구성 요소가 되었다. 서브컬처가 내셔널리즘적 경향을 띨 필연성은 없다는 데는 이견의 여지가 없다. 그럼에도 근세 일본에서 (혹은 중국에서도) 서브컬처와 내셔널리즘은 종종 손을 맞잡고 세속화된 사회 안에서 공진화를 이루어 왔다.

본래 망국의 비분을 품었던 중국의 유민 내셔널리즘이 민중 취향의 상품이 되어 영향력을 획득한 구체적인 예로 겐로쿠元禄(1688~1704)기의 손꼽히는 인기작인 지카마쓰 몬자에몬近松門左衛門의 『고쿠센야캇센』國性爺合戰(1715년 초연)도 들 수 있다. 『고쿠센야캇센』의 주인공 와토나이和藤內 — 일본에도 당에도 없다는 의미가 담긴 유희적 이름 — 는 명나라 유민으로 이름을 날린 정성공을 모델로 한다. 와토나이가 일본에서 중국(당나라)으로 건너가 달단왕達靼王을 쓰러뜨리는 과정을 그린 이 작품은 『신주텐노아미지마』心中天網島 등의 세와모노世話物[41]와 달리 현실과 유리된 스펙터클한 표현으로 가득하며, 반역자 리토텐李踏天이 스스로 왼쪽 눈을 뽑는 장면, 황제(사종思宗)가 오삼계吳三桂를 짓밟을 때 궁전 현관이 낙하하는 장면, '신국'神国 일본에서 태어난 것을 자랑스러워하는 와토나이가 중국 호랑이를 쓰러뜨리는 장면 등 화려한 볼거

---

41 [옮긴이] 강도나 동반 자살 등 에도 시대 서민의 일상 생활에서 일어난 사건을 취재해 가부키 등의 연극 대본으로 만든 세태물을 말한다.

리를 제공한다. 와토나이와 그의 부친인 정지룡鄭芝龍의 '충신'다운 모습이 이러한 스펙터클 안에 녹아들어 있다.

『고쿠센야캇센』의 과장되고 잔혹한 표현은 물론 인형극이기에 가능한 것이지만, 그와 더불어 중국의 유민 내셔널리즘이 일본에서는 극히 기호적인 것이 되었음을 암시하기도 한다. 한마디로 잔혹한 표현이라고 했지만『고쿠센야캇센』은 가령『수호전』의 육감적이면서도 유머가 풍부한 묘사와는 대극을 이룬다. 앞 장에서 논한 것처럼『수호전』은 멸망 전야의 대지로부터 무수히 많은 살아 있는 매개를 추출하고, 카니발리즘과 범죄 행위를 신체의 축제로 그려 냈다. 그에 비해 와토나이는 문자 그대로 영혼 없는 '형상'figure으로, 그렇기 때문에 황당무계한 스펙터클 한복판을 대적할 자 없는 기세로 뛰어다니며 호랑이를 굴복시키고 성을 뽑아 내는가 하면 마침내는 달단왕을 징벌하는 것까지 가능했다. 명나라 유민에게 신국 일본의 위광을 부여한『고쿠센야캇센』의 이중 국적 내셔널리즘은 만화적 표현에 매우 근접해 있다.

계속해서 강조하지만 일본에서는 전면적 멸망도 유민도 모두 어차피 가상적이고 이국적인 것에 불과하다. 바로 그렇기 때문에 내셔널리즘의 이미지는 때로 만화적으로 과격화되었다. 근세 세속 국가에 당면해『고쿠센야캇센』의 와토나이가 우격다짐으로나마 쇄국 상황을 돌파해 나가는 미증유의 에너지를 획득할 수 있었던 것은 이 기호성=만화성을 빼놓고는 생각할 수 없다. 더구나 내셔널리즘이 기호적=만화적 표현을 몸에 두른 이 경향은 오늘날 또다시 빈번하게 나타나고 있다. 겐로쿠기의 '천재'였던 지카마쓰가『고쿠센야캇센』을 통해 일본 내셔널리즘의 양상을 예고했다고 말할 수 있을지도 모른다.

더구나 이러한 내셔널리즘의 서브컬처화와 더불어 유민 내셔널리즘이 일본인에게 때로 '신앙심'과 같은 마음을 불러 일으켰다는 점도 주목할 만하다. 이에 대해서는 에도 시대의 주자학자 야마자키 안사이山崎闇斎의 제자였던 아사미 게이사이淺見絅斎의 주저『정헌유언』靖獻遺言을 살펴보면 좋겠다. 굴원, 제갈량, 도연명, 안진경顏眞卿, 문천상, 사방득謝枋得, 유인劉因, 방효유方孝孺라는 여덟 중국인의 전기 및 그들이 남긴 글을 기록한 17세기 후반의『정헌유언』은 막부 말기 들어 '존황'을 내건 지사들의 바이블로서 막부 토벌의 한 감정적 축이 되었다. 이 서적에도 유민 내셔널리즘이 깊게 뿌리내리고 있다.

게이사이 자신이「후기」에서 "고금古今 충신의사가 본래 정한 법규, 임절臨絶의 소리, 쇠퇴위란의 때에 나타나 그럼에도 불구하고 역사에 남을 글을 남겨 밝게 빛난다"라고 쓴 것처럼,『정헌유언』에는 "쇠퇴위란"에 처했을 때 나타나는 "충신의사"의 이미지가 전면에 등장한다. 특히 문천상 이하 네 사람은 각각 남송 말기의 충신(문천상), 지사知事직을 지내다 남송의 망국을 목격하고 원나라가 벼슬을 강요하자 식음을 전폐하고 죽음을 맞은 유민 지식인(사방득), 원의 정통성을 인정하지 않고 쿠빌라이의 초빙도 거절한 은사隱士(유인), 명 건문제建文帝의 지위를 찬탈한 영락제永樂帝에게 일족과 함께 참살당한 사대부(방효유)로서 모두 목숨 걸고 새 왕조에 대립한 강직한 지식인이었다. 주희를 숭배한 게이사이는 충군애국의 지사royalist, 즉 내셔널리스트의 계보를 만들어 내고자 중국의 멸망 당사자들을 선발했던 것이다(또한 이 책에는 구스노키 마사시게와 마사쓰라를 포함한 일본의 의사들도 수록될 예정이었다고 하나 실현되지 못했다).

게이사이는『정헌유언』에서 충忠이라는 지고의 가치를 이

야기함으로써 인류를 회복하려 했다. 게이사이가 자기 실존을 걸고 쓴 이 책은 위기에 직면한 중국의 의사를 현양顯揚하는 일종의 '신앙 고백'처럼 보인다. 가령 이 책을 상세히 분석한 야마토 시치헤이는 게이사이가 "'전도에 기반한 개종 conversion으로 세계를 변화시킬 수 있다'고 믿은 바울과 같은 인간, 일본인과 다소 동떨어진 일본인"이라고 평하고 있다.[42] 주자학인들 단순한 지식=공언空言에 머무는 한 현실적 힘을 가질 수 없다. 따라서 게이사이는 전 왕조를 향한 대의에 목숨을 내던진 "순국자적 중국인"(야마토 시치헤이)으로 유민을 선발하고 그 '내력'에서 강렬한 정념과 충성의 모델을 이끌어 낸다. 『태평기』와 마찬가지로 『정헌유언』 또한 주자학의 윤리를 추상적으로 이야기하는 대신 그것을 실천하면서 살아간 인간들을 끌어들였다. 그리고 중국인 유민에 마음을 빼앗긴 게이사이의 바울적 순수함은 곧 도쿠가와 막부를 찬탈자로 보고 그 정통성을 부정하는 사상과 결합되어 막부 말기 근황가들의 마음을 움직이게 된다.

우리는 존황양이尊皇攘夷를 내걸었던 '유신維新 지사'의 먼 원류가 문천상과 주순수 같은 중국인 유민과 망명자였음을 경시해서는 안 된다. 목숨을 걸고 새 왕조에 '아니요'를 내밀었던 중국의 애국자적, 즉 순교자적 유민들은 어떤 의미에서 종교가보다 종교적이었다. 그렇기 때문에 이들이 남긴 글을 모은 『정헌유언』은 세속화 일변도의 근세 일본 사회에서 일종의 '초월성'을 불러일으키는 계기가 될 수 있었다. 일신교를 낳지 않은 동아시아의 풍토에서 초월성은 신이 아니라 멸망 체험에 깃들어 있었다고 말해도 크게 틀린 것은 아닐 것이다.

---

42 야마토 시치헤이, 『현인신의 창조자들』, 185쪽.

여하간 『고쿠센야캇센』과 『정헌유언』을 나란히 읽어 보면 근세 중국의 '유민 내셔널리즘'이 일본에서 어떻게 받아들여졌는지가 드러난다. 일본에서 유민 내셔널리즘은 때로는 만화적으로 또 때로는 종교적인 과격성을 띠고서 근세 일본인의 마음을 사로잡았고, 막부 말기에는 변혁의 에너지로 전환되었다. 물론 야마모토 시치헤이가 말한 대로 이러한 중국적 기원은 곧바로 망각된다. 하지만 근세 중국에서 일어난 수차례의 멸망 체험과 유민의 발생이 없었다면 구스노키 마사시게는 결코 근세적 충신으로 재탄생하지 않았을 것이고, 에도 문학의 역사도 그 이후 내셔널리즘의 양식도—더 나아가 '대동아전쟁'의 구호 아래 전시 동원의 양상까지도—상당히 달라졌을 것이다. 중국의 유민들은 일본사와 일본 문학의 숨겨진 고스트 라이터로서 뜻밖에도 중국 본토가 아닌 일본에서 네이션을 부흥시킨 것이다.

지금까지 『태평기』, 『주신구라』, 『고쿠센야캇센』, 『정헌유언』을 이리저리 훑어보았다. 매우 거친 개요에 불과할지라도 근세 내셔널리즘이라는 명백히 '이국적'인 개념을 일본인이 소중히 끌어안아 주자학자의 텍스트와 연극에서 지치지 않고 거듭 재현한 까닭이 대략적으로나마 이해되었으리라 생각한다. 조국에의 귀속을 호소하는 내셔널리즘의 '조국'이 실은 이방에 있었다는 아이러니는 일본인의 정신 생활에 혼혈아적 성격을 부여해 왔다. 말할 것도 없이 근세 중국의 유민 내셔널리즘 자체는 북송이 금나라에 멸망당하고 남송이 몽골에 멸망당했으며 명나라가 만주족에 멸망당한 중국 고유의 역사 체험과 떼려야 뗄 수 없다. 그러나 내셔널리즘은 한 번 패턴이 확립되면 그 후 복제 가능한 기호, 즉 일종의 '모듈'(베네딕트 앤더슨)이 되어 다른 나라에서도 유통되기 시작한다. 일본 근세사는 설령 '진짜 역사'를 체험하지 않았다 해도 가상의 역사를 수용해 마침내는 자신들의 진짜 역사(메이지 유신!)로 바꿀 수 있다는 정말이지 기묘한 사실을 보여 준다.[43]

다만 이러한 가상성은 역시 원만한 성격을 띠지 않았다. 어떤 삐걱거림, 부조화, 어색함, 경직됨, 과격함 등을 수반한 것처럼도 느껴진다. 이러한 특징들은 근세 내셔널리즘을 배양한 '본가' 주희의 언설과 비교하면 보다 분명해질 것이다. 왜

---

43 또한 요나하 준與那覇潤, 『중국화하는 일본』中国化する日本, 文藝春秋, 2011[최종길 옮김, 페이퍼로드, 2013]은 근세 일본이 '가문'을 중심으로 한 유동성 낮은 지역적 공동체에 의거했던 데 비해, 근세 중국은 보다 유동성 높은 소위 신자유주의적·네트워크적 사회였다고 요약하면서 양자의 차이를 강조한다. 요나하의 논의가 다만 제도적·정치적 수준의 문제 제기라면, 내가 여기서 강조하는 것은 오히려 감정적·문화적 수준의 문제다. 분명 일본은 가마쿠라 막부 성립을 중요한 단락으로 삼아 좋으나 싫으나 '탈아'에 이르렀고, 중국과는 확연히 다른 국가로 성장해 갔다(이것이 예컨대 훗날 제1지역=일본과 서유럽 / 제2지역=유라시아의 그 외 지역이라는 우메사오 다다오梅棹忠夫의 생태학적 구분의 토대가 되었다). 그리고 이 경향이 에도 시대의 쇄국에 의해 완성되었음은 요나하가 말한 대로다. 그러나 '유민 내셔널리즘'은 그러한 제도적 차이와는 무관하게 에도 시대 일본에서도 모사되어 동시에 메이지 유신이라는 현실적인 변화로 연결되었다. 야마모토 시치헤이의 고찰에 따르면 "중국화"야말로 "현인신의 창조자들"을 낳은 것이다. 중국의 막대한 영향은 제도 수준과 문화 수준에서 크게 차이가 났던 것으로 보인다. 우리는 여기서 '복제 가능한 정보의 창고'로서 문화(문학)의 거침없는 힘을 발견할 수 있다. 근세 내셔널리즘은 문학에 기생해 복제 가능한 정보가 됨으로써, 간단히 국경을 넘어 정치 체제가 완전히 다른 국가, 즉 일본에도 침입했다. 한마디로 말하면 '정보화'는 사회 방벽으로서의 면역계를 마비시켜 이질적인 사회를 부지불식간에 변화시켜 왔다. 그리고 섬나라 일본은 이런 종류의 감염을 관찰하는 데 안성맞춤인 장소다.

냐하면 주희는 일본의 후계자들과 달리 모종의 감각적인 결이 갖는 섬세함을 중시했기 때문이다.

예를 들어 주희는 '충군애국'이라는 개념을 멱라汨羅에 투신 자살한 굴원의 문학과 연결시킨다. 주희에 따르면 궁정에서 쫓겨난 굴원은 지방의 무술巫術과 가무에 마음을 빼앗겨, 그 야비하고 음란한 축제의 언어를 정리해『초사』속「구가」九歌로 모았다. 민중의 신앙심을 내세워 충군애국의 마음, 즉 초나라 회왕懷王에 대한 연모의 정을 담았던 것이다. 후대에 이르러 역대 충신의 선구자로 회자된 굴원의 '충군애국' 정념이 에로스를 품은 민중적 제사祭祀에 의해 뒷받침되었다는 주희의 이 가설이 만인에게 받아들여진 것은 아니다. 그러나 감각적인 것과 에로틱한 것까지 아우르려는 그의 유연한 문학관의 일단을 보여 준다는 점에서는 매우 흥미롭다.

실제로 남송 최대의 유학자로서 주희는 그저 언어의 의미만을 고려하지 않았다. 그는 음성적 수준에서도 예민한 감성을 발동시켰다. 예를 들어 그의 언행록인『주자어류』朱子語類에서는 '지면'에 문장을 지은 반고班固(『한서』漢書의 지은이)와 양웅揚雄(전한 시대에 활동했으며 '부'賦에 능했던 작가) 같은 저술가보다『사기』에 구어를 들여온 사마천이 더 높이 평가되며, 아울러 소진과 장의 같은 유세가도 긍정적으로 언급된다(13권). 앞 장에서 논한 것처럼 고대 중국에서는 변론을 통한 소통이 사상의 환경을 구축했는데, 주희는 그에 적극적인 의미를 부여한다. 구어의 음향과 연결된 구체적 감각을 중시함으로써 반듯하기만 한 이데올로기로 회수되지 않는 문학성을 고대의 언설에서 찾아낸 것이다. 하지만 앞서 거론한 지카마쓰와 게이사이(혹은 일본 주자학자)의 작품에서는 이러한 감각적=관능적 포근함을 거의 느낄 수 없다(실제로 게

이사이의 스승인 야마자키 안사이는 시부詩賦를 싫어했다고 한다). 이는 오늘날에 이르기까지 일본 내셔널리즘이 지닌 하나의 난점이다.

그렇다면 일본에서는 세속 사회의 초월성이 결국 경직된 기호적 표현으로밖에 회수될 수 없는 것일까? 아니다. 사실꼭 그렇지만은 않다. 왜냐하면 대규모의 멸망을 배경으로 한 '동양적 근세'에 입각해 종래 일본 문학 본연의 상태를 새롭게 되묻는 비평성을 내포한 작가들이 18세기 이후 대두하기 때문이다. 우리는 구체적인 예를 모토오리 노리나가, 교쿠테이 바킨曲亭馬琴, 우에다 아키나리 등에게서 발견할 수 있다. 이들은 지카마쓰와 게이사이의 민족주의적 담론과는 종을 달리하는 문학적 진화의 경로를 지시했던 듯하다. 일단 여기서 이번 절을 마치고 이어서 근세 일본 문학과 초월성의 관계를 고찰해 보자.

B 고스트 라이팅

1 '애국'의 불가능성

거듭되는 멸망 체험에 기반한 중국사를 복사해 얻은 근세 일본의 내셔널리즘. 그렇지만 다소 기묘한 이 생성물을 사랑하는 것이 과연 가능한 일일까? 지카마쓰의 『고쿠센야캇센』과 게이사이의 『정헌유언』이 보여 주듯이 중국의 유민 내셔널리즘은 일본에서 때로는 스펙터클한 인형극을 만들어 냈고 또 때로는 일본인과 동떨어진 종교적 정열을 불러일으켰다. 그런데 이는 매우 극단적인 감정 양식으로 어딘가 일그러진 것처럼 보인다.

18세기 후반 국학자 모토오리 노리나가의 '가라고코로'漢意[44] 비판은 필시 이러한 현실적 상황과 관련된 것이리라. 가령 노리나가는 첫 가론歌論 『아시와케의 작은 배』排蘆小船에서 '당인의론'唐人議論에 근거한 "근세 무사의 기상"을 날카롭게 비평한다. 예를 들어 군주와 국가를 위해 깨끗이 목숨을 내던지는 의사는 남자답고 엄격하며 누구나 선망한다. 그러나 그런 그도 마지막 순간에는 고향에 남겨 놓은 처자와 늙은 부모를 생각하며 "비애를 느끼지" 않았을까? "남자는 마음에 슬픔이 있어도 다른 사람의 눈과 귀를 생각해 마음을 다스리고 자

---

44 [옮긴이] 허식이 많고 복잡한 논리로 중화 사상을 옹호하는 태도를 가리키는 모토오리 노리나가의 개념이다. 그는 이와 반대로 꾸밈이 없고 인간의 감정을 선악 판단 너머에서 있는 그대로 긍정하는 태도를 '야마토다마시'大和魂라고 불렀다.

세를 가다듬어 본정本情을 요령껏 숨길지니." 노리나가는 "다른 사람의 눈과 귀"를 신경 쓰는 남성적 "의사"(근세 무사)는 성인이나 범인이나 다를 바 없는 인간의 "본정"을 숨기지만, 그러한 행동은 어차피 "세간의 풍습"과 "서적"이 만들어 낸 모조품에 지나지 않는다고 생각했다. 그래서 노리나가는 '당인의론'에 감화된 남자다운 태도보다 부모와 처자를 생각하는 여성스러운 마음으로 기울어 그 마음을 긍정하려 했다.

노리나가의 논의는 그저 순진무구한 일본 예찬이 아니라 어떤 종류의 위기 의식 혹은 비평 의식에 기반한다. '동양적 근세'의 여파가 일본까지 밀려와 유민과 충신의 문학이 대중과 지식인 사이에서 퍼져 나갔을 때 노리나가는 그 중국적 '의사'에 강하게 반발한 것이다(그래서 『아시와케의 작은 배』에서 구스노키 마사시게, 오이시 구라노스케, 와토나이라는 근세적 아이콘을 간접적으로 비판하기도 했다). 그리고 그는 자기를 넘어선 초월자와 일체화하려는 '애'愛로서의 충성심 대신 여러 여성을 '연'恋하는 히카루 겐지, 즉 "연의 혼란함으로 가득하고 그 가운데 그지없는 불의도 행하는"(『겐지 이야기 다마노오구시』源氏物語玉の小櫛) 이 발칙한 허구의 인물을 높이 평가한다. 중국적 '애'의 수신처가 일원적이라면 일본적 '연'의 수신처는 다원적이고 분열적이기에, 노리나가는 후자를 통해 전자를 극복하려 한 것이다.

더구나 노리나가의 '가라고코로' 비판에서는 중국과 일본의 역사적 환경 차이가 강하게 의식된다. 그는 아마테라스오미카미의 나라가 아닌 이국(=중국)은 끊임없이 싸움판을 키우고 사회의 상하가 서로를 미워하며 하극상을 반복하기에 인공적인 '도'에 의해 통제되어야 한다고 생각했다. 「나오비노미타마」直毘靈(『고사기전』古事記伝 서문)에 의하면 "이국은 아마테라스오미카미의 나라가 아니어서 정해진 주인이 없고, 온갖 요사스러운 신들이 사방에서 날뛰어 인심도 황폐하며, 행동이 어지럽고 나라가 난장판인지라 미천한 자도 순식간에 군주가 된다. 그리하여 높은 지위에 있는 자들도 저 밑의 신하에게 자리를 빼앗길까 봐 전전긍긍하고 밑의 신하는 기회가 생기면 위의 지위를 빼앗으려 호시탐탐 노려 서로 원수가 되는 탓에 자고 이래 나라가 안정되지 않고 있다". 그러나 이러한 황폐한 역사를 겪지 않은 일본에서는 중국인이 말하는 '도'가 애초에 필요하지 않다. 아마테라스오미카미의 은총에 둘러싸인 덕분에 멸망 체험이 적은 평화로운 일본은 중국을 딱히 흉내 낼 필요가 없다는 것이다.

이러한 전제하에 노리나가는 중국에 감화된 '근세 무사의 기상'을 비판하고 고대 일본 문학에 밀착해 『고사기』와 『겐지 이야기』를 재조명했다. 그에게 인간의 "마음씨"는 구체적인 언어 표현을 빼놓고는 생각할 수 없는 것이었다. "무릇 사람의 모양새나 마음씨는 말씨에서 가늠되는 것이므로 상고上古의 옛일도 당시의 언어를 밝혀 알 수 있다"(『고사기전』 1권, 「훈법에 대하여」訓法の事). 탁월한 문학가였던 노리나가는 "말씨"를 통해 과거의 마음을 복원하고자 했다. 그때 근세적 '의사'의 충성심은 옛 일본어에 근거하지 않아 신뢰할 수 없는 것이었다. 노리나가의 국학이 훗날 그 이후 일본주의의 원류가 된 것은 분명하나, 그것은 강경한 내셔널리즘과는 달랐다(처음부터 노리나가는 '복고주의'라는 규범적 이데올로기를 말하려 하지 않았다). 노리나가의 입장에서 내셔널리즘은 오히려 나쁜 '중국화'의 산물에 불과했다.

일본의 근세 내셔널리즘이 중국의 역사서와 문학을 중요한 매개로 삼았음을 떠올리면, 노리나가가 무엇보다 먼저 문학을 '가라고코로'에서 떼어 내려고 했다는 사실, 그리고 그때 이데올로기를 소리 높여 말한 것이 아니라 구체적인 언어 표현을 중시했다는 사실은 그의 비평적 예민함을 말해 준다. 노리나가는 언어의 관능성을 깊이 이해했기 때문에 정밀하고 냉철한 방식으로 문헌학에 몰두했다. 당시의 조닌町人적 리얼리즘에 근거해[45] 그는 전면적인 멸망을 체험하지 못한 국가 즉 일본에 어울리는 방법으로 문학 언어를 정상화하려 했다. 일본 문학에 근세 중국 유민(=의사)의 프로그램이 침입해 들어왔을 때, 노리나가의 '문예 부흥'(르네상스)은 『고사기』와 『겐지 이야기』를 불러들여 고대 일본의 "말씨"와 "마음씨"를 일종의 백신 프로그램으로 재구축했다고 말할 수 있다.

그런데 노리나가의 논의를 계속 밀고 나아가다 보면, 일본에서 국가를 사랑한다는 것은 결국 기호적이면서 이국적인, 경직된 감정 양식에 머무는 것이 아닐까 하는 의문도 생긴다. 실제로 근대에 접어든 이후로도 일본인이 애국 개념을 무난히 확장해 갈 수 있었던 것 같지는 않다. 흥미로운 것은 보통

45　노리나가의 『겐지 이야기』론은 '모노노아와레를 아는 것'의 중요성을 강조했는데, 국문학자 히노 다쓰오에 따르면 노리나가의 동시대 시대물인 조루리淨瑠璃나 다메나가 순스이為永春水의 연애 소설人情本에서도 '모노노아와레를 아는 것'을 존중하는 생활 의식이 확인된다. 즉 노리나가의 사상은 결코 독립된 것이 아니라 오히려 당시 조닌적 감성과 연속되어 있었다. 히노 다쓰오日野龍夫, 『노리나가와 아키나리』宣長と秋成, 筑摩書房, 1984, 3부 참조. 더욱이 여성스러운 '정'이나 욕망을 긍정하는 것은 일본 문학의 전매 특허가 아니라 당시 중국에서도 나타난 경향이었다(예를 들어 작품 전편을 농밀한 여성성으로 덮은 『홍루몽』의 지은이 조설근이 노리나가와 동시대인이다). 그렇다면 국수주의자라는 외견과는 반대로 노리나가를 동양적 근세의 비평가로 위치 지어야 하는 것이 아닐까? 이 문제에 대해서는 다른 논고에서 상세히 검토하도록 하자.

우익 애국자로 여겨지는 미시마 유키오도 바로 '애국'의 불가
능성에 직면했다는 점이다.

1967년에 발표한 유명한 에세이 『하가쿠레 입문』葉隱入門
에서 미시마는 에도 시대 중기의 무사 야마모토 쓰네토모山
本常朝가 지은 『하가쿠레』葉隱를 소재 삼아 '에로스'와 '아가페'
의 관계를 축으로 유럽과 일본을 비교 고찰한다. 육욕(에로
스)과 준별되는 순수한 정신적 사랑(아가페)을 추구하는 고
대 그리스 이래의 유럽적 연애관에 대해 미시마는 "일본에 연
은 있지만 애는 없다"고 서술한 후 이렇게 뒤를 잇는다.

유럽 근대 이념에서의 애국심도 모두 아가페에 원천을 두고
있다고 할 수 있다. 그러나 일본에서는 극단적으로 말해 나라
를 사랑愛한 적이 없다. 여자를 사랑한 적도 없다. 일본인 본
래의 정신 구조 안에서 에로스와 아가페는 일직선으로 이어
져 있다. 만일 여자 혹은 젊은이에 대한 사랑이 순일하고 무
구한 것이라면, 그것은 주군에 대한 충忠과 조금도 다르지 않
다. 이렇게 에로스와 아가페를 준별하지 않는 연애 관념은 막
부 말기에 '연궐恋闕의 정'으로 명명되어 천황 숭배의 감정적
기초가 되었다.

미시마가 생각하기에 아가페에 기반한 '애국심'은 일본과
는 도무지 어울리지 않는 개념이었다. 그렇기 때문에 미시마
는 『하가쿠레』에서 연, 다시 말해 육체의 관능과 깊이 연관된
감정 양식, 즉 "에로스와 아가페를 준별하지 않는 연애 관념"
이라는 단서를 발견하고, 그 극점으로 천황 숭배를 든다. 요
컨대 미시마는 일본인이 나라를 사랑한다는 것은 있을 수 없는
일이고 단지 천황을 사랑하는 것만이 가능할 뿐이라고 말한

다. 두말할 것도 없이 이 주장은 노리나가의 사상과 바로 연결된다.

미시마가 말한 것처럼 일본에서 '애국'은 어색한 개념이다. 그러나 애국이 단지 "유럽 근대 이념"에서 유래하는 것만은 아니다. 이번 장에서 누누이 서술했듯 중국의 멸망 체험 및 유민의 발생과도 깊이 연관되어 있다. 더구나 거듭된 멸망의 당사자인 중국인이 말하는 '애국'은 그 자체로 충분히 견실하고substantial 숙성된 개념이었다. 중국 사상의 '충군애국'에 관능성(에로스)이나 신체성도 빠지지 않았던 것은 앞서 주희에 입각해 서술했던 대로다(따라서 미시마를 포함한 많은 일본인이 사랑愛을 기독교적 개념으로 생각하는 것은 반은 맞고 반은 틀리다).『초사』처럼 관능성을 내포한 문학을 '충군애국'의 원점으로 간주한 주희의 문학관은 미시마가 말한 "에로스와 아가페를 준별하지 않는 연애 관념"과도 의외로 근접해 있다.

그렇지만 이러한 문학적 관능성, 즉 연을 품은 포근한 '애국'이 과연 엄숙주의rigorism 색채가 강했던 일본판 주자학에 도입되었을까? 가령 도쿠다 다케시의 연구에 따르면 아사미 게이사이는『삼국지연의』나『수호전』등의 근세 소설을 동시대인보다 앞서 열심히 읽은 것 같지만,[46] 이러한 문학적 감성이 일본의 '애국심'에 반영되었는지는 의문이다. 중국 유민의 멸망 체험을 일본인 나름대로 음미하고 검증하고 가다듬어 하나의 고유한 철학으로까지 상승시킨 것이 아니라 오히려 『고쿠센야캇센』과 같은 만화적인 스펙터클로 소비한 것, 이것이 근세부터 오늘에 이르도록 일본 내셔널리즘에서 두드

---

46   도쿠다 다케시德田武,『아키나리 전후의 중국 백화 소설』秋成前後の中国白話小説, 勉誠出版, 2012, 3장 참조.

러지는 경향인 듯하다.

그렇다면 미시마가 "나라를 사랑하는 것"이 비일본적이라며 멀리한 것은 역시 탁견이었다고 하지 않을 수 없다. 그리고 그에게는 오직 천황만이 이국적이고 경직된 '애'가 아닌 얼굴과 몸을 가진 포근한 '연'과 에로스(관능)를 집약할 수 있는 대상이었다. 이렇게 미시마는 『하가쿠레』풍 연애 철학에 판돈을 걸고 "관능적 성실함"에서 지고의 에너지를 발견하고는 '연'을 기능케 하는 시스템으로서의 천황, 즉 "문화 개념으로서의 천황"(『문화 방위론』文化防衛論)을 요구하게 된다. 그런데 기묘하게도 이는 천황에 대한 실망과 표리 일체를 이룬다. 2·26 사건[47] 때는 황군을 내치고 전후에는 '인간'이 되어 버린 쇼와 천황에 대한 저주──"어찌하여 천황께서는 인간이 되셨나이까"(『영령의 목소리』英靈の聲)──가 미시마 문학의 밑바닥에서 울려 퍼지고 있기 때문이다.

그런 까닭에 결국 미시마도 에로스와 아가페, 연과 애, 신체와 정신, 세속성과 초월성을 융합시키는 스스로의 과제에 충분히 부응했다고 말하기는 어렵다. 애국에 풍만한 에로스를 더하는 것은 천황의 관능성을 기대할 수 없는 이상 무척 어려운 일이었다. 미시마 자신이 "2·26 사건 외전"이라고 명명한 유명 단편 소설 「우국」憂國에 그 곤란함이 역력히 드러난다. 스스로 "미시마의 좋은 점과 나쁜 점 모두를 응축시킨 엑기스 같은 소설"이라고 형용한 이 단편에는 근위 보병 1연대에 소속된 중위가 2·26 사건 때 친구들이 반란군에 가담한 데 대해

47　[옮긴이] 1936년 2월 26~29일에 일본 육군 황도파의 영향을 받은 청년 장교들이 일으킨 반란 사건이다. 이들은 천황의 친정親政 실현으로 정재계 부정 부패나 농촌의 곤궁을 해결할 수 있을 것이라며 쇼와 유신을 주장했다.

고뇌한 끝에 "황군의 만세를 기원한다"는 유서를 남기고 할복하는 하룻밤 사이의 사건이 기록되어 있다.

젊고 결벽증적이고 아름다운 중위를 주인공으로 낙점한 미시마는 죽음 직전 고요한 긴장 상태에 있는 육감적인 에로스 및 그와 등을 맞댄 할복의 생생함을 상세히 기술하고 있다. 할복 직전 미모의 아내를 안은 중위는 "자신의 육체적 욕망과 우국충정 사이에서 어떤 모순이나 당착도 발견할 수 없었을 뿐 아니라 오히려 그것을 하나로 생각하기까지 했다". "자신의 육체적 욕망"과 "우국충정", 즉 에로스와 아가페를 연결 지으려 한 미시마는 중위와 아내(레이코)의 성교를 다음과 같은 문체로 길게 이어 간다.

중위는 씩씩하게 몸을 일으키더니, 슬픔과 눈물에 젖어 축 늘어진 아내의 몸을 힘 있게 껴안았다. 두 사람은 양쪽 볼을 번갈아 미친 듯이 비벼댔다. 레이코의 몸은 떨리고 있었다. 땀에 젖은 가슴과 가슴이 착 달라붙은 채, 다시는 떨어지는 것이 불가능하게 느껴지리만큼 젊고 아름다운 육체의 구석구석까지 모든 것이 하나가 되었다. 레이코는 소리를 질렀다. 드높은 곳에서 나락으로 떨어지고, 나락에서 다시 날개를 달고 또다시 현란한, 아스라이 높은 하늘로 날아올랐다. 중위는 먼 길을 달리는 연대 기수처럼 헐떡였다.…… 그러고는 한 차례 끝나자 또다시 끓어오르는 가슴을 주체할 길 없이 두 사람은 새로이 서로를 끌어안더니 지치지도 않고 단숨에 정상으로 올라갔다.[48]

---

48 [옮긴이] 미시마 유키오, 『금각사 외』, 김후란 옮김, 학원사, 1985, 225쪽.

이 구절을 읽을 때 우리는 애국 혹은 우국에 "관능적 성실함"을 부여하는 순간 장려한 포르노그래피가 되고 마는 희비극을 목격하게 된다(미시마는 알고 지내던 긴자 마담이 이 작품을 '외설물'인 줄 알고 밤새워 읽었다는 에피소드를 소개한 적이 있다). 더구나 미시마는 포르노 묘사만으로는 부족했던지 이번에는 성교 후 중위가 할복하는 장면의 잔학함을 집요하게 묘사한다.

구토증이 한층 극심한 고통을 불러일으키면서 지금까지 꽉 조여 있던 배가 급하게 파도치고 상처는 크게 벌어졌다. 그리고 마치 상처가 힘껏 토해 내는 것처럼 창자가 튀어나왔다. 창자는 주인의 고통도 모르는 듯 건강하게, 얄미울 정도로 싱싱한 몰골로 좋아라 뛰쳐나와서는 가랑이 사이로 넘쳐흘렀다.[49]

이렇게 국가를 사랑하는(혹은 걱정하는) 감정에 신체적 관능성을 짝짓기 위해 미시마는 악취미적이게도 "얄미울 정도로 싱싱한 몰골"의 창자까지 끄집어낸다. 그가 애국심에 에로스의 성분을 더하려 했을 때, 이번에는 궤도를 잃은 에로스의 폭주가 시작된 것이다.

일본에는 애가 없고 연이 있을 뿐이다. 게다가 국가는 중국과 유럽에서 수입된 개념으로서 가상적이고 관념적인 것에 지나지 않는다. 그리고 '연'의 유일한 대상이 되어야 할 천황은 청년 장교의 영혼을 뒤로하고 멋대로 '인간'으로 돌아가 버렸다…… 일본의 '애국심'은 '애'도 '국'도 이처럼 큰 방해를

---

49 [옮긴이] 같은 책, 231쪽.

안고 있다. 미시마는 그 방해물을 은폐하려는 듯 섹스와 선혈이 낭자한 장면으로 「우국」을 가득 채운다. 이는 일본의 내셔널리즘이 품은 '병증'을 노골적으로 보여 주는 것이리라.[50] 종교 원리주의적인 과격함인가(게이사이), 악취미적이고 만화적인 포르노그래피인가(미시마). 일본인의 국가 감정은 지금까지도 이 두 극점 사이에서 방황하고 있지는 않은가? 다시 말해 일본의 내셔널리즘은 단정한 말투로는 파악될 수 없으며, 오히려 남을 아랑곳하지 않는 원리주의나 그로테스크한 이미지의 폭주로밖에 말할 수 없는 것 아닐까?

2 『진설 유미하리즈키』와 유민 내셔널리즘

이상에서 본 것처럼 역사상 단 한 번도 망국을 경험하지 않은 일본인이 국가를 향한 사랑에 신체적 리얼리티를 부여하는 것은 지난한 작업이었다. 비유적으로 표현하면 일본의 멸망 체험 없는 내셔널리즘은 단 한 번도 진정한 의미에서 '밤'을 맞지 않은 사상, 즉 끝없이 지속되는 백주 대낮의 거짓스러움을 내포한 사상이다. 『하가쿠레』에 심취한 미시마 유키오는 이

---

50   예를 들어 사상사가 하시카와 분조橋川文三는 『내셔널리즘』ナショナリズム, 紀伊國屋書店, 1978 말미에서 내셔널리즘의 모체가 되어야 할 국민의 일반 의지가 일본에서는 여태껏 성립되지 못한 것 아닌지 묻는다. "일본인은 지금에 이르기까지 진정한 자기의 '일반 의지'를 발견한 적이 없다고 말할 수 있을지도 모른다. 왜냐하면 예부터 천황제하에서는 천황의 의지 외에 '일반 의지'란 성립하지 않는다고 여겨졌기 때문이며, 만일 굳이 천황제하에서 국민의 일반 의지를 찾고자 한다면 기타 잇키北一輝의 경우처럼 천황을 국민 의지의 꼭두각시로 만드는 길밖에 없기 때문이다"(186). 이는 국민 의지를 착상시킬 에로스의 막膜이 성숙하지 않았다는 것을 의미한다.

음영을 잃은 가상 국가에 연의 관능성＝신체성을 부여하고
자 한 끝에「우국」이라는 기괴한 포르노그래피에 안착했다.
더욱이 관능의 결여를 메우려 한 그의 전략은 머잖아 구체적
'행동'을 절대시하게 되었고 결국 그 자신의 우스꽝스러운 행
동—즉 자위대 이치가야 주둔지 돌입과 그 후의 할복—을
도출하게 된다.

이를 감안하면 미시마가 죽기 1년 전『진설 유미하리즈키』
椿説弓張月라는 가부키 대본을 쓴 데 다시금 주목하게 된다. 원
작인『진설 유미하리즈키』는 19세기 초에 쓰인 교쿠테이 바
킨의 대표작이고, 곧이어 다루겠지만 중국 유민 내셔널리즘
의 영향을 크게 받은 대작이다. 미시마는 그것을 각색해 일본
본토와 떨어진 섬에 사는 주인공 미나모토노 다메토모源為朝
가 이미 죽고 없는 스토쿠 인崇德院에게 바친 '외로운 충성'을
강조하는 가부키로 만들었다. 미시마판 다메토모는 이미 현
세에 충의의 대상을 가지지 않은 인간, 즉 단념을 경유한 인
간이며 미시마는 이러한 다메토모에게 "청정한 인격"을 구비
한 "미완의 영웅" 이미지를 투영한다(「『유미하리즈키』의 극화
와 연출」『弓張月』の劇化と演出).

허나 미시마판『진설 유미하리즈키』를 숭고한 비극으로 생
각해서는 안 된다. 가부키라는 장르 특유의 유형화와 기호화
를 이용해 미시마는 굳이 "무지 몽매한 가부키극" 속에서 "당
당한 거짓말"을 만드는 데 몰두한다(「『유미하리즈키』의 극화
와 연출」). 따라서 원작에서 바킨을 얽맸던 류큐의 풍속이 미
시마 버전에서는 전혀 고려되지 않는다. 미시마는 모든 리얼
리즘을 배제하고 극을 장대한 위조품으로 만들고자 했다.「우
국」단계에서 고지식한 포르노그래피를 쓰려 했던 미시마는
『진설 유미하리즈키』에 이르러서는 이미 "에로스와 아가페"

의 숭고한 융합 따위는 기대하지 않는다. 가부키의 "무지 몽매"하고 기호적인 스펙터클 속에서 천황을 향한 연은 "당당한 거짓"으로 변하며 그것에 개의치 않는 것이다.

그렇다면 미시마의 『진설 유미하리즈키』 가부키화=스펙터클화는 거짓과 과장으로 가득한 애국자 문학인 『고쿠센야캇센』이 격세 유전한 것이라고 말할 수도 있겠다. 애초에 지카마쓰의 『고쿠센야캇센』과 바킨의 『진설 유미하리즈키』는 어떤 의미에서 매우 닮아 있다. 정성공을 모델로 한 『고쿠센야캇센』과 마찬가지로 『진설 유미하리즈키』도 중국 유민 내셔널리즘에 감염된 사례기 때문이다. 중국 유민의 경험이 바킨을 매개로 20세기 후반에 활동한 미시마에게까지 간접적으로 영향을 미친 것이다.

지금부터는 다시 근세 이야기로 돌아가 바킨의 원작을 논하려 한다. 바킨이 『진설 유미하리즈키』를 쓸 때 진침의 『수호후전』에서 개요를 빌려 왔다는 사실은 잘 알려져 있다(다만 『진설 유미하리즈키』의 집필 단계에서 바킨은 아직 『수호후전』 책을 갖고 있지 않았고 플롯과 등장 인물만을 알았을 뿐이다). 『수호후전』의 이준이 북송의 '유민'으로 중국에서 시암으로 망명해 그곳의 간신을 쓰러뜨리고 정치적 지배자가 되는 것처럼, 『진설 유미하리즈키』의 다메토모는 호겐의 난[51]에서 패배해 이즈오시마伊豆大島로 유배되었다가 다시 류큐에 표착한 후 그 땅의 간신을 처벌하고 왕이 된다. 앞 장에서 논한 것처럼 기존의 국가적 통합이 외적(이민족)에 의해 갈가리 찢기고 『수호전』 같은 대지와 물의 카니발을 즐길 여유마저 사라진 후 중화 문명의 몇몇 조각을 이어 붙여 변경에 '작

---

51 [옮긴이] 96쪽 주 9 참조.

은 네이션'을 상상적으로 부흥시키는 것, 그것이 『수호후전』
의 기획이었고 바킨은 이 유민 문학의 줄거리를 빌린 것이다.
그 결과 원래 중세 일본의 전설적 호걸이었던 다메토모는 바
킨의 손에 의해 말하자면 근세적 유민으로 재탄생한다. 이것
은 정확히 주순수에 의해 구스노키 마사시게가 문천상에 필
적하는 근세적 충신으로 거듭났던 것을 방불케 한다.

　　다만 『수호후전』에서 한족 국가의 부흥이 어디까지나 "마
지못한 승리"였던 것과 마찬가지로 『진설 유미하리즈키』 속
다메토모의 승리도 일본 본토에서 멀리 떨어진 변경의 섬에
서 일어난 사건에 불과하다. 멸망 전야의 광대한 중국 대륙을
활보한 카니발 문학인 『수호전』과 달리 '전후'라는 멸망 후의
시공에서 계속 패배하기만 하는 『수호후전』과 『진설 유미하
리즈키』의 유민에게는 절대적 부전감不全感이 엉겨 있다. 이
두 작품에서는 정치적 패자가 국토를 '부흥'하지만, 그것은 본
래 자신이 속해야 할 장소를 잃고 깊은 상처를 안은 해피 엔
딩인 것이다.

　　이 부전감에 대응해 국토 이미지도 유기적인 구성 단위unit
보다는 이산적 단편segment에 가깝다. 『진설 유미하리즈키』
의 다메토모는 『수호후전』의 이준 일당과 마찬가지로 드넓
은 육지로 향하지 않고 이리저리 흩어진 '섬'을 전전할 뿐이
다. 예를 들어 유배지인 이즈오시마를 탈출한 다메토모가 사
누키讚岐[52]의 다도쓰多度津에 정박해 쇼토쿠 인이 잠든 시라미
네白峯를 향하려 할 때 세토나이의 작은 섬들이 그의 눈앞에
나타나기 시작한다.

52　[옮긴이] 일본 가가와현의 옛 지명.

다메토모는 거기에 조금 거리를 두고 배를 댔고, 밤도 깊어 시라미네에 가려고 할 때 각오를 다지며 아무 소식도 없이 가셨으니, 때마침 석조가 가득하고 달이 바다에서 떠올라, 시아쿠塩飽와 스구시마直島, 메오雌雄의 섬들이 얼음 위에 매화가 흩어진 듯이 곳곳에 보였는데, 좋은 경치라고 할 것도 아닌 것이, 수년 동안 거친 해변에 익숙한 이에게는, 그리 진귀하지는 않네. (후편 4권, 24회)

시아쿠와 스구시마 등 세토나이의 섬들이 달빛 아래서 얼음 위 매화처럼 비치는 이 아름다운 광경도 긴 세월 이즈오시마의 거친 해변 생활에 익숙해진 다메토모에게는 진귀한 것이 아니었다. 바킨은 이러한 기술을 통해 살아 있는 다메토모와 죽은 쇼토쿠 인이 "거친 해변"의 주민으로서 공통성을 지닌다는 점을 은연중에 드러낸다. 섬은 근사한 풍경을 제공해 주지만 문명의 중심에서 동떨어진 쓸쓸한 땅이기도 했다. 바킨판 다메토모는 그러한 이중성을 띤 섬을 매개로 다메토모와 쇼토쿠 인의 운명을 중첩시켰다. 『헤이케 이야기』에서는 '혈기 왕성한 용사'다운 중세적 다메토모가 이즈오시마에서 자살하지만, 『진설 유미하리즈키』의 근세적 다메토모는 이즈오시마에서 탈출한 뒤 세토나이에 이르러 거친 바닷가의 쇼토쿠 인과 일체감을 다진다(이러한 운명의 갱신을 이루었다는 점에서 『진설 유미하리즈키』를 다메토모에게 바친 일종의 진혼 문학으로 해석할 수도 있다). 바킨은 멸망의 당사자들 간의 공명을 위한 무대 장치로 섬이라는 현실을 다듬어 낸 것이다.

본디 '섬'은 일본의 정체성을 구성하는 중요한 신화소다. 주지하다시피 『고사기』에서 국토의 창성은 이자나기와 이자나미가 섬을 낳는 데서부터 시작된다. 다시 말해 오노고로지마

淤能碁呂島에 내려온 두 신의 교합으로 아와지淡道가 태어나고, 규슈와 시코쿠 등의 출산을 거쳐 혼슈가 탄생하는 데 이르러 일본 열도에 총칭으로 '오야시마구니'大八島国라는 이름이 부여된다. 모토오리 노리나가의 「국호고」[53]는 이 '오야시마구니'의 유래를 받아들여, '시마'志麻를 경계 지어진 한 구역의 명칭으로 파악하고 '졸라매다'しまる, '오그라들다'しじまる, '쪼들리다'せまる, '좁히다'せばし 등의 '다잡는'とりしまれる 모습을 가리키는 단어와 연결시킨다. 그러니까 '시마'しま는 본래부터 바다에 한정되지 않고 산과 강으로 경계 지어진 토지에 대한 형용이기도 했으리라는 것이다. 노리나가의 가설에 따르면 고대 일본인은 '오야시마구니'라는 명칭을 통해 격리된 협소한 지형인 '섬'의 국토 감각을 길러 온 것이다.

이와 더불어 유배지인 이요노쿠니伊予国를 자신의 노래에서 '섬'으로 표현한 가루 황자, 오키노시마에 유배당한 고토바 인, 나아가 이즈오시마에 유배당한 다메토모가 보여 주듯 섬이 귀인들의 유배 장소기도 했다는 사실은 말할 것도 없다. 섬은 일본 국토의 기원일 뿐만 아니라 무수한 죄를 축적해 온 불온한 장소기도 하다. 그 섬뜩함 탓인지 섬을 무대 삼을 때 일본의 이야기는 때로 주술적=예능적인 색채를 강하게 띤다. 즉 섬은 우발적 사건이 드문 변경이기에 무엇에도 방해받지 않고 문명의 소산을 가장 순수한 방법으로 재현하는 곳, 이를 통해 때로 죄까지도 정화할 수 있는 장소가 되어 이야기의 등장 인물에게 독자적인 광명을 부여했던 것이다.[54] 섬의

53 　모토오리 노리나가本居宣長, 「국호고」国號考, 『모토오리 노리나가 전집』本居宣長全集 8권, 筑摩書房, 1972.

54 　예를 들어 『헤이케 이야기』(2권, 「야스요리의 축문」康頼祝言)에서 기카이가시마鬼界ヶ島에 유배된 세 사람(후지와라 나리쓰네藤原成経, 준

존재자는 문명의 '성스러운 의례'에 밀착함으로써 온갖 불순한 관계를 끊어 낼 수 있기에 자기 충족적인 존재 방식에 열려 있다(다음 장에서 보겠지만 섬을 생존 환경으로 하는 자기 충족적인 존재 양식을 철저히 추구한 것이 이세만伊勢湾 우타지마歌島를 무대로 삼은 미시마 유키오의『파도 소리』다). 섬은 그곳에 사는 사람을 사회로부터 격리시켜 인간이 결핍된 환경 속에서 그를 일종의 정신적 귀족으로 변화시킨다. 실제로 야스다 요주로의 고토바 인론이 다루는 '은둔'의 문제는 바로 유배지인 섬이 동시에 문명화의 장치기도 했음을 말한다.『진설 유미하리즈키』도 달빛 아래 비치는 세토나이의 섬들을 아름답게 묘사하는 한편, 그 곁에 잠든 쇼토쿠 인의 영혼을 다메토모에게 상기시킴으로써 그의 사념思念을 고귀하고 순수한 것으로 드높인다.

그뿐이 아니다. 이즈오시마, 세토나이의 섬들 그리고 류큐로 불리는 주변부의 수많은 섬을 순회하는『진설 유미하리즈키』는 섬이라는 고대 이래의 지형 감각을 상기시키고, 더 나아가 근세적 규모의 감각까지 부여한다. 변경의 섬에 부임하

칸俊寛, 다이라노 야스요리平康頼) 중 준칸을 제외한 두 사람은 섬의 각 지를 구마노에 견주어, 구마노산고곤겐熊野三所権現['구마노 삼사'를 의미한다. 149쪽 주 112 참조]의 참배를 흉내 내며 마음을 달랜다. 또 기소 요시나카가 정벌을 가기 직전 다이라노 쓰네마사平経正가 비와코의 지쿠부시마—"선녀가 사는 곳"에 비유되는 아름다운 작은 섬—를 가리키며 영험한 신 앞에서 비파를 연주하니 그 맑게 갠 음색으로 인해 기적이 일어난다. "이윽고 해가 지고 밝은 달이 떠서 바다 위를 비추니 사직단도 더욱 빛나고, 풍취가 있음으로 상주하는 승려들이 '고명하신 분들이여'라면서 비파를 가지고 오니 쓰네마사가 이를 연주하셨네. 상현달 석상의 비곡祕曲이 궁 안도 맑게 하니 영험한 신이 감응해 쓰네마사의 소매에 백룡으로 나타나 보이셨다"(7권,「지쿠부시마」竹生島詣).

변경의 섬에 부임하

는 것은 낯선 땅을 향해 모험의 노를 젓는 것이기도 했다. 바킨이 다메토모에게 근세적 유민의 모습을 중첩시킴으로써 류큐까지 작품의 무대를 넓혔을 때 그 지리적 상상력은 '일본'의 경계 저 끝까지 확대되었다. 일본 문학에서 이 정도로 외향적 성격을 갖춘 작품은 이전에도 이후에도 보기 드물다. 일본 부흥 문학『진설 유미하리즈키』가 시암에 왕국을 지은 중국 부흥 문학『수호후전』의 구성을 옮겨 오면서 그 국토 이미지에 심한 경련이 일어난 것이다.

2장에서 쓴 것처럼 일본의 이야기는 원래 지방에서 중앙官廷에 바치는 '봉헌물'과 비슷한 것이었으며『진설 유미하리즈키』도 당초에는 그 패턴을 답습했다. 가령 이 작품 전반부에서 다메토모는 고토바 천황의 선지宣旨를 받들어—사실 그것은 신제信西[55]의 사주였지만—발에 황금 패를 찬 학을 찾아 규슈에서 류큐로 도항한다. 거칠고 난폭한 신과 그의 유배라는 모티프는 스사노오[56] 이래의 낯익은 도식이고, 이 시점의 다메토모는 꽤 일본 신화 속 영웅답게 행동한다. 더욱이 무대가 류큐로 이동하자 바킨은 많은 참고 자료와 대조해 류큐 섬 서른여섯 곳의 특산품이나 습속, 역사를 매우 자세히 써 나가기 시작한다. 그 일부를 인용해 보자.

류큐국 나카야마에서 정서향으로 40리. 예부터 사는 사람 없

---

55 [옮긴이] 고시라카와 천황(1127~1192)의 양아버지다.
56 [옮긴이] 일본 신화에 등장하는 신 중 하나인 스사노오노미코토須佐之男命를 말한다.『고사기』에 따르면 스사노오는 바다를 다스리라는 아버지 이자나기노미코토의 명을 거절하고, 어머니 이자나미미코토가 있는 요미노쿠니에 가기를 바라다가 이자나기의 분노를 사 쫓겨난다.

다고 해도 바다에는 산호가 있다. 산에는 천도복숭아가 있다. 그 열매를 먹는 것만으로도 배가 부르다. 수명이 극히 길다. 섬에 흰 사슴이 있어 그 복숭아 잎을 먹이로 한다. 이 고하지마야마姑巴麻山는 류큐의 부속 섬이고, 고미산姑米山과 서로 가깝다. 대략 류큐에는 서른여섯 개의 섬이 있다. 우선 동쪽으로 넷이 있다. 그중 첫째를 구다카라고 부른다. 류큐국 나카야마 동쪽으로 14리 반에 이른다. 곡물로는 적색 좁쌀, 황색 좁쌀이 있다. 해조류에는 해대채海帶菜[아마도 다시마의 일종―인용자]가 있다. 물고기는 용하龍鰕, 오색어, 가소어佳蘇漁가 있다. 원래 흑만어黑饅魚라고 부른다. 큰 것은 길이가 8~9척에 이르고 그 고기를 잘라 통째로 말린다. 산에 숫돌이 많다. (속편 1권, 32회)

이런 상세한 기술은 말하자면 근세판『풍토기』로서의 의미를 띤다. 8세기에 편찬된『풍토기』는 각 지방의 풍부한 특산물을 꼼꼼히 소개해 국토의 번영과 다산을 기원하는 일종의 '구니미'[57] 역할을 완수했다. "말하자면 우리 나라 '각 군의 특산물 토속기'로서『풍토기』의 근본에는 <구니미> 의례의 문헌적 재현이라고 할 성질이 있다."[58] 산업의 풍요를 인민이 느끼는 즐거움과 행복감의 원천으로 만들어 내던 이 주술성은 멀게는 1,000년 이상의 시간차를 두고 19세기의『진설 유미하리즈키』에서 류큐의 구니미로 재현되었다. 고대적인 것은 근세 세속화 시대에 들어서도 꼬리뼈처럼 문학에 달라붙어 있었다.

---

57   [옮긴이] 45쪽 주 43 참조.
58   요시노 유吉野裕,『풍토기』風土記, 平凡社ライブラリー, 2000, 436쪽.

그러나 고대의 이야기와 지리서의 양식을 답습하면서도 『진설 유미하리즈키』에서는 도시의 중력이 약화되고 있다는 사실을 간과해서는 안 된다. 『진설 유미하리즈키』가 그린 호겐의 난 '전후'에 쇼토쿠 인은 교토로부터 멀리 떨어진 사누키에서 죽고, 다메토모도 섬에서 섬으로 표류하는 여행을 이어갈 수밖에 없었다. 도시의 중력에서 떨어져 나온 다메토모는 류큐의 혼란을 평정한 후 스테마루舜天丸를 새로운 왕으로 추대하고, 호겐의 난에서 죽은 동료들의 유령과 함께 보라색 구름을 타고서 사누키 사원 어릉御陵으로 돌아가는데, 이 결말에 『진설 유미하리즈키』가 그리는 국토 이미지의 성격이 잘 나타난다. 유민 다메토모에게는 이야기를 바칠 풍아한 수도도, 수려한 일본 국토도 이미 존재하지 않는다. 라이벌 미나모토노 요리토모가 지배하는 일본 본토에서 다메토모의 가까운 벗은 다만 유령과 망자 들일 뿐이다.

　이와 같이 바킨은 다메토모라는 유민의 에너지를 도시의 중력에 속박하지 않고 바깥으로, 다시 말해 섬에서 섬으로 대담하게 전개한다. 그에 따라 일본의 전통적 이야기 틀은 '동양적 근세'의 스케일에 맞추어 네이션의 경계(=류큐) 끝까지 확장됨과 동시에 섬이라는 오래된 국토 이미지도 재구축된다. 한족 왕조 멸망의 충격을 배경으로 둔 동양적 근세는 수도를 중심으로 한 일본의 '이야기'라는 낡은 용기마저 균열시켜, 대지로부터 분리된 먼 지방의 섬을 일본인에게 살짝 보여 주었다. 약간 거친 부분도 있지만, 『수호후전』이라는 유민 내셔널리즘의 재산을 이어받은 『진설 유미하리즈키』가 일본 문학사상 드문 역동성을 확보했음은 틀림없다. 근세 중국을 뒤흔든 충격의 당사자로서 유민은 돌고 돌아 일본 국토에서 새로운 문학의 창조를 강력히 부추겼던 것이다.[59]

생각해 보면 기존의 국토 이미지를 관통하는『진설 유미하리즈키』는 여전히 일본 문학사에서 희소한 가치를 갖는다. 가령 유럽에서는 여러 국가를 무대로 하는 소설이 결코 드물지 않았고(찰스 디킨스의『두 도시 이야기』, 아서 코난 도일의『주홍색 연구』, 서머싯 몸의『달과 6펜스』등) 중국의 역사서는 고대의『사기』에서 이미 국제적인 성격을 띠었던 데 비해, 일본 문학에는 오늘날까지도 좀처럼 그런 작품이 없다. 수도의 자장에서 벗어나 이국으로 건너가는 것은 때로 일본 문학에 심한 현기증을 유발시켰다(예를 들어 한국의 비교문학자 이어령이 지적한 것처럼『고쿠센야캇센』의 와토나이는 "끝없는 대명국大明國"에 들어선 순간 "인적이 끊기고 드넓은 천리千里 대나무"를 방황하는 "방향을 모르는 일본인"처럼 그려진다![60]). 평범한 이야기 작가는 국토의 은총으로부터 분리된 순간의 현기증을 견디지 못한다.

이에 비해『진설 유미하리즈키』는 현기증과 경련을 두려워하지 않으며 동양적 근세의 사나운 현실 일단을 '태평성대'

---

59 물론 멸망의 충격이 근세 일본인에게 완전히 남의 일이었던 것은 아니다. 페리 내항 직전에 죽은 바킨은 막부 말기의 대외적 위기를 직접 체험할 수 없었지만, 필생의 역작『난소 사토미 핫켄덴』南総里見八犬伝에는 근세 내셔널리즘 시대의 긴장이 서술되어 있다. 예를 들어 고야노 아쓰시小谷野敦,「『핫켄덴』의 해방 사상」『八犬伝』の海防思想,『신편 핫켄덴 기상』新編八犬伝綺想, ちくま学芸文庫, 2000에 따르면 바킨과 동시대에 통상을 요구하는 서양 열강의 협박이 현실화되어 그 위기감에서 '해방 사상'海防思想이 나왔는데, 이것이『핫켄덴』의 군주 사토미 요시자네里見義実가 채용한 '국민 개병' 정책에 반영되었다고 한다. 고야노는 하야시 시헤이林子平의『해국 병담』海国兵談과의 관련성을 확신하면서『핫켄덴』을 '내셔널리즘 문학'으로 읽어 내고 있다.

60 이어령李御寧,『축소 지향의 일본인』「縮み」志向の日本人, 講談社文庫, 1984, 183쪽[문학사상사, 2008].

를 구가하는 일본 사회에 내던졌다. 『핫켄덴』도 그렇지만 바킨은 결코 고상하고 완성도 높은 소설을 쓰지 않았다. 오히려 스스로도 주체 못 하는 기백 넘치는 문장의 방대한 정보량으로 독자를 완전히 굴복시키는 것이야말로 장대한 바킨 문학의 본령이었다. 후에 고다 로한[61]이 "바킨 이외의 작가들은 시대와 평행선을 달렸지만 바킨은 시대와 직각으로 교차했습니다"(「바킨의 소설과 당시 실제 사회」馬琴の小説と当時の実社會)라고 평한 것은 과연 정확한 지적이라 할 수 있다. 유민의 모습을 중첩시켜 네이션의 한계 끝까지 밀어붙인 바킨판 다메토모는 태평한 세상을 "직각"으로 내리찍은 둔기였다. 그리고 미시마는 이 중후한 이야기를 철저한 "거짓"으로 굳어진 충신의 스펙터클로 치환한 것이다.

3 『우게쓰 이야기』와 고스트 라이팅

이와 같이 중국인 유민의 부흥 문화는 근세 이후의 일본 문학과 사상을 깊이 잠식해 갔다. 일본인은 집단으로서 유민이 되어 본 적이 없다. 그러나 중국의 멸망 체험 및 부흥 체험은 가상의 리얼리티로 일본인의 관념에 침입해 금세 리얼리티 그 자체가 된다. 다시 말해 유민 내셔널리즘을 인형극과 종교적 순수함으로 변환하거나(지카마쓰 몬자에몬, 아사미 게이사이), '중국화'에 대한 저항으로서 일본적 연과 관능을 꺼내 들거나(모토오리 노리나가, 미시마 유키오), 유민의 에너지를 빌려 일본의 이야기 틀을 끝까지 밀어붙이는(교쿠테이 바킨) 식

---

61   [옮긴이] 고다 로한幸田露伴, 1867~1947. 다수의 소설을 발표한 소설가. 한문학과 고전 문학, 종교학 연구자로도 이름이 높았다. 제국학사원, 제국예술원 회원으로 1회 문화훈장 수상자기도 하다.

이었다. 중국 유민들이 쇄국기의 일본 문학을 원격 조작했다고 말할 수 있다.

미국의 중문학자 왕더웨이가 자크 데리다의 철학을 참조해 말한 것처럼 중국의 유민 문학에서는 일종의 "유령 의식"을 확인할 수 있다.[62] 실제로 도연명의 『도화원기』에서 『수호후전』에 이르는 과정에는 현실적 시간의 레일을 벗어나 과거 문명의 흔적을 더듬는 일종의 타임 슬립(=시간의 탈선)이 포함되어 있다. 한번 멸망한 것이 완전히 원상 복구될 수 없다는 것은 자명하며, 대규모 절멸은 평범한 시간 감각을 뿌리 뽑아 놓는다. 그 외상적 경험의 결과 하이데거의 존재론 ontology이 아닌 데리다의 유령론hauntology, 즉 시공의 루프 loop와 워프warp에 휘말린 유령적 실존 형식이 멸망과 부활을 수없이 반복해 온 중국의 문화적 풍토에 기입되었다.

동시에 유령화한 중국 유민들은 근세 일본인에게 네이션의 고스트 라이터 그 자체였다. 특히 지카마쓰와 바킨의 붓 끝에 빙의된 유민의 유령은 일본 국토에 대한 상상력을 경련시켜 그 이야기에 유례없이 외향적인 에너지를 부여했다. 부흥 문화가 반드시 진정한(=자기 자신의) 멸망과 상실에서 나오는 것은 아니다. 일본인은 오히려 타인의 멸망과 부흥의 경험을 끌어들인 『고쿠센야캇센』과 『진설 유미하리즈키』를 자신들의 문학으로 인정해 왔다. 일반적으로 문학적 텍스트의 중요한 능력은 경험의 소유권을 혼란시키는 데 있는데, 근세 일본에서는 바로 그 능력이 마음껏 발휘되었다.

그렇지만 계속 강조했듯이 가상 국가를 사랑하는 것은 결

---

62   왕더웨이王德威, David Der-Wei Wang, 『후유민사작』後遺民寫作, 麥田出版, 2007, 47쪽 이하.

코 자연스러운 감정 양식이 아니었다. 노리나가와 미시마가 힘이 잔뜩 들어간 이국풍 '사랑'愛을 의심하고 감정의 수신처 address를 정당화하는 데 몰두한 것은 그 때문이다. 또한 완고한 '중국화'가 때로 정치적 실책의 간접 원인이 된 것을 생각하면(야마모토 시치헤이의 말을 빌리면 『정헌유언』의 「사방득」에는 '대동아전쟁' 때 일본이 보인 완고하고 어리석은 외교 전략이 이미 예고되어 있다), 노리나가와 미시마의 시도를 싸잡아 보수·반동적인 일본의 회귀라고 잘라 말할 수는 없다. 섬나라 근성을 그대로 드러내는 유치한 국수주의도 졸렬하지만, 이국의 종교적 내셔널리즘 또한 사고를 경직시킬 수 있다. 그것이 일본의 역사가 주는 교훈이다.

지금까지의 논의를 전제로 이제 이 장을 결론짓기 위해 동양적 근세에서 고스트 라이팅＝원격 조작의 산물인 또 하나의 탁월한 문학적 달성을 소묘하려 한다. 즉 근세 중국을 뒤흔든 멸망의 충격을 일본 문학의 프로그램에 짜 넣는 동시에 바킨의 『진설 유미하리즈키』와는 다른 수법으로 일본 국토의 상상력을 다시 쓰는 것, 이 길을 현실화시킨 이가 바로 우에다 아키나리다.

　바킨과 아키나리는 잘 어울리는 한 쌍의 작가다. 바킨이 일본 본토로부터 주변의 섬을 향해 네이션의 상상력을 억지로 확대했다면, 아키나리는 일본 문학의 잠재 의식subliminal에 스며들어 그 속에서 작업했다. 더욱이 아키나리는 그 잠재 의식 영역에서 논적인 모토오리 노리나가처럼 '순조롭고 아름다운' 왕조 시대의 미학을 발견한 것이 아니라 오히려 유령과 괴물이 도량발호跳梁跋扈하는 섬뜩한 풍경을 써 넣었다. 그는 말하자면 왕조 시대 이래 일본 문학이라는 소프트웨어의 알맹이를 바꿔치기한 특급 해커였다. 그때 『수호전』을 비롯한 근세 중국의 백화 소설이 아키나리에게 새로운 프로그래밍 기술을 제공했다. 예를 들어 아키나리의 『우게쓰 이야기』에 실린 「푸른 두건」靑頭巾에는 가이안 선사快庵禪師가 방문한, 사람을 잡아먹는 주지승이 사는 사원이 이렇게 묘사되어 있다.

이튿날 선사가 마을 뒷산 절에 가 보니, 오랫동안 사람이 살지 않았던 듯 누각의 문은 무성한 가시나무로 뒤덮여 있고 경전을 보관하는 경각에도 무성하게 이끼가 끼어 있었다. 본당 안에도 거미가 불상과 불상 사이에 거미줄을 치고, 호마단은 새하얗게 제비 똥에 파묻혀 있으며 스님들의 거처나 복도도 모두 매우 황폐해져 있었다. 해가 서쪽으로 기울어 갈 즈음 가이안 선사가 절에 들어와 지팡이를 땅에 두드리며 "여러 곳을 돌아다니는 중인데 오늘 하룻밤 머물기를 청합니다" 하고 수없이 소리쳐 불렀지만 안에서는 전혀 대답이 없었다.[63]

이나다 아쓰노부稻田篤信의 주석(『우게쓰 이야기』雨月物語, ちくま学芸文庫, 1997)에 따르면 이는 『수호전』 6회를 참고한 것이다. 승려 행색을 한 노지심이 '와관사'瓦罐寺──그곳은 강도나 다름없는 악승의 보금자리가 되었고 원래 있던 승려들은 쫓겨나 두려움에 움츠러들어 있었다──를 방문해 읊은 시, 즉 "종루는 쓰러지고 전당은 허물어졌다. 산문山門은 전부 이끼로 덮이고 경각은 모두 푸르게 소생하네. 석가불은 갈대 싹이 무릎을 뚫어 마치 눈 덮인 산봉우리에 계실 때와 같다. 관

---

63 [옮긴이] 우에다 아키나리, 「푸른 두건」, 『우게쓰 이야기』, 이한창 옮김, 문학과지성사, 2008, 178쪽.

세음은 가시나무에 몸이 얽혀 향산香山을 지키던 때와 비슷하다. 제천諸天은 훼손되어 회중에 새와 참새가 둥지를 틀었다. 제석은 비스듬히 기울어져 입안에 거미줄을 쳤다"를 본따 아키나리는 괴물화한 승려가 머무는 뒷산 절을 그려 낸다. 『수호전』지은이는 멸망 전야의 중국(북송 말기) 사원을 무시무시한 형상으로 묘사했는데, 아키나리는 그러한 문명의 폐허를 일본 시모쓰케下野의 사원에 전사轉寫한 것이다.

나는 앞서 한 번도 전면적인 멸망을 경험한 적 없는 "끝없이 지속되는 백주 대낮의 거짓스러움"이 일본의 내셔널리즘을 규정하고 있는 것이 아니겠느냐고 썼다. 그에 저항하듯이 아키나리는 근세 중국어의 수사rhetoric를 재이용해 일본 국토에 "매우 황폐"한 폐허를 심어 넣는다.[64] 더구나 아키나리는 그 폐허의 무대로 부러 사원 같은 종교적 장소 혹은 『만엽집』이래 일본 문학의 '성지'를 선택한다. 국토를 축복하는 주술적 체계로서의 일본 문학이라는 전통에 반해, 아키나리는 구태여 성지를 불길한 폐허로 고쳐 썼다. 나는 바로 여기서 '동양적 근세'의 맹렬함을 쇄국하의 세속 국가에 도입하려 한 이야기 해커 우에다 아키나리의 수완을 발견한다.

조금 더 구체적으로 살펴보자. 『우게쓰 이야기』중 아마도 가장 잘 알려진 작품일 「뱀 여인의 음욕」蛇性の婬에서 아키나리는 근세 중국의 백화 소설이 거둔 성과를 바탕으로 일본 국

---

64   이러한 교묘한 재이용은 아키나리가 『수호전』을 얼마나 깊이 이해했는지를 보여 준다. 가령 시대 착오적인 미문으로 『본조수호전』本朝水滸伝을 쓴 다케베 아야타리建部綾足가 『수호전』에 쓰인 백화 문체의 의의를 거의 이해하지 못했던 것과 달리, 아키나리는 '동양적 근세'가 탄생시킨 새로운 문학의 잠재 능력을 훌륭하게 포착하고 있다. 다케베의 한계에 대해서는 다카시마 도시오高島俊男, 『수호전과 일본인』水滸伝と日本人, ちくま学芸文庫, 2006의 1부 9장도 참조.

토의 문학적 이미지를 대담하게 재편한다. 기이노쿠니 미와사키三輪崎의 유복한 어부의 차남인 주인공 도요오는 구마노의 아스카 신사阿須賀神社 사당에서 비를 피하려고 묵을 때 뱀의 화신인 여자(마나고)를 만나 인연을 맺지만 그로 인해 잇따라 재난에 휘말린다. 도요오는 마나고에게 불길한 기운을 느끼면서도 그녀의 유혹을 끊어 내지 못하고 질질 끌게 된다. 그러는 동안에도 이야기의 무대는 구마노에서 쓰바이치, 요시노, 야마토, 그리고 다시 기슈의 신구 등으로 차례차례 옮겨 간다.『만엽집』이래의 오랜 기억이 깃든 문학적 성지를 순회하면서 아키나리는 되는 대로 사는 '가문의 차남'에게 들린 괴물＝뱀의 집념 어린 애정이 작품 전편에 구석구석 스며들게 했다.

　여기서「뱀 여인의 음욕」이 문학적 연고지를 실로 교묘히 되살리고 있다는 점을 강조하고 싶다. 줄기차게 비가 내리는 미와사키라는 서두의 설정부터가 명백히 문학적 사건이었다 (예컨대『만엽집』3권, 265, 나가노 이미키 오키마로長忌寸意吉麻呂의 노래 "안타깝게도 내리는 비인 것인가 미와곳 사노의 선착장에 집도 없는 것인데도"를 참조). 도요오의 여동생 부부가 사는 쓰바이치도 마찬가지로 긴 역사를 배경으로 지닌 땅이다. 아스카보다 훨씬 전인 스진 천황 시대의 도읍이었다는 쓰바이치 부근은 일본에서 가장 오래된 문학적＝정치적＝종교적 공간 중 하나다. 교통의 요충지이자 "쓰바이치의 많은 갈림길에요 항상 나가서 묶었던 옷끈을요 푸는 것은 아쉽네"(『만엽집』12권, 2951) 등의 노래가 보여 주듯 우타가키[65]의 장소고, 더욱이 하세가와初瀬川 부근은 불교 전래의 땅으로 전해지며, 후

65　[옮긴이] 127쪽 주 81 참조.

에는 하세데라長谷寺 참배의 근거지로도 번영했다. 아키나리는 굳이 하세데라 참배객으로 번영하던 이 쓰바이치에서 도요오와 마나고를 재회시킨다. 많은 '길'이 교차하는 '갈림길', 이 일본 고대 문학 속 연戀의 성지가 「뱀 여인의 음욕」에서는 본래 있어서는 안 될 위험한 만남을 불러들이는 것이다.

그 후 부부가 된 두 사람이 "과거 천황이 행차한 궁이 있던 곳"인 요시노로 소풍을 가 "격류가 바위에 부딪혀 요란한 소리를 내며 흘러가고 조그마한 새끼 은어들이 물살을 거스르며 헤엄치는" 모습을 보며 감흥에 젖어 있을 때, 다기마노 기비토라는 신선이 나타나 마나고의 정체를 폭로한다. 천황과 만엽 가인들이 국가에 들러붙는 불길함을 정화하려고 했던 요시노. 그러나 그 청정한 공간은 이제 사악한 뱀의 영혼과 신선의 싸움터가 된다. 우타가키의 무대였던 쓰바이치가 뜻밖에도 뱀과 인간의 '사악한 사랑'을 길러 낸 것처럼 예부터 영험한 땅이었던 요시노에도 섬뜩한 독기가 부유하기 시작한다. 떠들썩한 햇빛을 흠뻑 맞으며 자연의 징표를 드러내는 것을 아까워하지 않던 기나이 지방의 온화한 자연은 일본 문학의 발상지로서, 무수한 가요가 이 자연의 기호를 정성껏 읽어 왔다. 하지만 아키나리는 그 수려하고 온화한 풍토에 뱀의 집요함을 가진 여성 유령을 굳이 불러들여 유서 깊은 문학적 연고지를 위험한 장소로 바꾸어 버렸다. 『우게쓰雨月 이야기』라는 제목은 일본 문학에 내재해 있는 선명한 시각성의 토대를 재액으로 뒤덮으려는 아키나리의 전략을 훌륭하게 표현해 준다.

여기서 주목할 사실은 마나고의 사나운 정념 또한 근세 중국의 문학 상황에서 유래했다는 것이다. 「뱀 여인의 음욕」의 원안이 된 중국의 백화 소설 「백낭자영진뇌봉탑」白娘子永鎭雷

峰塔을 수록한 17세기 전반의 소설집『경세통언』驚世通言은 명 말의 이단 지식인이자『산가』山歌라는 민요집을 편집한 것으 로도 알려진 풍몽룡馮夢龍이 펴냈다. 문학적 거장들에게 불신 감을 품고 있던 풍몽룡은 까다로운 단어를 싫어해 지식인 문 학도 기피하고 오히려『시경』의 소박함으로 되돌아가고자 했다. 미국의 중문학자 패트릭 해넌에 따르면 "풍몽룡이 한탄 한 것은 사회적 권위의 쟁탈전에서 유래한 관례, 간사함, 거 장인 척하는 기술, 감정의 속임수였다. 그는 만일 제도 문학 이 사라진다면 그때 비로소 진정한 문학적 가치가 나타날지 도 모른다고 생각하는 동시에 문학이 광범한 민중에게 호소 해야 한다고 느꼈다".[66] 까다롭고 전문적인 문학보다 욕망= 정념이 직설적으로 전달되는 아마추어적 표현의 강력함이 지니는 가치를 적극적으로 인정한 것이다. 비인간 여성의 평 범하지 않은 애정을 그린 「백낭자영진뇌봉탑」 같은 기담도 풍몽룡이 품었던 근세적 문학관에 호응하는 것이었다.

뒤집어 말하면 우에다 아키나리 자신은 왕조 문학의 스타 일에 정통해 화한 문장[67]의 수사를 세련되게 사용한 거장이 었다고 할 수 있고(이 점에서 그는 상업 작가였던 바킨과 다르 다), 근세 중국의 풍몽룡이『시경』으로 회귀했듯이 근세 일본 의 아키나리도『만엽집』의 성지를 일깨웠다. 더구나 그 연恋 과 종교의 성지가 이제는 도요오에게 반한 괴물적 여성에 의 해 침식된다. 근세 중국의 욕망 표현을 계승한 아키나리는 일 본 고대 문학의 목가적인 '연'을 극단적으로 과격화해 마침내 는 백낭자를 모델로 한 마나고라는 괴물을 만들어 내기에 이

---

66   패트릭 해넌Patrick Hanan,『중국 토착 이야기』The Chinese Ver-
nacular Story, Harvard University Press, 1981, 77쪽.
67   [옮긴이] '화한 문장' 혹은 '화한 혼효문'에 관해서는 143쪽 참조.

른 것이다.

　이와 같은 고전 문학의 해킹은 마찬가지로 『우게쓰 이야기』에 수록된 「꿈속의 잉어」夢応の鯉魚에서도 찾아볼 수 있다. 꿈속에서 잉어로 변신한 미이데라三井寺의 승려 고기興義가 히라比良의 높은 산, 시가의 큰 만灣, 가타다堅田, 가가미야마鏡山, 오키쓰시마沖津島에 있는 산, 지쿠부시마竹生島, 이부키야마伊吹山, 세타가와瀬田川 같은 예부터 비와코 주변에서 와카의 소재가 된 명승지나 명소를 경유할 때, 독자는 그와 함께 이들 고대 문학을 산출한 상상력의 거점이 된 장소들을 파노라마적으로 한눈에 볼 수 있을 것이다. 예를 들어 바쇼가 가침歌枕[와카의 소재가 된 명승지]들을 걸어서 돌며 각 행선지에서 감정을 고양시켰던 데 비해, 아키나리는 이 명승지를 빨리 감기로 재생하며 물고기가 된 주인공 눈앞의 광경을 '재밌고' 놀랄 만한 것으로 독자에게 체험시켜 준다. 아키나리는 대담하게도 문학적으로 유서 깊은 땅을 수중水中의 시점에서 고쳐 쓴 것이다.

　명시적으로 참조되지는 않지만 이러한 이미지의 신속함에서 『장자』의 사상을 확인하는 것도 충분히 가능하리라. 앞 장에서 다루었듯 수없이 멸망을 반복한 고대 중국의 사상은 여러 국가를 관통하는 운동성을 갖추었고, 그중에서도 『장자』가 그려 낸 구만리에 이르는 대붕이 대표적인 이미지였다. 아키나리는 이러한 속도의 사상을 곁눈질하면서 오미의 명승지에 예부터 전해 오는 스타일로 '존재'하기가 아니라 오히려 그 수중에 '빙의해 존재'하기를 선택한다. 하지만 그것은 결코 원만한 '꿈'으로 끝나지 않는다. 왜냐하면 고기는 낚시꾼의 미끼에 걸려 하마터면 잡아먹힐 뻔한 순간 눈을 뜨기 때문이다.

　『우게쓰 이야기』를 통독하면 아키나리가 악몽적 광경에

강하게 감응하는 소질의 소유자임을 알 수 있다. 『수호전』과 「백낭자영진뇌봉탑」을 비롯한 근세 중국의 백화 소설 프로그램을 받아들인 아키나리는 고대 이래 줄곧 미화되어 온 일본의 국토에 잠입해 섬뜩한 재액을 초래했다. 아키나리의 작품은 단형시短型詩를 중심으로 한 일본 문학의 상서롭고 아름다운 소박한 꿈을 고스란히 「뱀 여인의 음욕」 같은 영원히 깨어나지 못할 악몽으로 고쳐 썼다.[68] 근세 세속 사회에 직면한 아키나리는 일본 문학의 주요 텍스트와 그 무대를, 즉 일본인의 감정적 중심지를 은밀히 괴물적인 것으로 치환했던 것이다. 그것은 문학이라는 정념 처리 메커니즘의 진화사에서 일종의 돌연변이형이었다.

4 앎과 문학

우에다 아키나리의 화한 문맥에 걸친 하이브리드적 창작은 무척 수준 높은 개념 조작이었음에 틀림없다. 독설가에다가 고집 세고 괴팍하면서 "다정한 탕아"(고마쓰 사쿄)이기도 했던 아키나리의 문학은 사치스러울 만큼 풍부한 앎에 의해 뒷

---

68   아키나리의 악몽적 표현은 20세기 일본 영화에서 두 사람의 후계자를 얻는다. 미조구치 겐지는 아키나리 원작인 「우게쓰 이야기」에서 물가의 폐허에 사는 유령을 그리고, 나아가 「산쇼다유」山椒大夫에서는 쓰나미로 파괴된 사도가시마佐渡島에 눈먼 노파를 귀양 보낸다. 대규모 멸망을 경험한 동양적 근세의 충격은 아키나리를 거쳐 미조구치의 영화에서 '물'에 얽힌 재액으로 변형된다. 또 한 사람의 후계자는 미야자키 하야오다. 그 역시 디즈니 이래 유려한 애니메이션의 꿈을 고스란히 재해로 얼룩진 악몽과 연결시키려는 강박을 가지고 있었다(6장 참조). 미야자키가 애니메이터가 된 계기가 바로 도에이 애니메이션이 제작한 애니메이션 영화 「백사전」白蛇伝(「뱀 여인의 음욕」과 원작이 같은)이었다는 사실은 우연 이상의 의미를 감지케 한다.

받침되었다.[69] 고대 문학에 대한 풍부한 지식이 없었다면 그의 광채육리光彩陸離한 작품군도 불가능했을 것이다.

문헌학자이자 소설가였던 아키나리 같은 저술가는 동양적 근세에서 특이한 위치를 점한다. 가령 동시대 중국에서도 정밀한 문헌학＝고증학이 개화했는데, 그 담당자들이 뛰어난 소설 저자이지는 않았다. 그 이후 일본 문학의 역사를 봐도 아키나리와 같은 앎Wissenschaft과 문학의 혼인 관계는 매우 이례적이다. 미시마 유키오가 말한 것처럼 근대 이후 지적인 것과 문학적인 것은 점점 괴리되었고, 문학은 앎을 은근히 방해자로 여겨 왔다.[70] 따라서 앎과 문학을 훌륭하게 결합시킨 아키나리의 작품에는 그 후 일본 문학이 잃어버린 것들이 담겨 있다.

다만 아키나리와 학문적 앎의 관계는 꽤 복잡하다. 그 이유는 그의 깊이 있는 문헌학적 조예가 때로 오히려 과거 문헌의 신뢰성에 의심을 품게 만들기 때문이다. 히노 다쓰오에 따르면 고대 문서도 결국 역사의 승자에 의한 창조물이 아닐까 의심하는 '문헌학적 니힐리즘'의 보유자였던 아키나리는 『고사기』와 『일본서기』의 기술을 완전히 신용하지는 않았다. 논적 노리나가가 전무 후무한 국학자로 일본 문학의 순조롭고 수려한 꿈을 영리하게 재현한 것과 비교해, 아키나리는 니힐리즘의 방해 탓에 노리나가만큼 걸출한 국학상의 업적을 남기지 못했다.[71] 하지만 이 뿌리 깊은 의심이야말로 아키나리를 "학문의 세계로 수렴되지 않는 문화"로서의 문학으로 나아가

---

69   고마쓰 사쿄小松左京, 『나의 오사카』わたしの大阪, 中公文庫, 1993, 195쪽.

70   이 문제에 대해서는 409쪽 주 21 참조.

71   히노 다쓰오, 『노리나가와 아키나리』, 237쪽.

게 한 것이었다.[72] 앎을 믿었던 노리나가의 창조성은 학문에 흡수되었지만 앎을 믿지 않았던 아키나리는 소설을 필요로 했다.

이러한 사정으로 아키나리는 근세 일본이 길러 낸 앎(문헌학)에 입각하면서도 동시에 앎의 전제 조건을 위협하는 데 마음이 이끌렸던 것 같다. 이는『우게쓰 이야기』에 그치지 않고 만년의 문제작인『하루사메 이야기』에도 해당된다. 거칠게 정리해『우게쓰 이야기』가 일본 문학의 국토 프로그램을 해킹하려 한 작품이라면『하루사메 이야기』는 일본 문학을 프로그래밍한 창설자에게 간섭하려 한 작품이다.

소설집『하루사메 이야기』에는 유형이 다른 열 편의 작품이 포함되어 있는데, 기본적인 기획은 일본 문학사의 중요 인물을 비평하는 것이다. 예를 들어「해적」海賊에는 도사土佐에서 교토로 돌아오려는 기노 쓰라유키 앞에 해적이 된 훈야노 아키쓰[73]가 출현해『속만엽집』라는 제호의 의미와「가나 서문」의 문학관에 관해 일방적으로 논의를 펼친다. 그는 일본 왕조 문학의 입법자였던 쓰라유키에게 세부적인 잘못을 집요하게 지적한다. 또 일본의 '중국화'에 깊게 관여한 사가 천황을 그린「아마쓰오토메」天津処女에는 "당나라 문서를 읽으라"며 주위 사람들에게 권했던 사가 천황이 자신이 소유한 왕희지의 책을 자랑하다가 구카이에게 그것은 진짜가 아니

---

72 『심포지엄 일본 문학 10 아키나리』シンポジウム 日本文学10 秋成, 学生社, 1977, 183쪽에서 고마쓰 사쿄의 발언.
73 [옮긴이] 훈야노 아키쓰文室秋津, 787~843. 842년에 일어난 '죠와承和의 변란' 때 모반을 일으킨 쓰네사다恒貞 편에 섰다가 이즈모로 좌천된 인물.『하루사메 이야기』에서 아키나리는 훈야노 아키쓰를 방탕한 해적으로 만들어 쓰라유키에 대한 비판을 전개했다.

고 자신이 습자한 것이라는 말을 듣고 질투하는 장면이 나온다. 진짜라고 생각하고 소중히 여긴 문화재가 실은 위조품이었다는 데서 당시 일본에서 당풍唐風 문화의 깊이가 얼마나 얕았는지가 여실히 드러난다.

더욱이 『하루사메 이야기』의 권두를 장식하는 「피 묻은 휘장」血かたびら에는 헤이제이 상황이 관여한 구스코의 변의 전말이 그려진다. 아키나리가 그린 헤이제이 상황은 아우 사가 천황이 떠맡은 유교적 '가르침'에 끝까지 회의적이며, 결국 나라로 이주한 후 헤이안쿄(교토) 측과 마찰을 빚는다. 1장에서도 논했듯 헤이안쿄에서 헤이조쿄(나라)로 복귀하려 했던 헤이제이 상황은 간무 천황과 사가 천황이라는 중국화 지향이 강한 통치자들 사이에서 일본 문화의 버전version을 한 세대 앞으로 되돌리려 한 인물로, 『만엽집』의 편찬과도 관계가 있었으리라 여겨진다(또한 인베노 히로나리가 "어리석은 신하가 아직 아뢰지 않으니, 아마도 분명 전할 것이 있으리라"라는 사명감으로 인베노 씨족에게 전승된 '고어'古語를 조정에 헌상한 것도 헤이제이 천황의 시대였다). 고도를 맴도는 정념에 마음을 빼앗긴 복고주의자 헤이제이 상황을 아키나리는 일부러 『하루사메 이야기』 권두에 배치했다. 야스다 요주로가 예리하게 지적한 것처럼 "나라의 한 역사 정신"을 보여 주는 시대 및 인물을 그리려 한 아키나리가 "헤이제이 천황 시대의 이야기"를 채택한 것은 당연히 나름 심도 있게 고민한 데 따른 것이다.[74] 아마도 아키나리는 헤이제이 상황이 후지와라노 구스코 및 그의 오빠 나카나리와 함께 몰락한 데서 『만엽집』 배후에 있던 일본 문학의 악몽적 기원을 발견했을 것이다.

---

74   야스다 요주로, 『만엽집의 정신』万葉集の精神, 新学社, 2002, 521쪽.

요컨대『하루사메 이야기』의 아키나리는 일본 문학의 분기점이 된 중요한 시기, 즉 일본 문학이 껍질을 벗는 순간의 가장 연약하고 불안정한 시기를 끄집어내려 했다. 그의 손을 거치면 헤이제이 상황이든 사가 천황이든 기노 쓰라유키든 모두 부조리한 악몽에 가위눌린 인물로 그려진다. 이들이 가담했던 문명의 설립이 후세 사람들에게 많은 혜택을 가져다준 것은 사실이다. 그러나 그 속에 착오와 위조품 또한 포함되었다면, 다시 말해 문학의 수려한 꿈 이면에 훈야노 아키쓰와 헤이제이 상황 같은 악몽적 존재가 잠재해 있었다면 어떨까? 적어도 앎에 대해 '니힐리스트'였던 아키나리는 이러한 가능성을 망각할 수 없었다.

나는 19세기의 작가 너새니얼 호손이 이탈리아 여행에서 돌아온 후 "대낮의 상식적 번영밖에 없는" 미국에서 소설을 쓰는 어려움을 이야기했던 것이 떠오른다(『대리석 목양신』 *The Marble Faun*). 호손은 유럽 같은 음영과 고색古色을 결여한 미국의 한낮의 공간, 모든 것이 평범해 보이게 만드는 순진무구한 번영 속에서 소설을 위한 장소를 어떻게든 창출해야 했다. 이 아포리아(난제)는 모든 것을 범용하게 만드는 세속적 사회 속에서 자신의 작품을 "태평성대의 쓸데없는 이야기"(『우게쓰 이야기』「서문」)라 부르지 않을 수 없었던 아키나리의 문제 그 자체였을 것이다. 아키나리가 중국의 백화 소설을 불러들인 것은 단순히 호사가적 중국 취향이 아니었다. 근세 일본의 "태평성대" 와중에 아키나리는 이야기의 해커로서 백화 소설을 단서 삼아 일본 문학의 역사와 은밀한 전쟁을 수행했다. 그 결과 전면적인 멸망을 알지 못하던 일본 문학을 방문한 위기와 진동이『우게쓰 이야기』와『하루사메 이야기』에서 검출된 것이다.

아키나리는 야마토국大和国 나가라촌名柄村에서 태어나 네 살 때 도지마堂島 상인 집에 양자로 떠맡겨졌고, 말년에는 경제적 궁핍을 겪다가 그 자신이 "불의한 나라의 빈국"(『담대소심록』胆大小心錄)이라고 혹평했던 교토에서 사망한다. 교토를 깎아내리고 오사카의 촌스러움에 악담을 했지만 아키나리의 인생은 왕조 문학의 중심지였던 기나이 지방에 깊이 침잠했다. 에도 후카가와深川에서 태어난 바킨이 이야기라는 그릇을 강제로 확장시킨 데 반해, 기나이 주민이었던 아키나리가 이야기의 내적 프로그램을 대담하게 탈바꿈한 것은 실로 흥미로운 대조다.

다만 거듭된 멸망이 만들어 낸 근세 중국 문학을 가지고 음영을 결여한 근세 일본의 문화적 풍토를 해킹한다 해도, 거기에는 역시 만만치 않은 문제가 함축되어 있었다. 구체적으로 말해 그것은 『수호전』을 비롯한 중국 근세 소설의 중요한 구성 요소인 '연극적인 것'을 어떻게 처리할지의 문제였다. 아키나리의 작품은 백화 소설의 재산을 탐욕스럽게 흡수했지만, 중국 문학에서 볼 수 있는 연극성을 완전히 받아들이지는 못했다.

가령 앞서 인용한 「푸른 두건」의 "거미가 불상과 불상 사이에 거미줄을 치고, 호마단은 새하얗게 제비 똥에 파묻혀 있으며"라는 부분은 『수호전』에서 가져온 것인데, 원전에는 다음과 같은 기술이 이어진다. "이렇게 큰 절이 어떻게 이토록 황폐해진 것일까 의심스럽게 생각하면서 노지심이 안으로 더 들어가 주지의 방 앞에 서 보니, 주변은 한 면이 제비 똥으로 가득하다. 문에는 자물쇠가 있지만 그 자물쇠도 거미줄투성이다." 이처럼 불결한 제비 똥과 거미줄 그리고 노지심이라는 파계승을 거리낌 없이 몰아넣는 것이 대지와 숲과 늪에 뿌리 내린 카니발 문학 『수호전』의 본질이었다. 반대로 아키나리의 문장은 텍스트적 정경 묘사에 지나지 않아 그러한 불결함이 느껴지지 않는다. 「푸른 두건」의 주인공 가이안 선사는 노지심과 달리 이 황폐하기 그지없는 절에 들어와 너저분해지지 않는다. 절 한구석에 움츠린 비참한 승려들의 죽을 빼앗고 법석 떠는 노지심의 압도적 현전성이 「푸른 두건」에서는 사라진다.

카니발적인 인간의 결핍. 이와 유사한 경향은 『수호전』을 모델로 삼아 『핫켄덴』을 쓴 바킨에게서도 찾아볼 수 있다. 바킨은 선인과 악인, 성인과 무뢰한을 비등하게 다루는 『수호전』의 유머러스한 축제 감각 대신 도덕주의적 '권선 징악' 및 '토속적 애니미즘' 관점에서 악인에게는 꼭 악인다운 추한 이름—『핫켄덴』의 '후나무시'船虫나 '오쓰카 히키로쿠'大塚蟇六[75] 등—을 주었다.[76] 바킨에게 악인은 이름이나 외관 모두 멸시해 마땅한 것이었는데, 이에 따라 중국 고전의 너른 품을 잡아내는 데 실패한다. 일찍이 야나기타 구니오가 「불행한 예술」에서 날카롭게 지적한 것처럼 중국의 고전적 역사서 『춘추좌씨전』春秋左氏傳이 악인에게도 생생한 매력을 부여하며 인간들 사이의 아귀다툼에 유용한 "악의 기술"을, 즉 "미세한 소규모의 나쁜 꾀"를 사람들에게 가르쳐 준 데 비해, 악을 철저하게 탄핵하는 바킨의 방식은 정말이지 "아량"이 부족하다

---

75   [옮긴이] '후나무시'船虫는 갯강구, '히키로쿠'의 '히키'蟇는 두꺼비를 뜻한다.

76   노구치 다케히코野口武彦, 『에도와 악』江戸と悪, 角川書店, 1992, 38쪽 이하.

고 말하지 않을 수 없다.[77] 요컨대 바킨은 카니발 문학인『수호전』의 핵심을 이해하지 못했던 것이다.

에도 시대에 중국 백화 소설을 심층적으로 독해한 독본 작가였음에도 아키나리와 바킨 모두『수호전』의 축제성을 온전히 도입하지 못했다.『수호전』의 어휘와 취향을 모방할 수는 있어도 선악을 관통하는 카니발적 인간을 복제하는 것은 일본 작가에게 극히 어려운 일이었다. 그 점에서「푸른 두건」도『핫켄덴』도『수호전』과 얼핏 비슷한 것 같지만 결국은 다르다.

이러한 질적 차이를 고찰하기 위해 여기서 두 가지 시학의 차이에 주목하자. 나는 이미 2장에서 일본 고전 시학이 아리스토텔레스의 시학과 달리 서정 가요를 모델로 삼았다는 점에 주목했다. 그에 비해『수호전』의 매력은 연극을 빼고는 생각할 수 없다.『수호전』에 등장하는 마초적이고 코믹한 쾌남아들의 활기 넘치는 몸짓과 대화 대부분은 소설보다 먼저 성립한 여러 '수호희'水滸戲에서 가져온 것들이다. 예를 들어 53회에는 이규와 대종 간의 포복절도 홍정이 그려지는데,『사기』와『수호전』모두 도시에서 상연된 연극을 바탕으로 했다는 가설을 세운 미야자키 이치사다에 따르면 이 만담적 서술은 원래 연극의 한 장면이었다. "이 원작이 오히려 해학적인 몸짓을 관객에게 호소하는 것을 주안으로 작성된 일종의 연극적인 것이었다는 데는 의심의 여지가 없다."[78] 실제로 이 장면은 문자 텍스트의 한계를 뛰어넘어 이들의 신체성을 강하게 느끼게 만든다.

77　야나기타 구니오柳田國男,『불행한 예술·웃음의 본원』不幸な芸術·笑の本願, 岩波文庫, 1979, 127쪽.

78　미야자키 이치사다,『동양적 고대』, 166쪽.

더욱이 『수호전』의 연극성은 비평(『수호전』의 평점[79])에도 반영되어 새로운 문학적 가치 기준을 만들어 내는 계기가 된다. 예를 들어 용여당본容與堂本 『수호전』의 비평가—명의상 이탁오지만 실제로는 명말의 비평가 엽주葉晝가 아닐까 추측된다—는 무송, 반금련, 왕파, 서문경, 운가 등이 각자 나름의 저의를 갖고 생기 넘치는 대화를 펼치는 24회에 대한 총평에서 "음부, 지조 있는 사나이, 바보, 중매쟁이, 말썽쟁이의 모습이 눈앞에 있는 듯하고, 음부, 지조 있는 사나이, 바보, 중매쟁이, 말썽쟁이의 목소리가 귓가에서 들리는 듯해 말과 문자가 있는 것도 잊었다"라고 기술한다.[80] 이들의 활약상 앞에서 독자들은 자신이 읽고 있는 것이 언어로 표현된 것이라는 사실을 잊어버릴 것이다. 『수호전』 작중 인물들의 리얼한 성격과 숨결이 마치 연극을 볼 때처럼 독자의 눈앞에 그대로 나타나기 때문이다. 또 다른 대목의 주석에서는 『수호전』의 박진감 넘치는 인물 묘사가 고개지顧愷之[중국 동진 시대의 화가]와 오도현吳道玄[중국 당대의 화가] 같은 과거의 위대한 화가에 미치지 못한다고 서술한 반면, 노지심, 이규, 원소칠, 석수, 호연작, 유당 등 여러 성미 급한 캐릭터를 능란하게 구분해 그린 것을 상찬한다.[81] 이때 『수호전』은 언어 표현보다 회화에 가까운 것으로 판단된 것이다. 말과 문자(에크리튀르) 등의 매개를 관통해 인물의 성격을 직접 전달하는 '투명'한 표현을 중시하는 것, 이러한 비평 담론은 데리다식으로 '현전성'의 신

---

79   [옮긴이] 중국 소설에서 각 회 끝에 비평가가 '평어'를 붙이는 것을 '평점'이라고 한다.

80   예랑葉朗, 『중국 소설 미학』中國小說美学, 北京大学出版社, 1982, 37쪽.

81   같은 책, 33쪽 이하.

화를 말하고 있다.

현전presence을 우위에 두는 이 연극 모델의 시학은『수호전』의 새로움을 잘 보여 준다. 연극적 혹은 회화적인 현전의 시학을 마주해 중국 문학의 가치 기준은 크게 흔들리게 되었다.『수호전』이라는 전위 소설의 출현은 리얼한 인물 묘사를 중시하는 새로운 유형의 가치 기준을 요구했다. 이와 동시에 미야자키 이치사다의 말처럼 이 연극 모델의 시학이 도리어 중국 문학의 옛 지층에서 잠자고 있던 기억, 즉『사기』의 시학을 재흥시킨 것도 간과할 수 없다(2장 참조).『수호전』을 창출한 천재 작가들의 힘에 의해 중국 문학에 잠재되어 있던 표현의 가능성이 훌륭하게 개화했다. 더구나 이러한 전통의 재발견이 한족 국가의 멸망을 계기로 한다는 것은 역사의 아이러니다. 몽골의 지배 이후 한편에서는 풍몽룡과 같이 인텔리적 형식주의를 기피하는 '정'情의 문학가가 탄생하고, 다른 한편으로는 연극 체험에 기반한 시학이『수호전』비평에 의해 구축되었다. 국가적 멸망 후=흔적의 문화가 그 전까지의 사대부적 양식良識에 갇히지 않은 문학과 시학=비평을 길러 낸 것이다.

이처럼 근세 내셔널리즘 시대의 부산물인『수호전』은 종래의 일본 서정가 모델 시학으로는 도저히 이해될 수 없는 작품이었으며 바킨과 아키나리의 한계도 아마 그로부터 유래할 것이다.[82] 특히『우게쓰 이야기』는 텍스트를 기반으로 한 왕조 문학의 서정가적 세계를 솜씨 좋게 해킹했지만 그 이상의 새로운 모델을 제안하지는 못했다. 고도의 텍스트적 조작을

---

82 또한 노년기의 바킨을 주인공으로 한 아쿠타가와 류노스케의「희작삼매」戲作三昧[『희작삼매』, 이소영 옮김, 봄고양이, 2017, 70쪽]에는『수호전』의 애독자였던 아쿠타가와가 아니고는 할 수 없는 날카로운

전개한 『우게쓰 이야기』는 바로 그 세련됨 때문에 대지와 직접적으로 접촉하는 카니발적 인물상을 내놓지 못했다. 하지만 이러한 한계를 앞에 두고 아키나리가 그저 묵념만 한 것은 아니다. 그가 만년에 『수호전』풍의 새로운 연극적 시학을 어떻게든 일본에 도입하려고 했던 것을 여기서 강조해 두겠다. 그 기획은 『하루사메 이야기』의 마지막에 실린 「한카이」樊噲에서 확인된다.

아키나리는 「한카이」를 통해 『수호전』에 그 나름대로 응답한 것이다. 이 이야기는 원래 오쿠라大藏라는 이름을 가지고 있다가 나중에 '한카이'라고 불리게 되는 난폭한 사내가 주인공이다. 그는 아버지와 형을 우발적으로 죽여 버린 탓에 수배자가 되고 오미에서 호쿠리쿠北陸, 나아가 진즈강神通川에서 동쪽으로 나아가 나스노那須野에 이르며 마지막에는 고승이 되어 무쓰陸奧에서 죽는다. 일본 전국을 범죄적 공간으로 엮어 가는 이러한 취향은 명백히 『수호전』에서 온 것이다. 뿐만 아니라 오쿠라=한카이라는 사내 자체가 『수호전』의 쾌남아들을 샘플링해 만들어진 것이다.

예를 들면 이야기의 서두에서 그가 담력 시험을 위해 밤에

통찰이 포함되어 있다. 아쿠타가와가 그린 바킨은 『수호전』의 멋진 "예술적 표현" 앞에서 기묘한 불안에 엄습당한다. "혼자 쓸쓸하게 점심을 먹은 그는 겨우 서재에 들어가 어떻게든 마음을 가라앉히고 불쾌한 마음을 진정시키려 『수호전』을 펼쳐 보았다. 우연히 펼친 부분은 표자두 임충이 눈보라 치는 밤에 산신의 사당에서 불타는 들판을 바라보는 대목이었다. 그 희곡적 정경에 평소처럼 감흥이 일었다. 그런데 그것이 어느 정도 지속되자 오히려 묘하게 불안해졌다"(강조는 추가). 『수호전』 표현의 매력이 특히 "희곡적 정경"에 있었다는 점, 그리고 바킨의 문학은 그 연극성을 흡수할 수 없었다는 점, 짧은 기술임에도 아쿠타가와는 이 두 가지 점을 요령 있게 부조浮彫하고 있다.

다이센의 신사에 올라 새전함賽錢函을 들고 돌아가려 하자 그 새전함에서 갑자기 손발이 뻗어 나와 그를 잡더니 호우키伯耆에서 바다 건너 오키노시마의 한 신사로 끌고 간다. 오쿠라가 "용서해 줍쇼", "살려 줍쇼"라고 소리치면서 하늘을 나는 부분은 『수호전』 53회에서 이규가 나진인이 조종하는 금강역사에 잡혀 결국 소주薊州의 관청에 떨어지는 코믹한 장면을 방불케 한다. '은둔 시인' 고토바 인과 인연이 깊은 귀양의 섬 오키노시마—밤중에 신사에서 장난을 쳐 일종의 '죄인'이 된 오쿠라는 이규가 그랬듯이 문학사와 정치사가 교차하는 이 특별한 섬에 코믹하게 끌려온다. 이러한 문학적 연고지 바꾸어 읽기는 『우게쓰 이야기』와 맥락이 상통하는 것이지만, 「한카이」에는 「꿈속의 잉어」나 「뱀 여인의 음욕」보다 훨씬 더 연극적인, 즉 구경거리가 될 만한 유머러스한 요소가 포함되어 있다.

　나아가 여러 전문가가 이미 지적한 것처럼 오쿠라=한카이가 게걸스럽게 밥을 먹는 몸짓은 명확히 무송과 노지심을 베낀 것이다. 한카이 일행이 점주에게 술과 안주를 계속 가져오게 하는 장면—"주인이 물러가며 '이웃집에 삶은 황다랑어가 있습니다'라고 했고 술이 데워지는 사이 주문한 전복으로 만든 회, 두부탕을 따뜻하게 내왔다.……'채소는?' 묻자 '산에서 나온 것이 있습니다'라는 답과 함께 토끼와 돼지 고기가 구워져 나왔다" 등—과 같은 연출은 대지와 연결된 카니발 문학인 『수호전』에서 빈번하게 눈에 띄는 것이었다. 한카이는 『수호전』의 호걸처럼 먹고 마심으로써 그 존재감을 확장시키는 한편 여자에게는 관심을 보이지 않는다. 또 그가 밤중에 가가번加賀藩 시가지의 부잣집에 몰래 숨어들어 "금은을 넣어 둔 상자"를 훔치는 대목이 있는데, 여기서 아키나리는

『수호전』56회에서 도둑질의 달인 고상조 시천鼓上蚤 時遷이 서녕徐寧의 가보인 갑옷이 든 가죽 상자를 가로채는 스릴 넘치는 장면을 의식했을 것이다. 한카이에게는 수많은 쾌남아의 신체성이 옮겨져 있는 것이다.

다만 지금 이러한 세부적인 출전 찾기를 너무 엄밀히 한들 별 의미는 없다. 일단은 오쿠라＝한카이의 행태가『수호전』의 가장 만화적comical이며 연극적인 부분과 연결된다는 데 주의해 두자. 물론 아키나리의 시도가 완전히 성공한 것은 아니지만(예를 들어 도둑질 장면만 봐도『수호전』에서는 하인에게 들킬 뻔한 시천이 순간적인 기지로 쥐 울음소리를 내는 등 구석구석 취향이 응축되어 있는 데 비해,「한카이」에는 그러한 소소한 연극적 재미가 빠져 있다), 노년에 접어든 아키나리가 새로운 작가적 경지를 열고자 한 것은 확실하다.『우게쓰 이야기』의 단계까지 아키나리는『수호전』을 근세적인 텍스트 데이터 다발, 즉 첨단 문체의 아카이브로 다루었다. 그에 비해「한카이」에서는『수호전』의 텍스트보다는 카니발적 인간을 뽑아내려 했다. 애당초『사기』의 연극성을 상징하는 호걸 '한카이'를 제목으로 한 데 일본인을 중국풍 카니발적 인간으로 변신시키려고 한 아키나리의 의지가 명확히 나타나 있다.

물론『수호전』과「한카이」에는 큰 차이도 있다. 오쿠라＝한카이는「뱀 여인의 음욕」의 도요오와 마찬가지로 가문의 차남, 즉 일본적인 '잉여 인간'이며 그로 인해 반사회적인 방향으로 이끌려 간다.『수호전』이 108인의 형제＝범죄자를 전국 각지에서 모집해 나가는 '포섭의 문학'이었다면,「뱀 여인의 음욕」과「한카이」는 오히려 형제 간의 불평등을 강조하고 가문의 차남을 고립된 반사회적 존재＝타자로 바꾸어 나가는 문학, 즉 '타자화의 문학'이었다(이 양자의 차이는 다음 장에서 다른 각도로 다루겠다). 불평등한 형제를 발판으로 사회에서 타자를 창출하는 아키나리의 방법론은 새로운 형제 관계를 척척 작성해 나가는 『수호전』과는 정반대라고 말하지 않을 수 없다.

그럼에도 가문의 차남인 오쿠라＝한카이가 휘말려 드는 범죄적 공간은 종래의 일본 문학에 결핍되어 있던 코믹한 악몽의 이미지를 체감시킨다. 아키나리는 근세 일본 사회에서 탈락한 차남을 『수호전』의 연극 모델을 통해 움직이는 드넓은 악몽적＝범죄적 공간으로 납치한다. 그리고 이는 결과적으로 쓰라유키 이래의 서정가 모델에 대한 가장 근원적인 도전이기도 했다. 앞서 서술한 것처럼 『하루사메 이야기』에 수록된 「해적」의 훈야노 아키쓰는 쓰라유키의 잘못을 집요하게 지적한다. 그러나 사실 「한카이」야말로 아키나리에게 있어 쓰라유키에 대한 최대의 비판이었던 것 아닐까? 쓰라유키 이래의 시학에서 제거된 것을 다시 살려 내는 작업이 「한카이」에서 완수되었기 때문이다.

아무튼 헤이제이 상황이라는 위험한 위정자에서 시작해 오쿠라＝한카이라는 기묘한 카니발적 인물로 엮어 가는 『하루사메 이야기』의 구성에서 아키나리의 조용한 그러나 무서울 정도의 야심을 느끼지 않을 수 없다. 문명의 창설자들을 상대로 한 아키나리 최후의 '전쟁'인 『하루사메 이야기』는 고대 이래 서정가 모델을 뒤흔들면서 근세 중국 문학이 이민족 지배 속에서 발명한 연극적 모델을 일본에 불러들였다. 멸망과 부흥의 시대였던 동양적 근세, 아키나리는 그 충격에 원격 조작되어 일본 문학의 결핍된 부분을 비추었던 것이다.

* * *

정리하자. 근세 일본은 초월적인 것 혹은 종교적인 것의 힘을 약화시킨 세속화 시대였으며, 그 작용이 현대 일본의 사상 풍토에도 미치고 있다. 이 세속화의 안감을 꿰매는 형태로 근세 중국 내셔널리즘이 문학에 기생해 일본에 퍼졌지만, 거듭된 멸망에서 비롯한 중국 유래의 '네이션'이 꼭 일본의 사정에 맞는 것은 아니었다. 『태평기』가 유사적인 국가 간 전쟁을 연출하고 구스노키 마사시게 같은 유사 중국인을 제작한 후, 그 국가의 크기는 곧 일본인 맞춤의 '가문'으로 수축되었다. 또한 근세 내셔널리즘이라는 '가라고코로'에 의해 축척의 혼란을 마주친 일본 문학에 모토오리 노리나가가 왕조 문학적 연恋과 '모노노아와레'를 처방한 것은 그 나름의 탁월한 비평적=의료적 행위였다(덧붙여 노리나가가 자기 고향의 의사였다는 사실을 상기해 두는 것도 쓸데없지는 않으리라).

다른 한편 일본인에게 현기증과 혼란을 일으킬지 모를 '네이션'을 오히려 적극적으로 받아들이고, 중국적 유민을 모델로 해 마침내 류큐에 이르렀던 작품이 바킨의 『진설 유미하리즈키』다. 혹은 한낮의 순진무구함을 구가해 온 일본 문학 프로그램의 핵심에 섬뜩한 독기를 채워 넣으려 한 우에다 아키나리 또한 근세 중국 문학의 데이터를 빨아들여 일본의 국토 및 인간에 관한 상상력을 갱신한 작가다. 완전히 대조적인 방법이었지만 바킨과 아키나리 모두 일본에 있어 국토, 인간 그리고 문학의 전제 조건을 동양적 근세의 현실 속에서 업데이트하려 했던 것이다.

물론 국가의 연속성이 몇 번이나 폭력적으로 중단된 중국에 비해 일본은 꽤나 평탄한 시간성·공간성을 살아왔다고 말하지 않을 수 없다(가령 고대 『풍토기』에 실린 지역 대부분에는 지금도 변함없이 문화와 인간이 존재하지만, 이는 '국제 표준'

에 비추어 전혀 자명하지 않다). 게다가 근세 일본은 종교적인 것을 떼어 내고 세속화의 길을 포장했다. 원래 표현의 깊이는 사회가 짊어진 상처의 양과 비례한다. 그러나 근세 일본의 통치 권력은 그 '상처'를 지워 없애고 지상의 권위 앞에 모든 초월 적인 것의 가능성을 굴복시켰다. 바로 그렇기 때문에 종교를 대신해 문학이 얼마나 기복 많은 시간 감각과 공간 감각을 창조할 수 있는지가 근세 이후 일본에서 중요한 의미를 지니게 된다.

이 점에서 바킨과 아키나리는 일본 문학 속 초월성의 벡터를 잘 보여 준다. 다시 말해 천공의 신을 향해 일직선으로 달려 오르는 것이 아니라 옆으로 또 옆으로 섬을 전전하거나(『진설 유미하리즈키』) 문학의 지반에 깊이 스며드는 것(『우게쓰 이야기』), 그것이 근세 일본 문학 속 트랜스(=넘어서기) 운동의 방향성이었다. 앞서 나는 "일신교를 낳지 않은 동아시아의 풍토에서 초월성은 신이 아니라 멸망 체험에 머물러 있었"던 것이 아니겠냐고 썼는데, 이는 초월의 방향성에도 반영된다. 미시마 유키오는 후에 낮의 "태양"(상승 운동)과 밤의 "쇳덩이"(하강 운동) 사이에서 분열된 자신의 존재 방식을 반추하면서 "그러나 사람들은 왜 깊이를, 심연을 탐구하는 것일까? 사고는 왜 측량 추처럼 수직 하강만을 하려는 것일까? 사고가 그 방향을 바꾸어 끝없이 표면으로 수직 상승하는 일은 왜 이루어질 수 없는 것일까?"라고 묻는데,[83] 이것이 바로 '밤'의 '심연'을 대표하는 작가인 아키나리가 예고한 문제다. 태양의 현란함을 동경하면서도 현실에서는 쇳덩이처럼 묵직한

---

83   미시마 유키오三島由紀夫,「태양과 쇳덩이」太陽と鐵,『미시마 유키오 문학론집』三島由紀夫文学論集, 講談社, 1970, 19쪽.

심연에 끊임없이 빨려 들어간다―그것이 근세 이후 일본 문학에서 초월성의 조건이었다. 일본 문학은 도망치는 것과 가라앉는 것에서 활로를 발견했지만 드높이 날아오르기 위한 날개만은 여전히 가지지 못했다.

그럼에도 불구하고 바킨과 아키나리의 문학적 노력이 메이지 이후 일본 순문학에서 과연 성공적으로 계승되었다고 말할 수 있을까? 안타깝지만 약간 의심스럽다. 내 생각에 근대 문학의 공간 감각과 시간 감각은 근세 문학에 비해 어쩌면 후퇴해 버린 것 같기도 하다. 앞서 서술한 것처럼『진설 유미하리즈키』와 같이 국경을 횡으로 관통하는 에너지는 여전히 희귀하다. 이 때문에 만년의 미시마가『진설 유미하리즈키』를 리메이크했던 것이 아닐까?

그렇지만 몇몇 난점을 안고서도 근대에는 근대 나름의 문학적 패턴이 형성되었고 거기에 사람들이 자신의 욕망을 의탁한 것도 틀림없다. 특히 근대의 문학적 쇄신은 종종 새로운 유형의 '극장'과 '관객'의 이미지를 도입함으로써 완수되었다. 이러한 경향 또한 '전후'의―전쟁과 재액 후=흔적의―부산물이었다는 것이 다음 장의 주제다.

5장

전후 / 진재 후
일본 근대 문학의 내면과 미

비평가들은 종종 근대 문학과 서브컬처의 관계에서 적대성을 발견해 왔다. 그러나 이 둘 사이의 다툼은 자칫 소모전으로 끝나기 쉽다. 예를 들어 서브컬처 비평가들은 만화나 애니메이션이 우리 사회에 이만큼 침투해 있는데도 정당하게 평가받지 못하고 있다고 분개하면서 (순)문학을 권위에 안주할 뿐인 기득권층으로 매도한다. 이에 대해 문학 쪽은 애초에 사회적 권위나 책임을 지고 있다는 자각이 부족하므로 그러한 비판의 목소리를 마이동풍으로 흘려버릴 것이다. 서로를 충분히 이해하지 못한 채 적대시하고 그것을 자기 정당화의 도구로 삼는다면 유익한 소통은 불가능하다.

이러한 소모적인 당파성을 서둘러 벗어나 좀 더 생산적으로 사고해 보자. 이 책의 입장에서 근대 문학과 서브컬처의 차이는 우선 두 가지 전후 문화의 차이로 생각해 볼 수 있다. 이 장에서는 먼저 첫째 전후 문화로서 근대 문학의 성격을 검증한다. 구체적으로 이 장의 주제는 '내면'=<나>의 문학과 '미'=<우리>의 문학이 생성되는 과정의 일단을 해명하는 것이다.

A 전후＝〈나〉의 문학

1 러일 〈전후〉의 쓸쓸한 광기

지금 '나쓰메 소세키는 〈전후〉 문학가'라고 쓰는 것은 다소 유난스러운 관점으로 보일 수도 있겠다. 그러나 소세키를 필두로 한 많은 근대 문학가가 20세기 초두 발발한 러일전쟁 이후의 분위기에 휩싸여 있었다는 것은 이미 야마자키 마사카즈가 지적한 바 있다.

한마디로 형용할 수 없는 미지의 기분이 그 무렵 막 생겨난 일본 중산 지식 계급의 가정에 스며들기 시작했다.

종잡을 수 없는 막연한 분위기에 불과했지만, 사람들은 그것이 지금까지 경험하지 못한 정체 모를 우울함임을 곧 알아차렸다. 메이지 40년대 초반[1900년대 중반], 즉 러일전쟁 전후를 점차 '전후'로 의식하게 되었을 무렵, 사람들은 불현듯 그것이 자신의 일상에 스며들고 있음을 뚜렷하게 자각하기 시작했던 것 같다.[1]

많은 일본인은 문학(특히 순문학)이 유머가 부족하고 음울하며 내향적이라는 이미지를 갖고 있을 것이다. 그럼에도 대다수 독자는 그 침울함이 문학에 주어진 성격이라며 별 의문

---

1 야마자키 마사카즈山崎正和, 『불쾌의 시대』不機嫌の時代, 講談社学術文庫, 1986, 12쪽(강조는 추가).

없이 납득하고 있지 않을까. 그러나 야마자키에 따르면 그처럼 습도 높은 문학이 계속해서 나타난 것은 러일전쟁 〈전후〉의 사회 환경에 따른 것이지 결코 예부터 내려온 전통이 아니다. 러일전쟁의 승리로 메이지 유신 이래의 공적인 국가 목표=문명 개화가 일단 달성된 순간 "일본 중산 지식 계급"은 되돌릴 수 없는 음울한 "기분"에 사로잡히고 말았다. 간단히 말해 러일전쟁 〈전후〉의 근대 문학은 공적인 가치관, 즉 '거대 서사'의 상실에 직면한 지식인이 만들어 낸 문학인 것이다.

물론 원래 공적인 것과 국가가 같아져야 할 필연성은 없다. 예를 들어 에도 시대에는 각지에서 생겨난 하이카이俳諧[2] 그룹이 시민적 예절을 육성함과 동시에 국학을 보급시키는 사교의 장으로 부상했고 마침내는 메이지 유신을 일으키는 하나의 동력이 되었다. 하이카이 그룹은 1차적으로 취미를 통해 연결된 장이었지만 2차적으로는 시민들을 결합시켜 지식을 교환하는 '교제 네트워크'로, 요컨대 일종의 공공 공간으로 기능했다.[3] 그러고 보면 국가 이외의 장에 공공적인 것이 넘쳐흐르는 바로 그때 사회는 진정한 의미에서 변혁의 에너지를 획득한다고 할 수 있다. 그러나 야마자키에 따르면 메이지 시대를 거치며 공적 영역은 '국가'로 일원화되었고 기존 사회 네트워

2　[옮긴이] 중세 시대에 생겨난 일본 시가의 한 형식 혹은 그 작품을 말한다. 본래 '하이카이'라는 단어에는 해학 혹은 유희의 뜻이 함축되어, 무로마치 시대에는 연회나 제의에서 사람들이 와카를 돌아가며 읊는 렌가連歌에 해학성을 가미한 시가를 가리켰다. 메이지 시대에는 정통적인 렌가 형식에서 벗어난 하이쿠(5·7·5의 음절을 기본으로 하는 시가)가 확립되어 유희성을 강조하는 집단 문예의 형식으로 발전했다.
3　이케가미 에이코池上英子, 『미와 예절의 유대』美と礼節の絆, NTT出版, 2005, 277쪽 이하.

크의 기능은 약화되었다. 이로 인해 국가 목표=거대 서사와의 동일화가 일단 부정되면 문학가는 곧바로 심리적 우울증으로 〈나〉의 폐역閉域에 빠져들게 된다.

국가와 나의 중간을 메워 주어야 할 시민적 사교 공간이 빈약해지고 사교 네트워크에서도 국가 목표에서도 소외된 인간이 문학의 관심사가 되는 이러한 〈전후〉 문학의 성격은 특히 나가이 가후永井荷風, 나쓰메 소세키, 시가 나오야志賀直哉 등의 문학에서 볼 수 있는 '불쾌함'의 테마에 잘 드러난다. 예를 들어 소세키의 『그 후』それから, 1908는 가족 내부의 잉여 인간에게 '불쾌한' 자아를 이야기하게 함으로써 러일 〈전후〉 문학의 한 패턴을 구축했다.

『그 후』의 주인공인 다이스케는 인텔리지만 서른 살이 되도록 '고등 유민'高等遊民으로 빈둥거리기만 할 뿐 일정한 직업이 없다. 양명학에 감화되어 유교적 공공심을 좇는 부친은 다이스케가 결혼하기를 원하지만, 그는 부와 세속 앞에 무릎 꿇기가 싫어 대답을 미루고 있다. 아버지의 연줄로 회사 요직에 오른 형과 달리 다이스케는 아버지에게 금전적인 도움만을 받을 뿐 사회적 신분을 계승하지는 않는다. 이러한 불안정함이 다이스케의 마음을 서서히 갉아먹는다. 한편 다이스케는 중학교 때부터 알고 지낸 친구 히라오카와 "대학을 졸업하고 나서 1년 동안은 거의 형제처럼 친하게 지냈다".[4] 그러나 막 불어닥친 러일전쟁 후의 공포로 인해 히라오카 같은 중산 계급도 경제적 곤경에 빠진다. "히라오카의 집은 최근 10여 년간 계속된 물가 상승으로 형편이 점점 어려워진 중류층의 생활상을 고스란히 드러내는 볼품없는 외관을 하고 있었다."[5]

---

4 [옮긴이] 나쓰메 소세키, 『그 후』, 노재명 옮김, 현암사, 2014, 30쪽.

소세키는 근대 일본의 사회와 문화를 짊어져야 할 중간 계급 ='중류층'의 훼손을 히라오카가 거주하는 곳의 물리적인 옹색함을 통해 솜씨 좋게 표현해 냈다. 일본 중간 계급의 성립 기반이란 경제 동향에 작은 변화 하나만 생겨도 간단히 뒤집힐 수 있는 것임을 예리하게 간파했던 것이다.

정신적 '형제'인 히라오카가 경제적으로 곤궁해지고 아버지나 형(세이고)과의 관계도 점점 소원해지는 와중에, 다이스케는 히라오카의 아내인 미치요에게 "자연스러운 사랑"의 감정을 품게 되어 그녀와 밀통하고자 한다. 이리하여 혈연 관계인 친형제도 히라오카라는 '형제'도 배신한 다이스케는 마침내 사회 전체를 적대시하기에 이른다.

그는 스스로 열어젖힌 운명의 단편을 머리에 얹고 아버지와의 결전을 준비했다. 아버지 뒤에는 형과 형수가 있다. 그리고 그들과 싸운 뒤에는 히라오카가 있다. 그것을 넘어선다 해도 커다란 사회가 있다. 개인의 자유와 저마다의 사정을 조금도 허락하지 않는 기계 같은 사회가 있다. 지금 다이스케에게는 그 사회가 완전히 암흑으로 보였다. 다이스케는 모든 것과 싸울 각오를 했다.[6]

물론 소세키는 근대 유럽 소설에서 '간통'이 중요한 테마였음을 알았을 것이다. 본래 유럽의 근대 국가는 결혼이라는 남녀의 계약에 실로 많은 것을 얽어 놓았다. 재산 소유, 성 생활, 생식, 과세, 사랑…… 그러나 결혼이라는 계약 하나에 이 모

---

5   [옮긴이] 같은 책, 96쪽.
6   [옮긴이] 같은 책, 273~274쪽.

든 것의 하중이 실리면 시민은 상당한 부담을 안게 된다. 그래서 유럽의 간통 소설은 결혼이라는 제도가 사실 근본적으로 위태로운 것 아니냐는 의문을 행간에 감추고 있다. 루소, 괴테, 플로베르 등의 작가는 사회의 기본 단위인 법＝계약을 검증하는 작업을 수행하면서 '간통'이라는 테마에 매료되었다.[7] 반대로 프랑스의 철학자 질 들뢰즈는 이러한 경향에 대해 "더러운 작은 비밀"을 애지중지할 뿐인 "신경증에 대한 가장 파렴치한 찬사"라고 일축하고 오히려 사회의 외부(황야 혹은 대양)로 나아가려는 미국 문학을 높이 평가했는데,[8] 이 또한 사회의 전제 조건을 다시 쓰려는 유럽적 충동을 내포한 것이라는 점에서는 다를 바 없다.

요컨대 간통 소설을 필두로 유럽 소설이 수행한 작업은 인간의 집합체를 '사회'답게 만드는 여러 장치(법, 계약, 언어, 사랑, 관습, 성, 종교, 정서……)를 해명하고 경우에 따라서는 별도의 장치로 대치시키는 것이었다. 근대 소설은 사회를 구성하는 무수한 사건을 인용하고 배열하며 조작하고 검증하기 위한 기술을 쌓아 왔다. 이때 소설의 이점은 저자 자신조차도 꼭 충분히 이해했다고는 말할 수 없는 불투명한 장치마저 조

7　자세한 것은 토니 태너Tony Tanner, 『간통의 문학』姦通の文学, 다카하시 가즈히사高橋和久 외 옮김, 朝日出版社, 1986 참조. 특히 약속(＝사회 계약)을 이론화한 사회 사상가인 루소가 자신의 소설 『신엘로이즈』에서 바람기와 간통의 게임을 숙지하고 있었음을 암시한 것은 토니 태너도 언급하듯 매우 흥미로운 부분이다(274쪽). 그리고 유럽 소설에서 간통을 문제 삼는 것은 당연히 '계약 불이행'이라는 유대교·기독교적 문제를 부르주아 시민 사회의 문제로 세속화한 것이기도 하다.

8　질 들뢰즈ジル・ドゥルーズ・클레르 파르네クレール・パルネ, 『디알로그』ディアローグ, 에가와 다카오江川隆男 외 옮김, 河出書房新社, 2011, 88쪽[허희정·전승화 옮김, 동문선, 2005, 92쪽].

작할 수 있다는 데 있다. 인식의 차원에서 파악할 수 없는 대상도 일단 작품 속에서 실천적으로 작동하게 만드는 것, 즉 블랙 박스의 인용＝조작 가능성이 소설이라는 장르를 비약적으로 발전시켰다. 이해 불가능한 것과 불투명한 것의 증대를 어떻게 처리할 것이냐는 인류 사회 공통의 과제에 소설은 조작과 배열이라는 새로운 해답을 제시한 것이다.

그에 비해 일본의 근대 소설인 『그 후』에서는 히라오카 가택의 '조악함'이 상징하듯 법＝계약으로 견고하게 구축되어 있어야 할 사회가 이미 군데군데 파손되어 있다. 유럽의 간통 소설이 부르주아 사회를 조직하는 '계약'을 검증한 데 반해, 일본 문학의 소세키는 어찌어찌 부상한 중간 계급이 경제적 시련을 견디지 못해 덧없이 붕괴한 상황에서 출발한다. 다야마 가타이田山花袋의 『이불』布団, 1908과 시마자키 도손島崎藤村의 「파계」破戒, 1906 등 동시기에 쓰인 자연주의 문학은 드넓은 사회도 화려한 집도 아닌 비좁은 방──2층 창고 혹은 소학교 교실──을 무대로 한 적나라한 자기 고백의 모습을 취하고 있다. 여기서 리얼리즘(금기 없는 정보 공개)의 욕망은 한정된 공간으로 선회하며 미지의 사회적 활력을 찾아가는 방향과 점차 멀어진다. 한마디로 러일 〈전후〉 문학이란 불황의 문학이며, 『그 후』는 힘겨운 경제 상황에서 위태롭고 허약한 '사회'를 살아 낼 수밖에 없는 일본의 청년을 그렸다.

중류 사회의 가능성이 가로막힌 이상 사회 계약을 진지하게 받아들일 이유가 없다. 내가 보기에 일본 근대 문학은 시민 사회에 대한 '성실'sincerity에 제대로 된 가치를 부여하지 않았다(후술하겠지만 진정성을 끌어들인 것은 오히려 '우정'이었다). 『그 후』의 다이스케에게 신뢰할 만한 가치는 오직 자신의 신체뿐이다. 욕실 거울에 비친 자기 신체에 마음을 빼앗긴 다이스케를 소세키는 "그는 필요하다면 파우더를 찍어 바를 정도로 육체에 자부심이 있는 인물"이라고 평한다(이러한 신체적 나르시시즘은 훗날 무라카미 하루키의 소설에서도 계승된다).[9] 그러나 신체에 대한 이런 자부심조차 어떻게 해도 떨쳐 낼 수 없는 불안에 오염되고 만다. 실제로 『그 후』의 서두에서 다이스케는 신체에 생명을 불어넣는 심장에 손을 대고 "살아 있다는 이 다행한 사실은 거의 기적과 같은 천운"이라고 자각하지 않는가.[10]

이 정체 모를 불안은 결국 다이스케를 파멸로 이끈다. 그는 미치요와의 불륜='자연'의 길로 도주하려 하지만 그것은 사실 무분별한 폭발에 가깝다. 불쾌감을 점점 더 키워 가던 다이스케는 작품 말미에 이르러 광기로 치닫는다. "나중에는 세상이 전부 빨개졌다. 그리고 다이스케의 머릿속을 중심으로 불길을 내뿜으며 빙빙 회전했다. 다이스케는 머릿속이 다 타버릴 때까지 계속 전차를 타고 가기로 결심했다."[11] 지식도 사회도 모두 내던지고 '자연의 사랑'에 몰입한 다이스케를 기다린 것은 광기였다. 그렇다고 다이스케가 폭력적인 테러를 감행하는 것도 아니다. 그저 전차를 타고 정처 없이 뱅글뱅글 돌 뿐이다. 이 극단적인 내향성은 일본의 광기가 대부분 출구를 찾지 못하고 단지 내면에 똬리를 틀 뿐이었음을 잘 보여 준다. 얼마나 쓸쓸한 광기인가! 그리고 이 광기의 쓸쓸함은 오늘날에도 전혀 해소되지 않고 있다. 작금의 순문학에서도 무직 남성을 주인공으로 하는 경우를 심심찮게 볼 수 있으며, 게다가 그들은 대체로 '불쾌감'으로 가득하고 폭력적이며 고

---

9   [옮긴이] 나쓰메 소세키, 『그 후』, 18쪽.
10   [옮긴이] 같은 책, 17쪽.
11   [옮긴이] 같은 책, 325쪽.

독하다. 일본 문학은 지금까지도 여전히 러일 〈전후〉의 밀실에 유폐되어 있다.

2 인류학적 시스템의 작동

이처럼 『그 후』에는 〈전후〉 공황에 따른 중류 사회의 몰락, 인텔리의 신체적 나르시시즘, 불쾌함의 누적, 그리고 광기의 출구 없음 등의 문제가 결합되어 있다. 불황의 일격에 어이없이 허물어진 일본 사회에서 어떻게 광기가 생겨났는지, 나아가 그렇게 생겨난 광기가 얼마나 초라한 것인지, 『그 후』는 이러한 문제들을 응축한 탁월한 기록물document이라 볼 수 있다.

그런데 소세키가 『그 후』의 주인공으로 '이에家[12]의 차남'을 도입한 것에 주목할 필요가 있다. 다이스케 같은 이에의 차남은 사회의 잠재적인 '타자'다. 재산 상속에서 적자가 우대받는 일본의 가족 제도에서 차남은 차남이라는 이유만으로 불안정한 지위를 부여받는다. 부모에게도 언제 어디서 사고를 칠지 알 수 없는 애물단지인 차남은 일종의 리스크다. 예를 들어 앞 장에서 살펴본 우에다 아키나리의 「뱀 여인의 음욕」은 이에의 차남인 도요오를 일정한 직업이 없는 예술가 기질의 인간으로 그리는데 이는 『그 후』의 방식과 매우 유사하다. 그리 특별할 것 없는 평범한 인간을 불쾌한 '타자'로 바꾸는 데 있어 불평등한 형제 관계는 더할 나위 없는 구실이 된다. 아키나리와 소세키 모두 이에의 차남을 말하자면 타자화의 장치

12　[옮긴이] 일본 특유의 친족 제도다. 농경 사회에서 형성된 노동과 의식주의 기본 단위인 '이에'는 본가와 분가의 구조하에서 동족 연합체를 형성한다. 통상적으로 장남이 본가를 잇고 차남 이하는 분가한다.

로 활용했다고 볼 수 있다.

사실 형제 관계를 타자화의 장치로 파악하지 않으면 소세키의 소설을 이해하기 어렵다. 예를 들어 『행인』行人은 『그후』와 반대로 학자 기질의 '불쾌한' 장남(이치로)을 온화한 차남(지로)이 관찰하는 구조를 갖는데, 이 경우 차남인 지로 쪽이 가문에 가깝다고 이치로 스스로 암시한다. "지로, 너는 다행히 솔직한 아버지의 유전자를 물려받았어."[13] 따라서 『그후』와 『행인』의 기본 구조는 같다. 가문에 속한 인간(세이고/지로)과 가문에서 배제된 인간(다이스케/이치로)이라는 불평등한 형제 관계를 통해 소세키는 일본의 사회적 현실을 포착할 장치를 만들어 냈다.

나아가 이 소세키적 장치는 K와 선생님을 일종의 형제처럼 그린 『마음』こゝろ에서도 찾아볼 수 있다. 두 사람은 모두 가문에서 소외되었다. 선생님은 숙부(아버지의 형제!)에게 속아 아버지의 유산을 빼앗겼고, K는 차남인 탓에 양자로 입적되었다. "K는 진종의 스님 아들이었네. 하지만 장남이 아니라 차남이었지. 그래서 어떤 의사의 집에 양자로 보내졌다네."[14] 본가인 절에서 떨어져 나온 차남 K는 양부모가 바라는 의학이 아니라 종교와 철학의 길을 걸으려 한다. 그 때문에 양부모와의 관계가 틀어지고 불쾌한 자아를 품게 된다.

생가에서 떨어져 나온 이 유사 '형제'는 이윽고 같은 집에 하숙해 그곳에 사는 '아가씨'를 동시에 사랑하게 된다. 그러나 선생님은 K의 연정을 알면서도 그를 따돌리고 아가씨와 결혼 약속을 한다. 그 후 K가 수수께끼 같은 자살을 감행해 선

---

13   [옮긴이] 나쓰메 소세키, 『행인』, 송태욱 옮김, 현암사, 2015, 134쪽.
14   [옮긴이] 나쓰메 소세키, 『마음』, 송태욱 옮김, 현암사, 2016, 189쪽.

생님에게 K는 이해할 수 없는 '타자'로 남게 되고 선생님의 인생 전체는 불길한 '어두운 빛'에 휩싸인다. 그 결과 선생님은 마침내 자신과 K를 동일시하기에 이른다. "나는 결국 K가 나처럼 혼자 외로움을 견디다 못해 갑자기 결심한 것이 아닐지 의심하게 되었네."[15] 이제 K와 동일화한 선생님은 『마음』의 원래 화자인 젊은 '나' 앞에서 바로 K와 같은 불투명한 '타자'로 나타나게 된다. 『마음』은 형제의 균열을 통해 수수께끼 같은 타자를 점차 증식시키는 소설인 것이다.

이처럼 소세키는 '불평등한 형제'라는 조합을 반복하고 그 속에 때로 여성을 둘러싼 삼각 관계를 끼워 넣으면서(자주 지적되듯이 소세키 소설에서 '형수'의 역할은 매우 중요하다) 시민사회의 쓸쓸한 '타자'를 계속해서 만들어 낸다. 이때 소세키가 일본적인 가문을 출발점으로 삼는 것은 독자들에게 가장 피부에 와닿는 현실을 자극해 흥미를 이끌어 내려는 중요한 초기 투자임이 분명하다. 소세키의 소설은 추상적인 이데올로기나 관념이 아니라 이에 내부의 형제 간 불평등에 입각함으로써 대중적 인기를 얻은 것이다.

프랑스의 학자 에마뉘엘 토드처럼 말하면 바로 여기서 "인류학적 시스템"이 작동한다. 토드는 형제 간 상속의 형평성 차이가 사회 규범과 문화 제도의 모습을 상당 부분 결정한다고 주장한다. 이 주장을 동아시아에 대응시키면 전자에는 중국의 '형제 균분주의'兄弟均分主義, 후자에는 일본의 '적서 이분주의'嫡庶異分主義가 각각 해당할 것이다.[16] 예를 들어 108인의

---

15 [옮긴이] 같은 책, 267쪽

16 에마뉘엘 토드Emmanuel Todd, 『세계의 다양성: 가족 구조와 근대성』世界の多様性: 家族構造と近代性, 오기노 후미타카荻野文隆 옮김, 藤原書店, 2008. 이미 다이호 율령大宝律令[701년에 제정된 일본의 율령] 단

형제가 등장하는 『수호전』은 그야말로 형제 간의 평등에 입각한 '보편주의'(사해 모두가 형제!) 국가에 걸맞은 작품이었다. 그에 반해 형제를 갈기갈기 찢어 놓는 아키나리의 「뱀 여인의 음욕」과 「한카이」, 소세키의 『그 후』와 『행인』 그리고 『마음』은 자타의 차이를 강조하고 동포 의식을 해체시키는 '특수주의' 환경의 산물이다. 이는 문화의 한 경향으로서 크게 보면 인간의 공통성(평등성)에 주목하는지 아니면 이질성(불평등성)에 주목하는지, 다시 말해 '포섭의 문학'을 지향하는지 '타자화의 문학'을 지향하는지의 차이로 귀착된다. 중국과 일본은 문화적 디자인의 토대가 되는 인류학적 시스템이 전혀 달랐다.

물론 에마뉘엘 토드의 인류학을 문예 비평 영역에 그대로 들여오는 것은 적잖이 안이한 방식일지 모른다. 그러나 만일 사회의 인류학적 기반이 그리 간단히 변경될 수 없는 것이라면 이 이론에 충분한 범용성이 있다고 볼 수도 있다. 실제로 온갖 계층을 집어삼켜 중국 동서남북을 답파하려는 엄청난 탐욕을 가졌던 『수호전』 같은 카니발 문학을 일본에서는 근세는 고사하고 근대 이후에도 전혀 찾아볼 수 없다. 일본의 문학적 예민함은 오히려 자타를 떼어 놓는 '타자화의 장치'를 작동시킬 때 더욱 잘 발휘된다. 아키나리든 소세키든 인간의 일반적 공통성을 탐구하는 데는 그리 관심을 보이지 않은 반면 세세한 '차이'는 극히 민감하게 가려냈다. 같은 중류 가정 환경에서 자란 형제 사이에 결정적인 단절을 만들고 타자화

계에서 중국과 일본의 율령은 유산 상속상 형제 대우에서 큰 차이가 있었음을 알 수 있다. 자세한 것은 나리키요 고와成淸弘和, 『일본 고대의 가족: 중국과의 비교를 중심으로』日本古代の家族: 中國との比較を中心にして, 岩波書院, 2001 참조.

시켜 불쾌와 광기의 원천으로 만드는 것─소세키의 이 전략에는 아마도 일본의 인류학적 성격이 반영되어 있을 것이며, 바로 이 점 때문에 그가 '국민 작가'인 것이다.

3 다자이 오사무의 '어릿광대 낭만주의'

일본은 20세기 초두의 러일전쟁에서 대외 전쟁으로는 드물게 승리를 거머쥐었다. 그러나 이 승리 후 일본은 〈전후〉 불경기를 겪게 되고, 아이러니하게도 문학을 도리어 음울하고 내면적인 것으로 변화시켰다. 일본 부흥 문화의 계보에서 러일전쟁 〈전후〉의 근대 문학은 상당히 특이한 위치를 차지한다. 이제까지 검토한 것처럼 일본의 부흥 문화는 종종 전쟁이나 혼란 이후에 〈우리〉를 수용할 새로운 장소를 제공해 왔다. 그러나 러일 〈전후〉 문학은 그와 반대로 불쾌 혹은 광기의 밀실에 유폐된 〈나〉를 강하게 욕망했다.

이렇게 말하면 '러일전쟁 후에도 〈우리〉의 문학이 존재하지 않았는가?'라는 반론이 제기될 수 있겠다. 확실히 야마자키 마사카즈가 말한 것처럼 일본 근대 문학은 특히 백화파白樺派[17]를 중심으로 청년끼리의 '우정'─즉 남성들 간의 호모소셜한 관계성─에 이상하리만치 높은 가치를 두어 왔으니 말이다.[18] 백화파 이후로도 우정의 힘은 여전히 일본 문화의 중추에 깊이 삽입되어 있다. 예컨대 영화 쪽을 봐도 구로사와 아키라黑澤明부터 시대극과 야쿠자 영화에 이르기까지 호모

---

17 [옮긴이] 1910년 창간된 동인지 『백화』를 중심으로 형성된 문예 사조를 가리킨다. 인본주의적·자유주의적 경향이 강했으며 시가 나오야, 야나기 무네요시柳宗悅 등이 동인에 포함되어 있었다.
18 야마자키 마사카즈, 『불쾌의 시대』, 112쪽.

소설하고 남자 냄새가 물씬 나는 우정이 작품의 윤곽을 결정한 사례가 얼마든지 있으며, 순문학에서도 다자이 오사무, 미시마 유키오, 오에 겐자부로, 나카가미 겐지, 무라카미 류, 무라카미 하루키 등이 모두 '남성 연대'를 그렸다. 소년 만화나 BL은 더 말할 것도 없다. 근현대 일본의 문화사란 '우정의 문화사'라 해도 과언이 아니다. 그러나 뒤집어 말하면 이는 '남성 연대' 외에는 〈우리〉를 윤곽 지을 자원이 희박하다는 것을 뜻하기도 한다. 우정이 아닌 연대의 이미지가 근대 이후의 일본에는 정말 빈곤하다.

그리고 보면 소세키의 '불평등한 형제'가 남성들 간의 수평적 우정friendship의 세계에 깊은 균열을 냈다는 사실은 과연 그의 작가적 예민함을 보여 주는 것이라 말할 수 있다. 소세키의 소설에서는 여성이 끼어드는 순간 그때까지 친밀한 우정을 나누던 남성 중 한쪽이 갑자기 불투명한 '타자'로 전환되고 만다. 이때 소세키는 일본 근대 문학 속 〈우리〉의 근거는 시민 사회에 있는 것이 아니라 기껏해야 형제에 가까운 호모소셜한 친구 관계에 있을 뿐이며, 더구나 그 우정마저 불황이나 여성과 겹쳐지면 언제든 부서지고 만다는 것을 냉정하게 그렸다. 남성 동료가 친구로서의 동포 의식을 훼손하는 순간, 그 속에는 단지 고독하고 불쾌한 〈나〉만이 남겨질 뿐이다. 일본인의 본질을 '집단주의'라고 단정하는 뻔한 견해와는 달리 일본의 인류학적 시스템은 차가운 개인주의를 차근차근 재생산해 왔으며, 그 차가움은 호모소셜한 우정의 열기가 아무리 뜨거워도 가시지 않는다.

실제로 불쾌함과 단절에 기반한 러일 〈전후〉 문학의 패턴은 그 후로도 계승된다. 여기서는 〈나〉의 문학 최북단에 위치한 작가로 1930년대 이후 계속해서 '어릿광대' 주인공을 그린 극히 일본적인 낭만주의자, 다자이 오사무를 논해 보자.

　본래 낭만주의란 인간을 평균화하는 산업 사회에 반발해 단독성, 무한성, 고유성을 선호하는 유형의 사상을 가리킨다. 독일 낭만주의자들은 그 단독성의 자원을 예술 및 예술 비평에서 찾았다. 이들은 예술을 계기로 하는 '반성'(비평)이 무한히 이어지고 그 반성이 축적되는 가운데 유일 무이한 고유의 리얼리티가 가다듬어진다고 보았다. 예술은 그 자체로 대단한 것이기보다 다양한 반성적=비평적 물음을 소환하는 가운데 미지의 현실을 창출할 수 있기에 대단한 것이다. 이때 예술 비평=반성의 양식은 초기 낭만파의 프리드리히 슐레겔이 생각했던 것과 같이 작품의 소재성을 경시함으로써 작가의 우위를 지키려는 주관주의적 아이러니(=소재의 아이러니)와 작품 자체에 내재하는 형식을 적극적으로 끌어내려는 객관주의적 아이러니(=형식의 아이러니)로 구별된다. 물론 작품을 "영원한 형식이라는 우주"와 결합시키는 것은 후자의 아이러니다.[19]

　이 관점에서 다자이 오사무라는 작가는 거의 주관주의적 아이러니만으로 구성되어 있다고 할 수 있다. 사회로부터 자기를 격리시키고자 하는 다자이 오사무의 낭만주의적 욕망은 예술의 창작에 의해서가 아니라 반대로 몰락하고 실패한 예술가인 척하는 태도에 의해 지탱된다. 다자이만큼 예술 작품에 대한 경멸을 드러낸 작가도 없다. 예술의 불모지인 일본으로 추방당한 허약하고 한심한 자아 그 자체를 '작품'으로 삼는 것, 그것이 다자이의 거의 유일하고도 가장 커다란 '발명'

19　발터 벤야민Walter Benjamin, 『독일 낭만주의의 예술 비평 개념』ドイツ·ロマン主義における芸術批評の概念, 아사이 겐지로浅井健二郎 옮김, 筑摩書房, 2001, 176쪽 이하[심철민 옮김, 도서출판b, 2013, 138쪽 이하].

이었다. 그렇지만 그 패배자의 자세가 다다를 도착지는 비참한 죽음이다. 사상사가 하시카와 분조에 따르면 다자이는 "비참한 '어릿광대'와 '연극'의 윤리를 실행해" "참으로 기이하기 짝이 없는 처참함과 함께 자살"했다.[20] 자살에 이르도록 끈질기게 비참한 피에로를 연기함으로써 다자이는 마침내 사회로부터 〈나〉를 격리할 수 있었다.

어떤 의미에서 다자이는 고지식한 낭만주의자였다. 그래서 그는 예술을 믿는 사회적 문맥이 없고 예술을 통한 아찔한 탈자脫自=황홀(엑스터시) 같은 것도 기대할 수 없는 일본의 냉엄한 조건에 너무 솔직하게 반응했다. 다자이는 "아무것도 쓰지 마라. 아무것도 읽지 마라. 아무것도 생각하지 마라. 오직 살아 있어라!"[21]라며 '소설다운 소설'을 일본에서 쓴다 한들 무용지물이라는 인식을 노골적으로 드러냈다. 게다가 그저 "살아 있을" 뿐인 자신을 그 자체로 낭만의 자원으로 변화시키기 위해 실제 삶에서 몇 번이나 과격한 '사건'을 일으킬 수밖에 없었다. 모종의 희극인처럼 이것저것 다각적인 화제를 뿌리고 이를 통해 한계에 임박한 음산함을 작품화하기— 이는 자기 존엄을 끝없이 감산하는 허수적虛數的 낭만주의다.

이러한 다자이의 수법은 언뜻 일본 문학의 전통과도 상통한다. 일찍이 '호카히비토'가 게나 사슴 흉내를 내거나 『이세 이야기』의 아리와라노 나리히라가 '노인' 흉내를 냈듯 일부러 불쌍한 예능인인 척하는 것은 일본의 이야기에서 관례처럼 나타나는 수법이다(2장 참조). 다만 고대 사회와 달리 다자이

---

20   하시카와 분조橋川文三, 『일본 낭만파 비판 서설』日本浪漫派批判序說, 講談社学術文庫, 1998, 190쪽.

21   [옮긴이] 다자이 오사무, 「장님 이야기」, 『만년』, 정수윤 옮김, 도서출판b, 2012, 337쪽.

의 시대에는 이러한 예능적인 틀이 더 이상 공유되지 않았다. 따라서 스스로를 낮추는 데도 제동이 걸리지 않아 존엄의 폭락이 자살에 이르기까지 끝없이 계속된다. 이 점에서 다자이를 러일전쟁 이래 고독한 〈나〉의 문학의 최북단이라고 말할 수 있는 것이다. 뒤집어 말하면 일본에서는 존엄과 품위를 지키는 삶의 모델이 될 만한 유연성 있는 〈나〉의 문학을 여전히 좀처럼 찾아보기 어렵다. 좋든 싫든 일본 근대 문학의 문학성은 인간 추락의 국면에야 인식될 수 있는 것이었다.

다만 그 가운데 낭만주의자로서 다자이가 거의 유일하게 '형식의 아이러니'를 실현할 수 있었던 분야가 일기 문학이다. 그는 상류 가정의 몰락을 그린 1947년 작품 『사양』斜陽에서 소녀가 쓰는 일기 스타일을 요령 좋게 구사한다. 주인공인 가즈코는 어릴 때 '친구'에게서 들은 "너는 『사라시나 일기』의 소녀 같아"[22]라는 말을 성인이 된 이후 이렇게 곱씹는다.

그로부터 12년이 지났건만 나는 아직도 『사라시나 일기』에서 한 걸음도 나아가지 못했다. 도대체 나는 그동안 무얼 하고 있었던 걸까? 혁명을 동경한 적도 없고 사랑조차 알지 못했다.…… 나는 확신하련다. 인간은 사랑과 혁명을 위해 태어난 것이다.[23]

"사상이나 철학을 앞세워 행동한 적이 한 번도 없는"[24] 그녀는 혁명이든 사랑이든 철학이든 모든 것을 이야기로 이해한다(예를 들어 독일의 혁명가 로자 룩셈부르크에 대해서도 마

---

22   [옮긴이] 다자이 오사무, 『사양』, 유숙자 옮김, 민음사, 2018, 108쪽.
23   [옮긴이] 같은 책, 109쪽(강조는 원문).
24   [옮긴이] 같은 책, 94쪽.

르크스주의 이론이 아니라 "아무런 망설임도 없이 낡은 사상을 모조리 파괴해 나가는 저돌적인 용기"[25]에 주목한다). "『사라시나 일기』의 소녀"인 그녀는 모든 장소에서 이야기의 냄새를 맡을 수 있는 감시견이다.

2장에서 서술한 것처럼 왕조 시대의 일기 문학은 종종 리얼리즘의 입장에서 '이야기 비판'을 수행했다. 예를 들어 『사라시나 일기』의 주인공은 원래 『겐지 이야기』를 탐독했고 『이세 이야기』의 무대가 된 장소(스미다가와)에 민감하게 반응하는 사람이었으나, 결혼한 후로는 일상의 자질구레한 일들에 묻혀 "이야기에 관한 것들도 싹 잊고" 왜 더 열심히 근행하고 참배하지 못했는지 후회한다. 이야기를 사랑한 소녀가 마침내 현실로 귀환하는 『사라시나 일기』는 이야기와 관계하는 방식의 변화를 그린 다큐멘터리나 마찬가지다. 이와 마찬가지로 『사양』의 주인공도 이야기의 검증을 수행한다. 그녀는 이야기의 냄새를 맡았고 때로는 이야기를 예리하게 비판하기도 했다.

지금 떠올려도 참으로 온갖 일이 있었던 것 같은 느낌이 들면서도 역시나 아무 일 없었던 것도 같다. 나는 전쟁에 관한 추억은 이야기하는 것도 듣는 것도 싫다. 많은 사람이 죽었음에도 진부하고 지루하다.[26]

패전 후 일본에서는 전시를 무대로 한 회고적retrospective 이야기가 수없이 만들어졌다. 그러나 적어도 『사양』의 주인

---

25   [옮긴이] 같은 책, 107쪽.
26   [옮긴이] 같은 책, 39쪽.

공 입장에서는 그러한 이야기들이란 허망할뿐더러 현실의 전쟁이 오히려 "진부하고 지루한" 것이다. 남동생 나오지가 "부끄러움"과 허영심을 느끼며 자기 극화를 멈추지 않는 것과 달리, 그녀는 전쟁에도 〈전후〉에도 의미를 부여하려 하지 않는다. 『헤이케 이야기』를 필두로 일본의 이야기가 그야말로 〈전후〉로부터 '전쟁 추억하기'를 소명으로 삼아 온 것을 생각하면, 『사양』은 일본의 이야기라는 형식 자체에 비평의 칼날을 들이댄 작품이다. "『사라시나 일기』의 소녀"를 기점으로 삼음으로써 다자이는 일기 문학이 남긴 이야기 비판의 유산을 적절히 재활용할 수 있었다.

〈전후〉에 대한 다자이의 아이러니라면 『사양』과 같은 해에 쓰인 「타양탕탕」トカトントン이 대표적이다. 이 작품은 패전 직후 무심코 들은 "타양탕탕" 하는 망치 소리에 모든 의욕을 잃은 한 남자의 고민 상담 형식을 취한다. 그런데 작품 말미에 작가는 심술궂은 코멘트를 달듯이 결국에는 "젠체하는 고민"을 털어놓은 것에 불과하다고 말한다. 내가 보기에 다자이의 장점은 「타양탕탕」 같은 관념적인 작품보다 오히려 『사양』이나 「여학생」女生徒처럼 소녀의 일기를 가장하는 1인칭 소설에서 빛을 발한다. 후자는 왕조 문학 이래의 문학적 형식을 잘 갖춘 덕분에 이야기에 대한 후각이 매우 발달해 있기 때문이다.

그러나 『사양』과 같은 예외가 있더라도 다자이의 문학은 전체적으로 주관주의적인 '어릿광대 낭만주의'를 특징으로 한다. 자신을 특별한 존재로 만들려는 욕망이 숭고한 예술이 아닌 비루한 피에로를 재생산한다는 다자이적인 굴절은 이제 일본 도처에서 하이컬처와 서브컬처를 막론하고 관찰된다. 해학적 자기 비하를 거듭한 끝에 실제 삶도 파멸시킨 이 작가의 모습은 불황의 그늘에서 태어난 러일 〈전후〉 일본 문학의 중대한 한 귀결이다. 중산 계급을 갉아먹은 '불쾌함'이 소세키적 광기를 거쳐 마침내 다자이적인 어릿광대로 귀착한 것이다.

4 조야한 문명

이처럼 러일 〈전후〉 문학은 연대보다 타자화로, 예술적 완성보다 어릿광대 낭만주의로 기울곤 했다. 물론 나는 소세키의 문학이 인류학적 시스템을 동원해 시민 사회로 회수되지 않는 〈나〉의 특이성을 수면 위로 부상시킨 의의를 부정하지 않는다. 또 다자이가 그린 어릿광대의 아이러니가 때로 세태를 예리하게 해부하는 메스가 되었다는 사실도 부정하지 않겠다. 그러나 러일전쟁 후의 근대 문학이 〈나〉의 문학으로 기울어 〈우리〉의 문학을 배양하는 데 태만했다는 사실 또한 간과할 수 없다. 일본의 중류 사회는 문학의 소재로 삼기에 너무나도 얄팍해 확고한 리얼리티를 갖추지 못했고, 그 때문에 인간을 고립시키는 타자화의 원리가 쉽게 발동되었다. 이것이 일본 근대 문학에 있어 일종의 구조적 약점이 되지 않았을까?

이러한 전제에서 다소 도발적인 질문을 던져 보자. 근대 일본에서 일본 문학이 과연 존재하기나 했을까? 예를 들어 이웃나라의 루쉰은 「아Q정전」을 시작으로 중국인이란 누구인가를 엄중히 되묻는 자기 징벌적 문학을 써 나갔다. 인텔리와 민중의 구별을 떠나 아Q라는 어리석은 인물을 중국인의 전형적인 자아상으로 그려 낸 루쉰은 〈우리〉 중국인을 알레고리적으로 부각함으로써 중국의 가혹한 운명을 암시한다. 샤즈칭이 지적한 것처럼 루쉰의 문학에는 "중국을 향한 강박 관념"이 그야말로 넘쳐흐른다.[27] 그에 반해 <우리> 일본인이란 누구며 어떤 운명을 공유하고 있는지, 일본은 국가로서 대체 무엇을 목표로 하고 있는지, 선조가 역사에 새긴 가치 및 결함은 무엇인지 등의 질문을 집요하게 묻고 늘어진 문학 작품이 일본에는 지금까지도 극히 드물다. 진정한 의미의 일본 문학을 아직 우리는 거의 갖고 있지 않은 것 같다.

만약 내 견해가 옳다면 왜 이러한 경향이 생겨났을까? 그 이유 중 하나로 메이지 이후의 문명에서 <우리>의 감정을 (국가적 통합과는 다른 방식으로) 유연하게 통합시킬 '미'가 상실되었다는 사실을 들 수 있다. 중문학자인 요시카와 고지로를 참조하면 메이지의 언어 환경은 에도 시대에 비해 "조야한" 것이었다. 예를 들어 메이지인은 『고금집』의 감정 표현 기술을 가벼이 여기고 『만엽집』의 소박함(이라고 그들이 느낀 것)을 높이 평가해, 에도 시대 우수한 문장가들의 손길을 거친 정치精緻한 "주석의 학문"을 끌어내렸다. 그리고 그 대신 언어의 최대 공약수적인 의미를 보여 주려 했던 오쓰키 후미히코[28]식 "사전辭典의 학문"을 선택했다.[29] 이를 통해 의사 소통의 도구로서 근대 일본어의 외관이 어느 정도 갖추어지기는 했지만 그 이후로 언어의 깊은 향기와 유연함을 길러 낼 만한 문화적 여유가 상실되고 말았다. 이러한 관점에서 보면 러일전쟁 후의 <나>의 문학 또한 "조야"한 메이지 문명의 부산물

27   샤즈칭Chih-Tsing Hsia, 「중국을 향한 강박」Obsession with China, 『근대 중국 소설사』A History Modern Chinese Fiction(3판), Indiana University Press, 1961.

28   [옮긴이] 오쓰키 후미히코大槻文彦, 1847~1928. 일본의 국어학자. 일본 최초의 근대적인 국어 사전인 『언해』言海를 편찬했다.

29   요시카와 고지로吉川幸次郎, 「고전에 대하여」古典について, 『요시카와 고지로 전집』吉川幸次郎全集 17권, 筑摩書房, 1969.

일지 모른다.

　미의 결여라는 문제를 조금 더 깊이 파고들기 위해 여기서
는 우선 (α) 음성의 약화, (β) 수사의 약화, (γ) 표기의 난잡함
이라는 세 가지 논점을 제시해 보겠다.

α 음성의 약화

문자 정보인 문학은 '음성'과 어떤 관계를 맺고 있을까? 가라
타니 고진은 근대 문학의 언문일치체─일반적으로 '이다'だ
혹은 '인 것이다'である 어미를 특징으로 하는 구어적 문체를
가리킨다─에서 '자신이 말하는 것을 듣는' 음성 중심주의
를 발견하고 그것이 근대 문학에서 '내면의 발견'을 촉진했다
고 논한 바 있다. "내면이 내면으로 존재한다는 것은 자기 자
신의 음성을 듣는 현전성이 확립되는 일이다."[30] 간단히 말
해 언문일치체로 쓰인 근대 문학이 〈나〉의 내적 언어가 되었
다는 것이다. 근대 이전의 가타리모노[31] 예능은 당연히 원래
부터 외면적인 '음성'을 수반했다. 그에 반해 근대 문학은 작
가의 내면에 다가붙어 타자에게 말 거는 외면적 '음성'이기를
멈춘다. 가라타니가 말한 '음성 중심주의'는 이러한 음성의 내
면화에서 생겨난 것이다.

　언문일치체가 내향화하기 쉽다는 것은 아마도 문장 리듬
의 문제와 밀접하게 관련되어 있을 것이다. 마루야 사이이치
가 지적한 대로 문장이 현재형에서는 u 음, 과거형에서는 '타'
た로 끝나는 경우가 많은 근대 일본어의 리듬은 자칫 단조로
울 수 있어 낭송에 적합하지 않다. 이것은 옛 문어의 조동사

30　가라타니 고진柄谷行人, 『일본 근대 문학의 기원』日本近代文学の起
源, 講談社文芸文庫, 2009, 90쪽[박유하 옮김, 도서출판b, 2010, 81쪽].
31　[옮긴이] 131쪽 주 87 참조.

가 '쓰'っ, '누'ぬ, '키'き, '케리'けり 등으로 다양했던 것과는 전혀 다르다.[32] 비슷한 어미가 계속 나오는 근대 일본어의 문장에 졸음을 쫓아낼 경쾌하고 기민한 리듬을 주는 것은 매우 어려운 작업일 수밖에 없다.

이 외면적인 '음성'의 약함은 오늘날 더더욱 일본 문학의 고질병이 된 것 같다. 예를 들어 미국 작가가 문장에 '목소리'voice를 깃들이는 것을 중시하고 유럽 작가가 대중을 상대로 하는 낭독을 소중히 여기는 것과 달리, 현대 일본의 작가는 대체로 외면적인 목소리에 대한 의식이 희박하고 텍스트와 작가의 목소리를 결합시키는 훈련을 거의 받지 않는다. '목소리'voice/voix라는 단어는 영어에서도 프랑스어에서도 '권리'(투표권)의 의미를 동반하지만, 현대 일본어 '목소리'聲에는 그러한 사회성이 상대적으로 희박하다는 데서도 그들과 우리 문화 간에 있는 목소리 처리법의 차이가 상징적으로 드러난다.

이러한 음성의 내면화 탓에 일본 근대 문학은 다행인지 불행인지 종종 정치적 프로파간다와 관계가 어그러졌다. 예를 들어 전쟁 중 대중 동원이 필요했을 때 사토 하루오佐藤春夫, 기쿠치 간菊池寬, 구메 마사오久米正雄, 구라타 하쿠조倉田百三, 오자키 시로尾崎士郎, 다케다 린타로武田麟太郎, 후지모리 세이키치藤森成吉, 나가타 미키히코長田幹彦 등의 문학가는 나니와부시浪花節[33]의 각본을 써야 했다. 나니와부시는 다이쇼 시대부터 쇼와 초기에 걸쳐 레코드나 라디오 같은 신흥 '음성' 미

---

32   마루야 사이이치丸谷才一, 『문장 독본』文章読本, 中公文庫, 1980, 364쪽.

33   [옮긴이] 이야기, 연극 등의 문예 작품을 소재 삼아 샤미센 반주에 독특한 박자나 억양을 가미해 노래하는 일본 고유의 창을 말한다.

디어를 통해 확산되었고 결국에는 전시하 프로파간다로 활용된 역사를 가지고 있다. 그와 반대로 순문학이 축적해 온 것들은 전시하 프로파간다 전략에 거의 도움이 되지 않았다. 전시의 나니와부시를 다룬 국문학자 효도 히로미는 이 문제를 근대 문학의 음성 부족(='문자적인 것'으로의 편향)이라는 관점에서 이해하고 있다. "문자적인 문학가들은 구술적 이야기에 도움을 받아 왔다. 이는 어떤 의미로는 문학사에 있어 일본 근대의 귀결을 상징하는 일이었을 것이다."[34] 요컨대 외면화된 '목소리'를 통해 국민을 감정적으로 묶어 내는 데 있어 일본 근대 문학은 나니와부시와 같은 구술적 이야기=예능과 맞겨룰 수 없었다. 게다가 전시하 내셔널리즘의 환기라는 측면에서도 황국 사관을 보강한 우상은 근대 문학의 주인공이 아니라 근세 내셔널리즘의 아이콘인 구스노키 마사시게와 고지마 다카노리였음을 여기서 다시 한번 떠올려 볼 필요가 있다 (과연 나쓰메 소세키나 모리 오가이의 문학이 국위선양에 도움이 되었을까?).

여하간 본래라면 근대 문학에 문어적인 것과 구어적인 것, 즉 문자(쓰인 것)와 음성(말해진 것)의 관계를 새롭게 고쳐 연결시키는 역할이 있었을 터인데, 일본에서는 그 작업이 결코 잘 풀리지 않았다. 그에 대한 일종의 반동으로 요즘에는 '소리 내어 읽고 싶은 일본어'라는 식의 마초적인 목소리가 국민적

---

34 효도 히로미兵藤裕己, 『'목소리'의 국민 국가: 나니와부시가 만든 일본 근대』〈聲〉の国民国家: 浪花節が創る日本近代, 講談社学術文庫, 2012, 20쪽. 효도에 따르면 아코 의사전赤穗義士伝을 필두로 하는 나니와부시의 공연 목록으로 명성을 얻은 도추켄 구모에몬桃中軒雲右衛門은 '리얼한 문학가'를 대표하는 나쓰메 소세키와 동시대에 활약한 '목소리의 예능인'이었다. 따라서 나니와부시는 또 하나의 러일전쟁 〈전후〉 문학인 것이다.

동일성을 날조하려 한다. 이러한 마초적인 목소리의 대두는 그만큼 일본 근대 문학에서 사회적인 '목소리'―⟨나⟩의 고유성과 ⟨우리⟩의 연대를 다시 연결하는 목소리―가 희미했다는 사실을 암시한다.

β 수사의 약화

나아가 일본 근대 문학이 원만한 미의식을 담지할 수 있을 만큼 발달하지 못한 것은 '음성'의 문제에만 머무르지 않고 문장의 레토릭(수사) 문제와도 연결된다.

예를 들어 화려한 수사를 구사한 소세키의 『풀베개』草枕나 오가이의 『무희』舞姫가 언문일치 운동 이후의 문체가 아니라 오히려 그 이전의 이른바 '한문맥'漢文脈[35]에 속한다는 것은 시사적이다.[36] 후대에 일본어 수사의 빈곤을 극복하려 한 미시마 유키오도 이상할 정도로 장식적인 한자어를 구사했는데, 이 또한 한문맥과 미가 엮여 있음을 뒷받침한다. 물론 한문적 소양이 상실되고 '자신이 말하는 것을 듣는' 음성 중심주의가 침투하게 되면 장식적이고 화려한 한문맥은 그저 거추장스러운 기호로 다루어질 수밖에 없다. 미시마의 한자어 남용은 말하자면 한문맥의 상실에서 유래한 모사fake의 과잉에 불과하며 소세키와 오가이에 비해 훨씬 부자연스럽다. 그렇다 해도 미

---

35 [옮긴이] 한문을 훈독해 일본어로 풀어 쓴 문장과 문체를 가리킨다. 상대 개념인 '화문맥'은 주로 여성 1인칭의 가나 문자로 쓴 언문일치적 문장과 문체를 가리킨다.

36 나아가 한문맥이라고 뭉뚱그려 말하지만 나쓰메 소세키가 남성 사대부의 전통적 장르인 한시로 향했던 것에 반해 오가이는 에로스를 갖춘 재자가인才子佳人[재능 많은 남자와 아름다운 여자] 소설에 다가갔다는 데 주의해야 한다. 자세한 것은 내가 쓴 「소세키와 정의 시대」漱石と情の時代, 『문학』文学, 岩波書店, 2012년 5~6월호 참조.

시마에게 한자어가 장식으로 재활용되었던 것은 경시할 수 없는 일이다.

이는 수사에 대한 중국과 일본의 태도 차이를 새삼 상기시킨다. 앞 장에서도 서술했듯 에도 시대의 도미나가 나카모토는 중국의 유학이 '문사'文辭(레토릭)에 몰두하고 인도의 불교가 '환술'을 좋아하는 반면 일본적인 도道는 간소함에 있다고 보았다. 실제로 소세키, 오가이, 미시마 등은 미적인 레토릭이 필요할 때 화문맥和文脈이 아닌 한문맥을 적극적으로 불러들였다. 반대로 한문맥의 기호적 화려함을 버리면 대체로 소박한 문체만이 남게 된다. 리얼리즘을 지향한다면 이래도 좋겠지만, 일본어 문장의 무미 건조함을 수립했다는 의미에서는 큰 결점이 되었다.

따라서 메이지 일본을 찾았던 영국인 학자 체임벌린이 일본어는 유럽 언어와 비교하면 은유와 알레고리가 빈약해 윌리엄 워즈워스 같은 화려한 시를 결코 쓸 수 없으리라고 거드름 피우며 말한 것은 극히 교만한 태도긴 해도 역시 진리의 일단을 파헤쳤다고 말할 수 있다. 특히 일본어의 '의인법에 대한 습관적인 기피'가 문장의 정연한 빛깔을 퇴색시킨다는 체임벌린의 신랄한 평가는 확실히 일본어 문장이 가진 수사적 취약성을 드러낸다(실제로 의인법을 정교하게 사용하는 일본인 작가는 지금도 소수에 불과하다).[37] 한문맥의 상실이 일

37　배질 홀 체임벌린Basil Hall Chamberlain, 『일본 사물지』日本事物誌, 다카나시 겐키치高梨健吉 옮김, 平凡社[東洋文庫], 1969. "일본어는 '더위가 나를 나른하게 느끼게 한다'거나 '절망이 그를 자살로 몰고 갔다', '과학은 우리에게 좁은 곳에 많은 인간이 사는 것을 경고하고 있다', '싸움은 하는 사람의 품성을 떨어뜨린다' 같은 표현을 싫어한다. 이런 경우 '더워서 나는 나른하다', '희망을 잃고 그는 자살했다', '생각해 보면 인간이 좁은 곳에 모여 사는 것은 건강하지 못하다' 같이 말해야 한다.

본어 문체의 소박화 경향을 더욱 부채질한 것이다. 언문일치
문이 대두하는 가운데 조야한 문명을 반강제적으로 선택당
한 일본인 작가들로서는 문장에 미를 들여오기가 매우 어려
웠음에 틀림없다.

Ɣ 표기의 난잡함

더구나 근대 일본어는 문체뿐 아니라 표기에도 난점이 있다.
예컨대 모리 오가이는 1908년에 제출한 「가나 표기법에 대한
의견」에서 가나 표기법의 "Orthographie"(정서법)가 정해지
지 않아 거의 "길 없는 곳을 제 마음대로 걷고 있는" 상태임을
문제 삼는다.[38] 표기법 하나만 봐도 오가이 시대의 일본어는
완전히 정리된 것이 아니었다. 따라서 오가이는 방자하고 조
잡한 '허용' 혹은 'Tolérance'를 경계하고, 우선 견식 있는 "정
칙"正則을 정해야 한다고 말한다. "흔히 Tolérance라는 것을
구사하는 경우 어떤 정칙 같은 것을 먼저 전제합니다. 정칙
없는 Tolérance란 있을 수 없습니다." 근대 국가에 걸맞은 정
서법을 정비하기 위해 난잡한 국어를 정화하는 것, 즉 새로운
것을 관용이라는 이름으로 제한 없이 들여오는 것이 아니라
표기의 규칙을 분명히 검토하는 것, 이것이 오가이의 제안이
었다.

한심하게도 오가이의 이 문제 제기는 지금도 여전히 유효

물론 이렇게 함으로써 사상은 충분히 잘 표현되지만 문장의 생생한
아름다움은 사라진다."(19~20쪽).
38 "실제로 사람들이 쓴 것을 보아도 机(쓰쿠에)의 '에'는 아ぁ 행의
'え'를 쓰거나 와ゎ 행의 'ゑ'를 쓰거나 하は 행의 'へ'를 쓰는 등 갖가지
가타카나를 사용하고 있습니다. 말하자면 인민 일반은 논도 아니고
밭도 아닌 길 없는 곳을 제 마음대로 걷고 있습니다. 실로 난잡하기 이
를 데 없고 엉망입니다"(「가나 표기법에 대한 의견」仮名遣意見).

하다. 특히 외국어(최근에는 중국어)의 인명 및 지명 표기가 제각각이어서 디지털 시대의 검색 편이성 등에 지장을 초래하고 있다.[39] 일본인은 표기를 정비하려는 의지를 공적으로 드러내는 것에 좋고 나쁘고를 떠나 흐리터분한 민족이었다고 말할 수밖에 없다.

이러한 흐리터분함은 단순히 공공적 태만에 그치지 않고 일본어의 성격과도 연동된다. 요시카와 고지로의 지적처럼 일본어 문장은 중국어에 비해 좋게 말하면 '민주적'democratic이고 나쁘게 말하면 '아나키적'이다.[40] 게다가 요즘은 작가마다 각자 문체가 있다고 말해도 과언이 아니다. 따라서 오가이처럼 표기의 "정칙"을 정하려 하는 것은 작가들이 가장 기피하고 싫어하는 발상이 된다. 이러한 사정 탓에 일본어 필자는 개인으로서 문체의 자유를 향유하는 한편 집단으로서 문체의 무규범화를 촉진한다. 근대 이후 일본인의 문장 의식은 결국 정연한 질서가 아니라, 옳건 그르건 간에 개별 필자의 취향에 기반한 문체적 아나키즘으로 기울기 쉬워졌으며, 그것이 〈나〉의 문학의 밑바탕이 되어 갔다.

39　후쿠시마 료타福嶋亮大, 「중국어 음절 가타카나 가이드라인에 대하여」中国語音節カタカナ表記ガイドラインについて, 『동방』東方, 東方書店, 2011년 6월호 참조.

40　요시카와 고지로·우메하라 다케시梅原猛, 『시와 영원』詩と永遠, 雄渾社, 1967, 98쪽.

B 진재 후 = <우리>의 문학

1 진재 후의 가와바타 야스나리

이처럼 근대 일본의 언어 환경은 말하자면 '조야함'의 문제를
안고 있었다. 러일 <전후> 문학에서는 종종 <나>의 내면적 우
울이 강조되었지만, 외면적인 수사와 아름다움, 음성의 측면
에서는 충분히 성장했다고 보기 어렵다. 느낀 바를 조금도 꾸
미지 않고 내면을 있는 그대로 써야 한다고 가르치는 일본 국
어 교육의 졸렬한 소박주의도 이러한 '조야함'과 관련되는 것
같다.

그러나 위와 같은 <나> 지향 문학과는 별개로 미를 회복하
고자 한 작가들이 특히 1930년대 이후 두드러지기 시작했다
는 점에 주목해야 한다. 흥미롭게도 그 과정은 관동 대지진[41]
이후의 도시 부흥과 함께 표면화되어 왔다. 결론부터 말하면
일본의 순문학은 러일 <전후> 들어 내향화했고, 관동 대지진
이후의 부흥기를 하나의 중요한 계기로 삼아 외면적 미를 재
건하고자 한 것으로 보인다. 어찌 된 일일까?

주지하다시피 도쿄는 1923년 관동 대지진으로 진정한 의
미에서 에도와 결별할 수 있었다. 그때까지 도쿄의 시가지는
에도의 시가지(슈비키나이朱引内)와 규모가 거의 비슷했으나,
진재 후 더 안전한 곳을 찾아 많은 시민이 교외에 살게 되면

---

41 [옮긴이] 1923년 9월 1일 발생해 남관동 지방 일대에서 40만 명
에 달하는 사상자를 낳은 지진.

서 도쿄 시가지의 규모가 단숨에 확대되었다. 무사시노武藏野의 삼림에 덮여 있던 메구로구目黑區, 스기나미구杉並區, 세타가야구世田谷區 등이 새로운 개발 대상이 되었고, 쇼와 초기에는 덴엔초후田園調布, 도키와다이常盤台, 세이조가쿠엔成城学園 같은 고급 주택지가 들어섰다. 진재로 소실된 구역에서는 제도帝都 부흥 계획을 세운 고토 신페이[42]의 리더십 아래 세계적으로 유례를 찾아보기 힘든 엄청난 규모의 구획 정리가 실시되었고, 도로에 접하지 않은 이면 주택지가 일소된 후 합리화된 도로망과 생활 인프라가 구축되었다. 조경사인 오리시모 요시노부折下吉延가 입안한 스미다 공원隅田公園 계획은 강변의 매력을 살리는 설계 사상을 제시하며 워터프론트waterfront의 이념을 선구적으로 실현했을 뿐 아니라 그 후의 일본 공원 행정에 중요한 하나의 모델을 제공했다.[43]

'제도 부흥 사업'에 의해 촉진된 도쿄의 도시화와 교외화는 에도의 끝과 도쿄의 시작을 고지했고, 이는 문학에도 심대한 영향을 미쳤다.[44] 특히 여기서는 관동 대지진 후 부흥 문화의

---

42 [옮긴이] 고토 신페이後藤新平, 1857~1929. 일본의 관료. 대만총독부 민정장관, 만철 초대 총재 등을 지냈고 내정의 요직을 두루 경험했다. 관동 대지진 후 내무대신 겸 제도부흥원 총재를 맡아 제도 부흥 계획을 입안했다.

43 제도 부흥 계획의 내용과 그 후 도쿄의 변모에 대해서는 소시자와 아키라越澤明, 『도쿄 도시 계획 이야기』東京都市計画物語, ちくま学芸文庫, 2001 참조.

44 예를 들어 관동 대지진과 함께 종말을 고한 에도 미학의 애호가였던 나가이 가후의 소설에는 도보로 도쿄의 명소를 돌아다니는 주인공이 여러 차례 그려진다. 가후는 산보의 리듬 속에서 "꿈속 세상의 유품"(『나막신』日和下駄)을 찾아내고, 때로는 그 고독한 산책자의 시점으로 진재 후의 황량한 풍경을 다룬다(「후카가와 산보」深川の散步). 만년에 『고독한 산책자의 몽상』을 썼던 루소처럼 가후에게 홀로 산책하는 것은 과거의 '꿈'에 다가가기 위해 꼭 필요한 행위였다. 반대로 '신

거점으로서 아사쿠사淺草에 눈을 돌린 가와바타 야스나리가 종래의 근대 문학이 갖추지 못했던 '미의 장치'를 새로 만들어 낸 것에 주목해 보자.

가와바타는 1930년의 『아사쿠사 구레나이단』淺草紅団[45]에서 "나도 제군 앞에서—다이쇼 지진 후 구획 정리로 새롭게 그려진 '쇼와의 지도'를 펼치겠소!"라고 썼다. '다이쇼 지진' 후의 구획 정리에 의해 새로운 시대=쇼와'를 맞이한 도쿄에서 그는 『아사쿠사 구레나이단』을 구상했다. 이 작품에서 지진은 일종의 '신생'을 위한 의식으로 다루어진다. "쇼와 5년[1930]의 봄은 도쿄의 꽃들이 만발한 부흥제復興祭와 같다. 새로운 도쿄는 저 지진이 가져다준 것이다. 물론 아사쿠사도 그로부터 새로 태어났다." 그리고 진재 후 불타 무너진 가옥과 함석, 재가 섞인 모래 먼지, 엄청나게 많은 사람의 죽음을 눈앞에서 목격한 주인공 유미코는 스스로를 "지진 한복판에서 다시 태어난" "지진의 딸"이라고 선언한다.

유미코를 앞세워 가와바타는 지진 후 아사쿠사의 인간상을 형상화하는 가운데 대중의 욕망에 기반한 '새로운 유형'의 난무亂舞를 발견한다. "인간의 다양한 욕망이 벌거벗은 채로 춤추고 있다. 온갖 계급과 인종을 뒤섞어 놓은 거대한 흐름.……대중의 아사쿠사는 항상 모든 낡은 형상을 녹여 내고

감각파'의 기수라는 평가를 받던 가와바타 야스나리의 문학에서는 이동 수단에 대한 묘사가 두드러진다("국경의 긴 터널을 벗어나면 설국이 있었다. 밤의 바닥이 하얘졌다. 신호등을 받아 기차가 멈췄다"). 가후와 가와바타, 에도적인 것과 도쿄적인 것 사이에는 취향의 차이 이상으로 속도의 변화가 가로놓여 있다.

45 [옮긴이] 가와타바 야스나리가 30~31세에 집필한 장편 소설(1930년 단행본 출간). 쇼와 초기 아사쿠사의 인간 군상과 도시 정경을 서정성 높은 문체로 그려 '아사쿠사 붐'을 불러일으켰다고 평가받는다.

는 새로운 형상으로 탈바꿈하는 주물장鑄物場이다." 가와바타가 "온갖 계급과 인종을 뒤섞어 놓은 거대한 흐름"이라는 말로 끊임없이 유행을 업데이트하는 아사쿠사의 대중화 현상을 설명했을 때, 그로부터 근대 일본의 〈나〉의 문학에 대한 안티테제가 돌출했다. "지진의 딸" 유미코는 욕망이 도시의 윤곽을 그리고 "대중"을 증식시키는 〈우리〉 세계의 주민이었던 것이다.

그때 가와바타는 아무 생각 없이 대중의 욕망을 추수한 것이 아니라, 아사쿠사 자체를 일종의 '장치'로 그려 내려 했다. 『아사쿠사 구레나이단』에서 가와바타는 "극장으로서의 아사쿠사"(마에다 아이前田愛)의 여러 모습을 독자 앞에 펼쳐 보였다. 가와바타가 희극 배우 에노모토 겐이치를 품에 안은 극단 카지노 폴리[46]에서 '대중의 아사쿠사'의 전형을 발견했다는 사실은 잘 알려져 있다. 카지노 폴리의 상연작들은 전문적이고 완성된 예술의 세계에 속하지 않았다. 예를 들어 관계자 중 한 사람이었던 시인 사토 하치로サトウハチロー는 카지노 폴리가 대사도 제대로 소화하지 못하는 아마추어들의 가짜 예술이었기 때문에 오히려 인기가 있었다고 증언한다. 진재 후의 아사쿠사에서는 오히려 관객과 눈높이가 같은 '가짜 연극'이 사람들의 마음을 사로잡았고 더 다가가기 쉬운 예능으로 환영받았다. 반면 외설성 짙은 '길거리' 예능이 경원시되어 기형 인간이나 전문 예능인의 무대는 점점 사라져 갔다.[47]

본래 극장은 그 자체 일종의 테크놀로지로서 그때까지 길

46　[옮긴이] '카지노 폴리'カジノ・フォリー, Casino Folies는 1929년 7월부터 1933년 3월까지 운영된 일본의 연극 극단으로, 훗날 '일본의 희극왕'이라는 별명을 얻은 배우 에노모토 겐이치榎本健一, 1904~1970가 이 극단에서 활약한 바 있다.

거리를 중심으로 하던 예능의 공간 편성을 크게 변화시켰다. 극장은 거리에서 숨 쉬던 길거리 공연大道芸을 폐지하고 격리된 공간에 공연을 가둬 "안전하고 단정한 아마추어"[48]를 만들어 내는 장치가 되었다. 프로에서 아마추어로, 실체에서 브랜드로, 그리고 노상에서 극장으로. 관동 대지진을 계기로 아사쿠사의 예능이 이러한 질적인 변화를 맞이했을 때, 가와바타는 그 속에서 불쾌한 〈나〉의 폐쇄 구역을 돌파할 문학적 가능성을 찾아낸 것이다.

나아가 관객이 접근하기 쉬운 가까운 곳에서 깔끔한 아마추어 예능을 보여 준 새로운 예능의 매력이 미디어의 평판에 의해 증폭된 것 역시 가와바타는 놓치지 않고 글로 남겼다. "파리에서 돌아온 후지타 쓰구하루藤田嗣治 화백이 파리지엥인 유키코 부인과 함께 그 연극을 구경하러 왔다." 화가인 후지타 쓰구하루는 1929년 프랑스에서 일시 귀국해 아사히신문사 및 백화점의 후원을 받아 일약 유명 인사가 되었다. 이케다 마스오池田満寿夫, 오카모토 다로岡本太郎, 요코 다다노리橫尾忠則 등보다 먼저 "일본 최초로 미디어 스타가 된 미술가"인 후지타 쓰구하루,[49] 서양 물을 먹고 돌아온 이 유명 인사의 내방이 새로운 명소로서 아사쿠사의 평판을 끌어올린 양상을 가와바타는 실황 중계한 격이다. 뿐만 아니라 『아사쿠사 구레나이단』이라는 작품 자체가 한 사람의 '관객' 입장에서 써낸 비평으로서 '아사쿠사라는 극장'의 브랜드 가치를 강화했

47 마쓰야마 이와오松山巖, 『산책과 도쿄』散歩と東京, ちくま学芸文庫, 1994, 5장 참조.

48 같은 책.

49 하야시 요코林洋子 『후지타 쓰구하루 작품을 펼치다』藤田嗣治作品をひらく, 名古屋大学出版會, 2008, 347쪽.

다. 후지타의 방문을 가와바타가 확산시킨 정보 전달 방식 덕분에 아사쿠사의 명성은 더욱 높아졌다.

일반적으로 가와바타 야스나리는 평온하고 고요한 일본의 전통미를 그린 작가로 알려져 있다. 그러나 『아사쿠사 구레나이단』의 여러 장치를 통해 알 수 있듯이 작가로 출발했을 무렵 가와바타는 오히려 도시의 대중화 현상에 매료되어 있었다. 뿐만 아니라 진재 후 대중의 욕망으로 채워진 『아사쿠사 구레나이단』과 표면적으로는 대극을 이루는 것처럼 보이는 작품에도 '아사쿠사적인 것'—안전하고 깔끔한 아마추어 예능을 빛나게 하는 극장적 메커니즘—이 깊숙이 파고들어 있었다. 가와바타는 종종 게이샤를 주인공으로 내세워 그녀들을 통해 미를 표현했다. 예를 들어 대표작인 『이즈의 무희』伊豆の踊子에서는 야담서인 『미토 고몬 유람기』水戸黄門漫遊記[50]를 읽는 주인공 곁으로 천진난만한 얼굴을 한 열네 살 무희가 다가온다.

내가 책을 읽기 시작하자 그녀는 내 어깨에 닿을 정도로 얼굴을 들이대고 진지한 표정을 지으며 눈을 반짝반짝 빛냈다. 열심히 내 이마를 응시하며 눈 한번 깜박이지 않았다. 그것은 책 읽어 주는 것을 들을 때 하는 그녀의 버릇인 것 같았다.[51]

카지노 폴리의 아마추어 예능이 아사쿠사 대중 사회의 브랜드가 된 것처럼, 『이즈의 무희』에서도 "아름답게 빛나는 검

---

50 [옮긴이] 에도 시대의 인물인 미토 고몬을 주인공으로 삼아 그에 얽힌 야사를 소재로 지은 권선 징악적 이야기다.

51 [옮긴이] 가와바타 야스나리, 『이즈의 무희』, 신인섭 옮김, 을유문화사, 2010, 30쪽.

은 눈동자의 큰 눈"에 "꽃처럼 웃는" 꾸밈없이 순진무구한 유랑 예능인이 가장 미적인 존재로 채색된다. 더구나 주인공과 무희의 관계는 신체적 교류 직전에 머문다. 그는 어디까지나 '관객' 역할에 충실한 채로 안전하고 단정한 연기자를 감상할 뿐이다.

나아가 『이즈의 무희』와 『아사쿠사 구레나이단』 이후에도 가와바타의 문학은 무대 공간이 매번 바뀌어도 극장적 구조를 갖는 경우가 많다. 아사쿠사든 이즈든 교토(『고도』古都)든 니가타 유자와마치(『설국』雪国)든, 혹은 아름다운 소녀가 곤히 자는 여관(『잠자는 미녀』眠れる美女)이든 가와바타의 '미의 극장'은 어떤 장소라도 아무 어려움 없이 설치되고 운영된다. 특히 『고도』에서는 서두에 항아리에서 키우는 방울벌레 에피소드를 배치해 스스로의 극장적 성격을 언급한다. "좁고 어두운 독 안에서 태어나, 울고, 알을 까고, 죽어 간다. 그럼에도 좋은 보존된다. 그래, 바구니에서 먹이를 먹는 짧은 일대기에 불과할진대 완전히 독 안의 일생이며 독 안이 온 천지다."[52] 가와바타는 방울벌레를 가둔 독＝극장의 이미지를 환기하며 교토의 화려한 축제를 차례차례 열거한다. 『만엽집』이래 일본 문학에서 약동해 온 '고도'古都의 계보에 바야흐로 순수한 극장 도시가 된 교토를 덧붙인 것이다.

2 관객의 발견

이처럼 가와바타 야스나리의 작품에는 이야기성이 사실상

52　[옮긴이] 가와바타 야스나리, 『고도』, 정난진 옮김, 눈과마음, 2006.

존재하지 않는 대신 미적인 극장성이 갖추어져 있었다. 가와바타는 일본미의 작가이기에 앞서 일본미의 장치＝극장을 만든 작가였다. 조야한 문명 속에서 미를 실현하려면 우선 미를 보전할 극장을 지어야만 했다. 특히 관동 대지진 부흥기의 일본에서 그것은 아마추어 예능을 상연하는 극장으로 나타났으며, 가와바타는 이로부터 인종도 계급도 용해시키는 대중화 현상 및 그 관객들을 발견하게 된다.

그런데 관동 대지진 후＝흔적에 대중 문화의 극장을 설치하고 운영한 작가는 가와바타만이 아니었다. 예를 들어 에도가와 란포江戶川亂步는 대지진이 일어난 1923년에 「동전 2전」二錢銅貨을 발표해 탐정 소설가로 데뷔했고, 이후 마찬가지로 진재 후의 도쿄 전체를 괴인과 탐정이 약동하는 극장 도시로 만들어 냈다. 작풍은 완전히 달랐지만 가와바타와 란포 모두 진재 후의 대중화 현상에 주목한 작가였고 아사쿠사에 대한 관심도 공통적이었다.

『아사쿠사 구레나이단』 간행 전인 1929년 란포는 붕괴 전의 아사쿠사 료운가쿠凌雲閣[53]를 무대로 한 단편 소설 「오시에와 여행하는 남자」押絵と旅する男를 『신세이넨』新青年에 게재했다. 화자인 수수께끼의 노인은 젊은 시절 거동이 수상한 형의 뒤를 쫓아 지진으로 붕괴하기 전의 료운가쿠에 오른 적이 있다. "구름이 손에 닿을 것처럼 낮게 떠 있고 둘러보니 도쿄의 지붕들이 어지럽게 뒤섞여 있었지. 시나가와 쪽 포대도 분석盆石처럼 자그맣게 보이더군."[54] 구름 높이에서 도쿄의 너

---

53 [옮긴이] 도쿄 아사쿠사 공원에 있던 전망대로 1890년에 준공되어 일본에서 가장 높은 건축물로 꼽혔으나 1910년대 들어서부터 경영난을 겪었다. 그러다 1923년 관동 대지진 때 붕괴되어 복구되지 않고 이내 철거되었다.

저분한 풍경을 한눈에 내려다볼 수 있는 12층 탑, 그러나 그가 몰래 미행한 형은 그 탑에서 '망원경'으로 아사쿠사 절 경내를 넋 놓고 바라볼 뿐이다. 이윽고 밝혀지듯 형이 바라본 것은 여성이며, 게다가 그 정체는 인간이 아니라 노점에서 파는 "채소 가게 오시치八百屋お七 이야기를 보여 주는 요지경 상자 속" 오시에押し絵의 아가씨였다.[55] 이 의외의 사실이 드러난 순간 형은 갑자기 동생에게 망원경을 반대 방향으로 돌려 자신을 보아 달라고 부탁한다. 동생이 그의 말대로 하자 형은 순식간에 작아져 요지경 속의 딸과 사이좋게 시시덕거린다……

이 인상 깊은 소품에서 란포는 진재를 계기로 시각 환경이 크게 변화한 것을 암시하고 있다.「오시에와 여행하는 남자」뿐 아니라 란포의 소설 전반에서 엿보기나 미행의 모티프가 자주 사용되는데, 이는 사회의 이면에서는 **작은 것일수록 커 보인다**는 도착을 부각한다. 구름 높이의 탑에서 도시의 전모를 내려다볼 수 있는 이른바 '중용의 시대'는 진재에 의해 말 그대로 붕괴하고 그 후 척도의 혼란으로 가득한 세계가 나타난다. 무엇이 중요하고 무엇이 하찮은지를 가려내는 사회적 양식良識의 원근법이 산산이 흩어지고 자신에게 중요한 것만이 중요하다는 페티시즘이 부상한다. 형이 가졌던 페티시즘의 결정結晶이자 이제는 아우가 들고 다니는 오시에는 그야말로 진재 후 아사쿠사에 나타난 극장 도시의 미니어처였다. 그리

---

54 [옮긴이] 에도가와 란포,「오시에와 여행하는 남자」,『에도가와 란포 결정판』1권, 권일영 옮김, 검은숲, 2016, 28~29쪽.

55 [옮긴이] '채소 가게 오시치'는 연인을 만나려 방화 사건을 일으킨 죄로 화형에 처해진 소녀의 이야기를, '오시에'는 솜을 넣은 형형색색의 판지를 널빤지 등에 붙여 그림으로 만드는 공예를 가리킨다.

고 가치의 원근법을 뒤흔드는 란포적 장치는 천진난만하고 평범한 소녀를 새삼스럽게 초월화·신비화한 가와바타의 문학에 대한 뜻하지 않은 탁월한 진단이기도 했다.

탑의 시대에서 극장의 시대로――이 변화는 란포 자신의 미스터리에 의해서도 추동되었다고 할 수 있다. 진재에 의해 수직적으로 우뚝 솟은 상징이 붕괴한 후 란포는 도쿄 전체를 일종의 극장으로 변형해 탐정과 범인의 현란한 스펙터클과 정보전을 펼쳐 보인다. 나아가 그의 탐정 소설은 작중 인물과 하나가 되어 범인을 추리하는 관객=독자도 만들어 낸다. 가와바타와 란포 모두 진재의 잔해 위에 세워진 대중 사회의 '극장'에서 관객이라는 존재 양식을 본떴다. 그렇다면 가와바타의 일본미와 란포의 전위적 외설성은 그 표면적 차이에도 불구하고 의외로 가까이 자리했던 것 아닐까?

나는 가와바타와 란포에게서 볼 수 있는 이 진재 후의 미적인 혹은 스펙터클한 극장성을 통해 근대 일본에 있어 〈우리〉 문학의 전형을 발견할 수 있다고 생각한다. 반복하자면『아사쿠사 구레나이단』에서는 후지타 쓰구하루도 가와바타 야스나리도 극장 도시=아사쿠사의 '관객'으로서 동등한 입장에 서 있었고, 독자 또한 그 평판 공간에 휘말려 들었다. 관객은 사람들의 차이를 평균화하는 민주적인 장치였다. 또『설국』이나『고도』의 주인공은 내면성이 희박한 허초점이다. 독자는 이 텅 빈, 거의 시선만이 남은 주체 속으로 자연스럽게 집어넣어져 일본의 고요한 서정미를 응시하는 관객으로 변화해 간다(가와바타의 소설을 계기로 많은 독자가 이즈와 아사쿠사의 관광객이 되었다는 사실은 시사적이다). 앞서 서술한 것처럼 가라타니 고진은 〈나〉의 문학이 형성될 무렵에 '내면의 발견'이 있었다고 했는데, 그에 비하면 〈우리〉의 문학은 '관객의 발견'과 함께 형성되었다고 말할 수 있다.

다만 관객으로서 〈우리〉는 수동적일 따름이며 스스로 사건을 일으킬 힘을 가지고 있지 않다. 그 무력함은 1960년대 초두에 쓰인 가와바타의 기묘한 작품 『잠자는 미녀』에서 일종의 불능성=노인성과 결합된다. 『잠자는 미녀』 속 에구치 노인의 성적 욕망은 어느 여관에서 수면제를 먹고 잠든 소녀들을 향한다. 그녀들은 약에 취해 있는 동안 절대 눈을 뜰 수 없다. 그런데 이 여관의 규칙에 따르면 손님은 그녀들, 곧 '잠자는 미녀'들 곁에서 가만히 자는 것만이 허용된다. 에구치 노인을 비롯해 이 여관을 방문한 노인 손님들은 철저하게 불능화되며, 또 그렇기 때문에 음성적인 즐거움을 느끼게 된다.

"열여섯 정도일까"라고 에구치는 중얼거렸다. 이 집에는 여자를 여자로 다룰 수 없는 노인들이 오지만, 이런 아가씨와 조용히 자는 것도 지나간 생의 희열을 뒤쫓는 허망한 위로이리라는 것을 이 집에 세 번째 오는 에구치는 알고 있었다. 잠든 아가씨 곁에서 자신도 영원히 잠들어 버리기를 은근히 바란 노인도 있었을까.[56]

"지진의 딸"이라는 『아사쿠사 구레나이단』의 표현에서 예고되었던 것처럼 가와바타는 미를 아이의 위치에 놓으려는 욕망을 종종 내비친다. 미는 세계의 부모가 아니라 세계의 아이며, 아이와 같은 이 미를 다만 '관객'으로서 감상한다는 것이 가와바타의 기본 자세였다. 따라서 『이즈의 무희』를 필두로

56　[옮긴이] 가와바타 야스나리, 『잠자는 미녀』, 정향재 옮김, 현대문학, 2009, 85~86쪽.

가와바타의 문학에서 모종의 아동 포르노적 요소를 발견하기란 그리 어려운 일이 아니다. 이 아동 포르노적 성격이『잠자는 미녀』에서는 노인＝관객의 불모적 섹슈얼리티와 혼연일체가 된다.

생각해 보면 관객이라는 존재 양식은 그 불능성에서 노인이라는 존재 양식과 매우 유사하다. 예를 들어 미술관 벽에 걸린 회화를 볼 때는 지각적이거나 관념적인 교류만이 가능하다. 작품과 자기 사이에 절대적인 거리가 있기 때문에 관객은 오감과 기억을 총동원하고 신체와 뇌를 최대한 활성화할 것을 요구받는다. 인간을 절대적으로 부자유한 관객으로 만듦으로써 반대로 미지의 감각을 해방시킨다―여기에 예술이라는 게임의 비밀이 있다. 모든 예술 작품은 잠재적으로 불능화＝노인화한 관객의 피학적이고 광기에 가까운 망상에 의해 지지된다(반대로 예술 작품의 소유욕이란 이 근원적인 불능성＝노인성을 모독하고 회춘하고자 하는 욕망이다). 가와바타는 그 비밀을『잠자는 미녀』안에 기입했다. 불능의 노인과 생기발랄한 소녀라는 조합은 그야말로 관객과 작품의 일반적 관계에 대한 알레고리 자체다.

그렇다고는 해도 이 관객이라는 존재 양식은 정말이지 기묘하지 않은가? 관객은 연기자도 아니고 제작자maker도 아니며, 독창성이나 통찰력도 요구받지 않고, 무에서 유를 만들어 내는 천재적 능력도 결여하고 있으면서 타자를 품평하려는 취미만큼은 차고 넘친다. 그러나 관객 자신이 별다른 독창성을 가지고 있지 않더라도, 만약 관객이 없었다면 분명 인류는 어떤 제작물도 만들어 내지 못했을 것이다. 보는 이가 한 명도 없다면 무언가를 제작하려는 동기도 생겨날 수 없다. 따라서 관객 부재의 세계에서는 어떤 문명도 발생하지 않는다. 관객이라는 존재 양식의 역사는 인류의 문명만큼 오래되었다.

철학자 임마누엘 칸트는 천재적 능력의 소유자는 아니지만 인류가 무언가를 제작하려 할 때 절대 없어서는 안 될 관객이라는 존재에 대해 뛰어난 통찰을 남겼다. 그의 생각으로는 역사적 사건에 의미를 부여하는 것은 바로 '관객'spectator이다. 프랑스혁명 같은 위대한 사건조차 방관자인 관객들이 그에 대해 이야기를 나누고 그 취미 판단이 사회적=사교적 공간 속에서 전달될 때 비로소 역사적 의미를 얻는다. 칸트에 따르면 역사를 만드는 것은 연기자(당사자)의 행위가 아니라 관객들 간의 커뮤니케이션이다. 즉 눈앞의 사태를 진정한 의미의 '사건'으로 바꾸고 사건에 대한 공통 감각을 사교 공간에서 길러 내는 것, 이는 이해 관계자가 아니라 세계 관찰자=관객world spectator의 직무다(반대로 이해 관계가 얽혀 있는 연기자들은 사건의 의미를 정확하게 측정할 수 없다). 그렇기에 인간은 취미 판단의 능력을 갖춘 사교적인 '관객'으로 존재할 때 독선적인 에고이즘을 극복하고 공적인 존재로서 〈우리〉에 근접해 갈 수 있다. 칸트는 대략 다음과 같이 생각했다.[57]

가면(페르소나)을 쓴 연기자가 아닌 몰이해沒利害적인 방관자=관객을 공공적 인격 모델의 중심에 놓기——이는 매우 대담한 사고 방식이다. 우리는 보통 복수의 연기자=행위자actor 집합체를 〈우리〉 시민 사회의 기초로 이해한다. 바꾸어 말하면 사회적인 존재(=시민)란 어떤 행위——예컨대 시위 같은——를 중인환시衆人環視의 공공 공간 속에서 일으킬 수 있는

---

57   칸트 철학에서 몰이해적·비관여적인 '관객'의 중요성에 대해서는 한나 아렌트Hannah Arendt, 『칸트 정치철학 강의』カント政治哲学講義録, 이토 고이치伊藤宏— 옮김, 法政大学出版局, 1987, 특히 97쪽 이하 참조[김선욱 옮김, 푸른숲, 2002, 96쪽 이하].

인간이라고 생각한다. 그에 반해 칸트의 모델에서는 오히려 연기자의 행동을 방관하고 커뮤니케이션을 통해 그것에 역사적 의미를 부여하는 관객들이야말로 <우리>의 자리를 차지한다. 구체적으로 말하면 이는 시위의 참가자가 아니라 시위를 주변에서 둘러싸고 바라보는 몰이해적인 관객이야말로 공공성을 띤다는 발상이다.

이렇게 보면 근대 일본의 <우리> 문학이 미의 극장성에 기반했다는 것은 매우 중요한 문제를 함의한다. 자율적인 연기자들로 이루어진 건전한 시민 사회가 일본에 뿌리내리지 못했다는 말이 나온 지는 오래되었다(근대의 불철저!). 나도 이 견해에 이의는 없다. 그러나 반면 관객spectator으로서의 <우리>가 문화 영역에서 활발하게 생겨났다는 사실도 무시할 수 없다. 극장을 모델로 한 가와바타와 란포의 문학은 연기자적인 시민이 아닌 관객적인 시민이라는 <우리>의 이미지를 사람들에게 나누어 주었다. 이는 결국 호모소셜한 우정의 문학을 제외하면 근대 일본에서 거의 유일하게 가능했던 <우리>의 문학이 아니었을까?[58]

3 정치의 탈미학화

관동 대지진 후의 '극장의 발견' 혹은 '관객의 발견'은 훗날 일본의 문화 현상을 예고하는 것이었다. 예를 들어 요즘은 아키

---

58   물론 다른 한편으로 정치부터 사상, 나아가 재해 현장에 이르는 모든 사건을 염치없이 극장화=예능화해 오락으로 감상하는 것 역시 일본적인 악폐였으며, 문학 또한 그에 한몫했다는 사실은 부정할 수 없다. 이는 거슬러 올라가면 히토마로의 '관객의 문학' 이래 계속 이어져 온 문제다. 1장 참조.

하바라 같은 서브컬처 도시가 미의 예능화 거점으로 기능하고 있는데, 이 또한 아마추어적 미가 빛을 발하는 『아사쿠사 구레나이단』 세계관의 연장선상에 있다. 관동 대지진의 부흥 문화로서 '아사쿠사적인 것'은 오늘날의 대중화 현상인 '아키하바라적인 것'의 기원이 되었다. 뒤집어 말하면 가와바타가 그린 일본미는 이미 서브컬처의 논리에 한없이 가까운 것이었다. 여하간 근대 일본의 미학적 〈우리〉가 진재를 중요한 모태로 했다는 사실은 재차 강조할 가치가 있다.

더욱이 〈우리〉를 관객으로 구성하는 전략이 일본에 한정된 것이 아니라 1930년대 이후 전 세계적으로 목격된 현상이라는 사실도 흥미롭다. 다만 당시 일본의 〈우리〉가 어디까지나 극장 도시의 관객에 머물렀던 데 반해, 유럽에서는 독일과 이탈리아 등의 파시즘 정권이 〈우리〉 관객을 국민 스케일로까지 확대했던 것이 주목할 만하다. 아사쿠사에서 아키하바라에 이르는 서브컬처화한 극장 도시가 지금까지 번영하고 있다는 사실은 미가 일본 국가에 집적되지 않았음을, 즉 일본의 〈우리〉 관객이 일본 국민과 반드시 일치하는 것은 아니었음을 반증한다. 이 중요한 문제를 약간 우회해 다루어 보자.

사실 원래라면 국가적 미를 담당했어야 할 표현 장르가 근대 일본에서는 대체로 부진했다고 말하지 않을 수 없다. 조금 놀랍게도 전시하의 건축가조차 '국위 선양' 프로젝트에 관여하지 못하고 강한 부전감不全感을 느꼈다. 일본과 함께 추축국이었던 독일과 이탈리아에서 건축가가 문화적 영웅이 되었던 것과는 대조적으로 일본의 정치가와 군부는 건축적 미에 전혀 관심이 없었기 때문이다.

애당초 유럽 추축국 파시즘의 통치술은 웅장하고 화려한 미의 힘으로 인간의 욕망을 강하게 환기시키고 무의식 수준에서 대중들을 연결시키는 데 주안점을 두었다. 나치 정권에서는 "정치의 미학화"(발터 벤야민)가 전면화되어 예컨대 히틀러의 맹우였던 건축가 알베르트 슈페어가 뉘른베르크의 당대회 회장을 디자인하는가 하면, 레니 리펜슈탈은 그곳에서 거행된 당대회 기록 영상 「의지의 승리」 및 베를린 올림픽 기록 영상 「올림피아」를 촬영해 국제적인 명성을 얻었다. 영화 감독인 한스–위르겐 지버베르크가 히틀러에게 있어 제2차 세계대전은 막대한 비용을 들여 제작한 전쟁 영화로 치러졌던 것 아니냐고 도발적으로 서술했던 데도 나름의 이유가 있었던 것이다. 당시 독일에서는 국가 자체를 일종의 '종합 예술 작품', 즉 거대한 미적 프로파간다 장치로 삼는 시도가 이루어졌으며 이러한 광고 전략은 그대로 나치의 정치적 기반이 되었다.[59] 이는 국가＝예술을 감상하는 국민＝관객을 만드는 것이었다고 말할 수 있다.

이 '종합 예술 작품으로서의 국가'를 창설하는 프로젝트에서 건축이 중요한 지위를 점한 것은 이상한 일이 아니다. 마침 이탈리아에서 고대 로마 시대의 유적이 발견된 것도 낡은 기념비적 건축이 폐허가 될 때 더욱 과거의 숭고한 정신을 전승할 수 있다는 이론을 만들어 내는 데 도움이 되었다. 예를 들어 슈페어는 단순히 멋진 건축을 짓는 것이 아니라 오히려 "폐허 가치 이론"에 기초한 계획을 히틀러에게 제출했다. 아무리 웅장하고 화려한 건축물이라고 해도 종국에는 반드시 살풍경한 잔해로 변한다. 그렇다면 특별한 역학적 고려하에 폐허가 되는 바로 그때 지고한 영웅적 영감을 전달할 수 있도록

---

59   나치 국가 심미주의의 철학적 의미에 대해서는 필립 라쿠–라바르트Philippe Lacoue-Labarthe, 『정치라는 허구』政治という虛構, 아사리 마코토浅利誠 외 옮김, 藤原書店, 1992, 7장 참조.

미리 설계해 두어야 하지 않을까……? 수 세대에 걸친 망각 이후에도 여전히 그 유구함을 파악할 수 있는 건축, 즉 폐허가 될 것을 미리 계산에 넣은 반건축적 건축, 바로 이 역설적인 이미지에 슈페어의 설계 사상이 응축되어 있다.[60]

이처럼 나치의 '국가 심미주의'는 슈페어적인 폐허 감각마저 내부로 포섭하면서 국가의 모든 활동을 웅장하고 화려한 예술적 제전으로 바꾸었고 독일 국민을 <우리> 관객으로 통합했다. 나치의 반유대주의조차 그 자체가 하나의 '미학'이었다(원래 모든 차별에는 크든 작든 미학의 문제가 담겨 있다. 차별이란 이론의 산물이 아니라 깨끗하다거나 더럽다는 심미적 판단의 산물이기 때문이다). 미와 예술의 권위를 드높이는 것은 거대한 광고 미디어로서의 전체주의 국가에 불가결한 사업이었던 것이다.

그에 비해 전시하 일본에서는 정치의 미학화는커녕 정치의 탈미학화가 현저했던 것으로 보인다. 예를 들어 건축사가 이노우에 쇼이치는 전시하 일본에서 철강 제한으로 도시 건축이 목조로 바뀌었고, 1930년대 후반에는 마루노우치丸の內의 사무실 밀집 지역에까지 가건물 사무소나 관청이 출현했으며, 나아가 "겉치레나 체재를 갖출 때가 아니"라는 억압적인 풍조 아래 도시 경관이 빈약해져 일종의 "빈곤의 미학"이 등장했음을 상세히 논증한다. 이 빈곤함에 불만을 품은 다니구치 요시로谷口吉郎와 호리구치 스테미堀口捨己 등의 일본 건축가는 독일이나 이탈리아의 건축 문화 정책 및 그곳에서 건축가가 점한 높은 지위를 선망했다. 파시즘 건축이 모더니즘 이

---

60 알베르트 슈페어Albert Speer, 『제3제국의 신전에서』第三帝国の神殿にて, 시나다 도요지品田豊治 옮김, 中央公論新社, 2001, 104쪽 이하 [『알베르트 슈페어의 기억』, 김기영 옮김, 마티, 2016, 93쪽 이하].

넘에 비추어 마음에 들지 않는 것이었음에도 일본의 건축가들은 독일이나 이탈리아의 건축 정책에서 "멋진 장래"를 찾아냈던 것이다.[61]

물론 이는 단순한 선망에 머물렀으며, 슈페어를 동경했던 단게 겐조丹下健三의 '대동아 건설 기념 조영 계획'의 꿈도 전시하에서는 결국 빛을 보지 못했다(다만 거대한 토용土俑을 모방한 그 계획은 전후의 히로시마 평화기념공원에, 특히 원폭위령비의 디자인에 계승된다──원폭 폐허에 국가 심미주의의 망령이 회귀한 것은 정말이지 아이러니가 아닐 수 없다).[62] 게다가 전시하 프로파간다로 악명 높은 일본 취미[63]도 실제로는 그저 무력하기만 했다. 이노우에에 따르면 "일본 취미는 전시 체제에 따른 국가 선전과 전혀 관계가 없었다. 물론 국가가 강요한 적도 한 번도 없다. 일본 취미는 국가의 의향과는 무관한 곳에서 성립한 의장意匠이다. 건축가들만의 폐쇄적인 문맥 속에서 만들어진 디자인인 것이다."[64] 따라서 이토 주타伊東忠太나 다케다 고이치武田五一 등 일본 취미에 관여한 건축가들을 '파시스트'로 취급하는 것은 역사적 사실에 비추어 잘못이다. 전시하 일본 건축가들은 일본 국가가 미에 전혀 관심이 없다고 한탄했으니 말이다.

당시 일본 건축계에서 국가 심미주의가 불발에 그치고 앙

61　이노우에 쇼이치井上章一, 『전시하 일본의 건축가』戰時下日本の建築家, 朝日新聞社, 1995, 104, 122쪽.

62　같은 책, 272쪽.

63　[옮긴이] 본래 서양적 시선에 의해 양식화된 일본적 미와 그에 대한 취향인 '자포니즘'을 뜻하며, 여기서는 1930년대 일본에서 유행한 철근 콘크리트 골조에 일본풍 지붕을 얹는 절충형 건축 양식을 가리킨다.

64　같은 책, 94쪽.

상한 가건물로 귀착되었다는 사실은 우리에게 많은 것을 시사해 준다. 국가 전체를 미적인 광고=프로파간다로 장식해 국내외로부터 상찬을 얻으려 하는 것이 전시하 일본에서는 좋든 나쁘든 공적인 문제가 되지 않았다. 당시 일본에는 히틀러도 슈페어도 리펜슈탈도 없었다. 전후의 폐허에 느닷없이 가건물이 출현한 것이 아니며 전쟁 중에도 건축은 가건물밖에 없었다. 더구나 이러한 정치의 탈미학화는 분명 지금도 진행 중이다. 실제로 오늘날의 정치가나 관료는 일본을 미적으로 장식하는 데 무섭도록 둔감하지 않은가? 특히 '쿨저팬'에 관한 작금의 볼썽사나운 국가 전략(무전략?)은 정치의 미학화가 아닌 정치의 탈미학화야말로 근대 일본의 기본음이라는 것을 뜻하지 않게 증명하고 있다.

물론 나는 파시즘의 지지자가 아니며 전시하 일본 건축가들의 경박한 자기 실현 욕망에도 전혀 공감하지 않는다. 다만 일본에서 미의 공적 지위가 보잘것없었고, 그것이 지금도 정치가 예술을 공적 지원할 때의 엇박자와 연결되는 것이 전시부터 이어져 온 문제임을 강조해 두려 한다. 국가가 가끔 즉흥적으로 미를 떠맡으려 한들 대개 시원찮은 모습만을 속속들이 드러낼 뿐이다.

4 『금각사』: 미를 욕망하는 것의 근원적인 어리석음

이처럼 일본에서는 전시하에도 국가 심미주의가 제대로 기능하지 못했고, 굳이 말하자면 '근검 절약'이나 '오기'에 기초한 '빈곤의 미학'으로 기울었다. 다른 한편 대중 문화가 살아 숨 쉰 극장 도시는 일본미와 그 관객을 계속 창출해 왔다. 앞서 나는 근대 일본에 진정한 의미의 일본 문학─〈우리〉 국민의 운명과 존재 이유를 되묻는 문학 —이 부족하지 않았는지 물었는데, 여기에 일본 문학의 〈우리〉 관객이 국민 규모까지는 확장되지 못했다는 문제도 덧붙이고 싶다. 러일 전후의 고독한 〈나〉 문학도 진재 후의 미적인 〈우리〉 문학도 일본 국가와 반드시 운명을 같이하지는 않았다.

그런데 〈우리〉 관객의 문학은 가와바타 이후 새롭게 전개된다. 여기서 진재 후의 '관객의 발견'을 비평적으로 계승한 이가 2차 대전 〈전후〉의 총아였던 미시마 유키오라고 하면 조금 의외로 느껴질까? 그러나 미시마의 문학을 읽으면 조야한 문명 속에서 극장적인 미가 맞을 운명이라는 테마가 매우 선명하게 부각된다. 이번 장을 마무리하면서 미시마가 어떻게 일본 근대 문학의 미를 조종했는지를 살펴보자.

예를 들어 전시하인 1945년 2월에 미시마가 발표한 탐미적 단편 소설 「중세」中世에는 이미 극장적 구조가 확실하게 기입되어 있다. "오닌의 난이 끝나고 천하의 난은 이제 그 무대의 막을 내렸다." 미시마는 오닌의 난 〈전후〉의 혼란기를 무대로 삼아, 요절한 아들 요시히사의 영을 되살리려는 노쇠한 아시카가 요시마사를 그렸다(더구나 패전 직전에 쓴 「중세」가 이미 〈전후〉의 시간대를 선취한 것도 주목할 만하다). 아름다운 요시히사의 영을 무녀인 아야오리와 노가쿠시能楽師[노가쿠 연기자]인 기쿠와카의 재주를 빌려 강림시키려 하는 이 늙은 권력자의 모습을 통해 미시마가 약관 스무 살의 나이에 노쇠를 문학적 소재로 삼았음을, 그리고 문학을 일종의 '강령술'에 근접시켰음을 엿볼 수 있다(이러한 문학적 강령술은 2·26 사건의 망령을 통해 "어찌하여 천황께서는 인간이 되셨나이까"라고 천황을 저주하는 『영령의 목소리』英霊の聲에 다시 나타난다).

반복하면 조야한 문명 속에서 종잡을 수 없는 부정형적 미를 유지하기 위해 가와바타는 외계의 잡음을 차단하는 극장적 구조를 계속해서 도입했다. 이는 젊은 미시마를 자극했고, 훗날 해외의 일본학 연구자Japanologist들을 기쁘게 했다. 미시마의 「중세」에서도 이러한 가와바타식 극장적 구조를 확인할 수 있다. 망령specter이 강림하는 구경거리spectacle를 지켜보는 요시마사는 그야말로 영적이고spiritual 예능적인 미의 관객spectator이었다. 이 점에서 미시마는 가와바타의 후계자라고 불릴 만하다.

그러나 미시마가 미적=예능적 세계에 심취하면서도 결국은 가와바타의 맹점을 폭로한다는 점을 강조해야 한다. 특히 1956년의 『금각사』金閣寺에는 가와바타식 '관객'에 대한 명확한 비평이 담겨 있다.

주지하다시피 이 장편 소설은 1950년 실제로 금각사에 불을 지른 승려를 모델로 집필된 미시마의 대표작이다. 미시마는 비할 바 없이 장려壯麗한 수사를 구사해 금각사라는 '미의 극장'을 그려 냈다. 그러나 미시마의 진짜 계획은 이 황금빛 미의 극장에 마음을 빼앗긴 관객에게 카메라를 들이대는 데 있었다. 가와바타의 카메라는 오로지 미의 극장(예능인)을 향했지만, 미시마는 그것을 180도 회전시켜 관객의 생생한 모습을 포착한다. 거기 비친 것은 일본인 승려 미조구치의 비참하고 연약한 모습이다.

몸도 약할뿐더러 달리기를 해도 철봉을 해도 남에게 뒤지는데다가 선천적인 말더듬 증세가 나를 더욱더 내성적인 아이로 만들었다.…… 말할 필요도 없이 말더듬 증세는 나와 외부 세계 사이에 하나의 장애로 작용했다. 첫 발음이 제대로 나오지 않았다. 그 첫 발음이 내 내부와 외부 세계 사이를 가로막

는 문의 자물쇠 같은 것이었으나 자물쇠는 순순히 열린 적이 없었다.[65]

가와바타의 불능적 관객이 말하자면 허초점이고 그렇기 때문에 임의의 〈우리〉를 그곳에 대입할 수 있는 데 비해, 미시마는 불능적 관객에게 다시금 신체성을 부여한다. 그러나 그 관객은 결코 대단한 자가 아니다. 미조구치는 말을 더듬기 때문에 외계로의 '문'을 잘 열지 못하고 그저 "신선하지 못한 현실, 거지반 썩은 냄새를 풍기는 현실"[66]만을 체험할 뿐이다. 당연히 금각사로 통하는 문도 닫혀 있다. 금각사는 미의 극장임에도 불구하고 미조구치라는 관객을 차갑게 뿌리친다. 그렇기 때문에 미조구치는 〈우리〉를 수용하는 미를 갈망하면서도 실제로는 추한 현실에 던져진 〈나〉로 존재할 수밖에 없다.

미에서 멀어진 그 비참함의 내력을 탐구하려는 듯 미시마는 『금각사』 중반부에서 미조구치를 고향인 마이즈루舞鶴로 돌려보낸다. 일찍이 "바다의 예감 그 자체"[67]였던 마이즈루 항구에 도착한 미조구치는 패전으로 그 땅의 모습이 완전히 변해 버린 것에 깜짝 놀란다.

모든 것이 바뀌어 있었다. 그곳은 영어로 쓰인 교통 표시가 위압하듯이 이곳저곳 길목에 튀어나와 있는 외국의 항구 도시처럼 변해 있었다. 수많은 미군 병사가 왕래하고 있었다. 초겨울 구름 낀 하늘 아래로 차가운 미풍이 소금기를 머금고

65　[옮긴이] 미시마 유키오, 『금각사』, 허호 옮김, 웅진지식하우스, 2017, 10~11쪽.

66　[옮긴이] 같은 책, 11쪽.

67　[옮긴이] 같은 책, 269쪽.

넓은 군용 도로에 불고 있었다. 바다 냄새라기보다는 무기질의 녹슨 쇳덩이 같은 냄새가 났다. 마을 한복판까지 깊숙이 끌어들인 운하처럼 비좁은 바다, 그 죽어 버린 수면, 바위에 묶어 놓은 미국 소함정……여기에는 분명히 평화가 있었지만, 너무도 잘되어 있는 위생 관리가 옛 군항의 어수선한 육체적인 활력을 빼앗아 거리 전체를 병원 같은 느낌으로 바꾸어 놓았다.[68]

그러나 미조구치는 이렇게 완전히 변해 버린 마이즈루를 일별한 뒤 바로 이렇게 생각한다.

나는 여기서 바다와 친숙하게 만나리라고는 생각하지 않았다. 지프가 뒤에서 다가와 장난삼아 나를 바다로 밀어 떨어뜨릴지도 몰랐다. 지금에 와서야 느끼는 사실이지만, 내 여행의 충동에는 바다의 암시가 있었으나, 그 바다는 아마도 이러한 인공적인 항구의 바다가 아니라 어린 시절 나리우곶의 고향에서 접했던 것과 같은 자연 그대로의 거친 바다였다. 표면이 거칠고 항상 노기를 품고 있는, 초조한 느낌을 주는 우라니혼의 바다 말이다.
그래서 나는 유라에 가기로 했다. 여름에는 해수욕으로 붐비는 해면도 이 계절에는 한적해져서, 단지 육지와 바다가 어두운 힘으로 대결하고 있을 것이 분명했다. 니시마이즈루에서 유라로 가는 길은 무려 30리나 됐지만, 내 발은 어렴풋이 기억하고 있었다.[69]

---

68 [옮긴이] 같은 책, 270쪽.
69 [옮긴이] 같은 책, 275쪽.

미시마는 여기서 미국화한 위생적인 마이즈루와 일본의 추함과 처량함을 응축한 유라由良를 대비시키면서 주인공에게 "표면이 거칠고 항상 노기를 품고 있는, 초조한 느낌을 주는 우라니혼의 바다"를 마주한 고향을 재인식시킨다. "그것은 그야말로 우라니혼의 바다였다! 내 모든 불행과 어두운 사상의 원천, 내 모든 추함과 힘의 원천이었다." 그리고 이렇게 인식한 직후 미조구치는 "금각을 불태워야 한다"고 결의한다.[70] 미의 관객이 되는 것조차 허락받지 못한 채 불행과 추함을 떠안은 이 일본인은 건곤일척의 테러를 감행함으로써 세계의 숙명적 구조를 거스르고자 한다.

이 부분의 서술도 가와바타와 비교해 볼 필요가 있다. 가와바타는 아마추어의 예능적 쇼를 연출하는 한편 관객을 불능성=노인성의 섹슈얼리티 속에 가두었다. 그에 비해 미시마는 미의 극장을 동경하는 관객을 거침없이 조명하고 허약함과 불행의 화신이라고밖에 말할 수 없는 그 모습을 잔인하게 폭로한다. '조야한' 일본해[동해]를 원풍경으로 삼은 미조구치는 금각사라는 미의 극장을 불태움으로써 그것과 한 몸이 되고자 한다. 그런데 그 마지막 도박마저 불타오르는 금각사로부터 '거부당함'으로써 어이없는 실패로 끝난다. 미의 관객이 될 기회마저 놓친다는 이 점 하나로 미시마는 가와바타와 갈라서서 다른 길을 가게 된다.

원래 미시마에게는 연기자의 문학과 관객의 문학, 다시 말해 〈나〉의 문학과 〈우리〉의 문학이 공존했다. 예컨대 그를 문단의 영웅으로 만든 『가면의 고백』仮面の告白은 성 세바스티아누스 순교도殉教圖부터 말 위의 잔 다르크에 이르는 서양의 성

---

70 [옮긴이] 같은 책, 277쪽.

자 이미지를 모델로 삼아 주인공이 자신의 동성애적 경향을 '고백'하는 체재를 취한 소설이다. 이는 다자이 오사무를 포함한 근대 문학의 '고백' 전통을 정교하게 각색한 것이기도 하다. 다자이적 '어릿광대 낭만주의'가 바로 <우리>의 '연기자의 문학'(피에로로 변장하는 문학)이었던 것처럼, 『가면의 고백』은 처음부터 끝까지 허구화된 고백, 즉 성 세바스티아누스와 잔 다르크의 가면(페르소나)을 쓴 <우리>의 연출적 고백으로서 쓰였다. 허구의 피막에 보호받으면서 진위를 가리기 힘든 동성애적 정체성을 발설하기─자기의 섬세한 핵에 허구를 덮어씌우고 커뮤니케이션을 꾀하는 『가면의 고백』의 작법은 오늘날의 서브컬처와 넷컬처를 멋지게 선취한 것이었다.

그에 비해 『금각사』는 오히려 관객의 문학이며, 더구나 미조구치는 최종적으로 온전한 관객이 되지 못한 관객, 금각=극장에 내쳐진 비관객적 관객으로 그려진다. 애초에 금각사라는 웅장하고 화려한 극장은 본래대로라면 공습의 전화戰火에 의해 소실될 터였다. "금각은 어쩌면 우리보다 먼저 사라질지도 모른다. 그리고 보니 금각은 우리와 같은 삶을 살고 있는 듯하다."[71] 그러나 실제로 금각은 말하자면 타다 말고 <전후>의 시공간에 뻔뻔스럽게 진좌鎭坐하고 있다. 금각은 미조구치와 "같은 삶"을 살기는커녕 다른 운명을 걷기 시작하며 미조구치를 밀어낸다. 이는 관객인 미조구치를 교란시켜 모든 곳에 금각의 환영을 출몰케 한다. 예를 들어 미조구치는 여성의 유방이 "금각으로 변모"하는 환영을 본다. "미의 불모적 불감증이 그에 부여되어, 유방은 내 눈앞에 어른거리면서도 서서히 그 자체의 원리 속에 파묻혔다."[72] 가와바타의 작품과 달리

---

71 [옮긴이] 같은 책, 67쪽.

『금각사』에서는 극장과 관객의 관계가 완전히 어그러진다.

그렇다면 미조구치의 방화는 그야말로 망상과 부전감으로 범벅된 관객이 일으킨 테러였다고 하지 않을 수 없다. 일본인 테러리스트를 다룬 소설로서『금각사』와 같은 작품은 이제 거의 유례를 찾기 어렵다. 예를 들어 시민 사회의 낙오자가 테러리스트가 되는 이야기라면 이해 못 할 것도 없다. 그러나 극장에서 낙오된 자가 테러리스트가 된다는 것 ― 게다가 그러한 설정에 기초한 소설이 걸작으로 칭송받는다는 것 ― 은 참으로 기묘하지 않은가?『금각사』에서 미시마가 사회에 폭탄을 던지는 것보다 미의 극장을 불태우는 것을 '악'으로 보았다는 사실은 나를 고심하게 한다. 국가와 사회로부터 소외된다고 해서 주인공이 존엄을 빼앗기는 것은 아니다. 극장으로부터 소외되는 것이 그의 존엄을 빼앗는다.『금각사』에서 가장 큰 도착은 가장 인간다운 인간이란 시민이 아닌 관객이며, 그러므로 관객이 되지 못하는 것이야말로 치명적인 굴욕이라는 철학을 드러낸다는 데 있다.

연기자의 문학과 관객의 문학, <나>의 문학과 <우리>의 문학을 수행해 온 미시마는 일본 근대 문학의 극장적 성격을 가장 잘 활용한 동시에 그것에 균열을 낸 작가다. 가와바타가 그린 '불능의 관객'은 <우리> 독자에게 아무런 손상도 입히지 못한다. 그에 비해 '조야한' 우라니혼의 자연이 탄생시킨『금각사』의 미조구치는 <우리>가 보고 싶어 하지 않는 추한 자화상이다. 미시마는 <우리> 관객의 근저에는 사실 손 쓸 도리 없는 어리석음과 수치심이 있다는 것, 그 치욕을 견딜 수 없다면 테러로 치달을 수밖에 없다는 것을 실로 선명하고도 강렬

---

72 [옮긴이] 같은 책, 220~221쪽.

하게 폭로했다.

『금각사』의 장치를 더 분명히 이해하려면 이보다 2년 전 작품인 『파도 소리』潮騷와 비교해 보는 것이 좋겠다. "우타지마는 인구 1,400명으로 반경 1리에도 미치지 못하는 작은 섬이다"[73]라는 문장으로 시작하는 『파도 소리』는 이세만에 떠 있는 우타지마를 일종의 극장으로 간주한다. 그러나 금각사 극장이 추하고 불행한 관객을 불러들인 데 비해, 명랑한 빛으로 가득 찬 이세만에 떠 있는 우타지마 극장은 고대적 건강미가 넘치는 남녀를 주역으로 삼는다(『파도 소리』가 고대 로마의 『다프니스와 클로에』를 번안한 작품이라는 사실은 널리 알려져 있다). 생기 넘치는 생명력을 굳세게 발산하는 『파도 소리』의 젊은 남녀는 세계의 은총을 한 몸에 받고 있다. "그날 조업이 끝날 무렵, 청년은 수평선 위의 저녁 구름 앞을 지나는 하얀 화물선 한 척의 그림자를 묘한 감동에 휩싸여 바라보았다. 세계가 지금까지 생각지도 못했던 거대함으로 저 너머에서 밀려온다. 이 미지의 세계는 멀리서 울리는 천둥 소리처럼 다가왔다 다시 사라졌다."[74] 미지의 "거대함"을 끊임없이 실감시키는 이 아름다운 섬에는 거짓이나 부실함이 섞일 여지가 전혀 없다.

세계의 은총이 내리쬐는 기적의 섬, 그리고 그 섬에 온전히 기대어 단순 명쾌한 생존 법칙으로 살아가는 태양에 그을린 젊은이들. 이들은 이미 '연기자'도 '관객'도 아니다. 여기에는 거짓과 진실 사이에서 동성애를 '고백'하는 인간도 없고 불모적인 미의 극장에 의해 현실을 부정당한 구걸승도 없다. 『가

---

73 [옮긴이] 미시마 유키오, 『파도 소리』, 이진명 옮김, 책세상, 2002, 7쪽.

74 [옮긴이] 같은 책, 23~24쪽.

면의 고백』도『금각사』도 이 완전 무결한 자연의 극장에서는 남김없이 증발한다. 우타지마는 온갖 관객의 문학을 종결시키는 '비극장적 극장'인 것이다. 이 점에서『파도 소리』는 미시마의 모든 문학을 반전시킨 네거티브 필름과도 같다.

『금각사』와『파도 소리』는 마치 한 쌍의 그림처럼 멋진 대조를 이룬다.『파도 소리』의 입장에서 보면 세상 태반의 문학—『잠자는 미녀』나『금각사』까지 포함해— 은 추하고 불능적인 관객을 그 상태로 붙박아 두고 사회를 추락시킬 뿐인 사악한 매개체에 불과하다.『파도 소리』는 약자의 원한 감정 ressentiment으로 가득한 〈우리〉 관객의 문학 따위는 일찌감치 졸업하고, 자기 생존 원칙이 확립된 건강한 국민을 육성하고자 하는 선언문이다. 미시마에게서는 보기 드문 단정한 문체가 원한 감정 없는 고대 그리스적인 '강자'의 입장과 잘 어울린다. 반대로『금각사』의 입장에서 보면 인간에게 어리석음과 추함이 있는 한 미의 극장은 언제까지나 화려하게 빛날 것이고 그 판타지에 의존하는 〈우리〉 관객의 문학도 사라지지 않을 것이다. 그는 스스로『파도 소리』의 "그리스적인 자연", 다시 말해 "세계 포섭적인 자연관"이란 자신의 고독한 자의식이 꿈꾼 망상에 불과하다고 말한다. "그 자연은 협동체 내부의 사람이 본 자연이 아니다. 내 고독한 관조가 낳은 자연에 불과하다."[75]『파도 소리』가 그린 밝은 자연 세계는 결국 못다 꾼 꿈으로 남겨지고, 금각사와 같은 인공미의 극장에 기대는 외롭고 꼴사나운 관객은 언제까지고 사라지지 않는다.

문단에 속한 이들의 볼품없고 형식뿐인 문학 비판과는 달

---

75   미시마 유키오三島由紀夫,『소설가의 휴가』小説家の休暇, 新潮文庫, 1982, 101쪽.

리 미시마는 처음부터 인간이 문학 따위를 필요로 하지 않는
『파도 소리』의 세계로 눈을 돌렸다. 그런 완전 무결한 세계를
동경하면서 여전히 극장적인 미에 관여한다는 것은 결국 어
리석음과 추함, 불완전함과 함께 살아간다는 것과 같다. 미시
마는 관객의 문학 안에 미를 욕망하는 것의 근원적 어리석음이
포함되어 있음을 예리하게 간파했다.

5 『풍요의 바다』와 미의 운명

물론 『금각사』는 언뜻 고리타분해 보인다. 그러나 『금각사』
의 기묘한 테러리즘 논리는 지금도 여전히 리얼리티를 띠고
있다. 실제로 만약 우리가 미의 극장의 '관객'이라는 사실에서
소외된다면, 거기에는 그저 바람 빠져 따분한 현실만이 남지
않을까? 『파도 소리』의 입장에서 보면 미의 극장을 욕망하는
짓은 분명 어리석다. 그러나 만약 그 어리석음이야말로 인간
을 인간답게 만드는 것이라면? 다시 말해 바보 천치 관객인
것이 실은 인간성의 근원이라면 어떨까?

그러나 이러한 성가신 물음은 일단 옆으로 밀어 두고 미시
마 문학의 극장적 구조에 대해 조금 더 써 보자. 미시마의 문
학은 『금각사』와 『파도 소리』에서 공간적인 극장성을 상세히
기입하는 한편 시간적인 경계termination 감각도 놓치지 않았
다. 그는 역사조차 일종의 극장으로 파악하는 능력을 겸비했
다고 할 수 있다. 미시마의 경계 감각을 가장 잘 보여 주는 작
품은 역시 만년 4부작인 『풍요의 바다』豊饒の海[76]일 것이다. 의
미심장하게도 1부 『봄눈』春の雪은 러일전쟁의 어렴풋한 기억
을 찾아 헤매는 것으로 시작한다.

학교에서 러일전쟁 이야기가 나왔을 때 마쓰가에 기요아키는 가장 친한 친구인 혼다 시게쿠니에게 그때 일을 기억하고 있냐고 물어봤지만 시게쿠니의 기억도 확실치 않아 제등 행렬을 보기 위해 문까지 끌려 나왔다는 것을 어렴풋이 떠올릴 수 있을 뿐이었다. 전쟁이 끝난 해에 두 사람 모두 열한 살이었으니 조금 더 선명하게 기억하고 있다면 좋았겠다고 기요아키는 생각했다. 의기양양하게 당시 일을 이야기하는 급우는 대개 어른에게 들은 이야기를 바탕으로 있는지 없는지도 모를 자기 기억을 각색하고 있을 따름이었다.

새삼 말하자면 일본 근대 문학에 있어 러일 <전후>란 공적인 '대서사'가 상실된 '불쾌'와 '불황'의 시대를 가리킨다. 그러나 중간 계급의 정체停滯를 묘사한 소세키의 『그 후』와는 대조적으로 『봄눈』은 오히려 용모가 뛰어난 귀족을 주인공으로 발탁했다. 마쓰가에 기요아키도 혼다 시게쿠니도 모두 적자며 가문의 잉여 인간 따위가 아니다. 미시마는 소세키적인 '타자화'의 장치를 배제하고 오히려 배경 좋은 귀공자들 간의 호모소셜한 —혹은 호모에로틱한— '우정'을 작품 전체의 척추로 삼아 기요아키와 백작가 딸의 비극적 사랑을 아름다운 문체에 담아낸다. 즉 『봄눈』은 러일 <전후>의 시공간에 거칠고 초라한 <나>의 문학이 아니라 <우리>의 고귀한 우정과 미의 문학을 출현시킨 것이다.

그리고 미시마가 러일 <전후>의 미화를 꾀한 이상 『봄눈』

---

76 [옮긴이] 미시마 유키오가 1965~1970년에 집필한 4부작 장편 소설로 주인공이 윤회 전생을 거듭하며 다음 권으로 나아가는 구성을 취한다. 미시마는 최종 권 원고를 입고시킨 날인 1970년 11월 25일 육군 자위대 이치가야 주둔지에서 할복 자살했다.

에 허구적인 '미의 극장'이 차려진 것은 어떤 의미에서 당연하다. 예를 들어 '시부야 교외'에 지어진 웅장하고 화려하기 이를 데 없는 마쓰가에 후작 저택은『봄눈』에서 다음과 같이 상세하게 기술된다(『그 후』에서 히라오카의 집이 '조악하고 볼품 없는 외관'을 하고 있었다는 점을 상기하자).

마쓰가에 후작 저택은 시부야 교외의 드넓은 땅을 차지하고 있었다. 14만 평의 땅에 들어선 많은 마룻대가 지붕의 기와를 뽐내고 있었다.

안채는 일본 건축이었지만 정원 한 귀퉁이에는 영국인 설계사가 지은 웅장하고 화려한 서양식 건물이 있었고, 신발을 신고 들어갈 수 있는 이 저택은 오야마 원사 저택을 필두로 네 채밖에 없다는 건물 중의 하나였다.

정원 중심에는 모미지야마紅葉山를 배경으로 널찍한 연못이 있었다. 그 연못에서는 보트 놀이를 할 수 있었으며, 가운데에는 작은 섬이 있었고 연꽃도 피었으며 나물도 캘 수 있었다. 안채의 큰 마루도 이 연못과 마주보고 있었고, 서양관의 향연장도 이 연못에 접해 있었다.

물가나 섬 곳곳에 배치된 등롱은 200개에 달했고 섬에는 주물 학이 세 마리 세워져 있었는데 한 마리는 고개를 숙이고 있었고 두 마리는 하늘을 우러르고 있었다.

이미 많은 연구자가 미시마가 '집'에 보인 집착을 지적한 바 있다. 특히 1959년에『교코의 집』鏡子の家을 간행한 후 신축한 오타구大田區 마고메馬込의 미시마 사저는 빅토리아 식민 시대풍의 키치한 건물이었다. 미시마 스스로 "가짜를 진짜처럼 보여 주겠다"고 선언하고 집기 하나하나에 공을 들인 그 사

저는 거의 "디즈니랜드적인 무대 배경"이라고 부를 만한 허구성을 갖추고 있었다.[77]

일본과 서양을 융합시킨『봄눈』의 마쓰가에 후작 저택 또한 진짜처럼 꾸민 "가짜"다. 그러나 미시마가 그린 극장의 '허구성'을 단지 야유하기만 할 수는 없다. 그의 문학을 디즈니랜드적인 인공 공간에 가까워지게 만든 일본 근대의 미의 수난사야말로 그로부터 읽어 내야 할 것이다. 반복하면 러일전쟁에서 관동 대지진 그리고 2차 대전에 이르는 역사 속에서 일본 국가는 미에 대한 책임을 방기했고, 작가들은 자력으로 '미의 극장'을 찾아내야 했다. 같은 추축국이라고 해도 독일이나 이탈리아처럼 국가 심미주의가 실현된 나라에 태어났다면 미시마는 자기와 국가를 미적으로 일체화할 수 있었을 것이다. 그러나 그러지 못했기에 미시마는『봄눈』에서 러일 <전후> 세계에 기묘한 저택을 지어 미의 영혼을 불러들였다.

이처럼『봄눈』에서는 남성들 간의 호모에로틱한 우정, 그리고 철저하게 거짓말같이 장려한 극장으로서의 마쓰가에 후작 저택이라는 두 가지 미의 원리가 제시되었다. 반면『풍요의 바다』2부인『달아난 말』奔馬에서 미의 담지자는 우익 테러리스트 청년인 이이누마 이사오다. 혼다의 말처럼 "기요아키라는 한 청년, 그 열정, 그 죽음, 그 아름다운 생애가 준 영향은 어디에도 남아 있지 않다.……그것은 마치 보기 좋게 역사에서 씻겨 나간 것처럼 보인다"(19). 그러나 기요아키가 환생한 이사오는 미의 상실을 정치적 운명(유신!)으로 나아가는 '행동'을 통해 메우고자 하고, 그러기 위해 메이지 초기의

---

77   오쓰카 에이지大塚英志,『서브컬처 문학론』サブカルチャー文学論, 新潮文庫, 2007, 511쪽.

반란 사족인 신푸렌神風連[78] 지사와 호모에로틱한 동일화를 이루려 한다.『달아난 말』에서는 용감한 연기자=테러리스트가 미의 새로운 담지자로 부상하고, 혼다는 관객으로서 그의 행동을 지켜보게 된다.

그러나 이사오의 계획은 밀고에 의해 어이없이 좌절된다. 자본가 구라하라를 가까스로 암살한 후 이사오는 귤밭에서 밤바다를 바라보다가 자살을 선택하게 된다. 그런데 본래 빛나는 행동이어야 할 할복 자살은 오히려 미의 쇠약을 뚜렷이 드러낸다. 특히 마지막 부분의 "칼을 똑바로 배에 찌른 순간, 태양이 눈꺼풀 밑으로 혁혁히 떠올랐다"라는 너무나 유명한 문장은 미의 퇴보를 웅변한다. 아름다운 태양은 누구와도 공유되지 못하고 마침내는 단 한 사람의 관객뿐인 눈꺼풀 속 극장에 갇히고 말기 때문이다.

그리하여 이어지는 3부『새벽의 절』曉の寺에 이르면 미시마 특유의 호모에로티시즘이 내뿜는 광채도 마쓰가에 저택과 같은 극장도 상실되고 만다.『새벽의 절』의 혼다는 2차 대전의 패전과 함께 돌아갈 도쿄의 '토지'를 상실한다. 다음 구절은 도쿄에서 "항구 불변의 환상"=극장이 파산했음을 선언하고 있다.

차라리 다 타 버리는 편이 나았을 만큼 낡은 고향 집을 부수고 개축하는 것도 생각해 봤지만, 혼다는 이제 도쿄에 새로운 것을 짓고 항구 불변의 환상을 품는 것에 넌더리가 났다. 어차피 또 다음 전쟁이 이곳을 불바다로 만들 것이 뻔하다. (23)

---

78 [옮긴이] 옛 구마모토번의 사족 잔당인 '게이신토'敬神党를 그 반대파들이 '신푸렌'이라고 불렀다. 메이지 정부의 폐도령廢刀令에 반발한 것이 반란으로 이어졌다.

전중부터 전후에 걸쳐 미의 극장도 호모에로티시즘의 광채도 모두 다 소실되었을 때, 그 상실을 메우듯이 소녀애가 출현한다는 것은 매우 흥미진진한 문제다. 이제 노인이 다 된 혼다는 마쓰가에의 환생인 어린 타이 아가씨 진 잔에게 성적 망집妄執을 품고, 흡사 란포의 등장 인물처럼—혹은 가와바타의『잠자는 미녀』속 불능성=노인성을 본뜨듯이—옷을 갈아입는 그녀의 모습을 엿본다. "엿보기 구멍 너머 어렴풋하게 보이는 둥근 액자 속에서 무구한 소녀의 느닷없는 불안, 찰나의 무언가가 궁극의 그림이 되었다"(36). 미의 극장은 작아질 대로 작아져 엿보는 구멍 너머로 깜박깜박 명멸할 뿐이다. 그리고 거북한 자세를 감내하는 꼴사나운 관음증자가 된 혼다는 가장 형편없는 부류의 '관객'에 속한다.

마쓰가에 기요아키의 생기 넘치는 미가 신푸렌 지사와의 호모에로틱한 동일화를 바라는 테러리스트를 거쳐 이국의 소녀로 '환생'한 후 미의 자원은 고갈되고 만다. 연작의 마지막을 장식하는 4부『천인오쇠』天人五衰는 아내를 잃은 혼다가 마쓰가에 기요아키의 환생으로 찾아낸 '주인공'인 소년 야스나가 도오루가 모조품에 불과했다는 참혹한 현실을 보여 준다. 주인공이 실은 주인공이 아니었다—어떤 포스트모던 소설이 떠오를 법한 이 장치는 미의 극장의 소멸을 노골적으로 드러낸다. 도오루는 기요아키의 환생도 무엇도 아니며, 그 실체는 "비천하고 작은, 어디서나 봄 직한 약삭빠른 시골 청년"이자 기요아키나 이사오, 진 잔의 "음침한 상속인"에 불과하다 (27).

가짜 상속자인 도오루는 서사 종반에 이르러 정체를 폭로당하고 덧없이 몰락하며, 그 결과 미의 극장도 마침내 무無의 세계로 돌아간다.『천인오쇠』의 마지막에 혼자 남겨진 혼다가 다다르게 된 '정원'은 다음과 같이 묘사된다. "이렇다 할 기교도 없이 한아閑雅하며 밝고 너른 정원이다. 염주를 헤아리는 듯한 매미 소리가 이곳을 차지하고 있다. 그 밖에는 어떤 소리도 들리지 않는 적막의 극치다. 이 정원에는 아무것도 없다. 기억은 고사하고 그 무엇도 없는 곳에 와 버렸구나 하고 와다는 생각했다. 여름 한낮의 태양이 내리쬐는 정원은 괴괴하다……" 러일 〈전후〉의 장려하면서도 허구적인 마쓰가에 저택=극장에서 시작된 이 장대한 연작은 '대동아전쟁'의 〈전후〉와 소녀애의 밀실을 거쳐 마침내 "기억은 고사하고 그 무엇도 없는" 텅 빈 정원=극장에 도달한다.

이렇듯 『풍요의 바다』는 근대 일본에서 '미의 극장'이 거친 영고성쇠를 훌륭히 그려 낸 연작이다. '관객' 혼다는 기요아키, 이사오, 진 잔, 도오루라는 '연기자'를 통해 남성들 간의 우정(호모에로티시즘), 테러리즘, 소녀애 이미지를 〈우리〉 독자의 눈앞에 강림시키고, 그러면서도 최종적으로는 미의 극장 자체를 없던 일로 만든다. 이는 전시에 집필된 「중세」부터 이어져 온 미시마의 문학적 강령술에 종언을 고함과 동시에 가와바타와 란포에서 이어진 〈우리〉 관객의 문학이 하나의 전기를 맞이했음도 암시한다.

여기서 미시마 유키오의 생애를 떠올리지 않을 수 없다. 보디빌딩을 하고 '직접 제작하고 연출한' 영화 「우국」憂国으로 미디어의 총아가 된 그는 그야말로 전후 일본 사회의 '연기자'로 활약한 작가다. 그 연기는 죽음에 이르기까지 계속되었다. 주지하다시피 그는 『천인오쇠』를 텅 빈 극장=정원에 대한 묘사로 끝맺은 직후, 자위대 이치가야市ヶ谷 주둔지에 다테노카이楯の會[79]의 회원 모리타 마사카쓰森田必勝 등과 함께 진입해 자위대원들의 욕설을 들으면서 무대 위의 '연기자'로 한바

탕 연설을 쏟아 내고는, 진지한 것인지 웃기려는 것인지 판단할 틈도 없이 할복 자살을 거행했다. 그 마지막 '연기' 솜씨가 비참하기 짝이 없는 것이었음은 말할 나위도 없다. 다자이를 싫어했던 미시마의 최후가 한없이 '광대'에 수렴했다는 것은 정말이지 아이러니한 일이다.

그러나 다른 한편 작가로서 미시마의 본령은 역시 「중세」에서 『금각사』를 거쳐 『풍요의 바다』에 이르는 '관객의 문학'을 쓰는 데 있었다고 생각하지 않을 수 없다(덧붙여 『사드 후작 부인』サド侯爵夫人이나 『근대 노가쿠집』近代能楽集 같은 숨 막힐 정도로 훌륭한 희곡을 쓸 수 있는 재능을 가졌음에도 끝까지 소설을 주요 전장으로 삼았던 것도 결국 희곡으로는 관객을 그릴 수 없었기 때문은 아닐까?). 가와바타의 비판적 후계자로서 미시마는 극장적 미의 모델을 창조하고 그 종언까지 그려 냈다. 미의 모체로서 국가는 전혀 전망이 없고, 더구나 시민 사회의 〈우리〉가 불황으로 파괴될 수준에 지나지 않았던 만큼, 극장이 문학적 모험의 땅이 된 것은 반쯤 필연이었다. 미시마가 자살한 후에도 그가 제기한 문제 자체는 모습을 바꾸어 가며 우리 곁에 남아 있다. 〈우리〉는 여전히 관객이기를 그만둘 수 없다. 이는 우리의 존재 양식 속에 미조구치와 혼다가 여전히 은밀하게 자리 잡고 있음을 뜻한다.

* * *

다시 정리하면 일본 근대 문학은 러일전쟁과 관동 대지진을

---

79 [옮긴이] 1968년 미시마가 결성한 우익 사병 집단으로 '방패의 모임'이라는 뜻이다.

중요한 계기로 해 두 가지 카테고리를 창출했다. 하나는 사회로부터 격리된 <나>의 문학이며, 또 하나는 미의 극장의 관객으로서 <우리>의 문학이다. 후자와 관련해 나는 가와바타 야스나리와 에도가와 란포부터 미시마 유키오에 이르는 계보를 그렸는데, 1970년의 『천인오쇠』 이후 그 계보에 더해질 만한 본질적으로 새로운 작품은 아마도 없을 것이다.[80] 미시마는 '관객의 문학'을 대대적으로 전개했을 뿐만 아니라 끝내기까지 한 것이다.

문학에서 미의 극장의 쇠퇴──그러나 이는 미시마 개인의 한계보다 극장 자체의 질적 변화와 연결된다. 지금까지는 극장이라고 해도 기껏해야 국가적 규모가 가장 큰 것이었다(국가 심미주의). 그러나 이제는 우리가 살아가는 혹성 자체가 미의 생산지로 변모했다고 할 수 있지 않을까? 디지털 정보 네트워크가 지구상의 온갖 부분을 잠재적인 미적 요소로 변화시키고, 기업이 세계를 무대로 자사의 이미지=상품을 흩뿌리는 지금, 혹성 규모의 거대한 미의 극장이 우리를 에워싸고 있다. 상품에 대한 커뮤니케이션(평가)이 혹성 규모로 행해지고 디지털 공유재commons에 세계인이 접속할 때, 그 사교 공간은 과거 어느 시대보다 광범위한 것이 된다. 혹성 주민들이

---

80 예를 들어 오에 겐자부로의 문학도 초기의 생기 넘치는 호모에로티시즘이 '나이 듦'의 침입과 함께 점차 해어져 이러저러한 보철물에 뒤덮이다가 근작인 『아름다운 애너벨 리 싸늘하게 죽다』騰たしアナベル·リイ 総毛立ちつ身まかりつ에서는 마침내 소녀애의 이미지를 동원하기에 이르렀다. 자세한 것은 내가 쓴 「오에 겐자부로의 신화 장치: 호모에로티시즘, 허구, 유사 사소설」大江健三郎の神話裝置: ホモエロティシズム·虛構·類似私小説, 『와세다 문학』早稲田文学 4권, 2011 참조. 이러한 오에의 도정은 『풍요의 바다』 속 호모에로티시즘이 소녀애로 이행한 것을 그대로 반복하고 있다.

관객으로서 서로의 인간성을 상호 확인하는 것—이는 그야말로 전대 미문의 광경이다.

칸트는 전달 가능성의 범위가 확장될수록 전달되는 대상의 가치도 높아진다고 생각했는데[81] 이는 오늘날의 네트워크 철학과 다를 바 없다(이른바 '네트워크 외부성'의 문제). "인간 사명의 최대 목적은 사교성"이라고 과감히 말한 바 있는 칸트가 현대 사회에 되살아났다면 오늘날의 사교 공간 확대에도 기본적으로 찬동했을 것이고 세계 관객world spectator으로 가득한 관객의 제국이야말로 인간의 진보를 증명한다고 생각했을 것이다. 그렇다, 글로벌화의 진정한 철학적 의의는 혹성 규모의 관객을 창출했다는 데 있다……

그리고 세계 자본주의 속에서 관객=〈우리〉의 제국이 혹성 규모로 확장된다면 당연히 종래의 '관객의 문학'도 무사하지 못할 것이다. 가와바타와 미시마의 극장 크기는 이미 오늘날의 현실에 맞지 않다. 미시마의 『천인오쇠』는 텅 빈 극장에 귀착했지만, 반대로 네트워크화된 혹성 전체는 미의 극장의 스케일과 그 '동원 관객 수'를 점점 더 확대해 가고 있다. 그렇다면 일본 문학은 이 혹성 규모의 대극장을 앞에 두고 대체 무엇을 할 수 있을까? 미의 극장을 다시 새롭게 설계해야 할까? 아니면 미의 담지자이기를 단념하고 불쾌한 〈나〉의 문학으로 주뼛거리며 물러나야 할까?

나는 문학이 할 일이 지금도 무궁무진하다고 확신한다(그렇지 않다면 이 책을 쓰는 의미도 없다). 다만 그렇다 해도 가와바타와 미시마의 시대와는 달리 문학이 미의 지도적 미디어가 될 수는 없으며 그 역할이 다른 미디어로 이전해 가는 것

---

81 [옮긴이] 아렌트, 『칸트 정치철학 강의』, 137쪽[135쪽].

도 필연적이다. 실제로 2차 대전 〈전후〉의 일본에서는 이제까지와 완전히 다른 유형의 '미'가 영상 미디어를 무대로 형성되었다. 그것이 다음 장에서 다룰 애니메이션이다.

6장

혼이 돌아갈 곳
전후 서브컬처의 부흥 사상

2차 대전의 전후는 전 지구적 규모의 〈전후〉였다. 이 사실은 너무나 명백해서 오히려 종종 간과된다. 그러나 당연한 말이지만 일본만이 전쟁의 외상을 끌어안고 〈전후〉의 시공간을 살아왔다는 것은 착각에 불과하다.

이 책에서 이제까지 논했듯 일본은 때로 중국의 부흥기 문화(밀교나 유민의 내셔널리즘)를 도입했지만, 줄곧 국소적인 〈전후〉밖에 체험하지 못했다. 그 때문에 오늘날 일본인은 그저 자국 공동체 안에서만 2차 대전의 〈전후〉라는 구분을 설정했다가 이제는 전쟁의 외상이 해소되었다며 그 구분을 철폐하려 한다(전후 레짐으로부터의 탈각!). 그러나 2차 대전의 〈전후〉는 본래 일본 마음대로 시작하거나 끝낼 수 있는 것이 아니라는 의미에서 이례적이다. 실제로 〈전후〉를 서둘러 끝내고자 한 일본인의 바람은 동아시아에 각인된 대전쟁의 부채에 의해 대체 몇 번이나 분쇄되었던가?

이뿐만이 아니다. 예를 들어 1945년 이후 일본은 '정치는 3류'라고 야유받으며 경제적 번영 속에서 이른바 '전후 민주주의'를 지탱해 왔는데, 이러한 정치의 퇴조 또한 〈전후〉의 세계적 경향이다. 유럽에서는 이미 1930년대에 기존 정치 시스템의 쇠퇴가 표면화했다. 우수한 정치 엘리트를 양성해야 할 의회 민주주의는 대중 사회의 대두와 함께 파산했고, 의회는 정당 이익 추구의 장으로 변질되었으며, 공개 토론은 진리를 밝히지 못했고, 정치는 "상당히 비천한 계층의 사람들이 하는 꽤 천한 일"로 전락했다.[1] 그리고 결국 대중의 갈채를 배경으로 나치 독일이 '민주적인' 바이마르 헌법하에서 출현했다. 그럼에도 불구하고 <전후>의 유럽인은 의회 민주주의의 아포리아에 정면으로 맞서기보다 판단을 뒤로 미루기를 선택했다. 양차 세계대전으로 완전히 피폐해진 유럽인은 1950년대에는 '실험은 불필요하다'No experiments를 신조로 삼은 온건한 지도자와 그 통치하에 실행되는 충실한 행정 서비스를 원했다. "정치에 대한 서유럽의 열기는 뜨거웠던 지난 40년을 뒤로한 채 식어 갔다.……유권자의 주된 관심사는 혁명에 대한 희망과 경제에 대한 절망에서 행정과 공공 사업의 제공으로 옮겨 갔다."[2] 전후 정치는 숭고한 미덕과의 관계를 잃고 사람들의 생명 유지를 위한 서비스의 집합체로 변했다. 이러한 온건화 탓에 서양의 의회 민주주의를 비판하는 사상은 전후를 거치는 동안 그다지 진보하지 못했고, 1930년대에 출현했던 급진 철학(카를 슈미트나 마르틴 하이데거)을 본질적으로 넘어서지 못했다.

요컨대 유럽이나 일본의 <전후> 민주주의는 고매한 정치 이론에 의해 지지된 것도 이성의 힘에 기댄 것도 아니며 경제와 문화, 행정 서비스의 풍요로움에 기생해 그럭저럭 살아남은 것이다. 전전戰前에 노정된 의회 민주주의의 아포리아는 결코 이론적으로 해결되지 않았고, 모든 사람이 민주주의가

1　[옮긴이] 카를 슈미트Carl Schmitt, 『현대 의회주의의 정신사적 상황』現代議会主義の精神的地位, 이나바 모토유키稲葉素之 옮김, みすず書房, 2000, 8쪽[나종석 옮김, 길, 2012, 15쪽].

2　[옮긴이] 토니 주트Tony Judt, 『유럽 전후사』ヨーロッパ戦後史 상권, 모리모토 준森本醇 옮김, みすず書房, 2008, 328쪽[『전후 유럽 1945~2005』 1권, 조행복 옮김, 열린책들, 2019, 450~451쪽].

잘 굴러갈 것이라고 믿는 한 잘 굴러간다는 동어 반복에 호도되었을 뿐이다. 그렇기 때문에 민주주의를 납득하는 감각을 인민이 공유하게 만들기 위해서는 경제와 문화의 지속적인 번영이 반드시 필요했다. 인민의 평등 의식은 누구나 크건 작건 사회의 부가 주는 혜택을 받는다는 실감에 의해 간신히 지켜져 왔다.

그러므로 1945년 이후 선진국의 〈전후〉를 "풍요로움이 사회의 핵심이었던 시대"로 자리매김하는 것도 가능하리라. 사회의 번영(부)을 과시하는 동시에 계급, 연령, 성별을 떠나 누구나 즐길 수 있는 다종다양한 엔터테인먼트를 만들어 낼 것, 그럼으로써 민주주의의 이론적 한계를 적당히 얼버무리고 넘어갈 것. 그렇게 하지 않았다면 〈전후〉 대중 민주주의는 성립하지 않았을 것이다.

만화나 애니메이션 등으로 이루어진 일본의 서브컬처에도 이러한 〈전후〉 특유의 사회 시스템에서 유래한 질문이 깊이 새겨져 있다.[3] 다시 말해 경제적 풍요와 번영 속에 인간의 혼을 거주하게 하는 것이 과연 가능하느냐는 새로운 유형의 질문 말이다. 나는 전후 부흥기를 계기로 융성한 일본 서브컬처가 이 질문을 암묵적으로 끌어안았다는 사실에서 그것의 철학과 창조성을 찾고자 한다. 그중에서도 전 지구적 관점에서 내수용 지방 산업에 불과한 일본 애니메이션 작품은 자신의 원천에 해당하는 디즈니 애니메이션에 매우 굴절된 태도를 보여 왔다. 그 때문에 '풍요로움'이라는 주제 또한 한층 더 풍

---

3   이번 장에서는 '서브컬처'라는 용어를 만화와 애니메이션을 총괄하는 편의상의 약호로 사용한다. 음악이나 패션, 게임, 텔레비전 드라마 등 다른 서브컬처적 장르를 경시하려는 의도는 없음을 미리 밝힌다.

부한 음영을 지니게 되었다고 생각한다.

그렇다면 일본의 서브컬처는 〈전후〉의 풍요로운 사회 속에 구체적으로 어떤 혼 혹은 정체성을 기입한 것일까? 그리고 그때 디즈니적인 것이 어떻게 가공되었을까? 이 장에서는 주로 애니메이션이 어떻게 '자연'의 이미지를 다루는지의 관점에서 이러한 문제들을 고찰한다. 구체적으로는 디즈니와 데즈카 오사무手塚治虫의 '반자연적' 위생 사상을 후에 미야자키 하야오宮崎駿가 어떻게 고쳐 썼는지를 주요하게 다룬다. 다만 그 전에 먼저 일본 〈전후〉의 성격을 명확히 할 필요가 있다.

A 자연의 말소(디즈니/데즈카 오사무)

1 만화 작품으로서의 〈전후〉

2차 대전 후 일본을 뒤덮은 서브컬처는 일본 부흥 문화의 최신판으로 이해될 수 있다. 만화와 애니메이션 자체는 전쟁 전부터 일본 사회에 있었지만, 전후에 데즈카 오사무가 대두한 이래 더욱 중층적인 의미를 갖게 된 것은 분명하다. 그러므로 서브컬처에서 〈전후〉의 축소도를 찾는 작업은 타당하다 할 수 있다.

주의할 점은 전통의 부담을 지지 않은 서브컬처가 전간기부터 전후에 걸쳐 발흥한 반면, 구래의 문화적 권위, 이를테면 건축, 철학, 종교 등은 모두 전쟁으로 심각한 상해를 입었다는 사실이다. 앞 장에서도 논했다시피 전시에 건축가들은 국가의 미와 위용을 드러내는 작업에 제대로 참여하지 못한 채 불만을 쌓아 갔다. 철학자들도 대동아공영권의 이데올로기로서 '세계사의 철학'을 추진한 바 있기에 전후에는 사회적 신용을 잃고 정치학자(마루야마 마사오)나 문예 비평가(요시모토 다카아키) 등에게 지적 패권을 빼앗겼다. 게다가 전시에 일부 불교 신자는 훗날 옴진리교가 그러했듯 적을 말살하는 것이 '자비'라는 과격한 말을 내뱉으며 '대동아전쟁은 성전'이라고 칭송하기까지 했다.[4] 이처럼 인간 정신의 기반이 되어야

---

4   브라이언 빅토리아Brian Victoria, 『선과 전쟁: 선불교는 전쟁에 협력했는가』禅と戦争: 禅仏教は戦争に協力したか, 에이미 루이즈 쓰지모토エィミー·ルィーズ·ツジモト 옮김, 光人社, 2001.

할 것들이 전쟁을 계기로 일제히 무력함과 기만을 드러낸 것이다.

이 황폐해진 세계를 맞닥뜨렸을 때 미시마 유키오는 그럼에도 불구하고 여전히 정신의 기반(미)을 추구하지 않을 수 없는 약자=관객을 묘사하는 한편(『금각사』), 호모에로티시즘에서 소녀애에 이르는 호화 찬란한 미의 이미지를 다듬어(『풍요의 바다』) 극장과 관객의 문학을 일본 사회에 내보냈다. 그런데 미시마 문학과는 완전히 다른 맥락에서 서브컬처가 〈전후〉 일본 사회에서 양적으로 확대되어 새로운 미와 관객을 길러 냈다. 아니, 이런 말로는 불충분하리라. 우리는 전후 사회에 만화가 퍼졌다고 하기 전에 이미 전후 사회 자체가 만화와 닮아 있었다는 점에 주의해야 한다.

일본 〈전후〉의 만화적 성격―이를 놀라울 만큼 솔직하게 표현한 글로 패전 반년 후에 쓰인 사카구치 안고坂口安吾의 「타락론」墮落論을 들 수 있다. "반년 동안 세상이 변했다"라는 문장으로 글을 시작한 안고는 전시하와 패전 후의 일본을 비교하면서 두 시기의 인간성을 예리하게 고찰했다.

안고에 따르면 전시 사회가 비참하고 가난했다는 통념과 달리 당시 일본의 거리에는 기적처럼 아름다운 세계가 펼쳐져 있었다. 예를 들어 폭격 직후 이재민들의 행진은 "놀라울 만큼의 충만함과 중량을 지닌 무심함"[5] 그 자체였고, 잿더미를 파헤치는 소녀들의 얼굴에는 실로 상쾌한 미소가 흐르고 있었다. "전쟁 중에 일본은 거짓말 같은 이상향을 구현하며 허망한 아름다움으로 넘쳐 났다."[6] 그런데 전쟁이 끝나자 이

---

5 [옮긴이] 사카구치 안고, 『백치·타락론』, 최정아 옮김, 책세상, 2007, 143쪽.

6 [옮긴이] 같은 책, 146쪽.

잿더미의 유토피아는 눈 깜짝할 사이에 사라졌다. 옛 특공대 용사는 살아남기 위해 암거래상이 되고 전쟁 미망인은 잠깐 슬퍼하다 새로운 연인을 찾는 세속적 일상이 다시 일본을 뒤덮었다. 거짓말 같던 전시하의 반짝임에 비하면 너무나 한심한 '타락'이었다.

그러나 안고의 통찰이 대단한 것은 오히려 이 '타락'에서 진정한 인간성을 발견하기 때문이다. 그는 전쟁의 로맨틱한 매력을 충분히 납득하면서도 타락의 현실성을 믿는다.

전쟁의 위대한 파괴 아래서는 운명은 있었으나 타락은 없었다. 무심했지만 충만했다. 성난 불길 속을 뚫고 도망쳐 온 사람들은 불타기 시작한 집 근처에 모여들어 불을 쬐며 추위를 달랬고, 같은 불에 달려들어 필사적으로 소화 작업 중인 사람들과 겨우 일척지간에 있었지만 전혀 다른 별세계에 존재하는 것 같았다. 위대한 파괴, 그것이 초래한 생에 대한 놀라운 애착. 위대한 운명, 그것을 향한 인간의 놀라운 애정. 그에 비하면 패전 후의 표정은 한낱 타락에 지나지 않았다.
허나 타락이라고 하는 것의 놀라울 만한 평범함과 당연함에 비교하면 저 처절하고도 위대한 파괴가 낳는 애정과 운명에 순종하는 인간들의 아름다움도 단지 물거품처럼 공허한 환영에 지나지 않는다는 기분이 드는 것이다.[7]

분명 전시하의 일본 국토에는 위대한 파괴에서 비롯한 장엄함이 펼쳐져 있었을지 모른다. 그러나 안고에게 그 처량함을 머금은 아름다움은 결국 텅 빈 허구에 지나지 않았다. 오

---

7 [옮긴이] 같은 책, 143~144쪽.

히려 허위 없는 진정한 인간성은 전시하의 아름다움이 머지 않아 <전후>의 희극에 — 안고식으로 말하면 다번극茶番劇[8]에 — 삼켜질 때 비로소 개시되지 않을까? 이렇게 생각한 그는 "놀라울 만한 평범함"으로서 전후의 '타락'을 오히려 주체적으로 골라내 취하고자 한 것이다.

이 통찰을 연장했을 때 <전후>가 분명히 드러낸 것은 일본 사회의 기반이 얕다는 사실이다. 일본 역사상 흔치 않은 굴욕적인 패전 후에도 일본인은 경박한 면모를 그다지 부끄러워하지 않고 그대로 노출했다. 인류 처음으로 핵폭탄을 맞은 나라의 국민이 되어, 말하자면 세계사적 의미를 지닌 멸망 직전까지 갔음에도 불구하고 일본인은 비극에 전면적으로 몸을 맡기지 않았다. 실제로 옛 특공대원이 살아남았다는 부끄러움도 없이 암거래상이 되었듯이, 원폭(원자력)은 숭고하고 찬란한 비극이 아니라 「고질라」ゴジラ나 「우주 소년 아톰」鐵腕アトム 같은 엔터테인먼트를 양산하고 말았으니 말이다. 본래라면 더 악몽적인 세계로 전락해 지옥의 고통을 맛보아도 이상하지 않을 텐데, 현실에서 일본인은 어찌 된 영문인지 부지런히 괴수 완구를 만들었다. 이렇듯 앞뒤가 맞지 않는 사태가 바로 안고가 말한 '타락' 그 자체 아닐까?

보다 시야를 넓혀 말하면 핵은 일본에 그치지 않고 전 지구적 규모의 '타락'을 초래했다. 핵을 다루다 작은 착오 하나만 일으켜도 세계가 통째로 소멸할 수 있다는 관념은 인류 존엄의 빛을 너무도 간단히 꺼뜨렸다. 중후하고 품이 큰 필치로는 해학과 공포가 종이 한 장 차이인 이 세계를 기술하기

8　[옮긴이] 일본 전통 익살극으로, 속이 빤히 들여다보이는 짓을 은유하는 표현으로 쓰인다.

가 더 이상 불가능했다. 그렇기에 예컨대 스탠리 큐브릭 감독의 1964년 작 「닥터 스트레인지러브」는 블랙 유머 가득한 작품으로 완성되었다. 이 작품에서는 광기에 찬 미국 장군이 소련에 핵공격을 감행하고 그 보복으로 소련에서 해제 불가능한 '세계 파멸 장치'(둠스데이 머신)를 작동시켜 인류는 자동적으로 절멸에 이르게 된다. 언어 유희를 통해 "지구에 평화를"Peace on Earth을 "정수의 순수함"Purity of Essence과 연결시키는 장군의 악의에 찬 농담, 그것에 농락당하는 정치가와 군인 들의 절묘한 요란함이 이제까지 인류가 만들어 낸 모든 비극 이상의 재액을 초래한 것이다.

이렇게 핵전쟁의 위기를 안고 있던 〈전후〉에 비극은 다양한 의미에서 부패해 완전히 난센스가 되었다. 그리고 싸구려 개그 같은 〈전후〉 세계 가운데서도 일본이 타락하는 모습은 특기할 만했다. 전 세계와 적대해 이국땅에서 수많은 인민을 잃고 원폭을 맞았으며 기존의 문화적 권위가 실추되어 급기야 신성한 천황마저 보통 인간으로 돌아간, 오로지 전락의 길을 걸어온 패전국에는 상상도 못 할 운명이 기다리고 있어야 할 터였으나, 일본인은 결국 유대인 같은 망명자exile가 되지 않고 특공대 출신 암거래상이 횡행하게 하더니 마침내는 「고질라」와 「우주 소년 아톰」을 만들어 내기에 이른 것이다. 무서울 만큼 비극의 예감으로 가득한 토양에서 유치한 엔터테인먼트의 꽃이 만발했다는 사실, 이러한 관념과 현실의 낙차가 〈전후〉의 뒤죽박죽한 만화적인 인상을 결정지었다.

그러므로 1945년 이후 일본인의 입각점은 현기증을 유발하는 만화 작품으로서의 전후에 있었다고 말하지 않을 수 없다. 〈전후〉 일본 문화는 단순히 축제처럼 야단스럽게 흥겨웠던 것도 아니며, 상실로 인한 음울함이 머리끝까지 차올랐던 것도 아니다. 유치한 엔터테인먼트가 그대로 악몽으로 돌변하는 세계, 혹은 인류 최대의 비극이 곧 당치 않은 장난으로 범벅된 콩트로 보이는 세계, 바로 이것이 '전후'의 신화적 토양이었다.

2 디즈니의 자연 부정

깊은 슬픔에 빠져 침울해야 할 때 웬일인지 익살맞은 잔혹함이 배어 나온 〈전후〉의 만화적인 일본 사회. 전후 일본은 한 치의 빈틈도 없이 탄탄히 짜인 사회가 아니라 오히려 인간의 정신과 가치관을 혼란시키는 불가해한 덫으로 가득한 지독히 뒤죽박죽인 사회였다. 멸망에 익숙하지 않은 민족이 느닷없이 세계사적 의미를 지닌 멸망 직전까지 끌려간 이 의외의 역사는, 알 수 없는 이유로 망국을 피하고 살아남았다는 이상한 행운을 배경으로 숭고한 예술을 해체하는 '코미디'를 만연케 했다. 그리고 경제적 풍요와 번영은 이 기괴한 사회에서 혼의 그릇이 되었다.

본디 일본 〈전후〉 속 '풍요'의 이미지 대부분은 전승국인 미국에서 유래했다. 의식주는 말할 것도 없고 팝 음악, 할리우드 영화, 디즈니랜드부터 SF, 신비 사상, 컴퓨터, 인터넷에 이르기까지 미국의 문물은 끊임없이 일본의 전후 문화를 자극해 왔다. 풍요롭다는 것의 의미가 미국적이라는 것과 절반은 같은 의미로 통용되던 시대, '미국적인 것'이 반향 증상 echophenomena처럼 사회의 모든 장면에서 반복되어 좋건 싫건 사람들도 그에 휘말렸던 시대, 이것이 일본의 〈전후〉라 해도 과언이 아니다.

데즈카 오사무 이후 일본 서브컬처 또한 이 같은 노골적인 문화적 식민화의 산물이다. 주지하다시피 데즈카는 디즈니 애니메이션의 애호가였고 그 유사물을 일본에서 만들어 내려 했다. 이는 디즈니적인 디자인을 흉내 내는 데 머물지 않고 디즈니의 사상을 흡수하는 데까지 이어졌다. 여기서 내가 특히 주목하고 싶은 것은 월트 디즈니가 강렬한 '자연 부정' 사상의 소유자였다는 사실이다. 이 문제를 상세히 살펴보자.

자연 부정 사상은 디즈니의 출생과 밀접하게 관련된다. 20세기의 첫 해인 1901년에 태어난 그는 미국 중서부 미주리주 마르셀린의 한 농장에서 유소년기를 보냈다. 완고한 기질의 아버지가 가뭄과 장티푸스에 시달린 끝에 마지못해 농장을 그만둘 때까지 월트는 이 시골 땅에서 개성적인 사람들에게 둘러싸여 살았다. 마르셀린이 그에게 남긴 깊은 인상은 훗날 캘리포니아 자택 부지에 과거 아버지가 소유했던 농장의 헛간을 그대로 재현한 것으로도 알 수 있다.[9]

미국의 심장부 한가운데 자리한 미주리주의 자연은 결코 인간에게 순응하지 않았다. 진흙과 눈발이 지배하는 미주리의 대지에서 디즈니의 선조 개척민들은 거친 자연과 싸워 나가야 했다. 지평선 저편에서 불어오는 모래 폭풍은 농민들이 정신을 차릴 수 없게 했고 겨울철의 심한 눈보라는 생명을 위협했으며 비나 눈이 온 뒤의 진흙은 도회지로 연결되는 길을 엉망으로 만들었다. 이 두렵고 가혹한 환경은 안전하고 쾌적한 환경에 대한 강한 동경을 불러일으켰다. 노토지 마사코에 따르면 바로 이 동경이 디즈니 애니메이션의 사상을, 나아가 디즈니에 대한 미국인들의 "신앙과도 같은 심성"을 만들어

---

9 밥 토머스Bob Thomas, 『월트 디즈니』ウォルト・ディズニー, 다마키 에쓰코玉置悦子・노토지 마사코能登路雅子 옮김, 講談社, 1983, 58쪽.

냈다.[10]

　디즈니의 사상을 가장 명확하게 보여 주는 아이콘은 말할 것도 없이 미키 마우스다. 진흙과 먼지로 뒤덮인 자연에 대항해 월트 디즈니는 '청결하고 낙천적인 생쥐' 미키를 자신의 분신으로 창조했다(미키 마우스의 첫 성우가 월트 디즈니 자신이었다는 사실은 잘 알려져 있다). 노토지는 미키의 디자인에서 악마적인 자연을 정화하고자 하는 "광신적이기까지 한 위생 사상"을 읽어 낸다.

　미키 마우스 영화, 특히 초창기 작품은 농장과 전원을 무대로 하는 것이 많은데, 그것들은 예외 없이 초록으로 가득한 평화로운 목가적 광경을 연출한다. 등장하는 동물 캐릭터들도 아름답게 채색되어 반짝반짝 빛나고, 항상 유쾌한 뜻밖의 소동을 반복해서 벌인다. 인간의 말을 하는 그들에게 동물성은 거의 없다. 암수의 차이도 바지와 스커트, 긴 인조 속눈썹과 리본이라는 기호로 집약되고 그 의상들을 벗기면 모두 무성無性이 된다. 디즈니 작품 세계의 큰 특색은 자연의 철저한 부정과 광신적이기까지 한 위생 사상이다.[11]

　청결하고 밝은 동물 캐릭터인 미키 마우스를 발명한 월트 디즈니에게는 인간을 위협하는 아메리카의 대지에 도전하려는 개척자 정신이 숨 쉬고 있었다. 불길한 자연을 철저히 부정하고 그 부지 위에 '위생적인' 기호를 번식시키는 그의 애니메이션은 자연을 순치하려는 근대적 욕망으로 넘쳐 난다.

10　노토지 마사코能登路雅子,『디즈니랜드라는 성지』ディズニーランドという聖地, 岩波新書, 1990, 14쪽.

11　같은 책, 78쪽.

더구나 이때 일찍이 가혹한 자연에 맞섰던 선조 농민들의 '투쟁'이 남긴 흔적은 남김없이 소거된다. 둥글둥글한 미키 마우스 디자인은 애니메이션에서 공격성과 완고함을 제거해 작품 전체에 온화한 행복감을 부여하는 데 일조한다. 곤충과 꽃이 노래하고 춤추며 인간과 동물이 사이좋게 노닐고 해골조차 밝은 음악을 연주하는 평화로운 기호 세계, 바로 이러한 자연의 삭제가 디즈니 애니메이션을 특징짓는다(여기서 월트를 둘러싼 유명한 도시 전설을 상기해 보자. 그렇다, 그는 냉동 보존되어 지금도 생전 모습 그대로 잠들어 있다!).

주지하다시피 자연성을 불식시킨 이 기호 체계는 이윽고 영화의 스크린에서 뛰쳐나와 디즈니랜드로 현실화된다. 자연의 위협으로부터 지켜 낸 이 먼지 하나 없는 안전하고 쾌적한 오락 공간 내부에서 관객들은 원하기만 하면 애니메이션 등장 인물로 얼마든지 '변신'할 수 있다. 이 안에서는 그 무엇도 가장 미국적인 가치, 즉 '자유'를 침해할 수 없다. 디즈니는 마치 방부제를 첨가한 것처럼 청결한 기호적 디자인을 활용해 대중의 변신 욕망을 교묘하게 자극했다. 그뿐 아니라 이 반자연적 세계는 디즈니 만년의 도시 계획(EPCOT[12])에도 흘러들었다. 슬럼이라고는 찾아볼 수 없고 구석구석까지 제어 가능한 도시를 만든다는 EPCOT 구상은 인류의 미래 도시가 디즈니랜드와 같을 것이라는 드높은 선언이기도 했다.

---

12   [옮긴이] Experimental Prototype Community of Tomorrow (실험적 미래 원형 공동체)의 약자로, 월트 디즈니가 디즈니월드를 개발하던 초창기에 구상한 실험적인 계획 공동체다. 1966년 디즈니가 사망하자 결국 폐기되었지만, 1982년 디즈니의 아이디어에 착안해 만들어진 동명의 테마 파크가 개장하면서 현재는 플로리다에 있는 월트디즈니월드 리조트 테마 파크 이름으로 사용되고 있다.

디즈니의 화려한 판타지에 매혹된 것은 미국 일반 대중만이 아니었다. 거친 결의 자연을 몰아내고 모든 세부를 철저하게 계산한 그의 애니메이션에 매혹된 '관객' 중에는 놀랍게도 디즈니와 이데올로기적으로 절대 양립할 수 없을 것 같은 나치 독일의 히틀러와 선전장관 괴벨스도 포함되어 있었다.[13] 그들이 떠받든 '국가 사회주의' 관점에서 보면 원래 디즈니는 유대 자본주의에 중독된 문화의 타락한 견본에 지나지 않는다. 따라서 겉으로는 '국민을 백치로 만드는 미키 마우스를 내쫓고 아리아인의 자존심을 드높이는 하켄크로이츠를 부착하자'라는 슬로건을 내걸었지만, 그럼에도 불구하고 1930년대 초두 독일에서는 미키 마우스 붐이 일어 디즈니 최초의 장편 영화「백설 공주」가 벽난로 앞에서 이야기꽃을 피우게 했던 그때까지의 메르헨(동화) 전통을 일신하는, 눈앞이 아찔할 만큼 신선한 영화로 독일 국민에게 환영받았다(월트 디즈니의 외가가 독일계라는 것도 독일에서의 인기에 한몫했다). 괴벨스가 일기에 디즈니의「백설 공주」를 "어른도 감상할 수 있도록 구석구석까지 세심하게 배려했으며 인간과 자연의 진실한 사랑이 그려져 있다. 예술적인 감흥이 사라지지 않는 작품이다"라고 극찬한 것은 디즈니 마술의 강력함을 그 무엇보다 웅변한다. 답답하고 무거운 독일적 전통에 근대적 세련미를 부여하고 싶어 했던 괴벨스에게는 독일 메르헨「백설 공주」를 현대 마케팅 시장에서 부활시킨 디즈니풍의 가벼운 '기호

13　이하 독일과 디즈니의 관계는 카르스텐 라크바Carsten Laqua, 『미키 마우스: 디즈니와 독일』ミッキー·マウスーディズニーとドイツ, 마이와 게이코眞岩啓子 옮김, 現代思潮新社, 2002; 세바스티앵 로파Sebastian Roffat, 『애니메이션과 프로파간다』アニメとプロパガンダ, 후루나가 신이치古永眞一 외 옮김, 法政大学出版局, 2011 참조.

화' 솜씨가 틀림없이 이상적으로 비쳤을 것이다. 따라서 디즈니 작품이 나치의 광고 전략으로 동원될 가능성도 없지 않았다. 외화 유출을 피하고 싶었던 나치가 「백설 공주」의 만만치 않은 수입 비용 때문에 결국 디즈니와 협력 관계를 맺지 못했던 것이 현실이었지만 말이다.

게다가 나치 독일의 '국가 심미주의'에서 일익을 담당했던 영화 감독 레니 리펜슈탈도 월트 디즈니에 심취했다. 1938년 베니스 영화제에서 리펜슈탈의 「올림피아」가 디즈니의 「백설 공주」와 경쟁한 끝에 황금사자상을 수상했고,[14] 그 후 그녀는 한창 미국을 여행하던 중에 월트 디즈니의 초대를 받았다. 디즈니의 신작 「판타지아」 중 한 부분인 '마법사의 제자' 스케치를 받아 본 그녀는 그 아름다움에 매료되었다. "나는 완전히 빠져들었다. 내게 디즈니는 천재이자 마법사 그 자체였고, 그의 판타지는 마르지 않고 용솟음치는 듯이 보였다."[15]

리펜슈탈과 디즈니는 이상화된 아름다움에 매료된 작가라는 공통항을 가졌다. 고대 그리스의 단련된 육체미를 현대 올림픽 선수와 중첩시킨 그녀가 나치 이데올로기에 적대적이던 월트 디즈니와 교차한 것은 매우 흥미롭다. 다큐멘터리라는 음지의 장르로 활약하면서 산업 문명에 오염되지 않은 완벽한 신체를 탐구한 리펜슈탈. 반대로 다큐멘터리적 리얼리즘과는 완전히 선을 긋고 모든 영상 수단 중에서 가장 제작자 조종이 용이한 애니메이션을 구사해 진흙과 먼지투성이의

---

14   [옮긴이] 1934~1942년까지 베니스 영화제의 최고 상은 '황금사자상'이 아니라 '무솔리니상'이라 불렸다. 그러므로 엄밀히 말해 리펜슈탈의 「올림피아」는 무솔리니상을 수상했다고 해야 한다.
15   레니 리펜슈탈Leni Riefenstahl, 『회상』回想 상권, 다카시마 노리코椛島則子 옮김, 文藝春秋, 1991, 337쪽.

거친 자연을 매장하려 한 산업화의 화신 디즈니. 이 궁극의 자연 긍정과 궁극의 자연 부정은 20세기 미적 프로파간다의 양극단을 지시한다.[16]

이렇게 제3제국의 유능한 선전장관과 탁월한 영상 작가 모두를 깊이 감동시킬 정도로 디즈니 애니메이션은 미적 광고로서의 가치를 뽐냈다. 확실히 미국적인 '신앙'에 입각했음에도 불구하고 디즈니가 만들어 낸 마술적 아름다움은 지역의 격차를 완전히 생략해 버렸다. 인간과 동물, 남자와 여자, 생물과 비생물의 구별을 제거하고 어떤 땅의 인간도 즐길 수 있는 안전하고 쾌적한 미의 극장을 설립하고자 한 디즈니, 그 야심은 민족의 테두리를 엄수하고자 했던 나치 간부마저 유혹해 관객으로서의 〈우리〉를 전 지구적 규모로 키워 나갔다.

3 데즈카 오사무의 부흥 사상

자연의 부정, 안전과 쾌적함은 끊임없이 생명을 위협당한 미국 중서부 농민들에게 단순히 취미나 기호의 문제가 아니었다. 월트 디즈니가 쌓아 올린 '풍요로움'의 환상에는 미국인의

---

16 다만 리펜슈탈처럼 다큐멘터리를 완벽한 아름다움의 표현 매체로 이용하는 작가는 점점 희귀해지고 있다. 다큐멘터리적 문법은 차라리 텔레비전이나 인터넷이 낳은 리얼 타임real time의 '중계'라는 이름 아래 아름다움보다 '숭고'의 표현 매체에 가까워졌다(여기서 아름다움의 반대 개념으로 추한 것이 아니라 '숭고'를 제시한 칸트의 가르침을 떠올려도 좋겠다). 바야흐로 중계된 화면을 보는 관객은 완성된 아름다움을 추구하지 않고 지루하게 흐르는 시간의 흐름 안에서 느닷없이 나타나는 숭고한 사건 속에 있기를 욕망하는 것이다. 반대로 리펜슈탈은 아름다움과 다큐멘터리가 한 묶음으로 묶일 수 있었던 시대가 발한 마지막 빛줄기였다.

절실한 자연 부정 욕망이 새겨져 있다. 한편 디즈니의 세계는 일단 성립되기만 하면 그러한 '기원의 날것스러움'을 잊게 만든다. 그것은 그야말로 적국 독일인의 마음마저 사로잡는 미적 대상이 된다.

일본인 또한 디즈니 애니메이션을 미적인 것으로 받아들였다. 다만 국가 심미주의가 불발되고 미가 국가를 움직이는 경험을 보유하지 못한 일본에서는 히틀러와 괴벨스 같은 정치인이 나타나지 않았다. 전후 일본의 예술가들은 오늘날에도 독일과 이탈리아의 미학에 은밀히 동경을 표명하곤 하는데—미야자키 하야오의 최근작 「바람이 분다」風立ちぬ가 그 전형이다—이는 전쟁 전에 잠시 맛본 국가 심미주의의 환상이 그만큼 일본인에게 매혹적이었다는 것, 그럼에도 불구하고 동료였던 독일이나 이탈리아 등 추축국들과 달리 일본의 미에는 국가를 움직일 만한 '힘'이 깃들지 않았다는 것을 시사한다. 하지만 현실태가 빈곤한 일본은 예술 작품이 될 수 없었기에 <전후> 예술가는 종종 가능태가 풍부한 일본을 예술 작품에 근접시키고자 했다. 디즈니 애니메이션의 미는 그것을 위한 절호의 소재가 되었다. 즉 디즈니의 화려하고 풍성한 인공 세계가 <전후> 부흥기에 '미래의 일본', 즉 또 하나의 일본을 본뜨기 위한 이미지로 다루어졌던 것이다.

이 문제를 생각해 보려면 무엇보다 우선 「우주 소년 아톰」으로 대표되는 데즈카 오사무의 작품을 살펴보아야 한다. 데즈카의 만화와 애니메이션이 지닌 중요한 의의는 디즈니적인 반자연적 위생 사상을 2차 대전 후=흔적의 일본에 뿌리내리게 했다는 데 있다. 데즈카는 스스로를 <전후>의 사생아로 위치 짓고 패전의 날을 만화가로서 자신의 '기원'으로 정립했다. 1945년 8월 15일 밤 송두리째 불탄 들판으로 변한 오사카에서 휘황찬란하게 빛나는 한큐阪急백화점 샹들리에와 네온 사인을 본 순간의 "살아 있다는 감개, 생명의 고마움"이 창작의 출발점이 되었다고 술회했을 때[17] 그는 분명 전후 '부흥기 작가'로서의 정체성을 체현하고자 했다. 그리고 그 '부흥' 사업에서 데즈카는 화려한 디즈니적 기호의 복사본을 하루아침에 초토화된 일본에 심어 넣었다.

하야시야 다쓰사부로가 일본인에게는 자연 재해 — 매년 으레 찾아오는 태풍에서부터 잊을 만하면 일어나는 지진까지 — 와 전쟁 재해로부터의 부흥이 '삶의 보람'이었다고 서술한 것처럼[18] 일본의 부흥기는 신선한 생기가 넘치는 시대기도 하다. 데즈카에게도 <전후>에 존재한다는 것은 살아가는 것(혹은 살아남는 것)을 지상 명제로 삼는 것과 거의 같은 의미였다. 원래 의학을 지망했던 데즈카는 만화가가 된 후에도 민족이나 국가 같은 범주를 넘어서는 '생명의 존엄'을 주제로 삼은 한편(데즈카 자신이 지극히 왕성한 생명력의 소유자였다는 사실은 여러 일화를 통해 알려져 있다), 반들반들한 도상을 통해 독특한 에로스를 표현해 왔다. 그렇지만 이는 단순한 생명 찬가가 아니다. 생명과 에로스에 이상하리만치 집착했기에 그는 죽음과 병이라는 주제를 집요하게 반복했다.[19] 만화

---

17   데즈카 오사무手塚治虫, 『나의 만화 인생』ぼくのマンガ人生, 岩波新書, 1997, 64쪽.

18   하야시야 다쓰사부로林屋辰三郎·우메사오 다다오梅棹忠夫·야마자키 마사카즈山崎正和 엮음, 『일본사의 구조』日本史のしくみ, 中公文庫, 1976, 202쪽.

19   비평가 오쓰카 에이지大塚英志는 『아톰의 명제』アトムの命題, 德間書店, 2003에서 기호적 삶 안에 죽음을 짜 넣은 데즈카의 사상을 다루며, 이를 통해 미국의 표준적 서브컬처 표현을 벗어난 측면을 발견하고 있다.

로 생기를 북돋는 것은 동시에 죽음을 북돋는 것을 의미하기도 했다.

살아가는 것에 악착같았던 데즈카가 모든 대상에 허구적 생명을 부여하려 든 디즈니 애니메이션에 이끌린 것도 결코 우연이 아니다. 디즈니 애니메이션은 철저하게 반자연적인 동물animal을 주인공으로 삼음으로써 도리어 활발한 생명=숨anima[20]을 작품에 불어넣을 수 있었다. 데즈카 또한 이 '반자연적 생명주의'를 계승했다. 주지하다시피 데즈카는 소년 시절부터 「백설 공주」와 「밤비」에 심취해 애니메이션의 매력에 매료되었다. 캐릭터 설계 면에서도 미키 마우스가 더러운 실제 생쥐와 달리 청결한 생물로 디자인된 것처럼 아톰 역시 현실의 오물을 일소한 위생적인 로봇으로 그려졌다. 상반신은 나체에 장갑을 끼고 큰 신발을 신은 미키의 "깡똥한 귀여움 같은 것"(데즈카)을 차용한 아톰은 반자연적=기호적인 로봇이라는 바로 그 이유로 작품 속에서 가장 생생한 활동력을 얻을 수 있었다. 미키 마우스를 번역한 아톰은 동시에 디즈니의 반자연적 위생 사상을 번역한 것이기도 했다.

나아가 데즈카의 생명주의가 무국적적 이미지를 서브컬처에 도입했다는 사실을 강조할 필요가 있다. 국가나 민족의 장벽은 디즈니로부터 물려받은 명랑하고 청결한 기호에 의해 무력화되었다. 실제로 데즈카는 『파우스트』와 『죄와 벌』 등의 고전 문학부터 히틀러와 붓다에 이르는 동서 고금의 모든 인물상을 자신의 펜 끝에서 등가로 그려 낼 수 있었다. 「우주 소년 아톰」의 무대인 미래 세계는 패전 후 일본의 풍경=자연과 분리되어 특정한 국가 이미지를 지니지 않는다. 그리고 국

20 　[옮긴이] 라틴어 anima는 영혼, 공기, 숨 등의 의미를 지닌다.

적을 넘어 생명의 맥박을 작품 전체에 울리게 하려는 데즈카의 욕망은 마침내 과거에서 미래까지 혹은 서양에서 동양까지 포괄하려는 가공의 인류사 『불새』火の鳥를 만들어 내기에 이른다. 이 작품에서는 일본 신화의 등장 인물도 전시 황국사관에 대한 종속에서 해방되어 인류사의 안내원으로 되살아날 터였다.

나는 여기서 디즈니적 자연 부정을 경유한 일종의 잠재적인 일본 부정의 욕망을 발견한다. 데즈카의 만화에서 일본은 종종 쓸쓸하고 비참한 패전국이라는 실상과 멀리 떨어져 장대한 인류사/미래사의 연회에 동석한다. 디즈니가 진흙과 먼지의 자연을 잊게 만든 것처럼, 데즈카의 『불새』는 대우주의 생명 속으로 일본을 용해시킨다. 부흥기 작가로서 데즈카는 영원히 생기발랄한 디즈니의 반자연적 세계를 도입해 일본적 자연과는 다른 허구 세계를 일본의 서브컬처에 등록할 수 있었다.

본디 역사가 얕은 테크놀로지인 일본의 서브컬처는 자신의 존재 이유를 고귀한 국민성의 양성과 결부시키는 일이 적지 않았다. 따라서 작금의 '쿨저팬'이라는 관제 기치에서 받는 인상과는 달리 본래 '일본'이라는 상징을 가볍고 발칙하게 다룬다는 점을 특징으로 한다. 표현 양식으로서 역사의 깊이가 얕다는 것, 젊고 신선하다는 것은 묵직한 사회적 중량이 부족하다는 것이며, 바로 그렇기 때문에 데즈카는 미래 사회와 인류사 속에 일본을 태연히 새겨 넣을 수 있었다.[21] 이러한 '가벼

---

21   이러한 '가벼움'은 서브컬처에 관한 지식량을 스스로의 정체성으로 변화시키려는 기묘한 종족, 즉 '오타쿠'를 낳는다. 오타쿠가 모으는 하나하나의 정보와 물건은 사회적 무게를 철저하게 결여하기 때문에, 이들은 그 공허한 정보를 대량으로 그러모아 자기 정체성의 근

움'을 품은 서브컬처가 만화적인 〈전후〉 사회에서 생기 넘치는 부흥 문화의 사제가 되었던 것이다.

이러한 관점에서 보면 데즈카가 만화의 본질이 '풍자'라 단언한 것은 정말이지 시사적이다. 풍자라는 것은 임의의 부분을 확대해 전체로 가장하는 기술과 관련된다. 그러므로 만화는 항상 편파적이며 중후한 상징이 될 수 없다(데즈카 본인도 만화는 아이의 낙서처럼 '생략', '과장', '변형'을 주요 요소로 한다고 썼다[22]). 그런데 데즈카 이후의 서브컬처는 이러한 편향과 가벼움을 대가로 '부분에 불과한 것'(일본)과 '전체'(미래/인간)의 구별을 모호하게 하는 기술을 길러 왔다. 부분과 전체를 분별하지 않고 사물의 척도와 경계를 흐릿하게 만들어 가면서 끊임없이 활달한 생명을 생산해 온 일본의 만화 표현

원으로 삼는 동시에 그것들을 차츰 왕성한 창작 의욕으로 전환시킨다. 산처럼 쌓여 가는 정보로부터 에로스를 검출하고 이를 통해 자기를 세계와 연결 짓는 것, 여기서 자크 데리다가 말한 "기술 복제 시대의 에로스"의 독특한 예를 발견할 수 있다. 또한 정보(지식)와 문화 예술의 관계성은 구체적으로 탐구되어야 할 문제를 포함한다. 예를 들어 미시마 유키오는 "일본, 특히 근대 일본에서는 예술적 완성과 종합적 교양이 어째서 일치하지 않는 것인가"라며 "종합적 교양인의 면모를 지니지 못한" 다니자키 준이치로가 에로스의 예술가로 큰 성취를 거둔 데 관심을 표했다(『작가론』作家論). 확실히 20세기 일본 문학에서는 교양을 착실히 쌓은들 대개 지식을 자만하는 딜레탕트에 머물 뿐 "예술적 완성"에는 그다지 도움이 되지 않았고, 오히려 성욕을 숨김없이 터놓는 반지성주의적 "육체 문학"(마루야마 마사오) 쪽이 훨씬 풍요로운 예술적 성과를 남겼다. 뒤집어 말하면 오타쿠가 앎과 표현을 유기적으로 묶어 낼 수 있었던 것은 앎이 유서 깊은 질적 교양이 아니라 '정크'적이고 양적인 정보였던 덕이다. 조금은 얄궂게도 일본에서는 사회적으로 쓰레기 취급을 받는 앎=정보만이 "예술적 완성"에 도움이 되었던 것이다.

22 데즈카 오사무, 『데즈카 오사무의 만화 그리는 법』手塚治虫のマンガの描き方, 講談社, 1997, 237, 16쪽.

은 전후 일본 사회의 희비극적 성격을 한층 더 두드러지게 만든 듯하다.[23]

4 자연의 말소와 중산층의 승리

이렇게 현실의 생로병사를 잊게 하는 디즈니의 반자연적 위생 사상을 매개로 데즈카의 '생명주의' 혹은 생명주의를 통한 '일본적 현실의 부정'이 전후 일본에서 싹트게 된다. 청결하고 활달하며 마술적이고 세세한 부분에까지 생생한 기호 시스템을 구축한 디즈니 애니메이션은 일본의 부흥 문화에도 큰 영향을 미쳤다.

그런데 디즈니 애니메이션의 영향 외에도 다카라즈카宝塚에서 자란 데즈카 오사무의 유소년 체험에 '자연 부정'의 계기가 포함되어 있었다는 점에 주의해야 한다. 데즈카의 만화 이미지에 교외의 소비 문화인 다카라즈카 가극이 반영되어 있다는 것은 잘 알려진 사실이다(예컨대 기타 모리오北杜夫와의 대담에 따르면 데즈카가 좋아한 '과격한' 여성의 원형은 유명한 다카라즈카 여배우인 겟페이 유메지月丘夢路와 아와시마 지카게淡島千景다[24]). 아사쿠사의 카지노 폴리가 가와바타 야스나리 문학에 흡수된 것과 마찬가지로 다카라즈카의 가극은 데즈카 만화의 원형이 되었다.

---

23 이러한 풍자적 요소는 때로 심각한 부작용을 수반한다. 사회 영역 전반이 서브컬처화하면 원만함보다 교만함이 더 중요하게 평가되어 부분(=별 볼 일 없는 것)이 전체(=중요한 것)의 얼굴을 하고 활보하며, 공공 문제가 무엇인지에 대한 공통 감각common sense의 문맥이 붕괴되기 때문이다.

24 데즈카 오사무, 『데즈카 오사무 대담집』手塚治虫對談集 1권, 講談社, 1996, 38쪽.

원래 다카라즈카는 자연을 의도적으로 남겨 놓은 교외의 시가지였다. 한큐도호그룹阪急東宝グループ[25]의 총수이자 다카라즈카 가극단의 설립자인 고바야시 이치조는 영국의 에버니저 하워드가 구상한 '전원 도시'(가든 시티)에 영향을 받아 도시의 번잡함과 거리를 둔 교외의 생활 양식을 일본에 도입하려 했고, 당시 산과 개천밖에 없던 한산한 온천지 다카라즈카가 낙점을 받았다. 하워드는 농촌이 주는 심신의 '건강'과 도시가 주는 '편의성'을 결합하려 했는데(소위 '도시와 농촌의 결혼'), 지방 분권론자이자 자유주의자였던 고바야시 또한 건강 증진과 기분 전환을 위한 휴양지로 다카라즈카를 지정하고 한큐선 주변에서 관광 이벤트, 특히 소녀 가극을 매개로 가족 동반 손님을 불러 모으려 했다.[26] 하워드와 고바야시의 활동 배후에는 답답한 산업 문명으로부터의 탈출을 도모하려는 일종의 유토피아적 환상이 있었고, 데즈카의 문화 체험

---

25   [옮긴이] 현 한큐한신도호그룹阪急阪神東宝グループ의 전신으로, 창업주 고바야시 이치조小林一三, 1873~1957가 철도 사업 및 노선을 중심으로 생성된 시장을 함께 공략하는 '사철 경영 모델'하에 구성한 기업 집단이다. 그룹 내 기업으로는 교통과 도시 개발을 주요 업무로 하는 한큐철도, 유통과 소매업의 한큐백화점, 연예 사업의 도호가 대표적이었다.

26   가와사키 겐토川崎賢子, 『다카라즈카라는 유토피아』宝塚というユートピア, 岩波書店, 2005, 1장 참조. 덧붙여 말하면 고바야시가 가정 본위의 '신선한' 오락의 필요성을 강조한 한편 아사쿠사와 같은 번화가는 개인 본위의 '음험한' 오락이라고 관찰하고 있는 것이 흥미롭다(『나의 행방』私の行き方, 大和出版, 1992, 148쪽). 지진 피해 후 아사쿠사에서 시작된 가와바타=활보적 '미의 극장'이 고바야시의 입장에서는 개인주의의 어두컴컴한 동굴에 지나지 않았으리라. 아사쿠사적 극장과 다카라즈카적 극장, 즉 독신자가 모이는 '우리'의 극장과 가족이 모이는 '우리'의 극장 사이의 차이는 문학의 '미'를 향유하는 사람과 서브컬처의 '미'를 향유하는 사람 사이의 차이를 선명히 보여 준다.

도 이러한 사상의 품에서 자라났다. 오늘날에 이르기까지 일본의 서브컬처에는 SF적인 산업 지향과 무구한 소녀 환상, 기계적인 것과 생태적인 것이 태연히 동거해 왔는데(메카와 미소녀!), 이 기묘한 혼성체의 기원은 바로 하워드=고바야시적인 교외 문화까지 거슬러 올라갈 수 있다.

데즈카가 전쟁 전 오사카-고베 간 철도·교외 문화에서 배출되었다는 사실은 <전후> 만화의 기원이 중산층 취향 문화에 있었음을 의미한다. 가문과 인연이 끊긴 고독한 낙오자에게서 수혈받은 일본 근대 문학과는 대조적으로 데즈카의 만화는 중산층 가족과 친밀한 문화, 즉 안전하고 쾌적한 건강 지향 문화에서 태어났다. 잘 알려져 있듯 어린 시절 데즈카는 곤충을 세밀하게 스케치하곤 했는데, 이는 자연이 순수한 관찰 대상이었지 인간의 생명을 위협하는 것이 아니었음을 웅변한다. 미주리주의 무자비하고 거친 자연과 달리 관리된 교외=다카라즈카의 알맞은 자연 속에서 다양한 경이와 차이를 충분히 맛보았다는 것, 여기에 일본 서브컬처의 출발점이 있음은 아무리 강조해도 부족하다.

일본에서 디즈니=데즈카적 서브컬처의 융성은 소비 활동과 심리적 위안을 중시하는 중산층 가족의 문화적 승리를 보여 준다. 인간을 위축시키는 흉포한 '자연'을 지운 다음 가능한 한 많은 인간에게 다양한 경이로움의 기회를 제공하는 것, 이러한 서브컬처의 교육적 자세는 자신의 인생 체험을 풍요롭게 만들고 싶어 한 중산층의 가치관과 정확히 일치했다. 문명의 신입 교사로서 서브컬처는 사람들에게 현실성보다 가능성을, 고귀함보다 잡다함을, 진리보다 흥분을, 소박함보다 장식성을 사랑하는 심성을 철저히 가르쳤다고 할 수 있다. 그리고 그 '교육'에 즈음해 날것의 가시 돋친 자연은 최대한 눈에 띄지 않도록 감춰졌다.

게다가 이러한 자연의 말소는 결코 서브컬처에만 허용된 것이 아니다. 풍경 묘사에 높은 가치를 두어 온 일본 문학도 예외가 아니었다. 흥미로운 사실은 데즈카가 위생적＝기호적 표현을 일본에 뿌리내리게 한 것과 똑같은 시기에 문학에서 도 '자연'이 서서히 퇴조하기 시작했다는 것이다. 예를 들어 에토 준[27]은 1967년의 평론에서 일본 중류 가정에 침입한 미국적 생활 양식을 주제로 삼은 고지마 노부오小島信夫의『포옹 가족』抱擁家族, 1965을 다루며 이 작품에 자연 묘사가 거의 나타나지 않는다는 점에 주목했다.

『포옹 가족』은 일본 근대 소설에서는 보기 드물게 인간 중심적인anthropocentric 인상을 준다. 즉 이 작품에서 작자의 시선은 언제나 인간 위에 쏠려 있고 외부의 자연에 노출되는 일이 없다. 미와 순스케三輪俊介가 가령 야스오카 쇼타로安岡章太郎의『해변의 광경』海辺の光景 주인공에 비해 항상 사람들 사이에서 살아가는 듯이 느껴지는 것도 그 때문이리라.……작가는 묘사되어야 할 자연을 빼앗기고 어쩔 수 없이 인간에게 집중하게 된다. 그 꺼림칙함, 다시 말해 전통적인 미의식을 본의 아니게 배신하지 않을 수 없는 작가의 상실감이 행간에 살아 있기 때문에 인간만으로, 더 정확히 말하면 '괴물'이 되어 부유하는 인간만으로 성립된『포옹 가족』의 세계는 생생한 리얼리티를 느끼게 한다.[28]

---

27   [옮긴이] 에토 준江藤淳, 1932~1999. 2차 대전 이후 일본을 대표하는 문학 평론가. 전후 민주주의 교육을 받은 첫 세대이자 미국 프린스턴대학 유학파로서 서양을 모방하는 전후 일본의 근대화를 날카롭게 비판한 것으로 유명하다.

일본 중산층 가정에 실밥 터지듯 벌어진 틈새를 유머 섞어 그린『포옹 가족』에서 "외부의 자연"은 이미 어떤 역할도 하지 못한다. 시가 나오야의『암야행로』暗夜行路에서 야스오카 쇼타로의『해변의 광경』에 이르는 소설들을 감싸 안아 왔던 '자연'은『포옹 가족』에서 이미 붕괴했고, 그 뒤로는 "괴물" 같은 인간 사이의 관계들만이 "생생한 리얼리티"와 함께 남게 된다. 에토에 따르면 이러한 자연의 상실은 역사의 상실과 같다. "지리적 공간이 존재하지 않는 곳에는 역사적 시간이 퇴적되지 않는다."[29]

물론 인간의 욕망이 문명 사회의 어떤 부위에 이끌리는지 그 분포를 보여 주는 것은 작가의 중요한 작업이다. 그 관점에서 고지마 노부오나 에토 준이 파악한 반자연주의적 세계, 다시 말해 인간 중심적 세계는 분명 당시 일본인의 욕망이 어디를 향하고 있었는지를 해명한 것이리라. 애니메이션판「우주 소년 아톰」이 1963년 방영을 시작한 것과 거의 동시에 일

---

28 에토 준江藤淳,『성숙과 상실』成熟と喪失, 講談社文芸文庫, 1993, 128쪽.

29 에토 준,『자유와 금기』自由と禁忌, 河出文庫, 1991, 273쪽. 물론 자연=역사의 상실에 대한 반동도 적지 않았다. 가령 1960년대 이후 일본의 '국민 작가'가 된 시바 료타로는 장대한 시리즈『가도를 가다』街道をゆく에서 기행문과 역사 기술을 일체화시켰는데, 이는 일본의 지리적 역사/역사적 지리를 다시 한번 '부흥'시키려는 시도였다. 일본의 진정한 역사는 (황국사관 같은) 공식적 관념에 바탕해 존재하는 것이 아니라 어디까지나 사람들이 하루하루 사적인 생활을 영위하는 "지리적 공간"과 깊이 관련되어 있다는 것, 시바의 방대한 작업은 이러한 신념을 빼고 생각할 수 없다. 그러나 그러한 시바조차 모든 역사를 증발시키는 자연, 즉 몽골의 드넓은 반역사적 초원을 동경했다는 사실도 부정할 수 없다. 구체적으로는 시바 료타로司馬遼太郎,『몽골의 초원』草原の記, 新潮社, 1995 [양억관 옮김, 고려원, 1993] 권말에 실린 야마자키 마사카즈의 유려한 해설을 참조하라.

본 문학에서도 자연의 리얼리티가 결정적으로 상실되었다. 기존에 자연이 제공해 주던 보호막이 파괴되었을 때, <전후> 일본의 중산층 가정에는 어른과 아이 모두 '관객으로' 즐길 수 있는 디즈니랜드적＝서브컬처적 세계에서 소일할지 아니면 "괴물" 같은 인간들의 노골적인 소통에 몸을 맡길지라는 선택지가 남겨졌던 것이다.

B 자연의 회귀(미야자키 하야오)

1 미야자키 하야오에 의한 실지 회복

지금까지의 내용을 요약해 두자. 비극과 희극이 분간되지 않던 <전후> 민주주의 사회는 우선 경제적 혹은 문화적 풍요에 대한 환상에 의해 유지되었다. 디즈니를 흡수한 데즈카 오사무 이후의 서브컬처는 패전국 일본의 비참한 현실 대신 형형색색의 유사 생명으로 넘쳐 나는 번화한 허구 공간을 출현시키며 풍요에 대한 환상을 일본에 심어 주었다(부흥 문화로서의 서브컬처). 그 결과 흉포한 자연을 추방한 디즈니와 교외 전원 도시의 반자연적 위생 사상이 중류 가정에 친숙한 문화가 되어 간 한편, 일본 문학의 영역에서도 1960년대 이후 풍경 묘사가 쇠퇴하고 자연이라는 배경이 사라진 인간끼리의 벌거벗은 소통=대화가 부상했다(대화만으로 쓰인 라이트노벨과 휴대 전화 소설ケータイ小説[30] 또한 그 연장선상에 있다).

그러나 이러한 전반적인 경향에도 불구하고 자연의 이미지는 서브컬처의 영역에서 얌전히 사라지지 않았다. 오히려 이윽고 일본 애니메이션은 일단 제압했던 자연에 복수를 당하게 된다. 안전하고 쾌적한 환경 속에서 정체성의 모험을 하라고 장려하는 디즈니=데즈카의 반자연적 세계의 풍요에 명

---

30 [옮긴이] 휴대 전화를 이용해 쓰고 읽는 소설을 말한다. 일반 웹 사이트가 아니라 휴대 전용용 웹사이트에 공개된다는 점에서 여타 온라인 소설과 구분되었지만, 2010년대 들어 스마트폰이 보급되면서 '휴대 전화 소설'이라는 장르의 경계가 흐려졌다.

쾌하게 '아니요'를 들이댄 작가로 미야자키 하야오의 이름을 들 수 있다. 1989년 데즈카가 죽은 직후 어느 인터뷰에서 미야자키는 다음과 같이 신랄하게 말하고 있다.

애니메이션에 관해서는—이것만은 제게 권리와 어느 정도의 의무가 있다고 생각해 말하는 것이지만—이제까지 데즈카 씨가 말해 온 것이나 주장한 것이 모두 틀렸습니다.

왜 그런 불행한 일이 일어났는가 하면, 데즈카 씨의 초기 만화를 보면 알 수 있는 것처럼, 그의 출발이 디즈니였기 때문이라고 생각합니다. 일본에는 그의 선생이 없었어요. 그의 초기작 거의 모두가 모사입니다. 거기에 그는 독자적인 이야기성을 집어넣었어요. 그렇지만 그 세계 자체는 디즈니에 상당히 많은 영향을 받은 그대로 만들어집니다. 결국 할아버지를 넘어설 수 없다는 열등감이 그의 마음속에 계속 남아 있었던 것 같습니다. 그렇기 때문에 「판타지아」를 넘어서야 한다든가 「피노키오」를 넘어서야 한다든가 하는 강박 관념에서 헤어 나오지 못했다고 생각할 수밖에 없어요. 저 나름으로 해석해 보면 그렇습니다.

취미라고 하면 이해할 수 있습니다. 부자가 취미로 했다고 생각해 보면······[31]

데즈카가 애니메이션에 품었던 관념을 미야자키는 '부자의 여흥'이라며 대부분 부정한다. 디즈니에게 받은 충격에서 출발해 「우주 소년 아톰」으로 일본 텔레비전 애니메이션 제작

---

31   미야자키 하야오宮崎駿, 『출발점 1979~1996』出発点−1979~1996, スタジオジブリ, 1996, 235~236쪽[황의웅 옮김, 대원씨아이, 2013, 204~205쪽].

시스템을 구축한 데즈카의 방식에 미야자키는 승복할 수 없었다. 그래서 그는 일본의 주류인 텔레비전 애니메이션 세계를 넘보지 않았고 끝까지 극장 애니메이션 세계를 떠나지 않았다. 더구나 그는 디즈니 같은 산업화된 거대 스튜디오가 아니라 마을 공장 같은 소규모 스튜디오에서 애니메이션을 제작하기를 고집해 왔다. 작품에서도 미야자키는 군사 병기에 마니아적인 편애를 보이며 '수작업' 장면을 매번 빠짐없이 넣었다. 주지하다시피 미야자키의 애니메이션에는 비행기가 자주 나오며 또 반드시 비행기를 만들거나 수리하는 '수공업자'(호모 파베르)가 함께 그려진다. 황홀하리만치 자유로운 비상은 매일의 지루한 노동과 유지 보수maintenance 속에서만 생겨난다는 것이 미야자키의 올곧은 장인 윤리인 것이다. 반대로 말하면 디즈니=데즈카의 마술적 세계에는 이러한 '수작업'의 무게가 빠져 있다.

그뿐만이 아니다. 여기서 강조하고 싶은 것은 미야자키의 작품이 디즈니=데즈카 이래 애니메이션의 역사에서 누락되었던 '자연'을 부흥시켰다는 점이다. 디즈니가 미국적 자연을, 전후의 데즈카가 일본적 자연=현실을 각각 일단 억압하고서 기호의 유토피아를 건설한 반면, 미야자키는 자신의 작품에 일부러 자연의 이미지를 다시 불러오고자 했다. 이를 문자 그대로 서브컬처의 실지 회복失地回復이었다고 생각해도 좋다.

다만 미야자키에 의해 부흥된 자연은 극히 그로테스크하고 섬뜩하며 이미 현실의 자연 이미지에서 동떨어진 괄호 속 <자연>이라 부를 만한 것이었다. 예를 들어 미야자키의 대표작『바람 계곡의 나우시카』風の谷のナウシカ—1984년에 일부가 애니메이션으로 만들어졌다—는 핵전쟁 후 인공의 생태계='부해'腐海로 뒤덮인 지구를 무대로 삼는다. 기형화하고 거

대화한 '벌레'들이 독기운 가득한 부해의 지배자가 된 한편, 살아남은 인간들은 이제 마스크 없이는 부해에서 생존할 수 없게 된다. 다카라즈카의 데즈카에게 벌레는 어디까지나 작은 관찰 대상(표본)이었던 반면, 미야자키의 '벌레'는 인간을 무자비하게 잡아먹을 만큼 흉포하고 거대하며 추하고 불길한 존재다. 그런데 주인공 나우시카는 그 비위생적이고 역겨운 벌레에 페티시적 감정을 품는 기이한 '벌레를 사랑하는 공주'며, 이것이 그녀의 성스러운 성격과 결합되어 있다. 그로테스크한 벌레들은 분명 많은 독자에게 공포심을 일으킬 테지만 작중에는 그 꺼림칙함에 대한 나우시카의 비정상적인 애정도 넘쳐흐른다.

『나우시카』의 괄호 속 〈자연〉=부해의 불길한 외관은 청결하고 가벼운 디즈니 애니메이션의 음화陰畫며, 나아가 디즈니=데즈카의 반자연적 위생 사상을 근저에서부터 뒤엎는 것이기도 하다. 특히 유전자 조작에 의해 급격하게 증식해 부해를 모조리 뒤덮은 '점균'의 미끈미끈하고 끈적끈적한 이미지—여기에는 미야자키 취향의 점착성點着性이 완벽하게 반영되어 있다—는 괴벨스와 리펜슈탈을 매료시킨 디즈니의 가볍고 실내악적인 이미지와 완전히 대조적이다. 반복하지만 디즈니=데즈카는 위생적인 기호의 유토피아에 다양한 허구의 생명을 거주시켜 왔다. 그에 비해 미야자키는 오히려 비위생적인 끈적끈적함 속에서 다양한 변태적 생명을 길러 내려 한다. 디즈니의 위생 사상이 일종의 미국적 '광신'이었던 것처럼 『나우시카』의 오염된 끈적끈적함에는 세계의 진정한 '풍요'란 독으로 가득한 바다에서밖에 생겨날 수 없다고 말하는 미야자키의 광기가 배어 있다.

인간만 즐거운 디즈니랜드의 세계를 전복하고 오히려 인

간 이외의 생명에게 낙원인 불길한 〈자연〉을 놀라운 집념으로 그려 내는 것—이러한 콘셉트는 서브컬처라는 장르의 역사에 대한 강력한 이의 제기로 읽을 수 있다. 미야자키는 거대한 모순을 두려워하지 않고 디즈니=데즈카의 애니메이션이 억눌러 온 흉포한 자연을 굳이 그 애니메이션의 기호로 그려 냈다. 그러나 한번 억압되었던 자연은 미주리의 황무지도 일본의 온화한 자연도 닮지 않은, 끝까지 괄호가 벗겨지지 않은 전대 미문의 〈자연〉으로 부흥된다. 자연은 애니메이션의 역사 밑바닥에 봉인되어 있는 동안 그 누구도 본 적 없는 그로테스크한 무언가로 변모해 섬뜩한 끈적끈적함으로 재생된다. 프로이트가 말한 '억압된 것의 회귀' 그 자체다.

나아가 미야자키 애니메이션의 인장인 '바람' 묘사도 이처럼 독 기운으로 가득한 끈적끈적한 대지 덕분에 돋보일 수 있었다. 초기의 「루팡 3세: 칼리오스트로의 성」ルパン三世: カリオストロの城과 「바람 계곡의 나우시카」 이래 미야자키는 중력을 가르는 상쾌함 넘치는 운동을 묘사해 왔다. 더구나 디즈니 애니메이션이 유려한 클래식 음악과 어울린 데 비해, 느닷없는 낙하와 비상을 강조하는 미야자키의 연출은 종종 그러한 음악적 리듬을 모조리 날려 버리며 관객에게 신체적 쾌감이나 공포를 강하게 환기시킨다(이러한 신체 레벨에서의 동일화=나르시시즘의 움직임 덕분에 미야자키 애니메이션은 언어와 개념 등의 상징을 공유하지 않는 외국인에게도 전달 가능하다. 이와 같은 원시적 나르시시즘이야말로 작품의 월경越境을 지탱한다). 오염된 대지와 청정한 바람, 끈적거리는 것과 중력을 가르는 것 사이를 가로지르는 미야자키의 애니메이션은 디즈니의 규칙을 일신한다.[32] 다시 말해 미야자키의 바람과 벌레는 애니메이션사의 저 너머에서 온 것이다.

2 〈자연〉의 변용: 바람에서 물로

이렇게 미야자키 하야오는 디즈니가 배제한 자연의 흉포함과 점착성을 되살려 내는 한편, 끈적이는 대지를 꿰뚫는 청정한 '바람'의 운동성을 애니메이션에 등록한다. 이러한 반디즈니=데즈카적 시도는 「바람 계곡의 나우시카」에 그치지 않고 1997년의 「모노노케 히메」もののけ姫를 거쳐 2008년의 「벼랑 위의 포뇨」에 이르기까지 일관되게 지속된다. 그 과정에서 미야자키는 자신이 만들어 낸 불길한 〈자연〉에 다양한 변형을 가해 왔다.

예를 들어 중세 일본을 무대로 한 「모노노케 히메」에는 디즈니의 반자연적 동물과는 정반대로 불길한 저주를 품은 짐승들이 등장한다. 「바람 계곡의 나우시카」의 부해가 거대화된 벌레들에 의해 지배되는 것처럼, 「모노노케 히메」의 숲도 인간보다 훨씬 큰 개와 멧돼지 들의 거처로 그려지며 그들의 정점에는 뭇 생물에게 생명을 부여하고 또 때로는 빼앗는 '시시가미'[사슴 신]가 군림하고 있다(덧붙이면 숲속 깊은 곳에 진좌鎭坐하며 짐승들의 숭배를 한 몸에 받는 시시가미에게 천황

32　덧붙여 「바람 계곡의 나우시카」 이후 미야자키는 작중에 거의 반드시 노인을 집어넣어 왔는데, 이 역시 병로사고病老死苦를 망각시키려는 디즈니랜드적 마술에 대한 비평처럼 느껴진다. 가령 나우시카의 고향인 '바람 계곡'은 고령화가 진행되어 그녀의 종자從子, esquire도 병든 노인들뿐이다. 뒤를 잇는 「천공의 성 라퓨타」天空の城ラピュタ에서도 주인공 소년과 소녀의 탐험을 돕는 것은 가슴이 큰 노파다. 소녀 소피가 마법의 힘으로 노파가 되는 「하울의 움직이는 성」ハウルの動く城, 요양원과 보육원을 인접시킨 「벼랑 위의 포뇨」崖の上のポニョ에서 조금 더 노골적으로 나타나는 것처럼 미야자키의 애니메이션은 항상 어린아이의 배후에 노인의 생명을 동반시킨다.

의 함의가 있다는 것은 분명하다). 인간은 그 성역에 가까이 다가갈 수조차 없다. 부해와 마찬가지로 「모노노케 히메」의 숲 또한 디즈니적 (혹은 교외적) 위생 사상을 근원부터 뒤엎으려 한다.

그렇지만 「나우시카」와 「모노노케 히메」의 <자연>이 더듬어 간 길이 크게 차이 나는 것도 간과할 수 없다. 「모노노케 히메」의 결말에서 인간에게 살해당한 시시가미는 절단된 머리에서 미끌거리는 액체를 대량으로 뿜어 대지를 뒤덮은 뒤 숲에서 사라진다. 그 후의 세계에는 이제까지의 울창한 신비로운 숲과는 다른 녹음 우거진 평원이 나타난다. 흉포한 자연은 시시가미와 함께 사라지고, 이미 늙어 있던 거대한 개와 멧돼지 들은 인간과의 싸움으로 전멸하며, 그 후에는 소형화된 짐승들이 남겨질 뿐이다.

또 미야자키 애니메이션의 대명사인 '바람'을 보더라도 버블 경제의 붕괴 전후로 그 의미가 변하기 시작했다. 「나우시카」에서 「천공의 성 라퓨타」, 「마녀 배달부 키키」魔女の宅急便에 이르기까지 미야자키는 창공을 가로지르는 비행기에 페티시적인 정열을 쏟아부었다. 그러나 이 방향성은 1992년의 「붉은 돼지」紅の豚에서 일단락된다. 작가 자신의 쓰라린 세계 인식을 감지케 하는 이 영화에서 미야자키는 세계대전 중 이탈리아 공군 비행사였던 포르코 로소──그는 마법에 걸려 돼지로 변했는데, 이것은 아마도 상업 자본 지배하의 일본 애니메이션을 대표하는 감독으로 추앙받은 미야자키 자신을 희화화한 것이기도 하리라──를 주역으로 삼으며 그가 1차 대전에서 죽은 전우들을 회상하는 장면을 삽입한다. 적기에 쫓겨 상공으로 도망간 포르코는 검푸르게 아름다운 아드리아해 위에 떠 있는 구름의 평원과 수평으로 비행한다. 그의 눈

앞에서 이제는 죽어 없는 친구들이 온 하늘을 메운 비행기와 함께 조용히 하늘로 날아오른다. 애니메이션 역사에 길이 남을 비할 데 없이 아름다운 이 '진혼' 장면을 그렸을 때, 미야자키는 비행을 항상 긍정적으로 다루어 온 일본 애니메이션 작품, 즉 전쟁 전의 프로파간다 영화「모모타로 바다의 신병」桃太郎 海の神兵(세오 미쓰요瀨尾光世 감독)이나 전후의「우주 소년 아톰」으로 이어져 온 천진난만한 기억을, 가장 높은 수준의 기술과 이미지를 가지고 은밀히 장례 치르는 것 같기도 하다. 일본 문화의 예능적 성격은 미야자키 같은 현대 작가와도 결코 무관하지 않다.

세계 공황 시대를 무대 삼아 미국인 카치스와 돼지 포르코의 화려한 '전쟁 놀이'로 막을 내린「붉은 돼지」이후 미야자키의 애니메이션에서는 상쾌함 넘치는 비상 장면이 점점 줄어든다. 하늘을 난다는 것이 애니메이션의 원초적 쾌락이자 자유의 상징이기도 한 만큼 이 변화에는 겉보기 이상의 의미가 있다고 할 수 있다. 거칠게 말하면「붉은 돼지」까지의 전기 미야자키가 '바람'의 작가였다면,「모노노케 히메」이후 후기 미야자키는 '물'의 작가라고 요약할 수 있다. 바람/대지, 상쾌함/꺼림칙함이라는 전기 미야자키적 조합을 대신해 후기 미야자키는「모노노케 히메」에서 시시가미가 뿜은 대량의 액체,「센과 치히로의 행방불명」千と千尋の神隠し에서는 질감이 도드라지는 욕탕의 온수, 그리고「벼랑 위의 포뇨」에서는 해일을 통해 미끈미끈하고 끈적끈적한 중량감 있는 물을 전면에 내세운다.

이 '물'은 부해와 같은 노골적인 흉포성을 띠지 않는다. 특히 간략한 연필 묘사 기법을 채용한「벼랑 위의 포뇨」속 <자연>은 그로테스크하고 불길한 것이 아니라 얼핏 보면 소박한 것으로 이미지화되고 있다. 그럼에도 이 단순화된 그림체는 관객에게 도리어 음침한 인상을 줄 것이다. 예를 들어 포뇨가 한 차례 바다로 휩쓸려 돌아간 뒤 얼마 지나지 않아 대해일의 파도를 타고 인간 앞에 다시 모습을 드러내는 장면은 특히나 기이하다. 가쓰시카 호쿠사이葛飾北斎의 우키요에를 상기시키는 이 만화적인 물은 인간을 집요하게 휘감는 점착질의 해일이 되어 해안가 세계를 완전히 삼켜 버린다. 그리고 무엇보다 으스스한 점은 이 끈적거리는 파도 위를 포뇨가 백치스럽게 웃으며 뛰어다닌다는 것이다.

앞서 서술했듯이 「모노노케 히메」의 짐승은 마지막에 가서 소형화되고 마는데, 그 경향은 대략 10년 후 「포뇨」에서 보다 명확해진다. 해변 마을에 나타난 포뇨는 처음에는 인간 손바닥만 한 금붕어로, 그다음에는 인간 아이 같은 모습으로 등장한다. 이러한 소형화는 우선 일본의 상투적인 민화적 유형을 환기시킨다. 민속학자 이시다 에이치로의 상세한 연구가 보여 주듯이 일본의 민간 전승에는 가구야 공주, 우리코 공주, 모모타로, 잇슨보시一寸法師[33] 같은 "작은 아이"(야나기타 구니오); 즉 아이로 환생한 신이 인간 세상에 복과 덕을 나눠 준다는 이야기가 매우 많다. 게다가 이러한 작은 아이는 빈 배를 타고 인간 마을에 표착하거나 참외나 복숭아 열매에 숨어 강을 떠내려가는 식으로 종종 물의 세계와 깊이 관계하며, 뿐만 아니라 그 물가의 "작은 아이"에게는 끊임없이 어머니의 모습이 겹쳐진다.[34] 병 속에 담겨 인간 세상으로 떠내려온 포뇨

---

33 [옮긴이] 몸집이 매우 작은 아이와 관련된 옛날이야기의 주인공들이다. 가구야 공주는 대나무, 우리코 공주는 오이 속에서 발견된 여자 아이고, 모모타로는 복숭아 속에서 나온 남자 아이다. 잇슨보시는 신장이 1촌밖에 되지 않았다고 해 붙은 이름이다.

가 이윽고 거대한 성모 '그랑 망마레'[포뇨의 어머니인 바다의 여신]의 이미지와 포개진다는 점에서 「포뇨」는 전형적인 '물의 신 아이'水神童子 민담이다. 다만 「포뇨」에서 이러한 민담적 패턴은 과장되어 있고 전체적으로 강한 불협화음을 낸다. 왜냐하면 포뇨가 데려오는 해일은 복인지 재액인지를 분간할 수 없을 정도로 음침한 유치함을 동반하고 있기 때문이다.

여하간 「모노노케 히메」 이후 미야자키는 더 이상 거대하고 흉포한 벌레나 짐승을 그리지 않는다. 해일이 지나간 후 마을 일부가 원시의 바다에 뒤덮인 「벼랑 위의 포뇨」의 세계는 부해와 같은 꺼림칙함을 수반하지도 않는다. 더구나 「포뇨」의 '바람'은 불길한 태풍의 예감을 알리기만 할 뿐 아무런 상쾌함도 주지 않는다. 예전 미야자키의 애니메이션이 보이던 흉포성과 상쾌감은 「포뇨」에 이르러 자취를 감춘다. 그러나 전체적으로 평이하고 단조로운 이미지 덕에 「포뇨」의 '물'은 마치 세계의 외부에서 흘러들어 온 듯한 기괴한 인상을 줄 것이다. 이 작품이 담아내야 할 민담적 패턴이 불협화음을 내기 때문에 「포뇨」의 스토리는 거의 지리멸렬해지지만, 이는 결과적으로 이음매가 어긋난 <자연>의 다루기 어려움과 조응하는 것이다.

이렇게 미야자키가 '바람의 작가'에서 '물의 작가'로 전직하는 과정에는 바로 비극과 희극을 분간하기 어려운 '전후'의 만화적 성격이 반영되어 있다. "무서울 만큼 비극의 예감으로 가득한 토양에서 유치한 엔터테인먼트의 꽃이 만발했다"는 혼란스러움을 원시의 바다에 마을이 완전히 수몰되어도 아

---

34   이시다 에이치로石田英一郎, 『모모타로의 어머니』桃太郎の母, 講談社学術文庫, 2007, 177쪽.

무런 슬픔을 보이지 않는「포뇨」또한 공유하고 있다.「나우시카」와「모노노케 히메」가 어떤 종류의 강렬한 비극성을 간직하고 있는 데 반해「포뇨」이후로는 그러한 중후한 의미가 완전히 누락되고 모든 등장 인물이 바보스러운 존재로 변모한다.「피노키오」나「인어 공주」같은 메르헨적 디즈니 영화를 곳곳에서 상기시키는 동시에 디즈니적 예정 조화를 만화적 해일로 느슨하게 풀어 버리는「포뇨」는 전후적인 '타락'을 21세기 일본에 다시 불러온 것 같다.

3 '제국'의 부흥

디즈니가 애니메이션에서 모래와 진흙으로 휘감긴 미국의 자연을 추방하고 데즈카가 미국의 위생 사상을 부흥기 일본에 이식한 반면, 미야자키는 애니메이션 세계에 다시 점착질의 〈자연〉을 회귀시켰다(그런 까닭에 미야자키의 애니메이션은 말하자면 이중의 부흥 문화라는 양상을 띤다). 그는 '바람'에서 '물'로 중심을 이동시키고, 디즈니=데즈카풍의 건강한 '풍요'가 누락한 혼—'벌레를 사랑하는 공주' 나우시카, 거대한 벌레, 노쇠한 개와 멧돼지, 노파와 소녀, 그리고 만화적 바다를 표류하는 반인반어—을 그 〈자연〉에 수용해 왔다.

혹시나 싶어 덧붙이자면 물론 미야자키가 디즈니=데즈카적 기호의 유토피아를 완전히 말소시킨 것은 아니다. 그러기는커녕 그가 그린 미소녀가 살균된 '귀여움'을 상품화한 소비재가 되었음을 누구도 부정할 수 없을 것이다. 그렇지만 미야자키만큼 디즈니=데즈카 패권의 역사에 도전한 작가도 없다. 그가 그린 기괴한 〈자연〉은 애니메이션의 '다른 가능성의 역사'를 훌륭히 부각시켰다(그가 디즈니의 라이벌이던 맥스 플라이셔의 소박한 정취 가득한 작품을 높이 평가했다는 사실도 덧붙여 둔다). 이런 거대한 모순과 양의성이야말로 미야자키가 가진 작가적 매력의 원천이다.

더구나 미야자키가 부흥시킨 것은 결코 〈자연〉만이 아니다. 데즈카가 청결한 미래 사회와 장대한 인류사 속으로 용해시켰던 '일본'도 이윽고 그의 손에 괄호 속 〈일본〉으로 재생되었기 때문이다. 이 문제를 고찰하려면 역시 무로마치기 일본을 무대로 한「모노노케 히메」를 살펴보아야 한다.

미야자키는「모노노케 히메」에서 처음으로 옛 일본을 애니메이션의 제제로 선택했는데, 이는 이른바 '좋았던 옛 일본'으로의 회귀 따위가 아니라 오히려 일본의 상투적인 표상을 뒤엎으려는 야심을 품은 것이었다. 예를 들어 그는 구로사와 아키라에게 존경심을 표했지만, 구로사와의「7인의 사무라이」七人の侍를 비롯한 일본 시대극 영화들이 사무라이와 농민을 특권화하는 것에 강한 불만을 품고 있었다. 그 때문에「모노노케 히메」에서는 농민과 사무라이 이외의 인간, 즉 수렵민이나 상인, 승려 등에게 활약의 무대가 많이 주어진다. 특히 북방으로 쫓겨난 에조蝦夷[홋카이도의 옛 명칭]의 소년 아시타카는 기동성 뛰어난 야쿠루(가공의 짐승)를 부리는 이방인이고 복장도 여느 일본인과는 다르다. 아미노 요시히코[35]의 역사학에서 크게 영향받은 미야자키는 중세의 천민, 유랑자 혹은 수렵민 등 정주자 문화에 속하지 않은 소수적인 일본인에게서 저주를 품은 흉포한 〈자연〉과 대결하는 인간을 발견

35　[옮긴이] 아미노 요시히코網野善彦, 1928~2004. 중세 일본사를 전공한 역사학자. 일본을 천황을 정점으로 하는 농경민의 균질한 국가로 그려 온 기존 일본사 서술에 의문을 제기했으며 그와 다른 일본사를 제시하기 위해 상업이나 수공업 종사 계층민을 연구했다.

했다. 민속학의 맥락에서 말하면 「모노노케 히메」의 일본 이미지는 야나기타 구니오적인 '상민'常民(정주자)이 아니라 오리구치 시노부적인 '나그네'(비정주자)를 매개로 창조되었다고 할 수 있다.

여기서도 앞서 자연에 대해 살펴본 것과 똑같은 현상이 일어나고 있다. 거친 자연이 디즈니 애니메이션의 세계에서 한차례 추방당한 후 곧바로 기괴한 〈자연〉으로 되살아난 것과 마찬가지로, '일본'도 데즈카에 의해 한 차례 상대화된 후 미야자키의 작품에서 낯선 〈일본〉으로 회귀한다. 그 탓에 「모노노케 히메」의 〈일본〉에서는 기존의 일본 이미지로부터 벗어나려는 욕망이 끊임없이 흘러넘치게 된다.

무엇보다 미야자키가 아시타카를 북방 에조인으로 설정한 것은 또 다른 버전의 〈일본〉을 만들어 내기 위한 상투적 수단이기도 했다. 일본의 지리적 상상력을 대략적으로 분류하면, 동서는 동일성의 축과 관련되며 남북은 차이성의 축과 관련된다. 다시 말해 관동과 관서가 오로지 일본 내부의 지배권 교체를 보여 주는 반면, 남쪽의 섬과 동북 지방, 홋카이도는 종종 농경 문명 이전의 일본, 일본이 되기 전 일본의 무언가를 머금은 신비한 장소로 독해되어 왔다. 예를 들어 야나기타 구니오는 마치 야자열매처럼 원형적인 일본인이 "남쪽의 섬"에서 떠내려와 정착했다고 생각했고(『해상의 길』海上の道),[36] 오리구치 시노부도 「어머니께서 나라에·상세에」姤が国へ·常世へ에서 '이방인'(마레비토まれびと)[37]이 일본인의 어머니 나라인

---

36 [옮긴이] 야나기타 구니오는 일본 민족이 남방에서 기원했다는 가설을 통해 오키나와(류큐 열도)를 조명했다.

37 [옮긴이] 오리구치 시노부는 바다 저편에 있는 상세(망자의 나라이자 영원의 세계)에서 찾아와 인간에게 축복을 주고 가는 신인 마레

남쪽에서 건너왔다고 보았으며, 미술가 오카모토 다로는 야요이弥生[38]적인 벼농사 문명을 뛰어넘는 것으로서 동북의 조몬繩文 문화[39]와 오키나와 문화로 향했고, 1980~1990년대에 우메하라 다케시는 일본 문화의 뿌리에 아이누 문화가 있다고 보았다.[40] 북방 수렵민을 주인공으로 내세운 「모노노케 히메」 또한 이처럼 괄호 친 〈일본〉을 향한 꿈을 자극하는 남북에 대한 지리적 상상력의 계보에 속한다.

일본의 이미지를 그리는 데 구태여 일본 아닌 일본을 동원한다는 모순은 미야자키가 일본 국토를 심하게 변형시키는 것과도 관계된다. 그는 원래부터 일본의 농촌 풍경에 매우 부정적인 감정을 품고 있었다. 그에게 농촌이란 일본의 후진성과 빈곤을 상징했다.

일본의 역사는 인민이 탄압받고 수탈당한 역사로, 농촌은 빈곤과 무지와 인권 무시의 온상이었다. 지금이라면 아름답게 느껴질 농가의 초가집 지붕도 나는 그 밑이 마치 어둠의 세계

비토를 영접하는 의식을 통해 국가와 문학에 대한 일본인의 자의식이 생겨나는 순간을 설명했다.

38 [옮긴이] 일본사에서 조몬 시대 이후 약 기원전 3세기부터 기원후 3세기까지를 가리킨다. 조몬 시대에 한반도에서 일본으로 들어온 도래인인 야요이인들은 일본 열도 각지, 특히 유래지에서 가까운 규슈 지역에 씨족 단위의 촌락을 형성해 한반도 지역의 문화를 일본으로 전래시켰다. 이 시대의 문화를 야요이 문화라고 한다.

39 [옮긴이] 일본사에서 신석기 시대 중 기원전 14000년부터 기원전 300년까지를 조몬 시대라 하고, 이 시기의 문화를 조몬 문화라고 부른다('조몬'은 줄무늬 토기의 줄무늬를 뜻한다).

40 남북의 지리적 상상력이 지닌 이데올로기 문제에 대해서는 가라타니 고진柄谷行人·이와이 가쓰히토岩井克人,『끝 없는 세계』終りなき世界, 太田出版, 1990에 나오는 가라타니의 발언을 참조하라(37쪽).

처럼 느껴져 무서웠다. 어느 영화를 보다가 살아가는 데 서툰 성실한 청년이 좌절과 절망에 시달리는 모습을 접하곤 암담한 기분이 들었다. 물은 맑고 논밭은 광활했지만 빈곤을 증명하는 것으로 보일 뿐이었다.[41]

애니메이션이란 세계의 풍요를 그리는 것이라는 장르의 법칙을 답습한 미야자키가 가난한 일본이 아닌 서양 풍경을 그린 것은 당연하다. 그러나 그는 '조엽수림 문화론'의 제창자로 알려진 식물학자 나카오 사스케中尾佐助의 『재배 식물과 농경의 기원』栽培植物と農耕の起源을 통해 일본적 풍경을 긍정적으로 포착하는 관점을 얻었다. 이 책과의 만남은 거의 신화적인 색채로 회상된다.

바람이 휙 지나간다. 국가의 틀도, 민족의 벽도, 역사가 주는 무거운 답답함도 발밑에서 멀어지고 조엽수림이 내쉬는 생명의 숨결이 모치[일본 전통 떡]와 낫토의 끈적끈적함을 좋아하는 내게 흘러들어 온다. 산책하기 좋았던 메이지 신궁의 숲, 조몬 중기에 신슈信州[현재의 나가노현]에서 농경이 있었다는 가설을 제창한 후지모리 에이이치藤森栄一에 대한 존경, 그리고 말하는 데 소질이 있는 모친이 누누이 들려주던 야마나시山梨 산촌의 일상이 모두 하나로 엮여 내가 누구의 먼 후손인지를 가르쳐 주었다.[42]

나카오에 의하면 조엽수림이 분포하는 동아반월호東亞半月

---

41   미야자키 하야오, 『출발점 1979~1996』, 267쪽[231쪽].

42   같은 책, 267쪽[232쪽].

弧(윈난성을 중심으로 서쪽으로는 인도의 아삼, 동쪽으로는 후난성에 이르는 반달 모양의 지역)에서 곡물로 만든 떡 종류가 탄생해 고대 일본에도 전래되어 농경 문화의 한 원류가 되었다. 이 가설에 공감한 미야자키는 "국가의 틀도, 민족의 벽도, 역사가 주는 무거운 답답함도" 뚫고 나가는 모종의 제국적 조엽수림 문화권으로 일본의 농경 풍경을 바꾸어 놓았다. 그가 좋아한 미끈미끈하고 끈적끈적한 자연은 반디즈니적인 기호였을 뿐 아니라 초라한 일본적 풍경을 풍요로운 '제국'을 향해 해방하는 암호기도 했다.

따라서 미야자키는 결코 '일본 회귀'를 한 것이 아니다. 「모노노케 히메」의 숲은 일본인 동시에 일본이 아니기 때문이다. 이 원시 숲에서 일본의 생활 양식은 그대로 '동아'의 생활 양식과 이어진다. 고립된 벼농사 문명(농민)으로 상징되어 온 일본은 미끌거리는 액체로 이루어진 시시가미 슬하에서 조엽수림에 근거한 제국적 농경 문화에 접속해 결국 수렵민과 천민 등 '이방인'까지 수용한 완전히 다른 <일본>으로 다시 태어난다. 다른 관점에서 이는 전쟁 전 '대일본제국'의 지리적 상상력을 되찾는다는 것을 의미한다.

돌이켜 보면 전쟁 전의 서브컬처는 '대동아'의 꿈을 이야기하는 매체기도 했다. 예를 들어 전쟁 전에 활약한 오시로 노보루大城のぼる 같은 SF 만화가는 줄곧 대륙 웅비雄飛의 꿈을 이야기했다(오시로의 독특한 메타 픽션 작품 「유쾌한 철공장」愉快な鉄工所에는 영화관 스크린에 비친 만주에 뛰어드는 장면이 있는데, 이는 대동아의 '제국'이 은막 위 시뮬레이션으로 체험되었음을 뜻하지 않게 보여 준다). 또 전쟁 전 상하이에서 활약한 만万 형제의 대표작 「철선 공주」鐵扇公主가 1942년 일본에 공개되었을 때는 『에이가준보』映画旬報 지면에 "대동아공영권

영화계에 천재 형제가 출현했다! 만 형제는 3년의 세월과 200인의 화가를 동원해 여기에 서유기의 꿈을 실현했다"라는 선전이 자랑스럽게 실리기도 했다.[43] 전쟁 전의 만화와 애니메이션은 '제국'의 문맥에 올라타 그 상상력을 부풀렸던 것이다.

이러한 대동아공영권 = '제국'의 꿈이 50년 가까운 시간차를 두고 「모노노케 히메」에서 의도치 않게 부활한 것이다.[44] 더구나 서브컬처의 '제국 지향'은 미야자키에 한정되지 않으며 데즈카 이후 일본 애니메이션 작가들에게서도 반복된다. 일본사에서 예외적인 거대 이념 = 대의(근대의 초극!)를 내걸

---

43   오노 고세小野耕世, 『중국의 애니메이션』中国のアニメーション, 平凡社, 1987, 29쪽. 만 형제는 디즈니의 「백설 공주」에 필적하는 국민적 히로인을 조형하려 했지만, 『서유기』를 소재로 한 「철선 공주」는 오히려 플라이셔풍의 소박한 정취를 흠뻑 수용하는 동시에 노골적인 동물적 동작을 훌륭히 재현한 활기 넘치는 애니메이션이 되었다. 만 형제의 업적을 포함한 최신 중국 애니메이션 통사로는 순리쥔孫立軍 엮음, 『중국 애니메이션사 연구』中國動畵史硏究, 商務印書館, 2011 참조.

44   또한 나카오 사스케와 그의 조립수엽론을 높이 평가한 철학자 우에야마 순페이上山春平는 이른바 '신교토 학파'의 일익을 담당한 논객이었다. 전쟁 전 교토 학파는 헤겔 및 랑케와 연결되는 '세계사의 철학'에 의지해 대동아공영권을 정당화했기 때문에 전후에 사회적 신용을 잃었다. 이와 달리 전후의 신교토 학파는 언뜻 이데올로기적 색채를 띠지 않은 생태사나 문화사를 통해 이전의 '제국적' 비전을 은밀하게 부활시킨 것처럼 보인다. 미야자키의 「모노노케 히메」는 이러한 신교토 학파적인 생태사관에 기대 조엽수림 문화의 '제국'을 환기한다. 그렇지만 일본의 서브컬처는 미야자키 하야오와 도미노 요시유키 富野由悠季 등에게서 보이는 제국 지향과는 정반대로, 이웃한 현실의 제국인 중국 대륙은 거의 소재로 다루지 않았다. 원난성 주변의 조엽수림 문화부터 전쟁 전 만주에 대한 동경, 나아가 오시이 마모루押井守의 홍콩 취향에 이르기까지 서브컬처 창작자들은 중국 제국의 변경에 대해 오랫동안 강한 욕망을 드러냈지만 중국 대륙 자체는 인식의 영역 바깥에 두어 왔다. 이 거대한 맹점을 어떻게 처리할지는 앞으로 일본 애니메이션 표현의 중요한 과제가 아닐까 생각한다.

었으나 비참한 실패로 끝나 버린 '대동아전쟁'을 다시 시도하려는 양 일본 애니메이션 작가들은 생태사적인「바람 계곡의 나우시카」와「모노노케 히메」부터 미야자키와 동세대인 도미노 요시유키의「기동 전사 건담」機動戰士ガンダム 시리즈에 이르기까지 인류 전체를 새로운 역사의 무대로 이끄는 전쟁을 누차 그려 왔다. 〈전후〉의 서브컬처는 전쟁으로부터의 부흥 문화인 동시에 전쟁을 부흥시키는 문화기도 하며, 이러한 전쟁의 부흥 속에서 다원적인 '제국'의 이미지도 재생되어 왔다. 이와 같이 일본의 탁월한 애니메이션 감독들이 모조리 군사軍事에 마니아적 관심을 기울인 결과 패전국인 일본의 애니메이션이 도리어 전쟁 이미지를 양산하고, 더구나 그것이 때때로 국제적으로 높이 평가받는 아이러니한 현상마저 나타나게 되었다.

아무튼 〈전후〉의 서브컬처는 일본을 미래 사회와 인류사 속에 용해시키는 한편 1980년대 이후로는 전쟁 전의 다원적이고 전투적인 '제국'으로서 〈일본〉을 회복하려 하는 두 갈래 극단적인 길을 걸어 왔다. 뒤집어 보면 현실의 국민 국가로서 일본을 있는 그대로 부흥하기란 극히 지난한 작업임을 알 수 있다. 정리하면 서브컬처의 역사란 **일본을 되찾는** 데 실패한 역사이기에, 여기서는 자연 아닌 〈자연〉, 일본 아닌 〈일본〉이 혼을 담는 그릇으로 선택되어 왔다는 것이다. 다만 만화적인 기운이 넘치는 〈전후〉의 부흥 문화는 현실의 일본을 '예술 작품'으로 만드는 것만은 거부해 왔다. 불길한 자연과 번영하는 제국을 '부흥'해 그 속에 다양한 혼을 거주시킨 미야자키의 애니메이션이 바로 그 경향을 대표한다고 말할 수 있다.

* * *

현대 세계에서 혼의 완성은 점점 사적인 문제에, 신체의 건강은 점점 공적인 문제에 가까워지고 있는 것 같다.[45] 의료와 복지에 많은 세금이 투입되는 한편 혼의 문제는 국가가 관여하지 않는 영역으로 양도되고 있다. 아니, 혼의 문제를 공적으로 다루는 것에 강한 경계심마저 드러내고 있다. 혼의 일률적 통제는 더 이상 윤리적으로 허용되지 않지만, 그렇다고 혼을 전혀 교육시키지 않고 방치할 수도 없다. 혼을 성장시키는 방법에 대한 매뉴얼은 어디에도 없기 때문에 문화에 혼의 감독자라는 책임이 맡겨진 것이다.

무엇보다 혼의 영역에서 자기 몫을 해야 할 일본의 문화적 권위(종교, 철학, 건축……)는 만화적인 〈전후〉에 충분한 역할을 부여받지 못했다. 반대로 문자 그대로 만화漫画인 서브컬처가 그 틈새를 비집고 들어왔다. 애초에 서브컬처는 오로지 아이를 위한 것이었기 때문에 아무리 성가셔도 '혼의 교육'이라는 문제를 등한시할 수 없었다. 디즈니=데즈카가 만든 기호와 미의 유토피아는 분명 수많은 영혼을 육성하는 '민주적' 장치가 되었다. 그렇지만 이 쾌적한 수용소에는 무언가가 빠져 있지 않은가? 지금까지 누누이 이야기한 것처럼 미야자키는 애니메이션의 역사에서 행방불명된 〈자연〉과 〈일본〉을 구출해 새로운 '풍요'로— 즉 다원적인 영혼을 수용하는 것으로—제시했는데, 이는 디즈니적인 것에서 배제된 '혼'을 구출하려는 그의 강한 윤리관과 결부되어 있다(미야자키가 보육원 건설에 집착한 것도 필시 그 윤리의 일환일 것이다). 나는 바로 이 일련의 부흥 작업에서 일본의 서브컬처가 이루고자

45　구체적으로는 마이클 왈저Michael Walzer, 『도덕의 두께와 너비』道德の厚みと廣がり, 아시카와 스스무芦川晋 외 옮김, 風行社, 2004, 63쪽 이하 참조.

한 '혼의 교육'을 찾으려 한다.

이렇게 보면 일본의 〈전후〉 서브컬처는 풍요의 이미지를 구축하는 데 그런대로 성공한 것 같다. 그러나 나는 이 장을 마무리하는 이 시점에 미야자키 곁에서 일종의 파괴적 물음을 던진 작품을 간단히 짚어 두려 한다. 그 작품은 미야자키의 가장 가까운 벗인 다카하타 이사오高畑勳가 1988년 제작한 애니메이션 영화 「반딧불이의 묘」火垂るの墓다. 이 작품은 디즈니적 풍요가 갖는 의미를 일본인 입장에서 바꾸어 읽기에 앞서, 애당초 풍요라는 것이 완전히 상실되었다면 대체 애니메이션은 어떻게 되느냐는 근본적인 질문을 담고 있다.

실제로 「반딧불이의 묘」는 가난함을 철저하게 파고든 애니메이션, 아니 오히려 반애니메이션의 양상을 띠고 있다. 전시하의 고베를 무대로 한 이 영화에서 군인의 아들인 중학생 소년과 어린 여동생은 계속해서 빈곤의 주변을 배회한다. 모친을 공습으로 잃은 후 둘은 먼 친척 아주머니 집으로 피난하지만, 소년이 나라를 위해 일하려 하지 않는다는 이유로 아주머니는 둘을 몹시 매정하게 대한다. 그래서 둘은 집을 떠나 연못 쪽에 있는 방공호에 숨어들어 자기 힘으로 살아감으로써 혼의 존엄을 지키려 한다. 하지만 머지않아 여동생이 영양 실조로 병들어 죽고 만다(여동생이 살아 있었다는 증거는 사탕 부스러기 같은 백골로 축소된다). 그리고 오빠마저 여동생의 유해를 태우고 난 후 혼잡한 산노미야역 어느 기둥에 기댄 채 죽음에 이른다. 작품 초반에 미리 보여 주었듯이 누구도 모르게 죽은 둘의 슬픈 혼은 유령이 되어서야 비로소 현세의 모든 불우함을 잊고 사이좋게 놀기 시작한다.

1장에서 논했듯 '틀어박히다'籠る라는 것이 일본의 제식을 특징지어 왔으며, 남매가 물가의 방공호로 향하게 한 「반딧

불이의 묘」에도 그러한 종류의 예능적 의례성이 깃들어 있다. 그러나 결국 이 둘의 혼은 어떠한 신령에게도 비호받지 못하고 모든 풍요를 박탈당한 고독한 존재로 이승을 헤맬 수밖에 없게 된다. 이를 "돌아갈 곳 없는 죽음"이라고 표현한 미야자키 하야오는 역시 혜안을 갖추고 있었다.[46] 잡힐 듯 잡히지 않는 반딧불이처럼 가련한 둘의 혼, 극한의 빈곤에 처했던 이들에게는 돌아갈 곳이 주어지지 않은 것이다.

민주주의 사회에 근거한 디즈니 이후 애니메이션은 다양한 혼이 번영 속에 살 수 있게 했다. 따분한 정치를 넘어선 풍요가 있었기에 디즈니와 미야자키 작품의 관객들은 무언가가 되는 것의 쾌락을 마음껏 향유할 수 있었다. 그런데 「반딧불이의 묘」의 남매는 그 '풍요라는 고향'에서 완전히 분리되었다. 나는 이 작품이 전쟁의 비참함을 보여 준 인도주의적 영화보다 오히려 애니메이션의 고향 상실을 그린 영화라고 생각하고 싶다. 풍요로운 사회에서 번화하고 화려한 것과 잠시라도 완전히 단절된다면 혼은 그저 쓸쓸하게 표류할 뿐이지 않을까? 애니메이션의 애타는 슬픔은 실은 죽음과 전쟁이 아니라 빈궁에서 오는 것이 아닐까? 다카하타 이사오는 애니메이션에서 금기시되는 '가난함'을 굳이 불러내 「반딧불이의 묘」가 형용하기 어려운 꺼림칙함에 휘감기게 했다.

반복하지만 전후 민주주의는 누구나 문명의 부를 누릴 수 있다는 환상에 의해 간신히 유지되어 왔을 따름이다. 따라서 풍요의 환상이 제공되지 못하면 민주주의 사회도, 그와 공존하는 서브컬처도 중대한 위기에 직면하게 된다. 그리고 그것은 반드시 먼 미래의 일이 아닐지도 모른다. 그렇다면 그러한

---

46 [옮긴이] 미야자키 하야오, 『출발점 1979~1996』, 235쪽.

위기를 맞이할 때 일본 서브컬처는 미야자키가 그랬던 것처럼 다른 가능성을 가진 애니메이션을 새롭게 부흥시킬 수 있을까? 아니면 다카하타처럼 '혼이 돌아갈 곳'을 잃어버린 가난한 자의 슬픔을 그저 직시할 수밖에 없을까? 나 자신도 이 물음에 명확한 답을 갖고 있지 않다. 다만 일본 사회 번영의 지속성이 자명하지 않게 된 오늘날 서브컬처의 역사가 거대한 전환점에 접어들고 있다는 것만은 확실하다.

종장

무상관을 넘어

1 부흥 문화의 기민함

우리는 가키노모토노 히토마로에서 출발해 〈전후〉의 몇몇 풍경을 둘러보았고 마침내 현대에 이르렀다. 이제까지 스케치한 것은 유구한 강처럼 도도하게 흐르는 역사가 아니라 이를테면 정원의 징검돌과 같은 불연속의 역사다. 그러나 그 징검돌을 잘 이어 놓으면 일본의 무수한 문화 현상을 요약하는 하나의 전시회가 만들어질 것이다.

이 책에서 반복해 서술한 것처럼 부흥 문화는 재난 후 = 흔적에서 피어나는 꽃이다. 그리고 부흥기는 문화에 있어 단순한 통과점이 아니라 특별한 의미를 지닌 계절이다. 일본에서는 앞으로 무엇이 닥쳐올지 모를 〈전전〉의 긴장을 견디기보다 〈전후〉의 충격과 혼란을 받아들여 문화를 재구축하는 재건 사업에 보다 많은 문학적 재능을 투자해 왔다. 예를 들어 과거의 수도를 순회하면서 '관객' 중심의 리얼리즘을 일본 문화에 불러일으킨 히토마로, 거듭되는 재액과 운명을 기록하고자 화한 혼효문을 사용한 『헤이케 이야기』, 중국의 멸망/부흥 체험을 통해 일본 국토 = 네이션의 상상력을 흔든 바킨, 관동 대지진의 후 = 흔적 위에 미의 극장을 설계한 가와바타 야스나리, 그리고 제2차 세계대전 후의 인공적 공간에 대항해 괄호 친 〈자연〉 혹은 〈일본〉을 불러들인 미야자키 하야오…… 이들은 과거의 크나큰 충격을 받아들이기 위한 새로운 문화적 신경 조직을 각자 나름의 방식으로 형성했다.

여기서 문제는 이 문화적 신경 조직이 대체 어떤 자본에 근거해 만들어졌느냐는 것이다. 그 자본은 개인일까 국가 혹은 사회일까? 아니면 그것들을 관통하는 생태계일까?

우선 개인의 죽음에 대한 일본 문화의 감각은 아마도 다른 어떤 문화와 비교해 보아도 손색없을 만큼 예민하다. 노能를 예로 들어 보자. 『헤이케 이야기』를 소재로 한 제아미의 슈라 모노修羅物[1]에서는 다다노리, 기요쓰네, 아쓰모리 같은 헤이케의 유령들이 여행승 혹은 아내의 꿈에 등장해 이승에 남긴 미련과 정념을 이야기한다. 『헤이케 이야기』는 헤이케라는 집단이 섬멸당한 과정을 이야기하는 반면, 노는 오히려 그 한 사람 한 사람을 위한 영적 장소를 준비한다. 제아미는 망자 개인의 목소리를 듣는 데 신경을 곤두세우고, 그럼으로써 무대 위에서 '진혼'을 완수한다. 집단 서사인 『헤이케 이야기』는 제아미에 이르러 개인을 중심으로 재편집된다.

그뿐만이 아니다. 진혼 문학으로서의 노에 그치지 않고 일본 문학에서 죽음이나 멸망 혹은 종말 감각은 종종 '개인'의 정념과 연결된다. 야스다 요주로가 말한 것처럼 일본의 고대 문학은 "항상 짝사랑과 실연을 출발점으로 삼아, 원망의 마음부터 떠올리고는 연가 속에서 종말감을 노래하는 데까지 이르렀다".[2] 일본의 종말 감각은 종종 실연당한 한 사람의 개인 혹은 한을 품고 죽은 '영령'에 맡겨져 왔다. 이 기묘한 개인주의는

---

1 [옮긴이] '노'의 기본 구성인 다섯 마당 중 둘째 마당을 말한다. 노는 신, 남자, 여자, 광인, 귀신 각각을 주인공으로 해 한 마당씩 전개되는데, 보통 둘째 마당의 남자는 수라도에 빠진 무사의 영으로 분연한다. 무사는 생전에 살생을 저지르고 악연에 얽히기 때문에 죽은 뒤 수라도에서 그 업보를 치르게 된다.

2 야스다 요주로保田與重郎, 「일본의 다리」日本の橋, 『일본의 다리』日本の橋(개정판), 新学社, 2001, 41쪽(강조는 추가).

지금까지도 사라지지 않은 것 같다.

다른 한편 '국가' 혹은 '사회'의 죽음이 일어났을 때는 그 예민한 감각에 느닷없이 잡음이 끼어든다. 일본은 외래 종교인 불교나 중국 내셔널리즘의 힘을 빌려 국가 이미지의 윤곽을 그려 왔고, 지카마쓰, 게이사이, 바킨을 봐도 내셔널리즘=충신royalist은 중국 유민의 상과 중첩된다. 전면적 멸망을 경험하지 않은 일본에서 '애국심'은 외래의 심정 양식을 모델로 삼을 수밖에 없었다. 한편 시민이 집단 생활을 영위하는 '사회'를 보더라도 근대 문학에서는 짐짓 음영 없이 평평하고 순조로운 것, 표층적이고 깊이 없는 것으로 파악되어 왔다. 나쓰메 소세키의 『그 후』가 묘사한 것처럼 근대 일본의 시민 사회는 불황의 일격에 휘청거릴 수준에 지나지 않았고 문학적인 애착의 대상으로는 상승하지 못했다. 따라서 일본에서는 국가나 사회 속에서 "종말감을 노래"할 기회가 좀처럼 없었다.

이처럼 '국가의 신화'는 그저 이국적인 것(가라고코로)이었고, 시민 사회의 이미지는 여전히 막연했다. 이에 반해 미야자키 하야오가 괄호 친 <자연>을 동원한 것이나 앞으로 논할 무라카미 하루키村上春樹가 자본주의를 동원한 것은 매우 흥미롭다. 일본의 부흥 문화는 그 자양분을 오직 국가나 사회보다 작은 것(개인), 아니면 반대로 국가나 사회보다 큰 것(생태계나 자본주의)에서 찾아 왔다. 그에 따라 종말론eschatology이 검출되는 국면 또한 비련에 몸서리치는 개인의 절망적인 비탄(동반 자살!)과 생태계의 착란·폭주(부해!)로 쉽게 양분되었다.

나아가 이들 일본 부흥 문화가 기민한 반사 신경을 동반했다는 점도 간과할 수 없다. 본래 역사란 항상 일정한 속도로 진화하지 않는다. 예를 들어 헤겔은 세계사를 수많은 매개와 우회로로 가득한, 더없이 유장한 것으로 파악했다. 그 속에서 정신의 진화를 위한 막대한 지출이 일어난다. "세계사는 이러한 소비를 하기에 충분히 풍요롭다. 그것은 자신의 사업을 대규모로 행하며, 나아가 마음껏 소비하기에 충분한 민족과 개인을 갖고 있다."[3] 현대를 소비 사회라고들 말한다. 그러나 헤겔의 말을 들어 보면 오히려 세계사 쪽이 인간을, 민족을, 문화를 아낌없이 낭비하면서 유유히 나아간다.

이 점에서 일본사는 상당히 기민하다. 한번 심각한 상실이 일어나면 곧바로 그 후＝흔적을 메우려는 문학이 발동한다. 『헤이케 이야기』도, 아시카가 요시마사도, 데즈카 오사무도 전쟁(재액)이 끝난 직후 숨 돌릴 틈도 없이 〈전후〉의 시공간에 뛰어들었다. 그리고 이 민첩한 행동이 종종 문화적 혁신을 일으켰음에 주목하자. 어지러운 부흥기는 새로움이 가장 침입하기 쉬운 시간대인 것이다.

여기서 나는 일본사에 깃든 '역사의 천사'의 모습을 공상한다. 일례로 파울 클레의 그림 「새로운 천사」에서 영감을 받은 전전·전중 독일의 비평가 발터 벤야민은 일찍이 '역사의 천사'의 모습을 다음과 같이 상상했다. 천사는 얼굴을 과거로 돌리고 하나의 파국catastrophe을 바라본다. 그리고 그 파국은 잔해를 하나씩 천사의 발밑에 던진다. 천사는 그 자리에 머물고 싶지만 낙원에서 불어오는 폭풍 탓에 산처럼 쌓인 과거의 잔해 더미를 보면서 등 뒤의 미래로 떠밀려 갈 수밖에 없다…… 그에 반해 일본의 '역사의 천사'들은 다소 조급하다. 분명 그/그녀도 과거의 재해와 잔해를 바라본다. 그러나 클

3　G. W. F. 헤겔G. W. F. Hegel, 『철학사 서론』哲学史序論, 다케치 다케히토武市健人 옮김, 岩波文庫, 1967, 90쪽.

레-벤야민풍의 천사와 달리 일본의 천사들은 미래로 떠밀려 가기 전에 간발의 차로 〈전후〉의 지상에 내려온다. 그리고 이 천사들의 지령에 따라 일본의 문학가는 강렬한 충격이 가시지 않은 가운데 급히 진혼과 기록의 작업에 매달렸다. 이런 묘사가 일본 문학을 우롱하는 것처럼 들릴까?—그러나 나는 오히려 바로 이 기민함에 애착이 있다.

여하간 천사들의 발 빠른 처사를 극동 섬나라 특유의 옹졸함으로 봐야 할까, 애처로움으로 봐야 할까? 이 질문에 대해서는 독자의 판단에 맡기겠다. 다만 여전히 "웅덩이에 떠오른 물거품"처럼 명멸하는 무상의 세계를 넋 놓고 바라보는 것만이 미에 대한 일본적 감상 태도라고 여기는 풍조에는 단호하게 이의를 제기하겠다. 히토마로와 구카이, 『헤이케 이야기』와 나카가미 겐지, 바킨과 아키나리, 가와바타 야스나리와 미시마 유키오, 혹은 데즈카 오사무와 미야자키 하야오—이들이 수행한 '부흥'을 알고서도 과연 그처럼 두루뭉술한 '무상관'無常觀의 미학이 일본 문화의 주류라고 단정할 수 있을까?

2 무상관의 함정

그런데 적지 않게 유감스러운 것은 이러한 미학이 현대 작가들에게서 안이하게 반복되고 있다는 점이다. 예를 들어 무라카미 하루키는 2011년 동일본 대지진이 일어나고 반년 후 카탈루냐 국제상 수상 연설에서 다음과 같이 말했다.

일본어에는 무상이라는 말이 있습니다. 언제까지나 계속되는 상태=변치 않는 상태는 존재하지 않는다는 것입니다. 이 세상에 태어난 모든 것은 결국 소멸하며 모든 것은 한곳에 머물지 않고 계속해서 변천합니다. 영원한 안정이나 의지하고 따를 불변 불멸자 따위는 그 어디에도 없습니다. 불교에서 온 세계관인 이 '무상'이라는 사고 방식은 종교와는 조금 다른 맥락에서 일본인의 정신성에 깊이 아로새겨져 있으며, 민족적인 심성으로서 고대 이후 거의 그대로 이어져 왔습니다. '모든 것은 다만 지나갈 뿐이다'라는 관점은 말하자면 체념의 세계관입니다. 이는 사람이 자연의 흐름에 역행해 봤자 모두 허사라는 것을 뜻하기도 합니다. 그러나 일본인은 그러한 체념 속에서 오히려 적극적으로 미의 존재 방식을 찾아내 왔습니다.[4]

일본인의 미나 정신의 본질을 '무상관'에서 찾는 것은 예부터 끊이지 않고 반복되어 온 틀에 박힌 방식이다. 무라카미는 결국 재해를 구실 삼아 서양인의 구미에 맞는 일본의 이미지를 재강화한 것에 불과하다. 문제는 이렇게 말하면서 일본인 스스로도 점차 무상관을 유일하게 내세울 만한 자신의 미학이라고 착각해 버린다는 것이다. 실제로 외국인이 일본의 미를 무엇이라 생각하는지 질문했을 때 우리가 어떻게 답할지 상상해 보라. 결국 머뭇거리다 '무상'이나 '와비사비'侘び寂び와 같이 묘하게 신비화된 개념만을 말하지 않겠는가.

그러나 무라카미의 발언과 달리 본래 일본 문학에서 무상관은 그저 하나의 출발점에 불과했고 진짜 문제는 그다음에 있다. 예를 들어 구카이는 『삼교지귀』「서문」에 "경비유수輕肥流水를 보노라면 홀연히 번개 허깨비가 나타난다"고, 즉 가벼운 옷을 걸쳐 입고 살진 말에 올라탄 귀족들을 보고 있자면

---

4 http://www9.nhk.or.jp/kabun-blog/200/85518.html에서 인용.

번개나 허깨비와 다를 바 없는 세상의 무상함을 한탄하는 마음이 일어난다고 했고, 불법仏法을 옹호하는 가명걸아는 옥을 굴리듯 장대한 '무상의 시賦'를 읊는다. 그러나 그렇게 세속 부귀 영화의 허망함을 말한 구카이가 과연 그 후 '체념'의 경지에 빠져들었을까? 아니다. 오히려 구카이보다 초인적인 행동력을 갖춘 인간은 전무 후무했다고 해야 할 것이다.

'제행무상의 반향'에 귀 기울인『헤이케 이야기』조차 결코 퇴행적인 체념을 말하지 않았다. 이시모다 다다시의 말처럼 본래 '무상관' 자체는 당시의 진부한 인식에 불과했다. "헤이케의 작가는 사상가로서는 평범하기 그지없고 오히려 상식가에 가깝다고 할 수 있다. '기온정사祇園精舍의 종소리'로 시작하는 유명한 권두 문장은 분명 대구가 중첩되는 '명문'이지만 사상만 보면 그 시대 평범한 뭇 귀족의 사상과 조금도 다르지 않다."[5] 그러나『헤이케 이야기』의 작가(들)는 기껏해야 범용한 사상에 불과한 무상관을 발판 삼아 일본어 문학의 새로운 구상을 제시했다. 우리는 오히려 그 점에 놀라야 한다.

물론 무라카미가 말한 것처럼 개인에게도 사회에게도 '체념'이 필요한 국면이 있을 것이다. 그러나 단순히 무상관이나 체념에 머무는 미학에 우리가 정말로 매료될 수 있을까? 미의 진정한 힘은 오히려 그러한 니힐리즘을 격파하고 인간과 세계 사이에 새로운 관계를 수립하는 데 있지 않을까? 그럼에도 불구하고 우리는 일본의 문화 자원 가운데 무엇을 새로운 미 혹은 가치로 가다듬어야 하는지, 또 그 자원이 과연 오늘날의 세계에 이용 가능한 것인지를 제대로 점검하지 않고

---

5 이시모다 다다시石母田正,『헤이케 이야기』平家物語, 岩波新書, 1957, 43~44쪽.

있다. '무상관'이라는 전형은 그러한 검증과 고찰을 건너뛰게 하는 원인의 하나다.

게다가 더욱 어려운 점은 "이 세상에 태어난 모든 것은 결국 소멸하며 모든 것은 한곳에 머물지 않고 계속해서 변천한다"는 사상으로 일본을 대표해 온 것이 결코 무라카미 같은 소설가에 그치지 않는다는 데 있다. 예를 들어 정치학자 마루야마 마사오는 기기 신화記紀神話[6]를 예로 들어 "점차 번져 가는 기세", 즉 자연 생성을 긍정하는 의식이 일본인의 정신 구조를 깊숙이 규정하고 있다고 했다.[7] 지적인 "작위"가 아니라 끌려가는 "생성"—어떻게든 된다!—이 일본의 "고층"古層을 이루며 그것이 일본인의 정치적 결단을 주저앉힌다는 것이다. 반대로 일본의 포스트모더니스트들은 마루야마의 이론을 반전시켜 오히려 "점차 번져 가는 기세"＝자연 생성이야말로 미적인 것이라며 감상의 대상으로 삼아 왔다. 요컨대 칭찬이든 비난이든 일본은 종종 "무작위"의 나라, 자연의 "기세"에 몸을 맡기는 주체성 없는 나라로 여겨져 온 것이다.

물론 이러한 일본론이 완전히 잘못된 것은 아니다. 그러나 일본 문화의 성격을 제대로 파악한 것은 아니며 더구나 미래 지향적인 것도 아니다. 마루야마건 포스트모더니스트건 결국은 단순히 일본 문화의 일부만을 보고 있다. 그럼에도 무상관과 생성의 미학은 오늘날까지 때마다 반복되며 비평적 분석에서 다양성을 빼앗아 왔다. 이러한 지적 태만이 앞서 언급한 무라카미의 발언과 엮여 있다고 나는 생각한다.

6　[옮긴이] 71쪽 주 80 참조.

7　마루야마 마사오丸山眞男, 「역사 의식의 '고층'」歷史意識の「古層」, 『충성과 반역』忠誠と反逆, ちくま学芸文庫, 1998[박충석·김석근 옮김, 나남출판, 1998].

게다가 본래 작가로서 무라카미 하루키는 결코 무상관 앞에 멈추어 서 있지 않았다. 오히려 그의 문학에 힘이 있다면 그것은 고도 자본주의 사회 속 '부흥'의 모습을 그 나름대로 그려 보였기 때문일 것이다. 내가 무라카미의 연설을 일부러 비판적으로 인용한 것은 그 내용이 작가로서 그의 작업에 위배되기 때문이다.

차근차근 설명해 보겠다. 무라카미의 문학은 '너무나 무라카미적인 주인공'의 패턴을 반복하면서 그것을 자신의 서명으로 삼는다. 즉 요리와 의복, 음악 등에 관한 자기 나름의 판단 기준을 가지고 있으며 청결을 선호하고 주위의 번잡스러움에 휘말리기 싫어하는 30대 남성, 그런 그가 "어휴"라고 말하며 높은 데서 세계를 방관하는 것이 무라카미 주인공의 전형적인 패턴이다. 그는 사적인 영역을 수호하기에 급급한 소시민인 한편 세계의 모든 혼잡함을 위에서 내려다보는 아이러니를 겸비하고 있다. 가라타니 고진은 그로부터 이중화된 의식 형태, 즉 "경험적인 자기를 냉정하게 바라보는 초월론적인 자기"를 발견한다.[8] 가라타니에 따르면 무라카미의 "초월론적" 자기는 세계에서 일어나는 다양한 "경험적" 투쟁을 냉정하게 관찰하는 중산 계급(중류)의 생활 보수적인 태도에 불과하다.

한편 페미니즘이나 퀴어 이론같이 마이너리티를 옹호하는 측에서도 무라카미를 비판해 왔다. 그의 소설에서 여성 혐오

8　가라타니 고진柄谷行人, 『종언을 둘러싸고』終焉をめぐって, 講談社学術文庫, 1995, 96쪽.

나 동성애 공포(호모포비아) 경향을 찾아내기란 그리 어렵지 않다. 그의 주인공은 여지없이 이성애자 남성이며, 남성 간의 호모소셜한 관계에 몰입하지만─예를 들어 초기작『바람의 노래를 들어라』風の歌を聴け부터『양을 쫓는 모험』羊をめぐる冒險까지 무라카미의 주인공은 '나'와 '쥐'라는 두 남성이 맡았다─동성애에는 한 발짝도 들이지 않는다. 2013년 간행된『색채가 없는 다자키 쓰쿠루와 그가 순례를 떠난 해』色彩を持たない多崎つくると、彼の巡禮の年에서도 절친한 남성에게 구강 성교를 받는 환상을 체험한 주인공은 동성애를 '죄와 더러움'으로 여겨 배제하려 한다. 무라카미는 남성 간의 친밀한 관계에 동경을 품으면서도 동성애는 잠재적인 범죄 행위로 간주한다.

그러나 동성애에 대한 동경과 배제는 이성애자 남성의 가장 흔한 심리다. 무라카미의 선배인 미시마 유키오나 오에 겐자부로 등의 작가가 시민 사회의 터부를 답파하고 동성애(호모에로티시즘)를 적극적으로 작품 속에 끌어들인 것에 비해서도 무라카미는 크게 후퇴했다. 엄격한 시선으로 보면 무라카미의 작품은 항간에서 말하듯 술 취한 '팝 문학'일 뿐 아니라 전후 일본 사회 주류(=중산 계급 이성애자 남성)의 겁 많고 소심한 소시민적 감정에 무비판적으로 편승하는 실로 보수적인 문학에 지나지 않는다.

무라카미의 문학은 일본 사회의 마이너리티 편에 서려 하지 않으며, 그에 따른 여러 약점을 품고 있다. 그 점에 눈감은 채 일본의 '국민 작가'로 그를 내세우는 작금의 풍조에 나는 전혀 동조할 수 없다. 그러나 그렇다고 그의 문학 전부를 무작정 거부해도 된다고 생각하는 것은 아니다. 왜냐하면 그의 약점이 장점으로 바뀌기도 하기 때문이다. 분명 무라카미의 문학은 얼핏 보면 모든 것을 위에서 내려다보는 시니컬한 자의식에 지배되고 있고 그 시니시즘="어휴"는 전후 일본 사회의 주류를 슬그머니 긍정한다. 그런데 그 주류의 "냉정한 초월론적 자기"를 붕괴시키는 불안과 위협이야말로 그의 진짜 주제라고 본다면 어떨까?

본래 무라카미 문학의 모티프는 고도 자본주의에 숨겨진 현대 사회 속 '악'의 이미지를 그려 내는 것이다. 오늘날의 자본주의는 종교 분쟁부터 대테러 전쟁에 이르는 모든 것을 엔터테인먼트의 도구=상품으로 바꾸어 버리므로, 외부적=초월적인 악을 지명하려 해도 이는 결국 '진짜'의 숭고함보다 '가짜'의 싸구려스러움을 표출시킨다(부시 정권이 내세운 '악의 축'과의 전쟁이라는 메시지가 매우 만화적=서부극적인 것이었음을 상기해 보자). 그러나 초월이 끊임없이 내재화=상품화해 가는 현대 세계에서 무라카미는 이제 싸구려 만화가 되어 버린 악을 어떻게든 다시 작품 속에 불러들이고자 했다. 예를 들어 홋카이도 오지에 우익적인 폭력의 기억을 가진 '양 남자'를 살게 하고(『양을 쫓는 모험』) 한신·아와지 대지진의 후=흔적에 지렁이와 개구리의 이미지를 불러들이는 것이(『신의 아이들은 모두 춤춘다』神の子どもたちはみな踊る) 바로 그러한 실천이다. 그가 그린 공포와 불안은 종종 동물의 모습으로 나타나는데, 이것은 싸구려와 섬뜩함, 상품과 악을 중첩시키려는 무라카미 나름의 방책이다.

상품으로 뒤덮인 세계에 사는 중류층 주류들을 그려 내면서 겉으로 보이는 안정적인 "초월론적 자기"에 불길한 악을 잠입시키기. 무라카미 문학에서 이러한 시도는 2인칭적인 구조에 의해 지지된다. 예를 들어 1980년대에 발표한 단편집 『회전목마의 데드히트』回転木馬のデッド·ヒート의 「글머리에」에는 다음과 같은 단서가 달려 있다.

……여기 수록된 문장은 원칙적으로 사실에 기반한다. 나는 많은 사람에게서 다양한 이야기를 듣고 그것을 문장으로 옮겼다. 물론 당사자에게 해가 가지 않도록 세부 사항을 조금씩 바꾸었기에 완전히 사실이라고 할 수는 없지만, 그래도 이야기의 큰 줄거리는 사실이다. 이야기를 재밌게 만들기 위해 과장하지도 않았고 덧붙이지도 않았다. 들은 그대로의 이야기를 되도록 분위기를 해치지 않으면서 문장으로 옮긴 셈이다.[9]

무라카미는 자신의 풍부한 육성을 1인칭으로 말하는 타입이 아니며, 그렇다고 사회 여러 계층을 두루두루 신의 시점 = 3인칭적 시점에서 망라하는 타입도 아니다. 무라카미 문학을 특징짓는 것은 당신이 이야기하는 것을 듣는다는 2인칭적인 '받아쓰기'다. 『회전목마의 데드히트』를 비롯해 무라카미의 작품은 종종 타인의 '실화'를 주인공이 듣는 형식을 강조하면서 허실피막虛実皮膜[허구와 실재의 경계를 넘나듦]의 문장을 직조해 냈다(따라서 무라카미의 문학이 '괴담' 스타일에 가까운 것도 결코 우연이 아니다).

일본 문학의 전통을 전제하면 이러한 스타일에서 많은 시사적인 문제를 이끌어 낼 수 있다. 예를 들어 근대 일본의 사소설은 '나'의 확고한 육성보다는 오히려 유동적인 '기분'(하이데거가 말하는 정조情調, Stimmung)에 근거한다. 일찍이 가라타니 고진이 분석한 것처럼, 시가 나오야나 가무라 이소타嘉村礒多의 사소설에서는 주체적인 인간이 아니라 사실상 '기분'

9　[옮긴이] 무라카미 하루키, 『회전목마의 데드히트』, 권남희 옮김, 문학동네, 2014, 9~10쪽.

이 주역을 맡는다.[10] 사소설의 '나'는 불안정하고 쇠약하며 변덕이 심하다. 그래서 야만적인 성 충동이나 폭력 충동에 쉽게 휩싸인다(반대로 소설에 사상적인 자기 표현=자기 변호를 능숙하게 삽입했던 구카이는 이제 오히려 일본 문학사에서 이례적인 인물anomaly이다). 그에 반해 무라카미의 방식은 오히려 이러한 1인칭 '나'의 취약성을 역이용한다. 그는 어디에도 의지할 수 없는 자기를 일종의 미디어로 바꾸고 그 속에 '당신'들의 이야기를 꼼꼼히 담는다. 즉 이야기의 화자 지위를 타인에게 양도하고 자신은 다만 듣는 역할을 맡아 이야기를 정리하기만 한다. 이러한 2인칭적 구조는 정확히 제아미의 몽환능에서 여행승의 꿈에 헤이케 귀족들의 유령이 나타난 것과 동형적이다.

그리고 타인을 통해 이야기를 들려주는 이 구조는 고도 자본주의의 섬뜩한 '악'이 주인공에게 한 걸음씩 다가가게 하는 장치기도 하다. 시니컬하고 평범한 소시민인 무라카미의 주인공은 자신의 취약성 탓에 종종 악몽의 이미지를 대량으로 불러들이고 만다. 그의 논픽션도 마찬가지다. 예컨대 지하철 사린 사건을 다룬 두툼한 인터뷰집인『언더그라운드』アンダーグラウンド에는 피해자들의 목소리가 광범위하게 수집되어 있다. 한 측면에서 이는 사린의 비가시적 공포를 언어로 어떻게든 벌충하려는 강박 관념이라고도 말할 수 있으며, 다른 측면에서는 무라카미 자신이 그 공포에 침윤되어 있음을 보여 주는 것이기도 하다. 여하간 그는 사린이라는 공포를 어디까지나 '받아쓰기' 스타일로 끌어들인다.『언더그라운드』는 분명

---

10   가라타니 고진,「사소설의 양의성」私小説の両義性,『의미라는 병』意味という病, 講談社文芸文庫, 1995, 96쪽.

논픽션이지만 픽션인『회전목마의 데드히트』와 방법론을 공유한다.

혹은 1990년대에 쓴 장편 소설인『태엽 감는 새 연대기』ねじまき鳥クロニクル에서는 아내가 갑자기 실종된 실업 상태의 남성을 수수께끼에 둘러싸인 에로틱한 여성들—미국 하드보일드 소설에 등장하는 치명적인 여성(팜 파탈) 같은 캐릭터—이 차례차례 찾아온다. 세타가야구에 사는 평범한 소시민인 그는 낯모를 여성들에게 이끌려 마침내 전시에 일어난 노몬한ノモンハン 사건[11]과 러시아군이 일본 병사를 고문했을 때의 극악 무도한 이미지를 이식받는다. 아내의 부재를 다른 여러 에로틱한 '치명적인 여성들'이 가져온 잔혹한 이야기로 메우는 것, 그리고 그녀들을 말하자면 강령술의 매개로 삼아 전시에 벌어진 '악'의 기억을 전후 일본 사회에 하나하나 불러들이는 것, 이것이『태엽 감는 새 연대기』의 기본 구조다. 이러한 '받아쓰기'가 축적되면서 주인공과 아무 관련이 없었을 터인 중국 대륙에서 일어난 치명적인 사건의 기억이 조금씩 부풀어 오른다……

이러한 작업들을 뒤쫓다 보면 앞서 논한 무라카미 비판에 대한 재검토가 요구될 것이다. 분명 어느 측면에서 보면 무라카미 문학은 주류의 자기 정당화 이야기에 불과하다. 그러나 다른 측면에서 보면 그의 본령은 오히려 주류의 "냉정한 초월론적 자기"가 수많은 인간으로부터 수집된 '이야기', 즉 에로스화된 악의 무게를 견디지 못하고 변질되어 가는 과정을 그

---

11 [옮긴이] 1939년 5월 몽골과 만주의 국경 지역인 노몬한에서 일어난 분쟁을 말한다. 당시 만주국을 실질적으로 장악하고 있던 일본 관동군은 몽골군이 만주국의 경계를 넘어오자 몽골군과 충돌했고, 몽골과 상호 원조 조약을 맺은 러시아의 반격에 의해 크게 참패한다.

리는 데 있다. 앞서 '무라카미의 약점이 때로는 그 자체로 그
의 문학의 장점으로 바뀐다'고 한 것은 주류를 긍정하면서도
위협하는 이 양면성 때문이다.

4 추상적인 상실로부터의 '부흥'

나는 2장에서 이미 일본의 이야기가 일종의 '봉헌물' 성격을
띠고 있다고 했다. 무라카미의 받아쓰기 소설, 특히 중국 대
륙 변경 지역의 전쟁과 재해를 상기시키며 그것을 무녀적인
여성=팜 파탈들로 회수하는 『태엽 감는 새 연대기』는 바로
이러한 일본적인 봉헌물로서의 이야기를 충실하게 재현한다.
데뷔 당시에는 미국 문학의 영향이 지적되었지만 무라카미
문학은 해가 갈수록 좋든 싫든 일본 전통의 '이야기'에 가까
워진 것 같다.[12]

다만 반복하건대 무라카미는 끈질기게 현대의 고도 자본
주의를 응시하고 작업하기를 선택한 작가다. 여기서 「서장」
의 서술을 다시 확인하면, 자본주의가 만들어 내는 유체역학
적인 환경에서는 무한한 사랑이 후경으로 물러나고 유한한
에로스가 폭발한다. 이는 수많은 인간이 더 이상 알아차릴 수
없는 무한한 미시적 상실=상처가 현대 사회에 가득하다는

---

12 처음에는 서양풍이었던 작가가 마침내 '일본화'의 중력에 사로
잡히는 것은 일본 근대 문학 전반에서 발견되는 경향이다. 이 점에서
가와바타 야스나리가 사토 하루오나 호리 다쓰오堀辰雄의 문장을 되
돌아보고는 그 지극한 '일본스러움'에 놀라면서 "새로운 작가의 문체
는 어느 것이나 다소는 서양 냄새가 난다. 마침내 그 작가는 국어의 전
통에 '복종'한다. 그리고 초기에 서양 냄새 풍기던 문장 자체도 시간이
흐르면서 그 냄새를 잃는다"(「문장에 대하여」文章について)고 했던 것은
탁견이다.

뜻이기도 한다. 우리는 매일 무엇을 잃고 있을까? 혹은 그 대신 무엇을 손에 넣고 있을까? 이를 명확하게 파악하는 것은 이제 어려운 일이 되었다. 단적으로 말해 오늘날에는 상실 자체가 추상화되고 있다. "무엇을 찾고 있습니까?"라는 이노우에 요스이[13]적 질문에 이제 "무엇을 잃어버렸습니까?"라는 새로운 질문을 덧붙여야만 한다. 그리고 무라카미는 찾는 것도 잃은 것도 알기 어려워진 시대 상황에 맞추어 일본적인 '이야기'를 수선한 것이다.

실제로 무라카미는 '상실의 추상화'를 일찍부터 문학의 테마로 삼아 왔다. 예를 들어 1969년 전후의 학원 분쟁 시대를 무대로 한 『노르웨이의 숲』ノルウェイの森은 구체적 상실이 리얼리티를 가졌던 마지막 시대를 그린다. 이 소설에서는 성 해방을 배경으로 한 '에로스의 만연'이 과시적으로 묘사되는데, 그런 한편으로 주인공은 '나오코'라는 고유명을 가진 소녀를 어떻게든 사랑하고 싶어 한다. 그에 비해 『1973년의 핀볼』1973年のピンボール에서는 '나오코'라는 고유명이 이제 후경으로 물러나고, 인간은 208/209 같은 무기적인 숫자로 환원되고 만다. 1970년대 들어 모든 것이 대체 가능한 '숫자로 셀 수 있는 것'으로 변모하자 사랑은 에로스 앞에 무릎을 꿇고 상실 체험은 추상적인 것이 된다. 뒤집어 말하면 『노르웨이의 숲』은 구체적 상실을 간신히 실감할 수 있었던 시대, 즉 '에로스'(숫자)에 대해 '사랑'(고유명)이 간발의 차로 우월을 확보했던 시대를 기리고자 한 일종의 진혼 문학이다.

상실이 추상화되고 무수한 상처가 사회에 넘쳐 난다는 것,

13　[옮긴이] 이노우에 요스이井上陽水, 1948~. 싱어송라이터로 '꿈속으로'夢の中へ가 대표곡이다. "무엇을 찾고 있습니까?"探しものは何ですか?라는 표현도 이 곡의 가사를 가리키는 것으로 보인다.

이는 사실 대형 재해 후에도 마찬가지며 진재와 같이 거대한
구체적인 상실이 눈에 보일 때조차 현대의 인간은 종종 그 이
상의 추상적인 무언가(존엄, 자긍심, 안도감, 장래의 보장)를
잃은 것처럼 느낀다. 진재를 통해 자신이 정말로 무엇을 잃었
는가라는 질문에 대한 답은 아마도 극히 모호할 수밖에 없을
것이다. 그렇기 때문에 우리는 '애도 작업'에 착수할 수 없고
프로이트적으로 말하면 '멜랑콜리'(우울)에 빠진다.[14] 잃은 대
상을 분명하게 말할 수 있다면 장례를 치르고 마침내 정상성
으로 복귀하는 길로 나아갈 수 있다. 그러나 무엇을 잃었는지
알 수 없을 때 상처는 결코 애도 작업을 통해 봉합되지 않으
며 멜랑콜리가 해소되지도 않는다.

　무라카미 문학에는 항상 이러한 추상적 상실과 멜랑콜리
가 떠다닌다. 그와 동시에 그는 자기도 모르게 무언가를 잃어
가는 이 사회에서 어떻게 '부흥'(다시 일어서기)을 그려 낼 것
이냐는 난제에 몰두한다. 물론 그것은 이미 일반적인 의미의
'부흥'일 수 없다. 『태엽 감는 새 연대기』의 주인공은 아내가

14　프로이트는 상실에 대한 심리적 반응으로 '애도'와 '멜랑콜리'를
구별한다. 애도 작업이란 이상성(깊은 슬픔)을 통해 정상성을 재구축
하는 것이다. 예컨대 사랑의 대상(연인이나 조국)을 잃었을 때, 남겨진
자의 기분은 고통으로 가득 차 외부 세계에 대한 관심을 잃은 채 오로
지 사랑의 대상만을 계속 생각한다. 그러나 이러한 이상 행동이 한동
안 지속된 후 그 혹은 그녀는 일상 생활로 복귀할 것이다. 이것이 '애
도 작업' 과정이다. 그와 반대로 멜랑콜리(우울)는 "의식되지 않은 대
상의 상실에 관한 것이다". 즉 "상실이 발생한 것은 분명한데 무엇을
상실한 것인지 명확히 인식되지 않는 경우도 있을 수 있다. 그리고 그
경우에는 아무래도 환자 본인조차 자신이 무엇을 상실했는지 모르는
것으로 보인다"(「애도와 우울증」). 멜랑콜리에 사로잡힌 사람은 자신
이 무엇을 상실했는지 모른다. 따라서 이상성을 통해 정상성에 도달
하는 것도 불가능하다.

실종된 후=흔적으로부터 자신을 어떻게든 일으켜 세워 보려 하지만 도리어 과거의 악몽적인 폭력과 원한을 차례로 불러 들이니 말이다. 정말로 그는 치명적인 여성들과 사귐으로써 자신의 공허를 메웠을까? 아니면 새로운 상처를 늘려 가고만 있는 걸까? 이 양자의 경계는 명백하게 드러나지 않는다.

이러한 추상적인 혼란은 『태엽 감는 새 연대기』가 끝날 때 까지 수습될 기미를 보이지 않는다. 이 긴 소설 말미에서 주 인공이 아내(구미코)로 짐작되는 전화기 너머의 상대에게 도 달했을 때조차 그녀는 "정말로 내가 구미코야?"라고 도발적 으로 물어 온다.

그 순간 나는 방향을 잃고 말았다. 내가 전혀 엉뚱한 일을 하 고 있는 듯한 기분이 들었다. 잘못된 장소에 와서 엉뚱한 상 대에게 그른 말을 하고 있는 기분이었다. 모든 것은 시간의 소모, 의미 없는 우회로였다. 하지만 나는 어둠 속에서 몸을 가눠 방향을 바로잡았다. 나는 현실을 확인하듯 무릎에 놓인 털모자를 두 손에 꼭 쥐었다.[15] (강조는 추가)

상실 그 자체가 추상화된 이상 무언가를 되찾으려 해도 크 든 작든 "엉뚱한 일"이 벌어지는 것을 피할 수 없다. 게다가 구미코가 마지막까지 주인공 곁으로 돌아오지 않는 한 그가 '정상성'으로 복귀했다고 말하기 어렵다. 그러나 이 오류투성 이의 어둠 속에서 자기를 더듬어 찾아 '다시 일으켜 세우는' 것, 자기 것이 아닌 악몽적 기억에 가위눌리면서도 한 줄기

---

15 [옮긴이] 무라카미 하루키, 『태엽 감는 새 연대기』, 김난주 옮김, 민음사, 2018, 971쪽.

'현실'을 움켜쥐려는 것이 무라카미의 '부흥 문학'이 견지하는 자세다. 이 점에서 『태엽 감는 새 연대기』는 제대로 된 부흥(=애도 작업)이 있을 수 없는 세계의 '부흥'을 그려 내는 작품이리라.

여기서 『태엽 감는 새 연대기』 이외의 작품에 눈을 돌려 보면, 잃은 것이 무엇인지 모르는 유체역학적 상태에서 현실을 더듬어 재건하고자 할 때 무라카미가 시간을 조금 되돌려 보는 방법론을 채용해 왔다는 점이 눈길을 끈다. 그는 『태엽 감는 새 연대기』에서만이 아니라 다른 작품들에서도 반쯤 잊힌 '가까운 과거'로 되돌아가 그 덧없는 '기원'에서 몇 번이나 세계를 재시작해 왔다. 구체적으로는 1982년에 73년을(『1973년의 핀볼』), 86년에 69년을(『노르웨이의 숲』), 90년대에 84년을(『태엽 감는 새 연대기』), 2000년대에도 마찬가지로 84년을(『1Q84』) 회고하는 식으로 그의 소설은 많은 경우 가까운 과거를 회고하는 구조를 갖는다.

수없이 많은 미시적인 상실을 눈앞에 두고 무라카미는 골동품이 되고 있는 과거를 '기원'으로 삼아 우리가 그 이후 무엇을 손에 넣었으며 무엇을 잃어버렸는지를 세세하게 검증해 왔다. 이는 자본주의 사회에서 비주류적이고 사적인 '창세 신화'를 쓰는 것을 의미한다. 『태엽 감는 새 연대기』는 그러한 '신화'가 열 폭주를 일으켜 상실의 유적지에 오류투성이인 이미지를 심어 넣은 기괴한 소설로 파악될 수 있을 것이다. 그러나 반복하지만 어둠 속에서의 '방향 상실'을 포함하는 현실의 재구축이야말로 멜랑콜리와 추상적 상실의 시대에 있어 가장 현실적인 부흥이다. 그렇다, 주인공은 최종적으로 그 무엇도 되찾지 못했을지 모른다. 그러나 그 오류 속에서 쌓아 올려진 악몽적 이미지는 전후 사회의 봉인된 악을 끄집어내고 주류의 안정성을 위협한다. 이것이 꼭 우리 삶에 대한 부정적 이해가 되는 것은 아니다. 누구라도 자기 것이 아닌 악몽에 습격당할 가능성이 있다는 인식은 <우리>의 상상력을 확장할 기회가 되기도 하기 때문이다.

여하간 막연한 멜랑콜리가 사회에 만연할 때 그 모호한 감정을 무상관 혹은 체념으로 흡수해 버릴 것인지, 아니면 『태엽 감는 새 연대기』와 같은 기괴한 상상력으로 전환할 것인지, 어느 쪽을 선택하느냐에 따라 문학의 숨결은 천지 차이로 달라진다. 이때 무라카미의 본령이 어디까지나 후자라고 말하는 것은 이미 사족에 불과하리라.

* * *

이제 이 책도 슬슬 마무리를 지어야겠다. 『부흥 문화론』이라는 다소 과장된 제목을 걸었지만 이제 와 보니 불충분한 개관에 지나지 않았음을 일단 받아들여야겠다. 일본 부흥 문화의 흔적은 또 얼마든지 찾아낼 수 있으므로.

다만 나는 일본의 문화사를 구석구석까지 정밀하게 조사하기(그러한 작업은 아무리 많은 시간을 들여도 부족하다)보다는 일본의 역사적 체험 패턴을 추출하고자 했다. 즉 부흥기에 때때로 혁신을 일으켜 온 역사 자체가 일본 문화 활동의 심층에 있는 동력인 동시에 현대적인 가치를 가진다고 말하고 싶다. 일본인의 정신이 직접적인 오락만을 추구하는 것이 아니라 상실과 창조를 엮어 내는 복잡한 조작도 딱히 혐오하지 않고 받아들일 만큼은 성숙해 있을 것이다. 좋음을 만들어 내는 비법으로서 나쁨을 겁내지 않고 이용해 온 문명의 노력에 나는 무한한 경의를 표한다.

물론 일본 열도에 축적되어 온 문화적 체험의 가치를 검증하는 작업은 여전히 충분하지 않다. 본래 일본의 문화 영역은 하이컬처든 서브컬처든 일본이 '되기' 위해 진력하기보다 오히려 일본 아닌 무엇으로 '변신'하는 데 더 높은 평가를 내려왔다(6장 참조). 일찍이 이러한 풍조를 차가운 시선으로 바라본 이가 바로 모리 오가이다. 예를 들어 오가이의 단편 소설 「공사 중」普請中은 근대 일본이 문명 개화 와중에 전무 후무한 무엇으로 변신해 가는 사태 그 자체를 작품의 테마로 삼는다. 그러면서 특유의 심술을 발휘해 그 변신 중인 주체＝일본의 내실이 실은 텅 비어 있음을 폭로한다. 「공사 중」은 "예술의 나라가 아닌" 으스름한 일본이 다른 무언가로 변신해 가는 허무한 풍경만을 절묘하게 잘라 낸다. 그는 일본이 구체적으로 무엇으로 변신하려는지, 변신 후에는 무엇을 하려는지에 대해서는 한마디도 하지 않는다. 「공사 중」의 주인공은 서둘러 무엇인가로 변신하고 싶어 하는 주위의 소박한 욕망이 내리치는 망치 소리를 아무 감동 없이 들을 뿐이다.

나아가 문제는 이러한 도덕moral도 목적도 없는 변신 욕망이 이른바 '신국' 사상과 태연하게 양립한다는 것이다. 일본은 종종 무언가 다른 것이 되고 싶어 한다. 그러나 그 변신 욕망의 배후에는 바다로 둘러싸인 일본의 동일성이 결코 위협받지 않으리라는 암묵적인 안도감이 있다. 일본이 유일 무이한 것은 엄밀하게 증명할 필요도 없는 당연한 전제기 때문에, 아무리 변신 욕망을 발설해도 그 정체성은 진정한 위기를 맞이하지도 흔들리지도 않는다. 반대로 이 '자연'스러운 유일 무이성에 온몸을 담가 버리면 터무니없이 높은 자기 평가ㅡ신국 일본!ㅡ가 출현하는 것도 어떤 의미에서는 당연한 일이다. 따라서 일본 이외의 무엇으로 변신하고 싶어 하는 것과 일본을 반성하지 않은 채로 유일 무이한 신국이라고 생각하는 것은 결국 동전의 양면이라고 말해야 한다.[16] 여기에 결여된 것은 일본이 긴 세월에 걸쳐 축적해 온 경험이란 무엇이며 그 저장고를 현대의 과제와 어떻게 결부시킬지 생각하는 끈덕진 '증명' 작업이다. 오늘날 일본에 대해 사고하는 것은 온 힘을 다해 일본이 '되는' 행동action을 포함해야 한다.

물론 이 책의 증명이 탁월했는지 나는 알 수 없다. 그러나 퇴행적인 '무상관'을 말하는 것이 증명으로서 부족함은 확실하다고 다시금 강조하고 싶다. 일본의 체험에서 틀에 박힌 무상관의 더께를 걷어 내면 그 속에서 '고쳐 하기' 혹은 '다시 일으켜 세우기'를 격려하는 부흥기의 천사가 환한 얼굴을 내비칠 것이다. 그리고 독 기운에 휩싸여서도 한낮의 미소를 잃지 않는 이 자그마한 천사의 배웅을 받으며 우리는 다시금 미래로 나아간다.

16　예컨대 얼 로이 마이너Earl Roy Miner, 『일본을 비추는 작은 거울』日本を映す小さな鏡, 요시다 겐이치吉田健一 옮김, 筑摩書房, 1962는 다음처럼 지적한다. "모든 일본의 문학가는 자신이 일본인이며, 그런 한에서 세계의 다른 부분으로부터 분리되어 있다고 느낀다. 그것을 말하지 않고 하나의 당연한 전제로 삼으며, 따라서 일본 문학가에게 역사적 과제는 일본인이라는 경험이 무엇인지를 스스로에게 증명하는 것이 아니라 모종의 방법으로 일본 이외의 세계와 연결되는 것이다.……그와 반대로 미국에서 문학가는 유럽 문명과의 연결을 자명하게 생각하며, 오히려 무엇이 분명히 미국적이고 유럽으로부터 독립된 것인지를 명백히 하는 데 필사적인 노력을 기울인다. 얼마나 그러한지는 '위대한 미국 소설'에 대한 요구가 끊이지 않는 데서도 알 수 있다"(90~91쪽, 강조는 추가).

후기

『부흥 문화론』이라는 제목의 이 책은 당연히 2011년에 일어
난 동일본 대지진과 연관시켜 읽을 수 있다. 그렇지만 미리
밝히건대 이 책이 구체적인 부흥 사업에 도움이 될 일은 없
을 것이다. 나는 다만 문예 비평가로서 과거의 '전후'에 발생
한 몇몇 언어와 이미지를 수집하고 검증하고 다시 편집해 봤
을 따름이다. 하지만 그것들이 현실적으로 완전히 무의미하
다는 것도 아니다. 물론 고작 언어와 이미지로 생활을 재건할
수는 없다. 그러나 언어와 이미지 없이는 재건할 수 없는 것
도 분명 존재한다. 이 책에서 나는 그에 대해 쓰려 했다.

이 책을 집필하면서 나는 일본의 역사적 체험 자체를 '작품'
으로 만들어 낸다는, 얼마간 낭만주의적인 욕망을 버릴 수 없
었다. 학술적인 관점에서는 이 책의 얼개가 지나치게 무모해
보일지도 모른다. 그러나 불편부당한 문화사를 쓰려는 의도
는 조금도 없이, 어디까지나 사적인 방식으로 과거의 언어와
이미지를 작품화하는 데 철저하고자 했다(애초에 '공적'인 척
하는 역사에 과연 지금 어떤 매력이 있는가?). 이를 나 나름대로
과거를 '부흥'하려 한 시도였다고 말해도 되겠다. 독자들이
작품화된 이 〈일본〉의 풍경 안에서 조금이라도 신선하고 상
쾌한 공기를 호흡하기를 바랄 뿐이다.

무엇보다 이 책의 집필을 마친 지금 내 마음에는 양가적인
감정이 엄습한다. 나는 스스로 만든 〈일본〉에 나름의 애착을
품고 있지만 그렇다고 그 사랑에 전면적으로 매몰될 생각도

없다. 내가 〈일본〉에 대해 쓴 것은 일본인으로서 〈일본〉을 다정하게 포옹하기 위해서가 아니라, 오히려 〈일본〉을 방주에 태워 미래의 허공으로 떠나보내기 위해서라고 하는 편이 정확할 것이다. 그리고 그 미래의 하늘은 어쩌면 평온하고 맑게 개인 하늘이 아니라 폭풍과 뇌우가 소용돌이치는 엄혹한 기후에 지배당하고 있을지도 모른다.

일반적으로 말해 책이라는 것은 인류의 예지叡智와 역사적 체험을 널리 공유하고 한 나라의 인민을 현명하게 만들기 위해 쓰인다. 다시 말해 사람들의 생존을 돕는 유익한 공유재를 지향한다. 이는 당연하다. 하지만 그러한 상식에 반해 때로는 역사를 떠나보내기 위해 쓰이는 역사도 가능하지 않을까 나는 은근히 생각한다. 게다가—이런 달콤한 표현을 써도 된다면— 우리는 종종 손과 손을 놓는 그 순간에야말로 상대의 진짜 모습, 진짜 빛깔, 진짜 냄새를 이해하게 되는 것 아닐까? 물론 이러한 정서가 이 책의 가벼운 평론 문체로 전해질지는 염려스럽지만, 궁극적으로 나는 손과 손을 놓은 이 순간의 흥분에 뒤지지 않는 '작품'을 쓰고 싶었다.

이 책을 만들며 『신화가 생각한다: 네트워크 사회의 문화론』 (2010)에 이어 다시 세이도샤의 히시누마 다쓰야 씨에게 신세를 졌다. 기획 단계부터 계속된 그의 독려가 없었다면 이 책은 세상에 나오지 못했을 것이다. 깊은 감사를 표한다.

2013년 7월 교토에서
후쿠시마 료타

다시 쓰는 일본 문화론

'무상관'을 넘어서는 『부흥 문화론』

1 밀려난 것들의 창조성을 말하다

후쿠시마 료타를 알게 된 것은 우연히 유튜브에서 그의 인터
뷰 동영상을 보고 나서다. 2008년에 찍은 동영상이니 후쿠시
마가 문예 평론가로 막 이름을 알린 20대 후반 무렵이다. 아
니 정확히 말해 그때 그는 교토대학교 문학부 박사 과정에 재
학하며 여기저기 잡지에 글을 투고하던 무명에 가까운 '기고
자'였다. 그러던 중에 이미 평론가로서 확고한 지위와 인지도
를 확보하고 있던 아즈마 히로키東浩紀의 눈에 띄어 대중에 알
려질 기회를 얻게 된 것이다.

당시 아즈마 히로키는 '제로년대 비평'ゼロ年代批評이라는 기
치를 내걸고 비교적 젊은 평론가들을 중심으로 21세기의 새
로운 비평 공간을 만들고자 했고, 그러한 작업의 일환으로 출
판사 고단샤講談社와 공동으로 일종의 인재 발굴 프로젝트인
'제로아카 도장'ゼロアカ道場을 이끌고 있었다. 내가 유튜브에서
본 인터뷰 또한 아즈마가 책임 편집자로 운영하던 메일 매거
진 『파상언론』波状言論(이후 아즈마가 세운 회사 '겐론'에서 발
행하는 잡지 『겐론』ゲンロン으로 변신)에 후쿠시마의 글이 실린
것을 계기로 '제로아카 도장'에 참여하는 어느 팀이 그를 직
접 찾아가 진행한 것이다.

흐릿한 영상 속 후쿠시마의 모습은 매우 독특했다. 10분이

채 되지 않는 짧은 인터뷰에서 후쿠시마는 속사포처럼 말을 쏟아내는 한편 내내 불안한 눈빛을 내보였다. 인터뷰 진행자의 이러저러한 질문에 그는 '어쩌다 보니 평론가가 되었다'는 투의 대답으로 일관했다. 그렇지만 얼핏 성의 없어 보이는 그의 태도에서 현대 일본 문예 비평의 어떤 징후를 읽어 낼 수 있었다. 그것은 바로 이제까지 비평의 대상이었던 일명 '오타쿠'가 스스로 비평가로 나서게 되었다는 사실이다.

인터뷰에서 후쿠시마는 자신이 문학부 학생이기는 했지만 대학교 3학년 때까지 거의 책을 읽지 않았다고 밝힌다. 어려서는 「울트라맨」의 열혈 시청자였고 커서는 오페라 가수를 몽상한 성악 애호가였다는 것이다. 대학교 3학년 때 성대를 다쳐 반년간 노래를 부를 수 없게 되고서야 무라카미 하루키, 무라카미 류, 아즈마 히로키 등의 책을 읽기 시작했다. 스스로 "난독"亂讀이라고 표현한 것처럼 이때부터 그는 닥치는 대로 손에 잡히는 것을 읽었다. 지금은 문을 닫은 그의 블로그에 올라왔던 수많은 서평이 그의 엄청난 독서량을 말해 준다. 그의 글이 순문학과 서브컬처, 오타쿠 문화와 심지어 연예 산업에 이르는 영역을 두루 아우르는 것도 이러한 독서 편력 덕분이 아닐까 싶다.

이처럼 다양한 영역을 넘나드는 후쿠시마의 평론 스타일은 현대 일본의 문예 비평 공간에 새로운 유형을 도입했다. 문학을 통해 사회 문제와 이념적 사상을 주로 논한 (가라타니 고진이 대표하는) 20세기 후반의 문예 비평으로부터, 그 저변을 서브컬처와 오타쿠 등의 비주류 문화로 넓히고자 한 2000년대 아즈마 히로키의 '제로년대 비평'을 거쳐, 후쿠시마 료타에 이르러 비주류의 상상력이 스스로 발화하기 시작한 것이다. 그 첫 결실이 그의 첫 저서이기도 한 『신화가 생각한

다: 네트워크 사회의 문화론』神話が考える: ネットワーク社会の文化論, 2010[1]이다. 이 책에서 그는 정치적 이데올로기가 더 이상 서브컬처의 프로크루스테스 침대일 수 없음을 역설하며, 2000년대 들어 새롭게 나타난 다양한 매체와 콘텐츠를 살핌으로써 일본 문화가 이제 역사의 시대에서 신화의 시대로, 즉 이데올로기의 시대에서 기호의 시대로 나아가고 있음을 논증한다.

알다시피 일본은 1960~1970년대에 가파른 경제 성장을 경험했고, 1980년대에 부동산과 주식 등의 자산 가치에 거품이 일어 경제가 부실화된 이후 1990년대 들어 거품이 꺼지자마자 20여 년간 장기 불황에 접어들었다. 이 '잃어버린 20년'은 '전후 민주주의 체제'를 근본적으로 뒤흔들어 놓았으며 이전과는 전혀 다른 삶의 방식을 주조했다. 그중 하나가 한때 유행한 '사토리 세대'さとり世代(달관 세대)라는 신조어가 말해 주는 '물욕 없는 세대'의 출현이다. 1980년대 후반부터 2000년대 초반에 태어난 이들 세대는 물질적인 소비 욕구는 물론이고 연애, 여행, 출세 등에도 관심이 없으며 사회 비판 의식이나 정치 참여 의식도 갖지 않는다는 뜻에서 '사토리'라는 이름을 얻게 되었다.

그런데 2011년 3월 11일 후쿠시마를 덮친 지진과 쓰나미, 그리고 그에 뒤따른 원전 사고는 이러한 사회의 흐름에 균열을 만들었다. 사고 책임 규명을 둘러싼 정부 당국의 부실 조치와 그에 대한 시민 사회의 무기력한 대응은 '전후 민주주의 체제'와 그 뒤를 이어 '잃어버린 20년'을 경험한 일본이 어떻게 다시 일어설 수 있겠느냐는 숙제를 남겼다. 즉 '부흥'復興의

---

1 후쿠시마 료타, 『신화가 생각한다: 네트워크 사회의 문화론』, 김정복 옮김, 기역, 2014.

문제가 제기된 것이다.

이 책『부흥 문화론』또한 3·11 원전 사고가 일어난 직후 구상되었다. 후쿠시마는 서브컬처 등의 일본의 비주류 문화가 주류 사회로부터 스스로를 숨기는 도피처에 그치는 것이 아니라 일본이 침체기를 맞이했을 때 창조의 원동력이 될 수 있다고 생각했다. 그가 보기에 이러한 창조력은 시가와 이야기 문학, 공연 예술을 아우르는 일본 문화사 속에 항상 잠재되어 있었다. 그는 일본 문화의 핵심 정념을 '무상관'無常観으로 보는 기존 일본 문화론을 넘어 이 힘을 검출하고자 했다. 이렇게 고대부터 현대까지 일본의 문예 전반을 망라하며 일본 문화론의 테제를 무상관에서 부흥으로 고쳐 쓴다는 야심찬 기획을 세운 그는 집필에 매진한 끝에 2013년 10월『부흥 문화론』을 출간했다.

2 '후＝흔적'의 시좌로 일본 부흥 문화를 발견하다

〈전후〉의 가공된 이야기가 가지는 주술적 힘

『부흥 문화론』의 시공간은 그야말로 장대하다. 이 책은 고대의 시가 모음집인『만엽집』과『고금와카집』에서 시작해 중세의『헤이케 이야기』와『겐지 이야기』등의 이야기 문학과 근세의『태평기』같은 군기 이야기를 거쳐 나쓰메 소세키, 다자이 오사무, 가와바타 야스나리, 미시마 유키오, 나카가미 겐지, 오에 겐자부로, 무라카미 하루키 등 근현대 일본 문학의 주요 작가들, 그리고 데즈카 오사무와 미야자키 하야오의 만화·애니메이션에 이르도록 일본 문예 비평의 시공간을 확장한다.

후쿠시마는 일관되게 이들 모두를 〈전후〉혹은 〈재액 후〉

의 문학으로 다루는 관점을 견지한다. 그가 보기에 일본 문학은 언제나 폐허의 잔해 위에서 가공되어 왔다. 그리고 그렇게 가공된 위사로서의 문학은 사람들을 다시 일으키는 데 정사보다 더 큰 힘을 발휘해 왔다. 전란이나 지진 같은 천재 지변이 일어났을 때 그 과정을 시가나 이야기로 꾸미는 것은 고통스러운 현실에 거리를 두고 관조할 수 있게 해 줄 뿐 아니라 한 걸음 더 나아가 미래를 설계하는 주술의 힘으로 작용할 수 있다. 평소에는 이야기만으로 일상 생활을 영위할 수 있지만, 천재 지변과 같이 인간이 통제할 수 없는 현상이 발생했을 때 사람들은 이야기에 주술성을 덧붙여 자신이 처한 현실을 극복하고자 한다.

예를 들어 고대 일본의 시가 모음집인 『만엽집』이 겉으로는 유유히 '자연'을 논하는 것 같지만, 실상은 끊이지 않는 내란과 그로 인한 잦은 천도遷都를 감내하고 앞으로 나아가기 위한 일종의 '진혼 문학'이었음을, 후쿠시마는 『만엽집』의 두 가성歌聖인 가키노모토노 히토마로와 야마베노 아카히토의 시가를 통해 논증한다. 그리고 이러한 시가의 주술성은 중세의 여방女房 문학에 이르러 '이야기'(모노가타리)라는 장르 속에서 세계 상실자라는 신화적 원형으로 자리 잡는다. 일본에서 정사보다 야사에 더 많은 문학적 재능이 투입된 것은, 다시 말해 일본의 이야기라는 문학 장르가 '역사의 여백'에서 시작된 것은 아마도 그 담당자가 여성이나 하층민 같은 주변인이었기 때문이기도 할 것이다.

그런데 이야기 문학은 한편으로 중심부를 관찰하는 주변부의 위치에서 발화되었지만, 다른 한편으로 그 발화의 위치가 어디까지나 중심부에 봉헌물로 이야기를 바쳐야 했던 예속민의 처지를 벗어날 수 없었던 탓에 정치적 패배자인 당사자의 목소리를 소멸시킬 수밖에 없었다. 그렇게 정치적 패배자의 당당함은 사라지고 가련함만 남겨지는 것이다. 이때 주변부가 중심부에서 벗어나는 길은 그러한 가련함에서 또 다른 중력을 발산시키는 것이다. 20세기의 이야기 작가인 나카가미 겐지는 주변부(토속)의 입장에서 물질적 피를 상징적 피인 태양 빛과 겹쳐 놓음으로써 주변부가 스스로 발산하는 중력을 말하고자 했다. 그러나 섬나라에 언제 어떻게 들이닥칠지 모를 재액은 주변부의 중력을 위협하고, 주변부는 자신의 중력을 이야기의 예능적 요소로 감출 수밖에 없다. 중국과 비교해 일본의 이야기 문학에 예능적 요소가 강한 반면 자전적 요소는 빈약한 이유가 여기에 있다.

중국의 사상적 실천과 일본의 가상 체험된 내셔널리즘

후쿠시마는 중국 문학 전공자답게 종종 일본 문학을 중국 문학과 비교하는데, 그중에서 특히 그가 주목하는 점은 일본이 단 한 번도 국가의 전면적인 멸망을 체험한 적이 없다는 사실이다. 「종장」의 무라카미 하루키 분석에서 다시 언급되지만, 일본 문학에 1인칭도 3인칭도 아닌 '너의 애가를 듣는' 2인칭 스타일이 자리 잡게 된 것은 이러한 '부분적인' 멸망 체험에 기인한다. 그래서 일본은 사서나 사상서를 통해 접한 중국의 숱한 국가 멸망을 '가상 현실'로 체험하면서 자신의 현실에 이입하곤 했다.

이를 비교 설명하기 위해 후쿠시마는 춘추전국 시대의 제자백가를 대표하는 사상가 중 하나인 공자를 끌어들인다. 멸망한 은나라의 후손을 자처한 공자는 자신의 사상을 받아들여 줄 군주를 찾아 돌아다니다 생명의 위협을 수차례 겪었다. 후쿠시마는 이러한 망명 체험이 공자의 사상에 녹아 있다고 본다. 아울러 공자뿐 아니라 춘추전국 시대에 활동한 고대 중국의 사상가들은 정치적 혼란 속에서 현실에 밀착된 사상 문화를 꽃피운 실천가로서, 관조적 성격이 강한 고대 그리스 철학과 대비되는 동양 철학의 면모를 드러낸다고 밝힌다.

이 가운데 눈길을 끄는 것이 『수호전』에 대한 논의다. 후쿠시마는 『수호전』을 치밀히 분석함으로써 일본의 내셔널리즘이 갈 수 있었던 또 다른 길을 밝힌다. 근대적인 '상상된 공동체'로 환원되지 않는 동아시아 내셔널리즘의 기원을 중국발 '유민 내셔널리즘'의 영향으로 설명하는 한편, '상상된 공동체'가 "잡탕으로 이루어진 네이션"(229쪽)이라는 점에 주목해 파시즘과 결탁하지 않는 혼종적 내셔널리즘의 실례를 제시한다. 후쿠시마가 라블레적 그로테스크 리얼리즘을 굳이 끌어들인 것 역시 네이션 성립의 매개 역할을 한 서양의 '노블'과는 다른 이야기 전통이 동서양에 모두 존재했음을 강변하기 위해서다. 노블의 전통을 만들어 낸 루소적 리얼리즘과 달리 라블레적 리얼리즘에 기반한 대중 문학(서브컬처)은 축제적 에너지를 뿜어내며 근대 네이션이 또 다른 방식으로 성립될 수도 있었음을 상상하게 한다.

가상 세계를 넘어서는 일본적인 것으로서 '자연'

일본 내셔널리즘은 이러한 근세 중국의 유민 내셔널리즘에 영향을 받아 형성되었다. 후쿠시마에 따르면 유민 내셔널리즘은 문학에 기생해 복제 가능한 정보로 기능함으로써 국경을 넘어 일본에도 침입했다. 중국 유민이야말로 중국 본토가 아닌 일본에 네이션을 부흥시킨 '고스트 라이터'들이었던 셈이다. 이는 일본 내셔널리즘의 가상성과 혼혈성을 동시에 암시하는 대목으로, 존황양이尊皇攘夷를 주장한 메이지 유신 지사들의 원류에 중국 유민과 망명자 들이 있었음을 말해 준다.

하지만 스스로의 멸망 체험에서 비롯하지 않은 일본의 근세 내셔널리즘은 구체적 감각이 소거된 딱딱한 기호적 표현으로 환원될 가능성이 컸다. 이러한 가능성을 넘어선 인물들로 후쿠시마는 18세기 등장한 모토오리 노리나가, 교쿠테이 바킨, 우에다 아키나리를 소환한다. 그는 이들의 사상과 문학에서 가상성을 초월해 '일본적인 것'을 창출하려는 노력이 공통적으로 나타난다고 지적한다. 가령 국수주의자로 알려진 노리나가의 '가라고코로' 비판은 중국에서 유입된 내셔널리즘을 일본인의 심성에서 제거하기 위한 목적을 띠었다. 또 바킨의 『진설 유미하리즈키』는 『수호후전』을 철저히 일본적인 설정으로 패러디함으로써 섬에서 섬으로 이어지는 국토 이미지를 구축하는 데 기여했다. 마지막으로 우에다 아키나리는 『수호전』을 비롯한 근세 중국의 백화 소설이 제공한 프로그래밍 기술을 활용해 왕조 시대 이래 일본 문학이라는 소프트웨어의 알맹이를 바꿔치기한 솜씨 좋은 특급 해커에 비유된다.

다음으로 후쿠시마는 일본이 자체적으로 구축하려 한 내셔널리즘이 근대에 이르러 시민 사회와 불화해 끝내 〈나〉의 폐역으로 빠져든 러일전쟁 〈전후〉를 논한다. 이 일본 내셔널리즘의 곤경은 무엇보다 국가와 〈나〉의 중간을 메워 줄 공공 공간이 일본의 인류학적 시스템에 부재했다는 사실에서 비롯한다. 일본 근대 문학의 아버지라 불리는 나쓰메 소세키는 『그 후』에서 이를 탁월하게 형상화했다. 『그 후』의 주인공 다이스케는 친형뿐만 아니라 절친한 친구와도 연대하지 못하고 친구의 부인을 사랑하는 극단적인 내향성으로 치닫는다. 그러나 〈나〉를 넘어 〈우리〉로 가는 길이 없지는 않았다. 다자

471

이 오사무는 그처럼 사회와 격리된 ⟨나⟩를 광대로 만들어 희화화했지만 바로 그 광대를 바라보는 관객의 시점에서 ⟨우리⟩를 찾아낼 수 있었다. 예를 들어 가와바타 야스나리는 관동 대지진으로부터 부흥한 도쿄 아사쿠사를 무대로 융성한 극장 문화에 주목해 '관객'으로서의 ⟨우리⟩라는 존재 양식을 창안했다. 같은 시기 마찬가지로 아사쿠사의 대중화 현상에 관심을 기울인 에도가와 란포 역시 작중 인물과 하나가 되어 범인을 추리하는 관객=독자를 만들어 냈다. 나아가 미시마 유키오는 시선을 돌려 무대를 바라보는 ⟨우리⟩ 관객을 조명하지만 『금각사』가 보여 주듯 ⟨나⟩의 폐역을 벗어나는 데는 끝내 실패하고 만다.

그리하여 후쿠시마는 이제 ⟨전후⟩ 근대 문학으로부터 서브컬처에 나타난 부흥 문화 계보의 분석으로 나아간다. 그는 만화와 애니메이션을 일본 전후 문화의 최전선에 있는 장르로 평가할 뿐 아니라, 심지어 전후 일본 사회 자체가 만화와 닮았다고 강조한다. 굴욕적인 패전과 인류사상 최초로 원폭 피해를 입은 비극적 상황의 전후 일본에서 「고질라」나 「우주 소년 아톰」처럼 엔터테인먼트에 복무하는 작품이 등장했다는 사실에 주목하며, 후쿠시마는 핵(원자력)이 일본에뿐만 아니라 전 세계적 규모로 가져온 '타락'을 발견한다. 원자력이 인류의 세계사적 종말을 불러올 수도 있다는 사실이 초래하는 무력감과 공포를 경제적·문화적 풍요에 대한 환상을 이용해 망각하려 했다는 것이다.

이는 전후 일본 애니메이션이 '자연'을 재현하는 방식에도 그대로 반영되었다. 그중에서도 데즈카 오사무는 "디즈니의 화려하고 풍성한 인공 세계"를 "'미래의 일본', 즉 또 하나의 일본을 본뜨기 위한 이미지"(406쪽)로 차용했다. 근세 일본의 사상가와 문학가 들이 중국의 유민 내셔널리즘을 일본에 심어 넣으려고 한 것처럼, 데즈카는 디즈니적 기호를 초토화된 전후 일본 사회에 이식한 것이다.

이와 달리 미야자키 하야오는 디즈니＝데즈카 애니메이션이 억눌러 온 흉포한 자연을 애니메이션적 기호로 그려 냈다. "미야자키에 의해 부흥된 자연은 극히 그로테스크하고 섬뜩하며 이미 현실의 자연 이미지에서 동떨어진 괄호 속 〈자연〉이라 부를 만한 것"(419쪽)이라는 후쿠시마의 분석은 「바람 계곡의 나우시카」를 비롯한 미야자키의 초기작을 떠올리면 충분히 이해할 수 있다. 다만 1992년의 「붉은 돼지」를 경계로 미야자키 애니메이션의 '자연'은 전후의 '타락'을 상기시키는 방향으로 변모했고, 게다가 미야자키가 부흥시킨 '자연'에 "전쟁 전 '대일본제국'의 지리적 상상력"(432쪽)마저 엿보인다는 지적은 충분히 음미할 만하다. 미야자키의 애니메이션뿐만 아니라 전후 일본의 서브컬처가 "전쟁으로부터의 부흥 문화인 동시에 전쟁을 부흥시키는 문화"(434쪽)이기도 하다는 점에도 주의를 기울여야 할 것이다.

3 또 다른 '일본 문화론'을 상상하다

부흥의 방향은 정해져 있지 않다. 후쿠시마의 말처럼 발터 벤야민의 '역사의 천사'는 역사의 잔해를 바라보면서 그로부터 뒤로 떠밀려 미래를 향해 나아가는 반면, 일본사에 깃든 '역사의 천사'는 미래로 떠밀려 가기 직전에 지상으로 내려와 기민하게 진혼과 기록에 착수한다. 이 책은 이러한 작업의 순간들이 창조의 힘을 응축하는 동시에 다음 창조적 실천을 예비하는 부흥 문화의 역사를 일구어 왔다고 역설한다.

그럼에도 현대에 이르도록 여전히 '일본적인 것'은 '무상관'의 체념적 미학으로 대표되어 왔다. 후쿠시마는 대표적인 장면으로 소설가 무라카미 하루키의 카탈루냐 국제상 수상 소감을 들고 있기도 하다(444~445쪽 참조). 이 책은 일본 문화사에서 '무상관'으로 환원될 수 없는 창조적 실천의 사례를 발견하고 이를 부흥 문화의 계보 속에 자리매김함으로써 이와 같은 표층적 무상관 주장에 반박한다. 가령 중국의 진언밀교를 일본에 들여온 구카이는 이야기 문학을 통해 대규모 부흥 사업을 꿈꾸었다. 어느 쪽으로 나아갈지를 정하는 이 순간에 필요한 것은 상상력이다. 후쿠시마는 〈전후〉 혹은 〈재해 후〉의 갈림길에서 한쪽 길을 선택해 걸어간 일본의 역사를 되돌아본 후 '다른 길을 갔다면?'이라는 가정을 던진다. 역사에 가정이란 있을 수 없지만 문학은 가정을 허용한다. 아니 문학 등의 문예 자체가 그랬을지도 모를 역사적 가정을 던져 보는 것이라고 할 수 있다. 이렇듯 그는 역사적 가정을 던짐으로써 지금 마주한 〈전후〉 혹은 앞으로 있을 또 다른 〈전후〉에 대한 상상력을 일깨우는 문예적 실천이 곧 부흥임을 이 책에서 말하고자 한 것이다. 또한 이는 그 스스로 새로운 비평 공간을 창출하는 상상력을 발휘하는 것이기도 하다.

결론을 미리 말해 버렸지만 그렇다고 이 책을 바로 덮을 일은 아니다. 이 책은 결론이 다가 아니기 때문이다. 일본의 시가, 이야기, 소설, 연극, 역사서 등을 샅샅이 훑어 나가는 이 책은 각 장이 한 편의 완성된 평론이자 친절한 안내서다. 고대부터 현대까지 일본 문학을 아우르는 보기 드문 시야를 갖춘 이 책은 일본 문학의 독자들에게 선물과도 같을 것이다. 하지만 일본 문학을 많이 접해 보지 않은 독자에게는 불친절한 책일 수도 있다. 특히 일본 고대 문학을 다루는 1장과 2장은 고유 명사가 빈번하게 등장하는 탓에 일본사를 모르면 내용을 파악하기가 쉽지 않을 수 있다. 그래서 독자의 이해를 돕기 위해 필요할 때마다 가능한 한 옮긴이 주를 달았다. 이를 참고해 이 책의 문장들을 따라가다 보면 일본사와 일본 문학에 대한 기본 지식이 부족해도 책의 논지를 충분히 이해할 수 있을 것이다.

이 책은 두 사람이 나누어 번역했다. 서장, 1장, 2장, 5장, 종장은 차은정이 번역했고, 3장, 4장, 6장은 안지영이 번역했다. 읽어 보면 알겠지만 이 책은 매우 정연한 논리로 전개된다. 다만 간결체와 구어체를 강조하는 현대 일본어에 대한 반발에서인지, 후쿠시마는 일본어에 없는 한자어나 만연체를 자주 구사하고 있다. 그런데 이런 그의 문체는 유려하면서도 힘이 넘친다. 이 문체의 독특함을 독자들도 느끼기를 바라며 되도록 그가 사용한 한자어나 문장의 표현을 번역에 살리려 했다. 그럼에도 어색한 번역이나 오역이 있다면 전적으로 두 옮긴이의 몫이다.

리시올 편집부는 '제3의 번역자'라고 해도 과언이 아닐 정도로 번역 원고를 원문과 꼼꼼히 대조하며 문장을 다듬어 주었다. 이 자리를 빌려 감사의 마음을 전한다.

2020년 2월
차은정·안지영

인명 찾아보기

작품명 찾아보기

후쿠시마 료타福嶋亮大

1981년 교토시에서 태어났다. 교토대학교에서 중국 근대 문학을 전공했고 2012년 문학 박사 학위를 취득했다. 현재 릿쿄대학교 준교수로 재직 중이다. 2004년 메일 매거진『파상언론』에 마이조 오타로론을 발표하며 비평 활동을 시작했으며, 2008년부터 잡지『유리이카』에 연재한「신화 사회학」을 바탕으로 2010년 첫 단독 저서인『신화가 생각한다: 네트워크 사회의 문화론』을 펴냈다. 2013년 출간한 역저『부흥 문화론: 일본적 창조의 계보』는 2013년 기노쿠니야서점 인문서 30선에 선정되고 2014년 36회 산토리학예상(사상·역사 부문)을 수상하며 그의 대표작이 되었다. 이후 발표한『성가신 유산: 일본 근대 문학과 연극적 상상력』(2016)으로 2017년 야마나시 문학상을 수상했으며, 계속해서『울트라맨과 전후 서브컬처의 풍경』(2018),『변경의 사상: 일본과 홍콩에서 생각하다』(2018, 장위민張彧暋과 공저),『백 년의 비평: 어떻게 근대를 상속할 것인가』(2019) 등을 펴내며 활발히 저술 활동을 이어 가고 있다. 2019년에는 문화 예술 활동에 공헌한 개인 및 단체에 수여하는 와세다대학교 쓰보우치 쇼요 대상 장려상을 수상했다. 고전부터 현대 서브컬처까지 아우르는 광범위한 시선, 과감한 문제 설정과 논리 전개, 힘과 리듬을 겸비한 문체로 독서계의 주목을 받고 있다.

안지영

서울대학교에서 문학 박사 학위를 받았다. 2013년『문화일보』신춘 문예 평론 부문에 당선되며 문학 평론가 활동을 시작했다. 한국 문학에 나타난 허무주의와 창조의 상호 작용에 관심을 가지고 연구 중이다. 현재 청주대학교에서 조교수로 재직 중이다. 지은 책으로『천사의 허무주의』(2017)가 있다.

차은정

서울대학교에서 인류학 박사 학위를 받았다. 규슈대학교 한국연구센터 방문 연구원과 히토쓰바시대학교 객원 연구원을 역임했다. 지은 책으로『식민지의 기억과 타자의 정치학』(2016)이 있으며,『지구화 시대의 문화 정체성』(조너선 프리드먼, 공역),『흐름으로 읽는 프랑스 현대 사상사』(오카모토 유이치로),『숲은 생각한다』(에두아르도 콘),『부분적인 연결들』(메릴린 스트래선) 등을 우리말로 옮겼다. 현재 서울대학교 사회과학연구원 선임 연구원으로 있다.

부흥문화론: 일본적 창조의 계보

1판 1쇄 2020년 2월 24일 펴냄

지은이 후쿠시마 료타. 옮긴이 안지영·차은정. 펴낸곳 리시올. 펴낸이 김효진. 제작 현문인쇄/자현제책.

리시올. 출판등록 2016년 10월 4일 제2016-000050호. 주소 서울시 마포구 희우정로 20길 22-8, 501호. 전화 02-6085-1604. 팩스 02-6455-1604. 이메일 luciole.book@gmail.com.

ISBN 979-11-90292-03-0 93830

이 도서의 국립중앙도서관 출판예정도서목록(CIP)은 서지정보유통지원시스템 홈페이지(http://seoji.nl.go.kr)와 국가자료종합목록 구축시스템(http://kolis-net.nl.go.kr)에서 이용하실 수 있습니다. (CIP제어번호: CIP2020006315)

JAPANFOUNDATION

이 책은 일본국제교류기금의 2019년 번역출판조성사업의 지원을 받아 제작했습니다.